U0067435

語音聲學

說話聲音的科學

鄭靜宜著

作者簡介

鄭靜宜

學歷　美國威斯康辛大學麥迪遜校區溝通障礙學博士
（University of Wisconsin-Madison, Department of Communicative Disorders, Ph.D.）

現職　國立高雄師範大學特殊教育學系教授

經歷　國立台南大學特殊教育系副教授
國立台北護理學院聽語障礙科學所兼任教授

推薦序

好多年前，當我還在英語系念大二時，我開始接觸語音學。那時，我讀了 Peter Ladefoged （1975）的 *A Course in Phonetics*，其中有一章 Acoustic Phonetics，是我最早接觸到頻譜圖等語音聲學的概念。那時，讀這方面的材料有很大的困難，主要原因是我的周圍沒有人有聲紋分析儀，也沒有人懂得夠多來幫我排難解惑，所以看著書裡的頻譜圖就只能憑想像「紙上談兵」了。

後來進了台大念心理研究所，黃榮村老師剛從美國麻省理工學院進修回來，所裡也買了一台 KAY 的聲紋分析儀。我趁勢央求他幫我開一門「語音聲學」，記得他也答應了；只不過或許只有我一個學生，大概只上了一次課，就停開了。更要命的是，黃老師在那僅有的一節課裡，好像都在演算數學，黑板上寫滿了微分方程式，讓我這個數學很差的學生不知所云。既然課沒了，聲紋分析儀也沒去碰了。

到了威斯康辛大學念博士時，第二年幫老師做資料分析，就開始有機會操作 KAY 的聲紋分析儀。更好的是，我們有大師 Ray Kent 為我們開語音聲學，因此就有了比較扎實的訓練。當然，這門課談到許多物理學的知識，缺乏數理背景的我，念起來還是感到有些吃力。幸好，我有實作的機會，經常在 Ray Kent 的實驗室把預先錄好的錄音帶輸入儀器裡，然後用碳紙「燒出」聲紋圖來；燒的時候，味道嗆鼻，必須戴著口罩才能忍受，而且做一張圖，大概也要好幾分鐘，十分費事。

我們那一屆的博士班學生算是滿幸運的，因為所裡開的言語科學系列，除了語音聲學外，還有語音知覺以及言語發聲等兩門課。若把碩士班的 Motor Speech Disorders 加起來，我們的言語科學訓練應該是相當堅強的。但必須知道，如果沒有語音聲學做基礎，這些科目的學習效果都會大打折扣的。雖然我自己的興趣偏向於語言心理學，但感謝語音聲學的訓練，讓我後來的學術研究有了更多的機會做別人做不到的事。

到了我博士班的最後兩年，我們實驗室的論文也和聲學分析有關，後來和指導教授聯名發表了一篇論文，討論 apraxia of speech 和 conduction aphasia 等患者說話的計時控制。那時，我也用 Ray Kent 實驗室裡一台萃取機頻的儀器（PM Pitch Analyzer）分析中文的句調如何受字調的影響，這篇文章後來發表在中正大學的學報裡。

1990 年我博士班畢業後，回到中正大學服務，幸運的接收了一台學校新購的 KAY 的聲紋分析儀，我已經忘了型號，但肯定的是，那台機器的製圖機已經不必燒碳了。不過機器仍是獨立的裝置，不能和電腦相連，而且機器又笨重又昂貴，大約要價 80 萬台幣。這台機器的使用者除了我之外，還有我的第一位碩士班學生曹峰銘（目前在台大心理系任教），相信他還記得這個經驗。不過，我所建立的語音實驗室其實設置了好幾套語音分析工作站，都是當時國外採購的語音分析軟體和個人電腦的結合，其中使用率最高的是威斯康辛大學電機系教授 Milenkovic 所寫的 CSpeech（即現在的 TF32 的始祖），我的第二、三位碩士生黃國祐（現任中山醫大語聽系助理教授）、鄭靜宜（本書作者）無不精於操作這套系統。當時，一套這樣的系統要有這些配備：外接的濾波器、插在電腦主機裡的 A-to-D Card、音響器材、PC，整套設施至少要 20 萬台幣。機器固然昂貴，但是訓練人才更不容易，所幸前面這三位高足都能從語音聲學的訓練中得益。

1994 年我轉任高雄師大特殊教育系，很幸運的是，當時系裡也新買了一套 KAY 最新版的聲紋分析儀，也就是進入電腦時代的聲學分析儀器，除了有一台體積不算太大的硬體外，其餘的工作都在電腦上進行。這個時代，同我一起和「機器」奮戰的又多了一位生力軍——特教系第一屆碩士班學生劉惠美（現任台灣師大特教系副教授），她和當時我的助理曹峰銘每天都在語音實驗室中「分析聲音」，最後竟然譜出戀曲來，這應該是語音聲學為他們所結出的緣分吧。這個實驗室的過客還包括：黃國祐、王文容（目前是紐約市立大學聽語系博士候選人）、張秀雯（目前是陽明大學醫工所博士候選人）、吳淑華、徐靜音。

2000年我們的聽語所成立，配備也升級了，拜陳小娟教授之賜，我們又有更新的聲紋分析儀，在使用上更方便。不過時代的巨輪從未停止運轉，語音聲學的教育日益普及，不只是本系的學生願意來修課，就是英語系、台語所、華語所的學生都開始加入語音聲學的行列，或旁聽或選課，像英語系博士班陳雪珠（目前已是大學老師）、賴怡秀（高雄大學英語系助理教授）就是兩個例子。更重要的是，網路時代已經把「貴族化」的語音聲學「平民化」了。我要說的就是：Praat的誕生已經宣告語音聲學的教學跨入嶄新的一頁，因為它是免費的軟體，又無需額外的配備，再加上目前各種數位器材的普及，任何一個窮學生都可以在家裡研究語音的聲學特性了。不過，儀器只是資料蒐集的工具，究竟資料的意義何在，仍有賴理論的解釋，因此，深厚的理論基礎仍然不可或缺。

長久以來，語音聲學的參考書籍都以英文為主，中文的著作難覓。現在，鄭靜宜教授肯在公餘之暇寫出這本佳作來，令人欣喜。我在四年前生了一場病之後，就把語音聲學的課交棒給鄭老師了，原因是我的知識和技術已經落伍了，以鄭老師的積極勤勉，才能寫出這麼一本嘉惠於中文讀者的書來。讀者可以發現，這本書深入淺出，觀念的解釋又很清楚，若配合 Praat 的實作練習，相信未來中文語音的聲學探究必能更上一層樓，且讓我們拭目以待。

曾進興

2011 年

自 序

這本書一共包括十八章，由聲學的基礎知識開始，之後介紹語音的數位化，中間的章節則是對於各類子音、母音的語音產生原理以及這些語音的聲學特性做一些介紹，之後幾章是屬於應用部分，如臨床的應用、嗓音分析和語音的合成，最後兩章討論有關語音知覺和產生的議題。由於西文的語音聲學書籍一向多以英語語音為主，本書試圖擺脫這樣的偏頗，希望盡量加入一些本土語言語音的聲學特性資料，然而，因為本土語言方面的研究本就不多，只能以一些筆者之前所做的相關研究和一些博、碩士論文資料供作參考。希望以後本土語言語音的研究能陸續出來，日後就會有較多的題材可資運用。

記得當初和語音聲學結下「不解之緣」，要回溯到十幾年前念碩士班時，一次在曾進興老師的語音實驗室（中正大學心理研究所），他興致高昂地用麥金塔電腦秀了用視覺來觀賞語音的「魔術」，當時看到螢幕上出現的縱橫錯雜的頻譜圖只覺得很新奇，還很天真地說：「哇！原來語音的樣子就像是一條條的毛毛蟲。」之後就一直待在那個實驗室做語音分析的工作，切著那似乎永遠也分析不完的聲音。有時遇到週末假日，想到有些同學都不知道到哪裡去快活了，自己竟還待在那個空無一人的「鬼音實驗室」切音，甚至不免開始自怨自艾，惋惜自己的青春隨著那些螢幕上川流的聲譜圖漸漸地流逝。

回首來時路，沒想到從那時一頭栽進這個領域至今也有十七、八年的光景，碩士班畢業之後就出國念書，當時覺得自己也沒有什麼一技之長，若要勉強說有的話只有語音分析這項，於是自己跑去向後來的指導教授Gary Weismer毛遂自薦，問他的實驗室是否需要一位「刻苦耐勞」（diligent）的語音分析工人（worker），沒想到他居然錄用了我，一開始計時領薪（part-time），之後由兼時轉為兼任助理，就這樣待在威斯康辛大學 Waisman Center 的語音實驗室中，又做了好幾年的語音分析工作，直到我博士畢業回國。記得當時「哀怨」已不復存在，只剩下感激與認命，慶幸自己還有那麼一點「一技之長」。

所謂「百聞不如一見」，對我而言，語音聲學即是如此的一門學問，對於聲音的感受總覺得較為主觀，一縱即逝、較不真確，若將聲音視覺化的呈現就簡單許多，聲波可以任我用各種方式加以分析檢視，甚至可用再合成加以改變。聲學分析讓我的所見（視覺）和所聞（聽覺）得以交會，對於語音信號的感知得到雙重的認證，是一種實實在在的感覺。每當夜闌人靜時，不小心由電腦喇叭重複地傳出那些正在分析的聲音，就會被我女兒抗議：「媽媽，你又在放那些聲音了，很吵耶！」不知曾幾何時，語音分析已經如同吃飯、睡覺，成為我生活中的一部分了，電腦中永遠有一堆分析不完的音檔等著我。

語音聲學對於一般人其實是相當陌生的學科，希望本書的出版能帶給大家一些探索語音的樂趣，去發掘那些隱藏在那一條條毛毛蟲之中的奧秘。這本書的出版要感謝曾進興老師的鼓勵和促成，尤其是當初對我語音聲學知識的啟蒙。另外，也很感謝碩士班的張智婷同學能在忙碌的生活中，抽出時間來為本書做校對工作。還要感謝我那可愛的女兒——睿琪，能體諒她的媽媽沒辦法在週末假日時常帶她出去玩，還需常常忍受那些怪音的干擾。最後要感謝我的雙親給我永遠的支持和鼓勵。

寫了這本書之後，才體會到之前指導教授提到的「做研究難，寫書更難」的道理。這本書由起筆開始，到目前快完稿了，也又過了七、八年的光景。想寫的內容似乎愈來愈多，好像永遠也沒辦法在最後畫上一個句點。當書愈寫愈厚，字數愈來愈多時，發現錯誤似乎也隨之愈來愈多，雖再三修改，仍不免惶恐。在此匆忙付梓之際，疏漏筆誤在所難免，希望各位讀者不吝指正。有關語音聲學的課題也可多多交流溝通與討論，期盼能拋磚引玉，請各位多賜教了。

鄭靜宜

2011 年春於高師大

目 錄

表次

圖 次

聲波

第一節　聲音是什麼？

從小鳥的嘰喳鳴叫、街市鼎沸的車馬喧囂到餘音繞梁的動人歌聲，我們的耳朵無時無刻都在接收聲音。「聲音」是什麼？聲音來自於振動（vibration），任何可以振動之物體皆可能成為音源。「振動」是指物體有規律地來回做重複性的移動。聲音即是一種由振動而產生的能量，當聲音四面八方往外傳送時，介質（如空氣）的粒子就會產生一些疏密有壓力變化的能量型態，成為一種波的形式，即聲波。聲音以波的形式擴散傳遞，而此能量的傳遞須依靠介質（媒介物），如空氣、水等。簡單的說，聲波就是來自於一個聲源物體振動後規律地來回推擠著介質（如空氣）粒子，使介質粒子間的距離呈現有規則性的疏鬆與緊密的型態，其中疏鬆帶（rarefaction）與緊密帶（compression）相互參差（如圖 1-1）。在連續的時間向度上，這些空氣粒子的位移形成如規律波狀的壓力變化，這種高低起伏的壓力變化型態藉由空氣四面八方傳遞出來。這些呈規律疏密振動的空氣粒子型態，或空氣粒子的密度變化型態，會傳達至我們的耳朵，敲擊中耳的鼓膜，牽動中耳三塊小聽骨，接著敲擊內耳耳蝸的卵圓窗，傳入耳蝸之中，為我們聽覺神經系統所接收、分析與解釋，我們大腦就會覺受到、聽到了這個聲音。

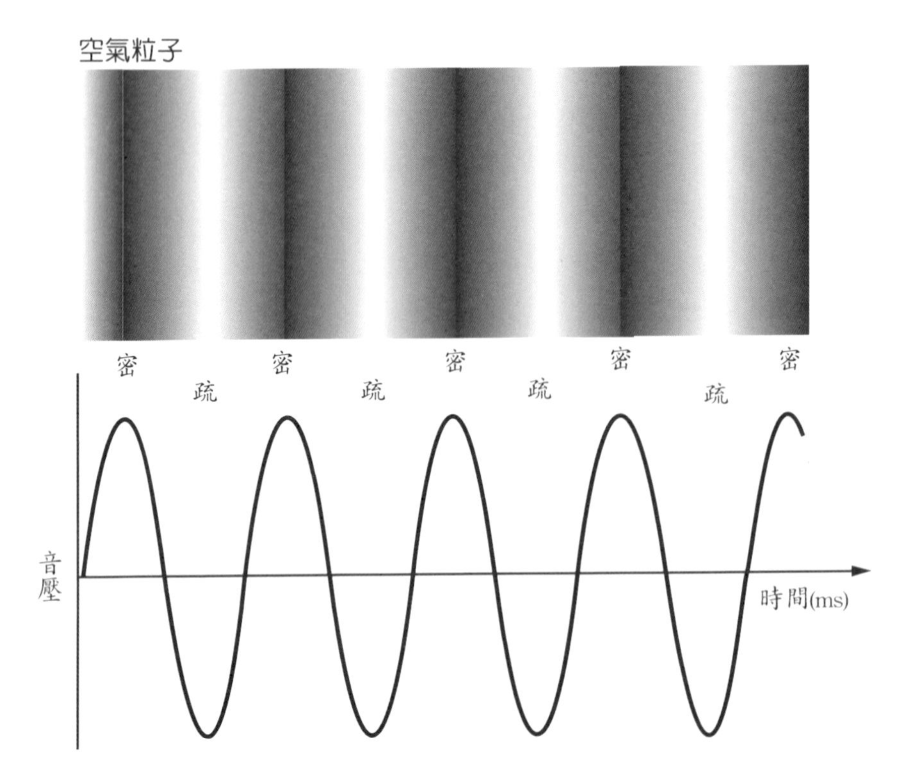

圖 1-1　一個頻率 100Hz 正弦波波形。

到底聲音是什麼呢？簡單地說，因為物體振動引起空氣出現規律的疏密交錯的振動型態，即為聲波。聲波為一種縱波（longitudinal wave）的形式，縱波是指波行進的方向與介質粒子移動的方向一致的。聲波由聲源向外傳遞時，空氣粒子來回振動的方向是與聲波能量傳遞方向平行，進行的方向一致，因此聲波屬於縱波，是一種疏密波。橫波（transverse wave）則是波行進的方向與其介質粒子移動的方向相互垂直，如水波、繩波皆屬於橫波，它們的介質粒子振動方向（如上下）和能量傳遞方向（如前後）互為垂直，即屬於橫波形式。

「音叉」是最簡單可以產生純音（pure tone）的物體，如果我們輕敲一個 500Hz 的音叉，就可以發出一個持續幾秒鐘的 500Hz 純音。純音是最簡單的一種週期聲波，只有一種頻率成分，純音的音壓或音強的變化可用一正弦波形來表示（如圖 1-1），此波形圖的橫軸為時間，單位為毫秒（ms），而縱軸為音壓或音強的變化。由此圖上可看到一種純粹漸減與漸增的週期變化形式，此為一正弦波（sinusoid wave）。事實上，波最簡單的形式即可用正弦的函數來表示。純音，顧名思義是指只具有單一頻率成分的聲音，是具連續性延長的波。理論上是具有無限長的長度，可以無限延長，但在真實世界裡它往往會隨著時間而漸漸衰退（decay），這是因為空氣粒子間的摩擦會使得聲音能量逐漸散逸之故。

第二節　波的基本性質

波是一種佔有時間、具有空間的能量形式。現實世界中只有極少數的聲音是屬於簡單波的形式，大多數的聲音信號屬於複雜波（complex wave）形式或是噪音（noise）形式。複雜波由數個簡單波相加混合而成。我們先來對簡單波的一些基本性質，如頻率、振幅、相位（phase）加以了解。聲波的波形（waveform）可以畫在以時間為橫軸，以音強（intensity）或音壓（pressure）為縱軸的二維座標軸上（如圖 1-1），表示在每個連續時間點上聲音音強（或音壓）的變化。因此「波形」是指時域（time-domain）面向上能量變化的表示法。

將幾個簡單波相加起來可得到複雜波，圖 1-2 是將一個 1500Hz、1000Hz 和 500Hz 的簡單波相加起來得到的複雜波。最下方那個相加波為在每個時間點上三個簡單波振幅的音強值的加總，若在一些時間點上，三者皆為正的，此時相加波的振幅會得到建設性的增加而變高，若在其他一些時間點上，三者有高有低時，則有正負相抵消的情形，此時加總波的振幅會變小。此外，可見到最下方那個加總的複合波之週期和最低頻波 500Hz 波之週期是一樣的，500Hz 即為此複雜波的基本頻率（fundamental frequency）。

聲波振幅頻譜（amplitude spectrum）是在頻域（frequency-domain）上

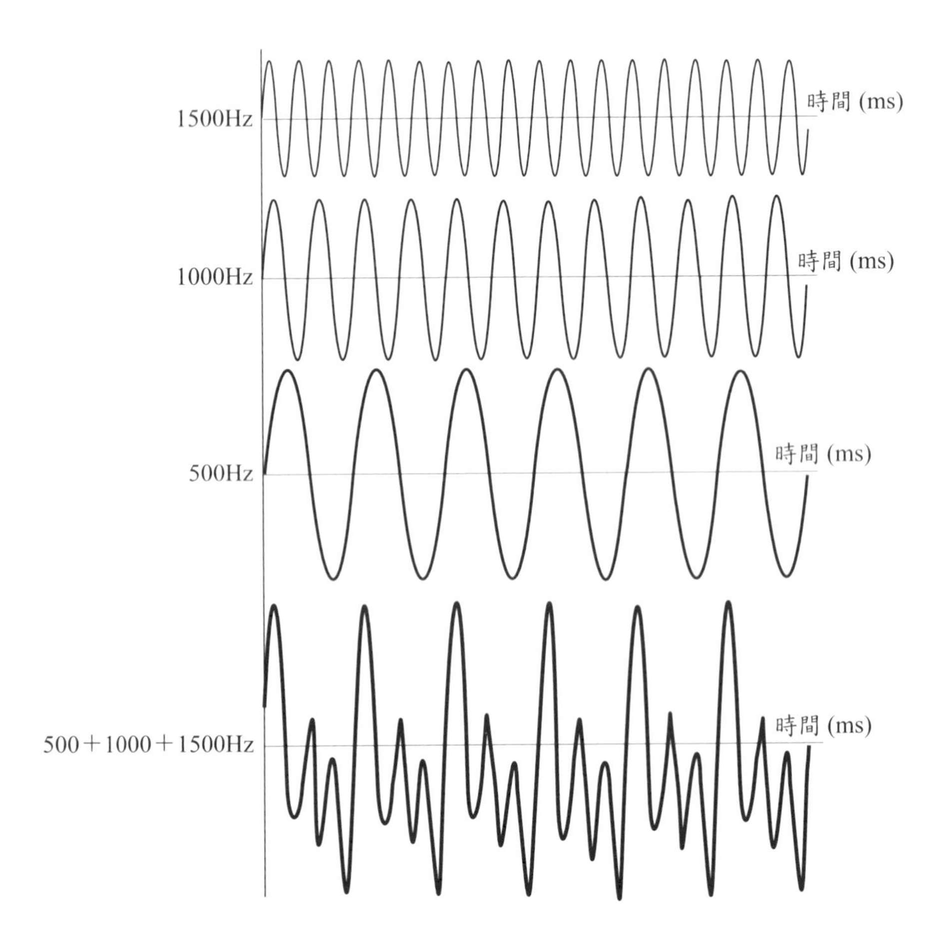

圖 1-2　一個含有 500Hz、1000Hz、1500Hz 成分的複雜波之波形。

波的表示法（如圖 1-3），此時聲音的頻率為橫軸，音強（intensity）或音壓為縱軸，在頻譜上，我們可一目了然地看出一個複雜波中所包含的各簡單波的頻率成分之音強，由圖 1-3 中可以看出此複雜波有 500Hz、1000Hz、1500Hz 的頻率成分，其中 500Hz 的波成分強度最強，而 1500Hz 的波成分最弱。

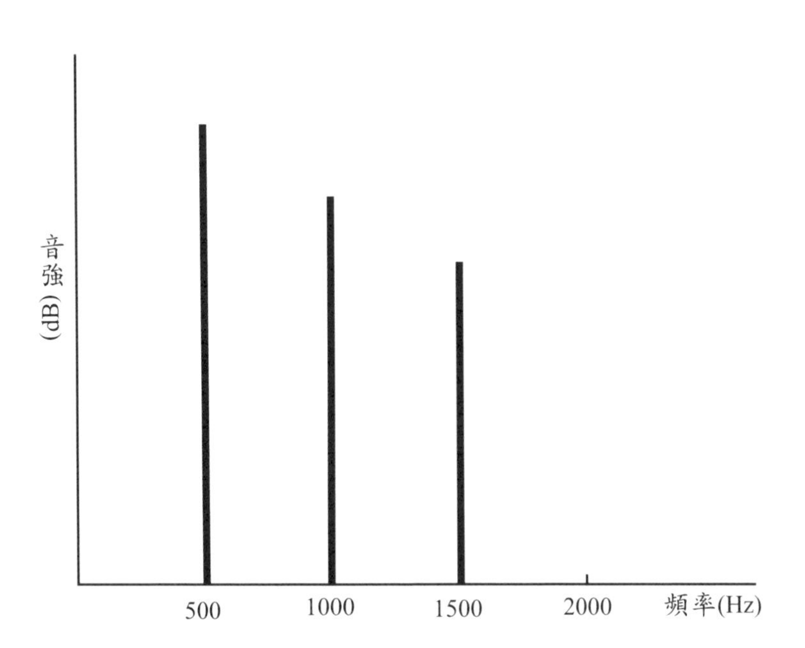

圖 1-3　一個含有 500Hz、1000Hz、1500Hz 成分的複雜波之振幅頻譜。

一、正弦波

最簡單的聲波形式為正弦波（sinusoid waveform），是時間的正弦函數，在時間軸上振幅不斷地變化，但此變化是有規律性的。一個正弦波可以用三個參數來描述，此三個參數即構成波的三要素，這三個要素就是頻率（frequency）、振幅（amplitude）與相位（phase）。可用數學的方式表示一個正弦波，公式如下：

$$x(t) = A\sin(2\pi ft + \theta)$$

以上公式中 A 為振幅（amplitude），f 為頻率，t 為時間變項。θ 為初始的相位角（instantaneous phase），數值可由 0 度至 360 度（2π）。在這個公式中，點 x 是於某時間點（x）相對於原點的位移，可用此公式求得正弦波上任一時間點上波的瞬時振幅值（instantaneous amplitude），即在某時間點上波的高度。若將求得每個時間點的振幅高度組合起來，就是我們常見的正弦波波形了。就一個聲波而言，點 x 代表的是在連續的時間向度中音壓的週期變化。若將 θ 暫設為 0，A 暫設為 1，正弦波值在時間上即會在−1 和 1 之間變化，變化的大致情形如表 1-1 所列，表 1-1 中還列有餘弦波（cosine wave）的變化值。

表 1-1　正弦波 sin（$2\pi ft$）和餘弦波 cos（$2\pi ft$）在時間向度上的變化值。

$f\times$t	0	.25	.5	.75	1	1.25	1.5	1.75	2
$2\pi\times f$t	0	π/2	π	1.5π	2π	2.5π	3π	3.5π	4π
sin（$2\pi f$t）	0	1	0	−1	0	1	0	−1	0
cos（$2\pi f$t）	1	0	−1	0	1	0	−1	0	1

下列式子中的正弦波的頻率與相位為何？

x(t)＝3 sin（2π 60 t＋π/2）（見圖 1-4）

解答

頻率為 60Hz，或者ω 為 120π，或 377 radians /sec（rps），相位為 90 度

上述正弦波的公式中「2π 乘以頻率」的部分還可用徑度（radian）或稱「弧度」來表示。大家都知道 π＝3.14，一個圓的圓周 360 度有 2π 徑度，即等於 6.28 radians，因此 1 個 radians 約等於圓周的 57.3 度（360/6.28＝57.32）。當一個圓周角為 1 個徑度（57.3 度）時，該圓之「半徑」正好等於其弧長，徑度即是將圓周長以半徑的倍數來表示，而一個圓的圓周約有 6.28 個 radians。將「2π f」合在一起可以用希臘字母ω（omega）來表示。ω是徑度頻率（radian frequency）或稱角頻率（angular frequency）。

由於 $\omega=2\pi f$，$x(t)=A\sin(2\pi ft+\theta)$ 的正弦公式則可改寫為 $x(t)=A\sin(\omega t+\theta)$。頻率概念用 ω 來表示是以徑度的方式來看「頻率」，原本「頻率」（f）的概念是每秒有幾個週期，而 ω 則是每秒鐘有幾個 radians，亦

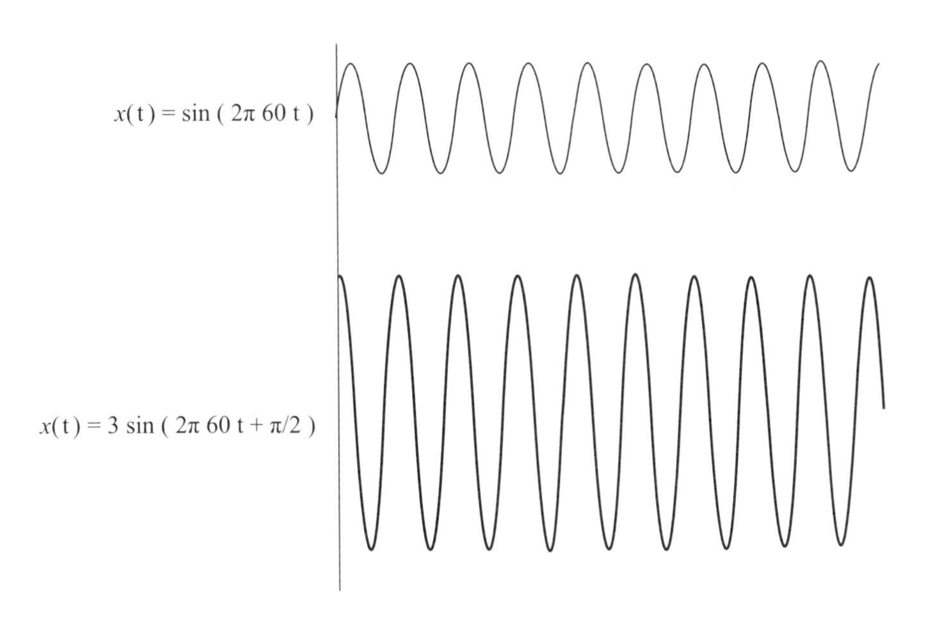

圖 1-4　x（t）＝3 sin（2π 60 t＋π/2）的波形。

即 radian per second（rps），可以將 ω 看作是比原本「頻率」單位更精細的單位，1Hz 為 6.28 rps。若是一個波行進一週期（360 度，或 6.28 rps）花一秒鐘的時間，頻率為 1Hz，即一秒振動一次，一次為一個週期，為 360 度，也就是波一秒跑了 360 度，或表示為 6.28 radians/sec。再看另一個例子，一個波若是行進一週期（360 度）只花了一毫秒鐘，頻率為 1000Hz，即一秒振動 1000 次，一秒跑了 360000 度（360×1000），或 6280 radians/sec，速度相當快。「角速率」的意義即是每秒跑了多少徑度。在工程數學上，當波的數學運算涉及較複雜計算時（如傅立葉分析，請見第四章），使用 ω 的方式來表示波頻率可以簡化許多計算程序，故數學運算時多用 ω 來表示。

在一些語音相關的程式中，如 Matlab（Mathwork Inc., 2009）或是 Praat（Boersma & Weenink, 2009）軟體可鍵入如以上波形的公式，即可產生聲波或波形圖。例如可使用 Praat 軟體中“Create sound from formula”的功能，在“New” manu＞“Sound”＞“Create sound from formula”中鍵入以上弦波公式，如 3×sin（2×pi×60×x＋pi／2），記得將 Endtime 設定改小一

點，如 0.1s 或 0.05s，好方便觀察波形，產生波後，再使用右側的 "Edit" 功能，即可好好觀察此波的波形，按波下方的橫軸鈕可放音來聽（喇叭記得要開）。2×pi 即是 2π。如此用公式的方法亦可進一步將幾個簡單波相加起來得到複雜波，如請練習在 Praat 軟體中鍵入 sin（2×pi×500×x）＋ sin（2×pi×1000×x）＋sin（2×pi×1500×x）的公式，看看是否可以得到如圖 1-2 的複雜波波形。亦可進一步實驗觀察不同的起始相位波形的變化，如 pi/2（90 度）或是 3×pi/2（270 度）等，看看得到的相加複雜波是否和之前由零度起始相位的波形一樣。

除了使用弦波公式外，在工程數學中計算常使用具有複數的極座標來標示一個複雜波所包含的正弦波和餘弦波成分。一個簡單波的頻率成分（z）可以用以下的複數來表示：

$$z = x + i\,y$$

其中 $x = A\ \cos\theta$，而 $y = A\ \sin\theta$，$A = \sqrt{x^2 + y^2}$，$0 < \theta < 2\pi$，因此 $z = A[\cos\theta + i\sin\theta] = A\,e^{i\theta}$。

使用複數的方式來代表一個波的頻率成分的主要目的，乃是方便做一些波的複雜運算，例如傅立葉分析的運算。若有一個成分未知的複雜波，我們如何得知它的簡單波成分呢？事實上，經由傅立葉分析即可得到它所包含的正弦波與餘弦波的成分。有關傅立葉分析在第四章會有進一步的說明。

二、頻率

「頻率」（frequency）是指一個波在一秒內振動的次數（或變化的週期），單位為每秒的週期數目（cycles-per-second，簡稱 cps），或是以赫茲（Hertz）作為頻率的單位，代表一秒鐘之內振動的次數，Hz 是 Hertz 的縮寫，kHz 則是指 1000Hz。一赫茲是指一秒之內振動一次，而十赫茲是指一秒鐘內振動十次，而 3000 赫茲是指一秒鐘之內振動 3000 次。振動的次數是指波振幅變化的週期數目，每秒鐘內振動的次數愈多次，頻率就愈高，聲音聽起來就愈尖銳、愈高亢；反之，每秒鐘內振動的次數愈少，頻率就愈低，聲音聽起來就愈低沉。例如在圖 1-2 中 500Hz、1000Hz 和 1500Hz 三個聲波中，哪一個波聽起來聲音最高，哪一個最低沉呢？

音程（octave）或稱「倍頻程」是頻率的一種度量單位，一個音程是指頻率的雙倍值，是在音樂量尺（musical scale）中常用的概念。'octave' 一詞中 'oct' 是「八」的意思，在音樂中的音每高八度，頻率會增加一倍，因此又被稱為「八度音」。「音程」是源於音樂樂理上的概念，例如一個以 A4（La）為 440Hz 的音樂量尺，中央 Do（C4）為 261.6Hz，它的往上一個音程 Do（C5）的頻率為 523.2Hz，再往上一個音程的頻率為 1046.4Hz（C6），再往上一個音程為 2092.8Hz（C7），依此類推。而中央 Do 往下一個音程的音 C3 為 130.8Hz。而標準音 La 音（A4）頻率為 440Hz，那它的往下一個音程是 220Hz（A3）。一個具有八十八個琴鍵的鋼琴可彈奏出來約七個音程的音頻範圍。事實上，音程的概念與人對音高的知覺是相吻合的，因為人耳對音高的差距感覺在頻率上為比率關係，而非頻率上的相減差距，音程與頻率之間的關係呈現為一種以 2 為底的對數關係。今若有一放大器可將聲音依頻率的大小來放大，方式是＋ 6dB / octave，是指頻率每增加一個音程，放大的音量會增加 6dB 的意思。例如 100Hz 為 50dB，到 200Hz 增加 6dB，音強為 56dB；由 200Hz 到 400Hz 又會增加 6dB，則 400Hz 音強為 62dB；由 400Hz 到 800Hz 增加 6dB，則 800Hz 音強為 68dB；由 800Hz 到 1600Hz 增加 6dB，則 1600Hz 音強為 74dB；依此陸續增加下去，那請問 6400Hz 時音強為幾 dB 呢？

音樂中由 Do-Re-Me-Fa-So-La-Ti-Do 正好為一個音程。事實上，一個低音音程中的某個音（如低音 Fa）到高音音程中相同音階的某個音（如高音 Fa）為一個音程的距離。每一音程中包含了十二個半音（semitone, ST）。「半音」是音樂中常用的音高單位，是計算兩個音之間的音高差距，使用對數比值的概念來運算。計算兩個音之間差距有幾個半音，需用下列公式做換算：

$ST = 39.86 \times \log_{10}$（A 音頻率 / B 音頻率）

上述公式中 A 音為音高較高的音，B 音為音高較低的音。如由 C5（高音 Do）到 C4（中央 Do）差距有十二個半音數量，算法是 $39.86 \times \log_{10}$（523.2/ 261.6）＝12。一個正常成年人（包括男性與女性）所能發出來的最大音高範圍，約可達三十六個半音的範圍（Hollien, Dew, & Phillips, 1971），即有三個音程之廣。附錄三中列有音階（musical note）、半音（semitone）和頻率（Hz）的對應表。

週期（period, T）為頻率的倒數，為一個波振動一次所花的時間，單位可用秒（sec）或毫秒（milliseconds, ms），毫秒是千分之一秒。一個 1Hz 的波，是指波一秒鐘振動一次，一次振動時間為一秒，因此週期為一秒。一個 10Hz 的波，週期為 0.1 秒，此波振動一次會花費 100 毫秒的時間。一個 100Hz 的波，週期為 0.01 秒，此波振動一次會花費 10 毫秒的時間。週期是時間的概念，週期和頻率為倒數的關係，波的週期愈長，頻率愈低；反之，波的頻率愈高，週期愈小。假設一週期波頻率是 1000Hz，即一秒鐘振動 1000 次，請問此波的週期是多少？可使用 $f = 1 / T$ 公式計算，此式子中的 f 為頻率，而 T 代表週期。語音的分析單位在時間的向度上通常以毫秒（msec）為單位。一個塞音爆破（burst）所花的時間約為 10 毫秒，可稱是最小的語音事件。

三、波長

波長（wavelength, λ）是在週期波上的任一點到下一個週期的同一點（於週期中的位置）的物理實際距離，即波走一週期的實際長度，或是波形重複一次的距離（見圖 1-5）。波長單位通常為公尺或公分。波長為一個波在空間中實際的長度。波長為實際的空間概念，雖然我們肉眼看不見聲波，但是聲波卻在真實的空間中實際地快速行進，聲波的速度相當快，一秒鐘在空氣中可以走約 350 公尺。聲速是一個聲波由其聲源出發到達空間中某一點的傳播速度，以公尺／秒為單位。

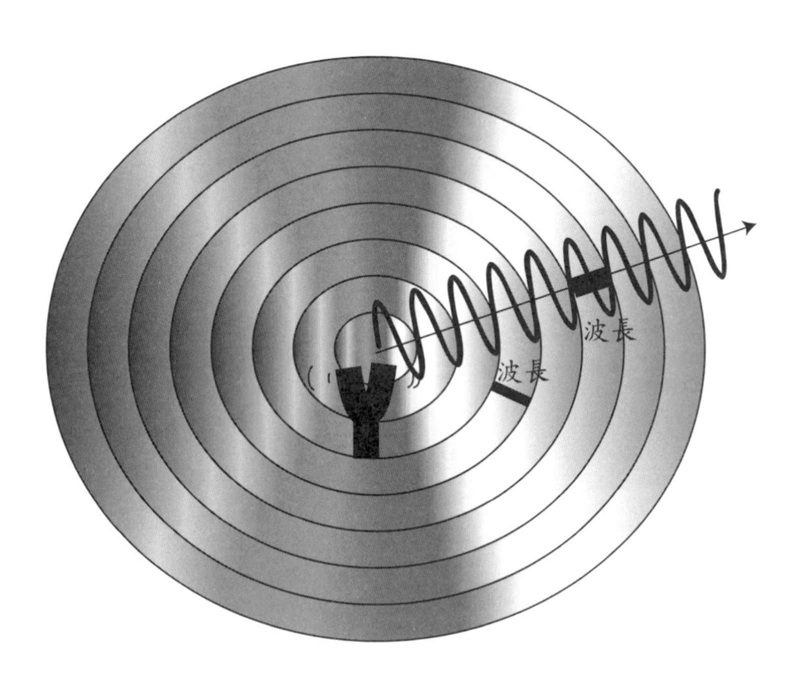

圖 1-5　一個聲波的波長。

聲速與傳遞介質密度有關，傳遞介質密度愈高，粒子之間距離愈近，則傳播速度愈快，例如聲音在水中的速度就比在空氣中傳播快，而聲音在固體介質中傳遞又比在水中為快。一個波在空氣中傳遞，以空氣為介質，在標準環境下（攝氏二十度的乾燥空氣中）的聲速（c）約為 343. 2 m/sec。若在水中傳遞聲速（c）約為 1500 m/sec。若在鋼鐵中傳遞則更快，約為 6000 m/sec，因為鋼鐵的密度高，聲波傳遞的速度非常快，這就是為什麼當我們耳朵貼著鐵軌時，會比空氣傳導時能較快聽到火車接近的聲音。當溫度或濕度增加時，聲速亦隨之增加。在高山地區聲速會下降，因為空氣密度較稀薄，空氣粒子間距離較遠；在海邊，濕氣較重，聲音傳播速度會較快。

聲波的波長與聲音的速度息息相關，聲速愈快，聲波的波長愈長，單位時間可到達的距離愈遠。聲波的波長也和聲音的頻率有關，在聲音速度固定的狀態下，聲音頻率愈低，聲波的波長也愈長，可傳距離愈遠；反之，聲音頻率愈高，聲波的波長則愈短，可傳距離愈小。這可說明較低頻的男士聲音會比高頻的女士聲音傳得較遠的原因。以下公式說明波長和週期以及聲速的關係。公式中 λ 代表波長，T 則代表週期，f 為頻率，c 是聲速。

$$\lambda = cT \text{ 或 } \lambda = c/f$$

$$c = f\lambda$$

一個在空氣中傳導的 1000Hz 的聲音波長為多少？

解答

34.3 cm/s

假設蝙蝠、鯨的音頻皆為 200 kHz，牠們聲音的波長各為多少？何者較長？蝙蝠還是鯨？還是一樣長？（＊提示：要注意到這些動物發聲時傳遞的介質不同。）

解答

蝙蝠聲音的波長為 0.1715cm/s，鯨聲音（水中）的波長為 0.75 cm/s，所以是鯨的聲音波長較長。

四、複雜波

「複雜波」或「複合波」是由數個簡單週期波所構成，是為複雜的週期波，也可以說，複雜波可被分解成許多的簡單週期波。波的複雜性即是各種波的組合成分多寡；愈複雜的波，組合成分愈多。事實上，真實世界裡的許多聲音是屬於複雜波或是準複雜波，如鋼琴聲、小提琴聲、鳥鳴、語音中的母音等。

複雜波是屬於週期波的一種，是由許多簡單波（弦波）組合而成，許多不同頻率的聲音成分組成複雜波，因為組成的成分不同造成各種不同的音色聽知覺。例如由一些不同的樂器奏出同一個音階時，音色聽起來卻有不同的感知覺。而我們要如何知道某一複雜波包含著哪些頻率成分呢？此時可使用「傅立葉分析」（Fourier analysis）來對一個複雜波做分解分析。傅立葉分析是一種數學演算法，由法國拿破崙時代一位著名的數學家 Joseph Baptiste Fourier（1786-1830）推算而得。傅立葉分析其實是一個複雜的數學演算法，它可將一個複雜的週期波分解為數個簡單波，即正弦波與餘弦波的組合，透過傅立葉分析可以將每個複雜波分解成正弦波與餘弦波的組合型態。任何複雜波皆可視為許多簡單波的組合。傅立葉分析的原理在本書第四章中將有進一步的介紹。複雜波經由傅立葉分析後，可得到包含在其中的所有簡單波的成分，包括這些個別波的頻率、振幅與相位，此時就可將其個別的頻率成分，分別標出，畫在以頻率為橫軸，音強（或振幅）為縱軸的二維座標上，而得到聲波的振幅頻譜（amplitude spectrum），這樣就可對此一複雜波所組成的頻率成分一目了然。如圖 1-3 所呈現可看到為一個具有三種頻率成分的複雜波。波形與振幅頻譜皆可將平時肉眼不可見的聲音做視覺的呈現，波形是呈現在時間向度（time domain）上音壓（或音強）的變化，而振幅頻譜則是呈現在頻率向度（frequency domain）上音壓（或音強）的訊息。

五、基頻與音高

「基頻」就是基本頻率（fundamental frequency, *F0*）。一個複雜波的「基本頻率波」是所有波成分中最低頻率的成分波，亦即具有最長週期的波。「基本頻率波」由波形上來觀察可說是波中最基本重複的規律形式。此複雜波所呈現的主要波形即與基本頻率波形類似，而其他較高頻的諧波成為修飾此基頻波的小起伏波。觀察波形時可見到基本頻率波為主要的重複架構，或為主要的負載波，其他的波的頻率成分皆是此波的倍數，被載在基本頻率波之上。如圖 1-2 中 500Hz 即為該複雜波的基頻。

一般複雜波的基本頻率的求法可使用數學上的最大公因數，即在已知聲波中所有成分波的頻率的條件下，求其最大公因數。我們說話語音的基本頻率（簡稱基頻，*F0*）就是我們聲帶振動的頻率，而音高（pitch）是聽者在聽覺上對基本頻率（*F0*）的心理感知覺。一般而言，基頻愈高，音高亦愈高。事實上，音高與基頻大致是呈正比關係，但並非為線性關係。在低頻的部分（約在 1500Hz 以下），音高與基頻較呈線性關係；在高頻的部分，約在 1500Hz 以上，音高與基頻呈一種對數（logarithmic）正比關係，也就是在高頻的部分，心理上的音高知覺漸有飽和現象（saturation effect）。根據 Stevens、Volkmann 和 Newman（1937）的研究，即發現人耳對於高頻音有飽和現象，對低頻音的解析度較好，在聽低頻音時可以分辨頻率之間的細小差異；但在高頻時需要有較大頻率差異，耳朵才分辨得出來。在低頻部分，對 500Hz 信號的聽覺音高為 500 Mels，對 5000Hz 的信號的聽覺音高卻只有約 3000 Mels，可見在心理聽知覺上，音高並不隨著頻率增加而呈等比例的增加。梅爾（Mel）為音高的一種單位，是依據知覺實驗中人耳對音高的聽知覺反應結果，得以由線性 Hertz 尺度換算為非線性尺度的單位系統。

除了梅爾單位以外，知覺性的音高單位常用的還有巴克（Bark）單位（Zwicker & Terhard, 1980）。一些語音研究（如 Syrdal & Gopal, 1986; Nittrouuer, 1995）就偏好用巴克量尺將線性的頻率單位 Hz 轉換以巴克為單位，為正規化（normalization）的過程之一。巴克量尺把由 0 到 20000Hz 分為 24 個巴克單位，是一種非線性頻率量尺（nonlinear frequency scale），它在高頻部分壓縮程度較大，在低頻部分（如 1000Hz 以下）則較為線性，如此較符合人耳對頻率的感知現象。例如 100Hz 為 1 巴克，500Hz 約為 4.7 巴克，1000Hz 約為 8.5 巴克，2000 Hz 約為 13 巴克，5000 Hz 約為 18 巴克，10000 Hz 約為 22 巴克。以下是頻率做巴克量尺和梅爾量尺轉換的公式，公式中 *F* 為頻率：

$$\text{Bark} = 13\ \text{Arctan}\,(0.76\,F/1000) + 3.5\ \text{Arctan}\,(F/7500)^2$$

$$\text{Mel} = (1000/\log 2)\ \log\,(F/1000+1)$$

在漢語語音中的聲調與語調主要也是和基頻或音高有關。但漢語的聲調和絕對音高較無關，而和基頻在時間上變化的形式（pattern）或走勢（trajectory）有關。聲調是聲波基頻變化產生的幾種固定的基頻走勢型態，像華語就有陰平、陽平、上聲、去聲等四種字調，即一聲、二聲、三聲和四聲。基頻隨著時間的變化走勢的型態各有不同，可詳見本書第十二章的介紹。

在正常理想的情況下，人類的耳朵可以偵測到的聲音頻率範圍大約由 20 Hz 到 20000 Hz。我們人類說話的語音能量大致集中於 10000Hz 以下，且在 4000Hz 或 5000Hz 以下有較多的能量集中。其實語音在有上下文脈絡的情況下，只需 3000Hz 以下的聲音能量，就足以辨別話語的語意，因此為節省傳輸資源與加速傳輸速度，一般電話所傳輸語音訊號已經先由濾波器將 3500Hz 以上的聲音濾掉，只剩 3500Hz 以下的聲音訊號。在有上下文脈絡情況下，只靠 3500Hz 以下的聲音訊號已足夠讓我們辨識所有語音成分，甚至可讓我們辨識說話者的身分。通常說話語音中的母音和鼻音的頻率較低，屬於低頻音，擁有較多的能量（相較於高頻音），語音中的高頻音一般聽起來較刺耳、不和諧，能量也較少，噪音的頻率成分以高頻音為主。例如語音中的摩擦音與塞擦音頻率較高，屬於高頻噪音，如 /s/、/ʃ/、/f/、/z/ 等音皆有高頻噪音成分，噪音頻率分布甚至都在 4000、5000Hz 以上。若在無上下文脈絡情況下，只靠 3500Hz 以下的聲音訊號是不足以讓我們對這些高頻語音達到正確清楚的辨識。一般進行語音分析所需的頻率範圍則需要有由 0 Hz 至 10000Hz 的範圍（Kent & Read, 2002），稱為「動態性頻率範圍」（dynamic frequency range），即一個合格的語音分析工具至少須有處理 0 Hz 至 10000Hz 的範圍聲學能量的能力，才能滿足後來可能進行的各種語音聲學分析的需求。

六、諧波

諧波（harmonic）是指複雜波中含有某波頻率的整數倍頻率的波成分。例如，一個基頻 500Hz 的複雜波，可能有 1000Hz、1500Hz、2000Hz、2500Hz、3000Hz……頻率成分的諧波，此即為諧波序列（harmonic series），也就是說，若有一複雜波具有這些頻率成分（見圖 1-6），而 500Hz 為此波的基本頻率（fundamental frequency, *F0*），500Hz成分波同時也是此複雜波的第一個諧波（first harmonic, H1），而 1000Hz 為第二個諧波（H2），同時也是第一個倍音（overtone），1500Hz 為第三個諧波（H3），也是第二個倍音，2000Hz為第四個諧波（H4）……，如此依此類推下去，可看出諧波是具有基頻整數倍頻率的波，這些波由於是具有基頻整數倍的頻率，它們皆可負載在此複雜波的基頻波之上。又若有一個複雜波有以下幾個諧波成分：200 Hz、400 Hz、600 Hz、800 Hz、1000 Hz，那

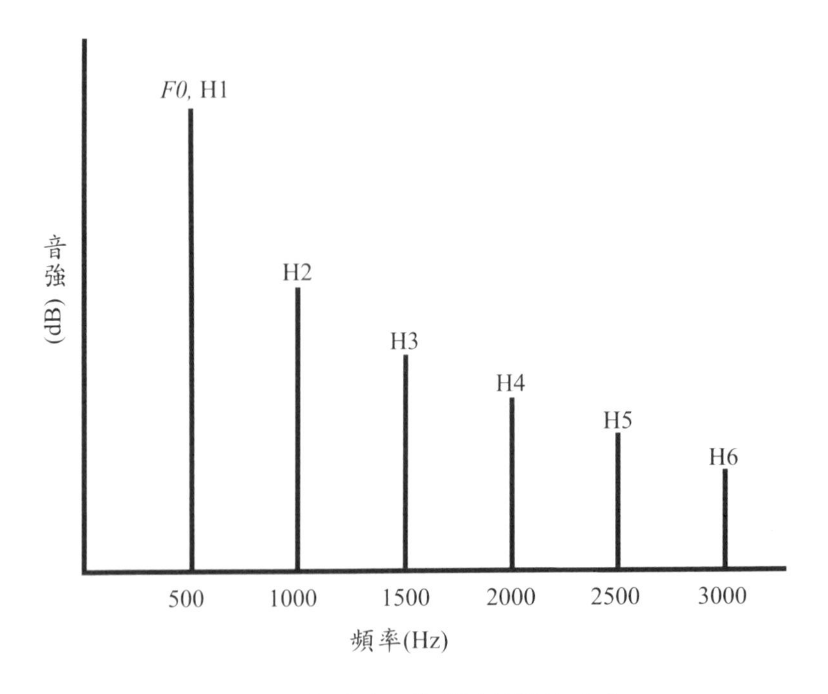

圖 1-6　在頻譜中一複雜波的諧波成分。

此波的基頻是多少呢？答案正是 200 Hz。總之，一個複雜波的所有諧波的頻率值皆是此波基頻的倍數。當聲帶振動所發出信號為一種複雜波，不只是聲帶振動的頻率波有能量，其餘符合基本頻率的諧波也都會有能量，不過語音的諧波能量會隨著頻率的增加而漸次遞減，通常在高頻的諧波能量會有較大的消減而變得很小。複雜波中成倍數諧波受到傳播管道的濾波或共鳴的影響，有些諧波會受到削減，有些諧波會受到增強。有種特殊的情形是基頻缺失（missing fundamental），但因為其他高頻的諧波存在著，聽者還是可以藉由這些高頻諧波知覺到失蹤的基頻訊息，這是聽知覺中一個有趣的現象。

七、振幅、音強、音壓與音量

振幅（amplitude）、音強（intensity）與音壓（sound pressure）和聲音的大小聲有直接關係。一個波的振幅愈大，聲音愈大聲，聲波的強度通常可由波的振幅得知。波的振幅則有多種計算法：最大振幅（maximum amplitude）或頂振幅（peak amplitude）、頂對頂振幅（peak to peak amplitude）、均方根振幅（root-mean-square amplitude, RMS）、平均振幅平方（mean square amplitude）等。「頂對頂振幅」是計算波週期中的最高振幅與其反相（正交橫中線以下）最高振幅的距離，如圖 1-7 中顯示此波的頂對

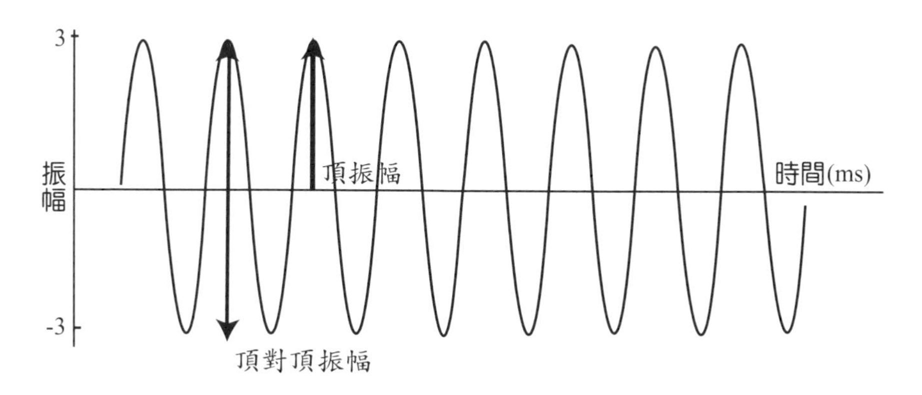

圖 1-7　一個簡單波的「頂振幅」和「頂對頂振幅」。

頂振幅為 6，頂振幅為 3。「均方根振幅」是計算每時間點上，該波距離其橫向中線的距離「平方和」的開平方值，即波形曲線下的面積和（可用積分算出）的平方根。事實上「平均振幅平方」即為「均方根振幅」的平方。

聲音的大小聲與聲音強度（intensity, I）有關。音強又與聲音的能量（energy 或 power）、音壓（sound pressure, P）或空氣粒子振動的幅度（振幅）或位移量（displacement）有關。聲波的振幅愈大，聲音強度愈強；亦即空氣壓力的變化愈大，聲音強度愈強。「聲音壓力」（sound pressure）的觀念是在單位面積上施了多少力，力的單位是牛頓（Newton, N）或是達因（dyne），壓力的單位是每平方公尺有多少牛頓（N/m^2），或是每平方公分有多少達因（$dyne/cm^2$）。1Pa（Pascal）等於 1 N/m^2，亦等於 10 $dyne/cm^2$。

音強（intensity）的觀念則與單位時間內單位面積上傳遞的能量有關。功的單位是瓦特（watt），即是聲能（acoustic energy）在單位時間內的壓力值。若是使用絕對的聲音壓力的數值來表示音強，數值範圍將會過大，使用起來很不方便，因此通常對於聲音強度使用聲音強度水準（sound intensity level）的對數來表示，如此數值就會小很多，使用起來會方便許多。聲強水準通常使用分貝（dB, decibels）為單位，分貝是十分之一的貝（bel）的意思，此單位「貝」是為了紀念電話發明人 Alexander Graham Bell（1847-1922）而訂定的。1 貝即等於 10 分貝。

聲音強度水準或音壓水準是一種相對性倍數（或比值）的單位，是經倍數和對數的轉換而來的，與一標準量相比的比值再加以對數轉換。此標準量（參考值）的音強為 10^{-12}watt / m^2，用此音強作為參考音強所得的音強水準稱為 dB IL（intensity level）。即任何聲音音強與此標準量相比較，看看是此標準量的幾倍，再以此標準量的倍數去求其「對數」就是音強。而此標準量是我們正常人耳可以偵測到一個 1000Hz 音最細微聲音的音強，是為「標準聽覺閾值」。今若有一個音的音強為我們聽覺閾值的 1000 倍，則音強為 30 dB IL，若又有一個音的音強為我們聽覺閾值的 1000000 倍，則音強為 60 dB IL。音強的計算公式列之如下：

音強水準（dB IL）＝10×（log Ix/Ir）

以上公式中的Ir為參考音強。當聲音為 10^{-12}watt / m^{2}時，Ix＝Ir，音強水準為 0 dB。而 0 dB 並不是完全無聲，而是近乎一般人平均聽覺的閾值。

若以「音壓」（sound pressure）的角度來計算時，參考音壓水準為 0.0002 dyne / cm^2 或 2×10^{-5} Pa 或 20 μPa，以此作為參考音壓的音壓水準稱為 dB SPL（sound pressure level）。其中 Pa（Pascal）等於 1 Newton / m^2，1Pa 為 10^6 μPa，而 0 dB SPL 為 2×10^{-5} Pa。今若有一個音的音壓為我們聽覺閾值音壓的 1000 倍，則音壓為 60 dB SPL，此音壓相當於我們平時交談的語音音量，事實上，音強和「音壓的平方」有成正比的關係。音壓的計算公式列之如下：

音壓（dB SPL）＝ 20 ×（ log Px/Pr）

以上公式中的 Pr 為參考音壓。當聲音為 20μPa 時， Px ＝ Pr，音壓水準為 0 dB。而 0 dB 並不是完全無聲，而是近乎一般人聽覺的閾值。若有一個音的音壓加強為原來的兩倍，則聲音分貝數會增加 6dB（20 log 2/1＝20×0.3010）。亦即若有一個 60dB SPL（相當於 20000μPa 音壓）的聲音再加上一個 60 dB SPL（20000μPa 音壓）的聲音合在一起為 66 dB ，並不是 120 dB。又當「音強」增加一倍時，則聲音分貝數會增加 3 dB IL（10 log 2/1＝10×0.3010）；反之，當「音強」減為原來的 1/2 時，則聲音分貝數會減少 3 dB IL。

由以上的說明可知，音壓或音強各分屬於不同的單位體系之中，因應所要計算的量是「音壓」或是「音強」而選用不同公式，援用不同的參考值。事實上，若是測量同一音源，不管是使用音壓或音強，最後計算得到的 dB 值仍會是相同的。表 1-2 列出分貝和音壓比、音強比之間的關係，例如 0dB 的聲音是指音壓為 20μPa，同時也是音強為 10^{-12} watt / m^2 的聲音，音壓比和音強比皆為 1。20dB 的聲音是指音壓為 200μPa，同時也是音強為 10^{-10} watt / m^2 的聲音，音壓比為 10，音強比為 100。40dB 的聲音是指音壓

表 1-2　分貝和音壓比、音強比之間的關係。

分貝 (dB)	Px / Pr 音壓比值	log Px / Pr	Ix / Ir 音強比	log Ix / Ir
0	1　：1	0	1：1	0
10	3.162 ：1	0.5	10：1	1
20	10　：1	1	100：1	2
30	31.62 ：1	1.5	1000：1	3
40	100　：1	2	10000：1	4
50	316.2 ：1	2.5	100000：1	5
60	1000　：1	3	1000000：1	6
70	3162　：1	3.5	10000000：1	7
80	10000：1	4	100000000：1	8

為 2000μPa，同時也是音強為 10^{-8} watt / m^2 的聲音，音壓比為 100，音強比為 10000。60dB 的聲音是指音壓為 20000μPa，同時也是音強為 10^{-6} watt / m^2 的聲音，音壓比為 1000，音強比為 1000000。也可知 60dB 聲音的音壓是 40dB 聲音的 10 倍，60dB 也是 0 dB 聲音音壓的 1000 倍。因此，只要標準參照值一致，一個音的 dB SPL 和 dB IL 值其實是相同的。

儘管以上所述的標準參考值，如標準量音壓或是標準量音強是最常被用到的，但有時在不同的狀況下還可能援用其他不同的參考標準，如聽閾值分貝（dBHL）是用一般正常人在各種音頻下的平均聽覺閾值的音為標準音壓，求得的該聽者聽閾值的音壓值，每種音頻下有不同的標準音壓。因此我們平時在閱讀與音強有關的研究數據資料時，須注意到參考音強是否為平常使用的標準值。

我們說話時各類語音有不同的相對音強，通常母音的音量相對會大於子音的音量，有聲語音的音量會大於無聲語音的音量。依據 Fletcher（1953）的研究，英語母音中以/ɑ/ 音的平均音強為最大，以/æ/為其次，/ɔ/排第三，而/u/音的平均音強為最小。鼻音中/m/音強大於/n/，無聲子音/θ/的音強最小。語音的音量除了受到整體音量影響外，也會受到語句的重音、聲調和語調的影響。

當聲音能量愈大，即空氣粒子振動的幅度愈大，我們會覺得聲音愈大聲，反之則否。音量（loudness）是個體對聲音強度（intensity）或聲波振幅（amplitude）的心理感知覺，為一種心理量。平常正常人的輕呼吸聲約 10 dB，而飛機起飛時噴射引擎約 160 dB 或更大聲，耳朵對最大音量容忍的極限是大約到 130 dB、140 dB 左右，此時耳朵會感到極為刺痛、不舒服。喧鬧的大街噪音量約有 70 dB 到 80 dB。一個所謂安靜的室內噪音量通常不超過 30 dB 或 40dB。而通常一般正常人與人交談的音量約在 40 dB 到 60 dB 之間，視測量時音源和音量計的距離和大小聲的變化而定。若是發一個母音，音量計放置於口外 10 公分的距離，量到的音量大約會有 60dB，音量較大時則可能到達 70、80 dB，甚至可達 100 dB 以上。嗓音異常或是巴金森氏症患者的說話音量通常較小。分析語音時，因為通常可能的言語音量動態範圍（loudness dynamic range）約在 60 dB 之內，因此一般語音分析的儀器或程式所能錄音、分析和呈現的音量範圍須至少有 60 dB 的範圍（Kent & Read, 2002），才能滿足之後可能進行的各種語音聲學分析的需求。

八、相位

相位（phase）是一個週期波在其振動週期中開始振動的位置，或是在其週期循環的開始位置，通常以角度來表示。一個週期為 360 度，因此相位的可能範圍為 0 到 360 度（也就是 2π）。典型正弦波（sin wave）波形為相位 0 度的週期波，即波的起始處為一週期開始的地方，而典型餘弦波（cosin wave）的相位為 90 度。一個波的 1/2 週期為 180 度（π）。簡單週期波波形與相位的關係請見圖 1-8。相位的訊息於多個波的相加時非常重要，之前有提過複雜波為簡單波相加而成，相同的幾個簡單波若稍改變相位，所相加而成的複雜波波形會有所不同。例如若有兩個頻率相同，強度相同，但相位相反的波，兩波相加時會互相抵消，消失為零，若相位一致則振幅為兩波振幅之和。

事實上，我們的耳朵對聲音的相位知覺也是相當敏銳的，因為波的相位會傳遞聲源空間位置知覺的線索，波的相位可讓我們知道聲音是由哪個

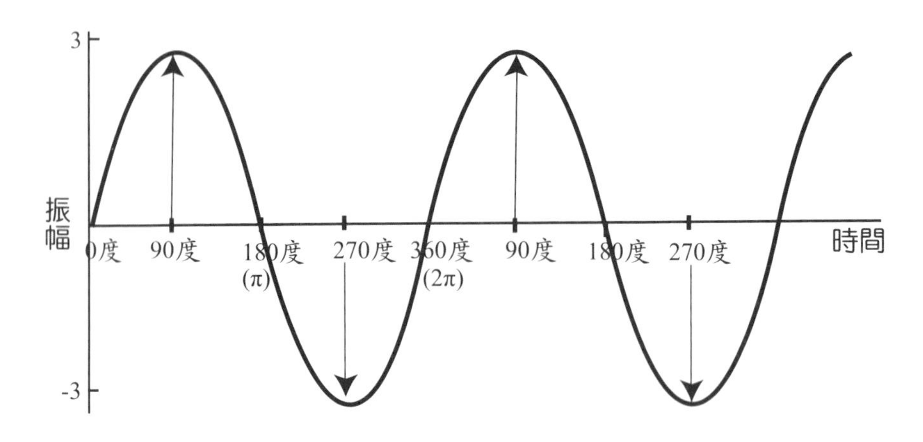

圖 1-8 簡單週期波的波形與相位的關係。

方位傳來的，這是由於大腦會去比較計算兩邊耳朵傳來聲音信號的「相位」差異，進而去推論信號來源的位置所在，因此「相位」可為聲源位置判斷提供重要的線索，是提供立體聲知覺的主要線索之一。然而相位對於語音類別的知覺並不重要，因為相位的差異並不會造成語音類別知覺上的不同。例如，一個起始相位為 90 度的/a/音聽起來和一個起始相位為 190 度的/a/音，並沒有什麼不一樣。

九、輻散

我們都知道一個聲音發出後會往四面八方擴散開來。聲波的擴散為以聲源為中心，如球形的方向四面八方發散開來，而聲音的強度會隨著與音源距離的增加而減少，離中心距離愈遠，音強愈小。事實上，減少的音強是與距離的平方成反比。音強（I）可由以下公式求得：

$$I=P/(4\pi r^2)$$

在以上公式中，r 為半徑，為聲源至測量者的距離，P 為聲源聲壓。其中 $4\pi r^2$ 為球形的表面積。基本上，在一自由場（free field）中，與音源相距的距離每增加一倍，音強便會減少 6dB。說話時，聲帶振動的聲源信號經過口道的共振轉換於唇外輻散（radiation）開來，可被聽者接收或是麥克風錄音系統記錄起來。總之，距離音源愈遠，聲音的音強衰減愈大。

第三節 「看得見」的聲音

頻譜分析儀（spectrograph）在古早是一台很大的機器，現大都為聲學分析程式，可將聲譜圖（spectrogram）呈現於螢幕上。運用頻譜分析儀作波的分析，可將一個波（任何一種波，不只有聲波而已）於時間上做等時段性的切割後（如 5 毫秒），再以傅立葉分析作運算，例如每隔 5 毫秒做一次波的傅立葉分析，最後再將全部的結果統整起來，畫在以時間為橫軸，頻率為縱軸的二維向度座標上，再以顏色的深淺濃淡來表示強度（intensity），顏色濃的部分代表能量較強，顏色較淡者代表能量較弱。繪成我們肉眼可見的形式，即為聲譜圖，又稱為「聲紋圖」或頻譜圖（見圖 1-9）。聲紋圖可表現一個波的三維向度：頻率、時間、強度的訊息，可以看到一個聲波在各時間點上各頻率成分的強度變化。例如在圖 1-9 中上方呈現為語音「兒童相見不相識」的聲波的波形圖，下方為聲譜圖。圖 1-10 則為鋼琴樂音的聲波波形圖和聲譜圖。

頻譜分析儀最早出現在美國哈斯金實驗室（Haskin Lab），使用燒灼碳紙的方式呈現聲音影像，為一台佔據一個小房間的機器，不僅體積龐大而且使用亦不方便。現在的頻譜使用電腦程式計算，以電腦螢幕呈現聲波的影像。聲譜圖是聲學分析時最常用的功能，許多聲學分析軟體皆有這項功能，如Computerized Speech Lab（CSL, KayPENTAX）、TF32（Milenkovic, 2004）、Praat（Boersma & Weenink, 2009）、Wavesurfer（KTH Royal Institute of Technology Stockholm, Sweden）、SpeechStation2（Sensimetrics）、Speech Analyzer（SIL International, 2006）等，有了這些方便的工具，語音聲學分析的使用也更為普遍。這些工具的相關網址列之如下：

CSL：http://www.kayelemetrics.com/

TF32：http://userpages.chorus.net/cspeech

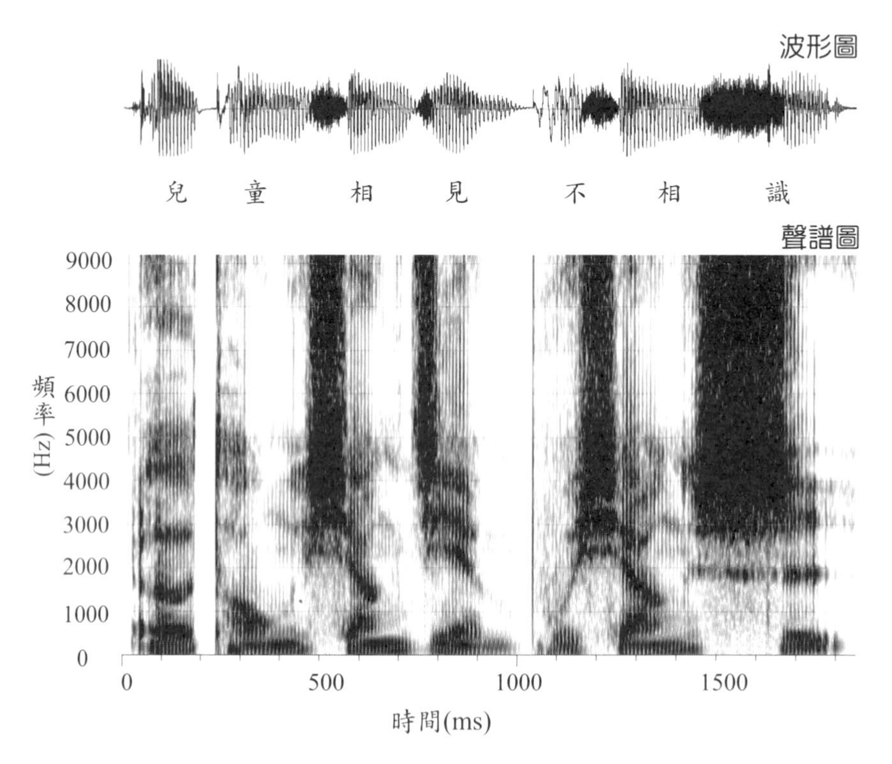

▲ 圖 1-9　語音「兒童相見不相識」的波形圖（上）和聲譜圖（下）。

Praat : http://www.fon.hum.uva.nl/praat/

Speech Analyzer : http://www.sil.org/computing/sa/

Speech Filing System （SFS）：http://www.phon.ucl.ac.uk/resource/sfs/

Wavesurfer : http://www.speech.kth.se/wavesurfer/

SpeechStation2：http://www.sens.com/speechstation/speechstation_faq.htm

其中 Praat - doing phonetics by computer 是由荷蘭阿姆斯特丹大學語音科學所的 Paul Boersma 和 David Weenink 發展的語音分析軟體，自從程式於 1993 年發布後，就常常有修正更新，更新速度十分快速，功能也漸趨完備健全，目前漸漸廣為大家所愛用。Praat 具備多種語音分析功能，如聲譜圖（spectrogram）、頻譜切片（spectral slices）、音高曲線（pitch contour）、共振峰曲線（formant contour）、振幅曲線（intensity contour）等。

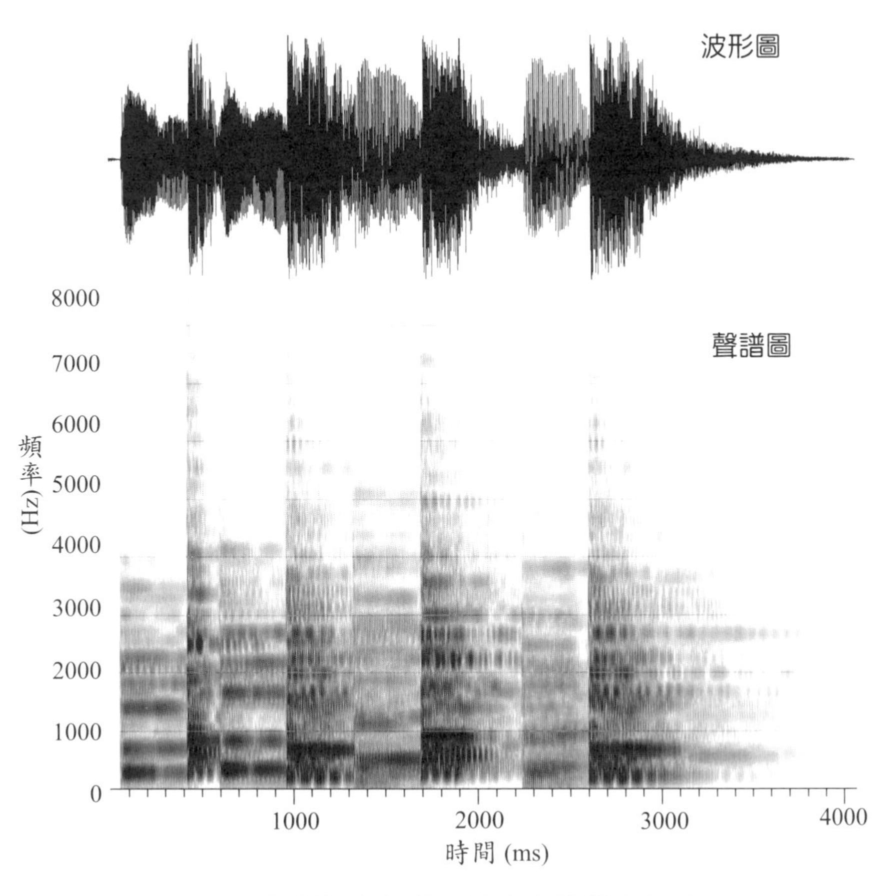

圖 1-10　鋼琴聲的波形圖（上）和聲譜圖（下）。

此外，還有許多高階功能如語音的合成、語音切割、濾波、嗓音變項分析等，這些功能都值得大家去試一試。尤其是「語音聲譜圖」的呈現，可以讓我們對於語音信號各個時間點上頻率的分配情形一目了然，讓我們可以「看見」聲音。它結合以「時域」呈現的「波形」以及以「頻域」呈現的「頻譜」的優點，同時可呈現一個波的頻率、時間和強度的訊息。「頻譜」是將聲波中的某一小段（如 20 毫秒）切出，再來仔細分析此段所含的各頻率成分的多寡消長，在「頻譜」上可以見到母音音段所含的諧波和共振峰型態，或是摩擦音高頻能量的分布情形，抑或是得到鼻音喃喃音段的低頻消息。當然，另一方面，也可說「聲譜圖」是由一個個連續各時間點上的「頻譜」切片所組合而成。初學者往往將「聲譜圖」、「頻譜」兩者混為一談，不可不慎。「聲譜圖」呈現了連續時間上的頻譜變化，而「頻譜」為靜態地呈現某一段時間中頻率成分的強度，又稱為「頻譜切片」，頻譜的呈現可讓我們清楚得知該段音內含頻率的成分的相對強度，若為母音，強度較高的頻率為共振峰之所在，若為無聲子音的噪音，則為強度較高的頻率頻譜的頂峰（spectral peak）之所在。

參考文獻

Boersma, P., & Weenink, D. (2009). *Praat - Doing Phonetics by Computer*. The Institute of Phonetic Sciences, University of Amsterdam, Netherland.

Fletcher, H. (1953). *Speech and Hearing in Communication*. New York: Van Nostrand.

Hollien, H., Dew, D., & Phillips, P. (1971). Phonational frequency ranges of adults. *Journal of Speech and Hearing Research, 14*, 775-760.

Nittrouuer, S. (1995). Children learn separate aspects of speech production at different rates: Evidence from spectral moments. *Journal of the Acoustical Society of America, 97* (1), 520-530.

Kent, R. D., & Read, C. (2002). *The Acoustic Analysis of Speech*. San Diego: Singular Publishing.

Mathworks, Inc. (2009). *Matlab User's Guide*. 24 Prime Park Way, Natick, MA 01760.

Milenkovic, P. (2004). *TF32* [computer Program]. Madison, WI: University of Wisconsin-Madison, Department of Electrical Engineering.

Stevens, S. S., Volkmann, J., & Newman, E. B. (1937). A scale of the measurement of the psychological magnitude of pitch. *Journal of the Acoustical Society of America, 8*, 185-190.

Syrdal, A. K., & Gopal, H. S. (1986). A perceptual model of vowel recognition based on auditory representation of American English vowels. *Journal of the Acoustical Society of America, 79*, 1086-1100.

Zwicker, E., & Terhard, E. (1980). Analytical expressions for critical-band rate and critical bandwidth as a function of frequency. *Journal of Acoustical Society of America, 68*, 1523-1525.

聲音信號與系統

第一節　信號的特性

一個簡單的聲學信號可以用波的形式來描述它，而波就可用上一章所述的頻率、振幅、相位、時長等幾個參數來描述。依照週期性，波分為兩大類，即週期波（periodic wave）與非週期波（aperiodic wave）。週期波就是具有規律重複性的波，而非週期波就是不具有規律重複性的波。而我們說話的語音聲波信號究竟是屬於哪一種波呢？

一個週期波（periodic wave）是具有固定的頻率成分與音強的簡單波或是複雜波。在理論上（數學上）週期波是具有無限長的長度，因為若有截斷，就會不可避免地引進一些原本不屬於該波的高頻頻率成分。但在現實世界中理想的週期波是不存在的。準週期波（quasi-periodic wave）則是近似週期波，波形中擁有週期波的規律重複特性，但並非完美的週期波，波的由始至末的強度或週期的維持可能有些變異。我們說話語音的母音聲波大致上可以說是屬於準週期波，可被分解為一些規律的週期波組成的複雜波，而子音的聲波大都為非週期波，含有噪音（noise）成分。

一、非週期波

自然界中有很多「非週期波」（aperiodic wave），如爆炸聲、摩托車聲、吹風機聲或其他各種噪音。非週期波是雜亂無章、沒有規律週期的波，它無法被分解成簡單波的組合。非週期波的振動是隨機性的，不具規律性，也無法預測，因此無法計算其週期或是基本頻率。而一般對於非週期波的測量以能量為主。噪音的聲波即是典型的非週期波，日常生活中噪音的例子很多，如飛機噪音、摩托車噪音、冷氣機、風扇、吹風機、吸塵器的聲音、煮飯時的抽油煙機聲音、語音中的噪音等。其中爆炸聲屬於一種瞬時信號（transient），時間相當短，瞬時信號是屬於一種非週期波。噪音可分為瞬時性的和持續性的噪音，它們都屬於非週期波，通常信號的頻率散布範圍十分廣。依據頻率散布範圍的特性又可分為白噪音（white noise）、粉紅噪音（pink noise）等幾類噪音。

二、白噪音

白噪音屬於非週期波，白噪音是具有所有的頻率成分的非週期波，因為就如同光波的白光是由各種波長的光波所組合相加而來，將此概念帶到聲波中，故名之為「白」。聲音聽起來就如同沒有調準頻率，收不到頻道訊號的收音機發出的嘈雜噪音聲。白噪音擁有由低至高頻的各種頻率，且在所有的頻率成分的強度皆相近似，所得的振幅頻譜（amplitude spectrum）或量能頻譜（power spectrum）是連續狀，而非如週期波為分離直線狀的，請見圖 2-1。因為振幅頻譜是以頻率為橫軸，白噪音擁有所有的頻率成分，在每個頻率上皆有能量，因此白噪音的振幅頻譜呈現連續狀。白噪音又被稱為高斯噪音（Gaussian noise），原因是與數學中一隨機時間函數（即高斯函數）的累積機率分配有關（Speaks, 1999）。若將白噪音分析以其振幅為橫軸，累積時間機率為縱軸，可得到一個「常態分配」（normal distribution）曲線，因為常態分配曲線又被稱為高斯曲線（Gaussian curve），因此白噪音又稱為高斯噪音。然而，在真實世界中並沒有一個噪音是真正的白，因為真正的白噪音須涵蓋所有的頻率，具有無限頻寬（unlimited bandwidth），並須具有無限強的音強以及無限長的音長，如此的特性在現實世界上其實是不存在的。「粉紅噪音」則是具有低頻部分音強較強，高頻的

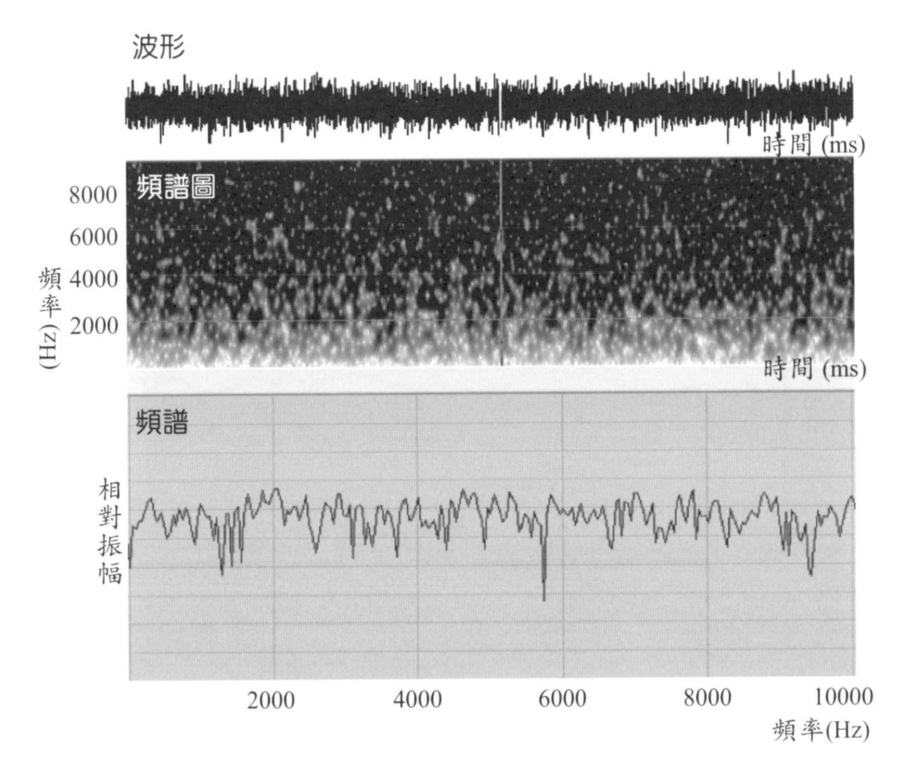

圖 2-1　白噪音的波形、頻譜圖和頻譜。

能量較少的噪音，和白噪音相同，也是類比於色光的概念而命名的。

三、脈衝

脈衝（impulse）信號是屬於一種瞬時信號（transient signal），脈衝是一個在時間上無限小，而強度無限大的信號，它發生的時間極短，強度卻是極強。脈衝信號的高度無限高，寬度無限小，面積為 1，是指持續的時間乘以強度得值為 1。脈衝信號的頻譜特性類似白噪音，具有所有的頻率成分，強度頻譜（power spectrum）為連續的（見圖 2-2）。在數學上，單位脈衝函數為一個矩形的形狀，寬度為持續的時間，單位脈衝的高度即為強度。在理論上，任何一個信號皆可在時間的向度上分解成矩形脈衝序列的組合，換句話說，可使用矩形脈衝序列來逼近任何一種信號。

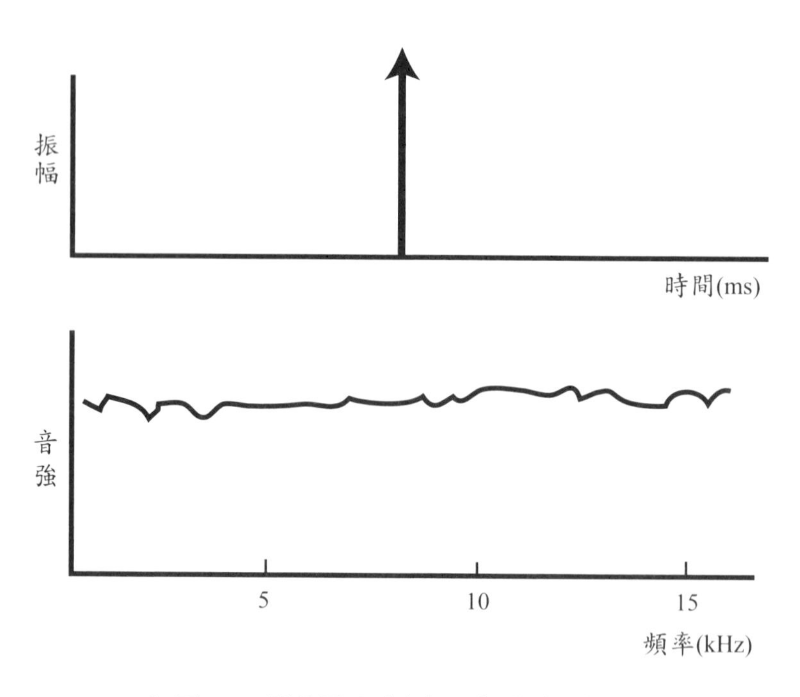

圖 2-2 脈衝圖示（上）和頻譜（下）。

四、脈衝反應

系統的轉變功能（transfer function）常是我們想推測的部分。要推論系統的轉變功能，可以將一個已知特性的信號放入一個系統得到的反應，透過比較「輸出」和「輸入」信號的不同，推論未知系統的特性。而由於脈衝信號本身有一些固定性質，尤其是如同白噪音的頻譜特性，就如同白色的物體放入一個不知顏色的染缸中，拿出來時觀察所變成的顏色，即可推論染缸這個系統可以將物體做怎樣的顏色改變。因此在系統功能未明的情況下，脈衝信號可以用以探測系統的功能（Rosen & Howell, 1991），系統對脈衝信號所做的改變就是系統的轉變功能，此即為脈衝反應的應用。

五、信號輸進系統

信號與系統常有交互作用，當一個信號通過一個系統會受到系統的一些特性所影響，而改變原本信號的特性。就如同我們人的本性受到環境的影響而改變一樣，本性與環境就有一個交互作用。此時如果要預測得到的結果為何時，就必須先知道兩個變數即信號本身的特性與系統的特性。信號的特性可藉由對信號的分析如傅立葉分析或頻譜分析而得。系統的特性就是系統的轉變功能（transfer function）。我們怎麼知道系統是如何轉變一個信號呢？這時就必須經由一些測試才能得知，也就是必須做幾個實驗，將一些已知特性的信號放入系統中，看系統究竟將信號做了哪些改變，由此推測系統的轉變功能。也就是將系統看作一個黑盒子，有輸入與輸出，輸出產品與輸入原料之間的不同或發生的改變，就是系統的轉變功能。

濾波器（filter）即為一種系統，可以改變信號波的一些特性。如圖 2-3 呈現將兩種信號各放入同一濾波系統中，此系統對於這兩信號的改變，最後輸出的信號頻譜不同。圖 2-3 中(a)圖呈現一個各頻率成分皆相當的複雜波輸入一個帶通濾波器的系統中，信號被濾波處理，成為具有濾波器共振特性的信號，圖 2-3 中(b)圖則是呈現一個基頻較(a)圖中的為高且具有頻率向高頻衰減的複雜波，輸入同樣的帶通濾波器的系統中，信號被濾波處理後，亦成為圖中具有濾波器共振特性的信號。事實上，由於「信號」、「系統」和「輸出」之間的因果關係密切，只要我們知道其中的任兩者，即可求得「未知」的那一個。

第二節　系統的特性

一、線性時間不變系統

線性時間不變系統（linear time invariant system, LTI system），或稱「線性非時變系統」，是最普通、典型的一種系統。線性系統的意思是指系統對信號的反應具累加性與加成性的功能（Rosen & Howell, 1991）。累加性是指若某一系統對某一個信號 x 的反應為 i，而對另一個信號 y 的反應為 j，對 x＋y 信號的反應則為 i＋j。加成性是指若某一系統對某一個信號的

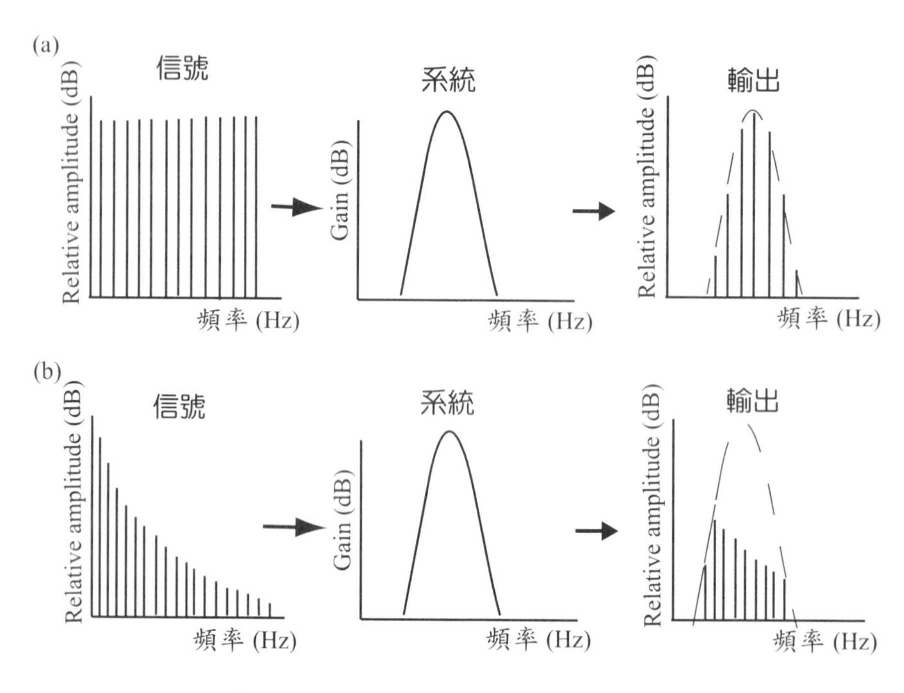

圖 2-3　信號進入系統的轉換輸出歷程。

反應為 k，則此一系統對此信號放大五倍強的反應為 5k，輸出具有和輸入一樣的等比例的放大或縮小。非時變系統的「非時變」是指系統的反應與輸入信號的時間無關，無論在哪一個時刻輸入信號，得到的結果皆一樣，亦即在同樣的起始狀態下，無論在任何時刻輸入同一信號，系統的脈衝反應是一樣的，意即系統並無記憶效果，系統的反應並不會因輸入的次數多寡而改變。「線性時間不變」系統當然是比「非線性時變」系統簡單許多，一般我們假設語音產生系統為線性時間不變系統，即可將複雜的問題簡化許多。

一般我們最感興趣的是，系統的輸出在知道輸入信號與系統的特性的條件下，我們要如何得知一個信號進入一個系統之後輸出會變成什麼樣子？我們已經知道一個信號可以被分解成許多的單元脈衝，將單元脈衝信號送入系統中，就可得到許多個別脈衝反應，再運用線性時間不變系統的累加性，將這些反應加起來，就是原來未被分解信號的系統反應。在已知信號與系統的性質的條件下，運用此原理，就可求得任何信號的系統反應。我們的口道（vocal tract）實際上就是一種系統，可將聲帶發出的「噪音信號」做一些濾波的改變，成為外界聽得到的語音。口道是指從喉頭聲門（glottis）、上喉腔、咽腔、口腔至嘴唇的這段類似管狀的生理結構。

二、濾波器

當信號與雜訊混合時，可使用濾波器（filter）將雜訊濾除，而得到乾淨的信號。濾波器可以將訊號與雜訊分離。濾波器即為一種系統，是一個簡單形式的系統，可將聲波中某些頻率的成分選擇性地加以移除，就如同篩子一樣，可以選擇性地去掉或保留其中的某些部分（在此指某些頻率）。因此，可藉由濾波器調整聲波中各頻率成分相對的音強比率。

依照濾波器的頻率特性可將濾波器分為高通濾波器、低通濾波器、帶通濾波器、頻帶拒絕濾波器與全通濾波器。高通濾波器（high pass filter）是指高頻的波可以通過，將低頻的波濾除，例如，一個截切點為 4000Hz 的「高通濾波器」只能讓 4000Hz 以上的波通過，其餘的則濾除。低通濾波器（low pass filter）則正好相反，只有低頻的波可以通過，將高頻的波濾除。例如，一個截切點為 4000Hz 的「低通濾波器」只能讓 4000Hz 以下的波通過，其餘的則加以濾除。

「帶通濾波器」（band pass filter）是指在某一頻率帶的波可以通過，其餘的波成分則濾除掉，例如，一個 1000Hz 至 2000Hz 的帶通濾波器只能讓 1000Hz 至 2000Hz 的波通過，其餘則濾除。事實上，帶通濾波器即是一個「高通濾波器」再加上一個「低通濾波器」串聯而成。我們要如何描述一個帶通濾波器呢？主要有兩個重要參數：第一個是中央頻率（center frequency），第二個為帶寬（bandwidth, BW）（Speaks, 1999）。中央頻率為此帶通濾波器的頻譜曲線中頻率反應最高點的頻率，如圖 2-4 中的帶通濾波器的中央頻率為 3000Hz。若以此最高點強度往下數 3 dB 的頻率位置，右邊為「上截點頻率」（upper cutoff frequency），左邊為「下截點頻率」（low-

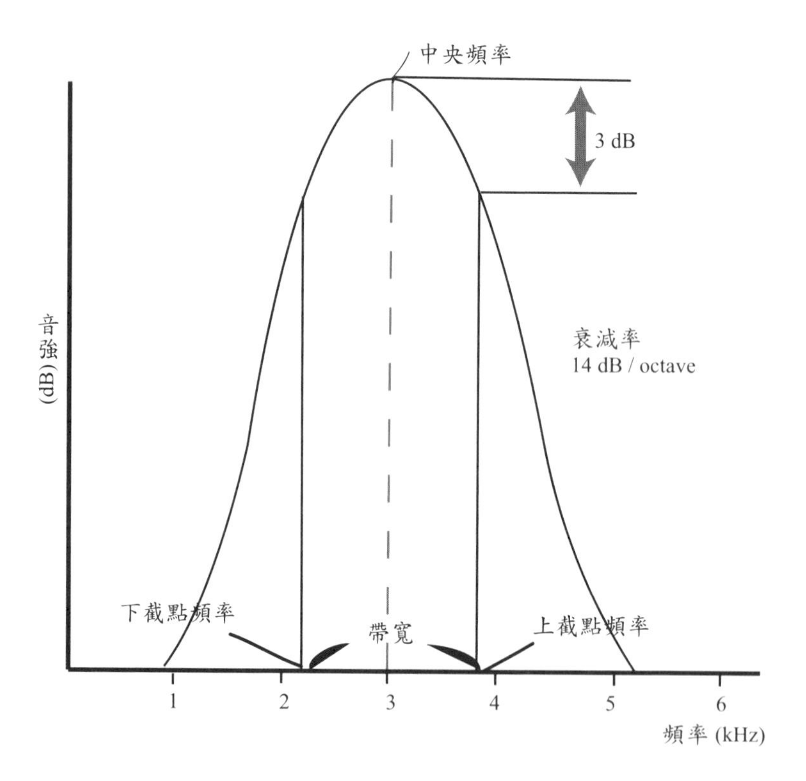

圖 2-4　帶通濾波器轉變功能的頻譜曲線。

er cutoff frequency），而「帶寬」即為此兩個頻率的差距，即是「上截點頻率」減去「下截點頻率」，此帶寬又稱「半量帶寬」（half power bandwidth），因為頻譜曲線中最高點音強減少 3 dB，正為其音強的一半。如圖 2-4 中的帶通濾波器的下截點頻率約為 2200 Hz，上截點頻率為 3800 Hz，而此濾波器的帶寬則為 1600 Hz。由於濾波器對於截點頻率帶外的頻率成分的濾除，通常不是一刀兩斷式的乾淨利落，而是呈有斜率式的漸減弱形式。有些濾波器的漸降斜率較陡，有些則較緩。「減弱率」（attenuation rate in dB / octave）是指濾波器頻譜曲線的下降斜率，又稱「衰減率」（roll-off rate），即每遠離截斷點一個音程其音量下降的分貝數（Speaks, 1999）。離「中央頻率」愈遠的頻率能量衰減得愈多，直到零為止。如圖 2-4 中所示的帶通濾波器的衰減率約為 14 dB / octave。

「帶拒濾波器」（band reject filter）或稱為「頻帶拒絕濾波器」，與「帶通濾波器」的頻率反應正好相反，可以拒絕某一頻率帶的波，防止某一頻率帶的波通過，即可將某一特定頻率帶的波濾掉，其餘頻率帶的波則可通過。事實上，帶拒濾波器可由一個低通濾波器並聯一個高通濾波器而成。圖 2-5 呈現有高通濾波器、低通濾波器、帶通濾波器和帶拒濾波器的轉變功能曲線。

依照處理信號的性質不同，濾波器又分「類比濾波器」（analog filter）與「數位濾波器」（digital filter）。兩者處理的信號不同，「類比濾波器」處理「類比信號」，「數位濾波器」則是處理「數位信號」。類比濾波器乃由電路元件來實現，是有實體的裝置，如由電阻、電容、電感等電路元件構成。若要改變濾波器的特性（如中央頻率、衰減率等），則須改變電路元件的參數或結構。設計者為了逼近於理想濾波器的頻譜特性，必須去尋找符合理想濾波特性的電子元件組合，以其逼近理想的濾波器的函數，實體的濾波器可以用函數的名稱來命名，如巴特渥茲濾波器（Butterworth filter）或橢圓濾波器（ellipse filter）等。數位濾波器乃由程式以及電腦計算

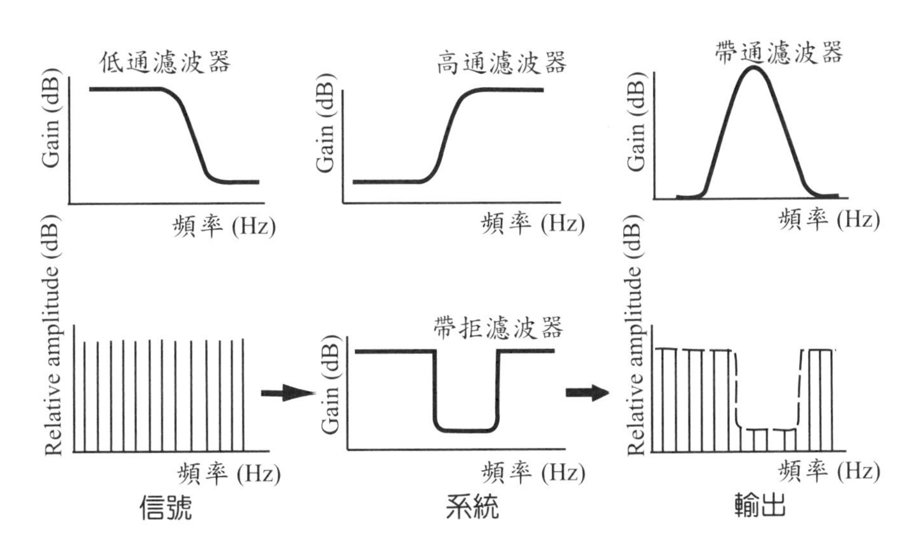

圖 2-5　高通濾波器、低通濾波器、帶通濾波器和帶拒濾波器的轉變功能曲線。

來實現，事實上，數位濾波器已變成一種數學演算函數，不具真實的裝置元件，通常使用窗口法來設計數位濾波器的算則。

三、共鳴器

共鳴器（resonator）是一種系統，如同濾波器一樣，可以改變聲波中頻率成分音強的比率。共鳴器可以對音源中某些頻率的聲音加以放大，或減弱某部分頻率的聲音。振動產生聲音，此聲音若受到一物體的影響（如通過它或接近它）而使某些頻率受到增強，稱為共鳴或共振（resonance）。共鳴效果會改變原本的音源中某些頻率成分的相對強度，例如將一個聲源放入一個容器或通過一個管子時，聲音頻率即會發生一些改變。一般具有管狀或是桶狀的物體對聲音的共鳴效果最好，如一般的樂器皆具有共鳴器的功能。例如弦樂器若單由弦振動所產生的聲音其實是很小聲的，但透過木製的琴身共振後，可產生獨特放大的樂音。這是因為弦振動產生的音源通過琴身共鳴器，因共鳴的效果放大，並改變原本音源的聲音，這就是共鳴器的轉換效果。

每一個共鳴器有其各自獨特的共鳴特性或共鳴轉換效果。當一個聲波通過一個共鳴器，會受到該共鳴器的共鳴特性影響而改變自己原本各頻率成分的相對強度，其中某部分頻率成分被加強，而某部分頻率成分則被削弱，意即共鳴器選擇性地改變一些頻率成分的音強。在此需要注意的一點是：共鳴器只會改變原本音源頻率的相對強度，並不會提高或降低原來音源聲音的「頻率」，也不會加入新的「頻率」成分，是屬於線性非時變系統。共鳴器並不會改變原本音源信號的頻率，只會改變信號中某些頻率的強度。

口道（vocal tract）的形狀如一根管子，可將之視為一種管狀共鳴器或是濾波器。聲波通過口道時，某些頻率成分被相對地加強，也有某些頻率成分被削弱，音強加強部分的頻率為共振頻率。共振峰（formant）即為口道的共振效果最顯著的頻率地區，在有聲語音中頻譜能量較為集中的狹窄頻率帶（Stevens & House, 1961）。若將口道系統轉換功能曲線繪於頻譜上，就會得到一系列的如山峰、山谷的形狀（如圖 2-6），其中每一個峰都是共振峰，由低頻至高頻算起，第一個峰為第一共振峰（*F1*），第二個峰為第二共振峰（*F2*），第三個峰為第三共振峰（*F3*）……依此類推。但通常第六個共振峰之後（更高頻的共振峰）能量十分微弱，共振峰很不明顯。口道的形狀改變或長度改變，共振頻率即會發生改變。每一種母音各有不同的共振峰型態，這主要是因為舌位或是唇形變化使得口道的形狀改變，因而對於輸入通過的嗓音信號產生濾波的效果不同所致。在圖 2-6 中喉部聲門產生的音源，經過口道共鳴系統的濾波轉換，輸出為具有頻譜共振峰特徵的信號，它的第一共振峰（*F1*）值為 500Hz，第二共振峰（*F2*）值為 1500Hz，第三共振峰（*F2*）值為 2500Hz，此音即為央元音。

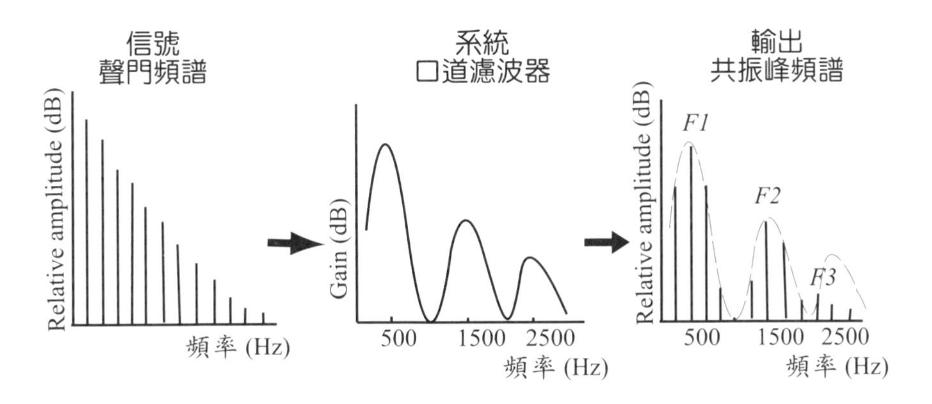

圖 2-6　口道的濾波作用與母音的共振峰。

參考文獻

Rosen, S., & Howell, P. (1991). *Signal and System for Speech and Hearing*. London: Academic Press.

Speaks, C. E. (1999). *Introduction to Sound: Acoustics for the Hearing and Speech Sciences* (3rd ed.). Singular Publishing Group, Inc.

Stevens, K., & House, A. S. (1961). An acoustical theory of vowel production and some of its implications. *Journal of Speech and Hearing Research, 4*(4), 75-91.

聲學共振系統的理論模式

說話的語音成分是非常豐富而且複雜的，語音的產生過程也是一樣，是否有一些簡單的理論或模式可用來解釋語音產生聲學信號的頻率變化呢？研究語音聲學的科學家曾經發展出幾個聲學理論（或模式），用來解釋語音聲學的產生，這些聲學共振系統模式（models of acoustic resonant systems）的建立，主要目的是為了尋找影響重要語音聲學特性的因素以及建構或模擬語音聲學信號產生過程，來增加我們對語音聲學特性的了解。這些重要的語音聲學共振理論包括：彈簧質量模式（simple spring-mass model）、聲學電流機械類比（acoustic-electrical-mechanical analog）、模式管子的共鳴（tube resonance）模式、多重共鳴器（multiple resonators）模式等。這些理論主要在解釋聲學信號中頻率的影響因素，以下我們就一一地來了解一下這些聲學共振理論模式，以及探討到底共振頻率會受到哪幾個因素的影響。

第一節　語音聲學的共振理論

一、簡單的彈簧質量模式

彈簧質量模式是一種機械的類比模式，用彈簧的振動類比於聲波的振動。彈簧是種會振動的物體，而彈簧振動有一固定的頻率，可用一個簡單的彈簧系統來模擬聲學的一些物理特性。彈簧的振動頻率決定於彈簧系統本身的質量以及彈簧的堅硬度（stiffness）。彈簧的振動頻率與本身的質量的平方根成反比，而與堅硬度的平方根成正比（Speaks, 1999）。當物體的質量愈大時，其振動頻率愈低；反之當物體的質量愈小時，其振動頻率愈高。當彈簧堅硬度愈高時，振動頻率愈高。當彈簧堅硬度增加為原來的四倍時，振動頻率增為原來的二倍。彈簧振動的頻率和它的質量以及堅硬度的關係可用以下公式表示，公式中的 f 為振動頻率，M 為彈簧質量（mass），S 為彈簧堅硬度。

$$f = 1/2\pi \times \sqrt{S/M}$$

二、聲學的電流機械類比模式

電學上電壓、電流在時間向度上也會呈現規律的週期波動的形式，可用來類比聲音的波動現象。聲音的電流類比模式是將「電壓」（electric voltage）類比為「聲壓」（acoustic pressure），「電流」（electric current）類比為「氣流」（airflow）。由於語音的產生是來自聲帶的振動，聲帶的振動與氣流的流動有很大的關係，必須要有氣流流動才能帶動聲帶的振動來產生聲音，聲帶產生聲音後經口道（上呼吸道）的各個構音結構（如舌頭、雙唇等），亦參與了氣流的調節。有氣壓就有氣流，同時氣流流動過程中也會受到阻力。氣壓、氣流的關係與電學上電壓、電流的關係是類似的。在電學上有歐姆定律（Ohm's law）來說明三者的關係，此定律可用以下的公式表示：

$$I = P/R \text{ 或 } P = I \times R$$

其中 I 是電流（current），P 是電壓（voltage），R 是電阻（resistance）。電流和電壓成正比，電流和電阻成反比。電阻是對電流通過的阻礙，通常能量是以熱的形式發散出去。自然界中能量的傳輸，因為介質的緣故，在輸送過程中多多少少會損失能量，這是因為介質中有阻抗的力量。

聲音於空氣中傳遞時也會有能量的損失，能量會以另一種形式散逸，主要是以熱能的方式散去。聲學能量在介質（如空氣）中傳遞，會因粒子間的摩擦轉變成「熱能」發散出去。

三、聲學阻抗

聲音是來自物體的振動，而物體的振動會受到聲學阻抗（acoustic impedance）因素影響，漸漸停止振動不再發出聲音。通常當我們振動一個物體（如音叉、彈簧、單擺等），不再施力後，物體會持續自由擺動一段時間，此時擺動振幅不再增加，而後會漸漸變小，這是因為有摩擦阻力的關係。當摩擦阻力十分小的時候，物體會持續擺動，而這個擺動物體的固有振動頻率，稱為自然頻率（nature frequency）。自然頻率與系統本身的質量（mass）與堅硬度（stiffness）或張力有關，如在前面段落中提到的物體的振動頻率與質量、堅硬度的關係，可用簡單的彈簧質量模式來解釋。在一個彈簧系統中，物體振動的自然頻率大約和物體質量成反比，而和張力大約成正比。然而，事實上，振動（或擺動）中的物體並不會永遠持續振動，因有阻力（resistance），振動（或擺動）會隨著時間漸漸減弱或消退（damping）。

「消退」是指物體原來振動的幅度減少。消退是來自物體振動時外界介質（如空氣）所產生的阻止振動的力之影響（Speaks, 1999）。通常振動的能量會因摩擦而發散掉，動能則會轉為熱能而發散掉，此時涉及不同形式能量間的轉換。若是振動的幅度減少的量很大即為高消退（high damped）。消退程度大小可用「消退指數」（damping factor）來定義，通常消退指數的算法是取兩個相鄰週期的振幅大小比例，比值愈大，消退程度愈強。

阻抗是由另一相反的方向來看物體的振動。阻抗是指防止能量往外傳送的力，或是全部阻礙振動的力。在電學上，阻抗（impedance, Z）的單位是 ohm（Ω）。全部的阻抗（total impedance）的決定因素有二：一為電阻（resistance），一為電抗（reactance）（Speaks, 1999）。在物理上，「阻」（resistance）即是當一個力加於一物體上，會有一個對抗移動的力，阻與物體本身的質量以及堅硬度（或柔順度）有關。當物體質量愈大，慣性愈大，阻愈強。若當物體堅硬度（stiffness）愈大，阻也愈強。亦即系統本身阻（抗壓性）愈大，對抗外界改變的力愈大。例如較堅硬的彈簧，需要更多施力才能將其壓縮，代表它的阻愈大，而彈簧被壓了之後，會儲存一些能量，於適當的時候會再反彈回復原狀，此於電學上相當於電容（capacitance）的概念。聲波的阻力（resistance）的大小（能量的散逸程度）與物體本身的振動頻率並無關係，而與介質性質有關（如空氣、水、牆壁等），因為聲波是在介質中傳送的，在不同介質中聲波會遇到不同的阻力。

柔順度（compliance）是堅硬度的相反概念，是指物體能被彎曲或變形的程度，與物體的堅硬度成反比，柔順度愈高愈容易變形，也愈不堅硬。堅硬度的倒數就是柔順度（$1/S=$ compliance）。柔順度又可稱為可壓縮度（compressibility），也是相當於聲學的電容（acoustic capacitance）的概念。聲學全阻抗中的「抗」與「阻」皆是對抗振動的力，不同的地方在於「阻」的能量是以熱的形式散逸掉，而「抗」的能量則是儲存於其系統之中，成為一種潛在的能量。聲學全阻抗的數學運算式如下：

$$Z=\sqrt{[R^2+(X_m-X_c)^2]}=\sqrt{[R^2+(\omega M-S/\omega)^2]}$$

以上公式中 Z 指全部的阻抗（total impedance）；R 指阻（resistance）；X_m（或 ωM）是物體質量的抗（mass reactance）；M 指的是物體的質量；X_c（或 S/ω）是柔順抗（compliant reactance）；S 是指堅硬度（stiffness）。ω 是振動的角速率（angular velocity）。還記得第一章中 $\omega=2\pi f$ 嗎？ω 代表每秒徑度值（radian per second, rps），1 radian 等於 53.7 度。1Hz 是指一秒鐘中振動一次，也就是在一秒鐘走了 360 度，或是走了一個圓的整個圓周長（$2\pi=6.2832$ radians），ω 是一種比 Hz 還小的頻率單位。

聲學全部的阻抗包括物體的阻成分，以及「質量抗」減去「柔順抗」的成分，即是以上公式中（X_m-X_c）的部分。由於「質量抗」及「柔順抗」會受振動的頻率影響，且其波動的相位正好相差 180 度，兩者的關係會隨著頻率而互為消長，而系統的抗為兩者間的差距值。再者，由以上公式可知，物體的「質量抗」及「柔順抗」兩部分皆會受振動的頻率 ω 所影響。「抗」會隨著物體本身振動的頻率而改變，而「阻」則不會（Speaks, 1999）。而事實上，頻率對於質量抗及柔順抗這兩部分的作用是相反的。在低頻振動時，質量抗通常很小，可以被忽略，而柔順抗卻是相當大，也就是$X_m < X_c$。反之，在高頻振動時，質量抗很大，而柔順抗則是相當小，也就是 $X_m > X_c$。當質量抗及柔順抗相等時，也就是 $X_m = X_c$ 就會互相抵消，此時全部的阻力就只剩「阻」的成分，這時候的頻率就是物體振動的「自然頻率」，此時全部的阻力最小，因為全部的阻力只剩下「阻」的成分，而「阻」並不受振動頻率的影響，即聲能的阻並不因振動頻率值不同而有異，而是受消退指數（damping factor）的影響。

現在雖然我們知道全部的阻力（Z）是包含了阻、質量抗及柔順抗三個成分，但實際上的運算則複雜許多，因為每個成分間各自有相位上的差異，無法直接相加減。事實上，「質量抗」波領先「阻」波 90 度相位角，而「柔順抗」落後「阻」波有 90 度相位角，因此「質量抗」與「柔順抗」波兩者相差有 180 度相位角（Speaks, 1999）。對聲學阻抗有興趣學習者可進一步參看以下這本書，可對聲波的阻抗有更深入的了解：Speaks, C. E. (1999). *Introduction to Sound: Acoustics for the Hearing and Speech Sciences* (3rd ed.). Singular Publishing Group, Inc.。

四、電阻

物理力學上的阻抗（impedance）可以和電學上的阻抗（electrical impedance）相對應（Speaks, 1999），聲學共振模式可用電學模式加以模擬類比。電學上的阻抗是指對電流的全部阻力，即對電流流通的阻礙，主要來源有三：電阻（electrical resistance）、電感抗（inductive reactance）以及電容抗（capacitive reactance）。

在聲學與電流的類比模型中，質量（mass）與電感（inductance）這二者可看成等同的成分。物體質量因慣性有對抗外加速力的性質，電感是在電磁場中對抗電流流速或方向改變的電路成分。因交流電極性的改變會因電磁場而造成一些對抗改變的力，因為電磁場本身已存有某一種極性。這種對電流的阻抗稱為電感抗（inductive reactance）。在聲學與電流的類比模型中，柔順度與電容（electric capacitance）此二者可看成類比等同的成分。電容則是電路成分中的電磁場（electrostatic field）可對抗電壓改變，電能可被存在電磁場中。

電阻（electrical resistance）、電感抗（inductive reactance）以及電容抗（capacitive reactance）三者的關係與聲學的「阻」、「質量抗」及「柔順抗」三成分關係是類似的。計算 Z 值時是須計入相位差的，並無法直接將它們相加起來。同樣地，介於電流、電感、電容三者亦有相位角的差距，量的相加須考慮到它們的相位差。

五、聲學的電路實際模擬

由之前的介紹可知，聲學的參數變項與電路元件的成分有一種類比關係存在，因此可以使用電學的模式來模擬語音聲學的情況。早期的研究者 Rothenberg（1968）即利用電路（electrical circuit）系統來模擬塞音產生時氣流的型態，使用電路元件來代表塞音產生時，氣體動力與呼吸肌肉的活動。此氣流聲學系統模式內包含三個氣流控制的小系統：聲門之下（subglottal）、聲門（glottal）與聲門之上（supraglottal）。他使用電流類比模式模擬說話時聲門下壓在時間的向度上的改變，並考慮到呼吸肌肉的特性如收縮與伸張的程度等。模擬模式遵循歐姆定律，評估塞音產生時，呼吸肌肉的動作產生的聲門下壓，以及聲門之上與聲門的阻抗成分，包括兩個抗阻成分：口部構音結構的收縮（articulatory constriction）與喉頭的收縮（glottal constriction）。塞音電路模擬模式還考慮了呼吸肌肉對聲門下壓的主動控制和其他被動因素的變異性，並嘗試納入聲門調整的動態限制和動作的計時特性等精細的氣流控制機制。

後來 Muller 與 Brown（1980）進一步使用 Rothenberg（1968）氣流的模式，模擬塞音產生的氣體動力（aerodynamics）現象，更精細的模擬塞音的產生。他們模擬的變項包括塞音構音的部位、方式、有聲／無聲以及母音環境，藉此了解構音的動作，聲學上波形的不同是由構音動作的不同產生，他並進一步使用電腦模擬聲門上方氣壓的波形（supraglottal air pressure waveforms），並與實際的五個受試者的語音產生資料相比較，得到還令人滿意的對應結果。

聲學的電路模擬模式最初的目的在於合成語音，此作法後來卻漸漸被摒棄，原因是此模式的應用有限，只是初步的嘗試於塞音的模擬，其他語音（如母音、摩擦音、塞擦音、邊音、鼻音等）的模擬則付之闕如，更遑論使用於連續的語音的模擬。尤其是像我們日常生活中說話語音有多樣性絡繹不絕的語音輸出，對於日常語音產生的模擬，若是使用電路氣流模式則有相當大的難度。另外，當使用類比電路系統來模擬語音聲學事件時，音源與濾波器之間的獨立常為基本假定，模擬濾波器也只是幾個被動的單元線性組合而成，聲音的傳遞只由單一方向而行，事實上，音源與濾波器之間的關係往往也非完全獨立的，氣流通過口道中各構音部位的流速變化是相當不規則的，尤其是若加上鼻腔的共鳴，則又更加複雜。日後可考慮若能將此模式使用電腦程式參數的方式加以實現，則或許也是語音合成的一個好方法。

第二節　管子的共鳴模式

我們知道當一個聲音通過管子時，聲音會受到管子特性的影響而產生共鳴，其中有些頻率成分會被相對地加強或減弱。管子的共鳴現象來自於駐波（standing wave）原理，駐波是由於波的反射而產生的，不論是縱波或橫波，若遇反射皆可能產生駐波。在管中傳播的波會因管子的封閉端造成原波的反射波回傳，反射波以相反的方向傳回，反射的回傳波會遇到原聲源連續傳送的波而相加、交疊一起，兩波相加會因相位差而產生時而加強、時而削弱的間歇變化效果。當兩波間相位差為 180 度時，兩波正好互相抵消，此時波的振幅為零。又若有時候回傳的波正好與聲源的波同相位，而此時某些處的波能量會因同相位而加強，振幅也會加大。這些波的變化由於人類的視覺暫留現象，看起來就像是站立不動一般，這就是所謂的「駐波現象」（見圖 3-1）。若仔細觀察管中各區域位置，會發現某些固定的點，不管在任何時候皆是無能量，即呈振幅為零的狀態，此處稱為波節或

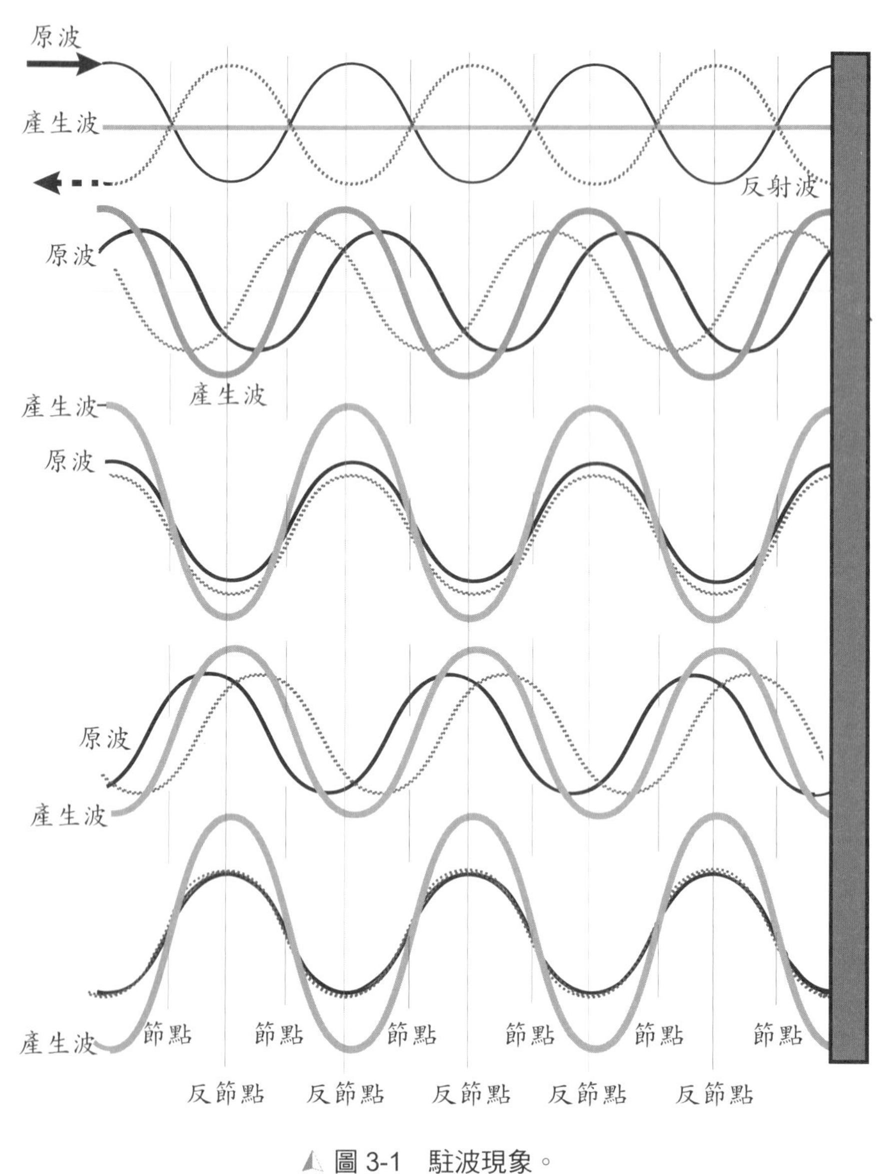

圖 3-1 駐波現象。

節點（node），位在此點處位置正好是兩波相位差為 180 度，兩波正好互相抵消；又有一些地點，有時會有振幅加到最大的情形，有時又會負到最小，此點稱為波腹，又稱為反節點（antinode），會時而忽大忽小的規律變化。

我們的上呼吸道如同一條有彈性的管狀之物，成人的口道長約 10 到 20 公分左右，可簡單地將之視為是一條約 17.5 公分長的橡皮管子。如果將人的上呼吸道（由喉頭經咽腔至口腔）視為一根管子，將管子拉直，則此管子的一端為封閉的，因為發聲時聲帶振動，兩片聲帶成閉攏狀態，而管子的另一端為開放的，為嘴唇開口的一端。那麼這根管子就如同一個管樂器（如笛子或簫）一樣，為一個管狀共鳴器。管狀共鳴器的共鳴特性和管長有密切關係，「四分之一奇數波長公式」可說明基本的管狀共鳴原理，管子的共振峰頻率 F（n）和管子的長短關係可用以下公式表示：

$$F(n) = (2n - 1)\ c/(4\ell)$$

以上公式中 ℓ 是管長，c 是聲速（大約每秒 35000 公分），n 是任何正整數。管子若為口道，可視 n 為第 n 個共振峰。由以上四分之一奇數波長公式可得到管子的共振頻率，亦即凡是具有週期為管長四倍的波，通過這根管子會有共振效果，即振幅會被加大，或者可說此頻率成分的音量會被增強。由以上的公式可知管子的長度和所產生的共振峰頻率成反比關係，管子愈長，共振峰頻率愈低；反之，管子愈短，共振峰頻率愈高。至於產生共鳴的原理則是來自物理上的駐波（standing wave）現象。

簡言之，在一端封閉的管中振幅及波長相同的兩波以相反行進的方向彼此干擾，交疊一起就會產生駐波現象。因此，在管中行進的波它們的相位、波長（頻率）與管長如果具「相容」關係，波的強度就會受到增強，此波長相對應的頻率即為管子的共振頻率。四分之一奇數波長公式，說明的就是那些受共振作用而加強的具有與四分之一管長「奇數倍」波長的波，這些波的強度會特別受到增強，此頻率即為管子的共振頻率。管子的封閉端為波節所在，而管子的開放端為波腹所在。波腹之所在處，空氣粒子會持續地最大幅度的振動。而那些具有管長偶數倍波長的波，正是受那些上下相反的反射波相互抵消的波。圖 3-2 顯示一端封閉管子的共振情形，封閉的那一端類比為有聲帶振動的聲門，而開放的那一端類比為唇部開口，而這根管子類比於口道，由於駐波原理具有對於四分之一管長「奇數倍」波長的波有共振的加強作用，共振的頻率可以用公式計算而得。

因為管子的長度和通過聲波之波長的相容關係，共振頻率和管長兩者間成反比關係，亦即當管子愈長，產生共鳴的波之波長愈長，共振頻率愈低，反之，若管長愈短，產生共振波的波長愈短，則共振頻率愈高。例如男性成人的口道（vocal tract）平均約長 17.5 公分，假設聲速為 35000 公分／秒，經由四分之一奇數波長公式的計算，$(2n-1)[35000/(17.5\times4)]$，結果可得到口道的共振頻率為：500Hz（n＝1 時）、

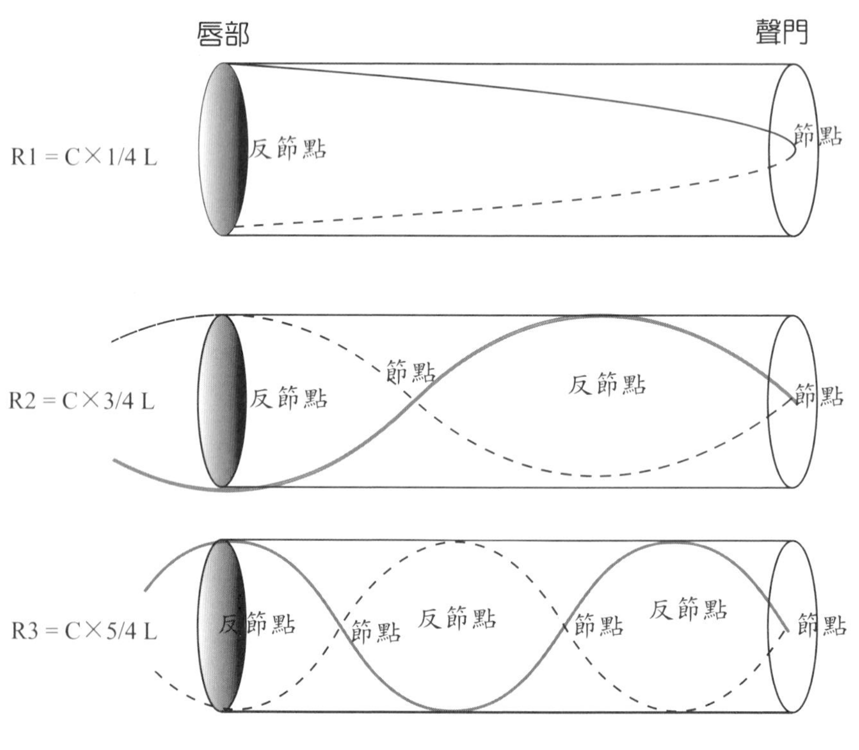

圖 3-2　一端封閉管子的共振示意圖。

1500Hz（n＝2）、2500Hz（n＝3）、3500Hz（n＝4）……其實這些共振頻率也正好吻合成年男性發出/ɚ/音的共振峰型態，即/ɚ/音的$F1$＝500Hz，$F2$＝1500Hz，$F3$＝2500Hz，$F4$＝3500Hz……由於一般女性與兒童的口道較短，因此口道的共振頻率相對較高，也就是一般語音的共振峰值會較高。我們可以再算一算若口道長度縮減為一半時，它的共振頻率有哪些？

若有一兒童的口道長度為 8.75 公分，此口道的共振頻率為多少？

解答

答案是 1000Hz、3000Hz、5000Hz……

第三節　Hemholtz 共鳴器

一、單一 Hemholtz 共鳴器

除了可使用管子來類比我們人的發聲共鳴系統，還可用球狀的花瓶來類比。Hemholtz 共鳴器（Hemholtz resonator）即為一個簡單的共鳴器模型，見圖 3-3。它是一個如同花瓶的球狀物，由一個球狀瓶身以及一個管狀的瓶口所構成。Hemholtz 共鳴器的共鳴頻率受瓶身的大小、瓶口的長短與口徑的大小等三個因素的影響。Hemholtz 共鳴器的共振頻率可用以下公式表示：

$$f=\frac{c}{2\pi}\times\sqrt{\frac{S}{lV}}$$

上列公式中的f是指頻率。V 是瓶身的體積（volume of resonator），單位是立方公分。l 是瓶頸長度，單位是公分。S 是瓶口的口徑面積，即是πa^2（a 是半徑），單位為平方公分。c 是聲速，單位是公分／秒。此公式簡單

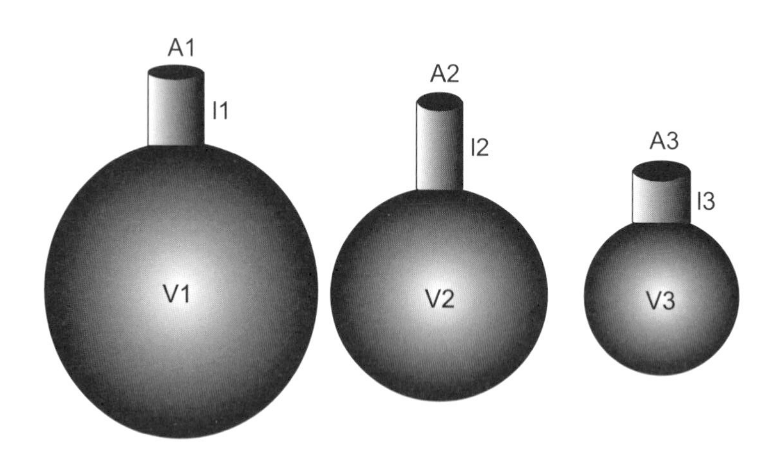

圖 3-3 Hemholtz 共鳴器模型圖示。

地說就是，共鳴頻率和瓶身的體積和瓶頸長度成反比，和瓶口的口徑面積成正比。

共鳴頻率與 Hemholtz 共鳴器的瓶身形狀無關，瓶身的體積才是重要因素。當瓶身愈大或瓶頸愈長，共鳴頻率愈低。這十分符合我們的普通常識，即共鳴器體積愈大，共鳴頻率愈低。Hemholtz 共鳴器為一帶通濾波器，共振曲線的中央頻率即為共鳴器的自然頻率。當其他條件保持不變時，瓶口口徑愈大時，共鳴自然頻率愈高；當瓶口的口徑愈小，共鳴頻率愈低。「S /l」可類比於質量（mass）或慣性（inertance）。當其他條件保持不變時，瓶頸愈長，即質量愈大，共鳴頻率愈低。瓶頸愈短，即質量也愈小，共鳴頻率愈高。「V」則類比於柔順度（compliance），當其他條件保持不變的情況下，瓶身愈大，共鳴頻率愈低。阻成分（resistance component）與瓶口截面積有關。阻愈大，共振曲線消弱作用愈強，共振峰頻寬愈寬。瓶頸愈長或開口愈小，頻率共振曲線峰即愈尖銳，具有最尖銳的頻率調規（sharpest tuning），即共鳴頻率愈集中於一小範圍。

二、多重共鳴器模式

多重共鳴器模式（multiple resonators）是使用多個共鳴器來模擬口道的

機制。若只是用單一共鳴器來模擬說話時口道的變化，畢竟是很不真實的，如果使用多個 Hemholtz 共鳴器的串連來模擬說話時口道的變化，似乎是距真實情況又近了一點。一般使用兩個共鳴器來模擬母音的產生，也曾有研究者使用七個管相連的共鳴器，來模擬說話時口道的變化。使用單一共鳴器得到的是一個共振峰；而多個共鳴器得到的是多個共振峰。

早期的研究者（如 Fant, 1960）使用兩個管腔來模擬母音的產生，即可用兩個 Hemholtz 共鳴器串連的系統來模擬人的共鳴系統，亦即雙 Hemholtz 共鳴器（double Hemholtz resonators）模式。圖 3-4 呈現雙 Hemholtz 共鳴器模型的圖示。雙 Hemholtz 共鳴模式的 *F1* 頻率可由以下公式求得：

$$F1=\frac{c}{2\pi}\times\sqrt{\frac{1}{V1}\left(\frac{A1}{l1}+\frac{A2}{l2}\right)}$$

F1 即為第一個共鳴頻率（resonant frequency），可類比於口道最低的共鳴峰頻率，c 為音速。V1 是後腔的體積，類比於口道中後方口咽腔的容積；V2 是前腔的體積，類比於口道前方口腔的容積或是位於舌顎緊縮點之前的空腔體積。A1 為介於舌顎間緊縮的程度，A2 為唇出口的面積。

雙 Hemholtz 共鳴器主要還是遵循「體積－頻率」的反比關係，即瓶身愈大，共鳴頻率愈低。*F1* 頻率與後腔的體積成反比，亦即口咽體積愈大，*F1* 頻率愈低，或口咽體積愈小，*F1* 頻率愈高，如/a/音形成時口咽部被擠

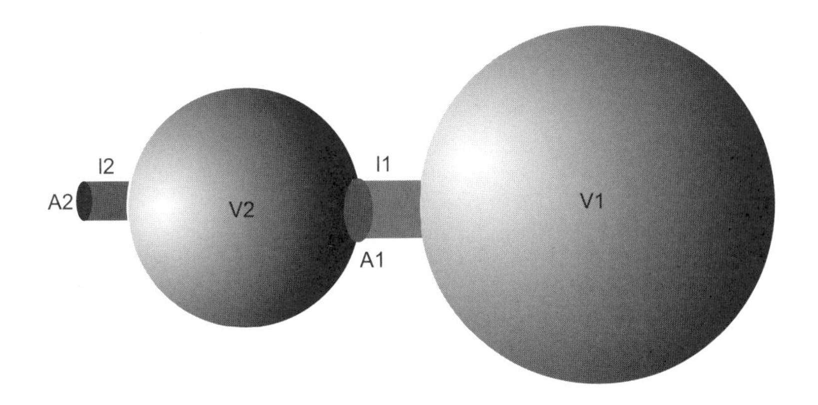

圖 3-4　雙 Hemholtz 共鳴器模型圖示。

壓，體積較小，有較高的 *F1*。雙 Hemholtz 共鳴器 *F2* 頻率的公式和上述 *F1* 頻率公式類似，唯一不同只在於將 V1 換成 V2。雙 Hemholtz 共鳴器的 *F2* 頻率與前腔的體積（V2）成反比，即前腔體積愈小，*F2* 頻率愈高，如/i/音形成時，口前部被擠壓，體積較小，會有較高的 *F2* 值。

通常母音的前二個共振峰（*F1*、*F2*）訊息對於我們聽覺系統的母音類別辨識是最重要的，也就是至少需要有兩個共鳴器來模擬說話時的口道。Fant（1960）認為位於高頻的共振峰（如 *F3*、*F4*、*F5*、*F6* 等）是來自口道較後方的腔之共振，如咽腔、喉腔，且認為這些腔室的形狀在說話時變化性較小，因此它們的頻率相對較為固定，對語音類別的區分影響程度較小。但是，只有兩個共振峰的語音模擬共鳴器所發出的聲音是十分平板、粗略且不自然的，後來許多的研究者更發展出許多種的多管式的共鳴器（如圖 3-5），嘗試去逼近發音時口道的管徑變化。然而，事實上，管狀共鳴器不管是單一或多個共鳴器，皆只能對語音有一個粗略的模擬，且侷限於少數幾個典型的母音部分（如/a, i, u/）。對於構音動作較複雜的子音，如塞擦

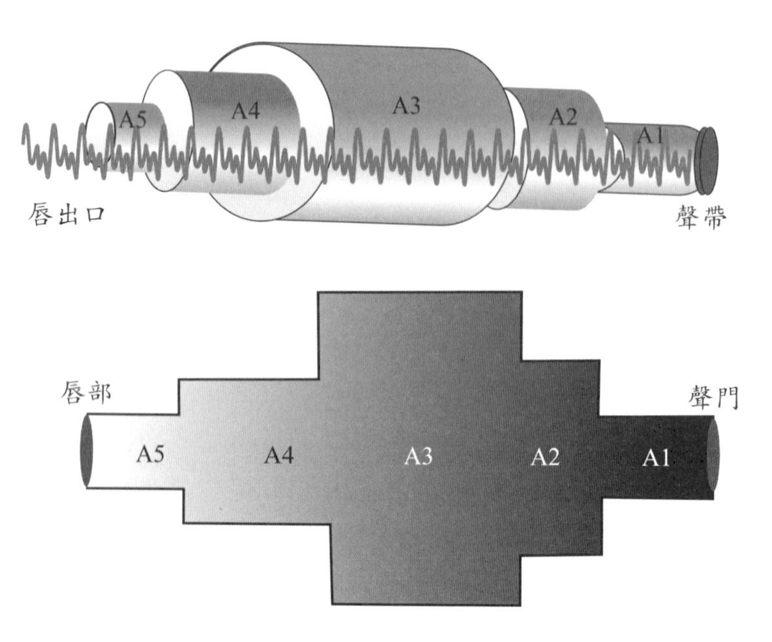

圖 3-5　多管式的共鳴模式。

音、鼻音，管狀共鳴器模擬會遇到相當大的困難，而且通常只適合用於單音的模擬，較無法處理大量的連續性語音的模擬，因為口道的動態性變化十分複雜。

參考文獻

Fant, G. (1960). *Acoustic Theory of Speech Production*. The Hague: Mouton.

Hixon, T. J., Weismer, G., & Hoit, J. (2008). *Preclinical Speech Science: Anatomy, Physiology, Acoustics & Perception*. Plural Publishing Inc.

Muller, E. M., & Brown, W. S. (1980). Variations in the supraglottal air pressure waveform and their articulatory interpretation. In Lass, N. J. (Ed.), *Speech and Language: Advances in Basic Research and Practices* (pp. 317-389). New York: Academic Press.

Rothenberg, M. (1968). The breath stream dynamics of simple release plosive production. *Bibliotheca Phonetica, 6*, 1-81.

Speaks, C. E. (1999). *Introduction to Sound: Acoustics for the Hearing and Speech Sciences* (3rd ed.). Singular Publishing Group, Inc.

語音信號的數位處理

第一節　語音的數位化

一、連續 vs. 離散

對於在時間向度上能量變化的信號，它的形式可以是一種連續的（continuous）或是離散的（discrete）方式，亦即一個信號在時間向度上可以是一種連續或是離散的形式。「連續」是不間斷的意思，而「離散」是指不連續，可被切斷的意思，在時間向度上是不連續的。離散的信號是在將時間向度切割為一段一段相等間距的軸上，有強弱不等的能量分布，可用數字大小來表示在某一時刻點的振幅，例如一個波在某一時間點上（如x）的振幅為 5，在下一個時間點上（如 x＋1）的振幅為 7，再下一個時間點上（如x＋2）的振幅為 10，再下一個時間點上（如x＋3）振幅為 5，依此繼續下去，此波可用一串數列來表示，如[5, 7, 10, 5, 2, −2…]，代表在各規律的時間刻度振幅的變化（如每 0.1 毫秒），此即為一種離散訊號（如圖 4-1）。

物理界中的聲波本為連續的信號，如同第一章我們所認識的聲波，有簡單波或複雜波。真實世界中的聲音信號為連續性信號，然而電腦可以處理的訊號卻需要是離散的數位訊號。如何讓電腦處理語音信號呢？首先就

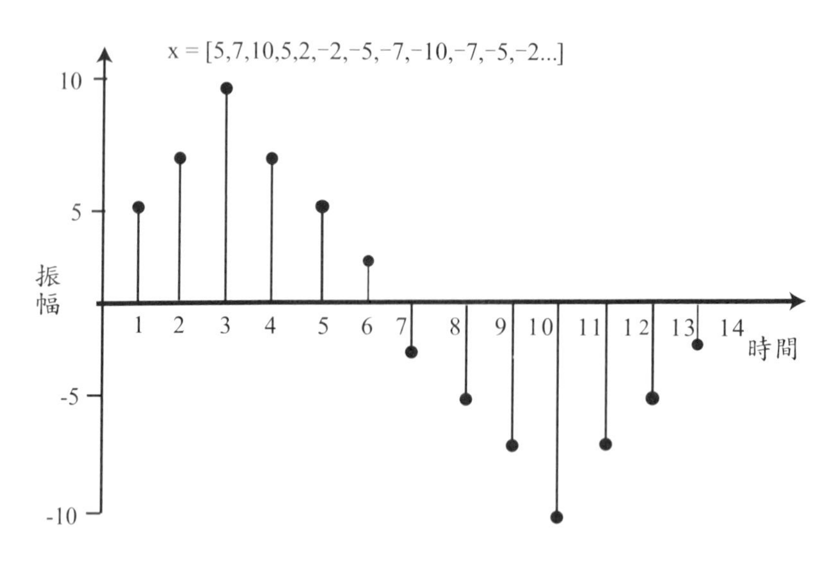

圖 4-1 一離散訊號舉例。

需要將連續的訊號轉換成數位離散的訊號，此即為語音信號的數位化（digitized）。數位化的過程即是將類比式（analog）的連續語音信號轉換為離散式的數位（digital）信號。時間連續性信號為類比信號；離散時間信號可用數列來表示，是為數位信號。經過數位化處理後，語音類比訊號變成數位離散信號後，才能用電腦再加以後續的計算、分析、處理、儲存或轉換，例如頻譜分析、傅立葉分析（Fourier analysis）、線性預測編碼（linear predictive coding, LPC）、語音再合成等。本章將介紹語音的數位化和對數位語音資料的進一步處理，包括取樣理論（sampling theory）、傅立葉分析、頻譜分析、線性預測編碼等。

二、取樣理論

由於真實物理界中的聲音訊號為連續性的，而電腦處理運算的訊號須為數位式的資訊。為了要讓電腦去處理聲音訊號，必須先將語音數位化變成數位式資料。數位化即是將語音的類比資料變成數位資料，而語音數位化的過程包含「取樣」（sampling）和「量化」（quantalization）兩部分。

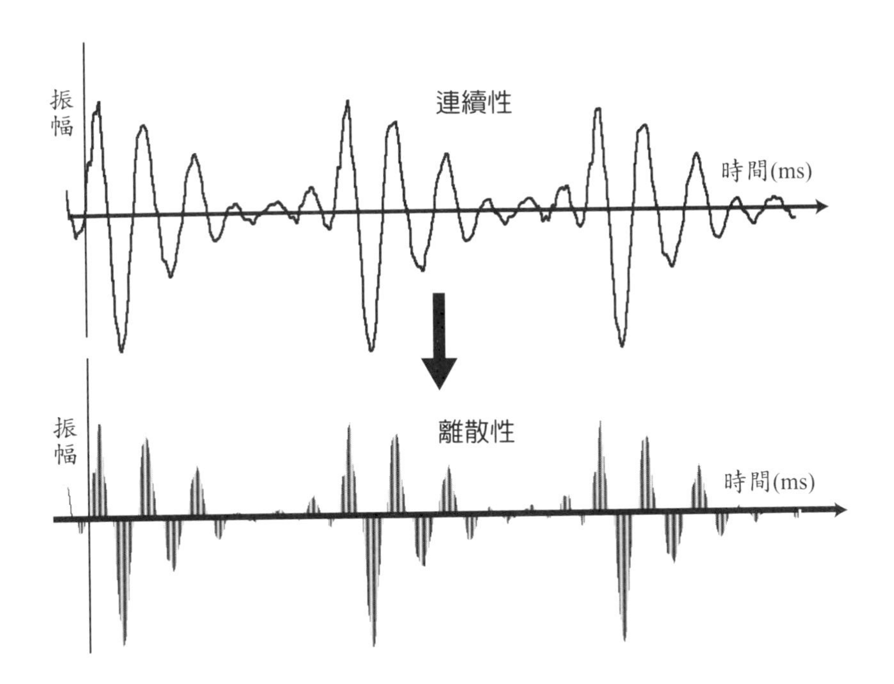

圖 4-2　連續性類比信號轉換為離散式的數位信號。

簡言之，「取樣」是在時間向度上做切割，而量化則是在音的振幅或強度向度上去做切割。「取樣」是指每間隔一段時間要去取得有關信號的消息（如強度或振幅）。取樣頻率是指去取信號的頻繁度，是間隔多久去取一次，例如 10Hz 的取樣頻率是指在每秒取樣了 10 次，也就是間隔 0.1 秒去取樣一次，去看看信號振幅的變化。又如 10kHz 的取樣頻率是指在每秒中取樣了 10000 次，就是在每隔一段極小的時間間隔（即 1/10000 秒）就去取得波的振幅訊息，再將這些振幅訊息依據時間先後順序排列起來，成為數字序列，若繪成圖示，就會呈現類似於原來的訊號模樣。取樣愈頻繁，所得的波形就會愈逼近原始信號的模樣；反之，取樣愈稀疏，所得的波形就會愈粗略，愈不像原始信號的模樣。然而，若取樣愈頻繁資料量愈多，在分析處理時，這些數字的運算會愈為複雜。語音數位化過程中要如何恰到好處地取樣來恢復訊號原始的面貌，則是一門大學問。

在音強向度上，去取樣時必須把每一次去取樣後得到的資料點大小（即波形中的振幅）加以量化（quantization）。「量化」是以數字表示它在某一時刻點的強度大小，就好像拿著一把尺來量。尺上有先規定好的各個水準階度，尺的刻度愈密，就能愈傳神地表現原來信號的樣子，反之，若刻度愈稀疏，則只能大略捕捉信號的輪廓而已，會失去一些較為精密的細節部分，而這些正是聲波中較為高頻的部分，此時傳真性較差，量化的誤差（error）就會較大。最佳的量化則是刻度愈精密，誤差愈小。信號量化的精密程度則與數位化的位元（bit）數多寡有關，例如12 bit的轉換會有4096（2^{12}）個階度，會比8 bit轉換（2^{8}，256個階度）為精密，亦即信號品質會較優，信號的信噪比也較高。

在時間向度上，若對一個波取樣的次數過少，取樣後的訊號和原來的訊號會較不相像，取樣後的結果則無法保有原來信號的模樣，就會使信號失真，因此取樣的頻率不能太低，理論上，要達到所謂的「高傳真」效果，取樣頻率愈高愈好。然而，另一方面，當取樣頻率太高時，信號的資訊量會膨脹過多，將影響電腦處理效率和佔用過多的儲存資源。因此在兩相權衡之下，到底取樣的頻率要如何設定才好呢？

Nyquist（1924）發現若信號中有超過取樣頻率的一半的頻率成分存在時，取樣後將造成信號的扭曲。因為高於取樣頻率一半的頻率成分（高頻部分）無處可去，這些信號成分已超過取樣後的最高頻率，會產生折返交疊效應，即它們會混入取樣後信號的高頻區域中，如此將造成取樣後信號的失真扭曲，因為原來信號中這些頻率成分原本並不存在，這些多出來的頻率成分是由於不當的取樣而來的。為了避免這種扭曲，有一個方法，那就是在取樣之前使用一個低通濾波器，將這些可能多出來的高頻成分濾除，以防止它們在取樣後形成扭曲的雜訊。這種類似「先下手為強」意味的濾波器稱為「反雜訊（anti-aliasing）低通濾波器」，或稱「取樣前濾波器」（pre-sampling filter）。這種低通濾波器的切截頻率（cutoff frequency）通常設為取樣頻率的二分之一，此即為所謂的「奈奎斯特頻率」（Nyquist frequeng）。亦即取樣之前先將高頻（即奈奎斯特頻率以上）的頻率成分濾去。因為若不濾去這些高頻成分，而取樣的頻率又在這些高頻成分之下，這些高頻成分將會反摺（fold-back）攙入到原來的頻譜中，出現於高頻區域，將會扭曲原始信號的面貌，造成信號的失真，先將它們濾除可免除後患。如此濾波之後再去取樣，取樣頻率須使用奈奎斯特頻率兩倍的速率去取樣，即可避免信號因取樣而造成的失真，或頻率交疊怪異扭曲（aliasing distortion）造成的失真。奈奎斯特頻率即是指取樣頻率的二分之一的頻率，此頻率也將會是取樣後離散信號的最高頻率極限。

「奈奎斯特取樣理論」（Nyquist sampling theorem）說明最小的取樣頻率應設定在至少要有信號中最高可能頻率的兩倍。如此取樣後的信號才足以代表原始信號，也就是保證在最小週期（最高頻）的波中至少會有兩個取樣點，如此才不會錯失此高頻波的消息。若是取樣頻率的設定過低，取樣後的信號在高頻部分會出現扭曲，造成失真，因此為了避免取樣頻率太低造成原有信號的失真，需要至少有奈奎斯特頻率兩倍以上的取樣頻率。

對於信號的取樣，若不考慮其他因素，對信號的取樣頻率愈高，數位化後信號的品質愈好。然而，取樣頻率過高是否會有問題？一般取樣的頻率過高的主要問題，是造成數位資料量過於龐大，檔案過大，不僅耗費記憶體資源，並會導致後續語音計算處理的效率降低。做語音聲譜圖分析時，聲譜圖中出現最高的可能頻率為語音數位化時取樣頻率的一半，因此適當的取樣頻率是需要考慮的。目前一般語音分析的取樣頻率定在 22.05kHz 是已足夠的了，可呈現最高頻率為 11 kHz，奈奎斯特頻率即為 11 kHz。若只是做母音的頻譜分析，因為母音的頻率特性皆位於較低頻區，可以選用較低的取樣頻率，如 11 kHz 左右，如此聲譜圖上呈現出來的頻率範圍最高將只有到 5500Hz。因此在語音數位化選取取樣頻率就須考慮想分析語音的頻率範圍，將想要分析的頻率範圍的最高頻率乘以 2，即為需要設定的取樣頻率之值。當然取樣前須先經過奈奎斯特頻率的低通濾波處理，濾除不感興趣的高頻部分。不過此部分目前的數位錄音機或錄音軟體皆已經會自行涵蓋處理，無須擔心。

目前由於科技的進步，儲存媒體的可存容量大增，數位錄音機講求高傳真效果，許多數位錄音機取樣頻率皆預設在 44100Hz，而 22050Hz 的取樣頻率已經算是稍低的了。不過，要注意的是，取樣頻率設在 44100Hz 得到的聲音品質雖較佳，但音檔會較大，尤其是錄音時長又較長時，音檔會很大，較不利檔案的讀取、分析和播放。另外，須注意錄音時使用較為數位的錄音機或是錄音筆錄製語音時，須設定儲存成 Wav 格式（PCM 格式），不能用 MP3 格式，因為 MP3 格式會將聲波做非線性的壓縮而導致失真。簡言之，語音取樣頻率至少須有 20kHz，最大則不須超過 44kHz，因為人類的聽覺閾值最高約為 20kHz，高於 20kHz 的聲音其實人耳是聽不到的，語音取樣到超過 44kHz 那麼高的頻率就沒有必要，徒浪費計算與儲存資源。

第二節　數位語音的處理

一、傅立葉分析

傅立葉分析是最基本波的分析程序。正弦波為簡單波，可用第一章的正弦波公式來表示，而複雜波則是由一些簡單週期波所組合而成。一個複雜波若要分解為簡單波的成分，則需要使用傅立葉分析。傅立葉分析是將一複雜波分解為數個簡單波成分的數學演算，每個週期波皆可視為正弦波和餘弦波的組合，也就是任一波的波形函數皆可用正弦與餘弦的函數來表示，可用連串的傅立葉數列（Fourier series）來代表一個波的正弦和餘弦成分。傅立葉數列用以下的公式來描述任一週期波 x（t）：

$$
\begin{aligned}
x(t) = {} & A0 + A1\cos(2\pi ft) + B1\sin(2\pi ft) \\
& + A2\cos(2\pi 2ft) + B2\sin(2\pi 2ft) \\
& + A3\cos(2\pi 3ft) + B3\sin(2\pi 3ft) \\
& + \cdots\cdots \\
= {} & A0 + An\cos(2\pi nft) + Bn\sin(2\pi nft)
\end{aligned}
$$

仔細觀察以上的公式可知，這正是第一章曾提及的正弦和餘弦公式的組合。在第一章也提及 $\omega = 2\pi f$，因此以上公式又可用徑度頻率 $\boldsymbol{\omega}$ 來表示為：

$$x(t) = A_0 + \Sigma_{n=1}^{\infty} [A_n \cos(\omega_n t) + B_n \sin(\omega_n t)]$$

x（t）是時間的函數（function of time）。A_n、B_n 為傅立葉係數，為正弦和餘弦的加成係數，或可說是 x（t）在餘弦和正弦函數上的投射值。

$$A_n = 2/\mathrm{T} \int_{-2/\mathrm{T}}^{2/\mathrm{T}} dt\, x(t) \cos(\omega_n t) \quad (\text{for } n > 0)$$
$$B_n = 2/\mathrm{T} \int_{-2/\mathrm{T}}^{2/\mathrm{T}} dt\, x(t) \sin(\omega_n t) \quad (\text{for } n > 0)$$

傅立葉分析的原理是將波用正弦與餘弦的函數來表示，也就是如同把一個波放在各角度的正弦與餘弦的座標軸上做投射函數（projection function）的運算，看看得到的值為何。投射的意思是方向由上往下垂直的映射在一平面上。數學上可用積分的方法求得一個函數在一軸上的投射量。

一個複雜波如何能得其內在的各種頻率成分的波呢？這就需要運用正弦和餘弦正交的特性（orthogonality），當兩個函數互為正交時，其投射函數（projection function）值為 0，亦即 projection $= \int dt\, x(t)\, y(t) = 0$，因為在一個週期之中，正弦與餘弦是正交的，所以當 $2/\mathrm{T} \int_{-2/\mathrm{T}}^{2/\mathrm{T}} \boldsymbol{dt \sin(\omega_n t) \cos(\omega_m t) = 0}$ 時，兩者互為正交，投射值為 0。被投射波和投射波的角度若一模一樣，則投射值為 1。

當 $n = m \neq 0$ 時，$2/\mathrm{T} \int_{-2/\mathrm{T}}^{2/\mathrm{T}} dt \cos(\omega_n t) \cos(\omega_m t) = 1$，
$2/\mathrm{T} \int_{-2/\mathrm{T}}^{2/\mathrm{T}} dt \sin(\omega_n t) \sin(\omega_m t) = 1$

當 $n \neq m$ 時，$2/\mathrm{T} \int_{-2/\mathrm{T}}^{2/\mathrm{T}} dt \cos(\omega_n t) \cos(\omega_m t) = 0$，
$2/\mathrm{T} \int_{-2/\mathrm{T}}^{2/\mathrm{T}} dt \sin(\omega_n t) \sin(\omega_m t) = 0$

運用投射的概念，可將傅立葉分析轉換視為是在測量一個週期中兩個波的相關（correlation）程度，即在各個相對應的點上相似的程度，或投射函數值。計算相關是將週期中相對應的點相比較，再將這些比較量總合起

來。若兩個波的形狀完全不像，則總合為 0，即相關為零，例如兩個頻率不同的正弦波相關就是零，相關為零也就是具有正交性（orthogonality）。若今將一個複雜波與某一頻率的正弦波求相關，得到的就是於此複雜波中具有同樣頻率的正弦波的成分，因為與其他不同頻率的正弦波的相關為零。如此運用這種正交性，就可以求得複雜波的各個頻率成分，因此就可將一複雜波分解為數個簡單波成分，也就是傅立葉轉換有頻率分析的功能。因為通常一個複雜波中各個頻率成分波的相位未知，因此不只和正弦波求相關，也和餘弦波求相關。

離散傅立葉分析（discrete Fourier transform analysis, DFT）也是運用傅立葉轉換的原理，不同的是離散傅立葉分析處理的訊號為離散的數位訊號。離散傅立葉數列本身為有限長度的一序列，是一種非連續變數函數，有其週期性（王小川，2007）。運用此週期性來代表一個週期信號。在數位語音訊號的處理方面，離散傅立葉分析為十分常用的分析處理程序，在信號數位處理上扮演著重要的角色。將語音數位化後，可得取聲波的數位資料，此時若需要對數位語音資料做進一步分析處理，離散傅立葉分析則是最基本的分析項目。

二、快速傅立葉轉換

因為原本的離散傅立葉轉換的演算法過於繁複，尤其當信號量大的時候。於是許多研究者開始思索降低計算量的可能性，而發展出較有效率的離散傅立葉轉換的演算法——「快速傅立葉轉換」（Fast Fourier Transform, FFT）。FFT 在計算上是較有效率，是 DFT 的算則最佳化。快速傅立葉演算法的原理是將一長度為 N 的序列採用離散傅立葉轉換的計算，分解切成許多小的離散傅立葉轉換。FFT 又分成「分時」與「分頻」兩類演算法。FFT 不僅較原本的離散傅立葉轉換快速也更準確，因為它減少了繁複計算時因進位（如四捨五入）而累積的計算誤差。

將語音做聲譜圖分析時，電腦會演算該段語音的 FFT 分析語音的頻率成分，並將這許多 FFT 的結果用圖像的方式呈現。FFT 點數大小（size point）是電腦做FFT運算時將一秒取樣的數據切分做幾部分（點）來運算，將一個部分當作一點（數值）。計算時切得愈細，即點數愈多，則頻率解析度將愈好。將語音取樣的頻率除以 FFT 大小的點數即為解析度（resolution），在同一個頻帶中的頻率是無法被區辨的。例如當語音取樣的頻率為 22050Hz，FFT 分析點數為 512 時，即是把由 0 到 22050 Hz 分成是 512 個部分，22050Hz 除以 512 等於 43.1 Hz，那麼 43.1 Hz 即為其解析度，表示每個 43.1 Hz 頻帶的能量歸為一個數值，在每個 43.1 Hz 頻帶中更細的頻率是無法被區分的。此時若 FFT 點數大小調為 1024 時，解析度就變成 21.5Hz，即以每個 21.5Hz 為一個頻帶區做計算，表示在每個 21.5 Hz 頻帶中更細的頻率是無法被區分的，此時解析度會比 FFT 為 512 點時為佳。又例如當語音取樣的頻率下降為 16150Hz，FFT 大小點數為 512 時，解析度等於 31.54 Hz，又以此取樣頻率，當 FFT 大小點數變大為 1024 時，解析度就變成 15.77Hz，是為窄頻分析；當 FFT 點數變為 50 時，解析度就變成 323Hz，是屬寬頻的分析。可知，解析度的頻寬大小和FFT大小的點數以及語音數位化時的取樣頻率有關。圖 4-3 呈現 CSL（KAY）中以 FFT 分析繪製聲譜圖的解析度選項。

當FFT分析所用的點數值愈大，頻寬愈窄，聲譜圖頻率的解析度愈佳，但相對地時間解析度較差，也較不利於共振峰的觀察。因此，要視語音分析的目的選取合理的頻率解析度，若是做共振峰的觀察宜使用較少的 FFT 點數（如 100 點），若使用過高的取樣頻率或過大的 FFT 點數，會因頻譜太過精細，反而不利於共振峰結構的觀察，因為頻寬太窄時，雖然頻率解析度較佳，但觀察者易陷入「見樹不見林」的困境，反而不利於頻譜或聲譜圖上語音信號呈現的大致輪廓或型態的視覺觀察。

三、頻譜分析的寬頻 vs. 窄頻

基本上，頻譜分析的運作就如同集合數千個濾波器，每個濾波器各有其中心頻率與頻寬。寬頻聲譜圖是濾波器的頻寬較寬，如 300Hz 的頻寬。選用寬頻頻譜分析得到的寬頻聲譜圖（wide-band spectrogram）有較好的時

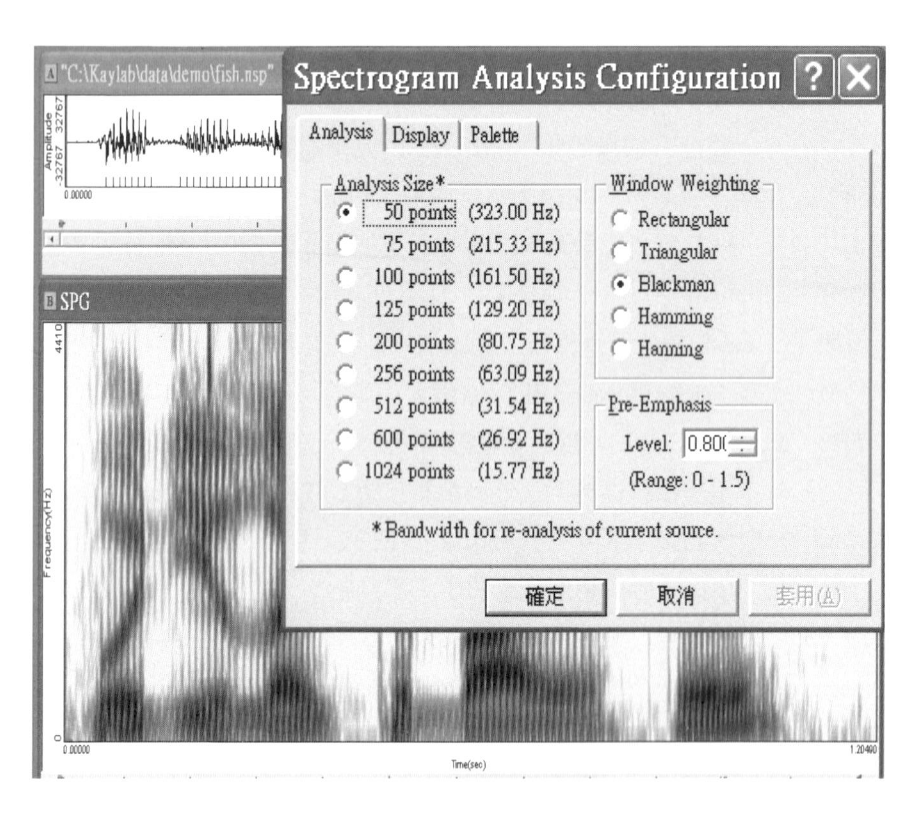

圖 4-3　CSL（KAY）中頻譜分析的解析度選項。

間解析度，但頻率向度的解析度就會較差，因為頻帶太寬的關係，頻率的區分性較差。例如以 150Hz 為中心頻率的濾波器，會對頻率由 0 到 300Hz 之間的信號有反應，但卻無法辨別出此區域範圍頻率之內不同頻率的差異。相對的，選用窄頻頻譜分析，如 50Hz，得到的窄頻聲譜圖（narrow-band spectrogram）就有較好的頻率解析度，對信號中具有頻率的成分的區辨性較佳，但時間的解析度就會較差，因為窄頻濾波器對信號的反應時間較慢，所呈現的信號反應比實際上的信號長度來得長，如此在時間上解析度就較差（Kent & Read, 2002）。由於低頻信號的週期較長，需要偵測的時間較久，也就是說窄頻濾波器需要較多的時間去分析頻率，窄頻濾波器對低頻信號的時間解析度較為不佳。

濾波器的頻寬就如同捕魚網的網目，寬頻的濾波器的網目較大，亦即在一張網上的網目數目相對較少，而窄頻的濾波器的網目較小，即一張網的網目數目較多。因此使用小網目的漁網捕魚，可捕到較多種的魚，大魚、小魚皆可一網打盡，也就是使用窄頻的濾波器可以得到較精細的頻率訊息；相反的，若使用大網目的漁網捕魚，可捕到的魚就只有大魚，小魚們都成為漏網之魚。換句話說，也就是使用寬頻的濾波器得到的是較粗略的頻率訊息。因此，做頻譜分析時，如果我們要測量的是信號較精細的頻率成分，就應選用窄頻的頻譜分析，才能得到有關信號較真實的頻率訊息。如果我們要的是信號時長的準確性或測量的是瞬時信號，就應選用寬頻頻譜分析，以便得到有關信號較真實的時間向度的訊息。頻率與時間解析度之間是具有相互消長關係，這是因為頻率與週期呈倒數的關係。寬頻或窄頻的選擇端看頻譜分析使用的目的來決定。

圖 4-4 呈現寬頻聲譜圖和窄頻聲譜圖的比較。在寬頻聲譜圖上通常呈現較寬且黑的帶狀條紋，是為共振峰，取其中心點的位置（即能量峰度最高處）的頻率，即為共振峰頻率。由於頻率與時間解析度之間的消長關係，頻譜分析時頻寬的選擇似乎沒有一個兩全其美的辦法。通常因為語音聲學分析共振峰測量時，對頻率解析度的要求並不如時間解析度的要求（做時長測量時）來得高，因此大都選用「寬頻」來做頻譜分析，因為共振峰型態較容易在寬頻聲譜圖上被觀察，尤其當說者有較高的基頻時（例如兒童的 *F0* 為 350Hz 以上時），各個諧波之間的頻率的間隔會較大（如 350Hz、700Hz、1050 Hz……）。此時，口道的共振峰頂可能不會正好落在諧波之上，因此較難觀察到共振峰型態，若選用較為寬頻的聲譜圖將有助於共振峰的觀察。一般的原則是觀察一個共振峰時至少須包含兩個諧波成分，但若是基頻較高，通常就只有一個諧波成分，此時若單從聲譜圖觀察共振峰可能會有誤差，因為共振峰的中心可能會落在兩個諧波之間。因此共振峰的觀察通常要以線性預測編碼（LPC）為主，聲譜圖觀察為輔。對於共振峰的觀察分析或是音段時長的分析一般採用寬頻聲譜圖，寬頻的設定在 300Hz 左右，以得到較佳的時間解析度。若為基頻較高的兒童或女性的語音頻寬

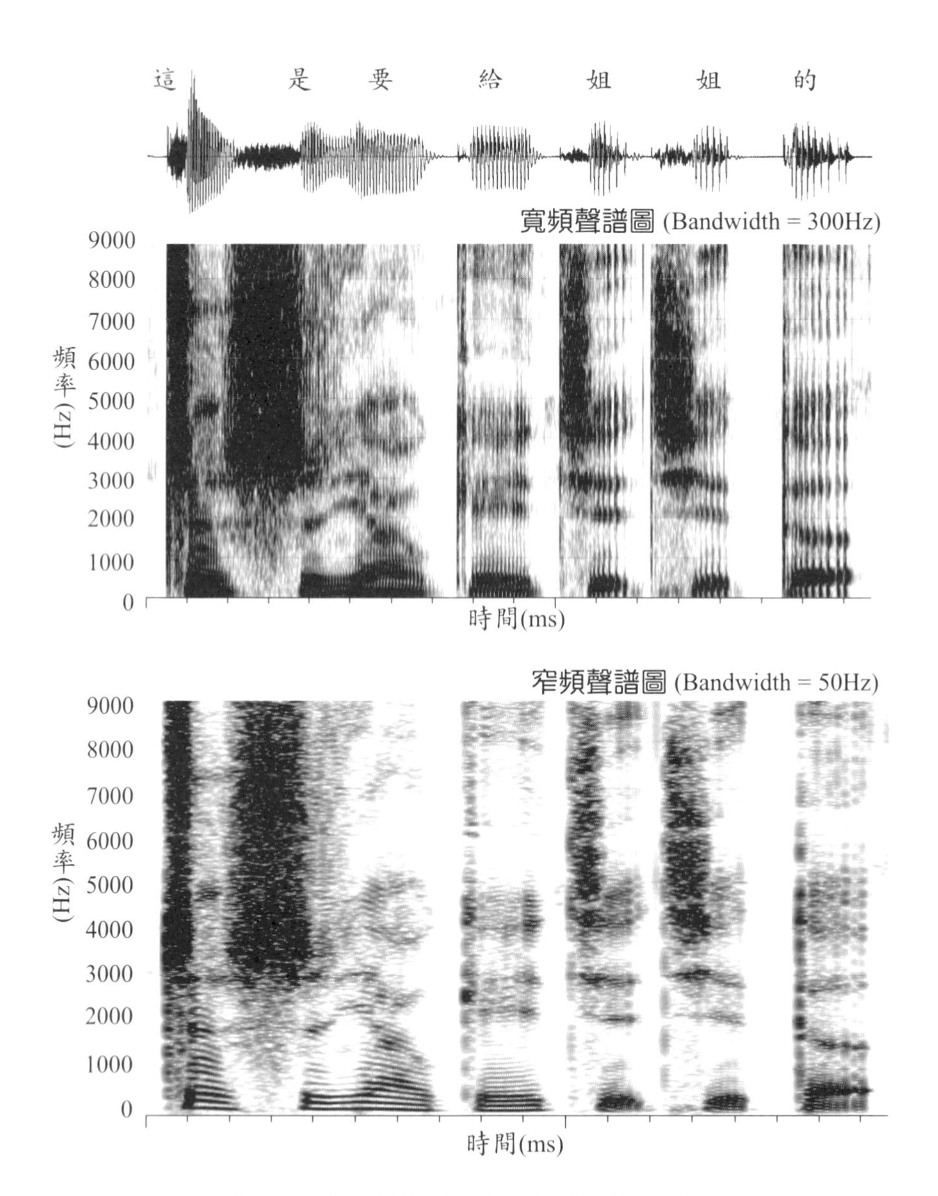

圖 4-4 寬頻聲譜圖和窄頻聲譜圖的比較。

設定可加至 350 或 400 Hz 左右，以利觀察分析。

四、漢寧窗

加窗（windowing）是對連續語音做時間上小單位的切割處理，主要在做頻譜分析之前，須先將聲波切成一段段的做 FFT 的運算，算出一個個區段的頻譜，再組合成聲譜圖。亦即先將數位化後的語音信號做加窗的切割處理再做傅立葉轉換，這是由於離散傅立葉分析須用有限長度的信號序列來運算，原來的信號必須先加窗截切才行，也就是信號在送入分析之前須先乘上一個有限長度的加窗序列。但是，若是斷然地截斷信號（亦即加上一個矩形窗），於切割邊緣處會產生不可避免的頻率扭曲，會引進高頻成分而失真，為防止信號的扭曲，可加上一種如濾波器功能的窗，使切割邊緣更圓滑一點，減少因遽然地切割信號造成的扭曲。當我們要取一段波的波形做傅立葉分析時，即使可能只是幾個週期而已，但斷然截切的左右兩端邊緣處會因遽然截斷而引入一些原先沒有的高頻成分，而出現高頻扭曲失真的現象。這是因為斷然切斷的信號的關係，波的左右邊緣以外區域振幅突然變成零的緣故，如此將會造成失真，因為原來信號中並沒有這些高頻成分。解決的辦法就是於傅立葉轉換之前，於波形上加上一些平滑的窗框，讓截斷的邊緣圓滑一點，讓左右邊緣的振幅緩慢下降下來，以減少外來無關的高頻成分。因此，就有許多種「窗」被設計出來，如漢明窗（Hamming window）、漢寧窗（Hanning window）、巴特雷窗（Bartlett window）、布雷克曼窗（Blackman window）等。圖 4-5 呈現四種常見加窗函數，其中矩形窗（rectangular window）就是一種遽然截斷的切割，一般較不推薦。這些其實都是一種數學函數，如餘弦或是高斯函數。

漢寧窗（Hanning window）是一種常見窗框的形狀，是語音處理時較常用。漢寧窗形狀的窗框較為圓順，事實上，漢寧窗函數是一個倒反的餘弦週期（inverted cosine period），週期由 0 開始，圓順地升高至 1，於接近終點時再緩慢回到 0。使用漢寧窗時，原波形在兩端點時乘以 0 或是極小的數值，因此受窗處理的波兩端點值會變成 0 或是接近 0。在窗的中段部分原波形乘以 1 ，因此音框中大部分的區域數值不受影響。而且連續性的加窗

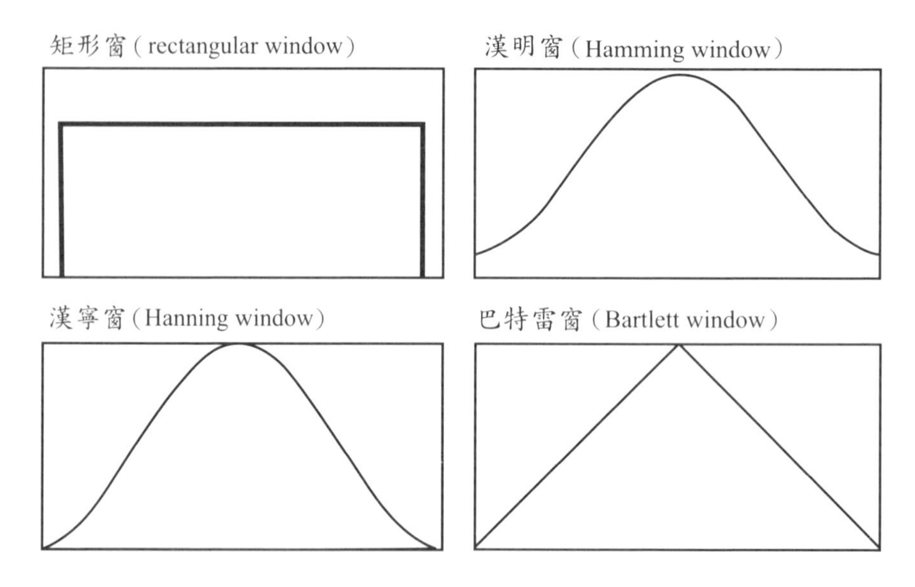

圖 4-5　四種常見的加窗（windowing）函數的形狀。

切割時，前後都有一小段的時間重疊，將所有的音框整合起來後，就和原波的出入差距不大。以下是漢寧窗的函數：

$$hn(x) = 0.5 - 0.5\cos(2\pi x / N),\ x = 0, 1, 2 ..., N-1$$

漢明窗（Hamming window）也是常被採用的加窗函數，它的形狀與漢寧窗差不多，週期由 0 開始漸趨至 1，於週期快結束時又圓緩地降至 0，但由端點開始升高時有一小平台狀（pedestal）。漢明窗函數列之如下：

$$hn(x) = 0.54 - 0.46\cos(2\pi x / N),\ x = 0, 1, 2 ..., N-1$$

五、線性預測編碼

在語音聲學中，線性預測編碼（linear predictive coding, LPC）主要是用來預測共振峰的大致型態。線性預測編碼是由統計學的時間序列分析（time series analysis）發展來的，主要原理是基於時間變化資料的規則性可用以預測後續時間點的值。因為隨時間而變化的資料皆有其自我的規律性，只要掌握此規律性，對於預測後續某部分未知的資料就能有某種程度的準確性。可將在時間軸上的資料中任一點視為在它之前的一些點的函數值，將在它之前（指時間）的一些點乘上某些固定的係數，再將它們加總起來成為對此點的預測值。所乘的係數稱為「線性預測係數」（linear predictors coefficients），例如若使用十個 LPC 係數的數量來做預測分析，則稱為十階的 LPC 分析。線性預測係數的數量可多可少，係數愈多則可以愈精確地預測資料型態，但卻會消耗較多的計算資源。聲波信號也是一種隨時間變化的資料，可用線性預測編碼的方式處理，局部性地預測語音聲波的共振形式，如母音的共振峰型態。LPC 的公式如下：

$$Y_n = X_n - A_1Y_{n-1} - A_2Y_{n-2} - A_3Y_{n-3} - A_4Y_{n-4} - A_5Y_{n-5} \ldots - A_mY_{n-m}$$

Y_n 為口道的轉換功能，X_n 為輸入的原始信號，A_1、A_2、$A_3 \ldots A_m$ 為常數，即為LPC係數。線性預測係數的數目可代表口道的型態變化的自由度，而每一對 LPC 係數代表著共振峰的中心頻率與帶寬，因此若我們需要知道五個共振峰的訊息，則需要使用到十個LPC係數，但通常會再多用兩個LPC係數，以求得到下一個高頻共振峰的訊息，因此總共是使用十二個係數或十二階。Kent 和 Read（2002）建議語音的LPC分析，約使用十階至二十階之間較為適當。其實，過多的 LPC 係數所形成的頻譜曲線，就會類似傅立葉分析的頻譜曲線，失去 LPC 可觀察頻譜曲線大致輪廓的功能。在進行共振峰分析時，LPC 曲線具有「見林不見樹」的優點，我們想觀察的是共振峰（見林）而非個別的諧波（見樹），若是階數設定過多，使 LPC 頻譜曲線類似傅立葉分析曲線，也就失去共振峰預測的功能了。

當我們做語音的共振峰頻譜分析時，通常使用 FFT 曲線並輔以 LPC 曲線來推定共振峰頻率值。LPC 曲線通常如封套一樣會罩住 FFT 曲線，藉由 LPC 曲線上的峰，可以大致看出共振峰在頻譜的所在位置。如圖 4-6 所示，此母音為/i/的LPC曲線對於前三個共振峰的預測值各為 280 Hz、2196 Hz、3273Hz 。然而要注意的是LPC曲線所呈現的共振峰只是一種預測，當作參

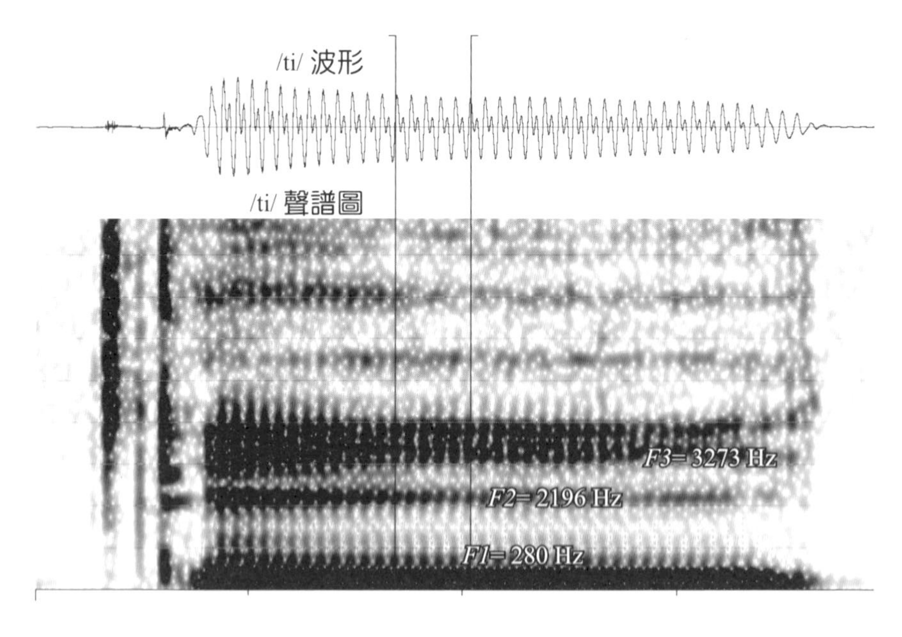

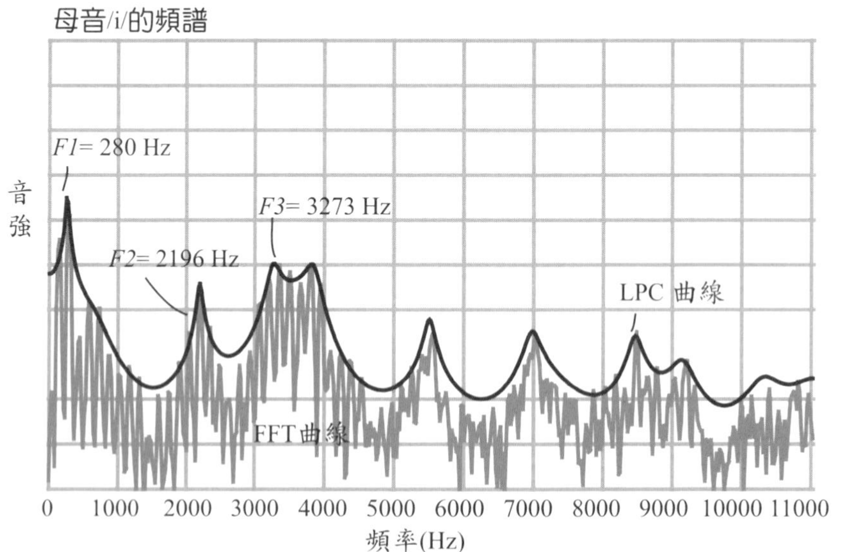

圖 4-6 母音/i/的聲譜圖、FFT 量能頻譜和 LPC 頻譜的比較。

考，它會受到所設定 LPC 係數的多寡而變化，要找到真正的共振峰值，需要同時參看 FFT 曲線以驗證「峰」的真實，此時若能佐以聲譜圖在時間向度上加以驗證則更佳，例如 TF32（Milenkovic, 2004）提供頻譜分析功能在頻譜以及聲譜圖上的游標可同步式的移動，因此頻譜和聲譜圖兩者可搭配一起找出母音的共振峰頻率值。

說話時口道形狀是隨著時間連續變化的，LPC 係數即可使用來描述口道行為。LPC 係數數目的選擇就是決定使用多少個係數來描述口道功能。口道變化型態愈複雜，則需要用愈多的參數來描述它。然而如果選用過多的 LPC 係數會造成虛浮的極點來代表共振峰，徒浪費計算資源。事實上，LPC 的係數愈多，峰的數量愈多，所得到的 LPC 曲線就會愈接近 FFT 曲線，LPC 曲線將失去它預測共振峰功能，因為我們想得到的是共振型態曲線的大致輪廓，LPC 曲線輪廓要能大致地罩住 FFT 頻譜，並能適切地顯示出前三個共振峰輪廓。如果選用過少的 LPC 係數，所得到的 LPC 曲線則會趨向平坦，曲線上看不出峰（共振峰）的所在，所有的峰會融成一體。一般選用 LPC 係數數目的簡單準則是用取樣頻率的 k 數加上 2。例如我們用 22kHz 來取樣，若遵照此規則，LPC 係數應設為 24。不過，由於現今電腦運算能力與速度加快許多，一般使用取樣頻率較以往為高，如 44kHz，LPC 係數則應設為 46。過去的聲學研究做共振峰的分析時，使用線性預測編碼分析，一般使用十二或十四個係數即可得到不錯的效果。然而，由於現今電腦計算處理功能十分強大，LPC 係數的設定已經不再是妥協抉擇的問題，可以依照分析的目的自由選用不同係數的 LPC 模式（model），來運算預測語音的共振峰，LPC 係數數目的設定端視預測的效果來決定。進行共振峰測量時，若程式原本預設的 LPC 係數設定無法掌握該聲波中的共振峰的型態，不妨將 LPC 係數上、下調整一下，看看是否能得到較佳的結果。

LPC 是一般分析語音共振峰頻率常使用的方法，結合一般的 FFT 分析比對通常可以正確的估計共振峰頻率，但若使用 LPC 的方式來分析鼻化母音會產生一些問題，因為 LPC 分析的假設為全極點的理論模式（all poles model），若信號中有零點（Zero）存在時，LPC 分析會有偏誤（Kent &

Read, 2002）。根據Monsen和Engebretson（1983）的研究，當$F0$高於350 Hz時，LPC分析的正確率降低，特別是對$F1$的估計，而且如果為鼻化母音（有零點存在），對$F1$估計的錯誤將更為明顯。此外，還須注意的是，雖說LPC的功能在於由聲波信號得到口道的共振曲線，即口道的轉換功能，但事實上，由LPC所得的振幅頻譜代表的不只是純粹的口道轉換功能，事實上也包括了唇的輻散作用與聲源的頻譜特性，這些因素也包含在聲波信號中一起被計算進去。

六、事先加強技術

由於從口道發出的語音通常有−6 dB/octave的強度減弱（原因請見第六章的聲源濾波論），即在高頻區會有音強漸弱的趨勢，如此高頻部分的音強相對於低頻部分就相對較弱，使得頻譜分析在高頻部分的呈現變得較差，不利於共振峰和其他高頻成分的觀察。當我們想經由頻譜型態的觀察推論口腔共振的特性時，口道共振的頻譜特性應該為0 dB/octave的衰減。頻譜事先加強（pre-emphasis）技術即可用＋6 dB/octave的方式，補償回原語音−6 dB/octave的強度減弱，用以加強信號的「高頻」成分之強度，使得高頻與低頻的頻率解析度變得較為相當（Kent & Read, 2002），而有助於頻譜或聲譜圖上共振峰型態或高頻部分的觀察。事先加強函數為：

$$Y_i = X_i - f X_{i-1}$$

上述公式中的輸出信號（$\mathbf{Y_i}$）等於波形中某一點的強度（$\mathbf{X_i}$），減去此點的前一點的強度（$\mathbf{X_{i-1}}$）乘以一個常數$\boldsymbol{f}$後的結果，$\boldsymbol{f}$稱為事先加強參數（pre-amphasis factor），若$\boldsymbol{f}$設為0，則表示沒有事先加強。一般頻譜分析的事先加強參數預設值皆設在0.95左右，若要知道確實的數值需詳查聲學分析工具的設定。事先加強可以改善FFT或LPC呈現的結果，此參數數值並非固定，有些聲學分析程式中是可以做調整的。做LPC頻譜分析時，可嘗試使用不同的事先加強參數值，以得到在頻譜或聲譜上最好的呈現效果，以便於觀察。不管設定是有「事先加強」或「無事先加強」，所得的共振

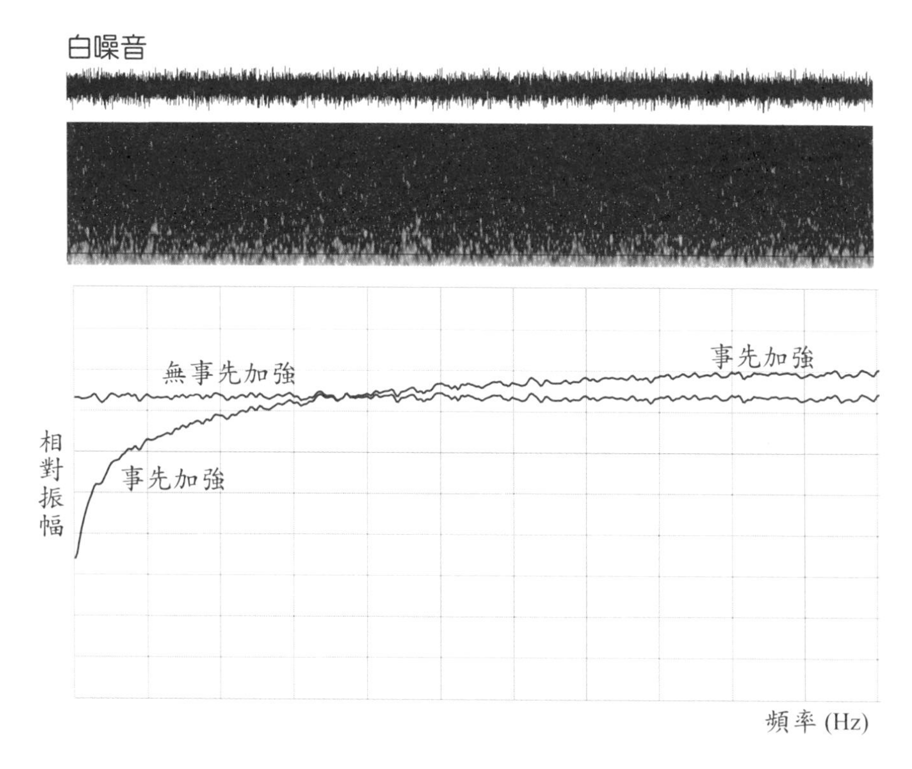

圖 4-7　有「事先加強」和「無事先加強」的白噪音頻譜比較。

峰頻率值不會受影響，而會受影響的是有關信號的強度訊息，如共振峰的強度。圖 4-7 呈現有、無「事先加強」的白噪音頻譜的比較，可見到在低頻部分的頻譜信號強度較原來的稍弱，在高頻部分則稍強，此分析事先加強參數設定為 0.95。圖 4-8 呈現有、無「事先加強」的/i/音頻譜的比較，上圖是/i/音無事先加強的頻譜，而下圖是/i/音有經事先加強的頻譜。

七、自相關

自相關（autocorrelation）是求一個波形與其自身的波，在延宕一段時間後的波形間的相關值。這兩個波的相關值會隨著延宕的時間量而有週期規律的變化。觀察相關值和延宕時間的對應關係，可以發現當延宕的時間是在此波的週期值時，相關值會達到最高，因此藉由尋找極大值的對應延

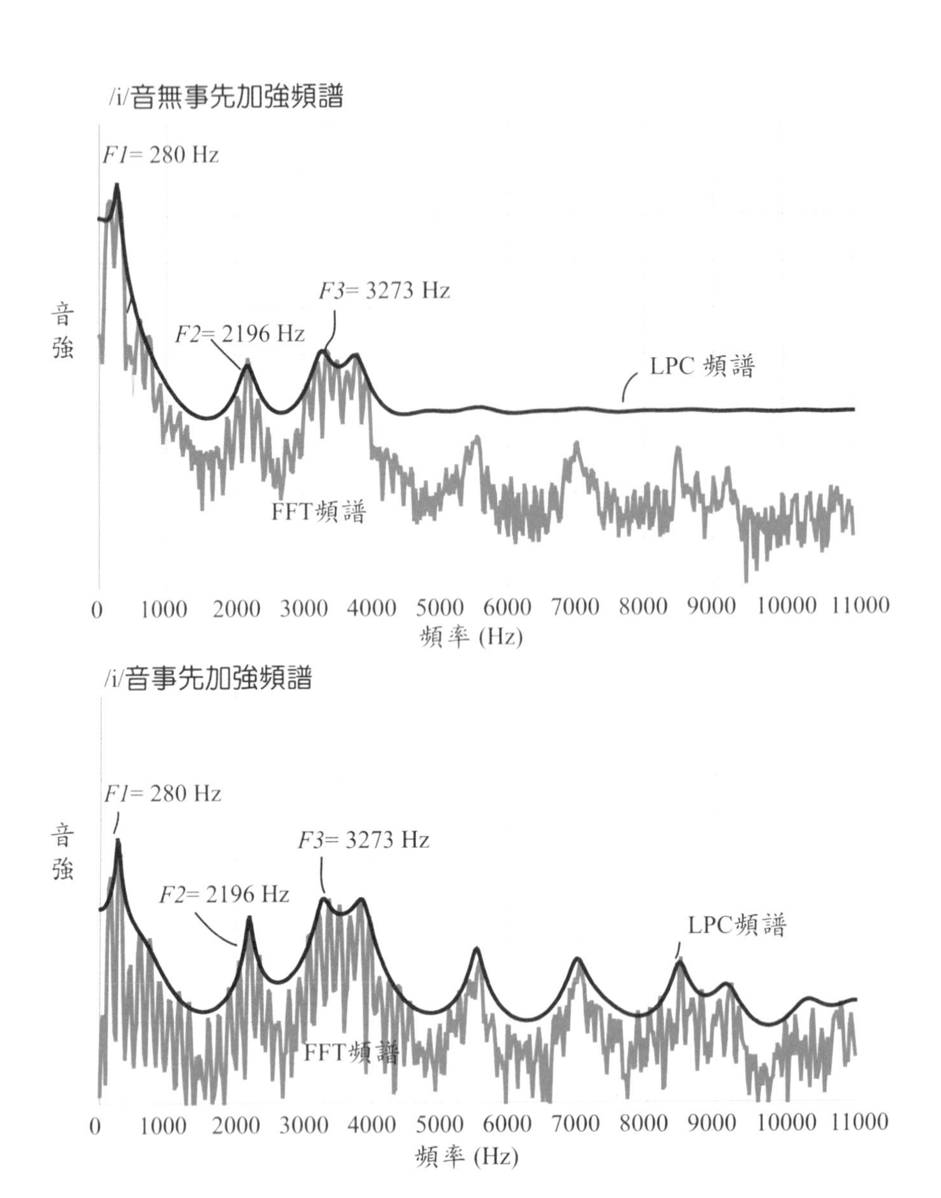

圖 4-8　有「事先加強」和「無事先加強」的/i/音頻譜比較。

宕時間可以得到該波的週期。而週期的倒數就是基本頻率（fundamental frequency, *F0*）。自相關的計算可以得到波的基本頻率。因此，自相關函數是可以得取（或決定）一個波的週期或基本頻率的方法之一。有些語音分析程式（如 TF32）計算基頻的方法或是描繪基頻軌跡的功能，其中即有源自於「自相關法」演算得到的基頻資料。

八、倒頻譜分析

如同「自相關」一樣，倒頻譜（cepstrum）分析可求得波的基本頻率或週期。倒頻譜分析是將傅立葉分析之後的頻譜再做一次傅立葉轉換。將波進行傅立葉分析後，若是週期波，在頻譜上可見一個個有規律間隔排列的諧波，此規律間隔即為此波的週期，若將此傅立葉分析的頻譜波當作一個普通的波形來分析其基本成分，所得到的頻譜即為「倒頻譜」。即將頻譜再進行一次傅立葉轉換，原來以頻率為軸線的頻譜就會變成以週期（或時間）為軸線的倒頻譜，具有週期波的成分（即是具有規律間隔的波）能量會是最強的，在倒頻譜上最強的峰即為該波的基本週期。事實上，倒頻譜的英文名稱正是將'SPEC'trum 前四個字母倒置成'CEPS'trum 的順序。倒頻譜的橫軸為時間的概念，又被命名為「倒頻」（Quefrency）亦為"frequency"前幾個字母的倒置。在倒頻譜上，可見到強度最強的「倒頻」成分即為該波的基本週期，亦即是在 Quefrency 軸上強度最強的尖峰（Kent & Read, 2002）。其實波的基本週期的倒數即是基頻。圖 4-9 呈現使用 CSL 倒頻譜分析的一個實例。王小川（2007）指出，倒頻譜分析可應用於音高週期的估測、共振峰的估測以及頻譜差異的量測，尤其近年來在人工的語音辨識技術中，梅爾頻率倒頻譜（Mel frequency cepstrum）分析是常被使用的計算程序。是先將頻率轉換為聽覺量尺——梅爾量尺（Mel scale）再來做倒頻譜分析，配合人耳的聽覺特性來做運算。梅爾量尺在第一章中有過說明。如此計算出來的梅爾頻率倒頻譜參數（Mel frequency cepstrum coeffient, MFCC），適用於語音辨識或語音辨識模式中。

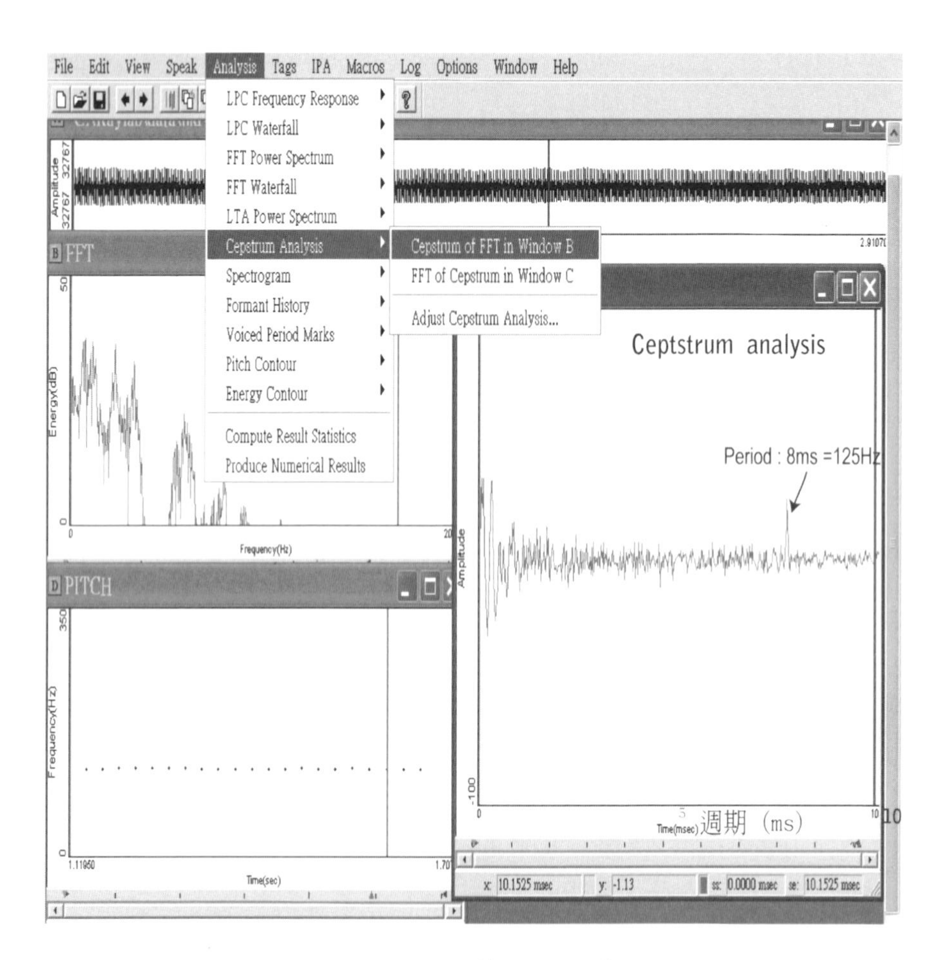

圖 4-9 運用 CSL 進行「倒頻譜分析」實例。

參考文獻

王小川（2007）。**語音信號處理**。台北：全華圖書出版社。

Kent, R. D., & Read, C. (2002). *The Acoustic Analysis of Speech*. San Diego: Singular Publishing.

Milenkovic, P. (2004). *TF32* [computer program]. Madison, WI: University of Wisconsin-Madison, Department of Electrical Engineering.

Monsen, R. B., & Engebretson, A. M. (1983). The accuracy of formant frequency measurements: A comparison of spectrographic analysis and linear prediction. *Journal of Speech and Hearing Research, 26*, 89-97.

Nyquist, J. (1924). Certain factors affecting telegraph speech. *Bell System Technical Journal, 3*, 324.

語音聲學分析科技的演進

本章大致地介紹由古早至現代語音聲學分析科技的歷史演進，若有興趣想進一步了解這些歷史的詳細情形，請參閱哈斯金（Haskins）實驗室網頁（http://www.haskins.yale.edu/）。此外，並介紹常用的幾種語音聲學分析工具。

第一節　在 1955 年之前

一、1920 年代

示波器（oscillograph）是最早期可以呈現語音波形的工具，最早可將聲學信號視覺呈現的工具。它可以隨著即時的時間將波形（waveform）動態地展示出來。最初選用來分析的語音多以母音為主（Kent & Read, 2002），因為母音的波形較有規則性，相對較容易分析。可以由波形算出母音的基頻，音段長度也可以量測到，但卻無法量到共振峰頻率。子音部分也只能呈現非週期波的波形而已。

二、1940 年代

在 1940 年代，出現一種叫 Henrici 分析儀（Henrici analyzer），是最早可做簡單頻譜分析的工具之一（Kent & Read, 2002），可以將複雜波分解為簡單波與諧波成分（harmonics），此機器使人們對於近代的語音聲學有初步的了解。

Henrici 分析儀為一個機械裝置，包含五個會滾動的球狀濾鏡（glass spheres）單元，此機械裝置由波形示波器得到聲波的波形，將它放大，之後輸入球狀濾鏡單元之中處理，得到諧波成分的振幅與相位的關係（Kent & Read, 2002），可繪出以聲壓與頻率為座標軸的頻譜（spectrum）。使用 Henrici 分析儀可以得到語音的諧波和共振峰頻率等資料，但主要的缺點是一次不能分析大量的語音，而且儀器操作的程序相當繁複，因此語音分析的資料量有限，另一點是只能分析週期波，因為其實它是諧波分析器，因此無法分析非週期波，也無法用它來分析子音。

三、1950 年代

濾波頻帶分析儀（filter band analyzer）為頻譜分析儀的前身（Kent & Read, 2002）。帶通濾波器就是可以讓某一頻帶的信號通過，阻隔其他頻帶的信號。濾波頻帶分析儀就是由好多個帶通濾波器所組成。使用各個帶通濾波器蒐集各頻帶的信號消息，一個信號是同時性的輸入由數個濾波器並聯成的濾波器組合。如此一個信號的頻率就被一組帶通濾波器所分析，此即為頻譜分析。而頻譜分析的精密度則依濾波器的數目與濾波器的頻寬而定。早期的濾波頻帶分析儀所具有的濾波器數目與頻寬變異性均有限，之後改良出一種可調式的濾波器，一個濾波器但可以調整此濾波器頻寬與中央頻率，而一個信號可以重複地輸入此濾波器之中，當濾波器的設定改變之後，就好像有數個濾波器一樣。

1950 年代時頻譜分析儀被發展出來，它可以產生許多短時距的頻譜（spectrum），將眾多時間點的頻譜組合起來就成為聲譜圖（spectrogram），以三維向度呈現，使分析者可以看出各時間點上聲音能量頻率的變化。儀器運作的原理是信號被錄於磁性的鼓（magnetic drum）上，此磁性鼓就如同錄音機一樣，聲音可以連續的再播放出來。變成電波信號之後，信號被送入濾波器做分析處理，得到各個頻率帶強度的消息，然後信號（各個頻率帶的電流）被放大後，送入著色輪軸（marking stylus）中，繪於一種特殊的紙上，即紙捲於轉動中被區域性的燒灼產生顏色深淺的變化。著色輪軸所燒灼的顏色深淺與頻率帶的電流成正比。如此繪得的聲譜圖就有聲音信號的時間、頻率、強度三維向度的呈現。由於聲譜圖可以呈現聲音頻率能量於時間變化的消息，很快地變成語音分析的標準工具，因為它可以做較多的分析，蒐集較多的資料。然而燒印得到的聲譜圖需要用尺去度量長度，以推估其實際音段時長（以比例尺的方式），相當耗時，燒印的感應紙也較貴，得到的聲譜圖資料也容易褪色、毀損，實不易保存。

第二節　在 1955 年之後

一、1970 年代

1970 年代開始，數位信號處理（digital signal processing）技術進步很多，語音信號可以用數位資料的形式儲存起來，使用電腦來進行分析。數位電腦可以做以往所有頻譜分析儀能做的事而且效率更好。使用數位電腦做語音分析，在時間向度上，可以有波形顯示、測量與編輯（waveform editing）的功能。此外，尚有基頻的分析或音強振幅的分析等。在頻率向度上，可得到聲譜圖（spectrogram）、共振峰追蹤（formant tracking）曲線、信噪比或語音合成等功能。頻譜可以經由 FFT、倒頻譜（cepstrum）、LPC、動差分析以及其他濾波功能而得。

數位化是將連續類比（continuous analog）的信號轉換為離散的數位（digital discrete）表徵，即將連續的波形轉換為一個個數字的序列。取樣（sampling）與量化（quantization）是數位化的兩大要素。數位化是連續有一固定時距地由類比訊號中提出訊息（取樣）的過程，而提取的訊息就是有關信號強度（或振幅）的消息。此固定時距與取樣的頻率有關，對於語音的取樣，通常使用的取樣頻率可由 8000 到 40000 Hz 不等。一個數位聲音分析系統通常包括一個 A/D 轉換器（analog to digital converter）和 D/A 轉換器（digital to analog converter）。A/D 轉換器可將類比訊號轉換為數位訊號，而 D/A 轉換器可將數位訊號轉換回類比訊號。

二、現代

目前數位音效卡的價位比起十幾年前便宜很多，而且個人電腦的處理速度與記憶體功率也提升很多。對電腦而言，語音資料數位化以及儲存也是件簡單的事，因此有愈來愈多的人使用電腦做語音分析的工作。近幾年來，許多新發展的儲存媒體容量十分龐大且攜帶方便，如硬碟、隨身碟等，使得原本十分佔記憶體空間的聲音檔案的儲存和處理便利了許多。

現今聲音的數位化、儲存與播放又比過去幾年便利了許多。數位錄音器（機）的發展也漸成趨勢，許多新式的錄音機不再使用錄音磁帶記錄聲音，而是直接將聲音轉換成數位格式儲存，如PCM、MP3 格式。使用數位錄音機錄音後的音檔直接可儲存於硬碟機、記憶卡、隨身碟或是CD、DVD或是其他可攜式的儲存媒體之中。

脈衝編碼調變（pulse-code modulation, PCM）是一種將類比訊號數位化的方法，是最基本的數位波形編碼。PCM 將訊號的強度依照同樣的間距分成數段，然後用數位記號（通常是二進位）來量化，例如用 16 位元取樣，取樣頻率為 44.1kHz，則一聲道的位元率（bit rate）為 705.6kbps，這是一般CD 聲音取樣的規格（王小川，2007）。PCM 格式是非壓縮的線性 WAV 格式，MP3 格式則是經過非線性轉換壓縮後的格式。MP3 近年來已成為網路、音樂播放十分普及的檔案格式，MP3 是利用 MPEG Audio Layer 3 的技術，將聲音 WAV 檔案加以壓縮，壓縮比約為 1：10 左右。壓縮使得音檔的容量變得很小，有利於音檔的流通與傳輸。MP3 採用的壓縮率是根據人耳聽覺系統感知的特性（王小川，2007），大幅壓縮掉人耳較感受不到的低頻和超高頻部分。然而，事實上，它的壓縮是有失真的，雖然對人耳來說這些失真程度不大，但對音質還是有一定的影響，也較不利於語音的分析。

在我們愈來愈了解語音的聲學、語音的知覺和產生的歷程之後，可將這些知識應用在電腦、自動化系統上。在不久的未來應該會發展出更有效率的語音辨識技術。目前語音合成技術也愈臻成熟了，書面文字和語音的轉換技術也愈來愈有效率，清晰度和自然度將會提升到一個較令人滿意的地步。自動化語音辨識翻譯系統隨處可及。愈來愈多的機器將可以接受語音命令，也愈自動化和智慧人性化。預期不久的將來，出現聽得懂各種語言、腔調以及精通各國語言的機器人、口語翻譯機或程式工具，人類便宛如科幻電影一樣真正進入無國界、溝通無障礙的自動化語音識別時代，啟動另一個語音革命的新紀元。

第三節　語音聲學分析工具

古語有云：「巧婦難為無米之炊」，又有云：「工欲善其事，必先利其器」，要做語音聲學分析絕對不能缺少語音分析工具。以往可能是佔據半間實驗室的設備，現在卻多只是安裝於電腦的軟體，使用起來十分方便。目前發展出來的聲學分析工具種類十分繁多，我們要如何去挑選適合的分析工具呢？以下幾個標準可以參考，第一是分析要正確而且功能要齊全，第二是價錢不能太高，第三是便於安裝攜帶或移動至不同的電腦，第四是語音處理的輸出、輸入要方便又不失真，第五是繪出的圖形要精緻美觀。若有一個語音分析軟體能具備以下幾項功能，則可謂功能齊全矣：

1. 具有視覺化波形呈現（waveform display）功能，能呈現高解析度的波形圖。
2. 具有聲譜圖呈現功能，可改變頻寬的設定，可自由選擇寬頻或窄頻的設定。
3. 具有放音（playback）功能，可以整段播放或是可切割一小段音段放音，並可設定或調節輸出音量。
4. 具有錄音功能，具有不限時長的錄音功能，錄音時可設定或調整輸入（input）的音量和取樣頻率。數位化時可有多種取樣頻率選擇，至少有 22kHz 或以上的取樣頻率。
5. 能開啟和儲存常見的幾種不同格式的語音檔，如 WAV 格式、AIFF

格式、MP3 格式等。

6. 計算音段的頻譜功能 FFT 功能以及 LPC 分析，基本上能具有 LPC 十二至二十階（order）的運算能力。
7. 音波編輯功能（editing），可截切、加入或刪去某一個聲波段落，並可儲存音檔。
8. 共振峰分析功能，至少可量測前三個共振峰，以及整段音段的共振峰追蹤或軌跡描繪功能（formant tracking）。
9. 基頻分析功能或音高或軌跡描繪追蹤功能（pitch tracking）。
10. 噪音參數分析功能，可分析聲音的一些細緻的擾動參數，如信噪比、頻率擾動參數、振幅擾動參數等。
11. 聲音改變或操弄功能，可以濾波、混音或加入一些效果，例如混入噪音。
12. 其他功能，如標記（labeling）、語音合成（synthesis）功能、動差參數分析功能等。語音合成功能包括一些理論式的語音合成或語音再合成（resynthesis）功能，語音再合成可只改變語音的調律（prosody）性質，如音高或音長。有關語音合成部分可見第十六章，有較為詳細的介紹。

以下列出幾個常見的聲學分析工具以及相關網頁網址，多數有網站提供免費下載試用，所列的網頁網址或許隨著年代變遷時有變動，若無法連結，請重新使用搜尋引擎去搜尋最新的網頁，以了解這些工具所能提供的分析功能，或者有些也可下載試用看看。

1. Computerized Speech Lab（CSL），為 KAY Elemetrics Corp.出版，版本有 CSL4400、CSL4500，為專業的語音分析工具，有外建硬體盒（主要是音效卡）配合。價錢較昂貴。MultiSpeech 為使用電腦內建的音效卡，不需外接硬體的版本。網址為：http://www.kayelemetrics.com。
2. Praat（Boersma & Weenink, 2009）為有名的免付費聲學分析軟體，常有更新修正，功能十分齊全，可至網頁 http://www.fon.hum.uva.nl/

praat 做進一步的了解。

3. TF32（Milenkovic, 2004）或其前身 Cspeech（UW-Madison, Waismer center）程式，Cspeech 原為 DOS program，後改成 Windows 介面，是為 TF32，基本版本在網路可免費下載，實驗室自動化高階的版本則需要付費。
4. Soundfilling System（SFS）由英國倫敦學院大學（University College London, UCL）言語、聽覺和語音學系（Speech, Hearing & Phonetic Sciences Department）語音實驗室發展的多功能語音聲學分析軟體，可免費下載。相關網址：http://www.phon.ucl.ac.uk/resource/sfs/。
5. WaveSurfer 也是一個可免費下載的軟體，它是由瑞士的 KTH 皇家科技學院（KTH Royal Institute of Technology Stockholm, Sweden）語音所、音樂與聽覺學系（Department of Speech, Music and Hearing）發展的聲學分析軟體，不過版本較老舊，較無更新。相關網址：http://www.speech.kth.se/wavesurfer/。
6. Brown Lab Interactive Speech System 9（Bliss 9, Mertus, 2008），可供免費下載，提供聲學分析功能如聲譜圖呈現、共振峰追蹤、音檔編輯、基頻分析與編輯、受試者測試等。原版本（2004）較老舊，只有部分功能（Bliss 9）有更新。相關網址：http://www.mertus.org/Bliss/index.html。
7. Speech Analyzer（2005, SIL International）為 Speech Tools 之一，免付費的聲學分析軟體，有聲譜圖呈現、共振峰追蹤等功能，不過版本（2005）稍老舊，沒有定期更新。
8. Dr. Speech Real Analysis（Tiger DRS, Inc., Seattle, WA）為視窗（Windows）介面，並針對臨床語言治療設計相關的介面，為需付費軟體。相關網址：http:// www.drspeech.com。
9. WinSnorri（Yves Laprie, 2007）為免付費的聲學分析軟體，有聲譜圖呈現、共振峰追蹤等，時有更新。http://www.loria.fr/%7Elaprie/WinSnoori/index.html。

10. 其他：如 Matlab 頻譜分析相關工具、Speech Station（Sensimetrics）。

以下將幾個常用的聲學分析工具的功能，列表（見表 5-1）比較之。

表 5-1　幾個常用的聲學分析工具的比較。

	CSL	TF32	Praat	Dr. Speech	WaveSurfer	SFS
特殊硬體需求	○					
檔案大小	大	小	小		小	中
常定期更新			○			
介面容易上手		○		○	○	○
聲譜圖功能	○	○	○	○	○	○
基頻追蹤功能	○	○	○	○	○	○
共振峰數值功能	○	○	○	○	○	○
噪音聲學變項	需選購 MPVP	○	○			
動差分析功能		○	○			
再合成功能	○（ASL）		○			○
價格	價位較高	免費	免費	中等價位	免費	免費

參考文獻

王小川（2007）。**語音信號處理**。台北：全華圖書出版社。

Boersma, P., & Weenink, D. (2009). Praat - doing phonetics by computer, Institute of Phonetic Sciences, University of Amsterdam, Netherland.

Kent, R. D., & Read, C. (2002). *The Acoustic Analysis of Speech*. San Diego: Singular Publishing.

Mertus, J. (2008). *The Brown Lab Interactive Speech System* (Bliss). Retrieved August 30, 2010, from http://www.mertus.org/Bliss/BlissDownLoad.shtm/

Milenkovic, P. (2004). *TF32* [computer program]. Madison, WI: University of Wisconsin-Madison, Department of Electrical Engineering.

Monsen, R.B., & Engebretson, A. M. (1983). The accuracy of formant frequency measurements: A comparison of spectrographic analysis and linear prediction. *Journal of Speech and Hearing Research, 16*, 89-97.

母音的聲學理論

相較於其他動物，人類的語音是非常特別的，因為人類的「伶舌俐齒」能發出各式各樣種類相當豐富的聲音，並且用這些種類豐富的聲音來代表不同的意思，作為人相互間溝通的工具，且由於人類發出的語音具有獨特的聲學特性，使得我們的耳朵和大腦在接收後很容易就可以解碼出其中的意義。母音是人類語音中最基本的聲音，也是構音動作最簡單的語音。母音是如何發出來的呢？根據聲源濾波理論，母音是由位於喉頭的聲帶振動發出，此為聲源，經過口道的共鳴作用，發出後經過空氣傳送到達聽者的耳朵而接收。本章將要介紹幾個重要的母音語音聲學理論，探討母音聲學性質的一些由來。這些理論包括聲源濾波理論（source-filter theory）、擾動理論（perturbation theory）以及母音的三參數理論（three parameters theory of vowel production）。之後在第七章和第八章將會談到母音和子音的一些重要的聲學特性。

第一節　聲源濾波理論

在討論聲源濾波論之前，先來讓我們看一個女性笑聲的聲譜圖，圖 6-1 為一位女性很快樂地發出大笑的笑聲，由強至弱共笑了七聲，其中第一、第二聲最強也最長，波形圖下方為基頻變化曲線，她的笑聲基頻範圍相當大，大約在 200Hz 和 700Hz 之間變化。由聲譜圖上可見到一道道的共振峰，

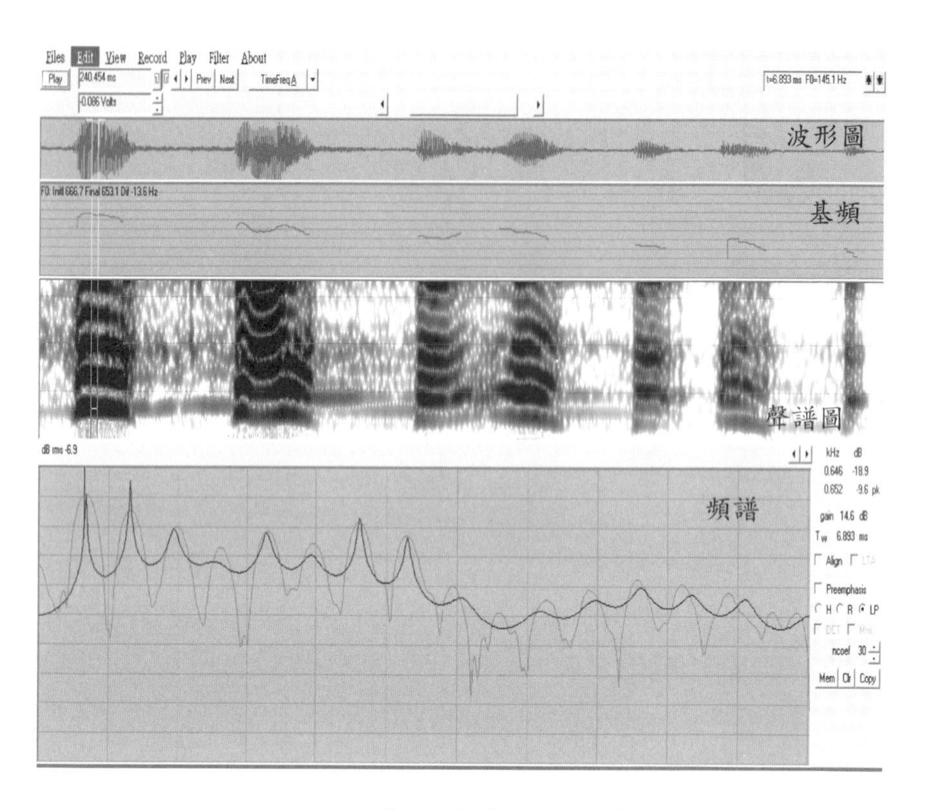

圖 6-1　一位女性笑聲的聲學分析。

而且所有共振峰的走勢和基頻變化曲線大致平行一致，由低頻到高頻的共振峰的走勢和基頻變化曲線皆是一致平行的。由下方的頻譜可見到一個個的諧波，其頻率正好皆為基頻的倍數，而 LPC 呈現的共振峰也正好為其諧波。聽一聽這個女性發出的笑聲，則是類似介於/ə/和/ʌ/之間的母音，可推論口道的形狀是處於十分中性的狀態，舌頭沒有刻意的往前或是往後。聲帶振動發出的聲音受到中性口道管的共鳴而發出，這就是我們最原始的聲音。當我們說話時，舌頭會刻意地往前、往上、往下或是往後移動，共振峰的走勢就會改變，我們就會聽到不同母音的聲音，例如/a/、/i/、/u/、/e/等的聲音。這是因為舌頭的移動改變了口道管的形狀，造成了不同的共鳴效果所致。圖 6-2 為一位男性發出/i/、/e/、/ə/聲音的波形和聲譜圖，/i/、

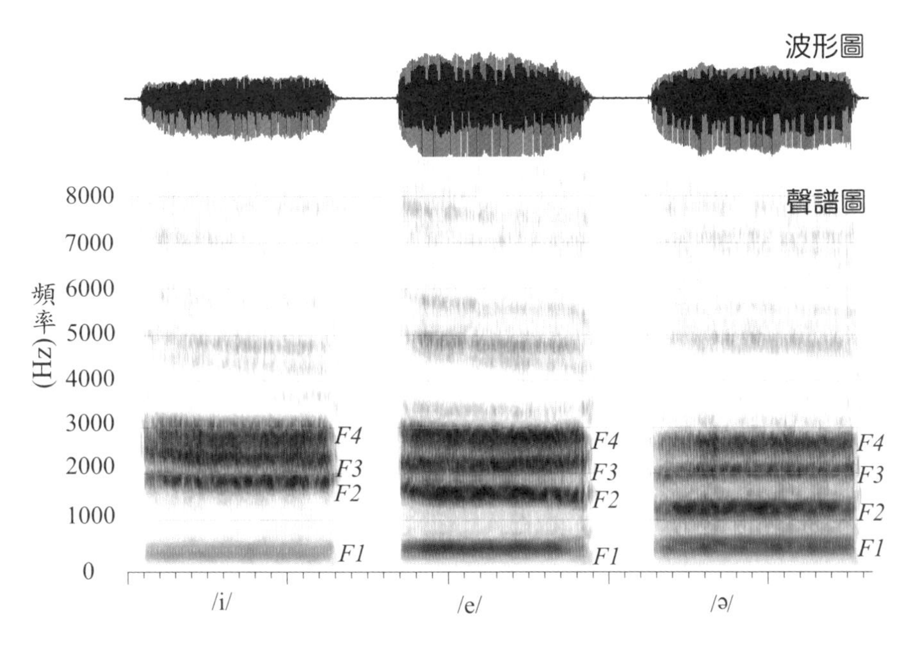

圖 6-2　一位男性發出/i/、/e/、/ə/聲音的波形和聲譜圖。

/e/、/ə/三種母音的主要差別即在於不同的共振峰型態。

聲源濾波理論（source-filter theory）又稱「線性聲源濾波理論」（linear source-filter theory），是由 Gunnar Fant（1960）所提出，主要在解釋母音的製造和影響母音的變項。根據聲源濾波理論，母音是由位於喉頭的聲帶振動發出，此為聲源信號，經過口道的共鳴轉換修飾而出現具有特殊共振峰型態的語音信號。不同的母音由於口道形狀的不同所造成的共鳴效果不同，而有不同的共振峰型態。此理論解釋母音製造時主要影響傳達聲學訊息的聲學事件的成分，有兩種——聲源和濾波器。說話時主要有兩個獨立的系統運作，一為聲源的產生，一為口道的動作，我們說話時輸出的「成品」，就是這兩事件的乘積（捲積）再加上嘴唇的輻散效果（radiated effect）。這就是 Gunnar Fant（1960）於 *Acoustic Theory of Speech Production* 一書中陳述的理論，他提出以下的公式：

$$P(f) = U(f) \times T(f) \times R(f)$$

P（f）是輻散的聲壓（radiated sound pressure），U（f）是音源氣體的體積速率（volume velocity），T（f）代表口道的轉變功能（transfer function），R（f）是嘴唇的輻散特性（radiated characteristics），f 是指頻率。體積速率的單位是立方公分／秒，用來表示流體於一管道中移動的速率，在語音產生模式中為音源氣體的體積速率。

聲源濾波器理論說明我們在口外收錄到的語音信號，其實是喉頭聲門信號與口道的轉變功能（vocal transfer function）以及唇輻散特性（radiation）三者合成作用的產物。在數學運算上，此三項在頻率向度上的乘積相當於在時間向度上的捲積（convolution）。因此，聲源與濾波器理論是遵循信號與系統互動的運作原理。喉頭聲源是輸入（input）信號部分，而口道濾波器則是系統部分，我們說話的語音就是系統的輸出（output）。圖 6-3 中呈現聲源濾波理論的圖示。聲源的頻譜經由口道濾波系統的修飾改變，某些諧波的能量被增強，某些諧波的能量被減弱，增強的部分就是共振峰。可將口道視為一個濾波共鳴器，有一些頻率的波可以通過，甚至增強，有些則否。由口外測量到的複雜波信號的基頻跟聲源（喉頭聲門）信號的基頻則是一模一樣的，這是因為口外聲學信號本來就是由喉頭聲源信號再加以修改（共鳴）而來的。

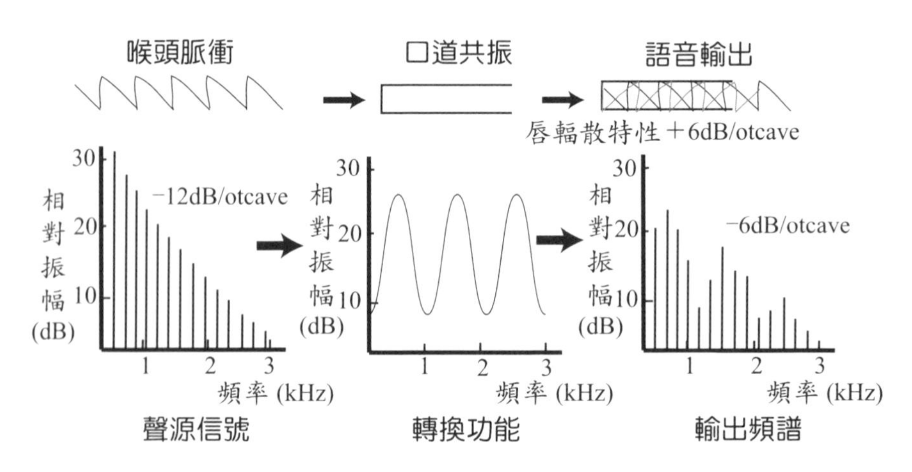

圖 6-3　聲源濾波理論的示意圖。

我們說話時的主要聲源，就是我們喉部的聲帶振動所產生的聲音，聲帶因為本身的彈性與氣體動力的因素，呼吸的氣體通過時會出現有規律的振動，規律的振動是我們說話的主要聲源。此聲源是我們很重要的語音原料，一些無喉者（因喉癌切除喉嚨者）失去了說話的主要聲源，即使說話時仍做出口腔構音動作，但卻沒有嗓音，只剩下一些摩擦的噪音成分。正常人的聲源為類似規律的週期波，它的頻率即是個人的基本頻率，此規律的週期波於喉頭製造，通過上呼吸道時（包括咽喉口道鼻咽腔等），受到特殊的構音動作造成的共鳴腔之共鳴特性影響，就會被塑造成一些有固定型態的波形。這些聲音在放出口腔的當下，又會受到唇形的擴大效果（radiation），最後成為被我們耳朵所接收的聲學訊號。上呼吸道（upper airway），包括咽喉、口道、鼻咽腔等，或稱口道（vocal tract），即是一種濾波器，為我們聲帶發出原始的音源加工塑造成為語音。

母音的聲源由肺部產生氣流由聲帶振動成波，在理論上的喉頭聲波可用一系列的三角波脈衝（triangular pulses）來代表，此三角波系列的頻譜特性是其頻譜的諧波封套（envelop）輪廓。圖 6-4 呈現模擬喉頭三角波之脈衝波形、聲譜圖和頻譜，在頻譜上可見如一般正常喉部聲源的聲波會有－12 dB/octave 的振幅下降斜率，代表高頻能量的衰減的幅度是每倍音程會下降 12 dB。此音源經過口道的濾波轉換後，形成一些共振峰，而每個共振峰有其中央頻率與頻帶寬。聲音放出口道後由於唇部輻散（radiation），會有＋6 dB/octave 的振幅上升斜率（高頻能量的提升）的共鳴特性，因此最後口外得到的頻譜信號是具有－6 dB/octave 下降斜率特性的一套諧波群（－12＋6＝－6）。

語音聲學中聲源濾波器理論是廣被接受的重要理論，而它的效度也在許多語音實驗中得到肯定。依據此理論的語音再合成技術（如 KAY 的 ASL），產生的合成新語音，也展現了與真實語音有相當程度的近似。更有許多的語音研究的假設架設於這個理論之上，變成語音科學中一種心照不宣的基本假設。然而，這個理論也是有其限制性存在的：第一、此理論的基本假設是語音產生系統為線性時間不變系統（linear time invariant sys-

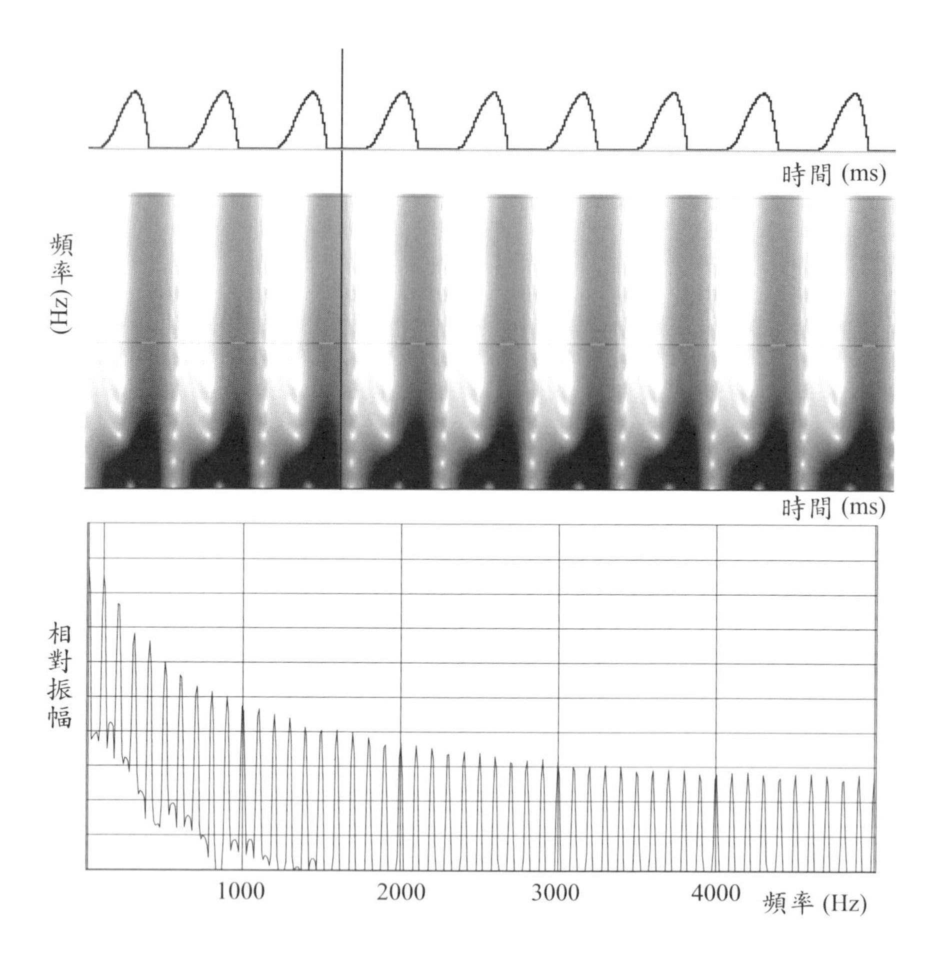

圖 6-4　模擬喉頭三角波之脈衝波形、聲譜圖和頻譜。

tem），但實際上，真實的口道運作是動態性的、非線性的，口道系統的運作是隨著時間變化的動態非線性系統。第二、假定聲源與濾波器是互為獨立的，不會互相影響。然而，事實上，人說話時聲源與濾波器卻不是完全獨立的關係，兩者之間會有一些牽制關係或交互作用，例如發高母音時通常有較高的基本頻率，因為喉頭（聲源）會上移，使得聲帶較緊，音高變高。可見，說話時人的口道運動呈現出的濾波作用會對聲源變項有所影響。

第二節　擾動理論

當聲音通過一根管子時，在此根管子上擠壓會造成擾動，而影響聲音的共振頻率。擾動理論（perturbation theory）是說明對於管子施予壓縮，壓縮不同位置對於管子的共鳴頻率會有不同的擾動效果。擠壓管子加以擾動影響共鳴的效果為何，是取決於管子緊縮點是否為氣體體積速率（volume velocity）的最高或最低點。因為聲音是空氣的疏密波形式，疏鬆帶（rarefaction）與緊密帶（compression）互為交錯參差。疏鬆帶與緊密帶中的空氣分子受到擠壓後，氣體的壓力和流速會產生相應的變化，而影響聲音的共振頻率。簡言之，擾動理論將口道視為一條長管子，當有聲波通過時，若在管子不同的地點施壓，由於施壓地點的不同會造成聲音共振頻率的改變。

管子中氣體壓力與氣體的體積速率大致呈反比關係。在緊密帶區氣壓最高，但在此區氣體分子卻因過於緊密而無法自由移動，體積速率是最低的；而在疏鬆帶氣壓最低，但此區域氣體體積速率卻是最高。若今有一個一端閉合、另一端開放的管子，當有聲音通過時，此管子受到擠壓，如果擠壓點接近氣體的體積速率的最高點（氣壓最低的疏鬆帶），會因擠壓降低流速而降低其共振頻率。反之，若壓縮位置接近體積速率的最低處（氣壓最高的緊密帶），則會因擠壓增加流速，而升高共振頻率（Kent & Read, 2002）。

由於聲波通過一端開放而另一端閉合的管子時，會因封閉管端的反射波與原來聲波交互作用而產生駐波（standing wave）的情形，在管子中的某些固定點即有所謂的節點（nodes）與反節點（antinodes）的產生（見圖6-5）。節點是不管在任一時間點觀察，因為原來聲波與反射波相抵消，在波形上振幅皆為零的點，而反節點則可能在某一時間點上觀察到最高（或最低）的波形振幅。在此定義「節點」為氣體的體積速率的最低點；反節點為體積速率的最高處（Kent & Read, 2002）。

我們可將口道視為一個一端開放（唇）、另一端閉合的管子（有聲帶

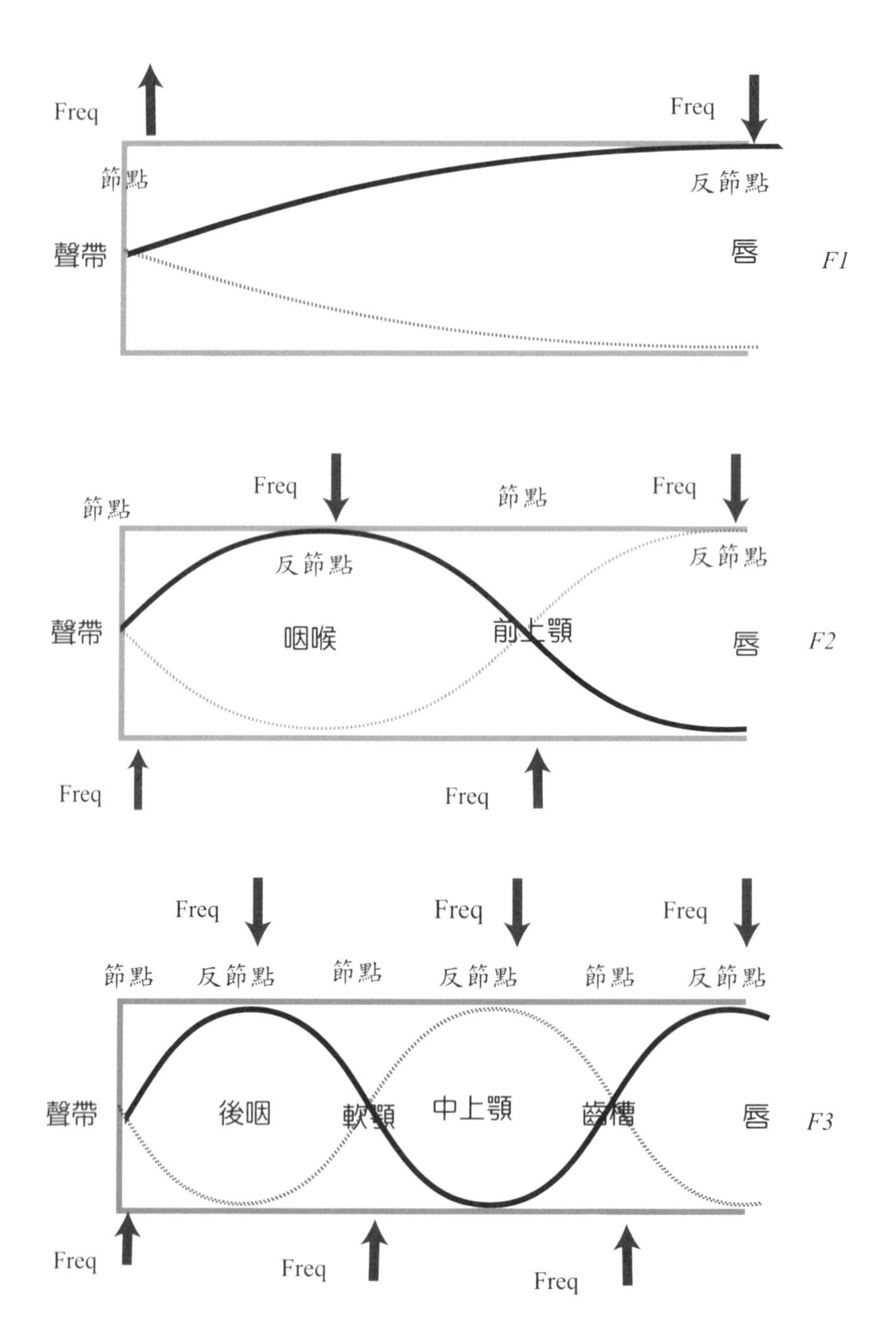

圖 6-5 口道共振的節點和反節點。

振動的喉聲門）。Kent 和 Read（2002）指出聲門正處於管子封閉的一端，傳入的聲波於此區幾乎無法振動，氣體壓力最大，有最小的體積速率（volume velocity），為體積速率變化波之波形的節點處，因此壓縮「喉頭聲門」這點將造成共振峰頻率的上升。「齒槽」亦為口道中體積速率的節點處，壓縮齒槽區將造成共振峰頻率的上升。而「嘴唇」區是位於體積速率變化波之波形的反節點處，空氣粒子的位移幅度最大，體積速率最高，壓縮此點將造成共振峰頻率的下降。咽喉區（pharyngeal region）為第二個反共振峰（*F2*）的反節點處，氣體體積速率最高，因此壓縮此區將造成 *F2* 頻率的下降，如發 /a/ 音時。上硬顎區（palatal region）為第二個共振峰（*F2*）的節點處，因此壓縮此區將造成 *F2* 頻率的上升，如發 /i/ 音時。圖 6-5 呈現口道前三共振波的節點和反節點位置，節點處的壓縮會造成頻率上升，反節點處的壓縮會造成頻率下降。「唇部」為所有共振峰的反節點處，壓縮此區會造成共振峰頻率下降，喉頭區為所有共振峰的節點處，壓縮此區會造成共振峰頻率的上升。會影響第一共振峰頻率的節點和反節點各有一個，會影響第二共振峰頻率的節點和反節點各有二個，會影響第三共振峰頻率的節點和反節點則各有三個。將這些口道壓縮點位置與前三共振峰的消長關係整理於表 6-1 中。

表 6-1　口道緊縮點與前三共振峰的消長關係。

共振峰	反節點（antinode）所在處	節點（nodes）所在處
第一共振峰（*F1*）	唇部	喉頭
第二共振峰（*F2*）	唇部、後硬顎	介於齒槽與前上顎之間、喉頭
第三共振峰（*F3*）	唇部、中上顎、後咽部	齒槽區、軟顎、喉頭
壓縮效果	體積速率最高，壓縮造成頻率下降	體積速率最低，壓縮造成頻率上升

第三節　母音製造的三參數理論

母音製造的三參數理論（three parameters theory of vowel production）是由 Stevens 和 House（1955）所提出。此理論假定口道的形狀主要是由舌頭動作所影響的，而舌面的曲度（parabolic curvature）決定於主要的緊縮點（位置與程度）以及舌根的位置。只要三個參數就可設定口道的形狀以及解釋母音的頻譜特性。那三個參數就是緊縮點的位置（d_o）、緊縮的程度（r_o，緊縮點的口徑）以及口道出口形狀（唇的形狀，A / l）。圖 6-6 呈現母音製造時口道的三參數圖示。茲將影響母音共振峰的關鍵三個參數說明如下：

1. 緊縮點的位置（d_o），代表由喉頭到緊縮點的距離，由喉頭開始算起到主要緊縮點的距離，範圍大致由 4 公分到 13 公分（Stevens & House, 1955）之間，此變項代表舌位的前後。緊縮點位置的前後移動會改變口道前腔與後腔的相對體積。由於口道的總長度是固定的，口道前腔與後腔的體積有互補關係。緊縮點愈往前移，d_o 愈大，前腔的體積變小，後腔的體積則相對變大；相反地，緊縮點往後移，d_o 愈小，後腔的體積變小，前腔的體積則相對變大。$F1$ 主要是決定於最大腔的體積，而 $F2$ 是決定於第二最大腔的體積。通常口道最大腔為後腔，也就是口咽腔（oralopharyngeal cavities）。當 d_o 愈大時，即舌頭位置愈往前時，後腔的體積就變大，$F1$ 的頻率就會下降，而此時前腔的體積變小，$F2$ 的頻率就會上升，因為體積小，共振頻率就會較高。較小的情況時（$r_o < 0.8$ 公分），$F2$ 和 d_o 大致成正比，並和 $F1$ 大致成反比關係。
2. 緊縮點的口徑（r_o，緊縮點於 d_o 的口道半徑），代表緊縮的程度，範圍大致由 0.3 到 1.2 公分之間（Stevens & House, 1955），口徑愈小，表示受壓縮的程度愈大。當緊縮點的口徑愈大時，共振頻率受到其他另兩參數（d_o, A / l）的影響愈小，反之，當 r_o 愈小時，共振

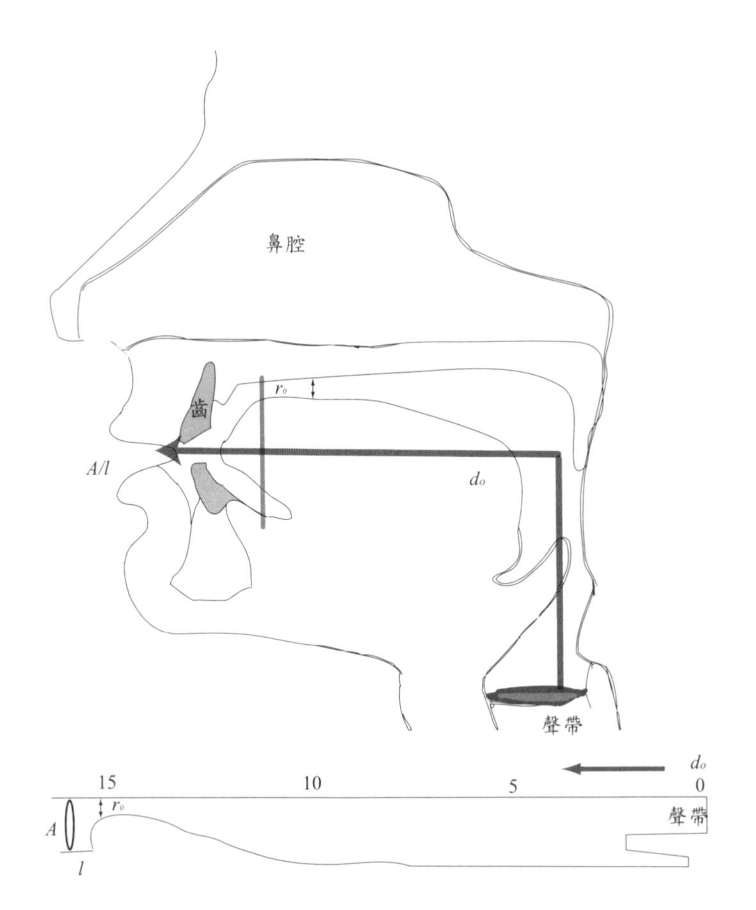

圖 6-6　母音製造時口道的三參數圖示。

頻率受到 d_o 和 A/l 參數的影響愈大。

3. 口道出口形狀（A/l）：代表唇的形狀或圓唇的程度。口道的出口由唇開口的面積與長度來設定，範圍大致由 0.11 到 17 之間（Stevens & House, 1955）。頻率與開口的面積成正比與管長成反比。圓唇的動作導致口道的出口處緊縮，開口面積變小，並使口道變長，因此會降低 *F1* 與 *F2*。在英語中圓唇音主要為後母音，華語則除了後母音外，還有圓唇前母音 /y/，因為圓唇增加了口道長度，*F1* 與 *F2* 值均會降減，尤以 *F2* 受到的降減較嚴重。

母音製造的三參數理論主要是用來說明母音製造時，母音的前兩個共振峰會受到口道管緊縮的位置和緊縮的程度（緊縮點的口徑）以及出口形狀的影響，然而此理論並無納入對較高頻的共振峰的解釋，且只能解釋前幾個較為典型的靜態母音，對母音的製造時口道的描述過於簡化，因此對各種母音的共振峰值推論實有其限制。

參考文獻

Fant, G. (1960). *Acoustict Theory of Speech Production*. The Hague: Mouton.

Kent, R. D., & Read, C. (2002). *The Acoustic Analysis of Speech*. San Diego: Singular Publishing.

Stevens, K. N., & House, A.S. (1955). Development of a quantitative description of vowel articulation. *Journal of the Acoustical Society of America, 27*, 484-493.

母音的聲學特性

母音（vowel），又稱「元音」，是最基本的語音。世界每種語言皆有最基本的三個母音/i, a, u/，然而每種語言所含的母音數量多寡不一，最少的有五個，最多可至二十多個，圖 7-1 呈現國際音標（International Phonetic Alphabet, IPA, 2005）系統中母音的標音符號和母音類別。母音可依照構音時口道緊縮位置的前後和構音時嘴型的開合程度來分類，例如口道緊縮位置位於前方的稱為前元音。構音時嘴型的開合程度和舌頭位置的高低有著平行的關係，嘴型愈開的，舌頭位置愈低；嘴型愈閉合的，舌頭位置愈高。茲將幾類常見的語音分述於下：

- 前母音（front vowels）：為構音位置較為前方的語音，舌頭位置較為前置，口道緊縮位置較前方，如/i, ɪ, e, ɛ, æ, a/。
- 後母音（back vowels）：為構音位置較為後方的語音，舌頭位置後置，口道緊縮位置較後方，如/u, ʊ, o , ɔ , ɑ/。
- 高母音（high vowels）：為構音位置較為上方的語音，舌頭位置朝上，口道緊縮位置較上方，如/i, y, u, ɨ, ɯ/。
- 低母音（low vowels）：為構音位置較為下方的語音，舌頭位置往下，同時下巴往下，口道前方為大開放狀態，口道後方較為緊縮，如/a , ɑ/。
- 央母音（center vowels, schwa）：/ə/，舌頭位置位於中性狀態，舌頭沒有上下前後特別的動作。/ə/時下巴微開，口道較為開放。

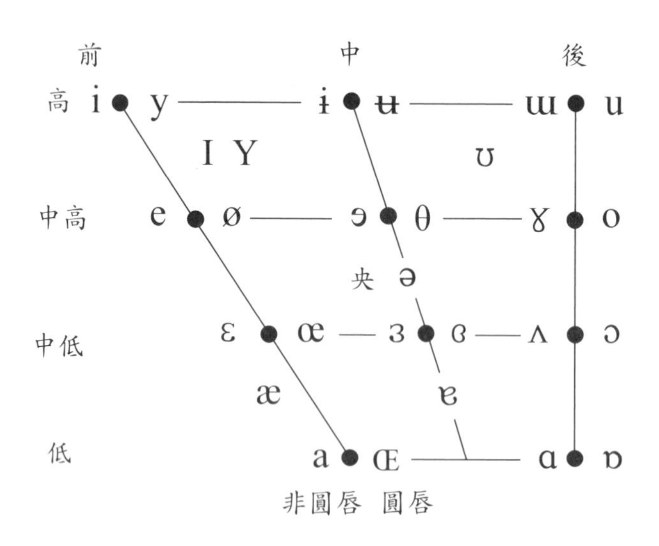

圖 7-1 國際音標（IPA）系統中母音的標音符號。

- 圓唇母音（round vowels）：構音時雙唇微凸而圓唇，英語中的後母音皆為圓唇音，如/u, o , ɔ/。
- 雙母音（diphthongs）：以上皆為單元音，另有一些母音是集結了兩種母音構音成分是為雙母音，如/aɪ, aʊ, ɔɪ/等。

由以上可知母音種類的不同主要在於構音位置（如舌壓縮的位置）和圓唇程度的差異，和其他一些因素如音高、音強、音長等因素較為無關。然而，雖說聲源濾波理論假設各種母音的聲源是具同一性的，但事實上，就每個說話者而言，每個母音的音高之間有些許的變異。母音本身的音高稱為固有音高（intrinsic pitch）。母音的固有音高事實上為母音基頻（*F0*）。通常高母音有較高的基頻，而低母音有較低的基頻。這是因為在構音時，發高母音由於舌頭往前上方伸展，會不由得帶動喉頭位置往上，使得聲帶呈現較為緊張之勢，因此基頻會稍往上升。發低母音時則因為舌位和下頷位置較低，喉頭位置相對較低，聲帶會較為放鬆，因此低母音會有較低的基頻。例如通常/a/音的基頻會比/i/音的為低。另外，這些母音之間在時長和音強性質方面，也有本身的個別差異性存在。

第一節　華語的母音

華語有幾個母音呢？在語言學上，有關華語的母音個數曾有些爭議，根據 Howie（1976）分析華語只有六個母音音素：/i, y, ə, ɤ, u, a/，而[e]、[ɔ]、[o]等音皆為/ə/音素的同位音（allophone）。又根據 Tseng（1990）指出華語有八個母音音素：/i, y, a, u, ɯ, o, ə, e/。依據謝國平（2000）指出華語的單韻母，包括/e/（ㄝ）和華語塞擦音後的空韻母音（/ɯ/）在內共有九個。這九個母音為/i/（ㄧ）、/u/（ㄨ）、/y/（ㄩ）、/a/（ㄚ）、/ɔ/（ㄛ）、/ɤ/（ㄜ）、/e/（ㄝ）、/ɚ/（ㄦ）和空韻母音（/ɯ/）。其中/e/（ㄝ）音並不單獨出現，須結合介音/i/（ㄧ）或/y/（ㄩ）。而/i/（ㄧ）、/u/（ㄨ）、/y/（ㄩ）三個音可單獨成為單韻母，也可成為介音或稱半母音（semi-vowel）。圖 7-2 呈現華語母音構音位置圖，可將這些母音分類如下：

- 前母音：/i/（ㄧ）、/y/（ㄩ）、/ɛ/（ㄝ）、/a/（ㄚ）。構音時舌頭往前。
- 後母音：/u/（ㄨ）、/ɔ/（ㄛ）。構音時舌頭往後。
- 高母音：/i/（ㄧ）、/y/（ㄩ）、/u/（ㄨ）、/ɯ/或/ɨ/（空韻）。構音時舌頭往上。
- 低母音：/a/（ㄚ），華語/a/較英語的/ɑ/音構音位置較為前方。構音時舌頭往下降，下巴張開。
- 央母音：/ə/或/ɤ/（ㄜ）、/ɚ/（ㄦ）。構音時舌頭置於口中，沒有特別的往上、往下、往前或往後。
- 捲舌母音：/ɚ/（ㄦ）是捲舌央母音。構音時舌位大致於央元音位置，而舌尖向上往硬顎翹起，通常音量較小。

空韻母音（/ɯ/或/ɨ/）屬於高母音，但為央高母音或後高母音則有爭議，因為構音位置會隨著音境而稍加改變。空韻母音/ɯ/或/ɨ/為非圓唇後（中）高母音，在華語中總是接在摩擦音或塞擦音之後，有兩個同位音[ɩ]

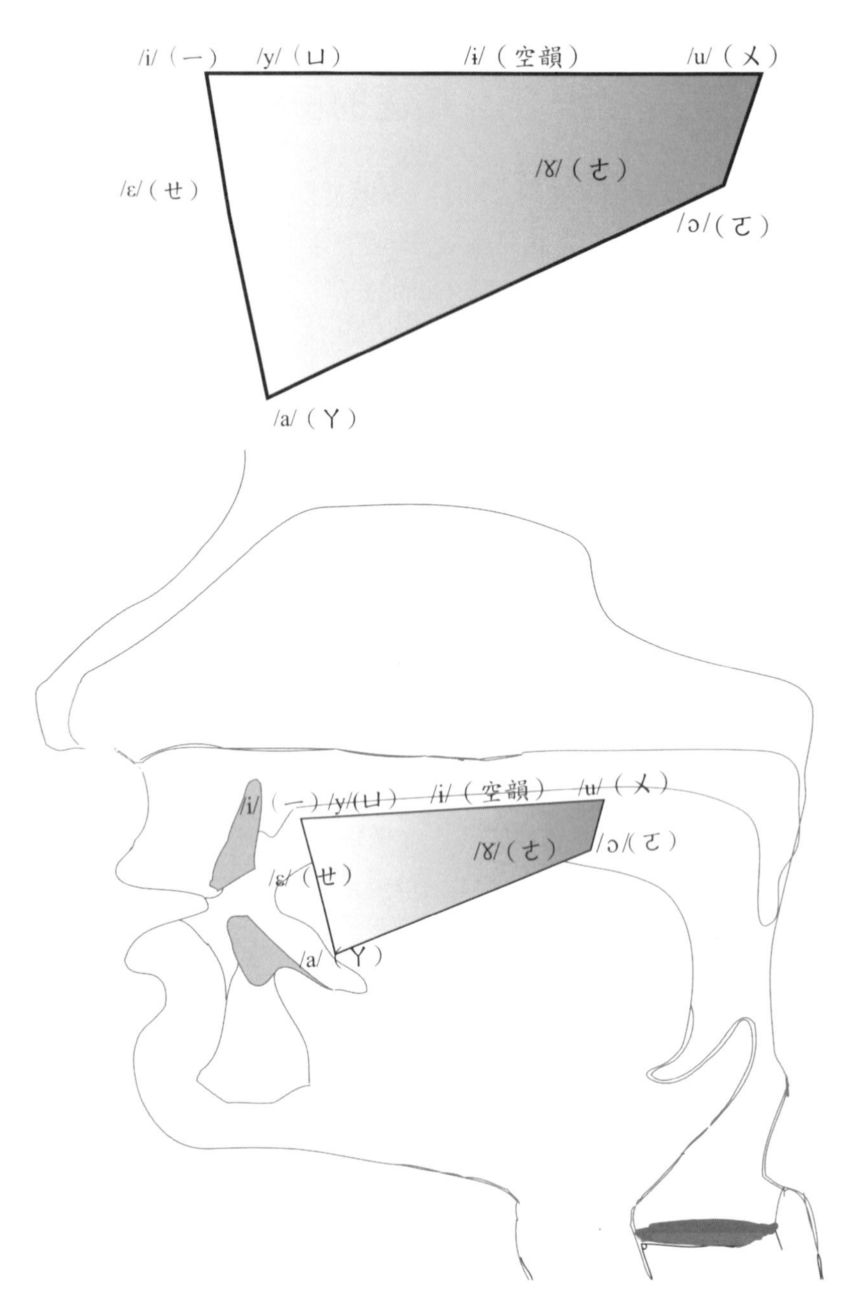

圖 7-2　華語母音構音位置圖示。

和 [ɿ]。[ʅ] 為非圓唇捲舌後高母音，只位於捲舌音後，如/tʂ, tʂʰ, ʂ/。而[ɿ]為非圓唇非捲舌後高母音，位於非捲舌摩擦音或塞擦音後，如/ts, tsʰ, s/。空韻母音由於受國語注音符號的影響很容易被忽略，因為國語注音符號標音系統為求簡潔，並無空韻母音的標示，一般人甚至沒有察覺它的存在。圖 7-3 呈現語音聲譜圖為「褲子濕」的語音，其中在「子」和「濕」音節中，可明顯看出空韻母音/ɨ/的兩同位音的共振峰型態，其實兩者共振峰結構很類似。

母音在聲學上屬於準週期波（quasi-periodic wave）。所謂的準週期波是近似週期波，但非完美的週期波。母音聲學訊號的週期是來自聲帶規律的振動，透過聲譜圖的顯示可讓我們看到聲帶振動的痕跡，例如在「寬頻聲譜圖」上可以看出一條條的縱條紋路，每一條縱紋路就是一個喉頭脈衝（glottal impulse），或一次聲帶的振動，一條直紋與下一條直紋之間的間隔就是喉頭脈衝的週期，通常男性語音的寬頻聲譜圖上喉頭脈衝的間隔較

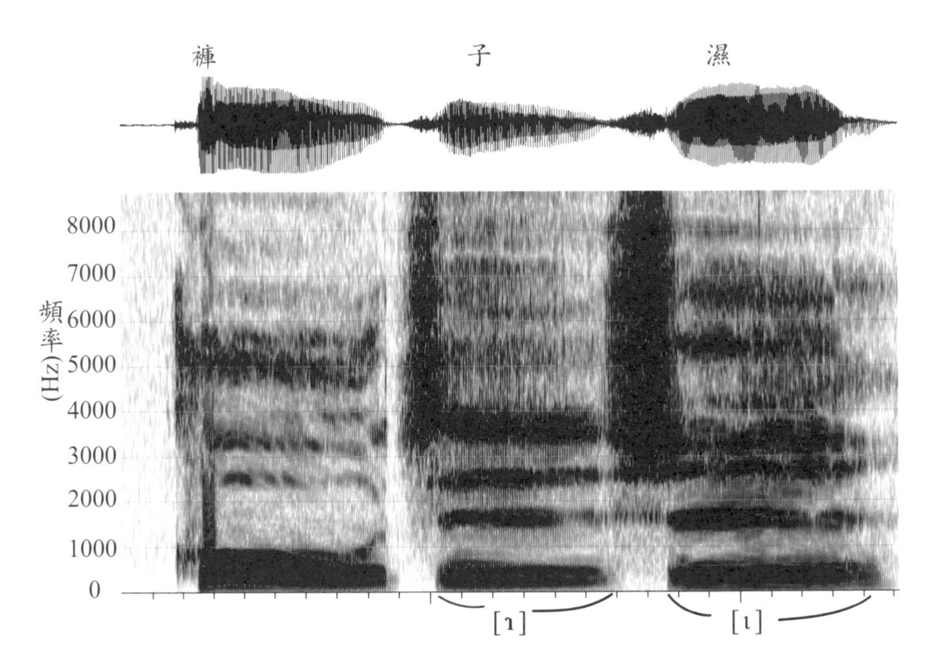

圖 7-3　華語空韻母音/ɨ/的兩同位音的共振峰。

大（週期較長），女性的語音聲譜圖上的脈衝間隔則會較密（週期較短）。若是在「窄頻聲譜圖」上則可以看出一條條的橫條紋路，每一條橫紋路就是一個諧波（harmonics），而紋路之間的間隔就是基本頻率（*F0*），或是週期。由這些縱條和橫條的紋路皆可看出母音的週期特性。言語當中我們的基本頻率並非固定不變，它會隨著語調、母音種類、聲調等因素而改變，但總會在一個範圍內變動。事實上，共振峰才是母音最重要的聲學特徵。

第二節　母音的共振峰型態

一、母音的共振峰

母音在聲學上最重要的特徵是它的共振峰型態，各母音各個共振峰分布的相對頻率位置不同，也就是各母音的各個共振峰之間相距間隔有其各自的特點，例如央母音（/ə/）的第一、第二、第三共振峰頻率的間距呈現很平均地分配，而母音/i/的第一和第二共振峰之間頻率間距就較大（請見圖6-2），而後母音（如/u/、/ɔ/）第一和第二共振峰之間頻率間距則較小。由於母音皆為有聲音，亦即所有母音的聲源皆是由聲帶的振動而發出。各母音的類別區分主要在於構音時口道形狀的不同，也就是濾波器的型態才是決定母音類別的關鍵所在。相同的聲源通過形狀不同的濾波器（口道型態），產生各種不同的共振峰型態。

母音的第一個共振峰（*F1*）值受構音時張開嘴的程度（舌位高度）的影響最大，嘴巴張愈開且舌頭位置愈低時，第一共振峰會愈高；反之，嘴巴開口愈小或舌頭壓縮位置愈高時，第一共振峰會愈低。換句話說，母音的高低與第一共振峰（*F1*）有關，構音部位愈低，則第一共振峰愈高，如低母音（/a/）就有較高的 *F1* 頻率值；而高母音（如/u/、/i/）發出時舌位較高，它們的 *F1* 頻率則較低。

母音構音時舌位的前後會影響母音的第二共振峰（*F2*）值。當舌頭構音部位愈前，也就是舌位愈前時，第二共振峰愈高，例如前母音（如/i, ɛ/），就有較高的第二共振峰頻率值；而後母音（如 /u/、/ɔ/）的第二共振峰頻率值則較低，因為舌頭往後，口道緊縮點接近咽喉區。所有母音中/i/音為構音部位最前方的母音，具有最高的*F2*值，而/u/音為構音部位最後方的母音，具有最低的*F2*值。由第二共振峰頻率值可大致回推母音構音時舌頭高點位置；也因此，一個說話者所能發出的各母音的最高和最低的*F2*值的差距，可以暗示此人舌頭位置前後移動的範圍大小。此外，一個母音的第一共振峰與第二共振峰的間隔頻率（*F2* − *F1*）也可用來區分母音的前後，通常前母音（如/i/）有較大的 *F2* − *F1* 值，後母音（如/u/）則有較小的 *F2* − *F1* 值，亦即在聲譜圖上若見到 *F1* 和 *F2* 相距較大的母音可以推測為前母音。

二、母音共振峰頻率的規則

有關母音產生的構音口道緊縮型態和它們共振峰頻率之間的關係，Pickett（1999）曾針對此提出簡潔的幾個規則，將它們略述如下：

- 長度規則（length rule）：母音的共振峰頻率和咽喉口腔管的長度成反比，亦即口道的長度愈長，共振峰頻率愈低。
- 口腔緊縮（oral constriction）／*F1* 規則：口道前腔的緊縮會造成 *F1* 的下降（如/i/），且愈緊縮時 *F1* 愈下降。
- 咽腔緊縮（pharyngeal constriction）／ *F1* 規則：咽腔的緊縮會造成 *F1* 的上升（如/a/），且愈緊縮時 *F1* 愈上升。
- 舌前緊縮（front tongue constriction）／*F2* 規則：舌頭前部的緊縮會造成 *F2* 的上升（如/i/），且愈緊縮時 *F2* 愈上升。
- 舌後緊縮（back tongue constriction）／*F2* 規則：舌頭後部的緊縮會造成 *F2* 下降（如/u/），且愈緊縮時 *F2* 愈下降。
- 圓唇規則：圓唇會導致所有的共振峰頻率皆下降，且圓唇的程度愈大，所有的共振峰頻率下降愈多。

由以上的規則可知，不同部位口道的緊縮會導致各共振峰的不同變化。若反推回去，似乎由聲波的共振峰線索可以推論出說話者說話時口道緊縮的情形或是構音位置。圖 7-4 呈現英語和華語各母音的 *F1*、*F2* 共振峰型

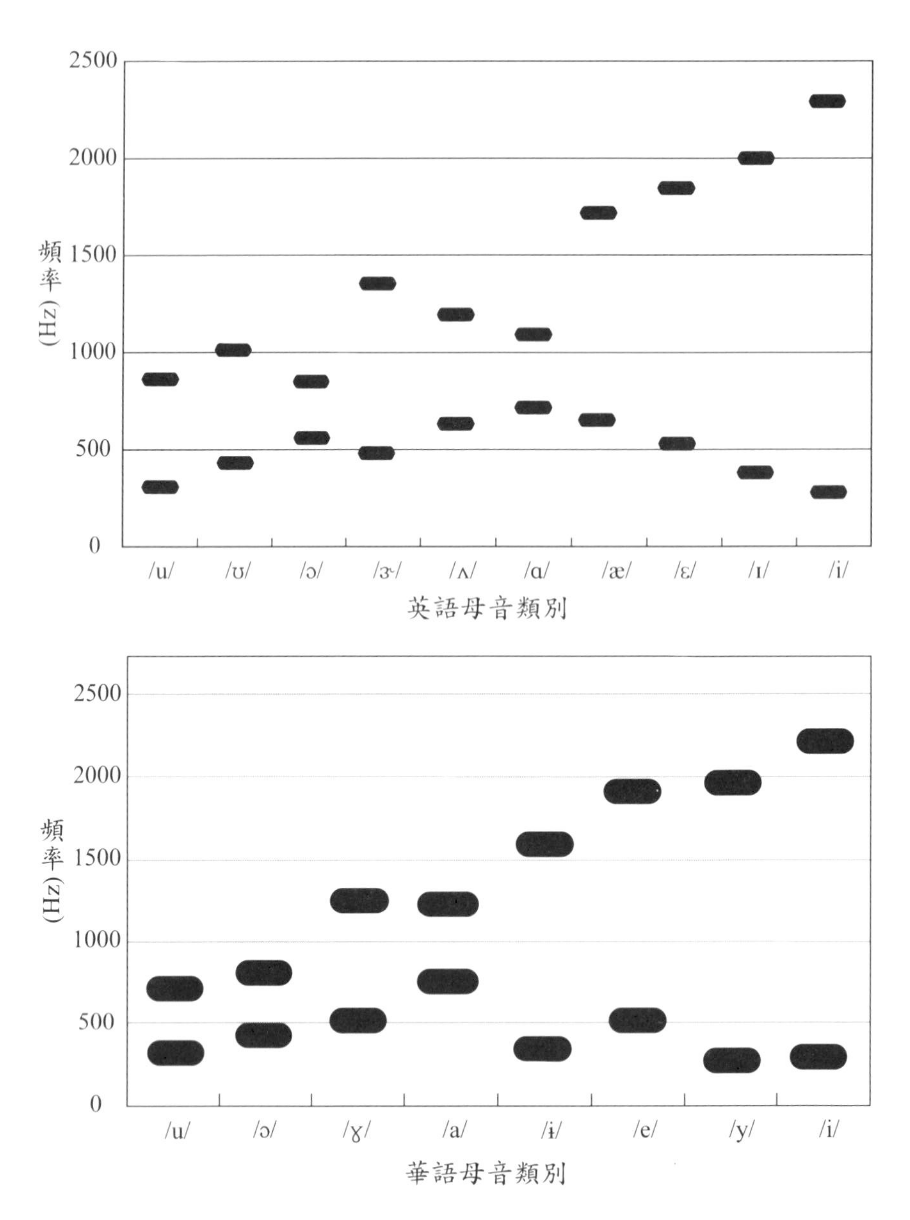

圖 7-4 英語和華語各母音的 *F1*、*F2* 共振峰型態。

態，資料是根據 Peterson 和 Barney（1952）的研究以及鄭靜宜（2004）研究中男性說話者的資料。兩種語言的母音皆呈現符合以上規則的趨勢，母音由構音位置來看，由後至前可見到*F2*的頻率由低至高的漸進變化，而圓唇後母音的 *F1*、*F2* 共振峰值皆較低；圓唇前母音的 *F1*、*F2* 共振峰值也較低（和非圓唇的/i/相比）。具有舌頭前部緊縮的/i/之 *F2* 值最高，而具有咽腔緊縮動作的/a/音 *F1* 值最高。/i/音的 *F1*、*F2* 共振峰值差距最大。

共振峰的頻率是知覺上決定母音語音類別的重要因素，尤其是第一與第二共振峰頻率在母音的聽知覺辨識上是最重要的因素（Delattre, Liberman, Cooper, & Gerstman, 1952）。事實上，除了靜態（static）的共振峰型態，動態的共振峰訊息，如介於子音和母音之間共振峰過渡帶（又稱轉折帶，transition），也提供了豐富的母音辨識線索。有關語音的知覺辨識在第十八章中有詳細的說明。

各母音之中，除了捲舌央元音/ɚ/的第三共振峰較低（男性約在 1700 Hz，女性 2000Hz）。其餘的高頻母音共振峰（指 *F3*、*F4*、*F5*……）一般而言，頻率的高低起伏變化較小。除了捲舌央元音以外，其餘的母音第三共振峰皆約在 2500Hz（男性）、3000Hz（女性）左右，而第四共振峰則約位於 4000Hz 左右，各母音間其實差異不大。母音高頻共振峰值相對較穩定，較不隨構音而改變（Pickett, 1999）。高頻共振峰值和口道長度較為相關，一般而言，男性說話者的口道長度較長，他們共振峰值較女性的為低，而兒童說話者因為口道較短，母音共振峰值通常較女性的為高，總之，說話者的平均共振峰值和說話者的口道長短有關。

三、口道的形狀與共振峰的關係

事實上，口道的形狀並非是一條形狀整齊的管子，沿著管子的起點到終點之橫切面（cross section）是具有相當大的寬度的變化。口道的共振特性則會隨著管道的橫切面的面積與管長而變化，可以使用口道的面積函數（vocal tract area function）導出共振峰的頻率，而口道的面積函數或各橫切面面積，或許可由 X 光研究的資料推算而得，而若能知道構音時口道各部分橫切面面積，就可以推導出發出該母音的口道共振峰頻率，母音的量能頻譜（power spectrum）也可以藉此演算得知，因為一旦知道共振峰的中央頻率，共振峰的相對強度也可以由各個共振峰的中央頻率的資料導出。一些語音學家先驅如 Peter Ladefoged 和 Gunnar Fant（1960），即已嘗試由一些經 X 光照片推論的口道橫切面面積，再由這些資料推論母音的共振峰頻率值。然而因口道型態的立體結構、個別差異和不時移動的動態型態等因素，使得這些推論常不盡理想。

第三節　共振峰的頻率、峰度與帶寬

一、英語母音的共振峰頻率

母音共振峰的頻率除了和語音的類別有直接而密切的關係外，和說話者口道長度的關係亦很密切，這和之前介紹的四分之一奇數管長原理有關。由於女性的口道長度通常較男性的為短，女性的共振峰頻率通常皆較男性的為高，尤其在 *F2* 部分，男、女之間的差異頗大。而兒童的口道又較成人為短，因此兒童各共振峰的值又比成人的值更高了。有關英語母音共振峰值的調查，最經典的研究為 Peterson 和 Barney（1952）的共振峰研究，語音資料蒐集了一百多個美國新英格蘭地區（美東北部）說話者發出的單音詞語音，這些單音詞皆為 h-V-d 的音節，測量十個英語母音的共振峰頻率值。後來 Hillenbrand 等人（1995）又重新蒐集了美國中西部地區說話者的共振峰資料，Hillenbrand 等人（1995）的語料包括了四十五個男性、四十八個女性和四十六個兒童。這兩個研究所得到的母音共振峰型態大致類似，但也有一些差異，例如/ɑ/音的第二共振峰值，Hillenbrand 等人（1995）研究的結果就比 Peterson 和 Barney（1952）研究的數據來得高，這些差異一般認為可能是因取樣地區不同（口音）或是世代差異的影響。

表 7-1 Peterson 和 Barney（1952）以及 Hillenbrand 等人（1995）研究各母音三共振峰值與基頻值（*F0*）比較。

	母音	Peterson & Barney（1952）				Hillenbrand（1995）			
		F0	*F1*	*F2*	*F3*	*F0*	*F1*	*F2*	*F3*
男性	/i/	136	270	2290	3010	138	342	2322	3000
	/ɪ/	135	390	1990	2550	135	427	2034	2684
	/ɛ/	130	530	1840	2480	127	580	1799	2605
	/æ/	127	660	1720	2410	123	588	1952	2601
	/ɑ/	124	730	1090	2440	123	768	1333	2522
	/ɔ/	129	570	840	2410	121	652	997	2538
	/ʊ/	137	440	1020	2240	133	469	1122	2434
	/u/	141	300	870	2240	143	378	997	2343
	/ʌ/	130	640	1190	2390	133	623	1200	2550
	/ɝ/	133	490	1350	1690	130	474	1379	1710
女性	/i/	235	310	2790	3310	227	437	2761	3372
	/ɪ/	232	430	2480	3070	224	483	2365	3053
	/ɛ/	223	610	2330	2990	214	731	2058	2979
	/æ/	210	860	2050	2850	215	669	2349	2972
	/ɑ/	212	850	1220	2810	215	936	1551	2815
	/ɔ/	216	590	920	2710	210	781	1136	2824
	/ʊ/	232	470	1160	2680	230	519	1225	2827
	/u/	231	370	950	2670	235	459	1105	2735
	/ʌ/	221	760	1400	2780	218	753	1426	2933
	/ɝ/	218	500	1640	1960	217	523	1588	1929
兒童	/i/	272	370	3200	3730	246	452	3081	3702
	/ɪ/	269	530	2730	3600	241	511	2552	3403
	/ɛ/	260	690	2610	3570	230	749	2267	3310
	/æ/	251	1010	2320	3320	228	717	2501	3289
	/ɑ/	256	1030	1370	3170	229	1002	1688	2950
	/ɔ/	263	680	1060	3180	225	803	1210	2982
	/ʊ/	276	560	1410	3310	243	568	1490	3072

（續）

		Peterson & Barney（1952）				Hillenbrand（1995）			
	母音	*F0*	*F1*	*F2*	*F3*	*F0*	*F1*	*F2*	*F3*
兒童	/u/	274	430	1170	3260	249	494	1345	2988
	/ʌ/	261	850	1590	3360	236	749	1546	3145
	/ɝ/	261	560	1820	2160	237	586	1719	2143

二、華語母音的共振峰頻率

鄭靜宜（2005）研究中曾測量三十位華語說話者（十五位男性和十五位女性）的語音時長和共振峰頻率，分析單音節詞、雙音節詞和句子之中母音的第一和第二共振峰平均值。表 7-2 列出這些所測量華語音節中的母音第一和第二共振峰平均值和標準差。*F1*、*F2* 共振峰值的測量點皆是約位於母音音段的中點處，此處為母音共振峰走勢較為平穩的區域，通常也較不易受到前後接子音的共構影響。有一些特殊的音除外，例如在「飛」和「給」詞音中測量的/e/音，因該母音有雙母音性質，母音末尾有/i/的成分，恐會影響共振峰值，因此測量點稍往前移，測量共振峰值在約為母音時長的前三分之一處。而/o/音是在「潑」詞音中測量而得，「潑」音介於子音和母音之間常出現有介音/u/成分，為免受/u/音影響，因此將共振峰測量點稍往後移。事實上，母音的第一和第二共振峰值受到聲調（輕聲除外）、發語詞長度、語速的影響不大。表 7-3 列出八種華語母音（/a/, /i/, /u/, /o/, /y/, /ə/, /ɨ/, /e/）的第一和第二共振峰值。圖 7-5 呈現華語男、女性各母音的*F1*、*F2* 共振峰值。基本上，如圖 7-5 中所呈現，依據母音的前後排列，*F2* 均呈現上升的趨勢，唯在女性的/y/音卻較/e/音為低，可能因為女性說話者/y/音的構音位置較為後方或是圓唇的程度較大所致。將華語男、女性說話者的各母音的平均*F1*、*F2* 共振峰值繪於*F1-F2* 平面上，在圖 7-6 中可見其分布的情形。將/a/、/i/、/u/、/e/四個母音的點連起來，其所圍成的區域就是母音四邊形面積。可見男、女性的母音四邊形型態大致類似，女性因口道較短小之故，共振峰值皆會較高，尤其是*F2* 的值，故

表 7-2　位於華語單音節詞中母音第一和第二共振峰平均值（Hz）與標準差。

華語母音	男性				女性			
單音節詞	*F1* Mean	SD	*F2* Mean	SD	*F1* Mean	SD	*F2* Mean	SD
/a/ 哈	743	81	1240	106	1013	145	1641	166
/a/ 媽	650	89	1252	107	899	200	1643	139
/i/ 汽	302	50	2208	151	399	67	2724	194
/i/ 一	297	51	2284	144	392	66	2839	218
/i/ 低	302	52	2276	151	398	71	2856	227
/i/ 吸	291	44	2203	129	393	60	2718	197
/u/ 屋	319	42	669	73	403	61	782	110
/u/ 褲	339	47	739	83	421	62	871	87
/u/ 乳	320	47	744	99	366	55	860	134
/o/ 潑	445	60	814	87	552	102	994	123
/ə/ 特	515	54	1319	125	676	101	1588	109
/y/ 魚	284	33	1973	119	381	50	2281	138
[ɿ] 撕	369	23	1526	72	544	32	2115	101
[ʅ] 時	364	23	1670	131	485	32	2175	53
[ɿ] 刺	383	26	1564	48	553	54	2110	113
[ʅ] 吃	367	24	1543	32	522	36	2229	79
[ɿ] 紫	355	19	1531	78	431	45	2106	103
/e/ 飛	524	18	1809	195	721	68	2458	161
/e/ 給	517	33	1949	197	623	78	2576	174

女性的母音四邊形有往右上偏移放大的趨勢。兒童的口道又更為短小，各共振峰值又更高，他們的母音四邊形位置又更往右上偏移，且範圍更大。

華語的前高母音/i/和英語/i/音的 *F1*、*F2* 共振峰值相近似，尤以男性的部分數值皆很相近；女性部分則以華語/i/的 *F1* 稍高，但和 Hillenbrand（1995）研究中的女性 *F1* 資料相比又稍低，*F2* 部分則相近似。一般女性

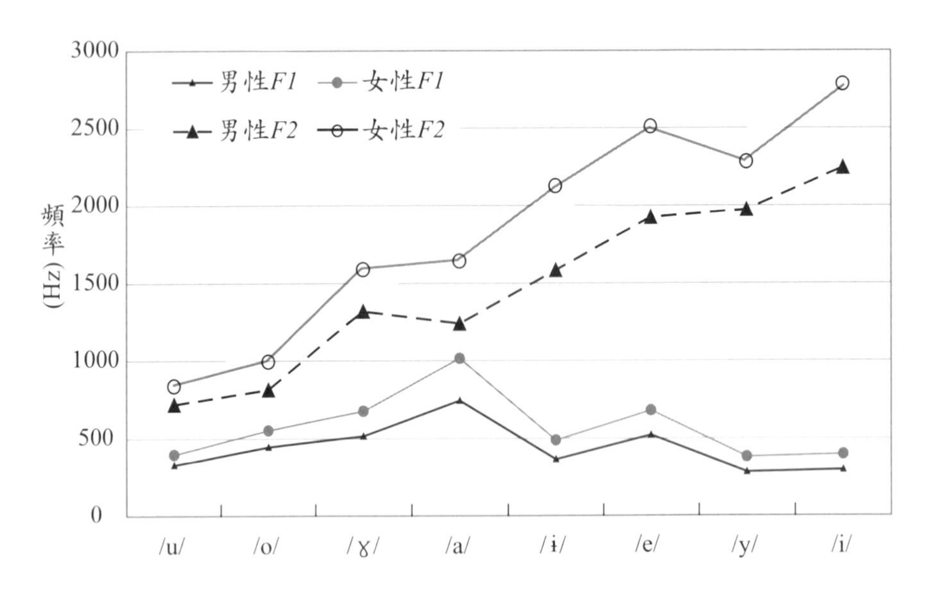

圖 7-5　華語男、女性說話者各母音的平均 *F1*、*F2* 共振峰值。

說話者的共振峰值通常變異性較大，因為女性口道型態、聲帶長度和構音準度的個別差異較大，極易受取樣偏異的影響，而其中又以對/i/音的*F2*值影響最大。

華語的後高母音/u/和英語的/u/音的*F1*共振峰值很相近，男、女皆如此。華語的後高母音/u/的*F2*共振峰值則較英語/u/的*F2*共振峰值（Peterson & Barney, 1952）為略低，推論華語的後高母音/u/構音位置較英語的更為後方一些。尤其在 Hillenbrand 等人（1995）研究的女性說話者發出的英語/u/音的 *F2* 有 1105Hz 之多，可推論此種英語/u/音的構音位置是較為前方的。

華語元音/ə/或/ɤ/（ㄜ）是在「特」音之中所測量而得，男性*F1*平均為 515Hz，*F2* 平均為 1319Hz；女性 *F1* 平均為 676Hz，*F2* 平均為 1588Hz。這些數值和黃國佑（1996）的結果很相近（見表 7-2）。男性ㄜ音的 *F1* 值很接近四分之一管長模式央元音的理想值（500Hz），*F2* 值則略低，但這與英語研究（見表 7-1）中的央元音共振峰值（*F1*：490 Hz；*F2*：1350Hz）

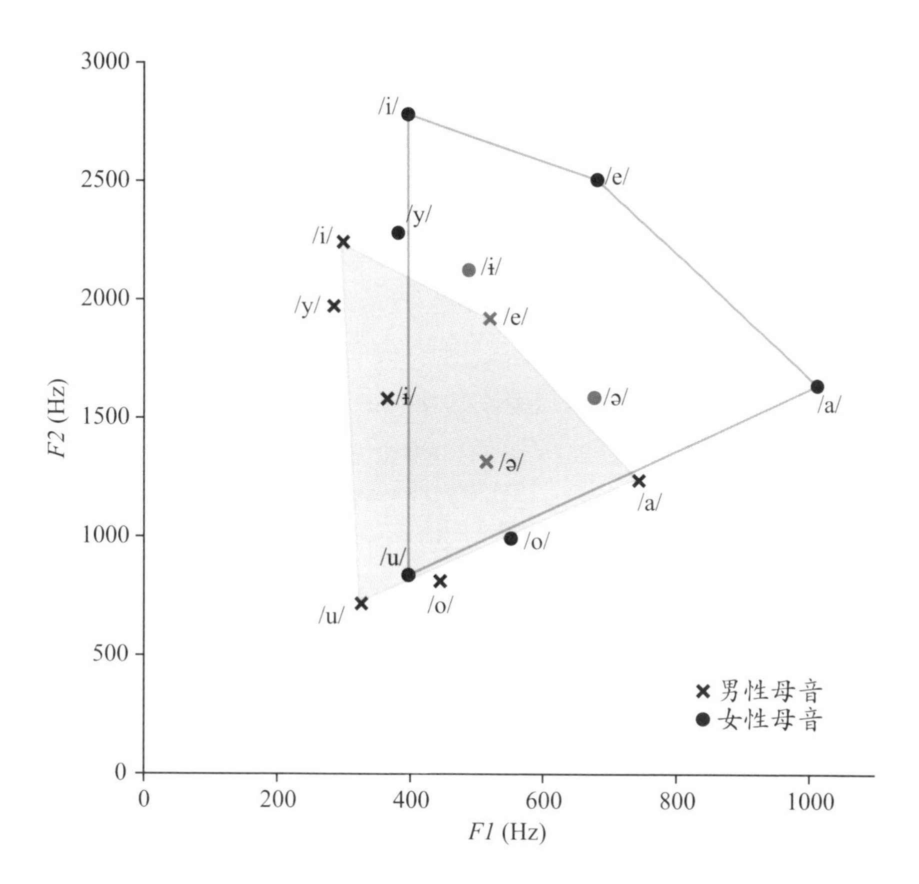

圖 7-6　華語母音的 *F1*、*F2* 空間的母音四邊形。

相近。後元音的 *F2* 通常是低於 1000Hz（男性語音）。雖然之前許多研究者，如謝國平（2000）認為華語元音ㄜ屬於後元音/ɤ/，但若以共振峰值來推論母音的前後，華語元音「ㄜ」的 *F2* 雖比理想的央元音之 *F2*：1500Hz 較低，也就是構音位置稍後方，但其實還是屬於中央的範圍，因此以/ə/符號來記音或許會比後中元音/ɤ/來得恰當。

在母音系統裡央母音的地位十分重要，可作為其他母音高低前後程度的比較基準。例如華語/o/音的 *F1*（男 445Hz，女 552Hz）比華語元音/ɤ/的 *F1* 為稍低，因此/o/母音高度應屬於中高母音。華語/o/音的第一共振峰值較英語/o/音略低，英語的/ʌ/音的*F1*比英語央元音/ə/的*F1*為稍高，因此母音高度就應屬於中低母音，母音高低的定義與分類須把握在聲學上「母音的*F1*愈高，構音位置愈低」的原則。

所有母音之中，低母音/a/有最高的 *F1* 值，華語的低母音也不例外。華語低母音/a/（ㄚ）是於「哈」（/ha/）音中測量的共振峰值。和英語的/ɑ/音比較，華語低母音/a/（ㄚ）的第一共振峰值男性平均為 743 Hz，和英語的/ɑ/音 *F1* 值相近，但說華語女性的 *F1* 值則稍高，平均為 1013 Hz。華語低母音/a/的第二共振峰值則較英語的/ɑ/音為高。在男性部分，華語/a/的*F2*為 1240Hz，英語的/ɑ/音為 1090 Hz；在女性部分，華語/a/的*F2*為 1641Hz，英語的/ɑ/音則為 1220 Hz。可見華語/a/的構音位置比英語的/ɑ/音較為前方，雖然一般人在聽知覺聽不太出來兩者間差異，但實際上在*F2*是有差異的。在「媽」音中測得的/a/共振峰值容易因鼻音/m/的共構影響而有鼻化現象，較不能代表純粹的/a/音。由表 7-2 中可發現於「媽」音中的/a/之 *F1* 值低於/ha/（哈）音的 *F1*，在 *F2* 部分則相近似，可見鼻音/m/主要會造成/a/音 *F1* 的降低。。

華語捲舌聲母和非捲舌聲母後接的空韻母音又稱舌尖元音（竺家寧，2002），有兩個同位音[ʅ]和[ɿ]，兩音為同位音（allophone）。Tse（1989）曾測量七位說話者（一男六女）空韻的第二共振峰，發現聲母捲舌程度對*F2*值稍有影響，但兩者關係卻不是呈現線性正比或反比關係。在表 7-2 中列出鄭靜宜研究三十位台灣華語說話者的資料，可見到在捲舌子音（如「時」、「吃」音）和非捲舌子音（如「撕」、「刺」音）之後的空韻母音的兩共振峰值差異其實不大，女性在捲舌空韻母音*F2*有稍高一點，男性在各語音中表現則較不一致。由於兩空韻母音的共振峰值差異不大，故將之合併計算得到男性*F1*值平均為 365Hz，*F2*值平均為 1582Hz；而女性*F1*值平均為 488Hz，*F2*值平均為 2124Hz。

華語空韻母音究竟應屬於後高母音/ɯ/或是中高母音/ɨ/呢？空韻母音為高元音，但其前後則較有爭議，謝國平（2000）指出，空韻母音構音時有舌根提起的軟顎化音質，而認為空韻母音屬於後高元音/ɯ/。竺家寧

（2002）則指出空韻母音為舌尖元音。空韻母音既是舌尖元音舌位，則應不屬於後元音，因此空韻母音應該是中高母音/ɨ/。若純粹就共振峰頻率資料來看，空韻母音 *F1* 偏低，屬於高元音，而 *F2* 值則是較接近央母音，而非後母音，因為後母音的*F2* 應該要更低才對。由於母音的前後和*F2* 相關，而空韻母音的 *F2* 其實是較接近央母音的 *F2* 值，且略較央元音的值為大，因此空韻母音應屬於央高母音/ɨ/。在圖 7-5 和圖 7-6 聲學母音空間中，亦可見到空韻母音的分布是與前母音較為接近，而非後母音。台灣華語的空韻母音由於受到捲舌音不捲舌化的影響，空韻母音構音位置略微前置，因此，台灣華語的空韻母音的 IPA 符號使用央高母音/ɨ/會比後高母音/ɯ/ 更為妥當。

此外，有關華語母音的共振峰研究方面，黃國佑（1996）曾測量二十位（男、女各十位）的華語說話者發出無意義華語單元音時（以注音符號引出）語音的共振峰值，將其結果也並列於表 7-3 中以供參考，所列的母音共振峰值兩研究的差異實不大。唯在/e/音部分，黃國佑（1996）的/e/音是指注音符號的ㄝ音為單獨念出的無意義語音，但此音在實際華語語言中並不能單獨存在，須放在結合韻中，ㄝ音之前須連有介音/i/或/y/。黃國佑（1996）的女性/e/ 音*F2* 較低，標準差也較高，顯示/e/音變異性較大。除此音以外，無論男、女性，黃國佑（1996）測出的 *F2* 值大都皆較鄭靜宜（2004）的值略高一點，尤其在/a/音和/o/音部分兩者有較大的差距（請見表 7-3）。

另外，Jeng（2000）的論文研究中的控制組為十位正常成年說話者，將男、女各五位的華語單音節的母音共振峰資料列於表 7-4，這些數值和表 7-2、表 7-3 的數值差異不大。儘管這些共振峰值乃是於母音時長正中段測量而得，母音共振峰值，尤其是第二共振峰，仍受到前接子音的影響，例如「西」音的/i/平均*F2* 值（男 2095 Hz；女 2749Hz）就比「低」音的（男 2173 Hz；女 2976Hz）為小，「故」音的/u/平均*F2* 值（男 769 Hz；女 780 Hz）就比「肚」音的（男 884Hz；女 875 Hz）為小。這些差異可能源自於共構效果，由於子音的共構影響母音的目標構音位置，齒槽音的構音位置

表 7-3　華語的母音第一和第二共振峰平均值（Hz）與標準差。

華語母音	鄭靜宜（2004）				黃國佑（1996）			
	男性		女性		男性		女性	
	F1	*F2*	*F1*	*F2*	*F1*	*F2*	*F1*	*F2*
/i/	298 （50）	2243 （148）	396 （66）	2782 （218）	293 （31）	2274 （150）	347 （71）	2852 （115）
/y/	284 （33）	1973 （119）	381 （50）	2281 （138）	300 （32）	2033 （100）	364 （59）	2421 （150）
/e/	520 （26）	1923 （251）	679 （86）	2508 （174）	561 （49）	1898 （389）	631 （77）	2324 （282）
/ɨ/空韻	365 （30）	1582 （98）	488 （63）	2126 （114）				
/ə/	515 （54）	1319 （125）	676 （101）	1588 （109）	527 （77）	1361 （123）	608 （52）	1666 （86）
/a/	743 （81）	1240 （106）	1013 （145）	1641 （166）	836 （85）	1358 （91）	1053 （102）	1658 （126）
/o/	445 （60）	814 （87）	552 （102）	994 （123）	579 （52）	1037 （172）	672 （44）	1194 （250）
/u/	326 （46）	718 （92）	397 （64）	838 （119）	326 （34）	877 （102）	415 （42）	950 （217）

較為前方，使得後接母音的 *F2* 值較高。子音共構的影響對於前高母音/i/的影響較大。

以上所述皆為台灣華語母音的共振峰特性。吳宗濟、林茂燦（1989）的《實驗語音學概要》一書中，列有中國大陸華語母音的共振峰值，比較台灣華語和中國大陸華語的共振峰值，可發現多數母音的第一共振峰值相距不大，主要的差異在第二共振峰值。多數中國大陸華語母音第二共振峰值較為偏高，尤其在女性語音部分，例如中國大陸女性/i/音的第二共振峰值高達 3000 Hz，中國大陸女性/y/音的第二共振峰值也較高（2600 Hz），而/a/第二共振峰為 1350Hz，則較台灣的/a/音之第二共振峰為低。另外，

表 7-4　Jeng（2000）研究中單音節詞的母音第一和第二共振峰平均值（Hz）。

		男性		女性	
母音	音節	*F1*	*F2*	*F1*	*F2*
/i/	屁	277	2123	374	2908
	閉	280	2148	364	2914
	替	283	2142	383	2930
	低	275	2173	377	2976
	椅	263	2185	340	2928
	梨	267	2146	348	2906
	西	267	2095	347	2749
	機	272	2112	314	2780
	妻	279	2094	322	2786
/i/	平均	274	2135	352	2875
/a/	怕	751	1307	1062	1617
	爸	773	1277	1073	1653
	踏	765	1346	1115	1707
	大	774	1356	1110	1750
	喀	760	1331	1085	1673
	尬	760	1393	1093	1734
	阿	790	1296	1095	1666
/a/	平均	767	1329	1090	1686
/u/	鋪	326	794	416	829
	布	327	749	404	794
	兔	332	850	415	841
	肚	327	884	391	875
	褲	331	804	416	834
	故	320	769	399	780
	五	316	744	372	702
	福	331	767	384	789

（續）

		男性		女性	
母音	音節	*F1*	*F2*	*F1*	*F2*
/u/	平均	326	796	400	806
/y/	與	261	1971	336	2395
	驢	273	1987	345	2383
	居	275	1941	333	2437
	區	291	1914	357	2426
	需	286	1921	347	2432
/y/	平均	277	1947	344	2415
/o/	佛	495	862	608	1025
	伯	440	798	554	973
/o/	平均	468	830	581	999
/ei/	肥	501	1869	577	2452
	佩	518	1832	638	2474
/ei/	平均	510	1851	608	2463

「ㄜ」音的 *F2* 也較低（男 1090 Hz；女 1250Hz），中國大陸說話者的「ㄜ」音構音位置較為後方，較接近後母音的範圍。此外，值得注意的是，大陸華語空韻母音的兩個同位音在第二共振峰上有較大的差異，捲舌子音後的空韻母音 *F2* 較高，相差約 400 Hz（男）、500 Hz（女）。這些比較正好呼應了石峰和鄧丹（2006）分析台灣華語母音和中國大陸普通話的差異，他們指出，台灣華語母音大都較中國大陸普通話的位置偏前，例如台灣華語母音/a/的構音位置比中國大陸普通話的/a/偏前也偏高；台灣華語母音/y/的構音位置也較偏前；ㄜ音（/ɤ/或/ə/）的構音位置也較偏前。台灣華語空韻母音/ɯ/或/ɨ/的兩個同位音 [ɩ] 和 [ɿ]，由於受到捲舌音對比的合流影響，對立趨於消失，兩音的共振峰漸趨一致。他們並發現，台灣華語說話者由元音/i, a, u/共振峰所組成的聲學空間面積，比起大陸普通話的聲學空間面積為略小。此外，台灣華語說話者的捲舌母音（ㄦ，/ɚ/）也呈較不捲舌化，捲舌母音和不捲舌「ㄜ」音的 *F1*、*F2* 很相近，最大差別在第三共振峰值，捲舌母音愈捲舌則第三共振峰值愈低，男性發出很捲舌的捲舌母

音 *F3* 值甚至可能低至 2000Hz 以下。

三、台語母音的共振峰頻率

台灣閩南語含有六個口元音和四個鼻化元音（鍾榮富，2002），六個口元音為/i/、/e/、/a/、/ə/、/o/、/u/。四個鼻化元音為/ã/、/ĩ/、/ẽ/、/õ/於第十一章中有進一步的介紹。謝味珍（2007）的論文研究中，測量二十四位居住於高雄市的混合腔閩南語說話者（男女各十二位）的母音第一和第二共振峰頻率，將其結果列於表 7-5 中。將這些台語的共振峰值和華語的母音（表 7-3）相比較，可以發現除了台語央母音/ə/的 *F1* 和 *F2* 值較低以及/o/的 *F1* 和 *F2* 值稍低之外，其餘母音的共振峰值，兩語言間則沒有太大的差異。台語央母音/ə/的構音位置是略偏後方的。由 *F2* 值來推論，台語/a/音則和華語/a/的構音位置一樣是屬於較為前方的低元音，比發英語/ɑ/音時更為前方。

四、客語母音的共振峰頻率

客語含有六個元音（Lo, 1996; Chung, 2003），為/i/、/ɨ/、/e/、/a/、/o/、/u/。Liang（2004）的論文研究中，測量二十位美濃地區之四縣腔客語說話者（男女各十位）的母音第一和第二共振峰頻率，將其結果列於表 7-6 中。將這些共振峰值和華語的母音（表 7-3）相比較可以發現，除了客語空韻母音/ɨ/的 *F2* 值較低之外，其餘母音的共振峰值差異不大，這是因為華語有捲舌聲母之故，華語的空韻母音/ɨ/的 *F2* 較高。

表 7-5　台語各母音的平均 *F1* 和 *F2* 共振峰值（Hz）。

		/i/	/ə/	/e/	/a/	/o/	/u/
男性	*F1*	276	476	464	760	535	352
	F2	2261	1249	2000	1295	877	796
女性	*F1*	356	604	605	950	687	425
	F2	2654	1486	2309	1602	1080	891

資料來源：謝味珍（2007）。

表 7-6 客語各母音的平均 *F1* 和 *F2* 共振峰值（Hz）。

		/i/	/ɨ/	/e/	/a/	/o/	/u/
男性	*F1*	276	362	464	830	561	376
	F2	2236	1430	2062	1282	853	720
女性	*F1*	302	417	560	1069	642	433
	F2	2901	1767	2539	1580	956	799

資料來源：Liang (2004).

五、共振峰的峰度

共振峰的「頻率」、「峰度」與「帶寬」為共振峰的基本三大特性。共振峰的峰度主要是受說話的音量所影響，若音量大，則共振峰峰度的水準就會較高。通常前兩個共振峰峰度對於整體母音音量具有最主要的貢獻，其他較高頻的共振峰峰度較低，而不同母音的共振峰的相對峰度皆有所不同（Stevens & House, 1961），例如母音/a/通常音量較大，前兩個共振峰的峰度水準也較高，且兩個共振峰間相對峰度水準的差距也較小。母音/i/的前兩個共振峰的峰度水準較低，音量也相對較小。

語音刺激的音強在聽覺上是很重要的變項，然而對於母音，我們常須測量共振峰的頻率，卻很少去量這些共振峰的振幅或強度，為何不去測量這些共振峰的峰度或是強度呢？事實上，共振峰的強度是受整體共振峰的頻率的影響而呈現固定的型態，亦即若我們知道一個母音共振峰頻率，例如*F1*、*F2*、*F3*、*F4*、*F5*……等，那麼共振峰的強度或峰度是可被預測的。事實上，每個共振峰都可以拆解分開來看，它們就像是一個個個別的濾波器曲線，而各個共振峰之間會有一些交互作用關係（Kent & Read, 2002）。圖 7-7 的頻譜顯示三個個別共振峰相加而成的母音共振峰型態之峰度變化，高頻的共振峰（如*F3*）會受到低頻共振峰（如*F1*）尾端的影響，使得強度減弱。想像一下若把兩個共振峰相互拉近，兩者的強度皆會獲得增強（如/ɔ/的前兩個共振峰），拉開時則會相對減弱（如/i/的前兩個共振峰），這是因為當兩者靠近的時候（頻率較相近），兩個頻譜曲線相加時，各自的

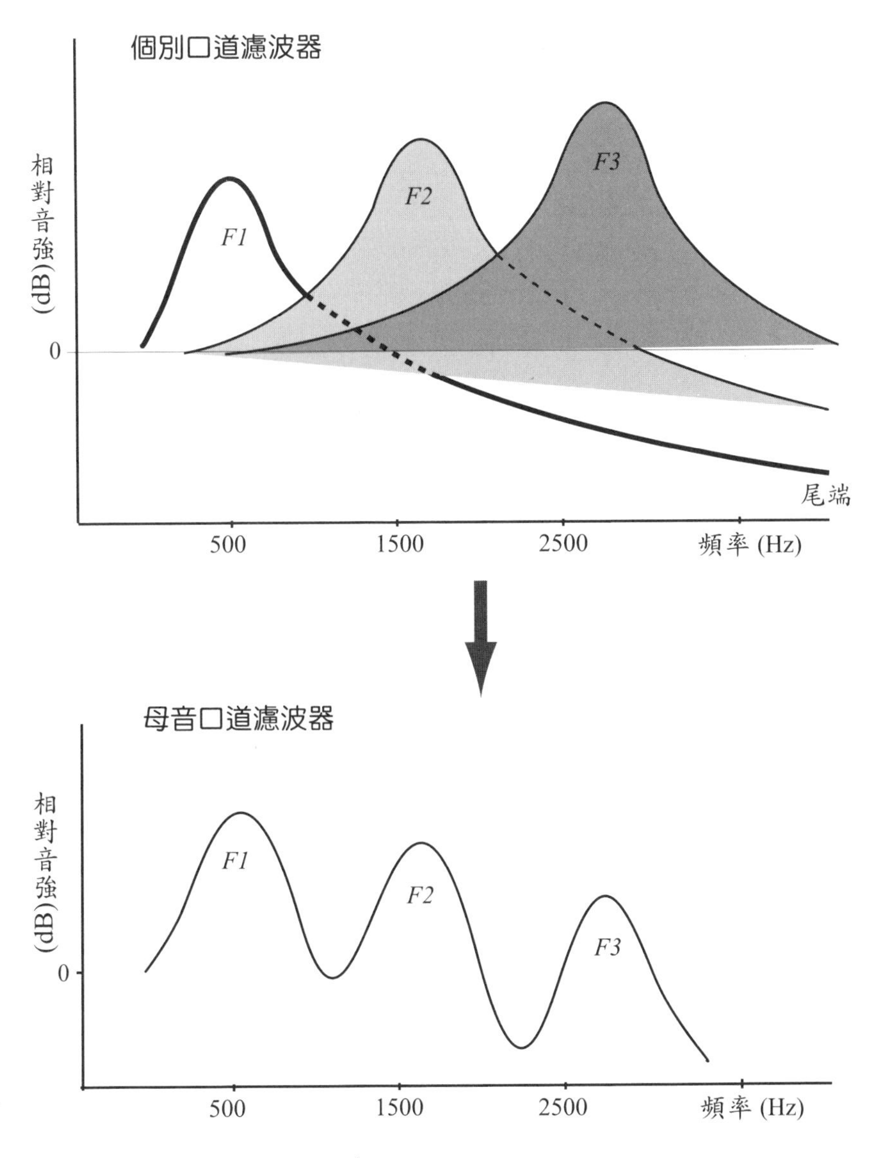

圖 7-7　三個共振峰相加之母音共振峰峰度變化。

低谷區對於對方頂峰的削弱較小，而顯得兩者相對地獲得增強效果；反之則否，當兩者分得較開時，各自低谷區對於對方頂峰的削弱會較強，兩者都會變得較弱。當 *F1* 頻率上升時，其他共振峰（*F2*、*F3*、*F4*⋯⋯）的強度會相對增加，因為*F1*的尾端（右邊低谷）和其他共振峰曲線相加時，會使其他共振峰的強度拉下來的量較小（見圖7-7）。通常整個母音的音量受*F1*的強度影響較大，因為*F1*是母音最強的共振峰。壓縮口道前方通常造成*F1*頻率的下降，隨著*F1*頻率的下降，*F1*的強度也會一起下降；反之，*F1*頻率上升，*F1*的強度也會一起上升。因此，共振峰強度的決定因素主要是共振峰的頻率值、共振峰的間隔、其他高頻共振峰與*F1*強度的交互作用，以及原始聲源的強度（喉頭波形的振幅）等因素，這些皆會對母音各共振峰的強度有所影響。

六、共振峰的帶寬

共振峰帶寬（bandwidth）的大小主要是受口道的聲學削弱特性（damping characteristics）所影響。削弱作用愈強，共振峰帶寬愈大，反之，則否。當共振峰帶寬愈大時，聲譜圖上代表共振峰的黑灰色帶也愈寬粗。由能量頻譜（power spectrum）觀察，共振峰帶寬愈小者，共振峰的頂峰愈尖銳（陡峭）；帶寬愈大者，共振峰的頂峰愈平鈍。共振峰帶寬愈小，代表能量頻率範圍愈集中，能量集中帶愈明顯；若共振峰帶寬愈大，代表能量分布愈不集中，能量散布在較廣的頻率範圍。鼻化母音則通常共振峰的頂端較呈扁平狀，有較大的帶寬。

共振峰帶寬與共振峰強度以及共振峰排行順序有關。大致而言，共振峰的帶寬會隨著共振峰的排行數增加而遞增，通常第一個共振峰帶寬最小，而位於愈高頻的共振峰，帶寬會愈寬。通常在聲源不變的情況下，若共振峰帶寬愈寬，共振峰強度愈弱。共振峰頻率愈高，帶寬愈寬，此規則經研究（Hawks & Millers, 1995）驗證後大致正確，通常1800Hz以下的共振峰帶寬約為10Hz至 50、60 Hz左右，當共振峰中心頻率超過1800Hz後，帶寬會由60 Hz增加至300Hz（如位於約在5000Hz處的高頻共振峰）（Hawks & Millers, 1995），而女性語音的共振峰「帶寬」較寬，通常約會比男性的帶寬增加25%左右。

此外，母音類別不同，共振峰帶寬也不盡相同，英語男性說話者母音

/i/、/u/的第一共振峰帶寬約為50、60 Hz，第二共振峰帶寬約為100、120 Hz；母音/a/的第一共振峰帶寬（130 Hz）就比第二共振峰為寬（80 Hz）（Stevens & House, 1961）。然而，共振峰帶寬的改變對母音的知覺影響並不大（如果改變不是非常劇烈的話），因為人耳對帶寬改變並不敏感。而帶寬的大小通常影響的是語音的自然度與清晰度。通常共振峰帶寬較窄的語音聽起來會比「帶寬」較寬者為清晰。總之，對母音類別的辨識，共振峰的帶寬不是關鍵要素。

七、母音聲學空間面積

母音聲學空間面積（acoustic vowel space area）乃由幾個角落母音（corner vowels）的第一與第二共振峰頻率值於*F1*、*F2*平面上所圍成的形狀面積計算而來，角落母音是指 /a/、/i/、/u/、/æ/、/y/ 等共振峰頻率較極端的母音。可由母音聲學空間面積的形狀與大小，來推論說話者在母音構音時舌頭運動的情形。計算母音聲學空間面積可由三角形的面積累加起來。例如求 /a/、/i/、/u/ 這三個母音構成的聲學空間面積，先由三個母音的*F1*、*F2*頻率值算出構成的母音三角形三邊長的值。假設/a/為（$F1_a$, $F2_a$）、/i/為（$F1_i$, $F2_i$）、/u/為（$F1_u$, $F2_u$），則/a/至/i/的距離為$\sqrt{(F1_a - F1_i)^2 + (F2_a - F2_i)^2}$，如此可求得母音的三邊長，再將三邊長加起來可得其周長。

s＝1/2（a＋b＋c），s是三角形周長的1/2，a、b、c則是指三角形的三邊長。

三角形面積：$\sqrt{s \times (s-a) \times (s-b) \times (s-c)}$

母音四邊形面積則是由兩個母音三角形面積所組成，英語中是各由/a, i, u/ 和/a, i, æ/音圍起的兩個三角形，或可說是在*F1*、*F2*座標平面上由/a, i,u, æ/四個角落母音圍起來的空間面積。一般而言，若說話者說話時的舌頭動作較小，移動位置皆是較位於口腔中心，則母音聲學四邊形的面積會較小。例如吶吃者（dysarthric speaker）由於運動神經系統的損傷，說話時舌頭位置偏中無法移動到較為極端的位置，尤其是舌頭能夠前後移動的幅度

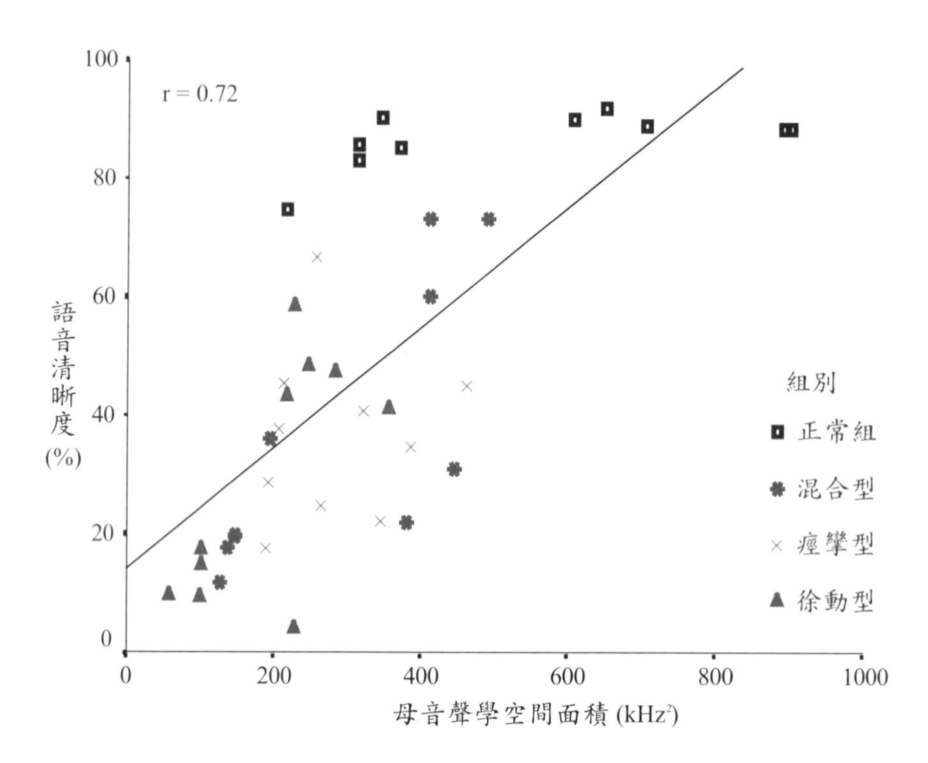

圖 7-8 母音聲學空間面積和說話的語音清晰度關係。

較小，舌位運動的空間較為侷限，各種角落母音的共振峰頻率的差別變小（相對於正常人）。因此，吶吃者的母音聲學空間面積通常較緊縮，面積較小。簡言之，可由母音聲學空間的計算，得到母音聲學空間面積的形狀與緊縮的程度，進而推論說話者於母音構音時舌頭運動的情形。研究（Weismer et al., 2001；Jeng, 2000）發現，母音聲學空間面積和說話的語音清晰度之間有中高程度的相關（約.70）左右。圖 7-8 呈現正常說話者和腦性麻痺吶吃者之母音聲學空間面積和說話語音清晰度的關係，可見到大致上，母音空間面積愈大，說話的語音清晰度則有愈高的趨勢。

此外，在英語研究中也發現，母音聲學空間面積會受說話速度的影響，當說話速度較快時，母音較為弱化，即母音的構音位置較為不及（undershoot），較集中於中間的位置，因此當說話速度快時，母音聲學空間面積會較小，反之，在說話速度較慢，或是說話較為清楚時，母音聲學空間面積會較大。研究者（Weismer et al., 2000）發現，英語說話者的母音聲學空間面積會受到說話速度的影響，當說話速度快時，母音聲學空間面積會變得較小。這是因為英語說話者在快語速時會有母音中性化（vowel neutralization）的趨勢所致。至於其他語言此種母音弱化或中性化的趨勢則較不明顯，如華語的母音受言語速度的影響就不大。

第四節　母音的時長特性

一、母音時長的影響因素

一般而言，母音會比子音的時長來得長，而各種類別的母音時長也不盡相同。各種母音本身是否有其獨特的時長特性呢？最為人熟知的例子是英語母音的鬆緊（lax-tense）特性會影響母音的時長，緊元音（tense vowel）（如/i, u/）通常比鬆元音（如/ɪ, ʊ/）長度長，而且緊的元音構音動作較大，肌肉緊張度相對較大，舌根較往前（tongue root advance）。就時長而言，緊元音通常較鬆元音來得長。此「鬆－緊」對比為英語語言本身所具有的語音區辨特徵，音段長度在此扮演著重要的角色，但是，單憑母音時長線索並不足以達到辨識母音的目的，但此線索對母音辨識可能具有一些輔助功能，對於相似母音間可提供額外有助辨識的線索，例如/æ/ vs. /e/的辨別。世界上的確有些語言會將母音的時長當作一種母音類別區辨特徵，因此母音時長的重要性隨各種語言不同而定，如韓語母音分長母音與短母音，母音長度是韓語語音對比的特徵之一。

Peterson 與 Lehiste（1960）調查英語單音節中各母音的內在音段長度（intrinsic duration），發現雙母音比單母音長，緊元音（長母音）長於鬆元音（短母音），而低元音比高元音長。研究者認為構音動作的生理因素對母音的時長有些影響，例如發 /a/ 時必須要花比較多的時間去完全打開嘴巴，發 /a/ 所花的時間就比發 /i/ 時來得多，因此/a/比 /i/長。長母音（緊元音）通常具有較極端的構音位置，產出時需要較多的時間讓舌頭去到達目標的位置，因此時長也較長。

母音音段長度可能受子音音境（consonant environment）的影響，如 House 與 Fairbank（1953）發現有聲子音後的母音時長會較無聲子音的為長，而且有聲子音前的母音也會相對較長。推論是因為說話者在母音構音時會顧及不同的子音環境，而產生時長的差異性。在連續構音中的語境脈絡下，每個音互相間都會有不同程度的交互影響，而母音時長會受其前子音的影響而調整時長，可能由於有聲子音時長較短，因此其後接的母音相對較長，以維持基本音節單位時長的一致性。子音對母音音段長度的影響原因，Peterson 與 Lehiste（1960）認為和共同構音（coarticulation）有關，一音節中各相鄰音素若構音的位置相距愈遠，因構音子（articulator，構音子為口道中主要的構音結構或部位）移動需費時間，則音段愈長，反之則否。

母音時長受子音影響，在華語中也有類似的發現，例如鄭靜宜（2005）比較華語發現，若前有送氣子音的母音會比前有不送氣子音的母音時長較短，且比起送氣塞音的影響，前有送氣塞擦音的母音時長會更短。可見，母音時長會受其前接子音的送氣特徵所影響。至於其餘類別聲母（包括摩擦音、母音、邊音、有聲摩擦音）之間，它們後接母音的時長差異則相對較小。

影響母音時長的因素繁多，除維持語言性對比的因素（如長、短母音）外，其他因素還有母音的構音高度（vowel height）、相鄰子音的有聲或送氣性、說話速度、重音（stress）、節律、音節結構、聲調、強調、句中位置等。超音段特性的影響將在後面章節中再行討論。總之，雖然母音時長因素本身並不足以達到辨識母音的目的，但具有一些輔助辨識的功能。

二、華語母音的時長

鄭靜宜（2005）對不同母音類別時長分析的結果顯示，低母音的平均時長比高母音時長稍長，如在 CV 音節中，同為一聲，/a/比/i/和/o/長，在 V 音節中零聲母（單母音）/a/ 則比/u/長。此趨勢和英語研究中的發現吻合。所有母音中以在V音節中的/a/最長，而聲隨韻母中的母音以及空韻/ɿ/皆較短。

華語母音的時長特性較會受到聲調和音節結構的影響，鄭靜宜（2005）測量並分析三十位說華語的成人說話者（十五位男性、十五位女性），在五種語速下的單音節、雙音節、三音節和句子中母音的時長。結果呈現於圖 7-9 中，明顯可見母音時長隨著語速的變慢而增加，而音節結構和聲調的影響在快語速時較不明顯，在慢語速時影響性變大。若比較不同音節結構和聲調的母音時長，可發現聲隨韻母中的母音時長是最短的，其次是空韻母音時長較短，零聲母音節的母音以及複合元音（在 CVV 或 CVVV 音節中）的母音時長則較長。聲調對母音時長亦有影響，大致而言，具有一聲和二聲的母音時長較長，具有三聲和四聲的母音時長則較短。複合元音是由兩個母音以上所組成的韻母，通常時長較單母音的為長，圖 7-9 中顯示 CVV 或 CVVV 音節中的母音時長比 CV 音節中的母音為長。以上所歸納的這些趨勢皆是在語速愈慢時愈明顯，在快語速的情形下，聲調的影響則較不明顯。聲隨韻母的母音是位於音節末尾鼻音之前的母音，鼻韻音節中的母音通常時長很短暫（見圖 7-9）。事實上，在華語音節中 CVN 和 VN 的母音種類有限，就只有/a/和/ə/兩種母音。而空韻母音/ɿ/之前必有摩擦音或塞擦音，只存在於 CV 音節中。

三、複合元音

華語、台語和客語的音節中有許多韻母是由多個母音組成，是謂複合韻母，或稱結合韻。複合元音是由多個母音相連所組成的元音，例如/ia, io, iu, ua, ue, uai, iau/ 等皆是，複合元音在產出時口道連續動作變化造成共鳴腔的連續變化，共振峰成動態的走勢變化。複合元音中母音的成分可能有兩個或三個，兩個為二合元音，三個為三合元音。其實，雙母音也被歸屬於複合元音的一種，是為「前響二合元音」，因口形由大到小，舌位由低至高。「後響二合元音」，口形則由小到大，舌位由高至低，由一些介音

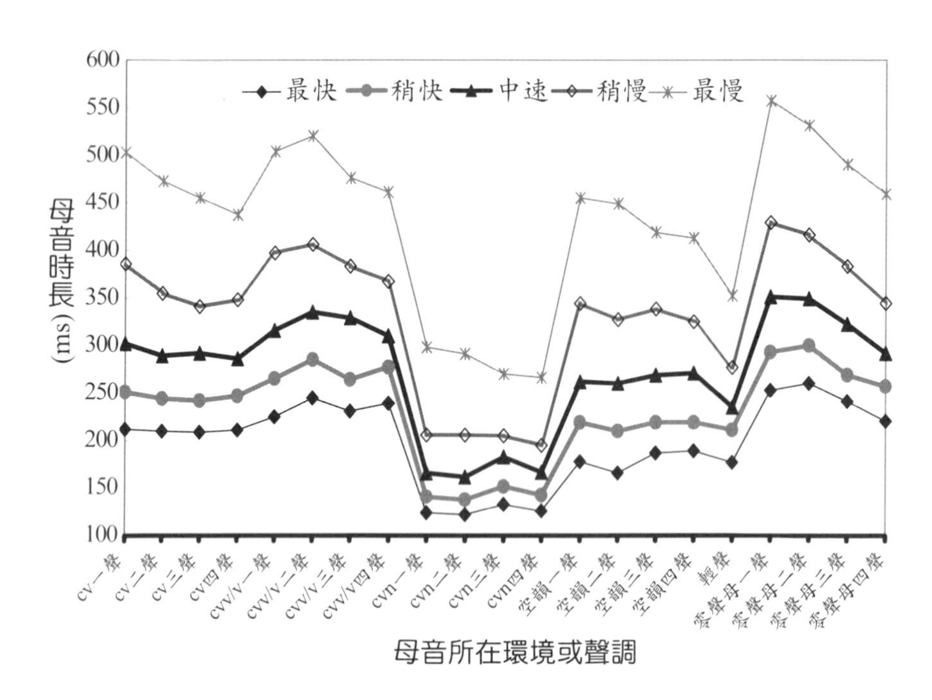

圖 7-9　各母音環境（音節結構）和聲調以及五種語速下的母音時長（ms）。

（/i, u, y/）和其他母音所組成的複合母音，如/ia, io, iu, ua, ue, uo , ye /。三合元音如/iao, iou, uai, iau/，通常口形則由小到大後又變小，舌位由高至低後又升高（曹劍芬，2007）。複合韻母的母音時長通常較單母音的時長為長（鄭靜宜，2005）。「前響二合元音」即是雙母音，和「後響二合元音」，即為結合韻，兩者的前後各母音成分的時長比例不同。「前響二合元音」以始滑母音（第一個母音）較長，而「後響二合元音」以末滑母音（末尾的母音）較長。曹劍芬（2007）指出，「前響二合元音」的始滑母音和末滑母音的時長比例以 6：4 時聽起來最自然，而「後響二合元音」的始滑母音和末滑母音的時長比例以 4：6 時聽起來最自然，而三合元音/iau/的始滑母音、中間母音和末滑母音的時長比例以 4：4：2 時聽起來最自然。曹劍芬（2007）還指出，複合元音的核心部分（共振峰較穩定區）共振峰值主要受到後接尾音的影響，而較不受前接介音的影響。

四、聲調對母音時長的影響

由於聲調是屬於有聲語音頻率型態的變化，華語的母音時長會受到聲調調型的影響，例如輕聲音節的母音時長通常較短。至於四種聲調間時長的比較，之前一些相關研究大致都提出第四聲的母音時長最短，而第一、二聲較長的結論（翁秀民、楊正宏，1997；Tseng, 1990；石峰、鄧丹，2006），但三聲音節的長度就較有爭議，有些研究認為是最長（Tseng, 1990；石峰、鄧丹，2006），但也有研究提出並非是最長的說法（翁秀民、楊正宏，1997；鄭靜宜，2005）。通常三聲音節若是以單音節的方式說出，時長則可能會是四種聲調中最長的，因為是以「全上」的形式出現，但若在連續語句中，三聲音節通常以「半上」的形式出現，三聲音節的母音時長就會較短，有時甚至和四聲一樣短暫，因此三聲的時長是依照音節所處音境的情況而有所變異。不同研究中有關三聲時長的不一致，推測可能由於三聲的「全上」或「半上」的差別。在平時的日常言語中，三聲通常為「半上」形式，因此時長較短。然而由圖 7-9 中也可見聲調對於各類母音的影響並非同質性，尤其是三聲，在一些音節結構中三聲母音是有比較長，在一些結構中則和其他聲調時長沒有差異。此外這些趨勢也受到語速的影響，通常在快語速下聲調間時長的差異並不明顯。對於有些本身時長較短的母音，如空韻母音，聲調的影響性較小，比較在CV音節中四種聲調之空韻/ɿ/時長（見表 7-7），可發現第四聲的母音時長最短，但是其餘聲調的空韻母音時長差異卻是不大。

聲調語言的母音由於負有攜帶聲調訊息的責任，母音時長不能過短，若過短就無法呈現聲調的高低起伏變化，無法表現出完整的音高輪廓（pitch contour）。鄭靜宜（2005）比較五種語速下四種聲調的母音時長。由圖 7-9 和表 7-7 五種語速下的母音時長來看，最快速的母音平均時長均不小於 120 毫秒，空韻/ɿ/母音的時長通常很短，也不會小於 150 毫秒（見表 7-8），而一般母音最快則大都在 200 毫秒左右。聲隨韻母中的母音雖然可能接近

表 7-7　四種聲調詞首音節的母音平均時長（ms）與標準差。

聲調	一聲		二聲		三聲		四聲		總計	
語速	Mean	SD	Mean	SD	Mean	SD	Mean	SD	Mean	SD
最快	205	68	199	79	232	60	194	48	205	66
稍快	242	73	237	83	268	68	231	57	243	72
中速	293	85	286	95	324	75	275	62	292	83
稍慢	365	108	350	117	390	105	331	87	360	107
最慢	471	174	459	182	493	177	423	163	464	175
平均	315	144	306	149	341	141	291	123	313	141

表 7-8　CV 音節中四種聲調空韻/ɿ/平均時長（ms）和標準差。

CV	最快		稍快		中速		稍慢		最慢		總計	
	Mean	SD	Mean	SD	Mean	SD	Mean	SD	Mean	SD	Mean	SD
一聲	188	58	230	58	277	65	356	80	460	150	302	131
二聲	189	71	226	71	278	75	347	90	477	162	303	142
三聲	197	65	231	65	280	72	342	88	433	161	297	128
四聲	172	44	211	54	250	49	309	78	416	174	272	126
平均	187	60	226	61	273	66	344	84	451	159	296	132

120 毫秒，但由於其後所接鼻音也有攜帶母音的訊息，因此時長可以較短。可知，華語音節中母音時長通常會受到聲調的限制而不能過短。

第五節　雙母音的特性

單母音稱為單音（monothong），而雙母音稱為雙音（diphthongs），為兩個母音組合成的一個音，第一個音為始滑音（onglide），第二個音為末滑音（offglide），通常第一個成分音時長較長，又稱核心音（nucleus），第二個成分的音時長則較短。事實上，一個雙母音中又可被細分成五個階段部分：始滑音、第一目標音（target1）、滑音（glide）、第二目標音（target2）、末滑音（Pickett, 1980）。滑音是由第一個音過渡到第二個音的中間帶，當說話速度慢時較為明顯。英語的雙母音有 /aɪ, aʊ, ɔɪ/；而華語的雙母音有 /aɪ, aʊ, eɪ, ou/（ㄞ、ㄠ、ㄟ、ㄡ），這些雙母音的母音組合規則皆是以一個較低元音為起始加入一個高元音為結束。雙母音化（diphthongized）的母音為非典型的雙母音，英語的雙母音化的音有 /eɪ/、/oʊ/、/ɚ/，成分是一個目標（target）加上一個末滑音。

比起一般母音，雙母音為動態的語音。發雙母音的構音口道的形狀會隨著母音的目標改變呈動態的變化。一般母音，又稱為靜態母音，只有一個構音目標型態，而雙母音構音則是動作較為動態的形式，需要連續地移動構音的緊縮位置，由一個起始構音位置目標移往另一個目標去。由聲譜圖（如圖 7-10）來觀察，雙母音的共振峰在時間向度上富有動態的移動特徵。比起單母音來，雙母音共振峰的頻率有漸進的變化趨勢，可能是變高或是變低，而非呈靜止狀態（static state）。雙母音的構音動作是需要由一個構音位置移到另一個構音位置，因此和單母音比較起來，雙母音的構音是較具變化的，但又不如子音構音時改變的劇烈，塞音到母音之間的口道開合動作是「由無到有」的變化，十分強烈。

一、雙母音的共振峰

共振峰的走勢觀察為雙母音聲學分析的重點，雙母音並非只是由兩個母音相加在一起那麼單純，其中共同構音（coarticulation）的部分佔有很大的比例。共同構音是指構音姿勢於時間點上的重疊，在尚未執行完一個構音動作（或姿勢）之前，另一個構音動作（或姿勢）已經開始，造成兩個構音動作有部分的重疊，產生的語音聲學信號也有相當程度的重疊。由於共同構音的關係與音節時長維持，雙母音的母音構音位置較不若單母音極端。由共振峰走勢就可觀察得知，共振峰走勢（formant trajectory）由雙母音的始滑母音（onglide vowel）到末滑母音（offglide vowel）所決定，還受到說話速度的影響，尤其當說話速度較快時，變異性就會很大。末滑音通常會有不及（undershoot）的現象，沒有到達目標構音位置即停止，因此末滑音的時長相對會較短。

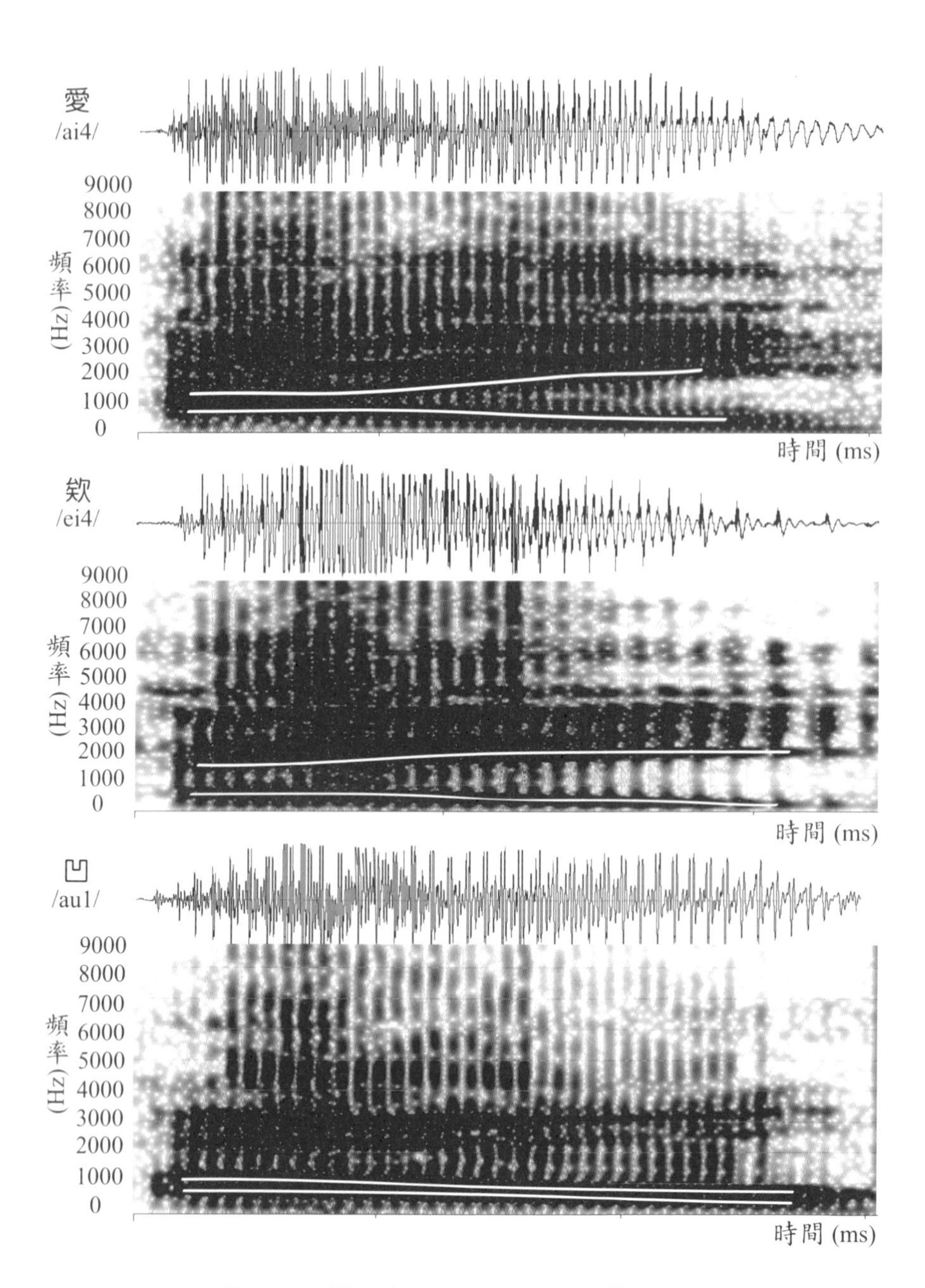

圖 7-10 雙母音 /ai/、/ei/、/au/ 的聲譜圖。

雙母音中始滑音和末滑音之間共振峰呈緩慢變化，兩者實很難切割開來。大致而言，屬於末滑母音的部分通常較短，這是和結合韻相當不同的一點。結合韻通常以一個介音為開始，之後接一個單母音或雙母音為末，作為起始的介音通常時長較短，而介音後的母音是結合韻的核心，則時長較長。

二、*F2* 的走勢分析與 *F2* 傾斜度

共振峰走勢（*F2* trajectory）的觀察為雙母音聲學分析的重點，尤其是 *F2* 的走勢變化。*F2* 的變化走勢可以用 *F2* 的斜度（slope）來量化，計算在一段時間中 *F2* 由高而低或是由低而高的變化量。*F2* 走勢的測量可由語音聲學分析工具中共振峰的追蹤（tracking）功能得到，每 20 毫秒測得第二共振峰的頻率。*F2* 傾斜度計算的起點是找出音段中開始有共振峰頻率明顯持續地往一個方向變化（增加或是漸少）的起點，終點則是傾斜度開始沒有劇烈變化的點。起點的位置可以定義為至少能有 20Hz / 20 ms 以上的頻率變化；末尾的位置則可定義為開始失去 20Hz / 20 ms 頻率變化的點。*F2* 的傾斜度就是在兩點間這一段時間中，第二共振峰頻率值的改變量。在圖 7-11 中為「白」（/pai/）音的聲譜圖，可見到 *F2* 有明顯的由低到高的趨勢，可以測量 *F2* 由低到高的差距和此由低到高的趨勢所延伸的時長範圍，再加以相除以計算 *F2* 的傾斜度，計算公式如下：

F2 斜度 =（末尾頻率 − 起點頻率）/ 時距（time interval）

若 *F2* 變化的趨勢是逐漸變小，則此 *F2* 的傾斜度為負值，如 /aʊ/ 的 *F2* 傾斜度即為負值。雙母音中以 /aɪ/ 的 *F2* 傾斜度為最大，正常說話者通常約在 3 Hz/ms 至 6 Hz/ms 之間，女性的值會較大一點。既然，*F2* 的走勢與舌位前後的移動有密切的關係，*F2* 的斜度可作為舌位前後移動功能的一個指標。說話不清楚的人，如吶吃者（dysarthric speakers），在說話時舌頭前後運動的幅度常不及正常人，因此吶吃者在雙母音構音時可能會有 *F2* 的走勢較平與 *F2* 傾斜度變小的趨勢。共振峰的走勢的分析其實不只可對雙母音做

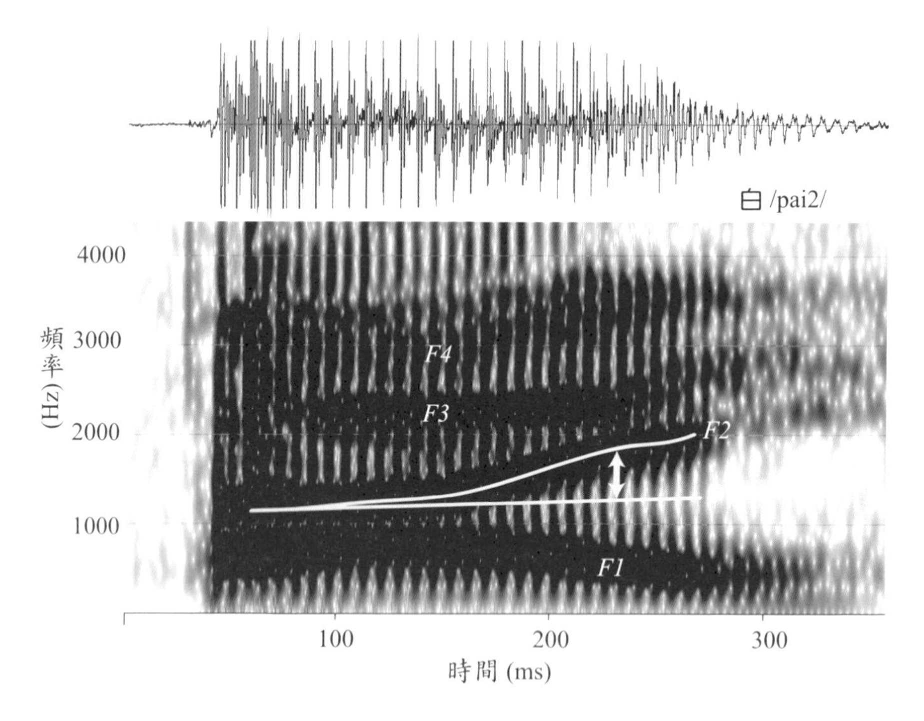

圖 7-11 「白」（/pai/）音的聲譜圖和 *F2* 的走勢。

分析，只要有共振峰變化的語音皆可應用，例如可對共振峰的轉折帶（formant transition）做 *F2* 傾斜度的分析，或是複合韻母 *F2* 傾斜度的分析。

英語的雙母音和華語的雙母音看似相似，但是否真正相同呢？Gay（1968）研究語速對雙母音的影響，分析英語五種雙母音 /oi, ai, au, ei, ou/ 音之 *F2* 的走勢，發現三種語速下的雙母音在起始目標位置和第二共振峰變化率是雙母音主要不變的特徵，而末尾目標位置（頻率）則會隨著語速而有不同的變異。在有聲子音後的雙母音的時長較長。可見，雙母音的構音在語速快或是簡省說話的模式（非刻意講求構音）時，會有所謂不及（undershoot）目標的情形，說話者在構音還未達第二個目標位置，動作就已停止。

三、雙母音的時長

雙母音在一個音節地位相當為一個音節的核心，在語句中含雙母音音節的時長和語句中其他音節的時長大致相當，但和單母音音節相較，雙母音是否會較長呢？若比較表 7-9 中的雙母音和單母音時長，可知華語雙母音的時長並沒有比單母音長，雙母音的時長大致和單母音時長相當；但比起結合韻，雙母音的時長也並沒有比結合韻長。鄭靜宜（2005）發現，無聲母的雙母音的平均時長和單母音的時長並無明顯差異，且華語雙母音的時長和母音一樣會受到語速和聲調的影響。表 7-9 中「易」音（/i/）最短，應該是受到聲調的影響，因為「易」音為四聲，四聲音節通常較短。若只比較同為一聲的母音，同為音節結構 V 的雙母音（/ai/ 、/au/和/ou/）的

表 7-9　五種語速下的雙母音和單母音的平均時長（ms）與標準差。

母音音節	最快速	稍快速	中速	稍慢速	最慢速	平均
/ai/「哀」	247	291	347	420	547	370
SD	41	51	50	81	165	
/au/「凹」	243	288	347	423	549	370
SD	45	44	55	71	158	
/ou/「歐」	236	275	330	401	522	353
SD	40	45	51	73	156	
/a/「阿」	264	309	379	444	558	391
SD	45	58	61	91	161	
/i/「易」	207	246	282	340	448	305
SD	43	59	67	88	157	
/u/「烏」	247	295	361	425	543	374
SD	49	52	68	105	191	
/y/「魚」	251	297	367	431	544	378
SD	53	50	64	102	188	
/ɚ/「耳」	239	271	328	388	497	345
SD	42	55	58	85	149	

表 7-10 華語韻母對比的頻譜特徵。

韻母類型	語音對比	聲學頻譜特徵或形式對比
單母音	高母音 vs. 低母音	低 *F1* vs. 高 *F1*
	前母音 vs. 後母音	高 *F2* vs. 低 *F2*
	圓唇 vs.非圓唇母音	圓唇母音的三個共振峰值皆較非圓唇音為低
多元音	雙母音或複合韻母 vs. 單元音	動態共振峰型態 vs. 靜態共振峰型態
	雙母音 vs. 複合韻母	起始母音較長 vs. 末尾母音較長
鼻韻母	鼻韻母 vs.非鼻韻	有鼻音喃喃 vs. 無鼻音喃喃

平均時長反而較單母音/a/ 和/u/稍短。鄭靜宜（2005）也發現，結合韻（CVV/V）母音（如/ia/、/uai/、/ye/）的時長會較 CV 音節中的母音或雙母音稍長，可能是因為結合韻中多了介音之故。

吶吃者可能有母音扭曲、替代的現象，單母音常被聽成雙母音或複韻母，或也有複韻母、雙母音被聽成單母音。他們發出的母音間的對比區辨性減少，吶吃說話者所發的前、後母音與高、低母音第一與第二共振峰的頻率值，通常有較低的對比性（相較於正常說話者），因此母音間的區辨性減少，造成所有母音聽起來都像是央母音（/ə/）或低母音。有些嚴重吶吃者的單母音CV音節，會被聽成雙母音，或是複韻母，原因何在？這是因為吶吃者的構音動作較為緩慢，而且構音的穩定度差，因此單母音常常不只有單純的共振峰型態，而混雜入一些扭曲的成分，聽知覺上就成為雙母音或是複韻母了。

各種母音的音段聲學特性到此已大致介紹完畢，將華語母音對比的頻譜特徵簡略地歸納於表 7-10，本章只是將一些母音常見的特性做大致的介紹，其實在日常對話語音中，母音會受到許許多多因素的影響，如子音音境、地區腔調、說話場合、構音清晰需求等。真正對話中的母音特性還有待大家的努力發掘。由第八章開始將介紹子音音段的聲學頻譜特性，如塞音、摩擦音、塞擦音等。

參考文獻

石峰、鄧丹（2006）。普通話與台灣國語的語音對比。載於**山高水長：丁邦新先生七秩壽慶論文集**（頁 371-393）。北京：商務印書館。

吳宗濟、林茂燦（1989）。**實驗語音學概要**。北京：高等教育出版社。

竺家寧（2002）。**古音之旅**。台北：萬卷樓。

翁秀民、楊正宏（1997）。國語四聲的能量與字首長度之探討，**技術學刊，12**，125-129。

曹劍芬（2007）。**現代語音研究與探索**。北京：商務印書館。

黃國佑（1996）。元音的構音、聲學特徵與知覺。載於曾進興主編，**語言病理學基礎第二卷**（頁 1-31）。台北：心理出版社。

鄭靜宜（2004）。**不同言語速度下國語各音段時長變化及其於連續語言中可預測性之探討**。國科會專題研究計畫成果報告，NSC 92-2413-H-024-019。

鄭靜宜（2005）。不同言語速度、發語單位和發語位置對國語音段時長的影響。**南大學報，39**，161-185。

謝味珍（2007）。**閩南語語音系統的聲學研究**。國立高雄師範大學台灣文化及語言研究所碩士論文，未出版，高雄市。

謝國平（2000）。**語言學概論**。台北：三民書局。

鍾榮富（2002）。**台語的語音基礎**。台北：文鶴出版有限公司。

Chung, R. F.（鍾榮富）（2003）. *Introduction on Taiwan Hakka Phonetics*（**台灣客家語音導論**）. Taipei: Wu-nan（五南出版社）.

Delattre, P., Liberman, A. M., Copper, F. S., & Gerstman, L. J. (1952). An experimental study of acoustic determinants of vowel color: Observations on one and two formant vowels synthesized from spectrographic patterns. *Word, 8*, 195-201.

Fant, G. (1960). *Acoustic Theory of Speech Production*. The Hague: Mouton.

Gay, T. (1968). Effects of speaking rate on diphthong formant movement. *The Journal of the Acoustical Society of America, 44* (6), 1570-1573.

Hawks, J. W., & Millers, J. D. (1995). A formant bandwidth estimation procedure for vowel synthesis. *The Journal of the Acoustical Society of America, 97*, 1343-1344.

Hillenbrand, J., Getty, L. A., Clark, M. J., & Wheeler, K. (1995). Acoustic characteristics of American English vowels. *The Journal of the Acoustical Society of America, 97*, 3099-3111.

House, A. S., & Fairbank, G. (1953). The influence of consonant environment upon the secondary acoustical characteristics of vowel. *Journal of the Acoustical Society of America, 25*, 105-113.

Howie, J. I. (1976). On the domain of tone in Mandarin. *Phonetica, 30*, 129-148.

International Phonetic Association (1999). *Handbook of the International Phonetic Association-A Guide to the Use of the International Phonetic Alphabet.* Cambridge University Press. http: / / www.langsci.ucl.ac.uk / ipa /

International Phonetic Association (2005). *International Phoretic Alphabet.* http: / / www.langsci.ucl.ac.uk / ipa /

Jeng, Jing-Yi (2000). *The Speech Intelligibility and Acoustic Characteristics of Mandarin Speakers with Cerebral Palsy*. Unpublished Ph. D. Dissertation, University of Wisconsin-Madison.

Kent, R. D., & Read, C. (2002). *The Acoustic Analysis of Speech*. San Diego: Singular Publishing.

Liang, Chiou-Wen（梁秋文）(2004). *The Acoustic Characteristics of Hakka Consonants and Vowels*（客家話子音與母音的聲學特徵）。國立高雄師範大學台灣文化及語言研究所碩士論文，未出版，高雄市。

Lo, Z. J.（羅肇錦）(1996). *The Hakka Language in Taiwan*（台灣的客家話）. Taipei: Tai-Yuen（台原出版社）.

Peterson, G. E., & Barney, H. L. (1952). Control methods used in a study of the vowels. *Journal of the Acoustical Society of America, 24*, 175-184.

Peterson, G. E., & Lehiste, I. (1960). Duration of syllabic nuclei in English. *Jour-*

nal of the Acoustical Society of America, 32, 693-703.

Pickett , J. M. (1980). *The Sounds of Speech Communication*. Baltimore: University Park Press.

Pickett, J. M. (1999). *The Acoustics of Speech Communication*. Boston: Allyn and Bacon.

Stevens, K., & House, A. S. (1961). An acoustical theory of vowel production and some of its implications. *Journal of Speech and Hearing Research, 4*(4), 75-91.

Tse, K. -P. J. (1989). Degrees of Retroflexion and the 'Empty Vowel' in Mandarin Chinese. *Studies in English Literature and Linguistics, 15s*, 95-100.

Tseng, C.-Y. (1990). An acoustic phonetic study on tones in Mandarin Chinese. In *Institute of History & Philology Academia Sinica, Special Publications No. 94*. Taipei, Taiwan.

Weismer, G., Laures, J., Jeng, Jing-Yi, Kent, R. D., & Kent, J. F. (2000). The effect of speaking rate manipulations on acoustic and perceptual aspects of the dysarthria in amyotrophic lateral sclerosis. *Folia Phoniatrica et Logopaedica, 52* (5), 201-219.

Weismer, G., Jeng, Jing-Yi, Laures, J., Kent, R. D., & Kent, J. F.(2001). The acoustic and intelligibility characteristics of sentence production in neurogenic speech disorders. *Folia Phoniatrica et Logopaedica, 53*(1), 1-18.

測量母音共振峰頻率

坐而言不如起而行，語音聲學是一種實踐的知識。何不自己動手親自測量一下母音的共振峰。首先須找一支收音效果較佳的麥克風，可使用電腦或錄音機來錄音。然而使用電腦錄音較會受到電腦本身風扇的影響，雜音較多。使用錄音機錄音後則還需要使用一條訊號線輸入電腦中做數位化，當然若是數位錄音機則可使用讀卡機或是直接用 USB，將已數位化的音檔輸入電腦來分析。找一位發音清楚的說話者錄音（當然自己說也可以）。錄音時須避免各種外來噪音的干擾，如風扇、廣播、電視聲、路人說話等。錄音時使用比平常稍大的音量和稍慢的語速說出語音。使用Praat、TF32或是其他語音聲學分析軟體，繪出聲譜圖，加以觀察並測量這些母音的共振峰頻率值（*F1*、*F2*、*F3*）。刺激詞語為華語的單母音音節：哈、機、尾、魚、喝、潑、思（空韻母音部分）、獅（空韻母音部分）。步驟如下：

1. 使用麥克風錄音，音量稍大，語速稍慢，一個音說二次。
2. 於聲譜圖上，觀察共振峰型態。
3. 取母音音節中段（共振峰值較為平穩的部分）長約30毫秒的區域或以中點較平穩的部分做測量，使用頻譜功能，以FFT和LPC分析，找出前三個共振峰（*F1*、*F2*、*F3*）的頂峰尖端值，記錄頻率值。可同時使用共振峰追蹤（formant tracking）的功能做參考，但此功能的數據常有共振峰混淆的問題，常會錯把*F3*當成*F2*或是把*F1*與*F2*混在一起當成一個共振峰，須小心明察分辨。
4. 記錄頻率資料，單位Hz，小數點以下去除，並與書中的共振峰的資料做比較。
5. 在母音*F1*、*F2*平面上繪出各點位置，並且將母音ㄚ、ㄧ、ㄨ、ㄩ四點相連成母音聲學四邊形形狀。
6. 接著可算出母音四邊形面積。可運用三角形公式算出：s＝1/2三角形周長，
   面積＝$\sqrt{s \times (s-a) \times (s-b) \times (s-c)}$

◎ 注意事項

1. 測量時須考慮到代表性問題，在母音音段那個位置量到的共振峰值最能代表這個母音呢？測量點不能在靠近子音的區域，因為此區的母音共振峰頻率會受到子音共構影響而改變，取點或段，最好在母音的中間段較為平穩之處，這些區的共振峰頻率較具代表性。其中「潑」音含有介音/u/，要測量/o/音時，應將共振峰測量點移往音段中較為後面的位置，較能代表/o/音。

2. 在共振峰頻率分析測量時，後母音（如/o/、/u/）的第一和第二共振峰值皆較低且較接近，不容易區分出來，初學者常會錯將*F3*當成*F2*，此時須結合聲譜圖觀察以及將一般共振峰標準數值了然於心，仔細地在低頻區區分出兩共振峰才行。
3. 有些女性發出語音/a/的*F1*和*F2*較接近，很容易只將它們視為一個共振峰，需要小心地將兩個十分相近的共振峰區分出來才行。此外，有些女性發母音時會較帶鼻音而影響共振峰值，此時構音須先正音，或以較為低頻的嗓音發出/a/音。
4. 由於口道和聲帶大小的差異，一般而言，女性聲音的共振峰頻率較難測量，可先使用較低頻的聲音，固定住構音的位置，再用正常的音頻，結合FFT和LPC頻譜與聲譜圖分析找出共振峰頂端的頻率來。

母音共振峰值記錄表格

（Hz）	哈	機	屋	魚	喝	潑	思	獅
第一次								
F1								
F2								
F3								
第二次								
F1								
F2								
F3								
平均*F1*								
平均*F2*								
平均*F3*								

塞音的聲學特性

語音聲學研究者企盼於千變萬化的語音頻譜中找到唯一不變的特徵或型態。頻譜特性的描述為一般語音聲學分析的主要重點，各類語音聲學特徵的尋找，無論是在語音的製造、聽知覺和訊號處理皆是個重要的課題。通常可由兩方面來進行語音聲學信號的分析，一種是在時間（temporal）向度的分析，一種是頻譜（spectral）向度或頻率向度的方析。在時間向度上的分析重點為音段的時長，常用的單位為毫秒（ms）。例如對於塞音的分析最常見的項目是VOT（voice onset time）的測量，此變項即屬時間向度的分析。時間向度變項的分析通常較容易進行，但是時長易受到語速和其他相關因素的影響，並無絕對性。頻譜向度分析則是語音能量頻率分布型態的分類與辨認，較為複雜，如母音的共振峰型態，子音、母音間共同構音過渡帶的走勢型態，但頻率分析所得的型態通常較為穩定。

子音（輔音）和母音到底有何不同？在構音上，相較於母音，發出子音時的口道是相對較緊縮的，而母音製造時口道則是較開放的，因此發母音時氣流較暢通，流速變化較小，子音的情況則相反，氣流較不暢通，流速變化較大。此外，母音的聲源只有一個：聲帶，而子音構音時可能同時有數個聲源，例如有聲子音的聲源是喉頭的聲源再加上位於主要緊縮處的噪音音源，口道主要緊縮處如位於後齒背或是上硬顎的摩擦噪音音源，或是塞擦音中塞音成分的爆破瞬時信號（transient）。這些口道緊縮處的噪音音源同樣也會受到口道濾波器的共振所塑造，然而此種情形時聲源是位於

表 8-1　母音和子音的一些特性比較。

	口道形狀	聲源	時長	音量	頻率	頻譜特徵	音韻地位
母音	較開放	單一	較長	較大	較低頻	較靜態	主要
子音	較緊縮	可有多個	較短	較小	較高頻	較動態	輔助

管中，而非位於管子（口道）的端點位置，共鳴情況較不單純，因此子音的聲學特性比起母音來是複雜了許多，但它們的特徵卻是相當明顯，並具多樣性。表 8-1 列出幾項比較母音和子音間的主要不同處，這些比較只是大致而言，在一些極端的情況下通常會有例外情形。子音依照構音的方式分為塞音、摩擦音、塞擦音、鼻音、流音等，本章之後將會陸續討論。在本章中將討論塞音的一些聲學特徵、製造歷程和相關的聽知覺現象。

第一節　塞音的聲學特徵

一、塞音的產生

「塞音」的英文稱為 "stops" 或 "plosives"。"stops" 是「停止」之意，plosives 是「爆破」之意，塞音的構音動作包含了「停止」和「爆破」這兩個動作。也可將塞音的構音過程分成「成阻」、「持阻」、「破阻」（或稱「除阻」）三階段。塞音構音在開始時，氣流完全受到構音子（articulators，如唇或舌尖等部位）的阻礙而停塞於口道中一段時間，是為「成阻期」，成阻之後於口腔內醞釀壓力，是為「持阻期」，之後構音子停止此阻塞動作，突然地釋放出氣流，為「除阻期」，此時大量的氣流瞬時湧出，瞬間發出如爆炸音質的噪音，稱為爆破音（burst）。爆破音是瞬時噪音（transient noise）信號。發塞音時，氣流是完全地被包困在口道之中，此時軟顎也會提起把鼻咽通道或顎咽閥門（velopharyngeal port）關閉，以防止空氣由鼻腔散出，但此部分的構音動作往往無法藉由外在的觀察而得。「塞音」一詞通常並不包括鼻音（nasals），但也是有語言學家將鼻音包含入塞音的類別之中，因為除了發鼻音時鼻腔將共鳴以外，鼻音的構音方式與塞音其實是近似的，不同之處主要在口部後方軟顎的提起動作。

塞音較明顯的聲學特徵為靜默時長（silence duration）、嗓音起始時間（voice onset time, VOT）、共振峰轉折斜度（transition slope）等，而這些也是塞音的聲學分析的重要項目。圖 8-1 呈現塞音/p^h/的波形、聲譜圖和頻譜。圖 8-1 中最上端為/p^hi4/（屁）音的波形圖，中間有聲譜圖，下方為 VOT 音段的頻譜，波形中最前端為靜默期，之後有爆破（burst）、送氣音段之後為後接母音/i/的音段。嗓音起始時間是塞音製造時，從口部氣流釋放（爆破）到母音開始為止的音段時間，喉部聲帶振動時間的差距。/p^h/的 VOT 音段中包含爆破、摩擦噪音和送氣躁音音段。最下方為/p^h/的 VOT 音段的頻譜可見到，因為是噪音的關係，頻譜散播的頻率範圍很廣，頻譜頂峰位於 3000Hz 左右。

二、靜默時長

塞音產生的起始特徵就是「靜默」（silence），為塞音爆破釋放前的持阻期。在聲譜圖上，塞音和塞擦音爆破之前的空白音段稱為靜默、閉塞（closure）、閉鎖或空白（gap），此時構音子（articulators）閉鎖以便累積醞釀口內壓。持阻靜默隸屬於塞音構音動作的一部分，這一段持阻時間是屬於塞音音長的一部分，因為若無靜默期的口內壓的醞釀累積，又何來破阻而爆破呢？在聲譜圖上通常可見到塞音前的一段潔白音段。若此音段上出現灰色雜訊，則可推論該錄音的品質不良，通常為環境噪音音量過高或是錄音器材不佳所致，因為在聲譜圖上此段時長理論上應是潔白無瑕的，因此靜默段還可作為錄音品質的檢定。事實上，塞音的靜默為聲譜圖上語流中最明顯的音段分割的界線所在，也是聽知覺上顯示有塞音這類語音存在的重要線索之一。在連續的聲學信號流中，靜默的寂靜無聲對比之後突來的爆破信號，在聽覺上是具有很明顯的對比效果。

靜默時長（silence duration）或閉塞段時長是在連續語句中位於塞音爆破之前的持阻期，是成阻之後口部醞釀壓力準備爆破的時間。例如在圖 8-2

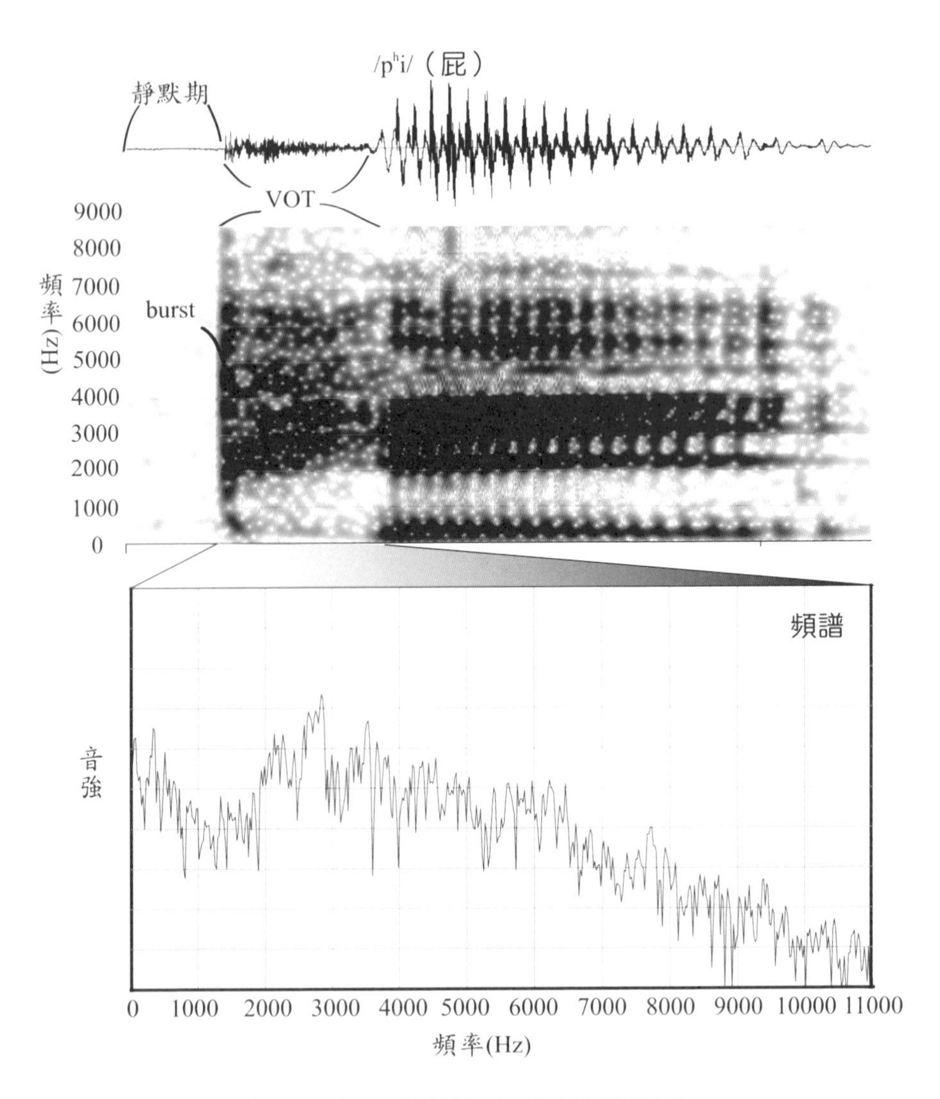

圖 8-1　塞音 /pʰ/ 的波形、聲譜圖與頻譜。

中可見到塞音音節前的靜默音段，可觀察或測量到句子中送氣塞音「頭」、「看」爆破前的靜默音段，比起不送氣塞音「低」、「地」音爆破前的靜默音段為略短。不送氣塞音比送氣塞音的靜默時間為長。表 8-2 列出鄭靜宜（2005）研究華語六類塞音於三種語速下（最快、稍快和中速），三十位

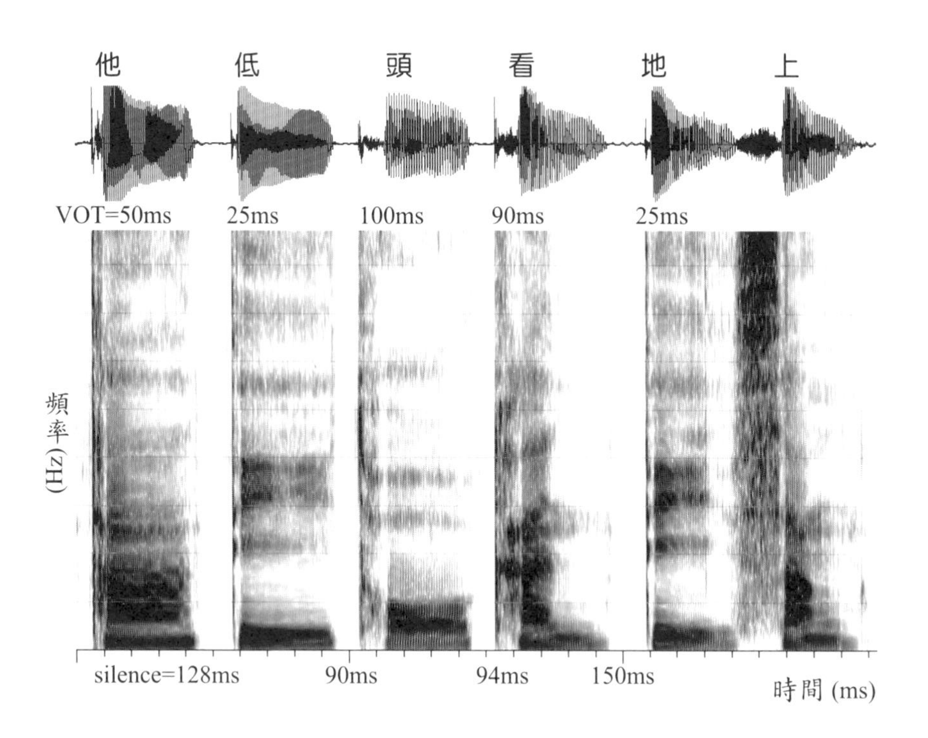

圖 8-2 華語句子「他低頭看地上」的波形和聲譜圖。

表 8-2 華語六類塞音於三種語速下的平均靜默時長（ms）。

	最快速	稍快速	中速
/p/	101	117	145
/t/	73	91	111
/k/	119	151	188
/p^h/	59	73	91
/t^h/	60	76	93
/k^h/	61	69	82

說話者念短文時的平均靜默時長，這些塞音皆是在非句首音節的聲母。結果發現「不送氣塞音」比「送氣塞音」的靜默時間為長，靜默時長會受語速的影響，在中等語速下靜默時長比在「最快速」和「稍快速」時的靜默

時長為長。送氣塞音的靜默時間約在 60 至 90 毫秒之間，而不送氣塞音的靜默時間約在 70 至 190 毫秒之間；在最快語速下兩類靜默時間語音差距平均為 38 毫秒，在中等語速下兩類靜默時間語音差距平均為 60 毫秒。三類不同構音位置的「送氣塞音」的靜默時長較為相近，三類不同構音位置的「不送氣塞音」的靜默時長則較不一致，其中以軟顎不送氣塞音的靜默時長為最長，雙唇不送氣塞音的靜默時長則次之，以齒槽不送氣塞音的靜默時長為最短。

英語塞音的靜默時長一般較華語的為短，英語塞音的靜默時長範圍約在 50 至 80 毫秒左右，多數在 60 毫秒左右（Hixon, Weismer, & Hoit, 2008）。英語無聲塞音前的靜默時長略長於有聲塞音的靜默時長，但兩者其實差異不大，例如在 Crystal 和 House（1988）的研究中，兩類語音的平均靜默時長只有相差 2 毫秒。雖然早期Lisker（1957）研究一度認為，靜默時長是區分有聲／無聲塞音的重要線索之一，但近來 Hixon 等人（2005）認為有聲／無聲塞音兩對比之間靜默時長差異很小，不足以成為知覺上區分塞音有聲／無聲對比的線索。多數研究中靜默時間的測量皆從位於 VCV 母音之間的塞音中所量得。

如果塞音位置是位於發語詞句的起始音節位置時，此段靜默時間是無法量測的，因為在聲譜圖上「停頓」與「靜默」一樣，呈現的是沒有任何聲學信號能量的空白區段，「停頓」與「靜默」混在一起無法劃分開來。因此，塞音位於非第一音節才可量到靜默時長。若是量得的空白區段出奇的長（如超過 200 毫秒），也要考慮到是否為「停頓」，而非真正的塞音前靜默期。此外，還需考慮到語速因素，一般說華語的正常說話者在中等語速下，塞音的靜默期很少會超過 200 毫秒，但若以較慢語速說話，則靜默期有可能超過 200 毫秒。

三、嗓音起始時間

嗓音起始時間（voice onset time, VOT）是塞音聲學分析的最重要項目。VOT 是塞音氣流的釋放和後續母音產生聲帶開始振動之間的時間差距。塞音氣流開始釋放的時間與聲帶開始振動時間的間距，即是嗓音起始時間（VOT）。氣流開始釋放的時間點通常於聲譜圖上的特徵為「爆破」（或稱沖直條）的信號，而母音產生聲帶開始振動的特徵為母音的共振峰或低頻區的嗓音棒（voice bar）信號，通常是以第一個喉頭脈衝（glottal impulse）為準。一般而言，發出有聲塞音（voiced stops）時，在口部釋放氣流的同時，喉部聲帶開始振動，嗓音起始時間為 0 毫秒。當在發無聲塞音（voiceless stops）時，強大的氣流由肺經喉部到口部，聲帶振動開始到距離口部氣流釋放的時間，約有大於 20 毫秒以上的延宕時間，即口部氣流釋放時間與喉部聲帶開始振動的時間差距大於 20 毫秒，因此無聲塞音的嗓音起始時間較有聲塞音嗓音起始時間為大。

有聲與無聲塞音的區別即在於釋放出氣流的當時，聲帶是否振動。發有聲塞音時，氣流的釋放與聲帶振動是同時的，而發無聲塞音時，氣流先釋放之後聲帶才振動，理論上，有聲塞音的 VOT 應為 0，而無聲塞音的 VOT 應大於 0。實際上，英語有聲塞音的 VOT 小於 20 毫秒，無聲塞音的 VOT 大於 20 毫秒，在英語中有聲、無聲塞音的界線在 VOT 為 20 毫秒的地方。大多數無聲塞音 VOT 長度在 50 至 60 毫秒左右，在英語中，重音節或音節首位的無聲塞音通常為送氣塞音（aspirated stops），它們的 VOT 較長；但在音節末尾位置、輕音節中或/s/音之後的無聲塞音通常不送氣。

無聲子音在漢語音韻學上稱為「清音」，而有聲子音則稱為「濁音」。華語中的塞音則皆為清音，即為無聲塞音，華語塞音在構音（即釋放氣流的當下）時聲帶並不振動，VOT 皆是大於 0。華語的塞音分為送氣與不送氣兩大類，送氣（aspirated）與不送氣（unaspirated）的區別在於除阻後氣流釋放量的多寡，而非聲帶振動與否。發送氣塞音時，通常可在聲譜圖上發現，於爆破音（burst）之後有許多因聲門收縮形成的送氣摩擦噪音成分，此時因為聲門（glottis）收縮，聲帶即向中閉攏，為發出下一個母音產生喉頭脈衝，此時有大量的氣流通過正在收縮的聲門，而產生類似喉摩擦音/h/的噪音。送氣塞音的氣流釋放比不送氣塞音多，因而「送氣塞音」的 VOT 音段也比「不送氣塞音」要長許多，此段 VOT 音段主要是在送氣。圖 8-2 為一男性說華語句子「他低頭看地上」的波形和聲譜圖，比較在此同一句子中送氣塞音「他」、「頭」、「看」和不送氣塞音「低」、「地」音的差異，可以發現送氣塞音和不送氣塞音之間的差異，主要在於VOT的長短，「送氣塞音」的VOT會比「不送氣塞音」的VOT長許多。

許多研究（陳達德、蔡素娟、洪振耀，1998；鄭靜宜，2005；Chen, Chao, & Peng, 2007）皆顯示，華語送氣塞音的 VOT 長於不送氣塞音的VOT。圖8-3為鄭靜宜（2005）研究三十位成年台灣華語說話者在中等語速下，說出單音節詞、雙音節詞、三音節詞、四音節詞、句子和短文之中的送氣塞音和不送氣塞音的 VOT 值的次數分布，不送氣塞音的 VOT 範圍大約由0到40毫秒左右，平均為17.39毫秒，VOT 以10毫秒為最多；送氣塞音的VOT範圍大約由30毫秒到140毫秒左右，平均為76毫秒。大體而言，不送氣塞音的VOT皆比送氣塞音的VOT為短，兩類語音的VOT分布大致呈分開狀，雖然在中間略有一點重疊。兩類語音VOT的分布曲線交會處約在30毫秒左右，此為兩類語音 VOT 的界線所在。以上這些資料為中等語速時的 VOT。事實上，語音聲學中有關時間向度的變項皆會受到語速的影響，VOT也不例外。表8-3中列出華語六個塞音於五種語速下的VOT平均時長。此表的資料是由三十位成人男、女性說話者的語料，經頻譜分析後得到的 VOT 平均值。由表8-3中可知，所有不送氣塞音的 VOT 平均值皆比送氣塞音的為短。不送氣塞音的VOT較不受言語速度的影響，平均皆在20、30毫秒之內，而送氣塞音的 VOT 受言語速度的影響很大，在最慢語速時平均可達100毫秒以上。Chen、 Chao和Peng （2007）測量三十六位台灣華語說話者的華語和英語雙音節詞的塞音VOT時長，結果得到的VOT 數值除了送氣齒槽塞音稍長外，和鄭靜宜（2005）研究結果的中等語速下的 VOT 很接近。他們亦發現英語有聲塞音的 VOT 數值和華語的不送氣塞音的VOT值很相近，其實英語的有聲塞音有清音化的趨勢，VOT值雖在0附近，但通常稍大於0。

表8-3呈現出鄭靜宜（2005）的研究結果：華語六種塞音於五種語速下的VOT時長。可見送氣音的VOT會隨著語速變慢而增長，不送氣音的VOT

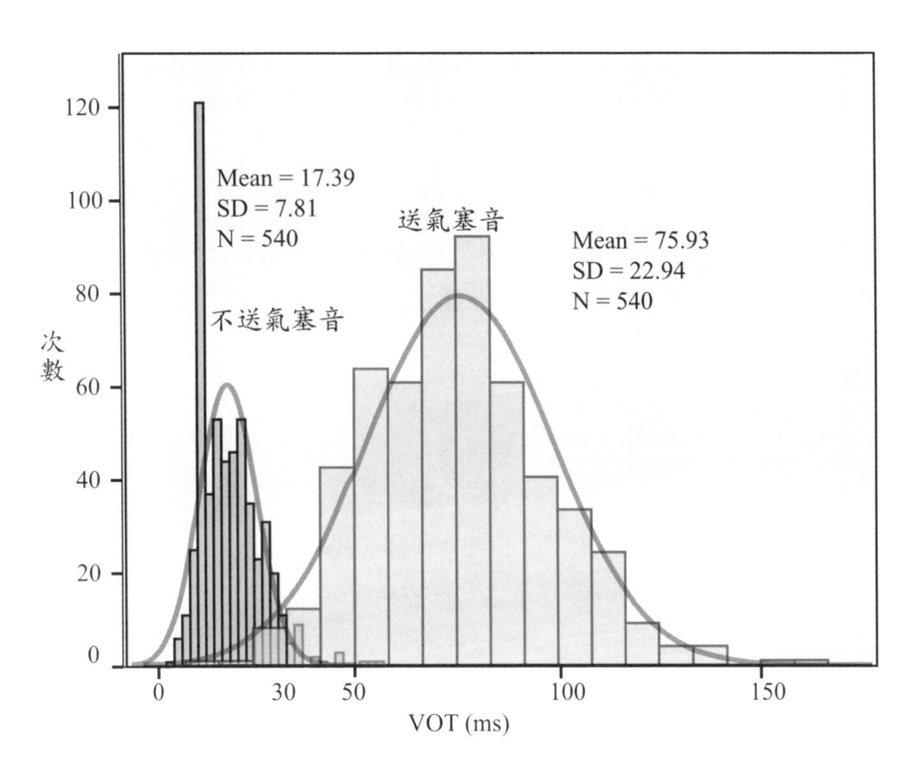

圖 8-3　華語送氣塞音和非送氣塞音於中等語速的 VOT 次數分配。

表 8-3　華語六種塞音於五種語速下的 VOT 時長（ms）。

	塞音	位於音節	最快速	稍快速	中速	稍慢速	最慢速	平均
不送氣塞音	/p/	/pei1/背	11	11	11	12	12	11
	/t/	/ti1/低	17	18	18	21	22	19
	/k/	/kei3/給	21	21	23	23	27	23
送氣塞音	$/p^h/$	$/p^ho1/$潑	62	70	77	89	103	80
	$/t^h/$	$/t^hə4/$特	56	60	66	74	85	68
	$/k^h/$	$/k^hu4/$褲	71	76	85	94	107	87

則較不受影響。VOT 時長也受到構音部位的影響，比較華語三種構音部位塞音的VOT，以軟顎塞音的VOT為最長，送氣塞音中雙唇塞音則稍較齒槽塞音為長（見表 8-3），且不管在何種語速下皆有此趨勢，在慢語速時差距

較大。而這趨勢和英語塞音的情形相類似，在英語三部位塞音中也是以軟顎塞音的VOT為最長。但其餘兩構音部位的比較，英語中雙唇塞音的VOT會較齒槽塞音有稍短的趨勢（Kent & Read, 2002）。在華語中根據鄭靜宜（2005）研究，送氣雙唇塞音的VOT略長於送氣齒槽塞音的VOT，不送氣雙唇塞音的 VOT 和不送氣齒槽塞音的 VOT 差距不大。在 Chen、Chao 和 Peng（2007）的研究中發現，華語雙唇、齒槽兩部位塞音的VOT時長差距不大，其中齒槽塞音的 VOT 則較短。

台語塞音的類別比華語多了一類，共有三類，除了「送氣」與「不送氣」兩類之外，還有「前出聲塞音」（pre-voicing stops），除了台語外，其他世界語言中也有一些語言具有前出聲塞音（濁塞音），如泰語、印地語（Hindi，一種印度北方語言）、匈牙利語（Hungarian）（Lisker & Abramson, 1964）等。「前出聲塞音」是在釋放氣流之前就有聲帶的振動，VOT以負號表示，因為聲帶振動在爆破（burst）之前，以聲帶振動開始的時間到爆破為止，VOT值為負。測量VOT時記得標上負號，表示聲帶振動先於破阻動作，在持阻時聲帶已有振動。例如台語「米」、「肉」、「牛」等音皆含有前出聲塞音。圖 8-4 呈現前出聲、有聲、送氣等三類塞音的聲譜圖的比較，它們各有三種不同數值範圍的 VOT。謝味珍（2007）的台語聲學研究中指出，台語不送氣塞音（/p, t, k/）的 VOT 時長範圍約在 9 至 26 毫秒之間，而送氣塞音（/p^h, t^h, k^h/）的 VOT 時長約位於 47 至 69 毫秒之間，濁塞音（/b, g/）VOT 時長約在−48 毫秒至−58 毫秒之間。表 8-4 為台語、客語和華語的塞音於普通語速下的VOT時長比較，其中有列出八個台語塞音的平均 VOT 值。三種語言的不送氣塞音平均 VOT 值很接近，送氣塞音方面則以台語的 VOT 值較短。這三種語言皆以軟顎構音部位的塞音 VOT 值較其他構音部位的 VOT 值為長。

客家話塞音的類別和華語類似，有「送氣」與「不送氣」兩類，VOT值的型態和華語類似，Liang（2004）測量二十位客語說話者發現，「不送氣」塞音的VOT值大約為 10 多毫秒，不送氣軟顎音稍長約 20 至 30 毫秒；「送氣」塞音的平均VOT值約為 75 毫秒，而軟顎音稍長平均約 87 毫秒。

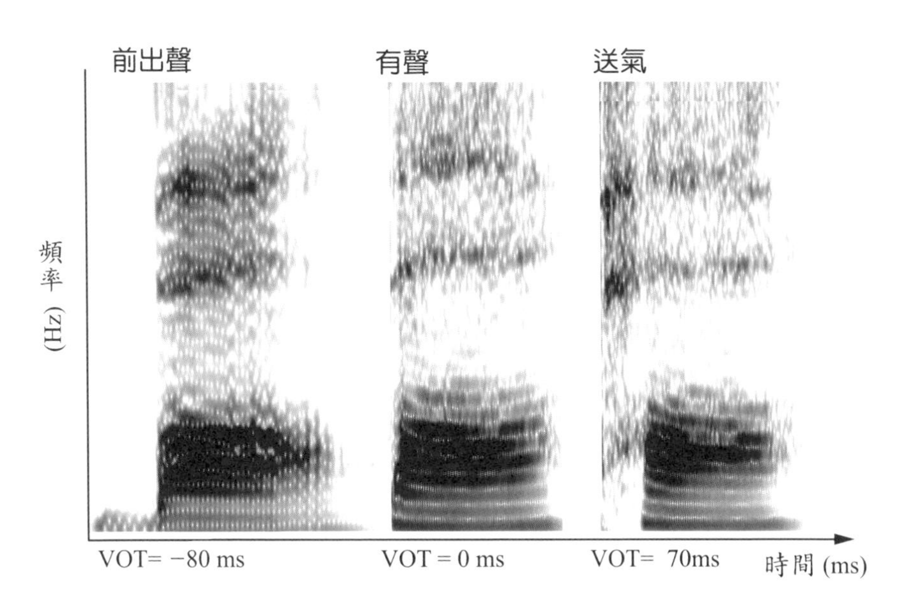

圖 8-4 前出聲、有聲與送氣塞音的聲譜圖。

表 8-4 台語、客語和華語的三部位塞音平均 VOT 時長（ms）。

	/p/	/t/	/k/	/pʰ/	/tʰ/	/kʰ/	/b/	/g/
台語	10	12	25	47	53	67	−48	−58
客語	12	15	28	73	74	87		
華語	11	18	23	77	66	85		

資料來源：謝味珍（2007）；Liang（2004）；鄭靜宜（2005）。

這些數值和華語塞音分類的 VOT 值在中等語速下的很相近（見表 8-4），唯客語的齒槽送氣塞音相較於華語有稍長的趨勢。Wu（2009）比較華語和客語的塞音 VOT 值，也有類似的發現，客語「送氣」塞音的 VOT 值較華語為長。

在語音知覺上，VOT 是區辨有聲塞音與無聲塞音十分有效的參數，而 VOT 作為華語送氣與否的區辨亦為十分有效的參數。一般送氣音的嗓音起始時間遠大於不送氣音。塞音的類別與 VOT 的界線並不是絕對的，每一種語言塞音分類與VOT界線皆有所差異。區分有聲、無聲塞音的界線與塞音的類別，隨各個語言不同而異，因此每一種語言的使用者對於VOT會有不同的感知。世界的語言中，多數語言有兩種嗓音起始時間類別的塞音，例如華語、客語、廣東話、英語、西班牙語和德語，多數是有聲和無聲的塞音對比，有些是送氣和不送氣的塞音對比。較少數的語言具有三種嗓音起始時間類別的塞音，分為前出聲、送氣和不送氣三類（Abramson & Lisker, 1970），例如台語、泰語和韓語。然而，有些語言更有四類或五類不同的嗓音起始時間的塞音，如印地語（Hindi）分有聲、有聲送氣、無聲不送氣、無聲送氣等四類塞音（Abramson & Lisker, 1970）。信德語（Sindhi，一種在巴基斯坦和印度的語言）更有五類不同的VOT塞音，分別是有聲、有聲送氣、無聲不送氣、無聲送氣以及有聲內爆音（voiced implosive）。語音中若有過多的VOT類別恐較容易造成語音聽知覺區辨的混淆。

在言語製造上，VOT代表的是上呼吸道構音系統與喉頭嗓音系統的動作協調性，神經系統必須有精確計時的能力，以便調節上呼吸道構音系統啟動和喉頭嗓音系統開始振動的時間差距。而運動言語異常如吶吃者，由於動作神經肌肉系統的損害，常常動作協調不良。他們在語音製造上，常有送氣塞音與非送氣塞音相混淆的情況（如/b/與/p/混淆或/t/與/d/混淆等），VOT參數的異常分配是主要原因。嗓音起始時間一般被視為涉及喉部發聲與口部動作協調控制，因為稍有幾10毫秒的VOT差距，就可能在聽知覺上造成不同的效果，而正確的VOT產生需要精確口部動作與喉部動作兩者細緻的協調運作才能產生。

四、塞音爆破的頻譜型態

「爆破」（burst）為持阻後的除阻動作造成，通常發生於三個部位。在塞音產生過程中，通常可運用三種構音部位做氣流的閉鎖阻塞動作，一為雙唇，一為舌尖與齒槽，還有一為舌根與軟顎。因此，塞音通常有三種塞音：雙唇（bilabial）、齒槽（alveolar）、軟顎（velar）。兒童學習語音的過程，通常出現雙唇塞音的時間早於齒槽、軟顎，而軟顎音通常為三者之中較難的動作。一般在做口腔輪替動作（diadochokinetic, DDK，如/pa, ta, ka, pa, ta, ka.:./）時，軟顎塞音平均速度也是較慢於其他兩類聲音。「爆破」屬於瞬時信號，持續時長相當短，通常不超過 10 毫秒，在聲譜圖上通常呈現一條直槓狀，又稱為「沖直條」。有時候，在說話時除阻的動作稍有拖延或不乾脆，會出現一條以上的「沖直條」，口吃者的語音中也常出現多重「沖直條」的特徵。塞音的爆破信號雖然時長極短，但是卻攜帶了相當豐富的語音訊息，它可以告訴聽者口部有阻塞且爆破的動作存在，暗示該語音具有塞音的構音方式。此外，爆破信號還攜帶了構音位置的消息。

爆破能量的分布會因構音部位而有不同的頻率集中狀況。一般而言，雙唇音爆破能量分布於低頻率帶，齒槽音爆破有較多的能量分布於高頻率帶，舌根音爆破能量分布於中頻率帶（Kent & Read, 2002）。圖 8-5 呈現華語六種塞音（送氣／不送氣）爆破頻譜型態，可稍看出此趨勢，但卻不若英語語音來得明顯。送氣／不送氣兩類塞音的爆破頻譜差異不大，而影響爆破的頻譜型態主要是構音的部位。除了爆破能量的頻率分布線索以外，在聲譜圖上塞音構音部位主要的區分特徵，還有子音和母音之間共振峰轉折（formant transition）的方向。

五、共振峰轉折

共振峰轉折（formant transition）是介於子音和母音之間的過渡區域，雖然通常只有短短的幾 10 毫秒，卻可透露塞音構音部位的訊息。雖說共振峰轉折是介於子音和母音之間的過渡地帶，嚴格來說，應該是屬於母音的一部分，因為此時聲帶已經開始振動，出現具有因口道變化的共振峰型態。共振峰轉折的發生乃是由於口道共振特性的變化。在塞音音節製造時，構音動作的緊縮位置在子音、母音之間的轉換通常十分劇烈，共鳴腔的體積和型態的改變造成共鳴頻率的變化。例如由一個齒槽塞音轉變為後母音，共鳴前腔的體積突然由小變大，將使得第二共振峰值急遽下降，*F2* 為下降走勢。因此仔細觀察共振峰轉折的方向，可推論由子音到母音（或由母音到子音）之間構音部位緊縮位置的轉變。其實，共振峰轉折出現於子音和

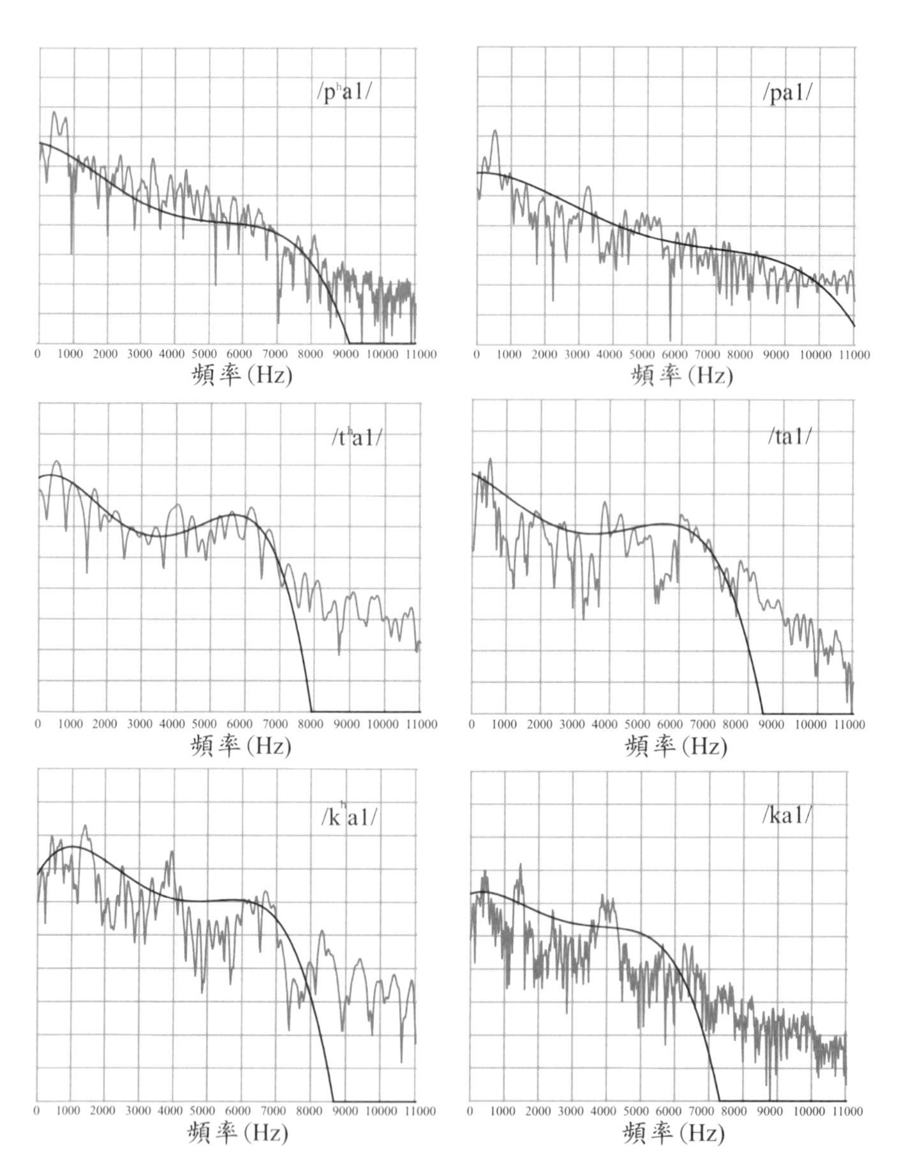

圖 8-5　華語六種塞音（送氣／不送氣）爆破頻譜型態比較。

母音之間，不只是以子音為首的 CV ，也會出現在母音之後的子音（VC）之間。而且，共振峰轉折的出現不限於塞音音節，在帶有其他子音的音節中也都會出現，如帶有摩擦音、塞擦音、鼻音等音節。Lehiste 和 Peterson

（1961）曾測量英語子音母音之間的共振峰轉折時長，發現連續言語的語句中，以子音為首音節的共振峰轉折時長平均大約在 30 至 90 毫秒的範圍，以帶有子音 /h/ 音節的轉折最短（34 毫秒），帶有軟顎塞音（/k/、/g/）音節和滑音音節（/j/、/w/、/wh/）的轉折較長，時長約在 70 至 80 毫秒間不等。且發現雙唇塞音音節的共振峰轉折時長比其他構音部位塞音音節的共振峰轉折時長為短。鼻音和摩擦音的共振峰轉折時長則較塞音的轉折稍短。此外，聲母共振峰轉折時長還會受到後接母音種類和說話速度的影響，後接前元音的共振峰轉折時長較長於後接後元音（如 /u/）的共振峰轉折時長，英語後接鬆元音的共振峰轉折時長較短於後接緊元音（如 /i, u, a/）的共振峰轉折時長。通常共振峰轉折的時長很短，在普通語速下平均大約為 50、60 毫秒左右，和一般的語音音段一樣，會隨著語速的快慢而有相應地增加或縮減。

共振峰轉折雖然只有短短的 50、60 毫秒，但在語音知覺實驗（Lindblom & Studdert-Kennedy, 1967）中曾證明，單憑共振峰轉折就能完成整個 CV 音節的辨識。最主要的原因無非是此音段含有子音和母音共同構音的口道動態變化訊息。共振峰轉折的方向可以提供聽者構音部位的消息。就塞音而言，所有三個塞音構音部位（雙唇、齒槽、軟顎）CV 音節的 *F1* 共振峰轉折的方向全都是上升走勢，因為口道在塞音製造時皆呈封閉狀態，還記得在前幾章母音共振峰規則中，母音構音的口道開放或緊縮程度會影響 *F1* 值的大小，口道愈開放，*F1* 愈高；口道愈緊縮（舌位愈高），*F1* 會愈低。既然塞音為口道阻塞所形成，後接的母音無論如何口道都會比之前的塞音為開放，因此一個塞音 CV 音節的 *F1* 共振峰轉折的方向清一色皆為上升走勢。由於變化不大，因此 *F1* 共振峰轉折對於塞音構音部位的推論沒有什麼貢獻。*F2* 的共振峰轉折相對重要得多，*F2* 轉折的方向就要看子音和母音之間構音緊縮部位的前後位置變化。

就三個構音部位塞音的 CV 音節而言，雙唇音和母音之間的共振峰轉折方向，不論後接母音為何，*F1* 和 *F2* 皆為上升走勢（見圖 8-6）。舌根音和母音之間的共振峰轉折方向，不論後接母音為何，*F2* 為下降走勢，*F1* 則為

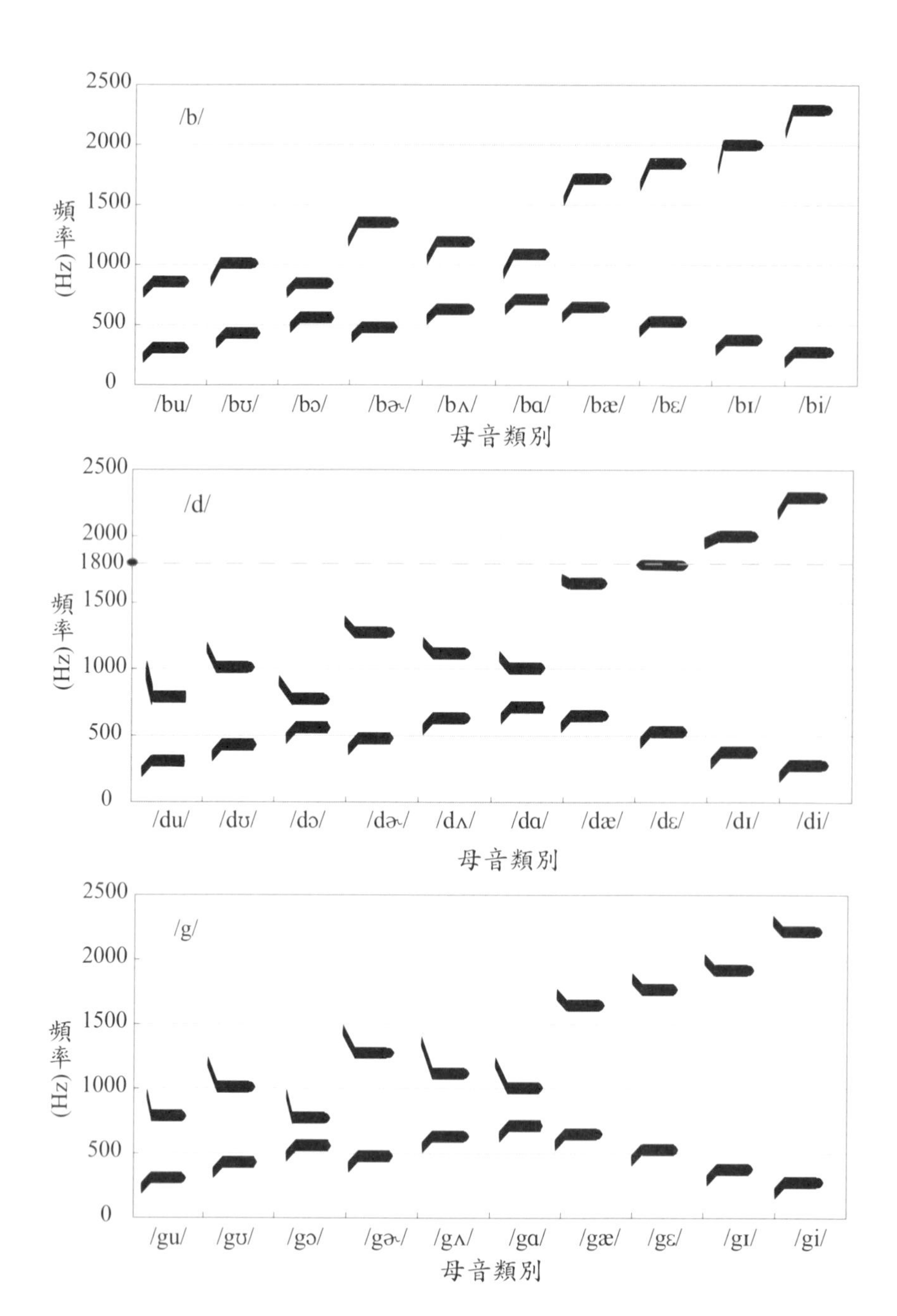

圖 8-6 三個構音部位塞音共振峰轉折方向的變化。

上升走勢。齒槽塞音和母音之間的共振峰轉折方向，*F1* 皆為上升走勢，但 *F2* 則視後接母音為何，而各有不同方向的走勢。大致上，若後接前母音則 *F2* 為上升或持平走勢，若接後母音或央母音則 *F2* 為下降走勢。成年男性兩類語音的區分界線約在 1800Hz 左右，若後接母音的 *F2* 高於 1800Hz 則為上升走勢，若後接母音的 *F2* 低於 1800Hz 即為下降走勢。此 1800Hz 稱為齒槽塞音 *F2* 共振峰轉折的定位點（locus）（Delattre, Liberman, & Copper, 1955）。定位點是子音過渡到母音時共振峰轉折移動的出發點。共振峰轉折的方向是以定位點為出發朝向後接母音的較為平穩的共振峰頻率處，因此共振峰轉折的方向和定位點以及鄰接母音的共振峰值有關，方向會因鄰接母音的差異而有不同的轉折方向。雙唇塞音的 *F2* 共振峰轉折定位點約在 600、700Hz 之處，而軟顎塞音有兩個 *F2* 共振峰轉折定位點，一個定位點約在 1300Hz 處，另一個定位點約在 3000 Hz 左右（Kent & Read, 2002），第一共振峰轉折的定位點位置位於較低頻處（約 240 Hz 左右），較不影響塞音構音位置的辨識區分（Delattre, Liberman, & Copper, 1955）。這些定位點頻率是根據成年男性說話者的口道來推算，這些值會依口道的長短而改變，會受性別、年齡和體型等因素的影響。

第二節　各類塞音的特徵

人類語音中塞音的種類可說是相當豐富，單就氣壓的起始來源就可分為來自肺部的氣壓（pulmonic pressure）、喉部聲門的氣壓（glottalic pressure）或是口部軟顎的氣壓（velaric pressure）（Catford, 1977），氣流流出的方式也可分為普通的往外爆破（plosives）、內爆（implosive）和噴出（ejectives）。內爆音為來自非肺部氣壓（nonpulmonic pressure）的語音，是一種藉由降低喉部（或是舌、咽）造成的口部負壓的塞音，和一般口部正壓造成的塞音氣流的方向相反，為吸入，即嘴張開時氣流由外而內進入口部。內爆音大都為有聲音，以雙唇內爆塞音最為常見。例如信德語（Sindhi）中即含「有聲內爆音」（voiced implosive）。所有語言中信德語可算是具有最多塞音類別的語言（根據 IPA 手冊，International Phonetic Association, 1999），它和一般語言中具有的塞音種類相比，可說是相當特殊。信德語共含有二十種塞音，比起印地語（Hindi）的十六類塞音還多。信德語塞音的構音位置有四類（雙唇、齒、後齒槽、軟顎），出聲（voicing）方式則有五種類別。

一般的語言還是以來自肺部呼氣的爆破塞音為最常見。若純以構音位置和出聲（voicing）方式（或 VOT）來看世界語言中塞音的種類，就構音位置來看，大多數語言使用三種構音位置來持阻，即雙唇、齒槽（或齒）和軟顎三種。除此以外，還有一些語言出現較為罕見的構音位置，如捷克語中有硬顎塞音，阿拉伯語中有懸壅垂（uvular）塞音，泰語和德語中有喉塞音（glottal stop），印地語（Hindi）中有捲舌（retroflex）塞音。愛爾蘭語（Irish）共有十二類塞音，它的塞音構音位置很豐富，五種構音位置包括有雙唇、齒、後齒槽、硬顎和軟顎。

就出聲（voicing）方式而言，每種語言說話者在塞音發爆破和嗓出聲的時間安排略有差異，VOT 值分布都有其各自特殊的類別，呈現出各自的類別化（categorical）趨勢，大多數的語言分二種類別，少數有分為三種類別的，甚至也有語言有四類或四類以上的劃分。分為兩種類別的對比性大都分為有聲和無聲的對比（如英語、日語、法語、德語），或是送氣和不送氣的對比（華語）。分三種類別的對比性大都分為前出聲、無聲不送氣、送氣的對比（如台語、泰語和韓語）。

英語的塞音分為有聲和無聲兩大類，而華語的塞音分為無聲送氣或無聲不送氣兩類。對於華語的聽者而言，英語的「有聲塞音」類似華語的「無聲不送氣」。而事實上，這兩類音的平均 VOT 值極為接近，不同只在於 VOT 的分布範圍。英語「有聲塞音」的 VOT 分布範圍較廣（−20 毫秒至 20 毫秒），VOT 可延伸至負值區域，亦即可允許「前出聲」的情況。而華語「無聲不送氣」的 VOT 的範圍則不得小於 0，因為是無聲子音（清音）之故。事實上，每種語言對於塞音類別劃分的 VOT 界線都有其各自的特殊設定，外語學習者很容易不自覺地用其母語的塞音 VOT 類別劃分界線，來知覺外語的塞音類別，而導致外語辨識和產出的錯誤。產出時容易套用母語的塞音出聲方式到新學語言的塞音上，可能造成語音構音的錯誤和怪腔調。為了讓我們更了解幾種常見的塞音，以下將各塞音的構音動作和主要的聲學特徵做較仔細的描述。

一、無聲送氣雙唇塞音

無聲送氣雙唇塞音（voiceless bilabial aspirated plosive）/p^h/音的構音動作是由雙唇構成口腔的阻塞，軟顎提起堵住鼻腔通道，閉唇持阻一段時間後爆破，構音時聲帶不振動。華語的ㄆ音即為無聲送氣雙唇塞音。送氣雙唇塞音依出現的順序有以下的頻譜特徵（spectral features）：

1. 靜默空白期（silence gap）：一開始有一段空白的無聲靜默是構音子於釋放前的閉合期。
2. 爆破音（burst）緊隨著無聲空白期之後，有一條垂直線，時長很短，約 10 至 30 毫秒，屬於瞬時噪音（transient noise），又稱沖直條，聲譜圖上可見於直直的一道垂直紋路，然而當口道釋放的動作不大時，此沖直紋路會不明顯。爆破的頻率分布於 600 至 1000Hz 之間。
3. 嗓音起始時間（voice onset time, VOT）：VOT 是指由爆破開始到因聲帶振動所呈現出的嗓音條（voice bar）之間的時距，英語 /p/ 的 VOT 大於 25 毫秒，於重音音節的 /p/ VOT 較長，通常可達 40 毫秒以上，因為送氣之故。
4. 摩擦（frication）於爆破釋放後口道由閉鎖至張開會有一口道緊縮的過渡期，空氣通過狹窄口道處產生一些短暫的噪音成分，意即摩擦的來源位於口道的緊縮處（Kent & Read, 2002）。於聲譜圖上可見於沖直條後有一些高頻的噪音。
5. 送氣（aspiration）出現於爆破與摩擦之後，於聲帶開始產生規律振動前，氣流由兩片聲帶中通過，再加上喉頭與下咽部位的緊縮送氣，出現如 /h/ 音的摩擦成分。事實上，送氣與摩擦成分皆是於 VOT 間距中出現的。

6. 共振峰過渡帶（formant transition）或稱轉折帶：是由子音成分過渡至母音成分的共振峰結構，聲帶開始振動後呈現共振峰的結構，會因為子音構音位置的不同（與母音共同構音）而有不同的轉折走勢，因此共振峰過渡帶的走勢通常透露著子音構音位置的訊息。母音前雙唇音/p/的共振峰（*F1* 和 *F2*）過渡帶具有上揚走勢（rising transition）。事實上，共振峰過渡帶同時與子音及母音的構音位置皆有關係，共振頻率改變代表著由子音到母音的口道形狀變化。由於子音的音源複雜與時長較短的關係，子音的共振頻率的結構通常較不明顯，因此一個音節通常於共振峰過渡帶後，才可以看出較明顯的母音共振峰結構。

二、有聲雙唇塞音

有聲雙唇塞音（voiced bilabial plosive）/b/的構音動作與/p/相似，除了構音的同時聲帶維持振動以外，聲學頻譜特徵大都與/p/音類似，具有靜默空白期（silence gap）、爆破（burst）、共振峰過渡帶（formant transition），母音前雙唇音/b/的共振峰（*F1* 和 *F2*）過渡帶具有上揚走勢。主要不同為/b/的 VOT 小於 25 毫秒以及無送氣、摩擦等成分，且/b/音的 VOT 間距相當短暫，常約只有 0 至 10 毫秒，此間距中並不出現送氣、摩擦等成分。華語的ㄅ（/p/）音雖為無聲不送氣塞音，但頻譜特徵和英語的有聲雙唇塞音/b/極為相近，只不過英語的 VOT 類別中有聲塞音的 VOT 值可能延伸至負值範圍，如−20 毫秒。

三、無聲齒槽塞音

無聲送氣齒槽塞音（voiceless alveolar plosive）/t^h/的構音動作是由舌尖與齒槽構成口腔的阻塞，由舌尖往上頂住齒槽（alveolar ridge），持阻一段時間後爆破，爆破釋放氣流的動作由舌尖往下移動而成，構音時聲帶不振動。無聲齒槽塞音依出現的順序有以下的頻譜特徵：

1. 靜默空白期（silence gap）：是構音子於釋放前的閉合期。

2. 爆破（burst）約 10 至 35 毫秒。爆破的頻率分布比/p/較高，能量集中於 4000Hz 左右。
3. 嗓音起始時間（voice onset time, VOT）：英語/t/的 VOT 大於 25 毫秒，位於重音音節的/t/之 VOT 較長，通常可達 40 毫秒以上。
4. 摩擦（frication）和送氣（aspiration）的噪音成分出現於VOT的間距中。
5. 共振峰過渡帶（formant transition）：/t/ 的共振峰過渡帶通常具有 *F1* 上揚走勢（transition raising *F1*），*F2* 的上揚或是下降走勢依其後所接的母音的 *F2* 而定，/t/的 *F2* 頻率定位點（locus）約在 1800Hz 左右，若其後所接的母音 *F2* 比 1800Hz 為低時，則共振峰過渡帶走勢為下降；反之，若比 1800Hz 高，則共振峰過渡帶走勢為上揚。

四、有聲齒槽塞音

有聲齒槽塞音（voiced alveolar plosive）/d/的構音動作除了構音的同時聲帶維持振動以外，其餘與/t/相似。聲學特徵除了 VOT 小於 25 毫秒以及無送氣、摩擦等成分以外，亦與/t/類似，具有靜默空白期（silence gap）、爆破（burst）、共振峰過渡帶（formant transition）。VOT 過於短暫，頻譜上並不出現送氣、摩擦等成分。

五、無聲送氣軟顎塞音

無聲送氣軟顎塞音（voiceless velar plosive ）/k^h/的構音動作是由舌根與軟顎構成口腔的阻塞，舌根往上頂住軟顎（soft palate 或 velum），持阻一段時間後爆破，爆破釋放氣流的動作由舌根往下移動而成，構音時聲帶不振動。有以下幾個頻譜特徵（spectral features）：

1. 靜默空白期（silence gap）：是構音子於釋放前的閉合期。
2. 爆破（burst）約 10 至 35 毫秒。爆破的頻率分布介於/p/與/t/之間，能量集中於 1800 至 2000Hz 左右。
3. 嗓音起始時間（voice onset time, VOT）：英語/k/的 VOT 大於 25 毫

秒，於重音音節的/k/VOT較長，通常可達40毫秒以上，軟顎塞音的VOT通常較其他塞音為長。

4. 摩擦（frication）和送氣（aspiration）的噪音成分，和其他構音部位的送氣塞音同。
5. 共振峰過渡帶（formant transition）：/k/的*F2*過渡帶走勢為下降，*F1*過渡帶走勢為上升。

六、有聲軟顎塞音

有聲軟顎塞音（voiced velar plosive）/g/的構音動作與/k/相似，除了構音的同時聲帶維持振動以外，在聲學特徵方面，VOT小於25毫秒以及無送氣、摩擦噪音成分，其餘特徵與/k/類似，具有靜默空白期（silence gap）、爆破（burst）、共振峰過渡帶（formant transition），*F1*過渡帶走勢為上升，*F2*過渡帶走勢為下降。因為VOT間距過於短暫，除了爆破本身之外，頻譜上並不出現摩擦噪音的成分。

參考文獻

曹峰鳴（1996）。輔音的聲學特性。載於曾進興主編，**語言病理學基礎第二卷**（頁35-65）。台北：心理出版社。

陳達德、蔡素娟、洪振耀（1998）。國語聲母音長之聲學基礎研究與臨床意義。**聽語會刊，13**，138-149。

曾進興、黃國祐（1992）。台灣話塞音清濁度的聲學觀測：VOT的初步分析報告。**中華民國聽力語言學會雜誌，8**，2-12。

鄭靜宜（2005）。不同言語速度、發語單位和發語位置對國語音段時長的影響。**南大學報，39**，161-185。

謝味珍（2007）。**閩南語語音系統的聲學研究**。國立高雄師範大學台灣文化及語言研究所碩士論文，未出版，高雄市。

Abramson, A., & Lisker, L. (1971). Voice timing in Korean stops. In *Proceedings of the Seventh International Congress of Phonetic Sciences Montreal* (pp.

439-446).Mouton: The Hague.

Abramson, A. S., & Lisker, L. (1970). Discriminability along the voicing continuum: Cross-language tests. In *Proceedings of the Sixth International Congress of Phonetic Sciences* (pp. 569-573). Prague: Academia.

Catford, J. C. (1977). *Fundamental Problems in Phonetics*. Bloomington: Indiana University Press.

Chen, Li-Mei, Chao, Kuan-Yi , & Peng Jui-Feng (2007). VOT productions of word-initial stops in Mandarin and English: A cross-linguistic study. In *proceedings of the 19th Conference on Computational Linguistics and Speech Proceeding* (pp. 303-317). Taipei, Taiwan

Cho, T., & Ladefoged, P. (1999). Variation and universals in VOT: Evidence from 18 languages. *Journal of Phonetics*, *27*, 207-229.

Crystal, T. H., & House, A. S. (1988). Segmental durations in connected-speech signals: Current results. *Journal of the Acoustical Society of America*, *83*, 1553-1573.

Crystal, T. H., & House, A. S. (1988). The duration of American- English stop consonant: An overview. *Journal of Phonetics*, *16*, 285-294.

Delattre, P. C., Liberman, A. M., & Copper, F. S. (1955). Acoustic loci and transitional curs for consonants. *Journal of the Acoustical Society of America*, *27*, 769-773.

Hixon, T. J., Weismer, G., & Hoit, J. (2008). *Preclinical Speech Science: Anatomy, Physiology, Acoustics & Perception*. Plural Publishing Inc.

International Phonetic Association (1999). *Handbook of the International Phonetic Association: A Guide to the Use of the International Phonetic Alphabet*. Cambridge University Press. http://www.langsci.ucl.ac.uk/ipa/

Kent, R. D., & Read, C. (2002). *The Acoustic Analysis of Speech*. San Diego: Singular Publishing.

Lehiste, I., & Peterson, G. E. (1961) .Transition, glides and diphthongs. *Journal of the Acoustical Society of America*, *33*, 268-277.

Liang, Chiou-Wen（梁秋文）(2004). *The Acoustic Characteristics of Hakka Consonants and Vowels*（**客家話子音與母音的聲學特徵**）。國立高雄師範大學台灣文化及語言研究所，未出版，高雄市。

Lindblom, B., & Studdert-Kennedy, M. (1967). On the role of formant transitions in vowel perception. *Journal of the Acoustical Society of America*, *42*, 830-843.

Lisker, L. (1957). Closure duration and the intervocalic voiced-voiced distinction in English. *Language*, *33*, 42-49.

Lisket, L., & Abramson A. S. (1964). Across-Language study of voicing in initial stops: Acoustical measarements. *Word, 20* (3), 384-422.

Umeda, N. (1977). Consonant duration in American English. *Journal of the Acoustical Society of America*, 61, 846-858.

Wu, Hsiao-Ling （鄔筱羚）(2009). *Stops and Affricates in Mandarin Chinese and Hakka : A VOT Analysis*（**中文與客語的塞音及塞擦音：嗓音起始時間研究**）。國立高雄師範大學聽力學與語言治療研究所，未出版，高雄市。

測量塞音的聲學變項

知道了那麼多有關塞音的頻譜特徵，現在何不自己親自尋找看看是否如同本章所言。先找一支音質較好的麥克風和錄音機，並找一位說話者錄音，可以是自己，也可以是一位發音清楚的說話者。錄音時使用比平常稍大的音量和稍慢的語速說出下列語音，並使用 Praat、TF32 或是其他語音聲學分析軟體分析塞音的靜默期、VOT、後接母音時長，並觀察共振峰轉折（formant transition）的方向，亦即觀察塞音和母音間的 *F1*、*F2* 共振峰轉折的趨勢或方向。注意 VOT 的測量定位以爆破（burst）為開始母音的起始（具有嗓音棒或是共振峰）為結束，若有多個爆破信號應以最後一個為主。具有多個爆破信號可能為口吃、吶吃者等節律失調的徵候，但有時也出現於正常說話者語音中（Kent & Read, 2002）。觀察共振峰轉折時，可將信號於時長向度放大以方便觀察它們的轉折方向。

詞語音節如下列表。

音節詞語列表		
阿 ㄅㄚ	阿 ㄉㄚ	阿 ㄍㄚ
阿 ㄆㄚ	阿 ㄊㄚ	阿 ㄎㄚ
阿 ㄅㄧ	阿 ㄉㄧ	阿 ㄍㄧ
阿 ㄆㄧ	阿 ㄊㄧ	阿 ㄎㄧ
阿 ㄅㄨ	阿 ㄉㄨ	阿 ㄍㄨ
阿 ㄆㄨ	阿 ㄊㄨ	阿 ㄎㄨ
台語		
有味	有備	有鼻
有肉	有爸	有打

◎可在下列表中記錄下來，並比較討論之。

語音	靜默期(ms)	VOT(ms)	母音時長(ms)	共振峰轉折方向	語音	靜默期(ms)	VOT(ms)	母音時長(ms)	共振峰轉折方向
ㄅㄚ					ㄆㄚ				
ㄉㄚ					ㄊㄚ				
ㄍㄚ					ㄎㄚ				
ㄅㄧ					ㄆㄧ				
ㄉㄧ					ㄊㄧ				
ㄍㄧ					ㄎㄧ				
ㄅㄨ					ㄆㄨ				
ㄉㄨ					ㄊㄨ				
ㄍㄨ					ㄎㄨ				
ㄅㄟ					ㄆㄟ				
ㄉㄟ					ㄊㄟ				
ㄍㄟ					ㄎㄟ				
有「味」					有「肉」				
有「備」					有「爸」				
有「鼻」					有「打」				

摩擦音的聲學特性

人類語言中摩擦音與塞擦音語音的出現率頗高，尤其是在華語中摩擦音與塞擦音的種類十分豐富。比起英語，華語中摩擦音與塞擦音種類又更多，在華語日常生活中，這些語音出現頻率也是相當高。在本章中將介紹摩擦音的一些聲學特性，並將在下一章介紹塞擦音的一些聲學特性。

一般無聲子音的頻譜聲學特性為噪音成分，如摩擦音為持續一段時間的高頻噪音成分，無聲子音的頻譜並不像母音有明顯的共振峰結構，通常母音只需使用頻譜的某段切截面（低、中頻部分）即可描述其頻率特性，語音的噪音所散布的頻率範圍較廣且無共振峰結構，通常由其頻譜來了解其頻率特性。要完整地了解摩擦音的特性，必須由語音產生的歷程、聲學特徵與聽知覺現象三方面來詳細探討。

第一節　摩擦音的產生與聲學理論

一、摩擦音的產生

摩擦音是如何產生的？摩擦音的產生是空氣通過狹窄管道時受到相當程度的擠壓所造成，即強迫氣流由狹窄的緊縮管道中快速通過，或氣流遇到阻擋而旋滯於其間，持續一段較長的時間（如幾 10 毫秒以上）。摩擦音構音時，兩大重要因素是狹窄緊縮通道的形成與穩定持續氣流的維持。通常狹窄緊縮管道的構成是由兩個部位的構音器官形成動作並維持住一段時間，如由舌頭的舌尖或舌面往上接近上顎部位（齒槽或硬顎）形成氣流狹窄管道。摩擦音產生時，個體須呼氣使來自肺部的氣流通過狹窄管道以經過相當程度的壓縮。摩擦音的產生主要是強迫氣流，由狹窄的緊縮管道中快速通過，並連續持續一段時間（數 10 毫秒以上）。摩擦音構音時後方軟顎須上提，把鼻咽通道或所謂的顎咽閥門（velopharyngeal port）關閉住，以防止空氣由鼻腔散出，以維持口中穩定的氣壓，亦即穩定的口內壓。

摩擦音產生時的氣流是屬於「紊流」（turbulence flow），或稱亂流，而非如母音時氣流為「平流」（lamina flow）的狀態。在流體力學上通常只要管道夠狹窄，流速夠快，流體就會造成一些小小的渦流，空氣渦流中粒子互相撞擊，形成噪音。紊流中空氣壓力為亂數式的變化，為一種非週期波的音源（aperiodic sound source）。雷諾數值（Reynold's number）是一個紊流關鍵指數（critical index），是一種流體慣性力（inertial forces）對黏性力比值的測量（Catford, 1977）。以一個類似構音口道的管口徑而言，雷諾數值大於 1800 時，氣流就會成為紊流（Kent & Read , 2002），也就是當雷諾數值愈大，流體愈有可能成為紊流，反之則為平流。雷諾數值的大小和幾個重要因素有關，雷諾數值的公式（Kent & Read , 2002）列之如下：

$$Re = V \times h / k$$

公式中雷諾數值為 **Re**；**V** 為粒子流速（particle velocity），單位是 cm/sec；**h** 是管子管徑特性（characteristic dimension）的常數；**k** 為動態黏性係數（kinematic coefficient of viscosity）。黏性係數是指抗拒流動的指數，黏性係數愈大則黏滯性愈高，如蜂蜜的黏性係數就很高，黏性高的物質很不容易產生紊流。空氣的黏性係數是 0.15 cm^2/sec，此數值很小。除了空氣黏性因素以外，氣流是否會成為紊流，通常和氣體體積流速以及通過管道孔徑的截面積有關，以上公式可再加以改寫，因為氣體流速一般使用體積流速（volume velocity），而體積流速為粒子流速（particle velocity）與面積的相乘積。

體積流速（U）$=A$（面積）$\times V$

體積流速的單位是 cm^3/sec，摩擦音的體積流速範圍為 100 至 1000 cm^3/sec（Kent & Read, 2002），氣流的單位是 litter /sec，1 公升（litter）相當於 1000cc，而 1cc 是 1 立方公分。雷諾數值的公式又可改寫為以下公式：

$Re=U$（體積流速）$\times h / A\ k$

可知，雷諾數值與氣體體積流速以及管道孔徑的截面積有關，雷諾數值和體積流速成正比，並且雷諾數值和管徑截面積成反比。當流體的流速愈快或管徑的截面積愈小，或是黏性愈弱時，則雷諾數值愈大，流體愈有可能變成紊流。雷諾數值愈大，代表紊流愈強。摩擦音主要是氣流通過構音子構成的狹窄緊縮管道所形成的紊流，雷諾數值達 1800 以上。如果雷諾數值愈大，摩擦噪音聲音愈大。摩擦音的音源即為具有高雷諾數值紊流的非週期波（噪音）。

二、摩擦音的聲源濾波理論

當紊流成為一種音源，它也會像聲帶發出的週期波聲源一樣，受到口道轉換功能（transfer function）所影響，但和母音不同的是聲源的位置不同，紊流噪音音源不是位在口道共鳴管的盡頭，而是位於口道管中的某緊縮處。無聲摩擦音與母音聲學模式的主要不同在於：(1)音源性質的不同，摩擦音的音源為非週期波噪音，而母音的音源為規律的週期波；(2)音源位置的不同，摩擦音的音源位於口道之中，而母音的音源位於喉頭；(3)摩擦音產生在口道中於緊縮點後的口道中傳遞，緊縮點後口道的空間會困住一些聲音能量，而造成反共振峰，即有些頻率成分會受到削弱。摩擦音的口道轉換功能可用下列公式（Kent & Read, 2002）表示：

$T(f)=P(f)\times R(f)\times Z(f)$

公式中 f 是指頻率，P（f）是轉換功能的極點（pole）成分，代表口道自然共振頻率的成分，R（*f*）為聲音往唇外輻散的特性（radiation characteristic）；Z（*f*）是口道轉換功能的零點（zero）成分，又稱反共振峰（antiformant）。「零點」是「極點」的相反，亦即反共振峰為共振峰的相反。「零點」是指喪失能量的頻率成分，某些頻率成分的聲音能量得到消弱，而這些被消弱的頻率為最具有抗阻（maximum impedance）的點。Kent 和 Read（2002）指出通常有兩種情況會出現「零點」，一是當管道有分支（bifurcated）時，另一個則是當管道被嚴重擠壓時，有些聲音能量被困於其中，被阻滯無法發散出來。「極點」的頻率決定於管子的長度，而零點的頻率則要看後管（位於緊縮點之後的管腔）的長度與緊縮的程度來決定。當「極點」的頻率與「零點」的頻率正好相同時，兩者會互相抵消，此時聲譜圖上會出現較白的頻率帶區，此潔白的頻率帶區為反共振峰所在之處，是因「共振峰」和「反共振峰」的相互抵消而無噪音能量，而非單純地沒有獲得共鳴。

摩擦音因為有極點與零點互相抵消，導致有些頻率帶沒有能量，或只有少量能量存在。摩擦音極點（pole）與零點（zero）互相抵消的情況在低頻區域較多，且極點與零點常互相抵消於某一頻率之下，而此頻率為具有緊縮點之後管長的二倍波長的頻率特性。由於後腔可視為兩端封閉的管子，具有管長二分之一共振頻率能量，由於後腔管長較前腔為長，且類似兩端封閉的特性，形成的反共振峰頻率是位於較低頻區，這就是極點與零點大都在低頻區相互抵消的原因。另一種理論模式則是乾脆將後腔（緊縮點之後的空腔）看成是不加入共振，因為在緊縮程度夠大時，可把後腔視為被拆解拿掉，稱為「去連接」（uncoupled）（Kent & Read, 2002），這時的共振腔就剩前腔而已，就可單由前腔的共鳴特性來看噪音頻率的分布，且因前腔的管長通常較短，噪音共鳴頻率多位於高頻區。

通常摩擦音的構音部位愈前方，共振頻率愈高（Heinz & Stevens, 1961; Pickett, 1999）。摩擦音產生時，噪音音源由前腔的封閉端點發出，因此共振頻率主要取決於前腔的大小。前腔可視為一端封閉，一端開放的管子，可具有管長四分之一共振頻率的特性。Heinz 和 Stevens（1961）指出發 /s/

時，舌位較前，前腔較小（成人男性估計約 2 公分），共振頻率＝$c/(4\times2)$＝4375 Hz；發/ʃ/時前腔較長（成人男性估計約4公分），共振頻率＝$c/(4\times4)$＝2187.5Hz。發/s/時，腔管較短，共鳴頻率較高，/ʃ/腔管較長，共鳴頻率較低。因此，/s/的噪音頻率比/ʃ/的頻率來得高。用簡單管長四分之一共振公式預估出來的共振頻率和實際所量得頻率其實相距不遠。Pickett（1999）測量估計各構音部位摩擦音的最高能量集中的頻率，/h/約在 1kHz，/ʃ/約在 3kHz，/s/約在 4kHz，/θ/約在 5kHz，/f/約在 4.5kHz 至 7kHz 之間。可大致得到一個趨勢那就是：構音部位愈前方，則噪音頻率愈高，但其中/f/音由於前腔的空間變得相當小，使得共振頻率很高，無法影響（或修飾）其頻譜，因此/f/的頻譜形狀通常較平坦，無明顯的高峰存在，噪音能量分散於各頻率。

以上所提到的噪音頻率皆是假定以成年男性的口道為基準，若說話者為女性或兒童，則這些噪音共鳴頻率會更高，因為他們的共鳴腔管體積更小。Pentz 等人（1979）曾對二十一位國小學童的無聲摩擦音進行頻譜的分析，發現兒童摩擦音頻譜峰頂的頻率皆高於正常成人的頻率，且兒童/s/的頻譜峰頂頻率同樣地也是高於/ʃ/的頻率，這和成人的趨勢一致。

由以上可知，摩擦音頻譜特性的決定因素有口道緊縮的位置、緊縮的程度、口徑的形狀或大小等。其中緊縮點的位置是決定共振頻率最重要的因素，緊縮點愈前，造成前腔體積愈小，則共振頻率愈高。緊縮點之後的聲音能量由於有極點－零點（pole-zero）的抵消作用，使得低頻頻率能量會被取消或減弱，噪音能量多集中於高頻區域。緊縮的程度愈大，導致氣流的流速愈高，則噪音強度會愈強。

第二節　摩擦音的分類

不像塞音，摩擦音可由說話者控制較可隨意延長，在音韻學上具有延續音（continuant）的特徵。聲學頻譜上顯而易見的特徵是一段高能量的噪音訊號。摩擦音的類別通常以構音的位置來分，例如英語中摩擦音有五個構音部位：唇齒（labiodenral）/f/、齒舌尖（linguadental）/θ, ð/、舌尖齒槽（lingua-alveolar）/s, z/、顎舌面（linguapalatal）/ʃ, ʒ / 以及喉（glottal）/h/。在華語中摩擦音也有五種構音部位，但構音部位和英語的有些差異，華語有唇齒（如/f/，ㄈ）、舌尖齒齦（如/s/，ㄙ）、齒槽硬顎（alveolo-palatal）（如/ɕ/，ㄒ）、捲舌或翹舌（如/ʂ/，ㄕ）以及軟顎（velar）（如/x/，ㄏ）。其中華語的舌尖齒槽摩擦音（/s/，ㄙ）與英語/s/音的構音位置大致相當。齒槽上顎音（/ɕ/, ㄒ）則比/ʃ/ 音構音位置為稍後，構音位置範圍較大。另外，華語的構音部位最後方的摩擦音為/x/（ㄏ），構音位置於軟顎部位，聽起來很像英語的/h/音，但英語的/h/構音位置則較為後方，緊縮的部位是位於喉部。然而，在實際連續語音產生時，這些音的實際構音部位都會受到相鄰音的影響，而稍有移往前或後的改變，此即是共構的影響。

摩擦音噪音能量集中頻率會隨構音部位不同而改變，如/s/（ㄙ）的構音位置比/ɕ/（ㄒ）為前方，/s/的噪音頻率會比/ɕ/（ㄒ）來得高，而捲舌音/ʂ/（ㄕ）的構音部位介於/s/、/ɕ/之間，/ʂ/音噪音集中頻率應介於/s/、/ɕ/之間。圖 9-1 列舉三個華語中詞語「色彩」、「書包」、「蝦仁」中摩擦音的頻譜和聲譜圖，頻譜上可見噪音音段的 FFT 量能頻譜，可以看出它們也大致符合以上所述摩擦音頻譜的特性與趨勢。/s/噪音能量分布在較高頻率的區域，約介於 5000Hz 至 8000Hz 之間；捲舌音/ʂ/噪音能量分布的區域稍較低，約介於 3000Hz 至 8000Hz 之間；/ɕ/噪音能量分布在較低頻率的區域，約介於 3000Hz 至 7000Hz 之間。

若就出聲（voicing）方式而言，摩擦音可分為二種類別：無聲和有聲。有聲摩擦音是摩擦噪音產出時，同時聲帶在振動著；而無聲摩擦音則是摩擦噪音產出的同時，聲帶不振動。世界語音中的摩擦音以無聲的形式出現較多，因為在一些構音部位上要同時製造摩擦噪音和出聲是較困難的，例如喉部摩擦音絕大多數是無聲的。英語的摩擦音每個構音部位很整齊地皆有有聲和無聲的對比，而華語的摩擦音則大都是無聲的，只有一個有聲摩擦音：/ʐ/（ㄖ），是捲舌有聲摩擦音。通常有聲摩擦音的音段時長會較無

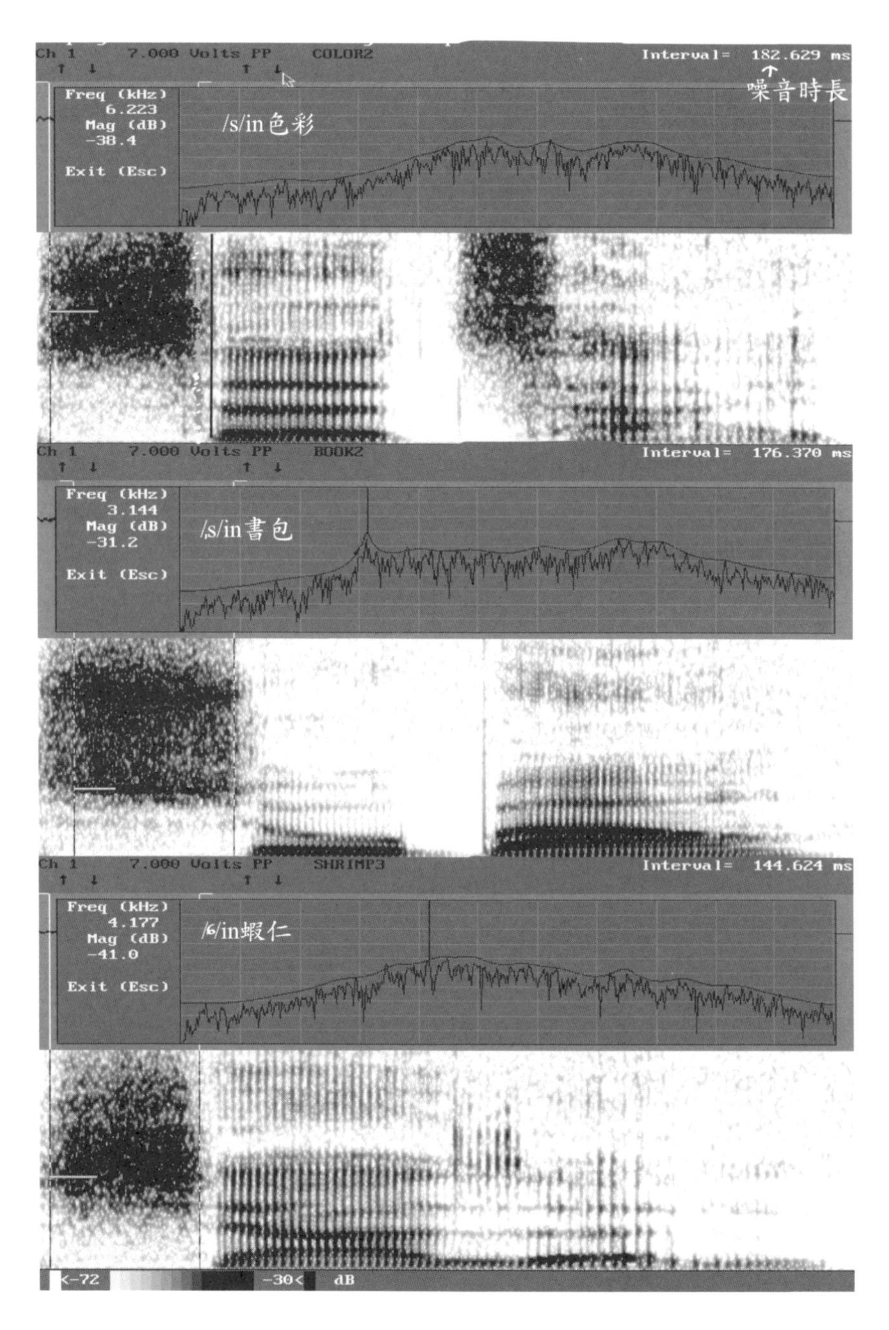

圖 9-1 在「色彩」、「書包」、「蝦仁」音中摩擦音的頻譜和聲譜圖。

聲摩擦音的時長為短，例如 Umeda（1977）和 Crystal 與 House（1982）研究測量英語子音的時長發現，不管說話速度快或慢，無聲摩擦音的音段皆是相對較長於有聲摩擦音。鄭靜宜（2005）研究中，測量五種語速下華語的摩擦音時長，也發現無論在詞語、句子或短文中，無聲摩擦音皆比有聲的時長為長。

通常摩擦音依據氣流阻礙源的存在與否以及摩擦能量的多寡，又可分為嘶擦性（strident, sibilant）和非嘶擦性（nonstrident, nonsibilant）兩類摩擦音。摩擦噪音來自紊流，紊流分為兩種：一種為通道紊流（channel turbulence），另一種為渦擾流（wake turbulence），渦擾流是在流體的通道下游出現阻礙物而引起（Catford, 1977）。嘶擦性摩擦音的產生即是通過狹窄通道的氣流在要出口道時遭遇到阻礙源（obstacle source）阻擋，此阻礙物出現於與氣流垂直的方向，如口部前方的門齒。當高流速的氣流噴出遇到阻礙物時，流速變動相當大，造成多處漩渦紊流，會產生多個音源。渦流流速愈快，噪音頻率也愈高（Catford, 1977），且由於有多個音源，產生的噪音強度較強，噪音量也較大。英語中 /s, z , ʃ, ʒ/ 屬於嘶擦性摩擦音（Kent & Read, 2002），噪音能量多數集中於 4000Hz 至 10000Hz 之間，於 8000Hz 以上的高頻區有強度漸減的趨勢。英語中 /f, v, θ, ð, h/ 這些音則屬於非嘶擦性摩擦音（Kent & Read, 2002），這些音產生時，通過狹窄通道的氣流正前方較不具有阻礙源，氣流流向與通道呈平行方向，屬於通道紊流，產生的噪音強度相對較弱。圖 9-2 中呈現 /s/（嘶擦性摩擦音）和 /f/（非嘶擦性摩擦音）的聲譜圖和頻譜，可見到非嘶擦摩擦音 /f/ 整體噪音強度較弱，頻譜能量較分散，頻譜型態較平坦，是屬於音強較弱的摩擦音。/s/ 音的噪音能量則明顯較高，主要分布在 4000Hz 以上，在約 7000 至 8000Hz 處達最高，頻譜型態呈山峰高聳狀。此外，就時長而言，在語音中的非嘶擦性摩擦音的時長通常較短，鄭靜宜（2005）發現，華語無聲摩擦音中非嘶擦性摩擦音（/f/、/x/）的噪音時長較嘶擦性摩擦音（/s/、/ʂ/、/ɕ/）的時長為短（請詳見本章第四節中的說明）。

Behrens 和 Blumstein （1988）分析三位說英語男性無聲摩擦音的噪音

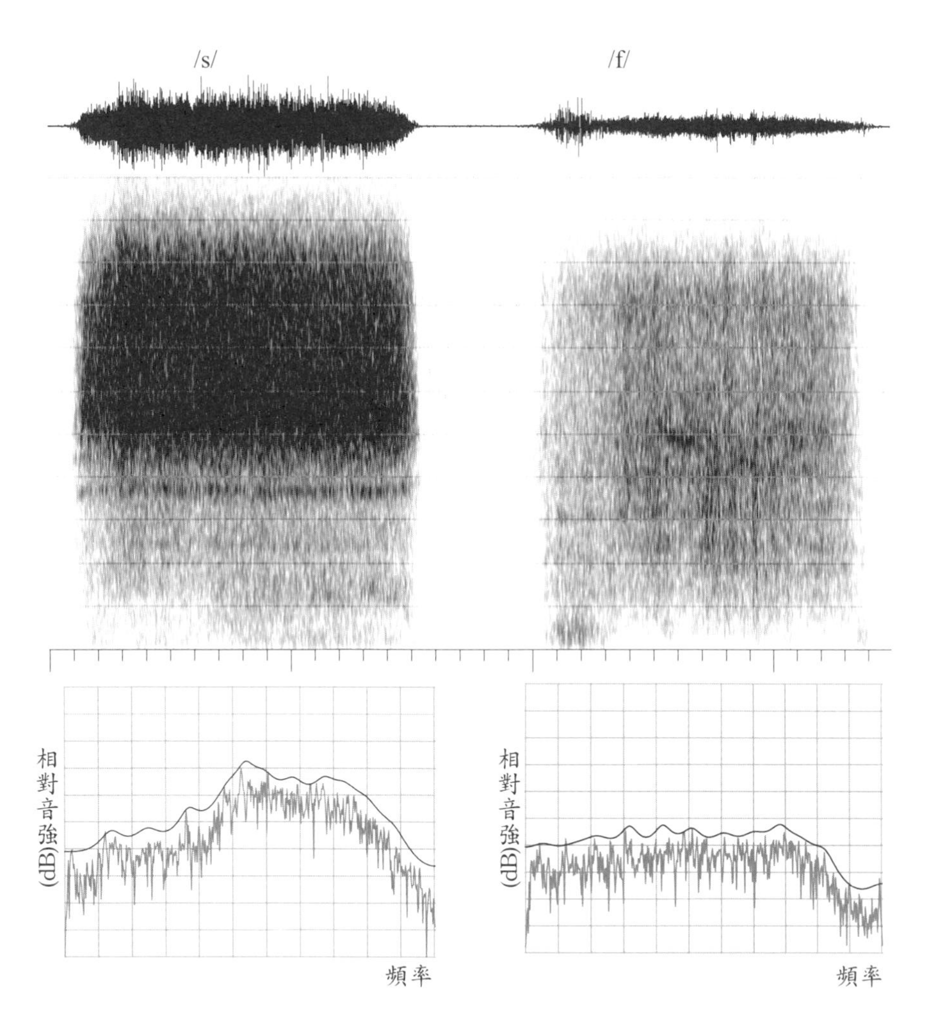

圖 9-2 /s/和 /f/的聲譜圖和頻譜的比較。

時長、噪音強度與頻譜型態。他們指出，嘶擦摩擦音（/s/，/ʃ/）的噪音時長較非嘶擦摩擦音（/f/與/θ/）的時長來得長；非嘶擦摩擦音的噪音強度比嘶擦摩擦音約弱 14dB，而且母音音境（vowel context）對非嘶擦摩擦音的影響也較小。在線性預測編碼（LPC）頻譜型態的觀察方面發現，嘶擦摩擦音和非嘶擦摩擦音間的能量分布差異，如男性英語說話者/s/的頂峰頻率約在 3.5 至 5kHz 範圍，/ʃ/的頂峰頻率約在 2.5 至 3.5kHz 範圍，而/f/與

/θ/的頻譜較平坦，能量分布於 1.8kHz 至 8.5kHz 範圍。

第三節　摩擦音的頻譜特質

摩擦音噪音的時長通常比塞音的時長為長。摩擦音的產生是由於氣流通過口道中狹窄通道時形成的紊流或亂流，此紊流噪音為持續一段時間的高頻率噪音。在聲譜圖上通常可見明顯的在高頻區有一持續時間段的黑色紋區，黑色紋區為典型的噪音的聲學特徵。摩擦噪音在頻率向度上會集中於一段頻率帶，代表在這段頻率區段的噪音能量強度較強。由於是一段頻率帶，噪音在頻率向度上各有分布的起點和終點，即是所謂的截斷頻率（cut-off frequency），即能量集中區的上限頻率和下限頻率值，通常多數研究多是測量噪音的下限頻率值。摩擦音噪音頻率依構音的部位而有差異，如/s/的構音位置比/ʃ/為前，/s/的噪音頻率比/ʃ/的頻率為高，/s/的能量分布約在4000Hz以上，/ʃ/的能量分布則約在2500至3000Hz以上。此外，若比較/s/ 與/ʃ/兩者摩擦噪音的下截斷頻率，/s/的噪音下限頻率比/ʃ/的頻率為高。

英語的/s/音為無聲舌尖齒槽（voiceless lingua-alveolar）摩擦音，構音時舌尖與齒齦槽形成氣流的狹窄通道。此狹窄通道較長，由舌頭前端中線位置形成一導引氣流的凹溝，構音時聲帶並不振動。在 /s/ 音聲學頻譜上，出現共鳴與反共鳴能量。噪音音源發生於口道出口的後方，且由於零點（zeros）之間的頻率間距通常較極點（poles）的為大，若兩者頻率相接近，成對的共鳴（極點）與反共鳴（零點）能量會互相抵消，尤其是在其構音時狹窄通道長四分之一波長的頻率以下，共鳴與反共鳴能量會互相抵消。在/s/聲譜圖上可觀察到嘶擦音（strident）的特性，即在高頻區有較明顯的高能量噪音，這些高強度的高頻噪音集中在4000Hz以上，能量集中的高點位於頻率4000Hz到7000Hz之間。由於有一反共振峰（antiresonance）約位於 3500 Hz 左右，摩擦噪音能量集中區的下限或稱截斷頻率大約位在4000 至 5000Hz，頻率 4000Hz 以下的能量很少（Kent & Read, 2002）。/s/

音的噪音能量頻率集中位於較高頻的區域，約在 6000Hz 左右（Jongman et al., 2000）。強烈高頻噪音可說是/s/音最為顯著的頻譜特徵。

英語的/ʃ/ 音為無聲後齒槽或顎舌面（voiceless post alveolar 或 lingua-palatal）摩擦音。氣流的緊縮點在齒槽後上顎區（post-alveolar area），舌中線氣流通過的凹溝較 /s, z/ 構音時的為稍寬，構音時圓唇凸出。構音時前腔具有顯著的共鳴作用。在聲譜圖上可觀察到嘶擦音特性，在中、高頻區有較明顯的噪音。高強度的高頻噪音集中在 2500Hz 以上，噪音的截斷頻率大約在 2000Hz 至 2500Hz 之間，在 2500Hz 以下的能量很少（Kent & Read, 2002）。整體上，/ʃ/ 音噪音能量集中頻率區較/s/音為低，約在 4000Hz 左右（Jongman et al., 2000）。/ʃ/有明顯的中低頻的噪音信號，強度通常較/s/音的強度稍弱。

如何將摩擦音與塞擦音的聲學特徵量化？摩擦音的聲學特徵常被量化的項目有噪音時長、頻譜峰頂頻率（spectral peak）、噪音最低頻率（截斷頻率）、摩擦噪音增強時長（rise time）等變項，除此以外，頻譜動差分析（moments analysis）也是最近常被用來分析噪音頻譜的方法。噪音時長、頻譜峰頂頻率、噪音最低頻率等變項，可說是對於摩擦噪音的描述性分析，而動差分析則是對於摩擦噪音的統計性分析，動差分析於本章最後一節有詳細的討論。噪音增強時長將於下一章介紹。簡言之，子音聲學上量化的指標在構音方式的區辨方面為時間向度的測量變項，如噪音時長、噪音增強時長，主要在區辨摩擦音與塞擦音。若是在構音部位的區辨方面則著重在頻譜上能量頻率分布型態，如頻譜峰頂頻率、噪音截斷頻率、頻譜動差參數等，區辨各種不同構音位置的摩擦音。

第四節　摩擦噪音的時長特性

在時長方面，和塞音以及塞擦音相較，摩擦音通常具有一段較長的時長，甚至足以和母音的音長相當。摩擦噪音的長短是區辨摩擦音與塞擦音的知覺線索（Repp, Liberman, Eccardt, & Pesetsky, 1978），通常摩擦音的噪音較塞擦音的噪音為長，若將摩擦音的噪音長度縮短，會使聽者將原本的摩擦音聽成塞擦音。有機會各位讀者不妨試試看，可試著使用Praat程式將/sa/音節中的摩擦噪音做漸進式的縮短（即截除一部分），試試看要剪去多少時長，才會讓你聽起來像是塞擦音/tsa/。

塞擦音之前的靜默音段以及噪音時長是區分摩擦音與塞擦音的重要線索。Repp 等人（1978）的研究中即操弄了這兩個線索，他們發現將靜默音段與噪音時長變短會使摩擦音被聽成塞擦音，而且這兩個線索之間有交互作用關係。當噪音時長愈短，需要靜默時長也愈短，可將原摩擦音（如ship）詞彙聽成塞擦音（chip）詞彙，但是當噪音時長較長，靜默時長需要較長，讓聽者聽到塞擦音。且整體語速也會影響聽者的塞擦音知覺，若噪音時長固定，當語速變快，靜默時長需要較長，才能讓聽者聽到塞擦音。總之，聽者會整合這些相關的線索做語音知覺的判斷。Repp 等人（1978）估計英語的摩擦音與塞擦音的噪音時長的界線在噪音時長約 120 毫秒的位置，若噪音時長大於 120 毫秒的語音刺激會被聽成摩擦音，而噪音時長小於 120 毫秒的語音刺激會被聽成塞擦音。然而，要注意的是，摩擦音與擦塞音的噪音時長界線的所在會受到整體說話速度的影響，聽者通常會考量整體言語速度來判斷該摩擦噪音究竟為摩擦音或是塞擦音。

在華語中，摩擦音的噪音時長也是比塞擦音的時長為長，Jeng（2000）分析十位正常成人華語單音節的摩擦音和塞擦音時長，發現三個嘶擦性摩擦音（/s/ㄙ、/ɕ/ㄒ、/ʂ/ㄕ）的平均噪音時長約 165 毫秒，而六個塞擦音（ㄘ、ㄔ、ㄑ、ㄗ、ㄓ、ㄐ）的平均噪音時長約 100 毫秒，兩類語音的噪音時長平均差距約為 65 毫秒。此外，鄭靜宜（2005）測量三十位說話者以平常速度說出具有嘶擦性摩擦音和塞擦音的雙音節詞中的噪音時長，也發現摩擦音的噪音時長大於塞擦音時長的趨勢，其中三個嘶擦性摩擦音（/s/ㄙ、/ɕ/ㄒ、/ʂ/ㄕ）的平均噪音時長約 154 毫秒，而三個送氣塞擦音（ㄘ、ㄔ、ㄑ）的平均噪音時長約 95 毫秒，三個不送氣塞擦音（ㄗ、ㄓ、ㄐ）的平均噪音時長約 48 毫秒。可見，華語嘶擦性摩擦音的噪音時長大於送氣塞擦音；而送氣塞擦音的噪音時長又大於不送氣塞擦音。

有較長音長的摩擦噪音會受到言語速度明顯的影響。在鄭靜宜（2005）的研究中安排五種說話速度，共有三十位華語說話者參與，其中有測量並分析一些語句和詞語中的摩擦音和塞擦音之噪音音段時長。於表 9-1 呈現六種華語摩擦音於五種語速下的噪音音段時長。華語中的摩擦音的噪音時長除了有聲摩擦音以外，大多數皆在 100 毫秒以上，而且摩擦音的噪音音段時長會隨著語速的變慢而增長，最慢時時長可達 200 多毫秒。六種華語摩擦音中，以有聲摩擦音時長最短，非嘶擦性摩擦音（/f/、/x/）較嘶擦性摩擦音（/s/、/ʂ/、/ɕ/）為短。圖 9-3 呈現鄭靜宜（2005）測量三十位華語說話者於中等語速下五種摩擦音（/f/、/s/、/ʂ/、/ɕ/、/x/）時長的分布，噪音時長平均為 163 毫秒。三個嘶擦性摩擦音（/s/ㄙ、/ɕ/ㄒ、/ʂ/ㄕ）的五種速度的平均噪音時長約 195 毫秒，而三個送氣塞擦音（ㄘ、ㄔ、ㄑ）的噪音時長平均約 146 毫秒（塞擦音部分請參見下一章中的表 10-1），摩擦音的平均噪音時長大於送氣塞擦音時長，兩者差距約 50 毫秒。

根據以上研究的資料，筆者估計華語嘶擦性摩擦音與送氣塞擦音這兩類音，在平常說話速度下（稍快至中速），噪音時長的界線約在時長 120 至 210 毫秒之間的位置，噪音時長若大於此界線值較會被聽成為摩擦音，而小於此界線值的音較會被聽成塞擦音，此界線並非絕對固定的，而是有一個範圍，因為它會受到語速的影響而有偏移。當語速很快時，界線約在 120 毫秒左右的位置，當語速慢時，約在 210 毫秒左右；在中速時，則估計約在 150 毫秒左右。和英語相較，華語的摩擦音與塞擦音噪音時長的界線大致較

表 9-1　華語各摩擦音於五種語速下的平均噪音音段時長（ms）。

	所在音節	最快	稍快	中速	稍慢	最慢	平均
/f/	飛/fei1/	96	108	133	148	191	135
/x/	哈/xa1/	84	96	110	120	143	111
/s/	思/sɨ1/	149	166	191	212	246	193
/ɕ/	西/ɕi1/	154	169	189	220	248	196
/ʂ/	時/ʂɨ2/	158	171	190	218	256	199
/ʐ/	乳/ʐu3/	35	37	47	50	62	46

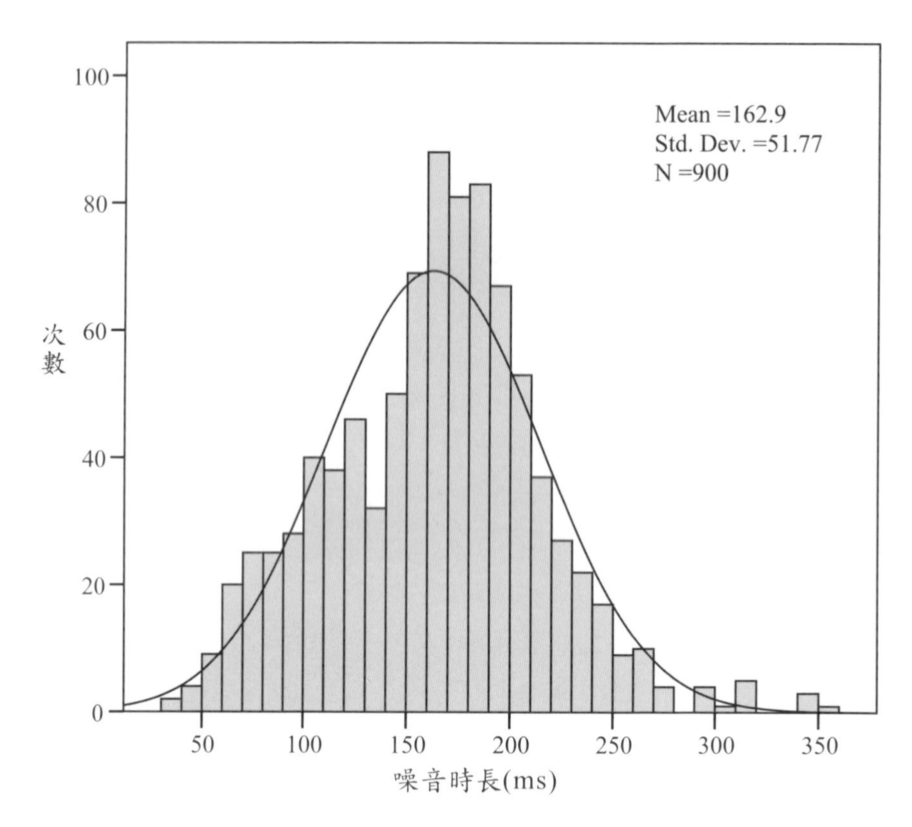

圖 9-3　華語摩擦音於中等語速的噪音時長次數分配。

英語的界線為稍往右移（較長），一般在正常語速下，英語摩擦音的噪音時長稍較華語的為短。而這些噪音時長界線的估計皆不包含有聲摩擦音和非嘶擦性摩擦音。有聲摩擦音的噪音時長較短，大致和那些不送氣塞擦音的時長相似，約在 30 至 70 毫秒之間。總之，摩擦噪音的音段時長訊息在聽知覺上是區分構音方式對比（摩擦音／塞擦音）的良好線索，但並不能用以區分不同構音部位。

區分不同構音部位的摩擦音知覺辨識線索，主要是摩擦噪音頻譜特性以及共振峰轉折帶（transition）的方向。擁有相當長度的摩擦噪音的頻譜特性含有豐富的構音部位知覺線索，摩擦噪音的頻率與口道緊縮點前的前腔長度有密切的關係。口道緊縮點愈前方，摩擦噪音的頻率則愈高，反之則否。子音與母音間共振峰的過渡轉折帶為另一個可提供構音部位的知覺線索。如同塞音的轉折帶走勢一樣，轉折帶方向同時受子音與母音構音部位的影響，當舌頭的位置是由後方過渡至前方，轉折帶方向向上，當舌頭的位置是由前至後時，轉折帶向下降。當舌頭的位置在說子音過渡到母音時沒有什麼明顯的移動，則轉折帶就不往上，也不往下，而是持平走勢。

事實上，摩擦音與母音間的轉折帶時長很短，正常言語速度下通常不超過 20 毫秒，因此，由母音轉折帶提供的摩擦音構音部位的消息似乎不多。Jongman 等人（2000）發現摩擦音後接母音 *F2* 起始頻率會隨著摩擦音構音位置後移而增高，但齒間摩擦音和軟顎摩擦音的後接母音 *F2* 起始頻率之間，並無顯著差異。此外，他們分析 *F2* 轉折帶斜率的結果顯示，除了唇齒音外，其餘三種構音位置的摩擦音之間並無顯著差異，而唇齒音的 *F2* 轉折帶斜率最高。可見，單由摩擦音與母音間的 *F2* 轉折帶線索，並不能提供有效區分不同構音部位的線索。那麼，摩擦噪音本身的頻譜特性或許才是有效區分不同構音部位的線索。

頻譜動差分析可將摩擦音的頻譜特性做量化分析，由動差分析可得到摩擦音噪音頻率分配的特性。因為能量集中的頻率值和摩擦音構音的位置有密切的相關，構音位置較為前方的摩擦噪音會聚集在較高頻的位置（因為口道的前腔較為短小），噪音能量集中的平均頻率值會較高，而噪音能量集中的平均頻率值即是第一個頻譜的動差參數（M1）。在下一節中將對於頻譜的動差參數分析做較為詳細的介紹。

第五節　頻譜動差分析

一、四個頻譜的動差參數

頻譜動差分析（spectral moments analysis）屬於頻率頻譜性（frequency and spectral）的聲學分析。噪音頻率動差分析乃是將噪音能量的頻率分布（FFT spectrum）視為一種統計機率分配，經由統計分析計算可得到四個動差參數：M1（平均數）、M2（標準差）、M3（偏態）與M4（峰度）。將噪音頻率帶切成等時間的縱剖面（如以 10 毫秒為單位），經由傅立葉分析可得到頻譜，在頻譜上以橫軸為頻率，強度為縱軸。若將此頻率反應型態視為統計上的機率分配來處理計算，就可得出描述機率分配曲線的四個動差參數。換言之，頻譜動差即是用來描述頻譜能量分配曲線的四個參數，是將聲音的某一時間斷面的頻譜視為一種統計分布的型態，動差參數可描述頻譜中能量分布的特性。四個動差參數分別可描述頻譜能量分配的平均頻率、散布性、偏斜性與尖聳性。四個動差量值分別是：

一級動差 $=\Sigma(X-\overline{X})/N$ ——平均數（mean）

二級動差 $=\Sigma(X-\overline{X})^2/N$ ——變異數（variance）

三級動差 $=\Sigma(X-\overline{X})^3/N$ ——偏態（skewness）

四級動差 $=\Sigma(X-\overline{X})^4/N$ ——峰度（kurtosis）

若將動差分析運用於頻譜能量的計算上，將經過快速傅立葉轉換（Fast Fourier Transform, FFT）分析後，產生的量能頻譜（power spectrum）分布作為動差統計分析的輸入資料。四個動差參數中的M1 代表頻譜能量集中的頻率平均數，M1 值通常接近頻譜峰頂頻率。M2 代表頻譜能量的分散程度，若能量分布較為集中，則 M2 值會較小；反之，若能量頻率分布較廣而分散，則M2 值會較大。M3 代表偏態，考驗多數的頻譜能量是落在平均數的左右哪一邊，若在左側，代表能量多集中在低頻部分，計算得到M3 會是正的，是為「正偏態」（positive skewed）；反之，若集中在右側，能量多集中在高頻部分，則為「負偏態」（negative skewed），M3 為負的；M3 若為 0，則表示左右對稱，如常態分布曲線的 M3 即為 0。M4 代表頻譜能量分布曲線的尖聳性，必須和常態分布曲線相較，若分布曲線愈尖聳，則M4 值愈大，表示能量較多集中於平均數附近是為高狹峰型態；反之，與常態分布曲線比較，若分布曲線較平坦，則 M4 值愈小，是為低闊峰型態。圖 9-4 呈現統計上四個動差參數的圖示意義，圖 9-4 的最上方為常態分布曲線，中間兩圖為偏態的比較，右方為正偏態，左方為負偏態，最下方兩圖為峰度的比較，右方為高狹峰，左方為低闊峰。Kent 與 Read（2002）提出

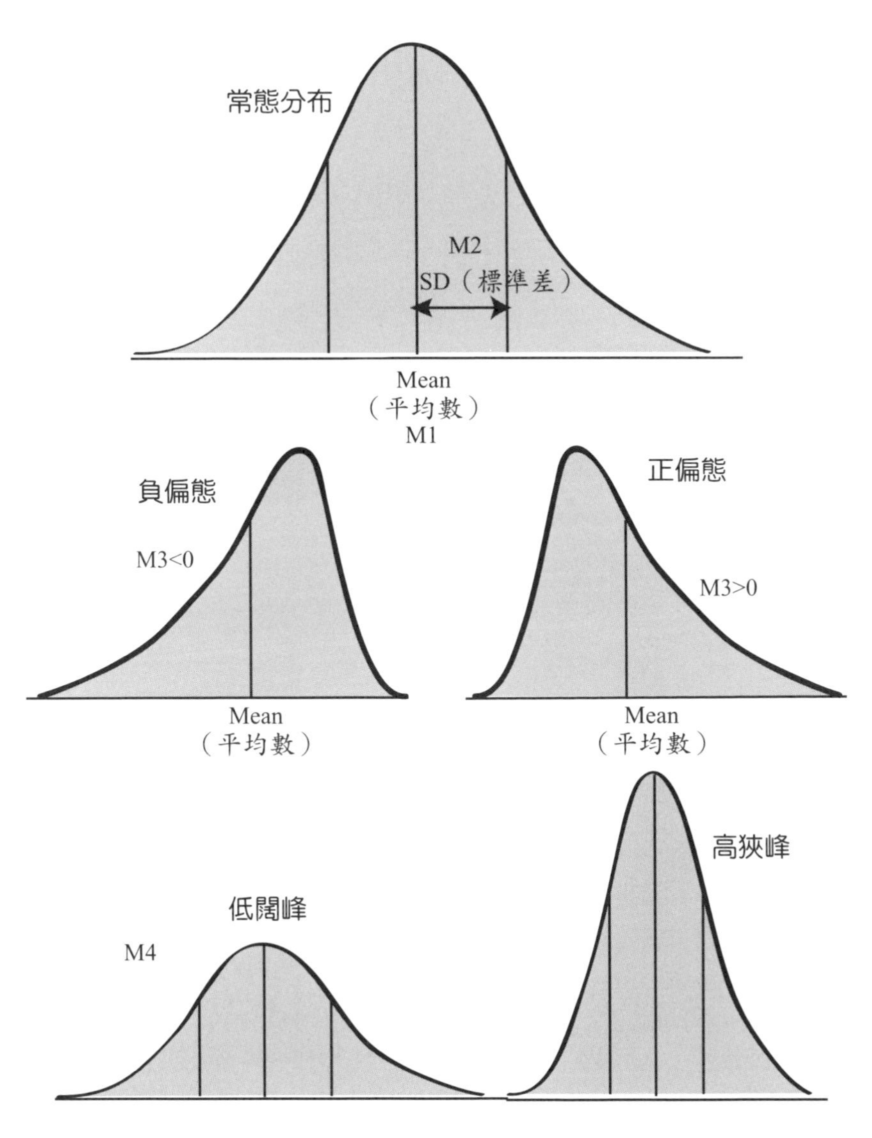

圖 9-4　統計上四個動差參數的圖示。

將這些動差參數應用於頻譜分析上，M1 可代表頻譜的重心，又稱頻譜平均值（spectral mean）；M2 代表頻譜能量的分散性；M3 代表頻譜的傾斜（spectral tilt），M4 代表頻譜的頂峰尖聳性。四個動差參數將可大致描述噪音能量的頻譜分布型態，將頻譜型態做量化。

二、頻譜動差分析方法

圖 9-5 所呈現為一位女性說話者說出「速度」一詞中的「速」音之摩擦音段的頻譜動差分析，最上方是聲波，中間為聲譜圖，最下方是噪音音段的 FFT 頻譜和動差分布曲線，動差分布曲線為較平滑的曲線。圖 9-6 (a) 呈

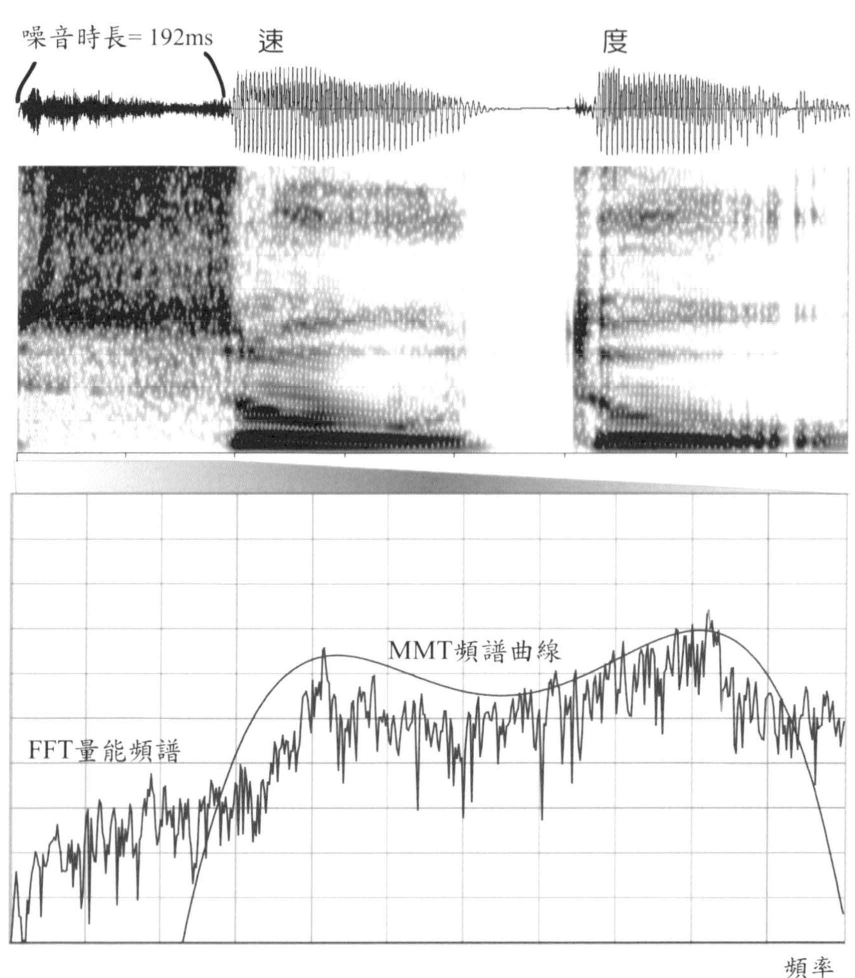

圖 9-5　摩擦音的頻譜動差分析與頻譜動差曲線。

現為一男性說話者說「絲」音之/s/的噪音段每隔 10 毫秒的四個動差變化，其中M4 變化較為劇烈，M1 較為穩定。圖 9-6 (b) 則呈現的是「西」音中硬顎摩擦噪音的四動差參數在時間向度的變化，和 /s/ 相較，/ɕ/音之 M1 較低，M2 和 M3 值較相近，M4 值在起始和末尾處起伏較劇烈。

目前可進行聲學頻譜動差分析的工具主要有 TF32 和 Praat 程式，使用 TF32 在頻譜（View→ Open→Spec）功能中呈現的聲譜圖，勾選右方 Mmt 方塊，即可呈現游標線右方約 45 毫秒時長的四個動差參數，若要時距較長的動差參數平均，則須將左右游標線移至需要測量的音段界線上勾選右方長期頻譜 LTA 方塊，此時上方 Tw 則可調整窗戶的時長（windowing length）大小，預設值約為 20 毫秒的漢明窗（Hamming window），每 10 毫秒更新。另外，也可使用 TF32 的前身 Cspeech（Milenkovic, 2003）程式所附的計算動差的工具小程式 SMMT 來計算四個動差參數。在 Praat 中須截切波形的噪音音段，再以分析（Analysis）功能中的頻譜（spectrum）中→to Spectrum...所產生之頻譜檔，加以詢問（Query）→Get central gravity 或其他動差加以一一詢問。所得之動差參數為整個音段的平均值。既然 TF32 和 Praat 程式皆可進行頻譜動差分析，到底哪一個較佳？經筆者測試兩個分析工具所得的數據值相近，兩者皆具有良好信、效度。在使用方面，目前TF32 的彈性較大，可以變更分析窗戶的時長，也可以較彈性的改變分析的區段部分。做頻譜動差分析時，TF32 預設是有經過事先加強（preamphasis），但可以取消此功能。目前Praat程式所計算的頻譜動差參數皆沒有經過事先加強程序。動差參數分析到底是否需要有「事先加強」呢？

動差分析既然是以整個頻譜型態當作一種統計分析的資料，頻譜所呈現的頻率範圍就會對此四個參數產生影響，而頻譜呈現的頻率範圍則涉及信號的取樣頻率，取樣頻率的設定在第四章之中已有說明。頻譜所能呈現的最高頻率為信號的取樣頻率的一半。一個取樣頻率為 22.05 kHz 的白噪音，頻譜最高頻率為 11.025 kHz，而它的頻譜重心頻率為 5.513kHz。若白噪音取樣頻率為 44.10 kHz，則頻譜最高頻率為 22.05kHz，而它的頻譜重心頻率會是 11.025 kHz。不止是第一動差參數，其他動差參數也會受到信號取

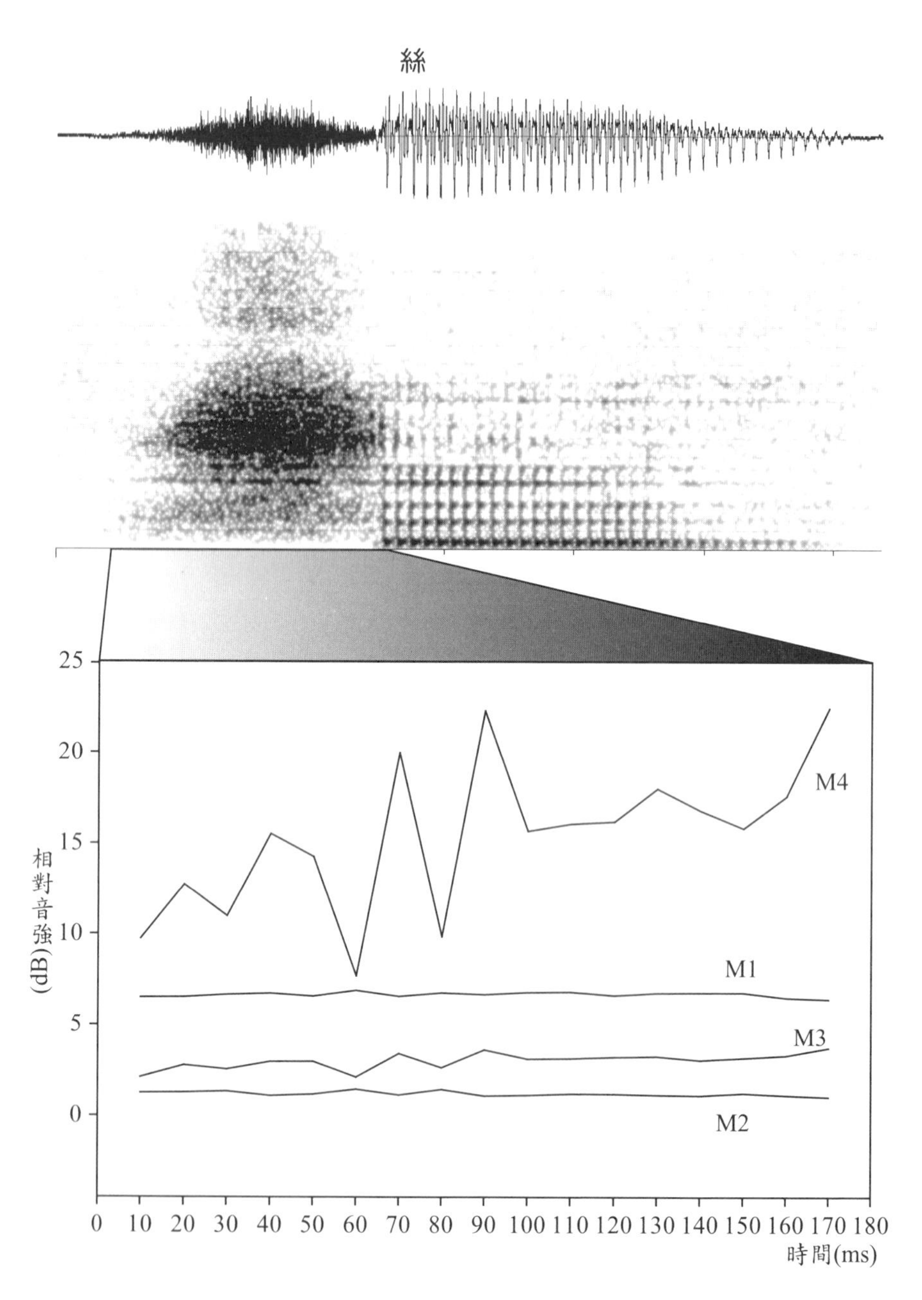

圖 9-6 (a) 男性說話者摩擦音 /s/ 的噪音段每隔 10 毫秒的四個動差數值變化。

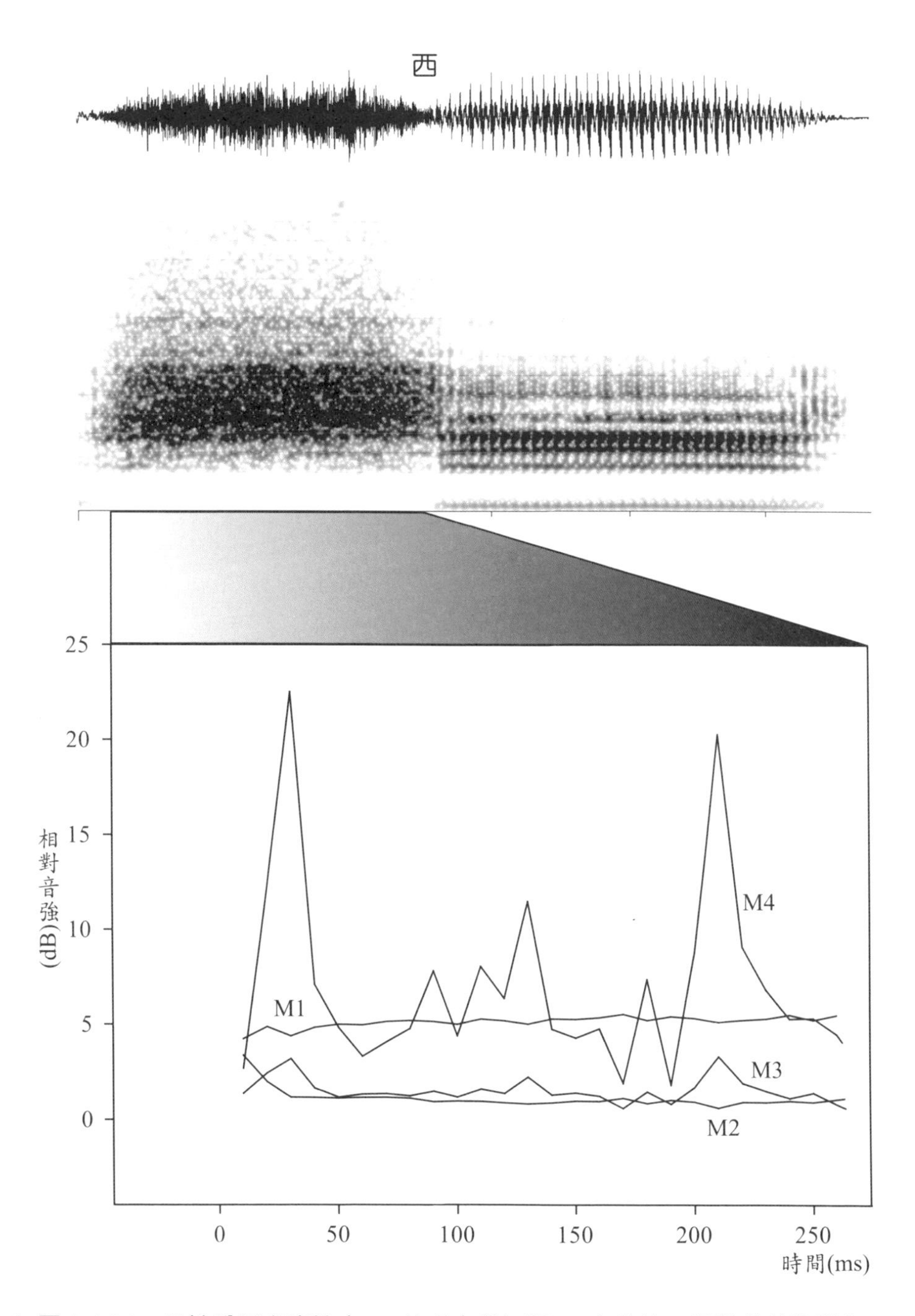

圖 9-6 (b)　男性說話者摩擦音/ɕ/的噪音段每隔 10 毫秒的四個動差數值變化。

樣頻率的影響。Nittrouuer（1995）的研究清楚地顯示出，信號的取樣頻率高低對於四個頻譜動差參數產生的影響，若取樣的頻率愈高，所得的M1值也會愈高，這是因為頻率計算範圍擴大之故。因此，若要比較各研究之間頻譜動差參數的差異，則需要注意這些研究中取樣頻率的大小。

除了信號的取樣頻率會影響動差參數，信號的音強也會造成影響。若信號為純音，信號強度增加，主要影響的是 M2、M3、M4，而 M1 是不受整體強度增減的影響。若為白噪音信號，增強的信號強度對於四個動差參數的影響很小。例如一個取樣頻率為 22.05 kHz 白噪音信號，動差分析後得 M1 為 5500 Hz，M2 為 3185 Hz，M3 為 0，M4 為−1.20。大家若有興趣，可使用白噪音或純音信號試一試。另外，值得注意的是頻譜事先加強（pre-amphasis）功能會影響頻譜動差參數。例如，有一個取樣頻率為 22.05 kHz 的白噪音信號，若經過事先加強功能處理後的頻譜，動差分析得到的M1為 7750 Hz，M2 為 2282Hz，M3 為−0.612，M4 為−0.423。可見，事先加強後的頻譜重心會往高頻區移動，頻譜型態分布成負偏態。一般語音聲學研究者在從事頻譜分析時，如共振峰分析，大都會使用事先加強功能，可將頻譜低頻和中頻範圍音強的對比加大，以提高信噪比（請見第四章和第六章），而頻譜動差分析也不例外，多數語音頻譜動差分析研究（Forrest et al.,1988; Nittrouuer, 1995; Flipsen et al., 1999; Jongman et al., 2000; Maniwaa & Jongman, 2009; 鄭靜宜，2006）皆有使用事先加強後的頻譜做動差參數運算。

頻譜動差分析只適合應用於無聲語音（如無聲子音）的分析，如摩擦音或塞音的噪音音段，不適用於有聲語音的分析。因為無聲子音的音源單一，頻譜同質性較高，動差分析結果較能表現出其噪音原始能量分配的特性。而有聲子音由於有兩種非同質性聲源：一是較低頻的嗓音聲源，另一為高頻噪音，而動差分析是將整個頻譜能量視為同質性能量的頻率分配，會將有聲音源和高頻無聲音源兩者視為一體，混合平均計算，所算得的動差參數較無意義，它無法代表任何一個單音音源的共鳴特性，因此所得的參數無法代表摩擦噪音的特性或是嗓音的共鳴特性。由於華語的摩擦音與塞擦音大都屬無聲子音〔除了一個有聲摩擦音/ʐ/（ㄖ）外〕，動差分析的使用將可適切地描述這些摩擦噪音完整的頻譜特性。

就如同母音頻譜分析使用 LPC 得到母音的共振峰型態，摩擦噪音頻譜可使用動差分析曲線來描繪。因 LPC 的假設為全極點的模式，而摩擦噪音頻譜就前面所述，事實上，是有零點存在的，因此使用 LPC 來描繪摩擦噪音頻譜較為不佳。而動差分析參數可描述摩擦噪音頻譜特徵較為完整，因為四個動差參數可以將某一時間點上或一段時長的頻譜剖面型態完整地描繪出來。經由算則的轉換運算，四個動差參數值還可以被還原成與原來噪音信號相近似的頻譜型態（Milenkovic, 2003），此逆向式運算的可能性更保證了動差分析描述頻譜特性的完整性，因此動差參數較可以完整描繪摩擦噪音頻譜型態的方式。其餘常用來描述摩擦音噪音頻率特性的參數，如頻譜頂峰頻率（spectral peak）、噪音最低頻率等，都只能描繪頻譜上某一點的頻率而已，而無法顧及其餘的頻譜特性，會有顧此失彼的遺珠之憾。

三、語音頻譜動差的相關研究

許多研究使用頻譜動差分析嘗試找出可區分不同構音部位的頻譜參數，例如 Forrest 等人（1988）使用頻譜動差，分析十位正常說話者（五男、五女）的詞首無聲塞音與擦音，結果對於區分三個不同構音部位的無聲塞音正確率達 80%以上，而且線性量尺比巴克（Bark）量尺的區分正確率更高；在摩擦音部分，動差分析對於區分四個部位摩擦音正確率則較低，約在 60%至 90%範圍左右，其中對於/f/與/θ/之間的區分最差；但對/s/和/ʃ/之間則區分度可高達 90%，其中第三動差（偏態）是區分兩者最有效的參數。和塞音不同的是，對於摩擦音的區分，巴克量尺較線性量尺的區分正確率稍高。巴克量尺在第一章中有談過，是一種頻率的非線性轉換量尺，本質上屬於 log 頻率轉換，可表現出人類對頻率的心理聲學之聽知覺特性。

Nittrouuer（1995）研究 3 到 7 歲兒童產生的摩擦音和塞音的四個頻譜動差參數，發現兒童的摩擦音和塞音 M1 顯著高於成人，/s/的 M1 顯著高於/ʃ/，/t/的 M1 顯著高於/k/。音境為後元音（如/u/、/ɔ/）的摩擦噪音的 M1 值顯著低於音境為前元音（如/i/）的 M1 值。由 M3 的分析顯示/ʃ/的頻譜曲線稍較/s/的型態為正偏態。由 M4 的分析顯示/ʃ/的頻譜曲線稍較/s/的型態為平坦。在塞音部分，動差參數受到音境的影響更大，尤其是/k/所在的母音音境對於/k/音 M1 值的影響最大，Nittrouuer（1995）推論軟顎音音節之預期性的共構效果較齒槽音為強。兒童和成人間較大的差異在於硬顎擦音/ʃ/的 M1，兒童的 M1 遠較成人的為高，使得兒童的/s/和/ʃ/兩者的 M1 值差距較成人的小。兒童口道的大小較成人為小，摩擦噪音的 M1 自然較高，但各構音部位的相對位置或許並非如成人版的等比例式位移。

Flipsen等人（1999）分析二十六個正常青少年詞語中/s/音的高頻噪音之四個頻譜動差參數，各在/s/音段的起點、中間與終點取得動差參數，發現於中間點取得的參數較為穩定。M1 和 M3 是最能代表/s/特徵的參數，數值較不受音境的影響，而性別差異在此二個參數上表現最強，女孩的M1較男孩高。M3 於終點與起點處較易受母音音境的影響。

Jongman等人（2000）分析二十位成人男女的摩擦音，發現整合頻譜頂峰頻率、頻譜平均數（M1）和正規化振幅，可有效區辨四種不同構音部位的摩擦音，區分正確率為 69%，而四個頻譜動差參數中M1（頻譜平均數）和 M2，對於唇齒和齒間摩擦音的區分較為無效。M3（偏態）對於四種構音部位的區辨效果較強。女性的語音在M1、M2、M4 比男性的值要高，女性語音的頻譜頂峰型態也較男性語音的型態為明顯。Maniwaa 和 Jongman（2009）分析比較二十位男女說話者發出清楚模式和平時對話的摩擦音特性，清楚發音模式的說者較為用力，對聽者而言聽覺辨識的錯誤減少。摩擦音噪音時長增長，頻譜的對比性更明顯，四個動差參數也有顯著的改變。M1 增加了 2668Hz，M3 則下降了 0.96，能量往高頻集中。清楚發音模式的噪音集中於高頻，而說話模式的清楚與否，的確如Nittrouuer（1995）的研究所言，會影響摩擦音的動差參數。

不少研究者認為頻譜動差參數是具有潛力的聲學指標，不僅是最利於摩擦音、塞擦音構音位置的區辨，亦可作為構音準確度的指標，可以成為構音能力預測的診斷性指標，可有效區分正常構音或錯誤構音。由於摩擦音、塞擦音一向是兒童音韻／構音能力發展過程中最後獲得的語音，也是較為困難的語音。摩擦音與塞擦音的構音需要較精確的動作技巧，並且對動作的穩定度與協調性要求較高，因此常是構音異常者的語誤來源之一，常有被省略、替代或歪曲等現象。Tjaden 和 Turner（1997）發現，第一動差參數可有效區分肌萎縮側索硬化症（amyotrophic lateral sclerosisi, ALS）說話者和正常說話者的噝擦音（/s/、/ʃ/），患有 ALS 的說話者說出/s/的 M1 較正常說話者的為低，而/ʃ/音則相反，ALS說話者/ʃ/音的M1 較高，可推論 ALS 的說話者說這兩個摩擦音時構音動作的缺陷。

Shriberg等人（2003）發現，頻譜動差參數是音韻異常兒童分類評估的有效指標，其中語音異常兒童中有一類具有反覆性中耳炎（otisis media with effusion, OME），他們的語音常具有明顯的後置化傾向，他們的齒槽塞音和摩擦音的第一動差參數值皆會較低。Shriberg等人建議，將頻譜動差參數納入正規化語音評量的一部分，欲建立各年齡層頻譜動差參數兒童標準化常模，頻譜動差參數或許在未來可成為測量摩擦、塞擦音構音準確度的一個有效指標。然而，頻譜動差參數是否真的可成為測量摩擦、塞擦音的標準指標？此問題的關鍵在於這些參數的正規化和測量方式的標準化，這是頻譜動差參數評量的正規化須考量的兩大因素。由於頻譜動差參數是計算頻譜能量分配曲線的統計數值，而頻譜是以頻率為橫軸，強度為縱軸的圖形，因此頻譜動差參數和語音訊號的頻率和強度有關，男性、女性和兒童的語音頻率分布範圍是不同的，因此就算是說著相同的語音，不同年齡、性別的說話者頻譜動差參數也會有所不同。計算頻譜動差參數之前，頻譜需要先經過正規化才行，至於何種正規化程序才適當，則又是個複雜的議題。

就測量的標準化而言，需要一套標準化的施測程序和語單材料。由於頻譜動差參數會受到音節音境的影響，施測詞彙的選擇需要留意。此外，錄音時，聲音的強度也會影響頻譜能量分配曲線的型態，發出同樣的語音，音量較小的語音頻譜能量分配曲線會較平坦。構音時，若用力發出，則語音的頻譜能量曲線的波峰會較高聳，能量集中的頻率較高，而四個頻譜動差參數會因音量的大小而有所差異。Shadle 與 Mair（1996）嘗試將摩擦音的頻譜量化的過程中，發現說話者說話時，不同用力的程度得到的摩擦語音頻譜型態會有所差異，而且四個頻譜動差參數也會有差異，其中只有M3的改變較小。華語摩擦音的動差分析研究於下一章捲舌音部分有詳細的介紹，在下一章將介紹捲舌音和非捲舌音的聲學特性，以及比較不同構音部位和構音方式的頻譜動差參數。

第六節　常見的幾種摩擦音的聲學特性

若就構音位置來分析世界語言中各個種類的摩擦音，在國際音標（International Phonetic Alphabet）表中顯示，摩擦音這類語音的構音部位種類最多，摩擦音的構音部位有雙唇、唇齒、齒、齒槽（齒齦）、齒槽後、捲舌、硬顎、軟顎、懸壅垂、咽喉和喉部等十一種之多。較多的語言使用唇齒、齒槽、齒槽後（或前硬顎）和喉等四種典型構音位置。除了喉摩擦音外，這些音皆使用舌尖或舌葉向上靠近以上這些位置來形成氣流的狹窄通道，以產生摩擦噪音。多數語言摩擦音的構音位置種類在三至四種之多，有五種以上的語言較少，例如阿拉伯語（Arabic）有多至七種構音位置的摩擦音，而德語則有六種。英語、捷克語、希伯來語（Hebrew）、華語和土耳其語（Turkish）則有五種構音位置的摩擦音。以上這些語言都是摩擦音種類較多的語言。現在讓我們更進一步來了解幾種常見摩擦音的特性。

無聲唇齒（voiceless labiodenral）摩擦音/f/的典型構音方式，為下唇接近上門齒的下緣形成一氣流的緊縮點，同時摩擦噪音發出時聲帶不振動，是為無聲語音。由於構音的部位位於口道的出口很外面，噪音能量相對較沒有經過口道的修飾，由於前腔長度相當短，在修飾摩擦噪音頻譜方面，口道共鳴的作用很小，因此頻譜曲線較平坦，呈無尖峰型態，無明顯的噪音下限（截斷）頻率。在聲譜圖上可觀察到低能量的非嘶擦性摩擦噪音，擴散式散布於頻率1500Hz到7500Hz範圍。Fant（1960）認為/f/音較主要的共鳴能量約在 6000Hz 至 7000Hz 之間。英語中有聲唇齒（voiced labiodental）摩擦音 /v/ 和 /f/ 音很像，除了發出摩擦噪音的同時，聲帶保持振動以外，構音方式與 /f/ 相同，頻譜型態和 /f/ 相近。不同的只是 /v/ 聲譜圖上的低頻區有嗓音棒（voice bar）的存在，為聲帶振動的特徵。

無聲舌尖齒槽（voiceless lingua-alveolar）摩擦音 /s/ 為典型的嘶擦性（strident）摩擦音，是摩擦噪音中最響的。/s/ 的構音動作是由舌前部與齒槽形成氣流的狹窄通道，此狹窄通道稍長，由舌頭前端中線形成一導引氣流的凹溝，氣流通過此處之後往前衝撞門齒背，產生摩擦紊流，此噪音音源發生處就在口道出口後方不遠之處。/s/ 構音時聲帶不振動，是無聲摩擦音，因此在低頻區並無嗓音棒（voice bar）存在。在 /s/ 音的聲學頻譜上，同時出現共振與反共振的能量，在低頻區由於兩者頻率相接近，成對的共振與反共振能量會互相抵消，在氣流的狹窄通道長度具四分之一波長頻率以下的共鳴與反共鳴能量會互相抵消。在聲譜圖上可觀察到嘶擦音特性，在高頻區有較明顯的噪音。強度的高頻噪音多位於 4000Hz 以上，噪音能量集中點位於 4000Hz 到 7000Hz 之間。由於有一反共振峰（antiresonance）約位於 3500 Hz 左右，正好和共振能量相抵消，因此在截斷頻率（cut off frequency）以下，低頻部分沒有能量。噪音下限（截斷）頻率約在 4000Hz 至 5000Hz 左右，4000Hz 以下的能量很少。筆者曾測量三位男性華語說話者的一些摩擦音與塞擦音的截斷頻率和頂峰頻率，得到男性華語音節首 /s/ 音的平均頂峰頻率約在 5500Hz，截斷頻率約於 3700Hz，這些特性和英語的 /s/ 音相近。

/z/ 是英語中有聲舌尖齒槽（voiced lingua-alveolar）摩擦音，除了構音時，聲帶振動外，和 /s/ 音的構音情形相似。在聲學頻譜上，除低頻區嗓音棒（voice bar）外，其餘的也和 /s/ 音相同。此外，摩擦音 /z/ 通常較 /s/ 音的音量為小。圖 9-7 為 /s/、/z/ 的頻譜和聲譜圖比較，可見到 /z/ 的嗓音棒和頻譜的低頻共振峰。

英語的無聲齒舌尖（voiceless linguadental）摩擦音 /θ/，又稱為齒間摩擦音。發 /θ/ 音時舌尖須置放於上下兩排牙齒之間，舌尖與上門齒形成氣流

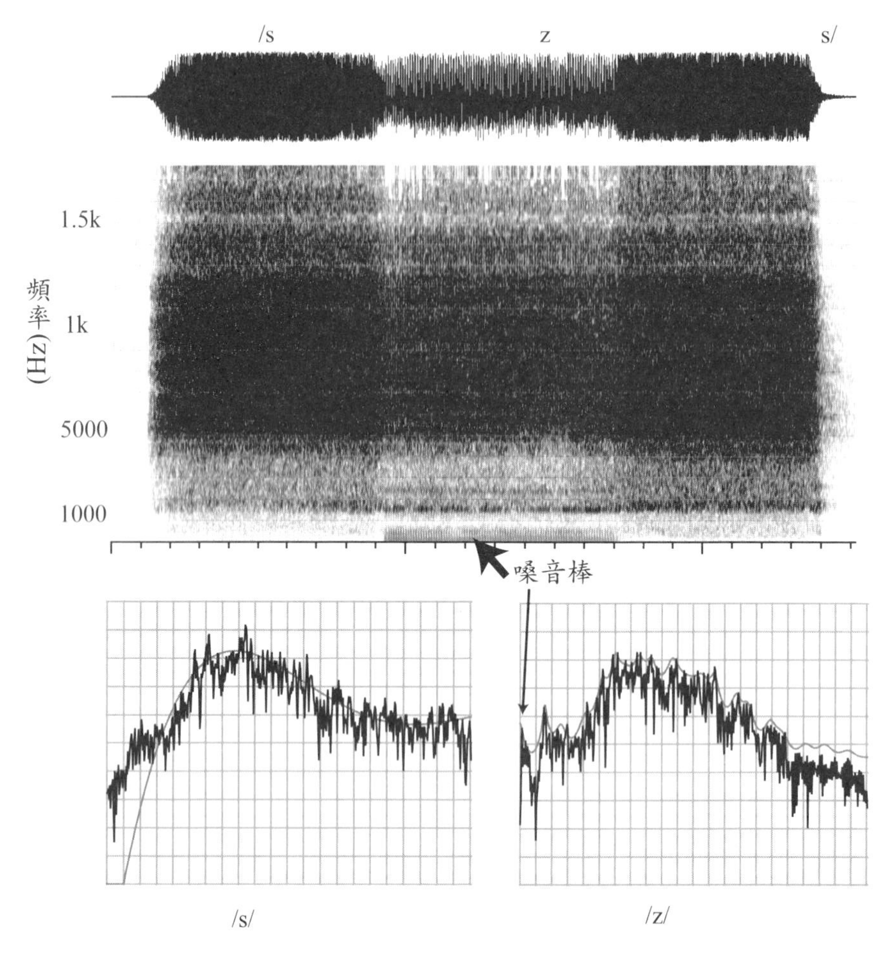

圖 9-7 /s/、/z/聲譜圖和頻譜的比較。

的緊縮點，構音時聲帶不振動，為無聲摩擦音。此音的聲學特質為整體音強很弱，由於舌位較為前方，噪音能量的重心（center of gravity，平均能量分布頻率）位於較高頻區，大致在 7000Hz 至 8000Hz 之間，即在此區能量相對較強。在聲譜圖上可觀察到：/θ/音的能量較弱、具有較分散的噪音型態，屬於非嘶擦性，且低頻區無嗓音棒（voice bar）存在。英語的/ð/為有聲齒舌尖摩擦音，它為英語中音量最弱的子音，頻譜特徵和/θ/相似，位於較高頻區有摩擦噪音。和/θ/不同之處只在於低頻區有嗓音棒，因為/ð/是有聲子音。

英語的/ʃ/為無聲齒槽後或顎舌面（voiceless post alveolar或lingua-palatal）摩擦音，氣流的緊縮點在齒槽後方區域（post-alveolar area）或硬顎的前方。以舌前部上抬接近上顎前方，舌中線氣流的凹溝較發 /s, z/ 時的稍寬，構音時圓唇凸出。構音時，前腔具有顯著的共鳴作用。在聲譜圖上可觀察到為嘶擦音（strident）特性，在中、高頻區有較明顯的噪音。強度的高頻噪音集中於2500Hz以上，截斷頻率（cut off frequency）大約在2000Hz至2500Hz，2500Hz以下的能量很少。低頻區無嗓音棒（voice bar）。英語的/ʒ/為有聲顎舌面摩擦音或是齒槽後摩擦音（voiced lingua-palatal 或 post alveolar fricative），構音時聲帶振動，在聲學頻譜上，除低頻區嗓音棒外，其餘與/ʃ/相同。

華語的/ɕ/為齒槽硬顎（alveolo-palatal）摩擦音，聽起來很像/ʃ/，但/ɕ/所涵蓋的構音位置範圍較大，舌頭前部上抬接近上顎，接近範圍包括齒槽、後齒槽和硬顎前半部。所形成的氣流狹窄通道較長。筆者曾測量三位男性華語說話者的摩擦音與塞擦音的截斷頻率（cut off frequency）和頂峰頻率，得到音節首/ɕ/音的平均頂峰頻率約在3200Hz，截斷頻率約為2500Hz。

華語捲舌摩擦音/ʂ/的構音位置於齒槽後方，但又較硬顎音為前方，以舌尖翹起接近上顎前區。頻譜能量分布頻率較/s/音的頻率為低，多分布於中頻範圍，分布在2500Hz至9000Hz之間的範圍。有關捲舌音於下一章中有較詳細的說明。

英語的/h/為喉摩擦音（glottal fricative），為無聲子音。氣流流速增加通過喉部時壓縮造成紊流噪音，氣流由喉部緊縮點開始通過口道，頻譜受整個口道共振特性的影響。若是緊縮點較前方，則共振頻率會較高。聲學特徵為噪音頻譜頻率範圍為400Hz到6500 Hz，散布範圍極廣，為低能量噪音。受鄰母音共構的影響極大，噪音能量分布受相鄰母音影響有似共振峰的結構型態，其中*F1*會較其他的共振峰為弱，因為能量為氣管壁所吸收之故。當以/h/氣息聲發出母音時，還能保有一定的清晰度，就是因為/h/氣息聲中仍保有母音共振峰的結構。

華語的/x/（ㄏ）音聽起來很像英語的/h/，華語/x/（ㄏ）音為軟顎摩擦音（velar fricative），為無聲語音。製造時舌根上抬接近軟顎，收縮口腔後部，故收縮點較/h/為前方。頻譜受後續母音共構的口腔共振特性的影響，頻譜亦呈現似具有共振峰結構，和/h/音性質頗為類似。

參考文獻

鄭靜宜（2005）。不同言語速度、發語單位和發語位置對國語音段時長的影響。**南大學報，39**，161-185。

鄭靜宜（2006）。國語捲舌音和非捲舌音的聲學特性。**南大人文研究學報，40** (1)，27-48。

Behrens, S. J., & Blumstein, S. E. (1988). Acoustic characteristics of English voiceless fricatives: A descriptive analysis. *Journal of Phonetics*, *16*, 295-298.

Catford, J. C. (1977). *Fundamental Problems in Phonetics*. Bloomington: Indiana University Press.

Crystal, T. H., & House, A. S. (1982). Segmental durations in connected-speech signals: Preliminary results. *Journal of the Acoustical Society of America*, *72*, 705-716.

Fant, G. (1960). *Acaustic Theory of Speech Producation*. The Hague: Mouton.

Flipsen, P., Shriberg, L. D., Weismer, G., Karlsson, H., & McSweeny, J. (1998). Reference data for the acoustics of /s/ in adolescents. *Phonology Project Technical Report No.7*.

Flipsen, P., Shriberg, L. D., Weismer, G., Karlsson, H., & McSweeny, J. (1999). Acoustic characteristics of /s/ in adolescents. *Journal of Speech, Language and Hearing Research*, *42*, 663-677.

Forrest K., Weismer, G., Milenkovic, P., & Dougall, R. (1988). Statistical analysis of word-initial voiceless obstruents: Preliminary data. *Journal of Acoustical Society of America*, *84* (1), 115-123.

Heinz, J. M., & Stevens, K. N. (1961). On the Properties of voiceless fricative consonants. *Journal of the Acoustical Society of America, 28*, 589-596.

Hughes, G. W., & Halle, M. (1956). Spectral properties of fricative consonants. *Journal of the Acoustical Society of America, 28*, 303-310.

Jeng, Jing-Yi (2000). *The Speech Intelligibility and Acoustic Characteristics of Mandarin Speakers with Cerebral Palsy*. Unpublished Ph. D. Dissertation, University of Wisconsin-Madison.

Jongman, A., Wayland, R., & Wong, S. (2000). Acoustic characteristics of English fricatives. *Journal of the Acoustical Society of America, 108*, 1252-1263.

Kent, R. D., & Read, C. (2002). *The Acoustic Analysis of Speech*. San Diego: Singular Publishing.

Maniwaa, K., & Jongman, A. (2009). Acoustic characteristics of clearly spoken English fricatives. *Journal of the Acoustical Society of America, 125*(6), 3962-3973.

Milenkovic, P. (2003). *Moments: Batch Speech Spectrum Moments Analysis.* Retrieved from: www.medsch.wic.edu/~milenkvc/tools.html

Nittrouuer, S. (1995). Children learn separate aspects of speech production at different rates: Evidence from spectral moments. *Journal of the Acoustical Society of America, 97*(1), 520-530.

Pentz, A., Gilbert, H. R., & Zawadzki, P. (1979). Spectral properties of fricative consonants in children. *Journal of the Acoustical Society of America, 66*, 1891-1893.

Pickett, J. M. (1999). *The Acoustics of Speech Communication*. Boston: Allyn and Bacon.

Repp, B. H., Liberman, A. M., Eccardt, T., & Pesetsky, D. (1978). Perceptual integration of acoustic cues for stop, fricative and affricate manner. *Journal of Experimental Psychology, Human Perception and Performance*, *4*(4), 621-637.

Shadle, C. H., & Mair, S. J. (1996). Quantifying spectral characteristics of fricatives. *ICSLP Proc.*, *3*, 1521-1524.

Shriberg, L. D., Kent, Raymond D., Karlsson, H. B., McSweeny, J. L., Nadler, C. J., & Brown, R. L. (2003). A diagnostic marker for speech delay associated with otitis media with effusion: Backing of obstruents. *Clinical Linguistics & Phonetics*, *17* (7), 529-548.

Tjaden, K., & Turner, G. S. (1997). Spectral propertyes of fricatives in amytrophic lateral scleraosis. *Journal of Speech, Language and Hearing Research*, *40*(6), 1358-1372.

Umeda, N. (1977). Consonant duration in American English. *Journal of the Acoustical Society of America*, *61*, 846-858.

塞擦音與華語捲舌音的聲學特性

在子音當中，塞擦音（affricates）這類語音的構音動作較為複雜。相較於其他語言，在華語中具有較多數量的塞擦音。華語有些塞擦音是捲舌音，也有三個摩擦音具有捲舌音的構音部位。捲舌音，又稱翹舌音，為華語中較獨特的語音，構音時舌的前部，包括舌尖和舌葉部位向上抬起接近上硬顎或後齒槽區位置，具有特殊的聲學特性。本章介紹塞擦音與華語捲舌音的構音和聲學特性。

第一節　塞擦音

一、塞擦音的產生

塞擦音，正如其名是具有雙重構音的子音，塞擦音前半部如同塞音，後半部則如同摩擦音，乃是塞音和摩擦音的結合，因此不管是構音動作或是聲學特徵，皆有此兩類子音的特徵。塞擦音在構音開始時有一段時間口道完全閉鎖，即成阻和持阻期。在破阻時，口部並非完全張開放出氣流，而是以舌和上顎間形成有限的開口，作為氣流的狹窄通道，產生摩擦噪音。在塞擦音末段就會如同摩擦音，會有一段摩擦噪音成分，但時長通常比摩擦音為短。若是為送氣塞擦音，於聲帶開始振動產生母音之前，還必須由肺部急遽地呼出一口氣，以完成送氣的動作，此時由喉部的呼氣就如同/h/

音。這一連串的動作最快需要約在 100 毫秒內完成，塞擦音的完成是一個動態的構音動作，構音程序較複雜，是兩種構音部位與構音方式上的結合，前半段為塞音，後半段為摩擦音。大多數的塞擦音為齒槽部位的塞音與不同構音部位（如齒槽或齒槽後）的摩擦音相結合。多數塞擦音的塞音成分以/t/為最普遍，可能因為舌尖是動作最敏捷的構音器官，才可在極短的時間內做出兩種構音成分的語音來。

可能由於塞擦音動作較複雜，在世界語言中，塞擦音的種類相較於其他類語音的數量較少，甚至在很多語言中沒有塞擦音這類語音，如法語、德語、西班牙語、葡萄牙語、荷蘭語（Dutch）、瑞典語（Swedish）和希伯來語（Hebrew）（根據 IPA 手冊，International Phonetic Association, 1999），而英語只有兩個塞擦音/ʧ、ʤ/，其中/ʧ/為無聲齒槽後塞擦音，而/ʤ/為有聲齒槽後塞擦音，而這二個塞擦音也是世界語言中最普遍的塞擦音。在華語中有著較多的塞擦音，包括有/ts/（ㄗ）、/tsʰ/（ㄘ）、/tʂ/（ㄓ）、/tʂʰ/（ㄔ）、/tɕ/（ㄐ）、/tɕʰ/（ㄑ）六個，皆是以塞音/t/為起始的塞擦音。

由於塞擦音是結合兩種構音方式的語音成分，它的頻譜聲學特徵較具動態性。塞擦音的頻譜特徵是兼具塞音與摩擦音的特徵，有靜默期、爆破，之後有摩擦噪音音段。若為送氣音，則動作最後還有送氣音段，之後才是和後接母音的轉折帶。比起摩擦音，塞擦音的頻譜特徵呈現較為動態性的能量頻率變化，頻譜的改變較為劇烈，整個音段中幾無靜止平穩的音段。如同塞音，塞擦音前有一段靜默（silence），再來出現的是沖直條或稱爆破（burst），再來是如同摩擦音有一段摩擦噪音成分，它是一段高頻率噪音出現在母音之前。在相同語速下，塞擦音中的噪音時長通常比摩擦音的噪音為短，而且通常沖直條或稱爆破強度也不若塞音明顯。因此，簡言之，塞擦音的頻譜表現最大的特色是較有動態性，通常在短短的幾 10 毫秒內頻譜的變化即相當劇烈。

雖說塞擦音為塞音與摩擦音的結合，在頻譜特徵上是前一段部分為塞音（通常為齒槽塞音），後一段部分為摩擦音特徵，然而其頻譜能量變化

表 10-1　塞音、摩擦音與塞擦音的聲學頻譜特徵比較。

構音方式	頻譜特徵
塞音	靜默空白（silence gap）、爆破（burst）、送氣噪音（aspiration，若是送氣音）、母音轉折帶（vowel transition）
摩擦音	較長的摩擦噪音、母音轉折帶
塞擦音	靜默空白、爆破、摩擦噪音（short noise）、送氣噪音、母音轉折帶

的動態性卻不是簡單的兩者相疊加而已。比起摩擦音，塞擦音的噪音能量的建立較急速，但較塞音為緩。頻譜的聲學型態也是比摩擦音較為動態。表 10-1 列出塞音、摩擦音與塞擦音三類語音的聲學頻譜特徵的比較。塞擦音的頻譜特徵是兼具塞音與摩擦音的特徵有靜默空白，有爆破，之後有摩擦噪音音段，若為送氣音則還有送氣音段，為喉摩擦噪音成分。比起摩擦音，塞擦音的頻譜特徵呈現為動態性的變化，頻譜上能量分布的變化性較大。

二、靜默時長

塞擦音在開始構音時如塞音一樣有閉塞動作。此段為靜默時長（silence duration），它的特性也是如同塞音一樣，會因為構音的出聲（或送氣）方式而有差異，通常送氣塞擦音的靜默時長會比不送氣塞擦音的時長為短。靜默時長也會因為構音的方式而不同，通常塞音的靜默時長會比塞擦音的時長為長。表 10-2 列出華語塞音和塞擦音於三種語速下的靜默平均時長，可見塞音和塞擦音的靜默時長皆會受到語速的影響，語速愈慢，靜默期也會愈長。華語中送氣音類比不送氣音類的靜默時間為短，不管在塞音和塞擦音的情形都一樣，在這些語音中不送氣塞音的靜默時長為最長，其次為送氣塞音，而以送氣塞擦音的靜默時長為最短。陳嘉猷與鮑懷翹（2003）也提出類似的時長趨勢，華語不送氣音的靜默時長較長於送氣音的靜默時長，他們認為是因為不送氣音比送氣音需要更長的時間來蓄積口內氣壓的

表 10-2　華語塞音和塞擦音於三種語速下的平均靜默時長（ms）。

語音類別	最快速	稍快速	中速
不送氣塞音	98	120	148
送氣塞音	60	73	89
不送氣塞擦音	48	67	86
送氣塞擦音	24	33	44

能量，且塞音也是比塞擦音需要更長的時間來蓄積口內壓，故塞音的靜默期較長。石峰（1990）則認為，送氣塞音的閉塞時長之所以會短於不送氣塞音的閉塞時長，是因為送氣塞音的 VOT 較長，為了要使得送氣音節和不送氣音節之間時長差距減小，因此送氣塞音的閉塞時長就變得較短，此乃是一種音節內部的時長調節補償作用。此看法乃出自言語韻律調節觀點，具有音節等時性的意涵，是華語特殊的時長調整機制，有關言語節律的等時性討論請見第十三章。

三、噪音時長

塞擦音的噪音時長是由塞擦音的爆破開始至後接母音信號（嗓音脈衝信號）開始為止，時長測量的方法類似塞音的 VOT，由爆破沖直條開始，只不過塞擦音的爆破沖直條通常較不明顯，塞擦音的 VOT 音段（即噪音時長）中通常有明顯的強高頻噪音。而且通常塞擦音的噪音時長會比塞音的 VOT 為長，但比摩擦音的噪音時長為短。噪音持續的時長可作為摩擦音與塞擦音的聲學或聽覺上區辨的線索。鄭靜宜（2005）測量三十位男女說話者於五種語速下說六種華語塞擦音的噪音音段時長，呈現於表 10-3。可見，塞擦音噪音時長會隨著語速變慢而增長，三個不送氣塞擦音 /tʂ/（ㄓ）、/ts/（ㄗ）、/tɕ/（ㄐ）之間的噪音時長很相近，因語速差異範圍由 70 毫秒至 100 毫秒左右；/tɕʰ/（ㄑ）、/tʂʰ/（ㄔ）、/tsʰ/（ㄘ）三者中以齒槽硬顎塞擦音 /tɕʰ/（ㄑ）的時長稍短。送氣塞擦音皆比不送氣塞擦音為長，平均差距約有 50、60 毫秒之多。噪音時長除了可區分摩擦音與塞擦

表 10-3　華語各塞擦音於五種語速下的音段時長（ms）。

	所在音節	最快	稍快	中速	稍慢	最慢	平均
/ts/(ㄗ)	紫	76	82	86	97	109	90
/tʂ/(ㄓ)	蜘	72	74	82	91	97	83
/tɕ/(ㄐ)	機	68	74	82	93	104	84
/tsʰ/(ㄘ)	刺	129	134	144	162	181	150
/tʂʰ/(ㄔ)	吃	131	136	149	165	184	153
/tɕʰ/(ㄑ)	氣	116	123	135	151	177	140

音之外，噪音時長也可作為辨識塞擦音的有聲／無聲或送氣與否。由於送氣塞擦音於高頻摩擦噪音後有一段送氣時長，因此整個母音之前的噪音時長遠較不送氣塞擦音的噪音時長為長。噪音時長除了是摩擦音與擦塞音對比的區辨指標，也是塞擦音送氣對比的區辨指標。

華語兩類塞擦音的噪音時長是否有明顯的差異呢？Jeng（2000）測量十位華語說話者（控制組）以普通語速發出的語音，得到華語單音節普通語速下送氣塞擦音的平均噪音時長約 130 毫秒，而不送氣塞擦音的平均噪音時長約 70 毫秒，華語送氣塞擦音與不送氣塞擦音之間的噪音時長平均差距約有 60 毫秒。噪音時長會受到語速的影響，語速愈慢，噪音時長愈長（有關語速對時長的影響可詳見第十三章）。在中語速下送氣塞擦音噪音時長平均為 145 毫秒；不送氣塞擦音噪音時長較短，平均為 84 毫秒，華語送氣塞擦音與不送氣塞擦音之間的噪音時長平均差距約為 61 毫秒。可見以上這兩個研究的數據差距不大，其實噪音時長本就會受到語速的影響而有系統性的增長或縮減，而兩類音保持著時長差異的對比性。圖 10-1 呈現鄭靜宜（2005）研究三十位華語說話者於中等語速下的兩類塞擦音（送氣／不送氣）噪音時長的分布，送氣塞擦音噪音時長分布範圍較廣，兩類語音的噪音時長分布稍有重疊，其分配的交會點約在 110 毫秒至 120 毫秒之處，此為兩類語音的界線所在，而此分類界線會受到語速的影響而略有偏移，若語速較慢，界線自然會往右偏移；若語速較快，界線自然會稍往左偏移。

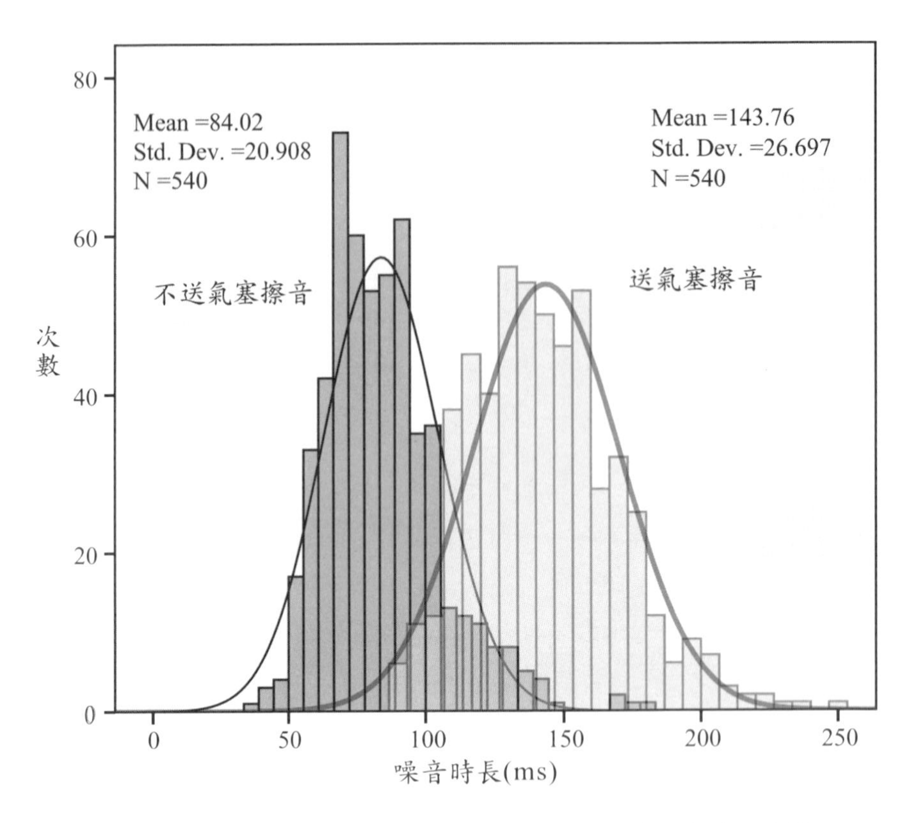

圖 10-1　華語於中等語速下送氣塞擦音和不送氣塞擦音噪音時長次數分配。

若說話者的語音中，讓人聽起來有摩擦音與擦塞音相混淆，或送氣塞擦音與不送氣塞擦音相混淆的情形，這些語音的噪音時長則是很值得探究的參數。此外。除了動態頻譜與噪音時長外，另一區分塞擦音與摩擦音對比的區辨線索是摩擦噪音的增強時長。

四、噪音增強時長

包裹於聲波波形外圍可描繪出一層輪廓線，即是所謂的振幅輪廓（amplitude envelope），它如同振幅波形的外裹殼，而摩擦噪音波形的振幅輪廓線狀如魚頭形。摩擦噪音增強時長（noise raising time）是指摩擦噪音振幅由開始增加到振幅輪廓的最高點。摩擦音的噪音增強時長通常會較塞擦音的為長（Kent & Read, 2002）。在圖 10-2 中呈現「收」音之/ʂ/（ㄕ）與「差」音之/tʂʰ/（ㄔ）之摩擦噪音增強時長，可見摩擦音的噪音增強時長較塞擦音的為長，摩擦音噪音增強斜率的坡度也較緩。顯示比起摩擦音，塞擦音的噪音能量建立較摩擦音的為急促，音強變化較劇烈。這些摩擦噪音增強時長除了受到構音方式的因素影響外，還會受到語速和音強因素的影響。前述中提到摩擦噪音時長會受到語速因素的影響，語速慢時摩擦噪音時長和噪音增強時長也都會較長，因此若想比較兩類音的摩擦噪音增強時長，需要在同一語速下才合理。另外，當整體音強較弱時，噪音音量會較小，噪音振幅輪廓會較呈平板狀，此時較不容易找到振幅輪廓的最高點，在語速較慢時也會有類似的狀況。而一般日常言語中的摩擦噪音除非刻意強調，否則音強都不強，因此噪音增強時長變項對於作為區辨摩擦和塞擦音的線索實有侷限性。

摩擦噪音增強時長與噪音時長之間有強烈正相關存在，當噪音時長較長時，則噪音增強時長也會較長，顯示出摩擦噪音增強時長也會受到語速

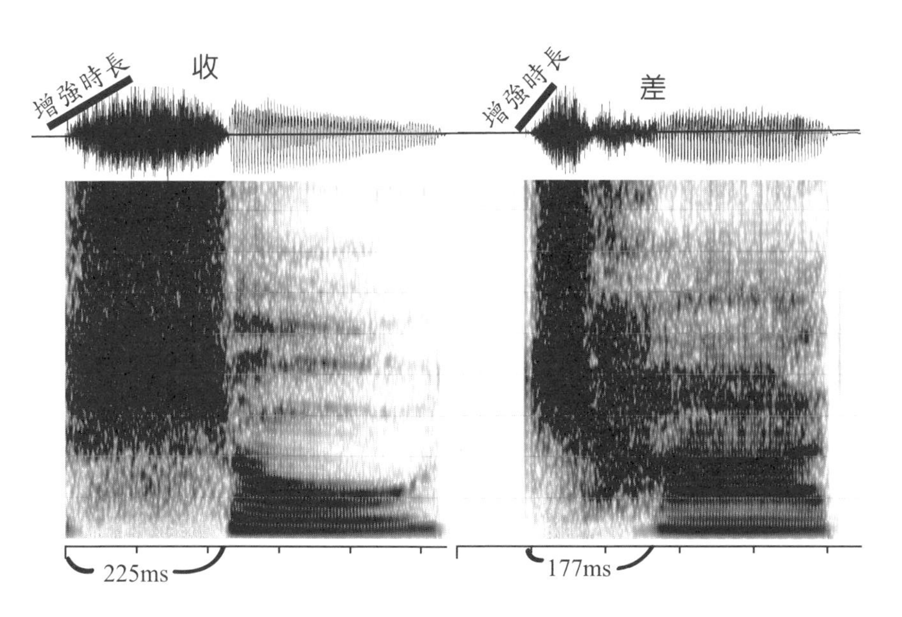

圖 10-2　摩擦音與送氣塞擦音的噪音增強時長比較。

的影響，因此摩擦音和塞擦音的噪音增強時長的差異只能做相對性的比較。圖 10-3 呈現在連續語句語音「少小離家老大回」之「少小離家」四個音的聲波和聲譜圖，第一個音「少」和第二個音「小」的子音同為摩擦音，但第一個音「少」音的噪音時長較長，噪音增強時長也會較長。第四的音「家」為「塞擦音」，在聲波圖上噪音時長較短，噪音增強時長為最短。

除了使用以上所介紹的一些時間向度變項來分析塞擦音之外，也可使用頻率向度的變項來分析，例如使用頻譜動差來分析塞擦音的噪音音段頻譜。由於塞擦音的頻譜聲學型態較摩擦音為動態，頻譜變化比摩擦音為大，頻譜動差分析可採用分段切割的方式進行，呈現出依據不同時間點的動差參數變化。如圖 10-4 一個男性說話者「小」和「撕」音中噪音段每隔 10 毫秒的四個動差值變化，可見到四個動差參數在各時間點的變化，其中以「撕」音中 M4 的變化最為劇烈，在短短幾 10 毫秒之中數值變化頗大，而其他動差參數的變化則較小。亦可見到硬顎摩擦音（「小」音）比齒槽摩

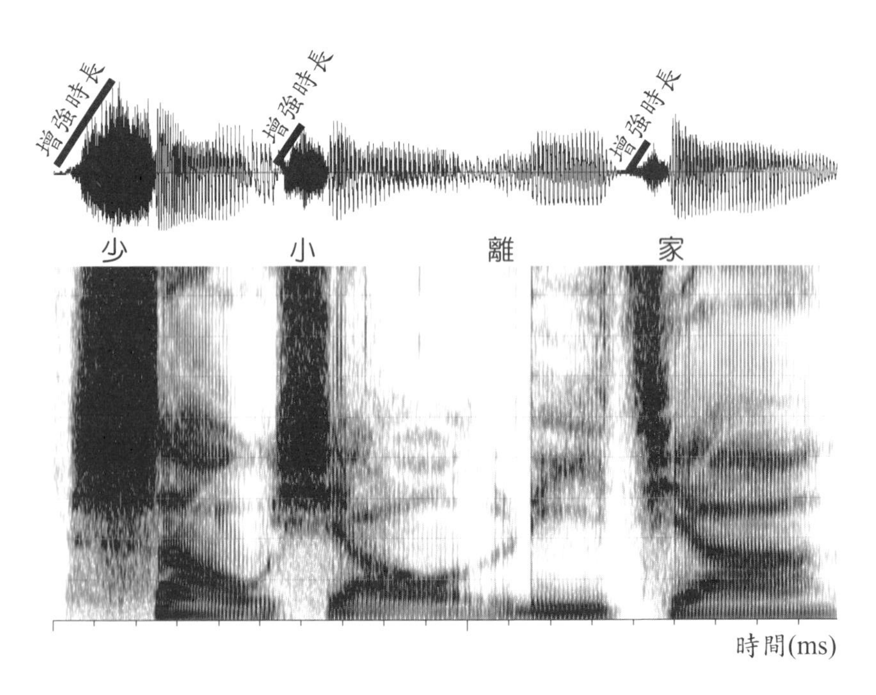

圖 10-3　句子語音中摩擦音與塞擦音的噪音增強時長。

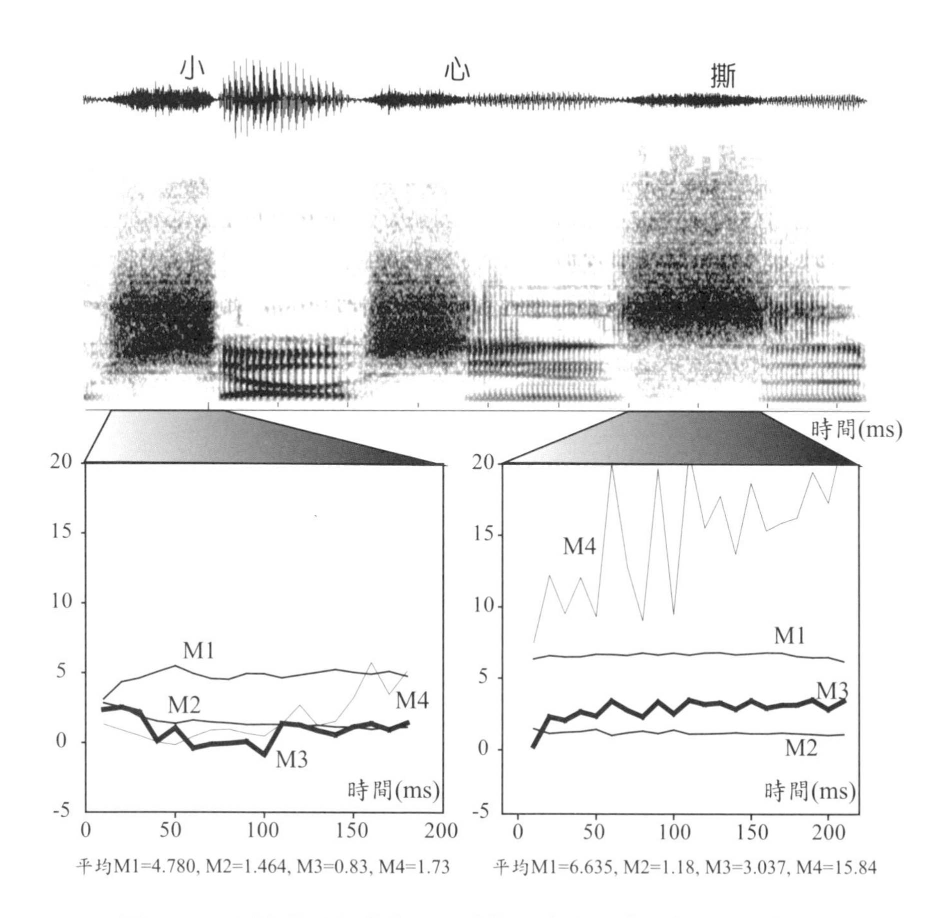

圖 10-4　男性說話者「小」和「撕」音中噪音段每隔 10 毫秒的四個動差值變化。

擦音（「撕」音）的M1為低。比較在連續時間向度上摩擦音和塞擦音的動差參數，可見兩者間的差異，如圖10-5和10-6中呈現一女性說話者說「錢」和「巢」兩塞擦音中/tɕʰ/和/tʂʰ/噪音段每隔 10 毫秒的四個動差值變化，兩者 M1 值皆有由高降低的趨勢。和圖 10-4 比較可見到比起摩擦音，塞擦音的M1 值在短時間內變化較大，這是因為塞擦音在短時之中構音部位的變化造成噪音能量重心的頻率轉移，此動態的頻率變化是塞擦音重要的頻譜特徵。此種頻譜分時分段的分析特點是可以看到動差參數隨著時間的變化，

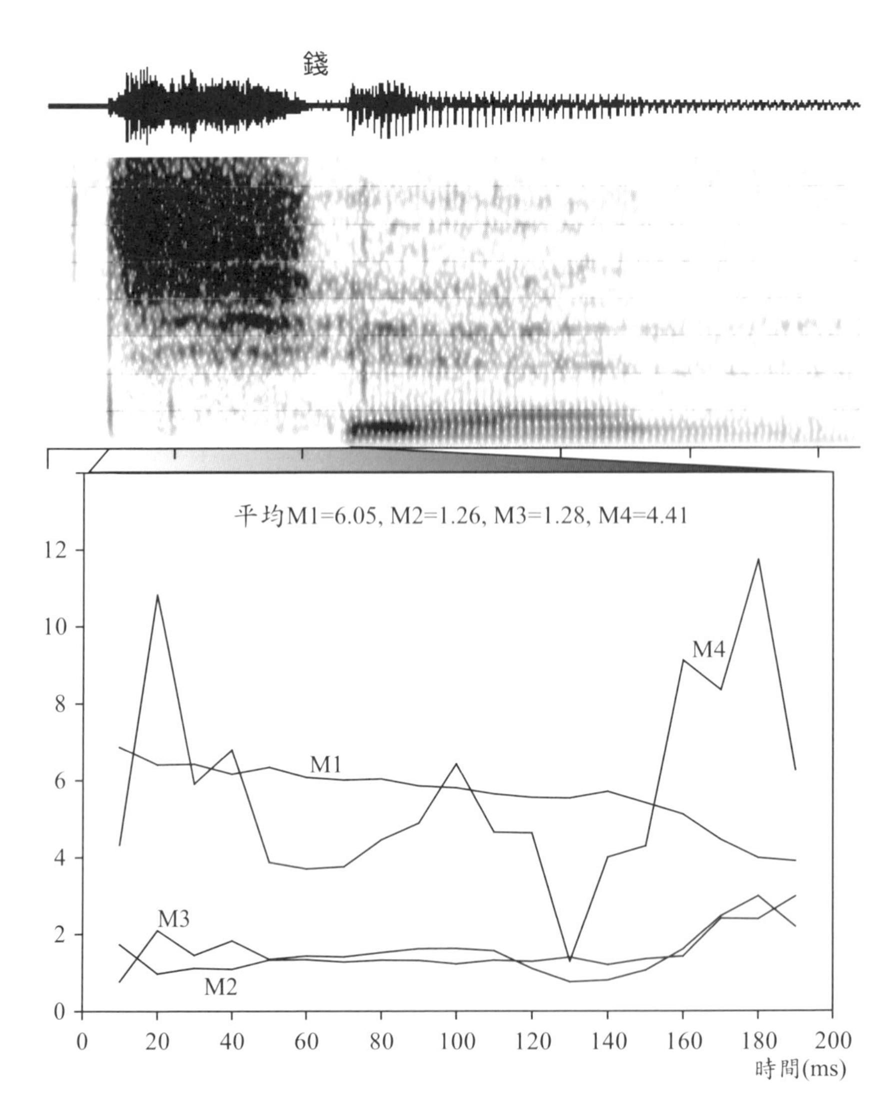

圖 10-5 女性說話者「錢」音中/tɕʰ/噪音段每隔 10 毫秒的四個動差值變化。

這是一般採用整個音段的動差加以平均的分析方式無法觀察到的。此種分析是採用 Cspeech 的 CMMT batch（Milenkovic, 2003）程式加以演算之後繪圖而得，此種動差分析的加窗（windowing）是以每 10 毫秒切割計算，也

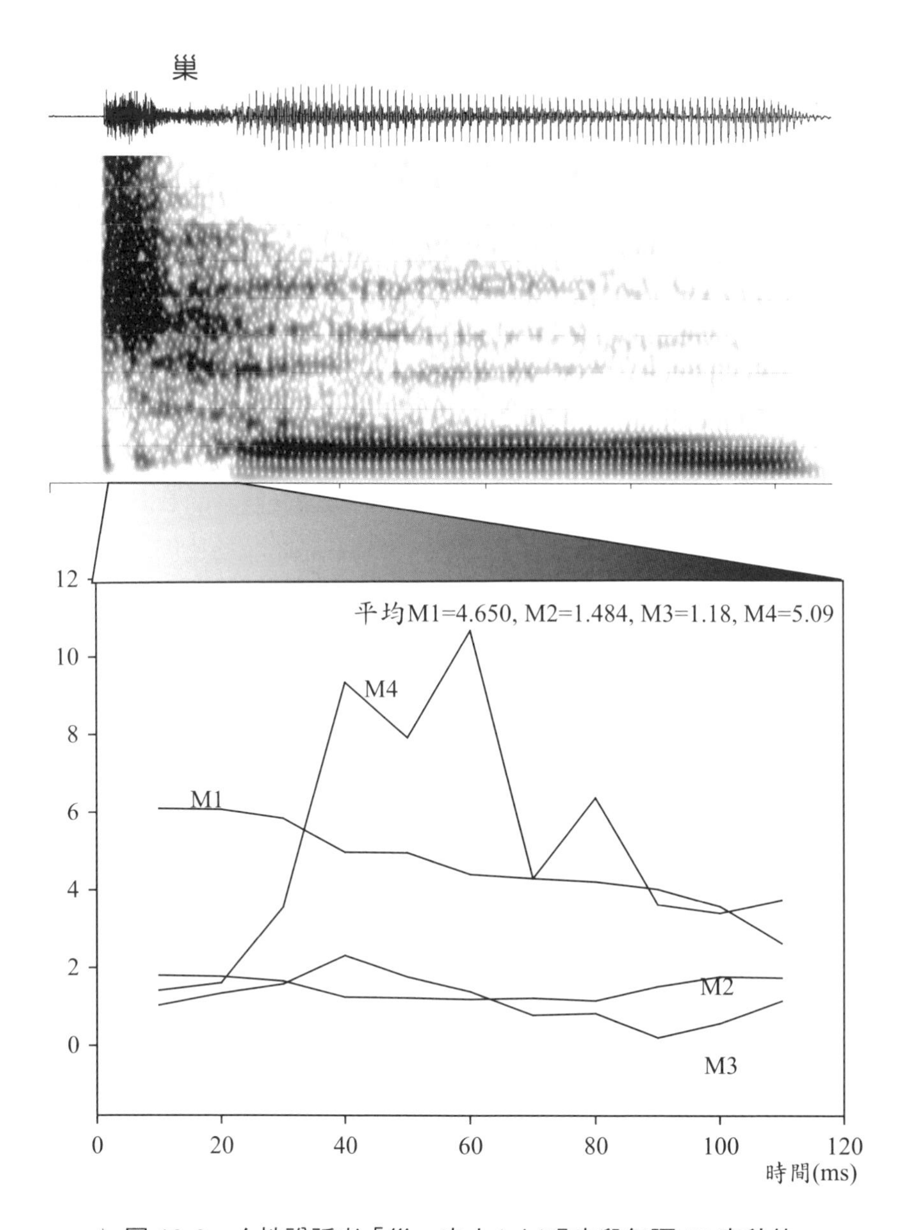

圖 10-6　女性說話者「巢」音中/tʂʰ/噪音段每隔 10 毫秒的四個動差值變化。

可採每 20 毫秒切割計算，此變項是可自由設定的。

第二節　華語的捲舌子音

華語的捲舌音（retroflexes），又稱為「翹舌音」，是一群具特殊構音位置的摩擦音和塞擦音。構音時需要將舌尖往上翹起，以舌尖或舌背（當很捲舌時）接近上硬顎。聲母捲舌音具有獨特的構音位置，構音時舌尖翹起（立起）靠近前上硬顎的位置，以舌尖或舌尖背與上硬顎形成一個氣流壓縮的管道，空氣擠壓通過時造成摩擦的噪音，由於舌前部立起，氣流通過時於此處受到阻礙，形成特殊的摩擦音質。無論在語音的製造或是知覺上，捲舌音皆屬於獨特的一類子音。捲舌音對比是華語的特色，「捲舌與否」是華語語音區分性特徵之一，在表 10-4 列出華語的捲舌與非捲舌子音對比。事實上，華語共有五個捲舌音：ㄓ（/tʂ/）、ㄔ（/tʂʰ/）、ㄕ（/ʂ/）、ㄖ（/ʐ/）、ㄦ（/ɚ/）。除「ㄦ」音外，其餘皆為子音，其中ㄓ（/tʂ/）、ㄔ（/tʂʰ/）、ㄕ（/ʂ/）為無聲摩擦音，ㄖ（/ʐ/）為有聲摩擦音。在華語的摩擦音與塞擦音中，具捲舌音特徵與不具捲舌音特徵的音素形成兩兩成對的最小音素對比。

一般而言，捲舌音是華語音素中構音較為困難的語音，也是一般兒童音素發展進程中最慢出現的語音，一般兒童要等到進入小學後，才能發出較為正確的捲舌音。就算是一般成人，捲舌音的構音也常有錯誤存在。在台灣的捲舌音由於受到台語和其他本土語言的影響，華語的捲舌音特徵較不明顯，出現捲舌音和非捲舌音合流的變化趨勢。曹逢甫（2000）指出，在台灣大部分人的發音裡ㄗ（/ts/）、ㄘ（/tsʰ/）、ㄙ（/s/）和ㄓ（/tʂ/）、

表 10-4　華語的捲舌音與非捲舌音。

	IPA	拼音	注音符號
捲舌音	tʂ, tʂʰ, ʂ, ʐ	zh, ch, sh, r	ㄓ, ㄔ, ㄕ, ㄖ
非捲舌音	ts, tsʰ, s	z, c, s	ㄗ, ㄘ, ㄙ

ㄔ（/tʂʰ/）、ㄕ（/ʂ/）這二個系列的發音是不分的，也就是在台灣華語中捲舌與非捲舌音已經合流，將這些音都說成非捲舌音。在華語日常生活對話中，其實捲舌音佔有比非捲舌音（對比音）更高的出現率。然而，究竟在台灣華語中的捲舌音是否已經完全消失？或是只是對比間特徵稍顯不足而已呢？事實上，進行語音聲學分析即可回答以上這些問題。由於捲舌音皆為摩擦音和塞擦音，這些音的聲學信號就如同之前所談過的摩擦音和塞擦音的特性一樣，是屬於高頻噪音成分，具有之前所談過的一些摩擦噪音的時長和頻譜特性。若想針對捲舌音做聲學分析，則可測量其噪音時長、摩擦噪音強度集中區下限頻率、頻譜頂峰、頻譜動差參數等項目，再來比較兩類對比音之間的差異。以下就兩類語音在噪音的下限頻率、頻譜頂峰頻率和頻譜動差參數的差異，分別說明之。

一、摩擦噪音的下限頻率

謝國平（1998）研究台灣年輕說話者短文閱讀時的捲舌音對比的聲學特徵，測量摩擦噪音強度集中區的下限頻率，發現女性說話者比男性有較為顯著的捲舌音特性，女性說話者摩擦噪音下限頻率，捲舌音與非捲舌音間有顯著差異，捲舌音較齒音（/s/）為低。但在男性方面，整體上卻無顯著差異，男性捲舌音對比只在摩擦音與送氣塞擦音的噪音下限頻率有顯著差異，但在不送氣塞擦音上則無差異。就摩擦噪音下限頻率此一變項而言，在台灣年輕說話者的ㄓ與ㄗ之間無法區辨出捲舌音對比，而其餘對比，如ㄔ與ㄘ、ㄕ與ㄙ之間則仍維持著聲學上的差異。他指出，台灣年輕說話者的ㄓ、ㄗ不分的情形，遠比ㄔ、ㄘ及ㄕ、ㄙ不分的情形更為嚴重。他並發現送氣塞擦音和摩擦音，在摩擦噪音下限頻率方面並無差異。

二、頻譜頂峰頻率

頻譜曲線的頂峰頻率為噪音能量最高的位置，測量噪音頻譜曲線的頂峰頻率可以知道哪些頻率受到的共鳴效果最強。捲舌音由於構音位置較其對比音（齒槽音）為後方，可推論頻譜能量集中的最高點頻率應是較其對

表 10-5 三位說華語男性的捲舌音與非捲舌音的平均頂峰頻率和截斷頻率（Hz）與標準差。

捲舌音			非捲舌音		
	頂峰頻率	截斷頻率		頂峰頻率	截斷頻率
/tʂʰ/	2268 (616)	875 (552)	/tsʰ/	2742 (936)	801 (311)
/tʂ/	3510 (784)	2185 (924)	/ts/	4622 (1130)	3209 (1051)
/ʂ/	3253 (671)	2078 (560)	/s/	5455 (1509)	3649 (1315)

比的不捲舌音的頻率來得低。Pentz 等人（1979）分析二十一位 8 至 11 歲兒童的摩擦音頂峰頻率，發現隨著構音位置的前移摩擦音頂峰頻率有愈高的趨勢，如/f/音甚至可達 11.2kHz；/ʃ/的平均頂峰頻率為 5.3 kHz；/s/的平均頂峰頻率為 8.3kHz，兒童的這些數據皆較成人的值為高。筆者也曾測量三位說華語男性念一些雙音節詞的摩擦音與塞擦音的截斷（cut off）頻率和頻譜頂峰（spectral peak）頻率，測量結果列於表 10-5。比較捲舌和不捲舌兩類語音，不捲舌音的平均頂峰頻率和截斷頻率皆是較低於捲舌音的頻率。摩擦音的頂峰頻率則較高於塞擦音的頻率。送氣塞擦音的平均頂峰頻率和截斷頻率皆是較低於不送氣塞擦音的頻率。由於塞擦音的頻譜較顯動態，截斷頻率較難估計，因為在時間向度上要以哪一段為主皆有所偏頗，其實，富含動態的頻譜即是塞擦音的主要特徵。

三、頻譜動差參數

由於捲舌音具有較後方的構音部位，造成摩擦噪音頻率下降，此可由捲舌音噪音和非捲舌音噪音之間在第一個動差參數 M1 上顯現出來。針對華語摩擦音和塞擦音的噪音進行頻譜動差分析，藉由頻譜的動差分析了解摩擦噪音的中心頻率、能量分布的擴散性、偏斜性與頂峰尖聳性，可探索噪音頻譜正規化的可能性。Jeng（2000）曾分析十位說華語者單音節詞中的摩擦音和塞擦音，發現華語捲舌音與非捲舌音在第一動差參數上具有顯著差異，華語捲舌音的第一動差參數值較非捲舌音為低，顯示捲舌音的頻譜重心頻率較低，能量分布較散，峰態較平坦。

圖 10-7 呈現非捲舌音「絲」和捲舌音「獅」的 FFT 量能頻譜和動差頻譜曲線的比較，非捲舌音「絲」噪音段的四個頻譜動差參數分別是平均數 M1＝9.400kHz、變異數 M2＝1.123、偏態 M3＝−1.163、峰度 M4＝2.428；捲舌音「獅」之噪音段的四個頻譜動差參數分別是平均數 M1＝4.178 kHz、變異數 M2＝1.447、偏態 M3＝2.262、峰度 M4＝4.657。可見「非捲舌音」的噪音能量分布於較高頻的區域，分布型態則屬於負偏態，即噪音能量集中於平均數的右側（高頻區），低頻區能量較少。而「捲舌音」的噪音能量分布於較低頻的區域，高頻區能量較少，分布型態較呈正偏態，即噪音能量集中於平均數的左側（低頻區）。

同樣的情形也呈現於圖 10-8 非捲舌音「蘇」和捲舌音「書」的 FFT 量能頻譜和動差頻譜曲線的比較之中，非捲舌音「蘇」噪音段的四個頻譜動差參數分別是平均數 M1＝6.174、變異數 M2＝1.400、偏態 M3＝1.994、峰度 M4＝3.126；捲舌音「書」噪音段的四個頻譜動差參數分別是平均數 M1＝2.628、變異數 M2＝2.245、偏態 M3＝2.089、峰度 M4＝2.967。可見捲舌音的噪音能量分布型態較呈正偏態，噪音能量集中於平均數的左側（低頻區），高頻區能量較少。非捲舌音的分布型態則屬於負偏態，噪音能量集中於平均數的右側（高頻區），低頻區能量較少。捲舌音的噪音能量分布型態較平坦，頂端較圓，較不似非捲舌音來得尖聳。若同時比較圖 10-7 和圖 10-8，可以發現第一動差參數會因後接母音的影響而有變化，後接母音若為後母音將會降低摩擦噪音的頻譜重心，此乃源於共同構音或音境的影響。當子音之後接有後母音時，子音的構音位置會較為後移，因而會使子音（摩擦噪音）的頻率降低。如此藉由捲舌音對比的動差參數差異比較，可進一步推論這些語音構音動作的特性。

鄭靜宜（2006）使用頻譜動差的方法分析國語的摩擦音與塞擦音之噪

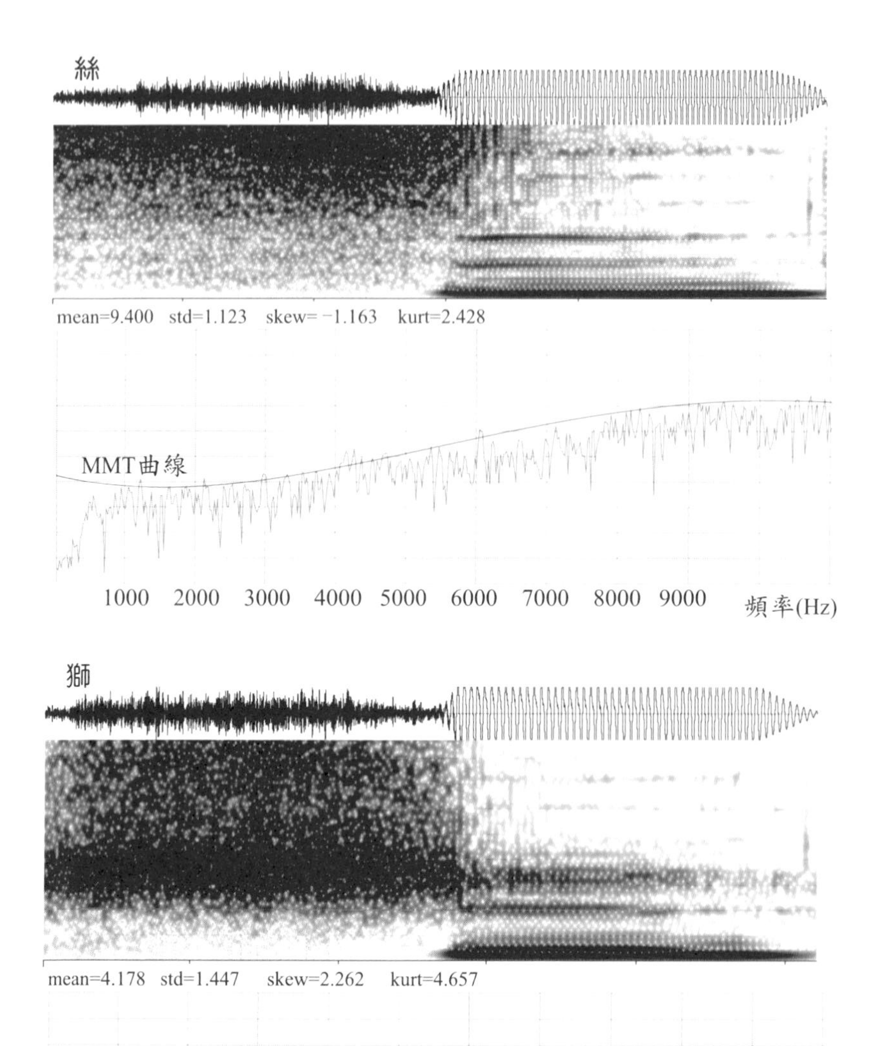

圖 10-7 非捲舌音「絲」和捲舌音「獅」的 FFT 量能頻譜和動差頻譜曲線的比較。

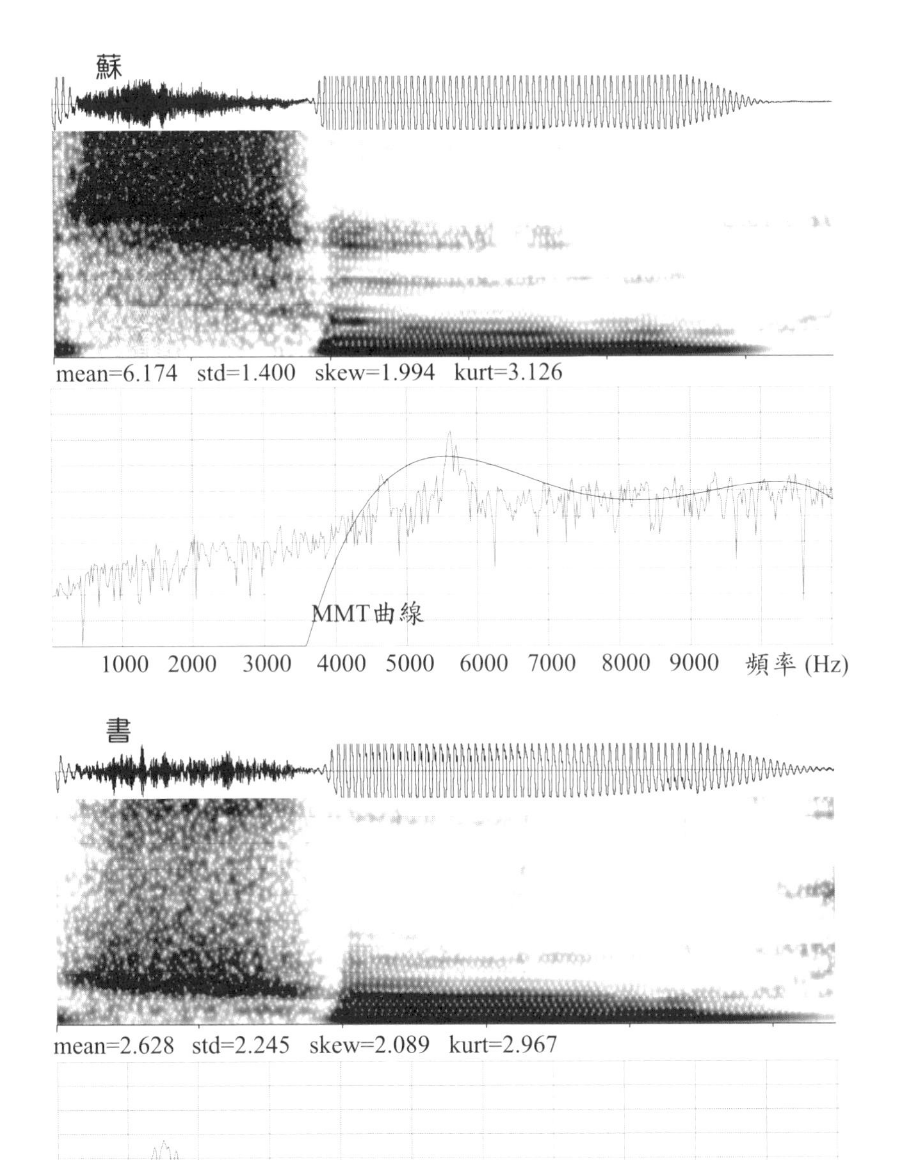

圖 10-8 非捲舌音「蘇」和捲舌音「書」的 FFT 量能頻譜和動差頻譜曲線的比較。

音音段的頻譜，並計算四個動差參數（平均數M1、變異數M2、偏態M3、峰度 M4），比較四個動差參數和噪音時長在捲舌音和非捲舌音的對比情形。該研究包括兩個實驗，在實驗中使用的語音材料包括有國語雙音節詞語和對話問答題，分析三十位男女說話者在說雙音節詞語中捲舌和非捲舌之摩擦音與塞擦音的噪音音段頻譜特性。對於噪音音段動差分析的結果顯示於表 10-6 和表 10-7，發現捲舌音與非捲舌音之間在四個動差參數中皆有顯著差異；和非捲舌音相較，捲舌音具有較小的 M1 和 M4 以及較大的 M2 和M3。捲舌音的噪音能量較集中於低頻範圍，頻率分布範圍較大，較為分散。在念讀詞語時，捲舌音的 M1 顯著低於非捲舌音，兩者差距平均約 1500Hz 之多。但在即時性的問答對話時，捲舌音和非捲舌音之間的 M1 差

表 10-6　三十位男女說話者念讀雙音節詞語時捲舌和非捲舌摩擦音段的四種動差參數平均數（kHz）。

動差		M1			M2			M3			M4		
類別		摩擦音	送氣塞擦音	不送氣塞擦音	摩擦音	送氣塞擦音	不送氣塞擦音	摩擦音	送氣塞擦音	不送氣塞擦音	摩擦音	送氣塞擦音	不送氣塞擦音
男	非捲舌	7.734	7.116	7.759	1.625	1.806	1.589	−0.609	−0.401	−0.731	1.309	0.509	1.635
	捲舌	6.549	6.347	6.810	1.708	1.771	1.648	−0.005	−0.029	−0.196	0.810	0.435	0.991
女	非捲舌	8.281	7.736	8.361	1.501	1.634	1.524	−0.958	−0.722	−1.112	3.290	2.257	3.842
	捲舌	5.825	6.142	6.485	1.771	1.790	1.715	0.597	0.208	0.041	1.214	0.894	0.560

表 10-7　三十位說話者詞語念讀和問答情境下的摩擦音段的四種動差參數平均數（kHz）和標準差。

類別			M1	M2	M3	M4	噪音時長
讀詞	非捲舌	Mean	7.798	1.617	−0.735	2.073	102
		SD	(0.740)	(0.220)	(0.467)	(1.682)	(20)
讀詞	捲舌音	Mean	6.315	1.738	0.123	0.799	97
		SD	(0.868)	(0.172)	(0.554)	(0.897)	(18)
問答	捲舌音	Mean	6.982	1.680	−0.234	1.089	76
		SD	(0.804)	(0.148)	(0.573)	(1.136)	(18)

距變小，聲學對比性下降。通常女性的捲舌對比特徵會較男性為明顯。在時長方面，捲舌音的噪音音段與非捲舌音的時長相近，捲舌音有略微稍短的趨勢。表 10-8 呈現各摩擦音和塞擦音的四個動差參數值和噪音時長。可見到在男性部分，顎面音的 M1 小於捲舌音的 M1，而捲舌音的 M1 小於非捲舌音的 M1，但在女性部分，顎面音的 M1 卻和捲舌音的 M1 相近，甚至稍高了一點，可能是女性捲舌的程度愈明顯的緣故。

為了比較在構音上捲舌動作的強弱對頻譜動差參數的影響，鄭靜宜（2006）研究的實驗二中，要求受試者說出三種不同捲舌程度的捲舌音，包括稍捲舌、中捲舌到最捲舌，另有以完全「不捲舌」為對照。共有二十位女性參與此實驗研究。分析這些摩擦音與塞擦音四個動差參數，觀察不同捲舌程度時動差參數的變化趨勢。結果發現 M1 會隨著捲舌程度的增加有逐漸降低的趨勢，M2、M3 則是隨著捲舌程度的增加而漸增，M4 變化的趨

表 10-8 男女說話者念讀詞語時各語音摩擦音段的四個動差值（kHz）和時長（ms）。

		男性					女性				
語音		M1	M2	M3	M4	時長	M1	M2	M3	M4	時長
顎	ㄒ	5.901	1.746	0.432	−0.095	145	6.341	1.745	0.359	0.016	155
面	ㄑ	5.853	1.806	0.408	0.026	102	6.689	1.740	0.055	0.121	117
音	ㄐ	6.369	1.696	0.114	−0.094	58	7.185	1.622	−0.232	0.688	66
	平均	6.040	1.750	0.319	−0.055		6.740	1.702	0.060	0.277	
捲	ㄕ	6.549	1.708	−0.005	0.810	142	5.825	1.771	0.597	1.214	160
舌	ㄔ	6.347	1.771	−0.029	0.435	93	6.142	1.790	0.208	0.894	97
音	ㄓ	6.810	1.648	−0.196	0.991	43	6.485	1.715	0.041	0.560	48
	平均	6.569	1.708	−0.077	0.747		6.150	1.759	0.283	0.891	
齒槽	ㄙ	7.734	1.625	−0.609	1.309	149	8.281	1.501	−0.958	3.290	164
非	ㄘ	7.116	1.806	−0.401	0.509	91	7.736	1.634	−0.722	2.257	100
捲	ㄗ	7.759	1.589	−0.731	1.635	49	8.361	1.524	−1.112	3.842	63
舌	平均	7.536	1.673	−0.580	1.152		8.128	1.553	−0.932	3.134	

表 10-9　不同捲舌程度下 M1、M2、M3 和 M4 的平均數（kHz）和標準差。

	不捲舌	稍捲舌	中捲舌	最捲舌
M1	8.558	5.281	4.383	4.064
SD	1.006	1.003	0.967	0.983
M2	1.428	1.937	1.995	2.055
SD	0.350	0.349	0.386	0.454
M3	−1.148	0.877	1.304	1.436
SD	0.859	0.819	0.863	1.018
M4	4.208	1.029	2.311	3.213
SD	3.906	1.936	3.123	5.138

勢則較為非線性，在稍捲舌時，M4 最低，但不捲舌時 M4 最高。在表 10-9 列出不同捲舌程度下 M1、M2、M3 和 M4 的平均數和標準差。在 M1 方面，M1 隨著捲舌程度的增加而降低，在最不捲舌時 M1 最高，在稍捲舌、中捲舌和最捲舌時 M1 依次下降，到最捲舌時 M1 最低，但下降的趨勢並非完全為線性，由最不捲舌時到稍捲舌之間 M1 下降最多，而由中捲舌到最捲舌之間 M1 下降最少。其餘動差參數的變化，除了 M4 以外，參數變化的趨勢也是大致如此，即是由最不捲舌時到稍捲舌之間差距最大，而由中捲舌到最捲舌之間差距最小。M2、M3 是隨著捲舌程度的增加漸漸增加。M4 的變化最有趣，是呈現類似二次曲線的變化，在最不捲舌時 M4 最高，而在稍捲舌時 M4 卻是最低，之後 M4 隨著捲舌的程度漸漸上升，在最捲舌時 M4 高於中捲舌和稍捲舌，可見 M4 變化的趨勢和其他動差參數是不太一樣的。四個參數之中 M1 對於捲舌音舌位的變化反應較為明顯，可有效用來區分捲舌音和非捲舌音。

四、母音音境的影響

摩擦噪音能量頻率的分布會受到和摩擦音相鄰母音的影響，尤其會受

表10-10 念讀詞語時各韻母音節中摩擦、塞擦語音摩擦音段的第一動差值（kHz）。

語音		/i/、/ɨ/	/ia/、/a/	/iu/、/u/	/iou/、/ou/	/ie/、/ə/	/iau/、/au/	/ian/、/an/	平均
顎	ㄒ	6.371	6.306	5.853	5.702	6.219	6.039	6.293	6.112
面	ㄑ	6.553	6.274	6.294	5.826	6.406	6.117	6.319	6.255
音	ㄐ	7.394	6.914	6.274	6.056	7.081	6.585	7.043	6.765
捲	ㄕ	6.028	6.237	6.344	5.949	6.197	6.017	6.606	6.197
舌	ㄔ	6.147	6.504	6.428	5.850	5.977	6.041	6.790	6.248
音	ㄓ	6.253	6.812	6.546	6.591	6.653	6.763	6.951	6.653
齒	ㄙ	8.278	8.167	7.289	7.585	8.257	8.063	8.356	7.999
槽	ㄘ	8.120	7.514	6.772	7.272	7.266	7.255	7.675	7.410
音	ㄗ	8.551	8.383	7.308	7.856	7.874	8.216	8.149	8.050

到後接母音種類的影響，此即為音境（phonetic contextual）或共構（coarticulation）因素的影響。在產生音節的構音連續動作中，位於音節首的聲母構音位置會受到後接母音位置的影響，為便於趕快到達母音的構音位置，聲母構音會稍有往前或往後位置移動的趨勢，例如/su/音產生時，舌尖於/s/音的位置會稍往後，以便後續後母音/u/的構音；而/sa/音產生時，舌尖於/s/音的位置就沒有這種構音往後的趨勢。音節中聲母後接的韻母影響聲母子音可顯現於動差參數上，尤其是M1值和構音位置的前後密切相關，通常構音位置愈前方，則M1愈高；當構音位置愈傾向後方時，M1愈低。

許多研究（Tjaden & Turner, 1997; Nittrouuer, 1995; Flipsen et al., 1999; 鄭靜宜，2006）皆發現，子音的動差參數值會受到相鄰母音類別的影響，例如Nittrouuer（1995）的英語摩擦噪音研究中顯示，音境為後元音之摩擦噪音的M1顯著低於音境為高前元音，並指出具有軟顎音音節之預期性共構效果會較齒槽音音節為強。鄭靜宜（2006）的華語研究亦顯示音境對M1的影響。在表10-10中呈現鄭靜宜（2006）分析說話者在念讀詞語時，各韻母音節中摩擦、塞擦語音摩擦音段的第一動差值。在圖10-9上可見到在韻母/ou/和/u/時，摩擦噪音的平均頻率M1較低。由於摩擦噪音產生時與後母

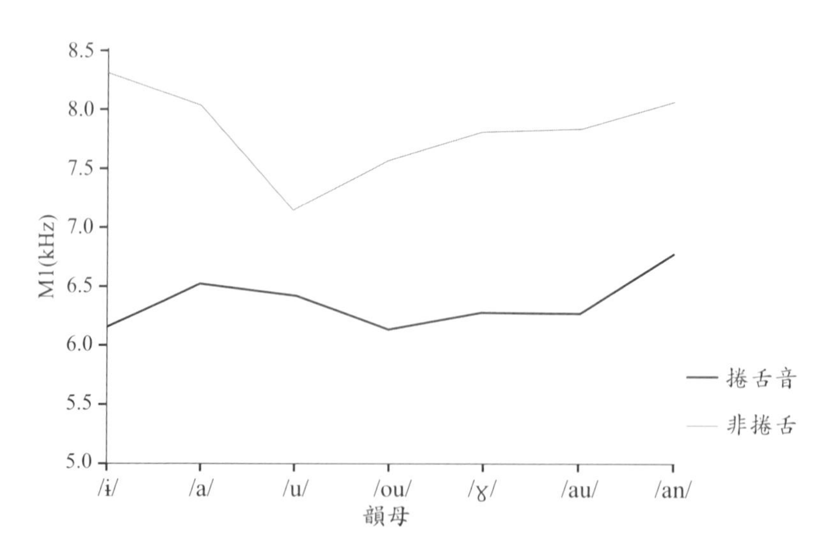

圖 10-9　念詞時各韻母環境中的捲舌音和非捲舌音的平均 M1（kHz），橫軸最左邊的一項為空韻韻母/ɨ/，/ɤ/為央母音。

音有預期性共構的影響，造成舌位較為後方，使得摩擦噪音的平均頻率較為下降。相較於捲舌音，非捲舌音的噪音頻譜受後接韻母的影響較大，後母音的音境較會導致非捲舌音的噪音頻率下降。在捲舌音方面，可能由於構音部位本身就較後方，本身和後接韻母之間的構音部位相近，噪音頻率受到韻母共構的影響較小，但還是有影響，在圖 10-9 中可見到韻母為/a/和/an/時，噪音 M1 頻率較高於韻母/ou/ 和/u/ 時的 M1 值。而空韻韻母對摩擦噪音的 M1 影響是很有趣的，在捲舌音時類似後母音的影響趨勢，但在非捲舌音時卻又類似中（或前）母音的影響趨勢，也可說空韻韻母其實對於摩擦噪音頻率的影響最小，反而母音的構音位置會隨著聲母的構音位置而調整，和其他韻母的情況不同。

除了 M1 之外，其他動差參數是否會受音節中母音類別的影響呢？M3、M4 皆會受母音的影響，後母音，尤其是/u/音，會使 M3、M4 的絕對值變小（見圖 10-10），偏態和峰態參數皆位在 0 附近，表示噪音能量的分布較沒有偏向左或是向右，而是如常態分配較為不偏不倚，頂峰也較不尖聳。

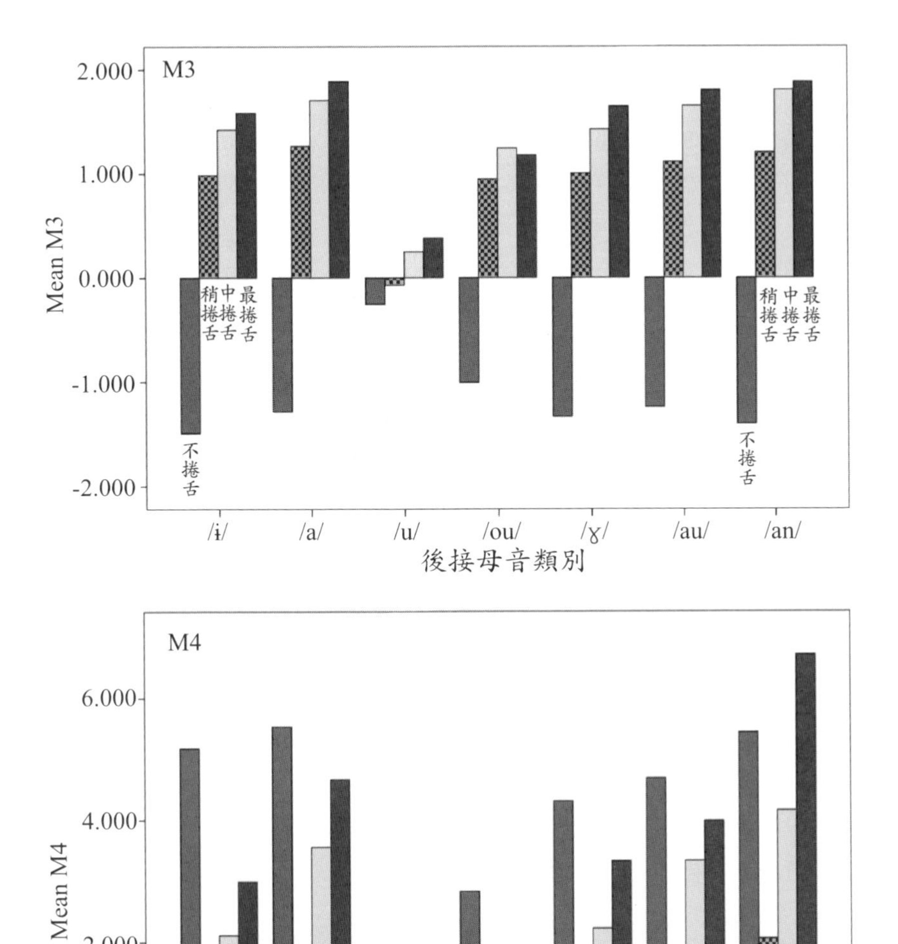

圖 10-10　在各後接母音類別下的四種不同捲舌程度的摩擦噪音之 M3、M4 比較。

五、捲舌音對比的聽知覺區辨

有關華語的摩擦音和塞擦音的捲舌音對比的知覺區辨，鄭靜宜（2009）調查三十位成人聽者的研究結果發現，成人聽者對於捲舌音特徵區辨的正確率為 78%，有較多的錯誤是在於非捲舌音類的刺激較多被聽成「捲舌音」類，對於明顯較捲舌音的反應時間較快。使用動差分析之後發現，聽者判斷為捲舌音之噪音的第一動差（M1）顯著地比非捲舌音的 M1 為低，且聽者判斷為捲舌音的語音相對地有較高的 M2，較高的 M3 以及較低的 M4，亦即比起非捲舌音，捲舌音的噪音能量分布於較低頻的區域，且噪音能量分布較為分散。顯示對於華語捲舌音對比聽知覺上的區分，M1 是四個頻譜動差參數中最為有效的參數。

參考文獻

石峰（1990）。**語音學探微**。北京：北京大學出版社。

曹逢甫（2000）。台式日語與台灣國語——百年來在台灣發生的兩個語言接觸實例。**漢學研究，第 18 卷特刊**，273-297。

陳嘉猷、鮑懷翹（2003）。基於 EPG 的國語塞音、塞擦音發音過程研究。載於**第六屆全國現代語音學學術會議論文集（第 6 卷）**。

鄭靜宜（2005）。不同言語速度、發語單位和發語位置對國語音段時長的影響。**南大學報，39**，161-185。

鄭靜宜（2006）。國語捲舌音和非捲舌音的聲學特性。**南大人文研究學報，40** (1)，27-48。

鄭靜宜（2009）。國語捲舌音對比的聽覺辨識與頻譜動差分析。**中華心理學刊，51**(2)，157-174。

謝國平（1998）。台灣地區年輕人ㄓㄔㄕ與ㄗㄘㄙ真的不分嗎？**華文世界，90**，1-7。

Flipsen, P., Shriberg, L. D., Weismer, G., Karlsson, H., & McSweeny, J. (1999). Acoustic characteristics of /s/ in adolescents. *Journal of Speech, Language and Hearing Research*, *42*, 663-677.

International Phonetic Association (1999). *Hand book of the International Phenetic Association: A Guide to the Use of the International Phonetic Alphabet*. Cambridge University press.

Jeng, Jing-Yi (2000). *The Speech Intelligibility and Acoustic Characteristics of Mandarin Speakers with Cerebral Palsy*. Unpublished Ph. D. Dissertation, University of Wisconsin-Madison.

Kent, R. D., & Read, C. (2002). *The Acoustic Analysis of Speech*. San Diego: Singular Publishing.

Milenkovic, P. (2003). *Moments: Batch Speech Spectrum Moments Analysis*. Madison, WI: Department of Electrical Engineering, University of Wisconsin-Madison.

Nittrouuer, S. (1995). Children learn separate aspects of speech production at different rates: Evidence from spectral moments. *Journal of the Acoustical Society of America*, *97*(1), 520-530.

Pentz, A., Gilbert, H. R., & Zawadzki, P. (1979). Spectral properties of fricative consonants in children. *Journal of the Acoustical Society of America*, *66* (6), 1891-1893.

Shriberg, L. D., Kent, Raymond D., Karlsson, H. B., McSweeny, J. L., Nadler, C. J., & Brown, R. L. (2003). A diagnostic marker for speech delay associated with otitis media with effusion: Backing of obstruents. *Clinical Linguistics & Phonetics*, *17*(7), 529-548.

Tjaden, K., & Turner, G. S. (1997). Spectral propertyes of fricatives in amytrophic lateral scleraosis. *Journal of Speech, Language and Hearing Research*, *40*(6), 1358-1372.

鼻音、鼻化母音與邊音等其他語音的聲學特性

本章將描述鼻音、鼻化母音與邊音等其他語音的聲學特性，此外，並解釋聲學和這些語音的產生或構音動作的關係。

第一節　鼻音

廣義「鼻音」（nasals）的定義包含鼻子音（nasal consonants）和鼻化母音（nasalized vowels）（Kent & Read, 2002），而狹義的「鼻音」定義則專指鼻子音。無論是鼻子音或鼻化母音，則皆為有聲音，即構音時聲帶皆是在振動的情況下。發鼻子音時，除了軟顎是維持在下降位置外，口腔的動作與塞音（如前出聲塞音）的構音動作是一樣的，也有成阻、持阻和破阻三階段。和塞音一樣有三個構音部位：雙唇、齒槽與軟顎。以此三個構音部位封閉口道，成阻的構音子與構音動作是與塞音相同的。兩類語音的不同處在於軟顎的動作。塞音構音時，軟顎會提起堵住鼻腔通道，即顎咽閥門（velopharyngeal port）是閉鎖的狀態。鼻音構音時軟顎未提起，顎咽閥門是在開放的狀態，鼻咽通道保持暢通，使空氣由鼻腔散溢而出。當口腔的構音子形成閉鎖時，顎咽閥門開放，大部分的氣流由鼻腔流出，受到鼻腔管道共鳴的塑形。此時還有小部分的氣流被困於口腔之中（見圖11-1），而形成反共振峰。發鼻子音時，聲帶皆是在持續振動的狀態，鼻音皆為有聲音，具有響音性（sonorant）特徵。

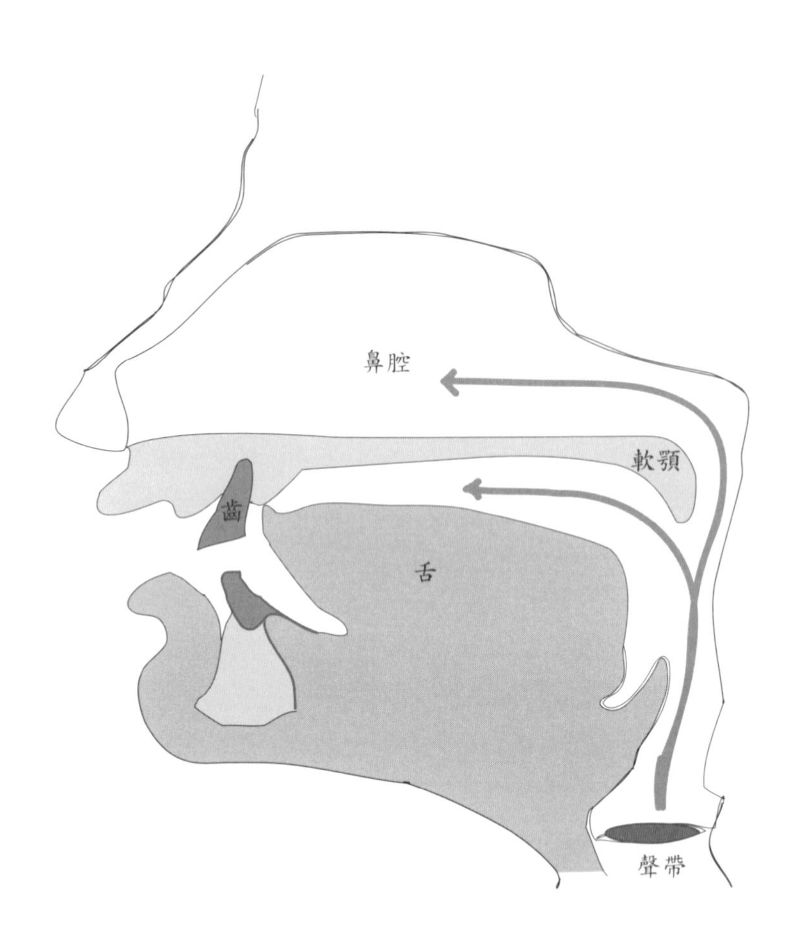

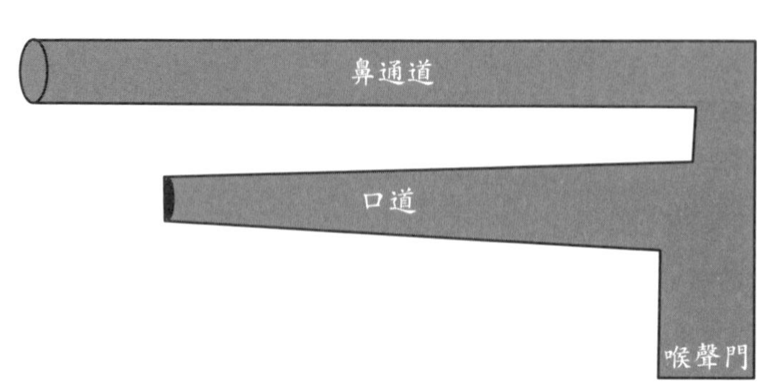

圖 11-1　鼻音構音時上呼吸道圖示。

構音的共鳴管道由顎咽閥門處開始分支，分為兩個通道，一為由喉頭至唇的口道，另一由顎咽閥門（velopharyngeal port）至鼻孔（nares）的鼻腔通道。發非鼻音時，由喉頭至唇的通道開放，而鼻腔通道則是關閉的，以維持適當的口內壓。鼻音構音時，由喉頭至唇的通道為閉合的，而鼻腔通道則是暢通的，由於共鳴系統的分支（bifurcation），將引入零點（zeros）。亦即發鼻音時，上呼吸道的轉換功能（transfer function）包括了極點（poles）與零點。在頻譜上頻譜曲線的高峰處為「極點」之所在，而山谷處為「零點」所在，而極點的能量和零點的能量會互相抵消。即輸出頻譜（output spectrum）為一組共振峰與一組反共振峰（antiformants）消抵作用的結果。反共振峰的發生是由於有一些頻率的能量被困在口腔之中，鼻音持阻時在構音位置之後（如雙唇或齒槽之後）無法輻散出來，而形成反共振峰。簡言之，發鼻音時，氣流經由喉頭流至咽喉處時，分叉成兩管：鼻腔通道與口腔通道。鼻音產生時由於口腔通道出口為阻塞狀態，有些氣流被困於此處而形成反共振峰，而大部分的氣流經鼻腔和左右兩鼻孔輻散出去。鼻音的頻譜即是由共振峰和反共振峰交互作用，相互抵消後的結果。

鼻音的共振峰主要是語音氣流在鼻通道（由聲門開始至鼻孔）受共鳴影響產生的，因為鼻通道（由喉頭至鼻孔）比口通道（由喉頭至雙唇）的長度相對較長的關係，因此鼻共振峰頻率較口部共振峰為低。前些章節曾提到可假設正常男性的口道長度長約 17.5 公分，鼻通道則較長，可假設約為 21.5 公分（由聲門至鼻孔）（Johnson, 2003）。鼻通道的形狀不像口部通道，口部通道在語音製造時會有不同的緊縮變化，而鼻通道是較為固定不變的形狀，因此不受構音部位的影響。可將它簡單化地視為一條一端封閉，而另一端開放的 21.5 公分管子。若根據四分之一奇數波的共振理論，可推論它的前幾個共振峰約是 400Hz、1200 Hz、2000 Hz。然而，實際上的共鳴效果卻又複雜許多，原因是鼻腔室的形狀呈不規則狀，參與共鳴的特性較為複雜。整體鼻通道較為狹窄、溫暖且潮濕，聲音能量通過時會受到很大的削弱，尤以高頻能量為最，因此鼻音高頻的共振峰強度通常會變得很微弱。

在鼻音的聲譜圖主要特徵就是出現位於 250Hz 至 400Hz 的低頻共振峰（見圖 11-2），此鼻音的共振峰即由聲帶振動的聲源，經由鼻通道共振而產生。此低頻共振峰比起央母音/ə/的 *F1* 值為低，這是因為鼻通道（由喉部至鼻孔）比口道（由喉頭至雙唇）長度相對較長的關係。圖 11-2 中呈現鼻音的波形和聲譜圖。鼻音的共振峰又稱鼻音喃喃（nasal murmur），在高頻共振峰的能量非常弱，如果沒有足夠的事先加強（preemphasize），在聲譜圖上會不明顯。鼻音喃喃其實是一組共振峰，而不只是那個較明顯的低頻共振峰而已。鼻音喃喃的主要特徵就是高頻能量微弱的共振峰音段。圖 11-3 呈現一女性說話者說出兩種部位鼻音（/m, n/）的波形、聲譜圖和頻譜的共振峰型態。鼻音的構音部位如同塞音，有雙唇、齒槽和軟顎三種，各

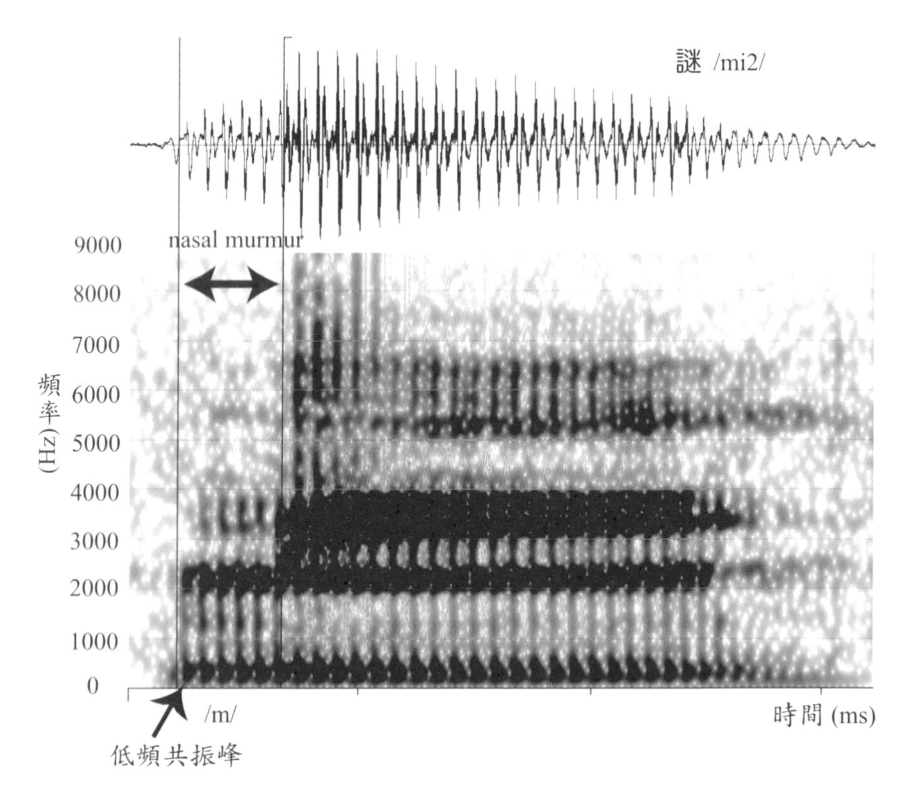

圖 11-2　鼻音/m/的波形圖和聲譜圖。

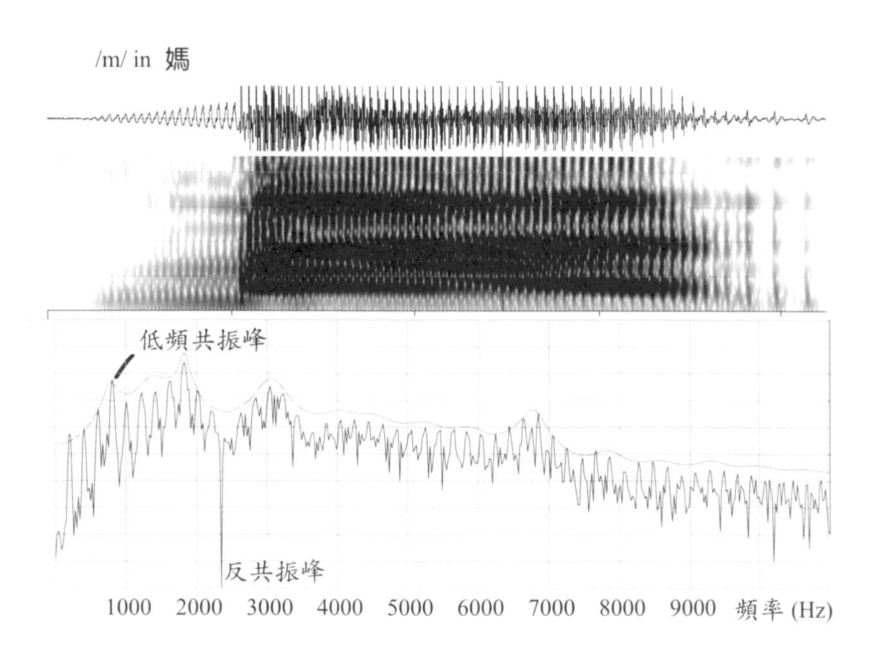

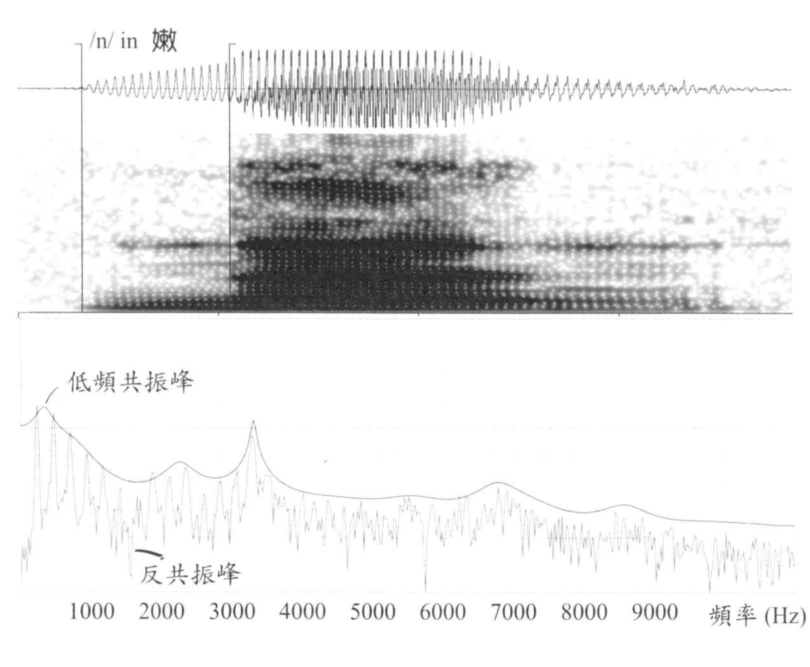

圖 11-3 兩種部位鼻音（/m, n/）頻譜的共振峰型態。

部位的鼻音共振峰型態其實大致相似，因為不管是哪一種構音部位，鼻通道的形狀是不變的，而主要不同之處在於反共振峰型態，因此對於鼻音的頻譜除了觀察共振峰之外，還須考慮反共振峰的效果。圖 11-3 之上圖中/m/可見到有反共振峰位於 800Hz 和 2200Hz 之處，而在下圖的/n/音頻譜可見到位於 1600Hz 之處的反共振峰。

造成鼻音高頻能量的衰弱，還有一個重要的因素，就是反共振峰的抵消效果。反共振峰與共振峰在頻譜上兩者能量相減互抵，互抵作用則依照各個反共振峰與共振峰的中央頻率與頻寬而異。如果兩者的中央頻率與頻寬完全相同，則會完全互相取消，若是有些差異，則反共振峰會對共振峰產生部分抵消的情況。反共振峰的產生是由於困於口道的能量所致，而口道的共反振效果則受到封閉口道的管長的影響，因此鼻音的反共振峰頻率會受到不同構音部位的影響。若假設成年男性由唇至後咽壁的距離為 8 公分，根據四分之一奇數波的共振理論，它的前幾個（反）共振峰值約在 1094Hz、3281Hz（Johnson, 2003）。當構音部位往後時（如在軟顎位置時），反共振峰的頻率增加，這是因為口腔的管道（後腔）變短的關係；管道變短，共振頻率會增加。通常成年男子所發出/m/音的第一反共振峰的頻率大都約在 500 至 1500Hz 左右。因為構音時/n/ 的後腔比/m/的為短，因此/n/第一反共振峰的頻率較高，約在 1500 至 2000Hz；又/ŋ/的後腔又比/n/的為短，/ŋ/反共振峰的頻率約在 3000Hz 以上（Kent & Read, 2002）。然而，若單純只以直管模式推論鼻音會過度簡化了鼻音的共鳴特性，其實鼻音反共振峰的由來除了困於口道的能量以外，還有一些是來自於鼻腔中大大小小的鼻竇（sinus），這些鼻竇腔也會困住一些聲音能量而形成反共振峰（Hixon, Weismer, & Hoit, 2008），而鼻竇腔的大小又容易受到許多因素的影響，如個別差異、感冒鼻塞、鼻竇炎、過敏等，因此形成的共鳴型態十分複雜，較難估量。

單純的反共振峰的型態在頻譜上為低陷凹谷形狀，然而在鼻道外輸出的頻譜則是經過反共振峰與共振峰的交互抵消的結果，要得到真正的反共振峰不太容易，通常頻譜需要經過 LPC 倒反濾波（inverse filtering）程序的處理，才能推論而得。鼻音聲譜圖上的凹谷處則未必是反共振峰的所在。因為原來的鼻共振峰型態也有凹谷，此種凹谷和一般共振峰的凹谷是一樣的，在這些頻率帶裡並不發生共鳴。輸出的整體鼻音頻譜即是「鼻共振峰型態」加上「口後部反共振峰型態」的結果。由於真正的反共振峰凹谷常不太明顯（因只是減弱原共振峰而已），因此在推論估計反共振峰值時，需要注意不要和原鼻音共振峰的凹谷（沒有受加強的部分）混淆了。還須注意的是，LPC 模式預測共振峰是假設在「沒有」反共振峰存在情況下的推論，為全極點模式，但因鼻音頻譜有「零點」存在，LPC 分析用在鼻音上實有所限制，因此所得推論須保守對待之。

一、鼻音的頻譜特徵

鼻音在頻譜上的特徵有鼻音喃喃（nasal murmur）、反共振峰、共振峰轉折帶（transition）。鼻音喃喃為鼻音的共振峰型態，為發鼻音持阻時，聲帶振動的聲波由鼻通道散溢出的能量。鼻音喃喃的能量主要是位於頻率 250Hz 至 300Hz 範圍，在低頻部分強度較強的能量，是氣流通過鼻通道造成。鼻通道具有較大、較長、較濕潤的共振腔，較長的共振腔使得共振頻率下降。鼻音的反共振峰由氣流通道的分支造成，對共振峰造成抵消效果。在高頻部分受到的抵消作用較強，有較強的消弱作用（highly damping）發生在高頻區，這是因為較長的鼻通道以及較柔軟的鼻腔壁吸收了大量的能量所致，使得鼻音共振峰的頻寬比一般的母音頻寬為寬。愈高頻的共振峰頻寬愈寬，但 Fujimura（1962）指出，鼻音共振峰的頻寬並不與其頻率呈簡單的線性關係。

鼻音的共振峰轉折帶與塞音的情況很類似，端視構音部位（雙唇、齒槽、軟顎）與其後接續的母音類別（母音前後）而定。三個構音位置的鼻音知覺區分線索，主要是鼻音喃喃的反共鳴型態以及和母音間共振峰轉折帶的方向。茲將三個構音部位鼻音的構音動作和聲學特性，略述如下：

1. 雙唇鼻音（bilabial nasal）/m/：構音時雙唇關閉，軟顎保持下降。

/m/第一個反共振峰的頻率較低，在成年男性語音中約在 500Hz 至

1500Hz（Kent & Read, 2002），但在 Fujimura（1962）的研究中反共振峰頻率稍高，約在 750Hz 至 1250Hz。聲學頻譜上，鼻音/m/之 *F1* 頻率稍較/n/的為低，這是因為/m/有較低反共振峰頻率範圍和低頻鼻共振峰的區域有些重疊，而削弱了 *F1*，且造成 *F1* 頻率稍較低。

2. 齒槽鼻音（alveolar nasal）/n/：構音時舌尖抵上齒槽邊緣，軟顎保持下降。聲學頻譜上鼻音/n/的 *F1* 值較/m/的 *F1* 值為高。第一個反共振峰的頻率則約在 2000Hz 至 3000Hz（Kent & Read, 2002），但在 Fujimura（1962）的研究中較低，為 1450Hz 至 2200Hz。/n/反共振峰的頻寬較/m/的為寬，且反共振峰的消弱（damping）作用較/m/的為強，但因為第一反共振峰的位置較高，較不影響其 *F1* 值。
3. 軟顎鼻音（velar nasal）/ŋ/：構音時舌後（tongue dorsum）提起抵硬顎的後部或軟顎，軟顎保持下降。聲學頻譜上，第一個反共振峰的頻率在 3000Hz 以上（Kent & Read, 2002），較齒槽鼻音為高。

二、鼻音聲學測量的變項

最常見的鼻音聲學測量變項是鼻音喃喃的時長（duration of nasal murmur）。在頻譜圖上觀察鼻音喃喃音段的所在，頻譜特性是具有較微弱的聲學能量，其中有相對較強的能量集中在低頻地帶，約 250 到 300Hz 之處。此頻譜特徵與其周圍的母音迥異，但因和母音相連有時較不容易辨識出來。唇顎裂或是吶吃的說話者常有鼻音過重的情況，導致鼻音與不送氣塞音混淆的情況，如常見/p/與/m/的混淆及/t/與/n/的混淆，此時塞音會變成如鼻音喃喃的頻譜型態，而母音也會有過度鼻化的現象，導致鼻音時長較難判別和量測。

鼻音喃喃的時長會隨著語速變化而改變。鼻音喃喃的時長不長，通常較母音為短。華語音節的母音前鼻音喃喃時長較短，甚至比送氣塞音的 VOT 時長還短。對於正常說話者而言，聲母鼻音喃喃時長通常最快約 40 毫秒；最慢則約 80 毫秒；平均約 50、60 毫秒。表 11-1 列出華語五種語速下的鼻音喃喃時長，華語的雙唇鼻音的時長比齒槽鼻音的為稍短，母音前鼻音時

表 11-1 華語五種語速下的鼻音喃喃時長（ms）。

	所在音節	最快	稍快	中速	稍慢	最慢	平均時長
/m/ (ㄇ)	媽	38	38	50	54	72	50
/n/ (ㄋ)	泥	46	53	62	71	74	61

長會比聲隨韻母中的鼻音喃喃時長稍短。

三、鼻韻中的鼻音時長

除了位於音節首的鼻音（如/m/、/n/）外，音節末尾鼻韻中的鼻音也屬於鼻子音，雖同屬於鼻子音，然鼻韻中的鼻音時長通常較音節首位的鼻音時長為長。鼻韻中的鼻音屬於韻母的一部分，屬有聲子音。華語音節中只有鼻音能出現於母音之後，而且就音節時長而言，通常帶有鼻韻的音節較不帶有鼻韻的音節時長為長。

華語只有兩種鼻韻鼻音：/ŋ/和/n/。鄭靜宜（2005）分析帶有鼻韻音節中的鼻音時長，表 11-2 列出分析結果，其中/ŋ/音段比/n/音段為長，/ŋ/音段平均時長比/n/音段較長約 22 毫秒。和表 11-1 相較可知，聲隨韻母中的鼻音甚至較聲母鼻音長約兩倍之多。最快速時，在CVN音節中鼻音約和

表 11-2 聲隨韻母的鼻音平均音段時長（ms）。

	最快速	稍快速	中速	稍慢速	最慢速	平均
/n/一、二聲	95	115	134	161	189	139
/ŋ/一、二聲	118	140	167	193	231	170
/n/四聲	93	102	119	127	138	116
/ŋ/三、四聲	96	109	123	136	140	121
/n/平均時長	95	113	131	155	180	135
/ŋ/平均時長	112	132	155	179	208	157
inCVN 平均	111	134	160	179	224	162
inVN 平均	118	141	165	203	239	173
韻尾鼻音平均時長	103	123	143	167	194	146

母音的時長相當；在稍快和中速時，有些甚至比CVN中的母音時長為長，但是在慢速語速時，鼻音音段比母音短。可見在慢速時鼻音的延展性並不如母音那麼大。事實上，鼻韻中的鼻音時長和聲母類別中擁有最長音段的摩擦音之噪音時長相當接近。

由於聲隨韻母中的鼻音屬於有聲子音，聲調對於聲隨韻母中的鼻音是否有影響呢？鄭靜宜（2005）觀察個別音節的鼻音資料，發現四種聲調中第四聲的鼻音時長較短。雖然在各種音節中聲調的影響趨勢不太一致，但是大致而言，第三、四聲鼻韻中的鼻音時長較短，而一、二聲的鼻韻中的鼻音較長，大致和母音受聲調影響的趨勢是一致的。聲調的影響性在慢速語速時較強，在快速和中速情況下則較弱。可見，聲調對於聲隨韻母中的鼻音是有影響的，尤其是在慢語速的情況下。此外，音節結構對鼻韻鼻音時長略有影響，位於無聲母音節（如 VN）的鼻韻鼻音，會比有聲母音節（如 CVN）的鼻韻鼻音稍長一點（見表 11-2）。

在日語中的鼻音音段時長較長，甚至如同母音一般或比母音還長，也因此被視為一種節律計時的單位：莫拉（mora）。鼻音的地位和 CV 音節或母音相近。前幾段中也提到在華語韻母中鼻音的時長也和韻母中的母音時長相當。到底華語中聲隨韻母的鼻音時長性質較接近子音還是母音呢？鄭靜宜（2005）計算聲隨韻母的平均鼻音時長相對於中速時的比值，在最慢速的情況下，鼻音時長平均增加了 36%，在稍慢速的情況下，鼻音時長平均增加 17%。在稍快語速下，平均鼻音時長為中速的 86%，平均縮短了 14%。在最快語速下，平均鼻音時長為中速的 72%，平均縮短了 28%。與其他子音和母音的相關資料（請見表 13-1、13-2）比較，這些時長比值性質和母音不太相似，母音的延展和縮短比例皆較大許多，而是和非嘶擦摩擦音的情形較為近似，因此，華語鼻韻中鼻音的時長性質到底還是較為接近子音的。

第二節　鼻化母音

鼻化母音在聲學上是一種十分複雜的語音，因為它的發聲道型態很複雜，是口道共鳴和鼻道共鳴的互動組合。在一些語言當中，母音的鼻音化為一個區分性的語音特徵（distinctive features），如台語、客語、法語、印地語（Hindi）等，有/ã/、/ĩ/ 等鼻化母音。台語中有四個鼻化母音：/ã/、/ĩ/、/ẽ/、/õ/。這些鼻化元音並非為非鼻化母音的同位音，而是屬於音素（或音位）。這些鼻化母音與非鼻化母音是不同的語音類別，各攜帶著不同的語意訊息，例如台語中的/ã/就和/a/有不同的語意，/ã/可以是餡餅中的餡料，而/a/可能是一個稱呼的前綴詞，如「阿嬤」、「阿公」等，兩類語音的意義是不同的。此外，與鼻音子音相接為鄰的母音，或多或少因為共同構音之故，產生母音鼻化（vowel nasalization）的情形。那是因為與鼻音子音相接為鄰的母音為了協同構音之故而有鼻音化的現象，主要是因為連續構音動作時，顎咽閥門（velopharyngeal port）的關閉與開啟較為遲滯，導致與鼻音相鄰的母音也帶有些許的鼻音共鳴，是為母音鼻化。通常「母音鼻化」的鼻音程度不若「鼻化母音」的大。不論是鼻化母音或母音鼻化，頻譜上皆會出現一種鼻音的特徵——即反共振峰的存在。

一、鼻化母音的共鳴特性

鼻化母音是在母音構音時，軟顎依舊保持下降姿勢，引入鼻腔通道加入共振，而產生母音鼻化的現象，氣流可由兩通道的出口出去。鼻化母音構音時，由喉頭至唇的通道為暢通的，而鼻腔通道也是暢通的，因為有兩個通道，鼻化母音的頻譜有一組口腔的共振峰和一組鼻腔的共振峰，其中口腔的共振峰型態則大致和發出非鼻化母音時的共振峰相似，而鼻腔的共振峰則大致和發出鼻子音時的共振峰相似。還記得前段提到的，鼻子音的輸出頻譜（output spectrum）包括一組鼻腔的共振峰與一組口後腔（口部緊縮點之後）的反共振峰。鼻化母音雖沒有口後腔（口部緊縮點之後）的反共振峰（鼻子音則有），但因為還是有氣流會滯迴於鼻腔的鼻竇之中，只要共鳴系統中有一些分支（bifurcation）存在，即會引入零點（zeros）而形成反共振峰。因此，鼻化母音的反共振峰主要是來自於鼻竇腔（paranasal sinuses）的反共振效果（Hixon, Weismer, & Hoit, 2008）。

整體而言，鼻化母音的輸出頻譜包括極點與零點的成分，混合共鳴和反共鳴成分。鼻化母音的頻譜由一組口腔的共振峰，加上一組鼻腔的共振峰，再加上一組鼻腔的反共振峰，三者交互加成或抵消。若在一頻率點同時出現共振峰和反共振峰，則兩者會相互抵消而減弱；若在一頻率點同時出現口腔共振峰和鼻腔共振峰，則兩者相疊加會增強此頻率能量的強度。前段曾提及鼻腔的共振峰可視為一條一端封閉，而另一端開放的 21.5 公分管子（對男性說話者而言），根據四分之一奇數波的共振原理，可推論它的前幾個共振峰約為 400Hz、1200 Hz、2000 Hz。也就是不管是何種鼻化母音，在低頻區約 400Hz 左右皆有一個鼻共振峰，此為一個顯著的鼻化母音特徵。此鼻共振峰的大小則視是否會和原來母音（類別）的 *F1* 有重疊，通常高元音的 *F1* 會較低，此鼻共振峰會受到加強。

鼻共振峰只能算是鼻化元音多出的共振峰（extra formants），並非是鼻化母音的真正第一共振峰（*F1*），所謂鼻化母音的真正 *F1* 是指一般非鼻化母音（同一類別母音）時的 *F1*，再加上反共振峰效果之後的結果，通常會比原來的非鼻化母音（同一類別母音）的 *F1* 值稍有上升或下降。有關鼻化元音「反共振峰」的頻率，通常鼻化母音的第一反共振峰頻率估計約在 300Hz 至 1000 Hz 之間（Hixon, Weismer, & Hoit, 2008），或 500Hz、600Hz 左右（Johnson, 2003），而第二個反共振峰則約在 2000Hz 左右（Johnson, 2003）。男性說出的鼻化母音 /ã/ 的鼻共振峰約在 400Hz 左右，鼻反共振峰約在 500Hz 左右，而鼻化母音 /ã/ 的 *F1* 約在 700Hz 左右，而鼻化母音 /ũ/ 和 /ẽ/ 的 *F1* 則約在 600Hz 左右（Hixon, Weismer, & Hoit, 2008）。在男性鼻化母音 /ĩ/ 頻譜上通常沒有出現鼻腔共振峰和鼻腔反共振峰，原因則是通常鼻化母音 /ĩ/ 的鼻化程度較小，顎咽閥門開口小之故，在低頻處的鼻腔共振峰和鼻腔反共振峰相互抵消之故（Hixon, Weismer, & Hoit, 2008）。通常可藉由比較鼻化元音和口元音頻譜曲線的差異，找出反共振峰的所在頻率，亦即找出頻譜中因鼻反共振而被減弱最多的地區頻率所在，以了解鼻化元音的共振峰和反共振峰的相互抵消效果。男、女性說話者由於說話者的口道和鼻通道的大小差異，鼻化元音的共振峰和反共振峰值大為不同，鼻化元音的共振峰和反共振峰相互抵消的情況也會有所差異。

通常鼻化母音的共振峰和反共振峰的個別差異性頗大，其中一個原因是鼻化母音的共振峰和反共振峰值，會因母音類別以及不同的鼻化程度而有所差異。鼻化程度涉及說話者說話時咽部顎咽閥門開口的大小，這會受到說話者說話時軟顎上抬的運動控制以及母音類別因素的影響，因而會造成共振峰和反共振峰相互抵消的程度在各鼻化母音的情形略有不同。發鼻化低母音時，顎咽閥門的開口較大，母音共振峰受到鼻通道的共鳴和反共鳴影響也會較大，而發鼻化高母音時，則顎咽閥門的開口較小，母音共振峰受到鼻通道的共鳴和反共鳴影響則會較小。總之，因為鼻化母音引入鼻通道加入參與共鳴，因鼻腔的反共振效果，使得鼻化母音整體的語音強度減小。因共振峰和反共振峰的相互抵消而減弱作用，在低頻區會出現稍多的共振峰，而這些共振峰通常因為聲譜圖頻寬的設定，看起來會融在一起，成為頻帶較寬的共振峰，而強度卻比非鼻化母音為弱，但相較於其他共振峰，低頻共振峰是鼻化母音最強的共振峰。

台語有四個鼻化母音，謝味珍（2007）的論文研究中，測量二十四位居住於高雄市的混合腔閩南語說話者（男女各十二位）的鼻化母音第一和第二共振峰頻率，呈現於表 11-3 台語四個鼻化母音的第一和第二共振峰值。將這些鼻化母音的共振峰值和口元音相比，可以發現除了女性的鼻化母音 /ã/ 以外，鼻化母音的 *F1* 有比口元音的 *F1* 略高的趨勢。在 *F2* 方面，則前鼻化元音 /ĩ, ẽ/ 的 *F2* 會較口元音 /i, e/ 的為高，但後鼻化元音 /õ/ 和低鼻化元音 /ã/ 的 *F2* 值則較其口元音 /o, a/ 的 *F2* 為略低。這些顯現鼻化效果對 *F2* 的影響會隨母音種類不同而有不同的情形。

表 11-3 台語鼻化母音的第一和第二共振峰值（Hz）。

	鼻化元音	/ĩ/	/ẽ/	/ã/	/õ/
男性	*F1*	309	479	761	571
	F2	2468	2256	1236	860
女性	*F1*	370	605	936	698
	F2	2862	2606	1526	1063

資料來源：謝味珍（2007）。

二、鼻化母音的第一共振峰振幅

鼻化母音的第一共振峰之振幅通常會較微弱，母音的鼻音化可用第一共振峰的振幅（A1）的大小來加以檢驗，比較同一母音在沒有鼻音化的狀態和有鼻音化狀態下 A1 的差異。Jeng（2000）測量母音音段時長中點的 A1，發現母音鼻化（如/ma/中的/a/）比沒有鼻化母音（/pa/中的/a/）的 A1 顯著較低；若 A1 是在母音時長的前四分之一處測量所得，則 A1 值更是顯著為低，推測是因為測量點更接近鼻音之故。對於鼻音位於音節末的母音鼻化（如/an/的母音/a/）比無鼻化母音（/a/）的 A1 則無顯著不同，若測量點位於母音音節時長的四分之三處 A1，此鼻化母音的 A1 才有稍微較顯著的下降。可見在華語母音中，鼻音共構的影響以連帶性（carryover）的共構較強。一般鼻音過重（hypernasality）的說話者，鼻化母音的第一共振峰強度也會比正常說話者的相對較低。

有關 A1 的實際測量與運用還需要注意一些問題，由於 A1 是屬於音強的測量，而音強的測量在聲學上是非絕對性的，要用「相對」的概念去理解和解釋才有意義。一般在頻譜上所顯示的音強數據通常是不正確的，因為經過錄音機、電腦的轉換或調整，音強已經過層層的轉換而非原始音強數值。更何況一般人於錄音之前，音強測量通常沒有經過校正（calibration）程序，原來說話者實際的音強大小也不可得知。若是比較兩群的說話者，在說話的音量無法確保皆為一致的情形下，貿然去比較兩組話者語音的 A1 則是十分不當。因為 A1 會隨著語音整體輸出的音量有類似正比的變化。若整體說話時音量較大，所量得的A1 值也會較大。因此，在言語大小聲無法控制的情形下，對於A1 的解釋需十分小心。若以個體之中所說的兩群語音對比（鼻化母音／非鼻化母音）來比較時，在自然的情況下，鼻音的音量通常會比非鼻音為小。圖 11-4 呈現一女性說話者發出的四個台語鼻化母音和非鼻化母音對比的聲譜圖與頻譜，可以見到鼻化母音的音量會略微小聲，鼻化母音的 A1 也會比非鼻化母音的 A1 較為略小，鼻化母音的高頻共振峰強度也有被削弱的現象。此外，在圖 11-4(a)前母音對比中鼻化母音的*F2* 值比非鼻化母音較高的趨勢，但在低母音和後母音對比中則無此趨勢，鼻化母音/ũ/的 *F2* 甚至被反共振峰削弱，變得很不明顯。此外，在這些聲譜圖與頻譜中，可見到約在 900Hz 至 1000 Hz 以及 2000Hz 附近有反共振峰的存在，這些反共振峰造成鼻化母音的高頻共振峰強度較弱。如此透過同一類別的母音鼻化與非鼻化對比的頻譜和聲譜圖比較，可以得知母音鼻化的反共振峰以及共振和反共振的交互作用效果。

此外，Chen（1997）調查法語和英語鼻化母音的聲學頻譜，發現介於母音的第一和第二共振峰之間，以及基頻和第一共振峰之間，會出現「額外峰」（extra peaks, P1）。同時由於鼻化母音的第一共振峰（A1）通常會被削弱，因此 Chen（1997）提出 A1 － P1 這個數值是區分鼻化母音和非鼻化母音的聲學線索。在英語中，兩者相差有 6 dB 至 8 dB 之多，在法語中則差距更大，達 9 dB 至 12 dB。這些「額外峰」為鼻化母音的共振峰受到反共振峰的減弱，使得原來的共振峰被削弱到只剩下一個小峰狀態，它們強度弱，不及低頻鼻共振峰（鼻母音最明顯的共振峰）。其實鼻化母音的 A1 值就已經比一般母音的A1 值為弱了，再減去額外峰的振幅，則又變得更小。

簡言之，鼻化母音聲學的特徵可歸納為以下八點：

1. 鼻化母音整體音的強度較非鼻化母音為弱。
2. 鼻化母音的第一共振峰強度（A1）較非鼻化母音的 A1 弱。
3. 鼻化母音的高頻共振峰強度較弱，因此鼻化母音的頻譜重心會較非鼻化母音的重心為低，亦即鼻化母音的頻譜在低頻部分相對比重較

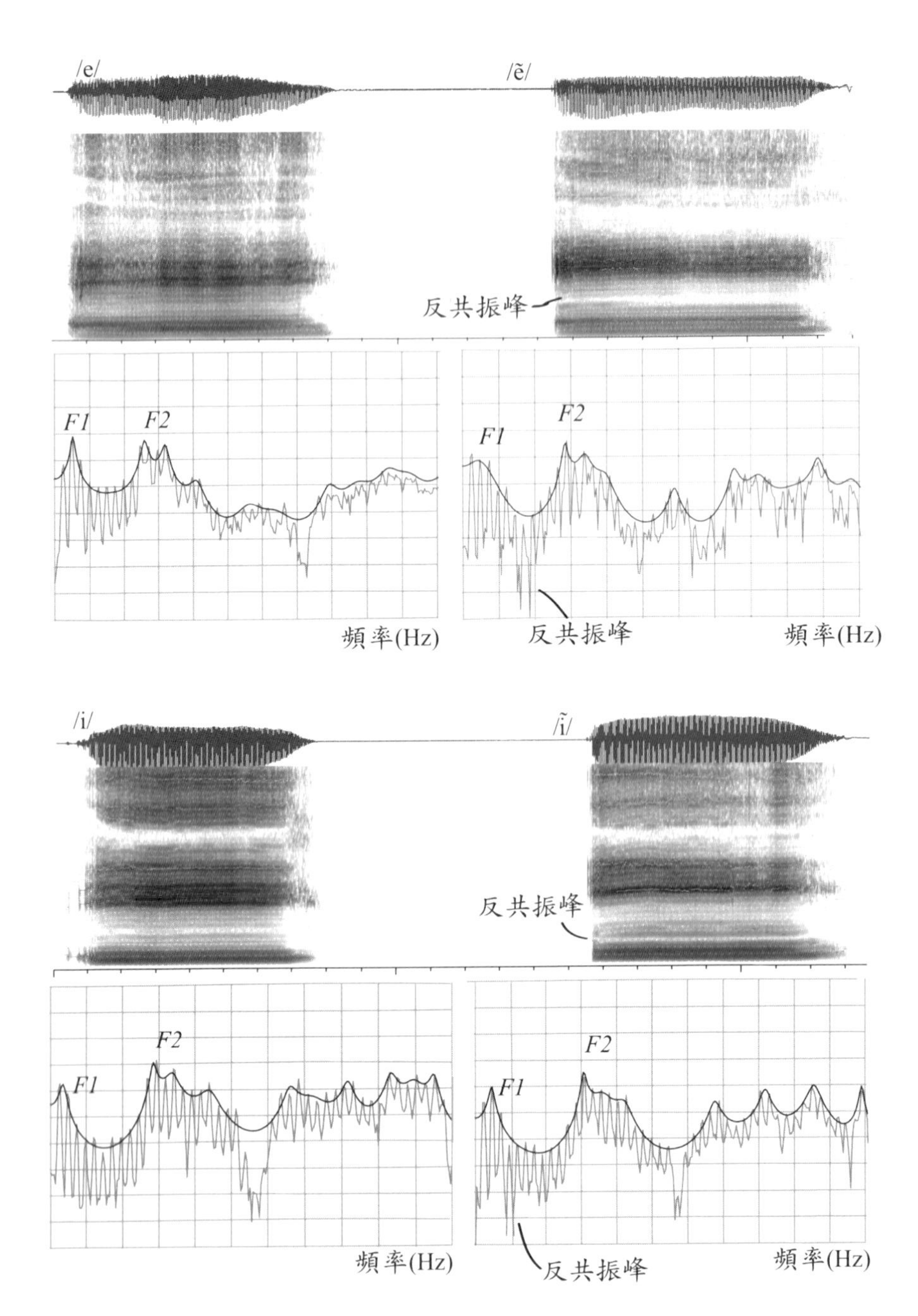

圖 11-4 (a) 四個非鼻化母音和鼻化母音的聲譜圖與頻譜比較。

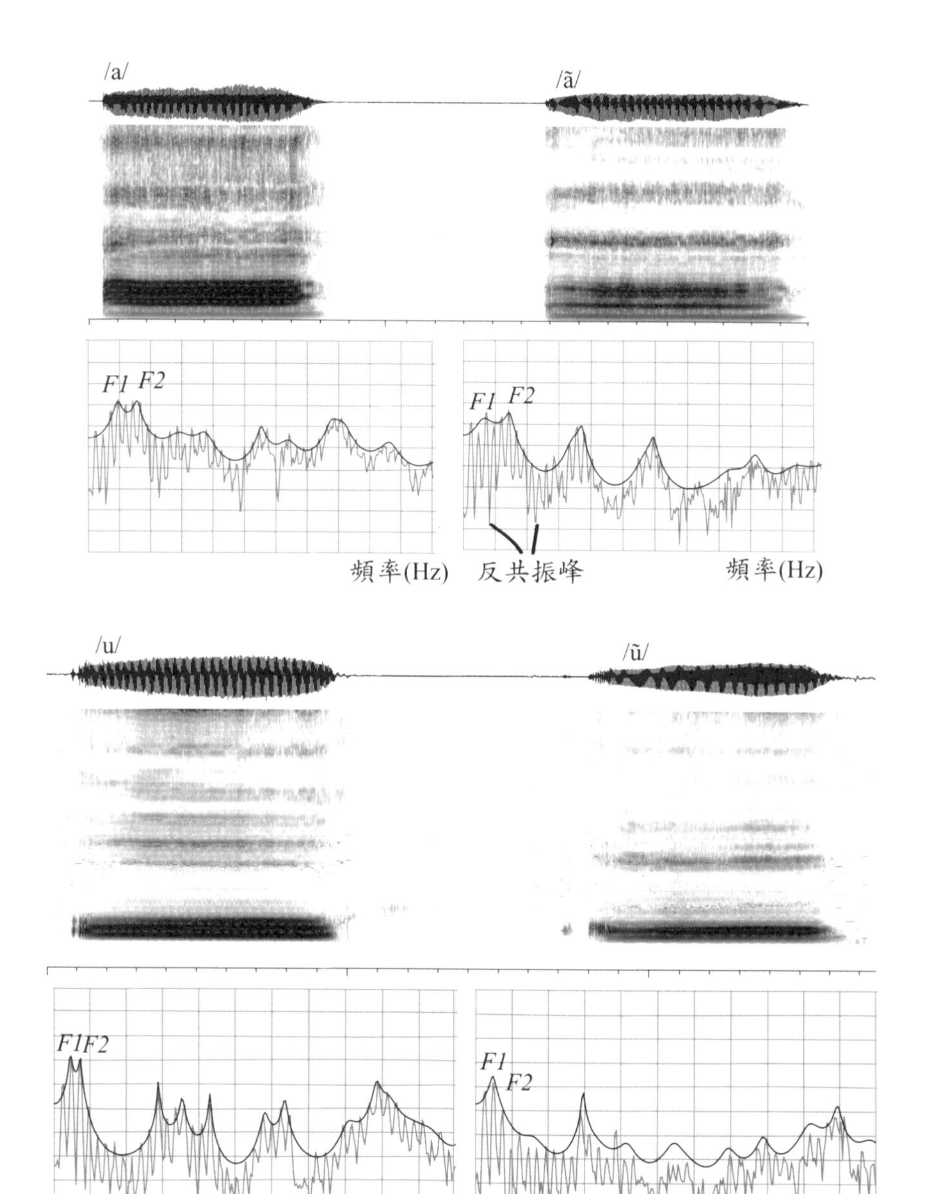

圖 11-4 (b) 四個非鼻化母音和鼻化母音的聲譜圖與頻譜比較。

多。

4. 鼻化母音的共振峰頻寬會較非鼻化母音的頻寬為大，尤其是第一共振峰頻寬差異較大。
5. 鼻化母音約在 250Hz 至 500Hz 區域有低頻的鼻共振峰存在。
6. 鼻化母音的頻譜上有反共振峰的存在。
7. 鼻化母音有時在第一和第二共振峰之間有「額外峰」（P1）的存在，這是由於共振峰和反共振峰相互抵消時，殘留的尖端峰。鼻化母音的 A1 − P1 值會較低，即第一共振峰的音強減去額外峰的音強會較低。
8. 相較於非鼻音，英語鼻化母音的 *F1* 頻率會稍被提高，而 *F2*、*F3* 頻率則會稍被降低（Kent & Read, 2002）。然而，此推論卻不適用於其他語言或不同的鼻化母音類別，在台語中，前鼻化母音的 *F2* 值會稍被提高，後鼻化母音的 *F2* 值會稍被降低。

三、母音鼻化

母音鼻化（vowel nasalization）是普通母音受到相鄰鼻音影響而有鼻化的現象。例如 /ma/ 音中的 /a/ 或是 /an/ 中的 /a/ 會受到 /m/ 或 /n/ 的影響，而有或多或少的鼻音化，這是由於協同構音的關係。母音鼻化和鼻化母音的聲學模式類似，一樣會引進鼻共振峰和反共振峰。但與鼻化母音不同的是，母音鼻化的鼻化程度通常較小，因為顎咽閥門的開口較窄小，因此受到的鼻通道的影響也相對較小。母音種類不同，母音鼻化的程度也有些差異，通常高元音受到鼻化的程度會較低元音來得少。

母音鼻化大都也會稍影響母音的頻率，從表 11-4 中可發現，在 /ma/ 音

表 11-4　母音鼻化和非鼻化母音/a/的平均共振峰值，括弧內為標準差。

單音節詞		男性				女性			
		F1		*F2*		*F1*		*F2*	
媽/ma/	/a/	650	(89)	1252	(107)	899	(200)	1643	(139)
哈/ha/	/a/	743	(81)	1240	(106)	1013	(145)	1641	(166)

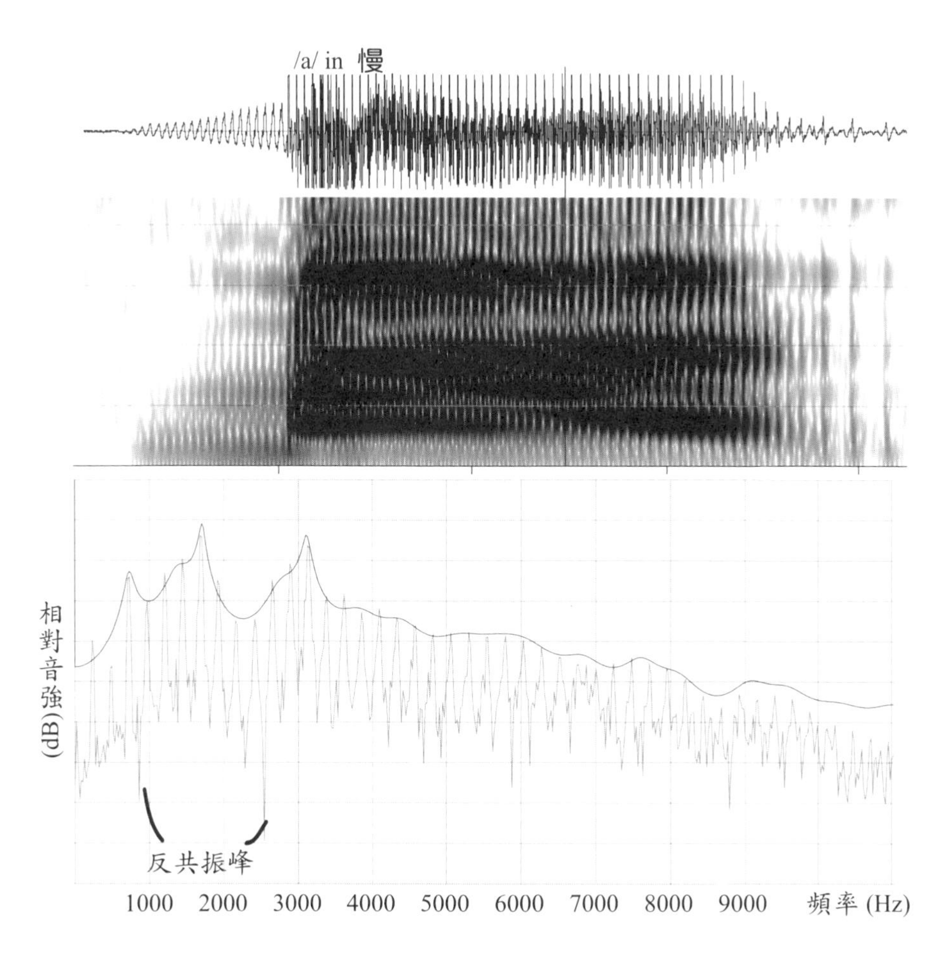

圖 11-5　一位女性華語說話者的「慢」音中母音鼻化聲譜圖和頻譜。

節中受到鼻化的母音/a/的平均*F1*頻率稍降低，而*F2*頻率在男性說話者部分母音/a/鼻化有稍提高，在女性說話者部分則兩音*F2*頻率無差異。圖 11-5 呈現一女性華語說話者的「慢」音之聲譜圖和頻譜，此音的*F1*是 732Hz，*F2*為 1701Hz，於圖 11-5 之頻譜上可見有反共振峰出現在 900Hz和 2500Hz 的位置。

第三節 接近音

接近音（approximants）顧名思義，即構音時兩個構音子互相接近，但不接觸。接近音之構音子接近的程度比發摩擦音時為小（較沒有靠那麼近的意思），口道較為開放，不致產生摩擦噪音，但是開放程度比母音構音時為小，和母音相較，接近音的口道有較大的緊縮程度。在英語中，接近音有兩類：滑音（glide）與流音（liquid）。英語中的滑音有/j/、/w/兩個音。滑音又稱為半母音（semivowel）或介音。英語中的流音有/r/和/l/兩音，其中/l/音又被稱為邊音，構音時氣流由舌頭的兩邊流出。華語中有一個接近音，即ㄌ（/l/），屬於齒槽邊音（alveolar lateral），構音時以舌前部外緣靠近甚至接觸齒槽，氣流由舌兩側緩流而出。

接近音全為有聲音（voiced），接近音的頻譜特性介於母音和子音之間，具有如母音的共振峰，但接近音的共振峰走勢較呈動態，時長也較母音為短。接近音在一個音節中為子音的地位，在一個音節中可以是在母音前（prevocalic）子音或是母音後（postvocalic）子音，雖同為一種音，卻往往會因為所在音節位置不同，而在構音位置和聲學特性上出現一些差異。

一、流音

/r/為流音，構音時聲帶振動，舌前上抬，是有聲音。於聲譜圖上會有相當清楚的共振峰結構，這些共振峰結構與口道的緊縮型態有關，但緊縮程度較阻音（obstruents）為輕。英語/r/音的構音方式會依照該音位於音節的位置而不同，大致可區分為兩類，一類為音節首，另一類為音節末尾。在音節首硬顎音/r/（rhotic palatal）構音時，舌尖往上抬接近上齒齦（alveolar ridge）（或上顎），但不碰觸上齒齦（或上顎），舌頭形狀中凹成溝槽（grooved）狀，有時成捲舌（retroflex）狀。當/r/在音節末時，舌身（tongue dorsum）提高接近上硬顎，舌前則成後捲狀。

由於/r/是有聲音，它具有共振峰，它的共振峰通常與其後接或鄰近的

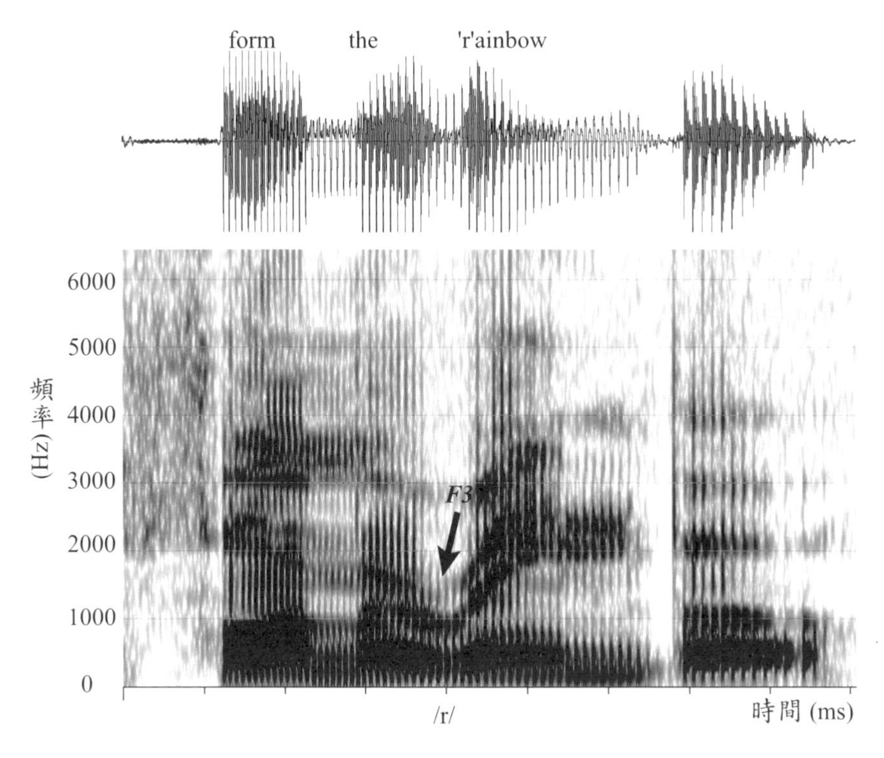

圖 11-6 英語/r/音的波形圖和聲譜圖。

母音成連續狀，但顯著的特徵是往下的 *F3* 轉折帶和低 *F3*，/r/的 *F3* 皆比其鄰近母音的*F3*為低，/r/具有最低的*F3*（1600Hz左右），這是因為捲舌的舌尖靠近上顎造成的緊縮所致（Pickett, 1980）。在聲譜圖上/r/的主要特徵是具有較低的*F3*，且*F1*、*F2* 值也較低，一般由成年男性發出的/r/音之前三個共振峰值皆會在2000Hz以下。圖 11-6 呈現英語"form the rainbow"中的/r/音的聲譜圖，可見到/r/音段的 *F3* 特別低。說英語的構音異常兒童常有/r/音錯誤的情形，他們常會把/r/音說成滑音/w/，而語音系統中沒有/r/音的日本人卻常將/r/音說成是邊音/l/。其實/r/和/l/、/w/音之間主要的聲學區別特徵，即在於 *F3* 值的高低。

二、邊音

英語邊音（alveolar laterals）/l/的情況和/r/音有些類似，會因位於音節的位置不同而有不同的構音動作和聲學特性。邊音可依照位於音節位置的不同分為兩類，一類位於音節首，另一類位於音節末尾。位於音節首的/l/，構音時舌葉帶動舌尖往上，舌尖抵住上齒齦（alveolar ridge），形成舌中線的關閉（midline tongue closure），可在舌前上方形成阻滯聲音能量的一個小腔室，但舌尖兩側較低未閉鎖，氣流可由舌頭左右兩邊流出，故稱之為「邊音」，之後舌尖很快下降，舌位過渡到後接母音的位置。Fant（1960）認為，在舌前上方形成阻滯聲音能量的小腔室是反共振峰的來源。邊音構音時，當氣流於舌體左右兩旁流出時，左右兩邊的空間或許會出現不對稱的情形（Johnson, 2003）。在音節末的/l/音，在發出時舌身（tongue dorsum）會稍提高以接近上顎，舌根也會較為上抬，舌位較為後方，稱為深色/l/音（dark /l/）。

邊音/l/的頻譜特點是具有強度較微弱的共振峰型態，在聲譜圖上的特徵就是出現顏色較周圍母音為淡，時長較母音為短的共振峰型態。根據Fant（1960）的研究，/l/的*F1*約在300Hz，*F2*約在1000Hz，*F3*約在2500至3000Hz左右。Kent和Read（2002）指出，/l/ 的*F1*（約360 Hz）與*F2*（約1300Hz）的值與 /r/ 相似，但*F3*的值較 /r/ 為高，約在3000Hz左右。在聲譜圖上，通常/l/音共振峰的改變速度較 /r/ 為快，轉折帶較短。/l/音的時長在一般的說話速度下通常不長，平均時長大約為50、60毫秒左右。

除了共振峰以外，/l/音特有的聲學特點是具有反共振峰（antiformants），由於 /l/ 構音時因氣流有分支而引進反共振峰，因此 /l/ 的頻譜同時包含共振峰與反共振峰型態，頻率相近時，兩者會有相抵消的情形，音強就會減弱許多。/l/的反共振峰值大約在 2000Hz 左右（成年男性）（Johnson, 2003; Fant, 1960）。可假設舌中線上方的封閉腔室約有4公分長，用四分之一管長公式推論的反共鳴頻率約為 2150Hz，（2n－1）×34400 /（4×4），而此反共振峰的位置會介於*F2*和*F3*之間。

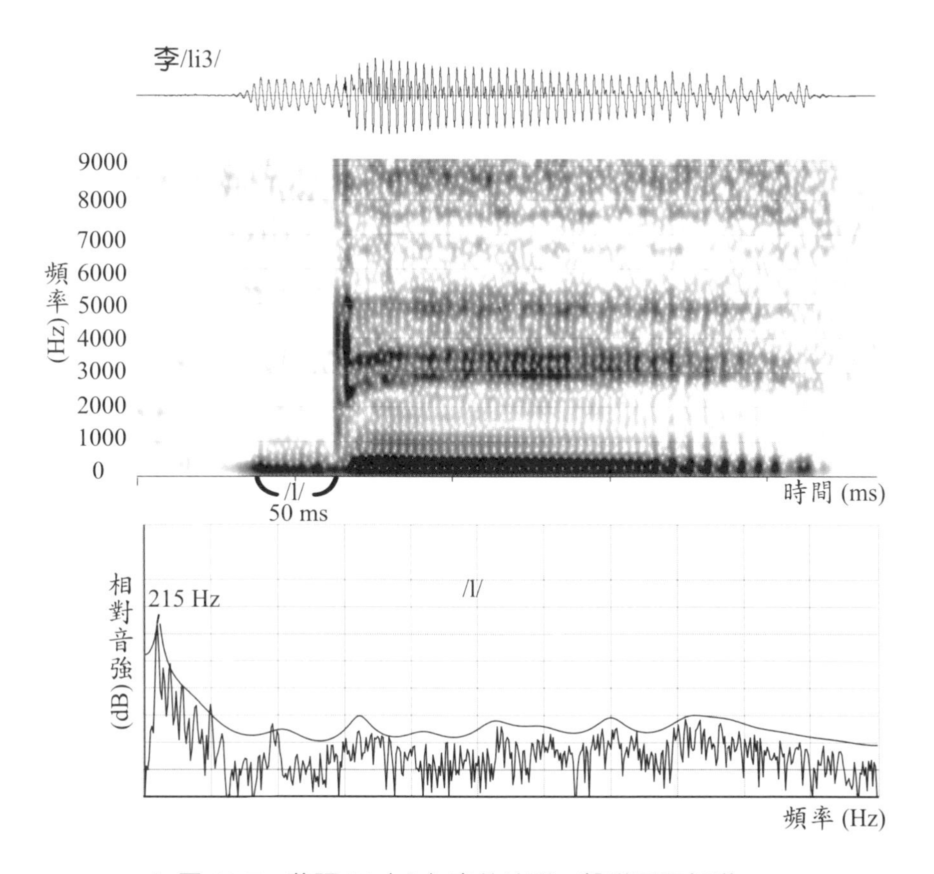

圖 11-7　華語/l/（ㄌ）音的波形、聲譜圖和頻譜。

在華語中的ㄌ（/l/）音與位於音節首的 /l/（英語）有些類似，皆屬邊音性質。舌葉和舌尖向上移動，舌尖上抵上齒齦，氣流從肺部上來，經過喉頭，同時振動聲帶，之後氣流進入口腔中，此時通往鼻腔的顎咽孔道關閉，氣流受舌尖與上齒齦的阻塞，改由舌體左右兩邊的空隙流出產生。圖 11-7 呈現一女性說話者說華語/li3/「李」音的/l/（ㄌ）音的波形、聲譜圖和頻譜，此音節之中的/l/（ㄌ）音段時長約 50 毫秒，共振峰以 *F1* 最強，約 215Hz，可見到和相鄰的/i/音相比，/l/音的強度十分微弱，尤其在高頻區聲音能量相當弱，這是因為受到反共振峰削弱的影響。

/l/音和/r/音的聲學特徵很近似，最大的不同在於 *F3*，/r/的 *F3* 值會低很多。在知覺上，/l/和/r/是容易混淆的音，尤其對於母語中無這兩音對比的聽者而言，更容易混淆不清。就有許多研究探討日本人/l/和/r/分辨不清的現象（如 Miyawaki et al., 1975; Strange & Dittmann, 1984; McCandliss et al., 2002），由於日語中並無/r/音，對於/r/音，多數的日本人會認為就是/l/音，因此在聽知覺方面兩音之間無法區辨，在構音方面也會出現替代或扭曲的錯誤。/l/音除了容易和/r/音混淆之外，和/n/之間也常出現區辨的錯誤。在聽知覺上，/l/和/n/很容易相混淆，例如「聾人」和「農人」的對比就常被混淆不清。事實上，在聲譜圖上音節首/l/音特徵有點類似 /n/，兩者於低頻共振峰較強，高頻區的信號皆較弱，但/l/音強度通常較鼻音略強。在音節末的/l/音，由於舌位較為後方，舌身會較為提高，以接近上顎形成緊縮，會造成 *F2* 值的下降，就較不會與/n/混淆。

三、滑音

滑音的性質類似母音，但在音節中為子音的地位。當滑音後接母音時，兩者結合起來就如同雙母音，有著較為動態的共振峰走勢。滑音和母音略有不同之處，在於滑音的構音緊縮程度較大，構音速度較快。母音與滑音雖然共振峰型態很類似，但和其他子音間的轉折帶的型態卻不太相同。通常母音（如 /u, i/）有較長的轉折帶，滑音（如/w, j/）次之，而塞音（如/b, d/）的轉折帶最短，這三者之間的最大差異在於轉折帶的長短。一般而言，滑音具有比塞音長的轉折帶（Lehiste & Peterson, 1961）。基本上，滑音的性質是介於塞音與母音之間，語音分類知覺的研究（Miller & Liberman, 1979）顯示，對滑音/w/和雙唇塞音/b/語音的知覺會受整體音節時長的影響，當轉折帶較短時，聽者傾向聽到塞音，若將在慢說話速度時被聽成塞音的語音（相同的語音，如/ba/）置放在快的說話速度語境中，塞音就會被聽成是滑音（/wa/），因為在快語速時轉折帶變得相對較長之故，而滑音有著轉折帶較長的特性。可見，在語音知覺辨識中判斷塞音或滑音時，聽者會注意轉折帶，並考慮整體說話的速度。

雙唇滑音（bilabial glide）/w/的構音同時具有兩個緊縮部位，在雙唇突出以及舌面上顎（lingua-palatal）緊縮。雙唇滑音的共振峰結構和/u/音類似，具有較低的 *F1* 與 *F2*。/w/之共振峰與其後接或前接的母音成連續狀，而音段時長通常較母音為短。

上顎滑音（palate glide）/j/的構音類似前高母音/ɪ/，在製造/j/時，舌葉（tongue blade）須向上接近上硬顎。在聲譜圖上，/j/具有較高的 *F2*（約 2200Hz 左右）（Kent & Read, 2002），因為共振部位主要在前腔，具有類似前母音/ɪ/的性質，但轉折帶較快、較短，/j/音段時長較母音為短。

在華語中有/i, u, y/三個介音，這些介音和母音結合成為複合韻母。華語介音的地位是屬於子音或母音常有爭議。若由構音的動態性、音節結構和時長等特性來考量，介音的地位其實是較接近子音的性質。它們的時長較短，不是音節的核心。在無聲母的複合韻母音節中（如鴨、淵等音），介音的地位與子音較為相似，但在有聲母的複合韻母音節中，介音和其後接母音結合成複合韻母，介音介於聲母和主要母音之間，在聲譜圖上常和後接母音融為一體，與相鄰的母音間較無法以明顯的界線區隔開來，如圖 11-8 之中介音與其後接母音即緊密相連無法切割。

四、結論

各種語音音段的聲學特性到此已大致介紹完畢，表 11-5 將華語子音對比或類別的頻譜特徵做簡略地歸納。第十二章將開始介紹超音段特性，如聲調、語調、語速等。

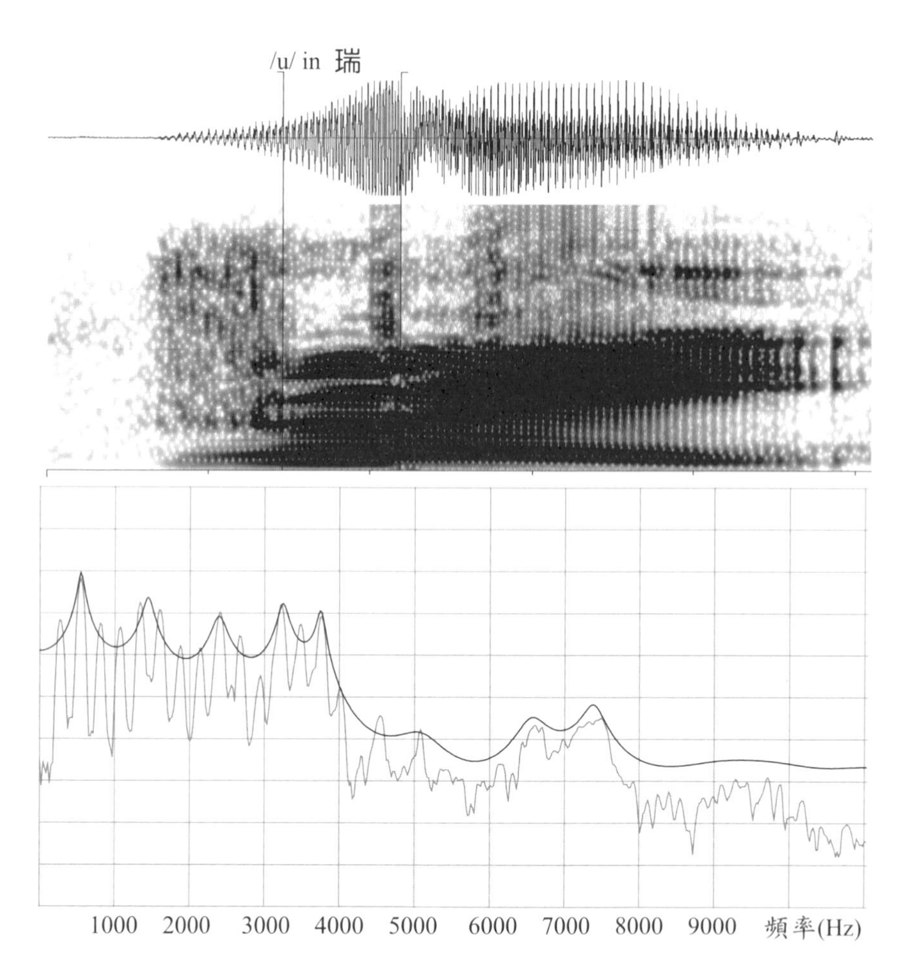

圖 11-8　一位女性華語說話者的「瑞」音中介音/u/之波形、聲譜圖和頻譜。

表 11-5　華語子音對比或是類別的頻譜特徵。

子音	語音對比或特徵	聲學頻譜特徵或形式
送氣	送氣 vs. 不送氣	送氣塞音的 VOT 較長，塞擦音噪音時長較長。 不送氣音比送氣音的靜默時間為長。
構音方式	塞音	靜默時長、爆破（burst）、短噪音（送氣）、母音轉折（vowel transition）。
	鼻音	有鼻音喃喃（nasal murmur）、第一共振峰強度（A1）和其他共振相比較強。
	摩擦音	有較長的摩擦噪音。
	塞擦音	靜默時長、爆破、噪音（送氣音較長）、母音轉折，摩擦噪音較摩擦音為短。
	邊音	有聲（嗓音棒）具共振峰結構、時長較母音短、具動態性。
構音位置	唇塞音	頻譜能量集中於低頻，與後接母音間的轉折帶方向上升。
	齒槽塞音	頻譜能量集中於高頻，與後接母音間的轉折帶方向不定，依照母音類別而定，定位點於 1800Hz。
	軟顎塞音	頻譜能量集中於中頻，與後接母音間的轉折帶方向向下。
	唇齒擦音 /f/	低強度，平坦頻譜，極高頻譜頂峰位於 8000 Hz 以上。
	齒槽擦音 /s/	頻譜能量集中於高頻（4000 至 8000Hz），頻譜頂峰位於 7000Hz。
	捲舌擦音	頻譜能量集中於中頻（2500 至 9000Hz），頻譜頂峰位於 3000Hz，依捲舌程度而異，舌愈捲，頻率愈低，M1 值低。
	顎擦音	頻譜能量集中於中頻（3000 至 9000Hz），頻譜頂峰位於 4500Hz。
	軟顎擦音 /x/	受後接母音的共構影響，噪音具有共振峰結構。

參考文獻

鄭靜宜（2005）。不同言語速度、發語單位和發語位置對國語音段時長的影響。**南大學報，39**，161-185。

謝味珍（2007）。**閩南語語音系統的聲學研究**。國立高雄師範大學台灣文化及語言研究所碩士論文，未出版，高雄市。

Chen, M. Y. (1997). Acoustic correlates of English and French nasalized vowels. *Journal of the Acoustical Society of America, 102* (4), 2360-2370.

Fant, G. (1960). *Acoustic Theory of Speech Production*. Hague: Mouton.

Fujimura, O. (1962). Analysis of nasal consonants. *Journal of the Acoustical Society of America, 34*,1865-1875.

Hixon, T. J., Weismer, G., & Hoit, J. (2008). *Preclinical Speech Science: Anatomy, Physiology, Acoustics & Perception*. Oxfordshire UK: Plural Abingdon, Publishing Inc.

Iverson, P., & Kuhl, P. K. (2003). A perceptual interference account of acquisition difficulties for non-native phonemes. *Cognition, 87* (1), 47-57.

Jeng, Jing-Yi (2000). *The Speech Intelligibility and Acoustic Characteristics of Mandarin Speakers with Cerebral Palsy*. Unpublished Ph. D. Dissertation, University of Wisconsin-Madison.

Johnson, K. (2003). *Acoustic and Auditory Phonetics* (2nd ed). Cambridge, MA: Blackwell Publishers.

Kent, R. D., & Read, C. (2002). *The Acoustic Analysis of Speech*. San Diego: Singular Publishing.

Lehiste, I., & Peterson, G. E. (1961). Transition, glides and diphthongs. *Journal of the Acoustical Society of America, 33*, 268-277.

McCandliss, B. D., Fiez, J. A., Protopapas, A., Conway, M., & McClelland , J. L. (2002). Success and failure in teaching the r-l contrast to Japanese adults: Predictions of a hebbian model of plasticity and stabilization in spoken language perception. *Cognitive, Affective, and Behavioral Neuroscience*, *2*, 89-108.

Miller, J., & Liberman, A. (1979). Some effects of lateral-occurring information on the perception of stop consonant and semivowel. *Perception & Psychophysics*, *25* (6), 457-465.

Miyawaki, K., Strange, W., Verbrugge, R., Liberman, A. Jenkins, J., & Fujimura, O. (1975). An effect of language experience: The discrimination of /r/ and /l/ by native speakers of Japanese and English. *Perception & Psychophysics*, *18*, 331-340.

Pickett, J. M. (1980). *The Sounds of Speech Communication: A Primer of Acoustic Phonetics and Speech Perception*. Baltimore, Maryland: University Park Press.

Strange, W., & Dittmann, S. (1984). Effects of discrimination training on the perception of /r-l/ by Japanese adults learning English. *Perception & Psychophysics*, *36*, 131-145.

超音段的聲學特性——聲調和語調

語音的超音段特性（suprasegmental features）是指加於音段之上的語音特徵，此種特性不像音段線索一樣可獨立存在，是附屬於音段上的性質。超音段特性包括聲調、語調、重音、節律與語速，又稱調律（prosody），即是包括「調」和「律」兩大方面，其中「調」為聲調和語調。節律（rhythm）是指語句中各個單位時間的分配，有規律、節拍感，和時長有關，節律為說話音段的變化形式，包括言語計時、言語速度與語句中的停頓等。在漢語單音節詞的超音段特性主要有聲調和語速，聲調和音高有關，語速則和音節時長有直接關係。語言調律的主要功能有：(1)傳達語意；(2)具有語法的功能，傳達片語、斷句之所在；(3)具促進理解的功能，藉由強調某些訊息以引起聽者的注意，減少訊息處理的負擔；(4)傳達感情或感覺。

在單音節上的言語超音段特性主要為音節的聲調和音節的時長或語速；在多音節的超音段特性主要是變調（tone sandhi）、基頻共構（*F0* coarticulation）、語速和重音等。變調是在連續發語時語言中特有的聲調改變規則，例如華語有名的「三三變調」，凡有「三聲」鄰接「三聲」的音節，第一個三聲音節會變調為「二聲」，而形成「二聲」接「三聲」的調型。例如「水果」一詞中的「水」本調為三聲，但在說出這個詞時，須變成「二聲」的形式。本章主要在討論以音高變化為主的聲調和語調，而下一章則以討論時長的變化為主的言語節律性質。

世界上有些語言以音高或音高的變化來傳達語意，藉由音節上音高的差異來區分不同的語意，例如華語/pi/音節用四種聲調的形式說出時，意義皆有不同。這些以音高變化對比來顯示語意差別的語言是為聲調語言（tone language），漢語中有許多語言是屬於聲調語言，如華語、台語、客語、廣東話、上海話等。依據音高對比形式的差異，聲調語言又分為兩類：聲域聲調（register tone）和型態聲調（contour tone）（Pike, 1948; Maddieson, 1974），有些語言則兩者皆有。聲域聲調是由一些不同音高水準組成的聲調組合，各聲調的對比是由音高的高低所決定，例如泰語即屬於聲域聲調語言。型態聲調則是以音節中音高高低變化的形式（或走勢）來做對比，例如音高「先高後低」或是「先低後高」的變化型態，不同的調型，音高變化的型態不同。漢語中多數語言的聲調是屬於型態聲調語言，如華語、粵語、閩南語即屬之。在聲學上，聲調和基頻、音強、時長有關，而這些因素之間非相互獨立，而是相關存在。

華語之中有四種聲調：陰平調（一聲，高平調，high level tone）、陽平調（二聲，高升調，high rising tone）、上聲（三聲，低降升調，low falling-rising tone）、高降調（四聲，high falling tone）。除此之外，尚有輕聲（neutral tone）。輕聲的語音音長較短，沒有像其他聲調一樣有固定的形式，音高是隨著其前一音節的聲調而變化。傳統聲調名稱，分平、上、去、入四聲，四聲又各分陰、陽，共八個聲調。台語即有此八種聲調，唯台語第六聲與第二聲相同（傳統聲韻學的說法是「陽上變去」，即上聲已不分陰、陽），因此基本上台語只有七個聲調，分別為陰平（第一聲）、上聲（第二聲）、陰去（第三聲）、陰入（第四聲）、陽平（第五聲）、陽去（第七聲）、陽入（第八聲）。入聲調音節的時長十分短促，末尾具有持阻未釋放的塞音，例如台語「毒」音為/tok/，具有陽入（第八聲）的聲調。入聲調在末尾具有持阻未釋放的塞音；和塞音相同，有三種構音部位的收尾：雙唇（如習、法）、齒槽（如達、失）和軟顎（如北、局）。入聲調音節末尾會呈現因不同構音部位產生的共振峰轉折走勢的頻譜特性，此特徵是入聲調音節知覺辨識的重要線索。此外，在連續語音中，台語具有相當複雜的變調規則，變調規則會使得音節的本調發生調型的變化，較為常見的有連讀變調和疊詞的變調等。

台灣的客語因分布地點不同分有四縣、海陸、美濃、饒平、常樂、詔安、永定等七種。其中四縣話是台灣客語中通行最廣的語言，分布在桃園縣的中壢、平鎮、龍潭、苗栗縣、高雄市的美濃區、屏東縣的長治、新埤、萬巒、竹田、內埔、麟洛、佳冬、高樹等地。海陸客語則是客語的第二大語系，分布於北部的桃園縣觀音鄉、新屋鄉、楊梅鎮；新竹縣竹東鎮、橫山鄉、關西鎮、新埔鎮、湖口鄉、寶山鄉等地。四縣客家話有六種聲調，包括陰平（24），讀法同華語的陽平；陽平（11），讀法似華語的三聲；上聲（31），是降調，讀法似華語的四聲；去（55），高平調，讀法同華語一聲；陰入（2），低而短促；陽入（5），高而短促。海陸腔客語則有七種聲調，包括有陰平（53）、陽平（55）、上聲（13）、陰去（31）、陽去（22）、陰入（5）、陽入（2）。其餘地區的客語聲調的調型也略有不同。

第一節　聲調

一、基頻（*F0*）

語言的聲調和語調主要是音高（pitch）的形式變化，而在聲學上，音高變化的指標為基頻（fundamental frequency, *F0*）的變動。基頻乃是聲帶振動的基本頻率，聲帶振動為說話的主要聲源，任何有聲（voiced）音皆有基頻。基頻的改變來自聲門下壓（subglottal pressure）與聲帶緊張度（vocal fold tension）的調整。聲門下壓是位於聲帶下空氣的壓力，與呼吸的氣流量有關。聲門下壓與基頻的高低成正比，也就是基頻愈高，通常聲門下壓愈大（Ladefoged, 1963）。聲帶本身的緊張度與基頻的高低成正比，基頻愈高，聲帶的緊張度愈大，反之則否。

說英語者日常生活的對話基頻變化範圍約有 75 至 100Hz 之多（Orlikoff & Kahane, 1996），因為聲調語言對基頻變化的要求，以聲調語言為特色的華語其基頻變化範圍更大。盛華（1996）發現，說華語的正常成年人念短文的平均基頻範圍，男性為 69Hz 至 185Hz，而女性為 69Hz 至 227Hz，並指出說華語者的基頻變化範圍略大於說英語者的基頻範圍，可見基頻變化範圍會隨著所說的語言種類而改變，由於華語為聲調語言，基頻的變化是形成聲調對比的要件之一，製造連續的語音時，隨時需調整音高以因應不同音節的聲調變化。

語音中的基頻訊息由有聲語音（如母音）所攜帶。基頻乃是語音音波中最基本的頻率，通常是語音複雜波中最大強度的頻率成分。人腦對於基頻的覺知也最為容易，例如在高分貝噪音遮蔽下，基頻的訊息仍可被接收。許多中、重度聽障者在聽不清楚音段訊息的情況下，超音段訊息仍可能被接收。句子的語調可給聽者一個整體的印象。語言中各個語型有其專屬的語調，如疑問句為語尾上揚語調，一般直述句和命令句為語尾下降語調。在英語中，基頻負有傳遞重音（stress）和語調（intonation）的消息。通常在重音節中基頻會較高。語調則和句型有關，如疑問句的末尾通常基頻較高。Laures 和 Weismer（1999）探究英語句子語調對語音清晰度的影響，發現單調化的句子語調（flattened fundamental frequency）會使句子語音清晰度下降。可推測基頻對於非聲調語言（英語）的語音清晰度或辨識，亦具有一些重要的影響。

二、華語的聲調

詞調（lexical tone）是附屬於一個音節的超音段成分。華語是一種聲調語言，使用聲調來做詞意區分的一種線索，聲調負有辨義的功能。例如同為/i/音節，但它的一聲、二聲、三聲、四聲音節則各代表著不同的意義。一個音節的意義會隨著聲調的不同而異。華語的音節總數約 1300 個，如果聲調不算的話，則只有 400 多個音節。由於中文音節結構較為簡單（與印歐語系相較），因此音段（segmental）所負載的語意區辨角色有一部分由超音段所提供。超音段部分為了擔負此任務，在某些面向上會有所限制，例如時長，由音高變化形式產生不同的聲調，使得音節時長有其最短的限制，不能過短。因此，一般而言，聲調語言的音節時長較非聲調語言的時長為長。

四種聲調各有其獨特的基本頻率型態（contours），如圖 12-1 所示為一華語女性說話者說出具有四種聲調形式的/i/音節（衣、移、椅、異），呈現出四種不同的音節基頻曲線的輪廓。早期 Chao（1948）創音調五度制，將聲調音高分成五個等級，1 代表最低調，5 代表最高調，依此五度制將華語四個聲調的型態定為 5-5、3-5、2-1-4 與 5-1（即一聲、二聲、三聲與四聲）四種，如圖 12-2 呈現 Chao（1948）音調五度制的四個聲調理論型態圖。由這四個聲調的基頻走勢型態來比較，可見四個聲調之間起點和終點的音高皆是不同的。就起點音高而言，通常三聲的起點音高最低，而一聲和四聲的起點音高較高。就終點音高而言，通常三聲和四聲的終點音高較低，而一聲和二聲的終點音高較高。由於在連續語境中三聲皆為「半上」形式，即所謂「不及」（undershoot）的形式，末尾音高並無上升，因此三

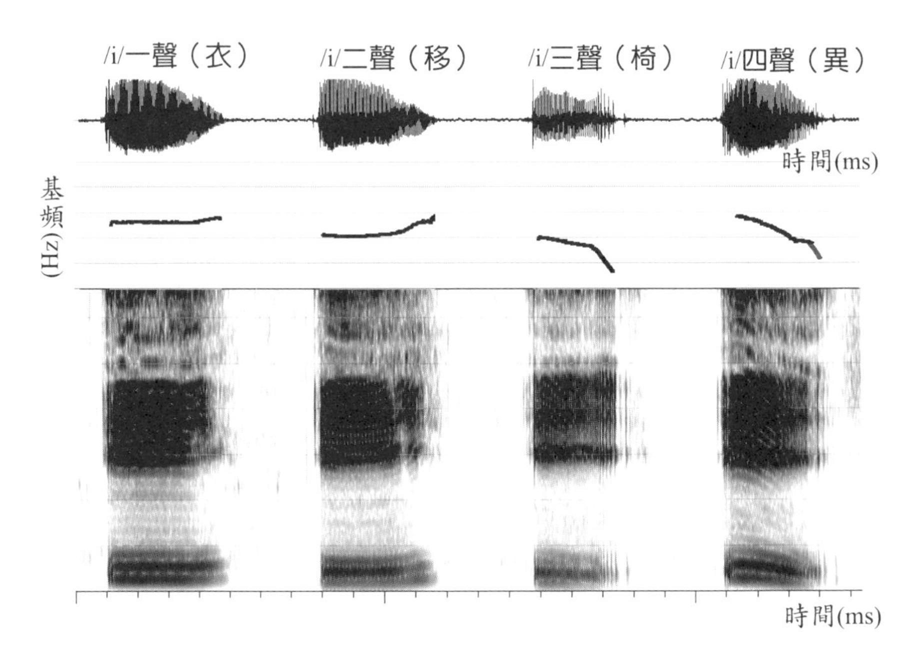

圖 12-1　華語具有四聲的/i/音節的基頻曲線圖。

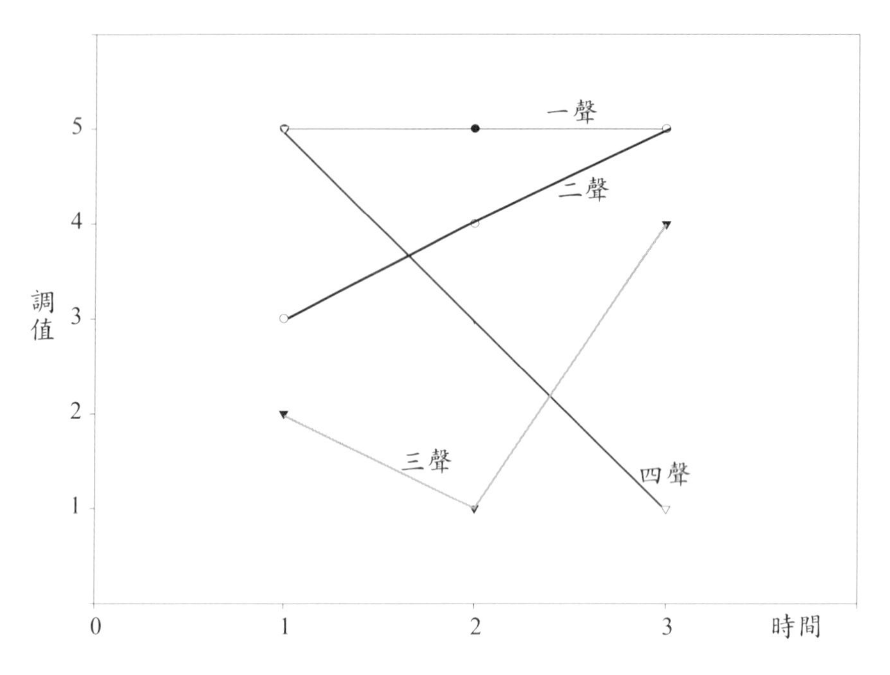

圖 12-2　Chao（1948）提出的華語四聲聲調的音高型態圖。

聲的特點就是具有最低的基頻值，是為低調。四聲則是擁有最大的基頻變化範圍值，音高由起點最高很快地降到最低，音高變化的斜度最為陡峭。

華語中的輕聲（neutral tone）是很特殊的一種聲調變化。根據 Tseng（1990）研究，輕聲是無聲調的詞素，沒有固定的調型。在詞句中音節的聲調在某些特定情況下（如位於句尾或片語尾位置），會被弱化（neutralized）為輕聲。如「他在房間裡面」的「裡」，為三聲，但「他在房間裡」的「裡」音可被弱化為輕聲。輕聲本身並非獨立的聲調，隨著連續發語而變化，並無自己獨特的基頻型態，隨著它前接音節的聲調而改變音高，通常較前接音節的基頻為低，音長也較短且音量較弱。曹劍芬（2007）指出，輕聲的音強和調型受前接音節的影響，當前接音節為上聲（三聲）時，輕聲音節的音強會比前接音節為強，且音高也較前接音節為高。例如「起子」中的「子」音會比「起」音的音強更強，音高更高。但在其他聲調的情況下，則輕聲音節的音強會比前接音節為弱，且音高也較前接音節為低。例如「棋子」中的「子」音會比「棋」音的音強較弱，音高較低。輕聲音節的音長通常較短，只有約前接音節的五分之三左右，但在不同語境下變異性頗大。圖 12-3 為一華語男性說話者說出的具有輕聲的詞語，呈現四種聲調音節後輕聲音節的基頻曲線圖。大致而言，輕聲音節的走勢為時長較短的降調，它的起始點的音高大致承接之前音節的末尾音高，由此點的音高而漸降，唯因三聲本身音高已是很低，三聲音節後接的輕聲，音高的起始點會比其前的三聲音節的音高稍高。但三聲後的輕聲的起始點的音高是四者之中最低的。因為三聲本身的音強通常較弱，三聲後接的輕聲音節通常會比三聲音節音強稍強或是和它一樣弱。

三、華語聲調的聲學分析

聲調的不同主要在於聲音基本頻率（fundamental frequency, *F0*）型態的不同，華語的聲調有四種：一聲、二聲、三聲與四聲。華語四個聲調各有其基本頻率的型態。使用語音分析軟體的音調追蹤功能（pitch tracking function），進行聲調基本頻率型態的檢驗。Tseng（1990）曾測量一位女性念華語單音節母音的聲調，得到表 12-1 的結果。Howie（1976）測量一男性念華語單音節母音的聲調，得到表 12-2 的結果（引自 Tseng, 1990）。Jeng（2000）曾測量五位正常男性和五位正常女性說話者的華語單音節四聲調的基頻，經過時長正規化後，得到圖 12-4 的型態。除了三聲為半上形式外，可見到大致如 Chao（1948）的四個聲調理論型態，二聲和三聲的前半段走勢很類似，主要的區別在後半段。男女性的四聲音高走勢略有些差異，女性的三聲（和其他聲調相比）相對地是在較低頻的位置，四聲的末尾音高沒有下降足夠。

此外，各聲調之間基頻的變化率是有所差異的。基頻變化率為一段時長中基頻的變化範圍差距值。通常華語一聲的變化率最小，四聲則有最大的基頻變化率。基頻變化率的計算是音節區段中最高基頻和最低基頻的差距值，再除以該音節區段的時長值。如以下公式所列：

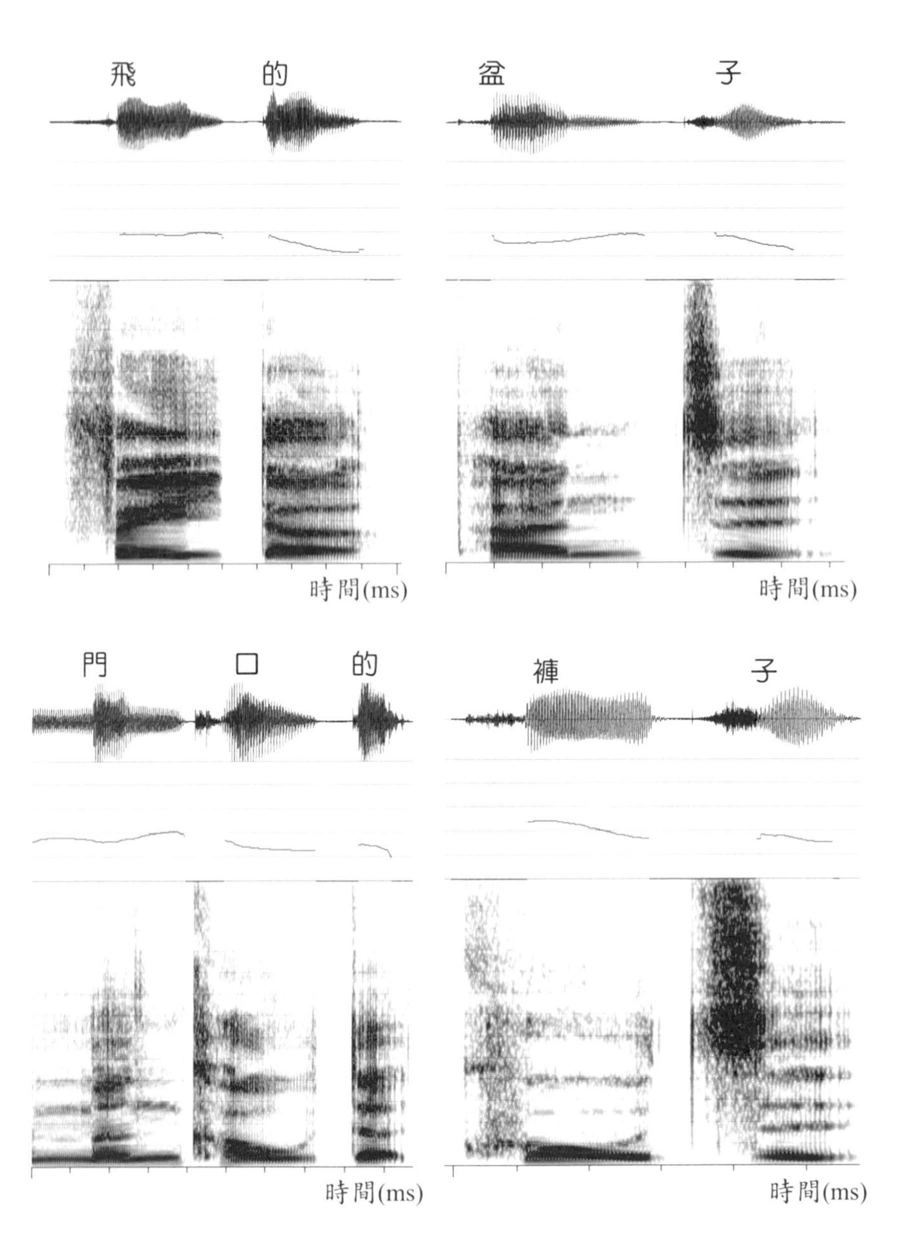

圖 12-3　四種聲調音節後輕聲音節的基頻曲線圖。

表 12-1　Tseng（1990）測量一位女性念華語單音節母音的基頻（Hz）。

	起始	中點一	中點二	最後
一聲	215			215
二聲	150	100		250
三聲	135	90	45	180
四聲	245		95	150

表 12-2　Howie（1976）測量一位男性念華語單音節母音的基頻（Hz）。

	起始	中點一	中點二	最後
一聲	150			150
二聲	115	35		150
三聲	113	40	40	113
四聲	157		52	105

F0 變化率（change rate）＝*F0* 差距值／音段時長

基頻變化率的計算由於是以音段時長為分母，在此音段中基頻的差距為分子。基頻變化率數值會受語速的影響，音段時長愈長基頻變化率愈低，因此須在同一語速下做比較才有意義。若在同一語速下，各聲調間的區別是顯而易見的，例如一聲的基頻變化率應是最小，會小於其他聲調的值，而通常四聲的基頻變化率會是最大，三聲則次之。

各聲調間的差異除了在聲音基頻（*F0*）的型態不同之外，音強與音節時長也會有所差異。在時長方面，一些研究（如 Tseng, 1990; 石峰、鄧丹，2006）發現，時長也傳遞著部分聲調的消息，聲調為三聲的音節時長較長，而以聲調為四聲的音節最短。Tseng（1990）的研究資料顯示，三聲韻母的時長最長，而二聲、一聲次之，四聲最短。翁秀民、楊正宏（1997）的研究以詩句的語音為材料，結果顯示華語的四個聲調中的字音長度，以第二聲最長，其次為第一聲，第四聲最短，而第三聲大約與第四聲的時長相近。這些研究結果顯示聲調時長的不一致性，這些不一致的發現主要是在「三

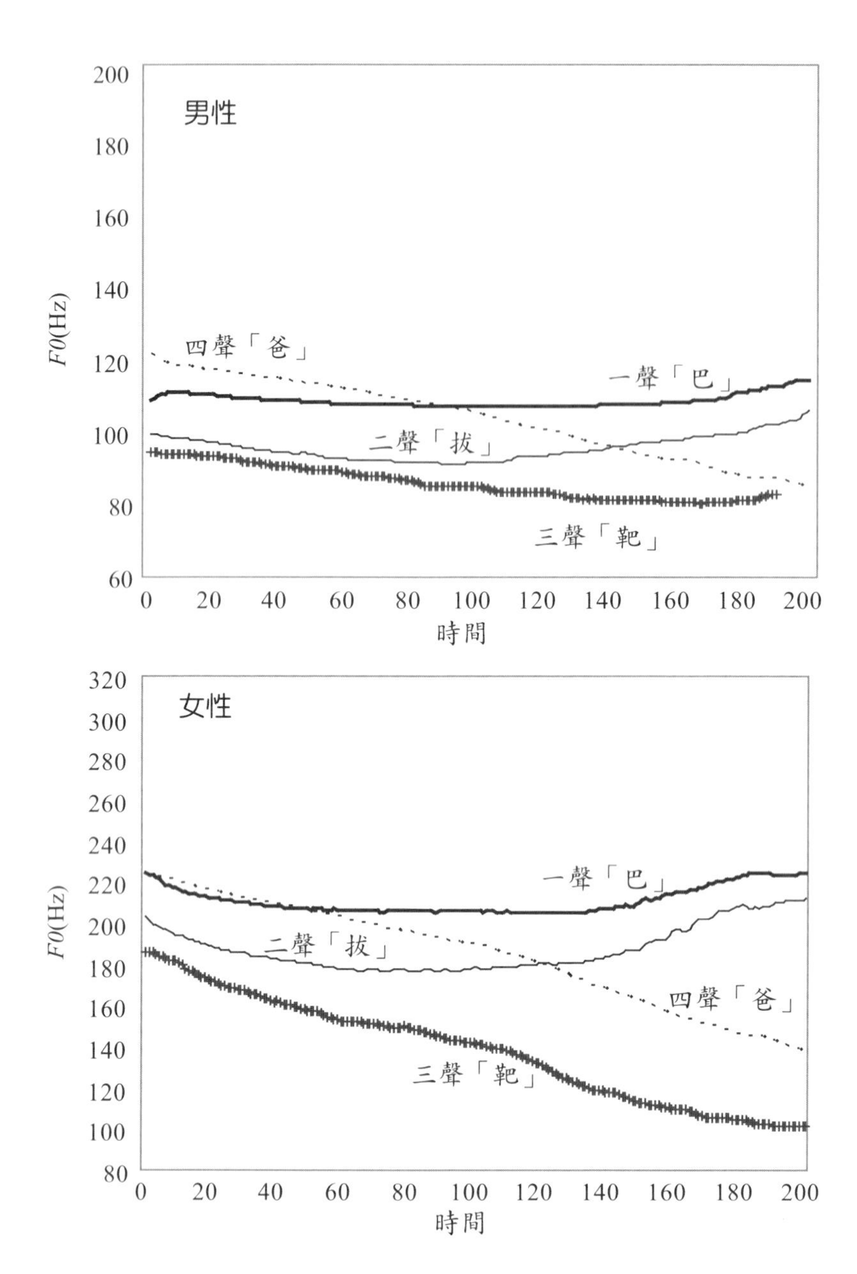

圖 12-4 華語男性（上圖）和女性（下圖）說話者的單音節四聲調（經時間正規化）的基頻走勢。

聲」方面。第三聲單音節的產出若是以「全上」的形式說出時，時長通常會是最長的，但若是以「半上」的形式說出，時長通常較短。在連續發語語句中，通常第三聲單音節是「半上」的形式。事實上，在日常對話模式中，音節時長會受到許多因素的影響，例如語法、強調或句中的位置等。雖然在聲調的辨別上，音節時長並非主要聲調的區分因素（Tseng, 1990），但是在語音產生方面，聲調的確會影響詞語的語音時長，尤其是韻母受聲調的影響比聲母為大，因為聲調主要是在有聲（voiced）語音中所攜帶，而有聲語音包括有母音、鼻音和有聲子音。

儘管除了基本頻率，尚有時長、強度等音節參數具有分辨各聲調的功能，但是基頻（*F0*）所攜帶的聲調消息最多。雖然基頻、時長、音強一起傳遞聲調的訊息，但Tseng（1990）發現無論在聲調的辨別與產生上，音節時長並非主要聲調的區分線索，基頻的型態才是主要聲調的區分因素。在語音聲學特徵上，中文詞調的不同主要在於聲音基本頻率（*F0*）的型態或走勢（trajectory）的不同。以聲調語言為母語的人，對聲調型態會有特別的聲調類別知覺（categorical perception）的現象。

因為各種元音的內在基頻（intrinsic fundamental frequencies）或所謂的「內在音高」（intrinsic pitch）有所差異（Lehiste & Peterson, 1961），在單音節字音的層次中，單音節的基頻消息可能對元音的辨識有些助益效果。內在音高是元音本身固有的音高，發不同類別的母音時，音高會有少許的差異，例如/i/音的內在音高就高於/a/音。內在音高和母音的類別有關，通常高元音的內在音高會較低元音的音高為高。這是有生理原因的，由於發高元音時的舌位較為上方，喉部受到舌根的牽扯，位置會較高，喉部的聲帶張力較高，而使得高元音的音高較高。

第二節　多音節的聲調基頻變化

在多音節詞的層次中，基頻消息對音節界線的界定有所助益（Katz et al., 1996）。音節於中文語音辨識歷程中佔有重要地位，因為漢語一字一音節以及以音節計時的特性，在漢語語音辨識理論、假說中，音節被認為是語音辨識的基本單位（Tseng, 1990）。在多音節詞與句子中音波為連續的，音節界線線索的提供將有助於音節數目與音段訊息（segmental information）的取得，進而促進詞意觸接（lexical access）。基頻消息就可能對音節界線的界定有所幫助，因為聲調為漢語音節的屬性之一，基頻的高低起伏走勢可提供音節間界線的線索，例如在下降的走勢（第四聲）後有上升的 *F0*，此動態的 *F0* 上揚的訊息隱含著下一個音節的到來。另外，基頻消息對片語界線的界定可能有幫助，可促進片語的辨識，進而也促進整個句子的辨識或取得語法訊息，亦即基頻消息可藉由促進部分的辨識而達到全體辨識的效果。

在多音節詞或句子中，由於句子語調音高的規範，使得基頻的變化不如在單音節中的明顯，句子的語調與多音節中的聲調會有交互作用的關係，如變調（tone sandhi）等因素（Tseng, 1990）。變調是一語言中特有的調型變化規則，在音節連續串接時，音節原本的聲調改變成別種聲調的調型。除了變調外，音高還會受到其前後鄰近音節的「共同構音」（coarticulation）或稱「協同構音」的影響，相互牽制的結果，將使得在語句中音節的基頻型態不若在單音節中時明顯。通常因相鄰音節的「共同構音」造成的音高變化，也不若「變調」來得劇烈，變調是改變了整個音節的調型，而共同構音造成的影響則只是在基頻上有些許的改變，調型還是依舊維持音節原本的聲調。

一、共同構音

「共同構音」（coarticulation）是在連續發語時，每個相鄰音（音素或是音節）之間有不同程度的構音重疊現象。共同構音主要源自於須顧及言語動作的連續性與流暢性，連續發語時，每個音的構音動作不可能遽然分明，切割得清清楚楚，而是在音和音之間的交接處有著部分性的重疊，例如發生於子音和母音之間的協同構音動作。通常語速愈快，重疊部分愈多，共構愈明顯。

共構的發生將影響原本子音或母音的構音動作，依照影響的次序或方向可分為兩類，一類是構音器官因為慣性作用，使它們無法在短時間內回復到原先中性的位置，以至於在連續動作時，下一個語音動作往往會受到先前一個動作殘留的影響而改變，是所謂的「存留性共構」（preservative coarticulation, retentive, carry-over），又稱為「由左到右」（left-to-right），或謂「前行性」（progressive）的共構，語音的改變乃因為先前音的影響。另一種是在連續產生的構音動作中，當說話者欲產生一個音時，也同時為下一個音做預備，而在動作上有些因應性的改變，是所謂的「預期性共構」（anticipatory coarticulation），又稱為「由右到左」（right-to-left）或「回溯性」（regressive）的共構，此種語音的改變乃是因為後接音的影響，位於一個音段的構音受到其接下來將要說的音之特徵所影響，構音子會為將發生的動作先做準備而調整，例如說/tu/音時，/t/的動作受到接下來要說/u/音的影響會加入圓唇的動作，而原本單純/t/音的動作並不需要圓唇。而存留性的共構是因為構音子的動作較為遲滯或慣性之故，無法在短時間內應付改變，導致一些殘留性的動作。例如說/ma/音時，/a/音會帶有鼻音的鼻化現象，這是因顎咽閥門（velopharyngeal port）的關閉動作較遲滯而造成。我們說話時語音中的共同構音到底是源自於預期性效果或是存留性效果？兩者中哪一種影響較大呢？這是許多語言學家感興趣的課題。例如有個人說道：「我已經一百棉沒有看電影了」，此句由「年」變成「棉」的過程是屬於哪一種共構呢？又例如有人點餐時，說出：「老板，我要一碗牛肉瞢飯！」此種語誤又是屬於哪種共構歷程呢？

二、華語雙音節詞聲調的共同構音

「共同構音」不僅是在「音段」的構音動作上出現，在「超音段」上也會出現，因為在連續發語時，喉部聲帶的基頻調整動作也會如其他構音器官一樣，有預期準備或慣性牽制的情形。聲調在連續發語的情況下（如多音節詞），會受到共構影響而在基頻（*F0*）變化走勢上有些改變，尤其是在多音節詞中常出現因共同構音的基頻改變。華語雙音節詞的第一音節與第二音節的聲調會相互影響，而使得其各自的基頻產生改變，一個聲調型變異的程度要看聲調所在的語境（context）而定（Xu, 1994, 1997）。Xu（1994）在其研究中指出，在「相容」的聲調語境下，變異的程度小，而在「衝突」的聲調語境下，變異程度大，有時甚至改變基頻走向。Xu（1997）使用/ma ma/音節研究華語雙音節詞的聲調共同構音效果，發現華語雙音節詞中的基頻同時具有預期性與連帶性的雙向共同構音效果。

在鄭靜宜和張有馨（2003）的研究中，曾調查華語各種聲調組合之雙字詞的基本頻率之共構特性，分析四位正常說話者（二男、二女）的雙音節詞的基本頻率，詞語材料是四十八個十六種聲調結合的雙音節詞。圖 12-5 列出其中具有八種聲調連接型態的雙音節詞語的基頻走勢，位於頻域較高的曲線為女性說話者的基頻曲線；位於頻域較低的曲線為男性說話者的基頻曲線。仔細觀察這些由於前後音節不同聲調相連接時，同一調型基頻曲線的差異，例如詞語「琴聲」為二聲＋一聲，而「化身」為四聲＋一聲的連接，比較第二音節的聲調可發現同是一聲，但四聲後的一聲起始基頻值較低；二聲後的一聲起始基頻值則稍高。同樣地，在詞語「班級」為一聲＋二聲，而「變質」為四聲＋二聲，可發現同是在第二音節的二聲，但四聲後的二聲起始基頻值較低；一聲後的二聲起始基頻值則稍高。在詞語「供給」（一聲＋三聲）中第二音節的三聲走勢為低平，起伏比單音節時的為小，在詞語「辦法」中的三聲音節走勢也是較為低平，而且三聲的起始頻率較低，這是因為受到前面四聲音節的影響。例如在詞語「會議」（四聲＋四聲）中的第二音節的起始基頻也是較低。大體而言，聲調為四聲的第一音節，會使得後接音節的起始基頻變得較低，推測可能因為四聲末尾的基頻較低，後接音節的起始基頻值無法在短時間內上升到應有的基頻高度所致。以上這些都是聲調的共構造成音節部分音段中基頻的局部變化。

比較四種聲調在第一音節與第二音節的起始基頻與末尾基頻的差異與變化。表 12-3 列出這些雙音節聲調連結型態的第一音節始段、末段與第二音節始段、末段的基頻平均值和標準差。表中「1＋1」表示第一音節為一聲，第二音節為一聲的詞語。觀察表 12-3 可發現四種聲調的第一音節的始

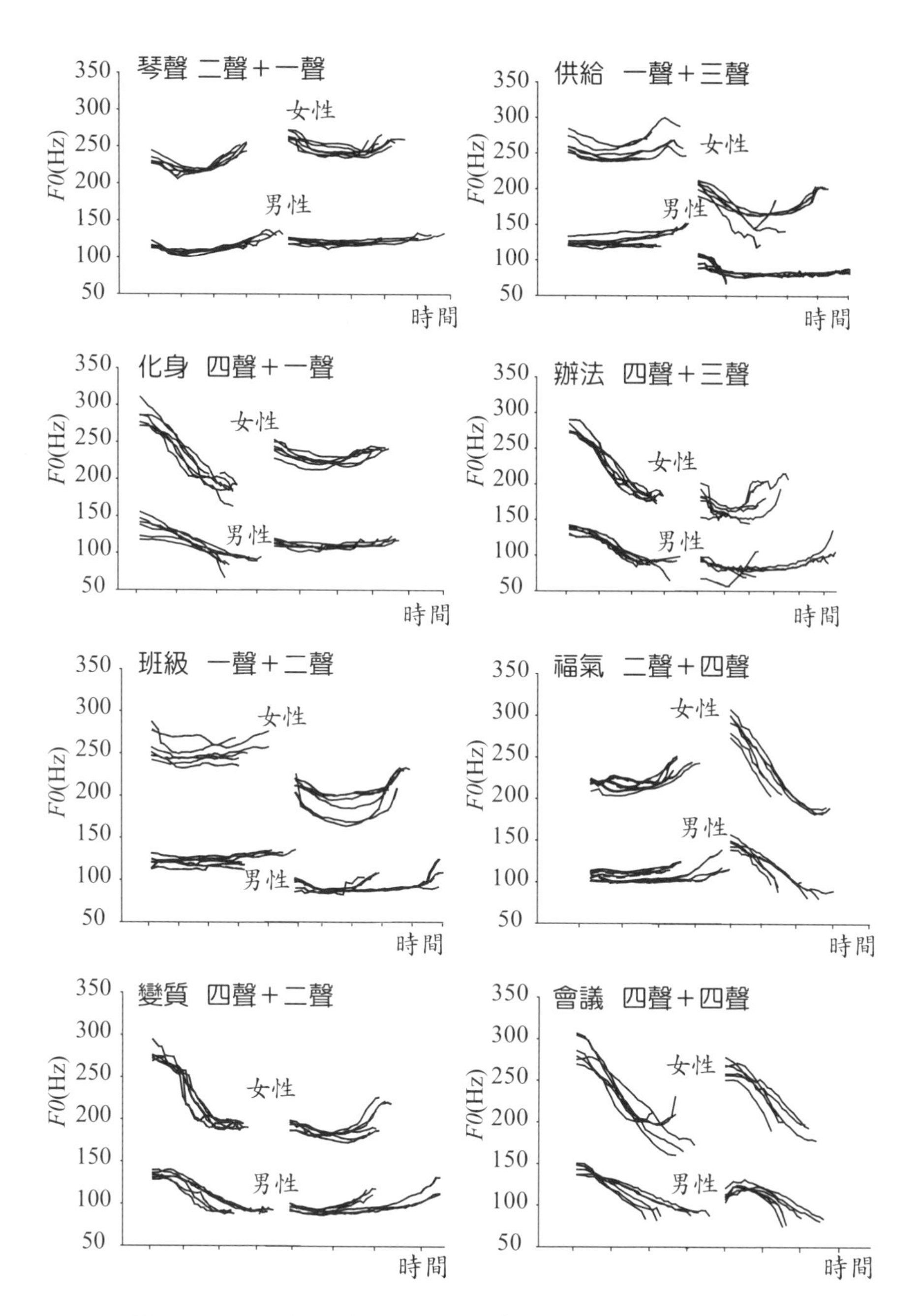

圖 12-5 八種聲調連接型態的雙音節詞語的基頻走勢曲線。

表 12-3 各種雙音節聲調連結類型中，第一音節首、末與第二音節首、末的基頻平均值（Hz）與標準差。

聲調連結型	第一音		第一音		聲調連結型	第二音		第二音	
	節首	SD	節尾	SD		節首	SD	節尾	SD
1 + 1	201	66	197	68	1 + 1	194	61	200	63
1 + 2	195	72	197	72	2 + 1	199	73	198	69
1 + 3	195	72	201	73	3 + 1	181	64	194	67
1 + 4	201	69	197	70	4 + 1	179	61	182	60
2 + 1	178	62	185	63	1 + 2	179	74	169	57
2 + 2	168	59	198	70	2 + 2	176	71	171	55
2 + 3	170	63	209	75	3 + 2	152	57	174	59
2 + 4	170	60	181	61	4 + 2	140	47	165	51
3 + 1	167	60	124	46	1 + 3	183	75	144	53
3 + 2	157	59	126	45	2 + 3	165	58	141	53
3 + 3	166	58	195	71	3 + 3	171	65	135	52
3 + 4	161	61	132	48	4 + 3	135	50	151	52
4 + 1	215	73	146	53	1 + 4	207	74	143	59
4 + 2	218	79	140	47	2 + 4	220	76	146	54
4 + 3	216	75	138	48	3 + 4	186	71	133	54
4 + 4	211	68	142	50	4 + 4	194	65	128	50

段基頻，在其各自四種的聲調連結型中，基頻差異不大，反倒是音節末段的基頻變化較大。比起第一音節的變化，四種聲調在第二音節的始段中各自四種的連結型間的基頻差異更大，而音節末尾的變化則較小。例如觀察第二音節同是二聲的連結型，「三聲＋二聲」和「四聲＋二聲」的第二音節的始段基頻，就較「一聲＋二聲」和「二聲＋二聲」為低。比較雙音節四個位置的基頻變異性，可發現在第二音節首位置各相鄰聲調間的標準差較大，表示在第二音節首受到的影響較大，也就是第一音節的調型對其後第二音節的基頻起始值的影響較大，此即為聲調順勢效果（carry over effect）的影響。也就是在第二音節首的位置受到共同構音的影響最大，第一

音節的調型對其後第二音節的基頻起始值的影響較大。

基頻分析的結果發現雙音節詞中第二音節始段受到共構的影響較大，推論基頻受到共構的前向性效果較強，但基頻的變化也不完全為前向性的影響，也有小部分的預期性改變發生在第一音節的末尾。就雙音節詞十六種聲調的組合而言，基頻的變異程度分為兩類：和諧型和衝突型，和諧型的前後音節間基頻的差距較衝突型為小。

音節起始基頻是否受到雙音節詞中音節位置的影響，第一音節的起始基頻值與第二音節的起始基頻值是否有所差異？由圖 12-6 來看，除了三聲以外，其餘聲調位於第二音節時的起始基頻值有降低的趨勢。尤其是當第二音節為四聲時，位於第二音節時起始頻率的下降最多。可見，位於第二音節的聲調受到整體詞彙音高逐降的影響，大都會比位於第一音節時的音高稍低。

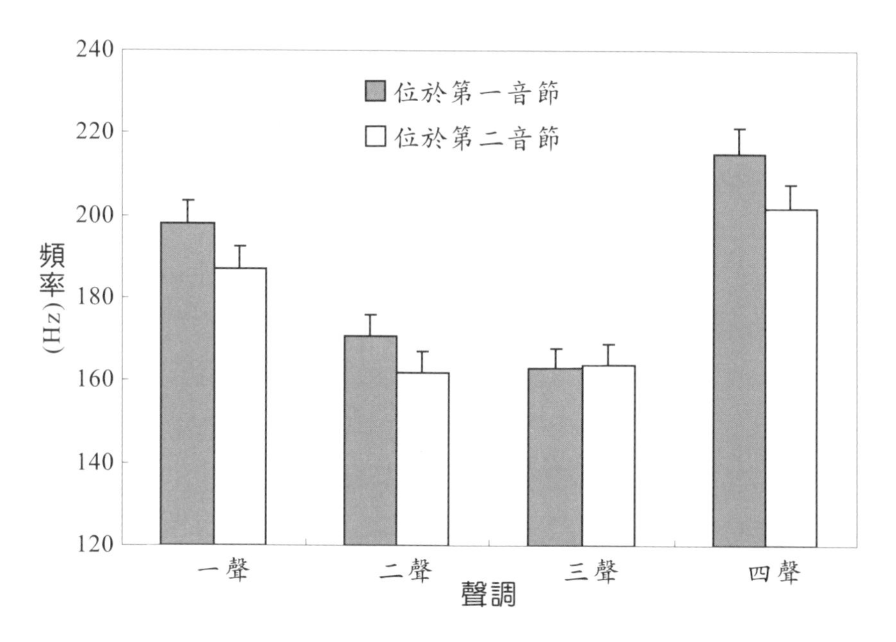

圖 12-6　四種聲調在不同音節順序情況下的起始基頻平均值（Hz）。

三、鄰聲調效果

和不同的聲調相鄰，聲調的音高是否會有改變？在不同相鄰聲調的狀況下，音節的起始基頻是否會受到不同的影響？鄭靜宜和張有馨（2003）比較在不同鄰近聲調下，前後兩音節起始基頻受到影響的差異。由圖 12-7 看來，當第二音節為四聲時，該音節的起始頻率下降較多。音節順序與相鄰音節聲調型態顯著地影響音節的起始基頻值，其中鄰近一聲、二聲的音節基頻較高，鄰近三聲與四聲的音節基頻較低。鄰近聲調效果主要出現於第二音節的位置，亦即第一音節的調型對其後第二音節的基頻起始值的影響較大，此為存留性共構的影響。

是否在不同鄰近聲調下，前後兩音節末尾基頻受到的影響不同？由圖 12-8 來看，當第二音節鄰四聲時，該音節末尾頻率較低，而當第一音節鄰三聲時，第一音節末尾頻率較高（已去除三三變調）。可見音節順序與鄰

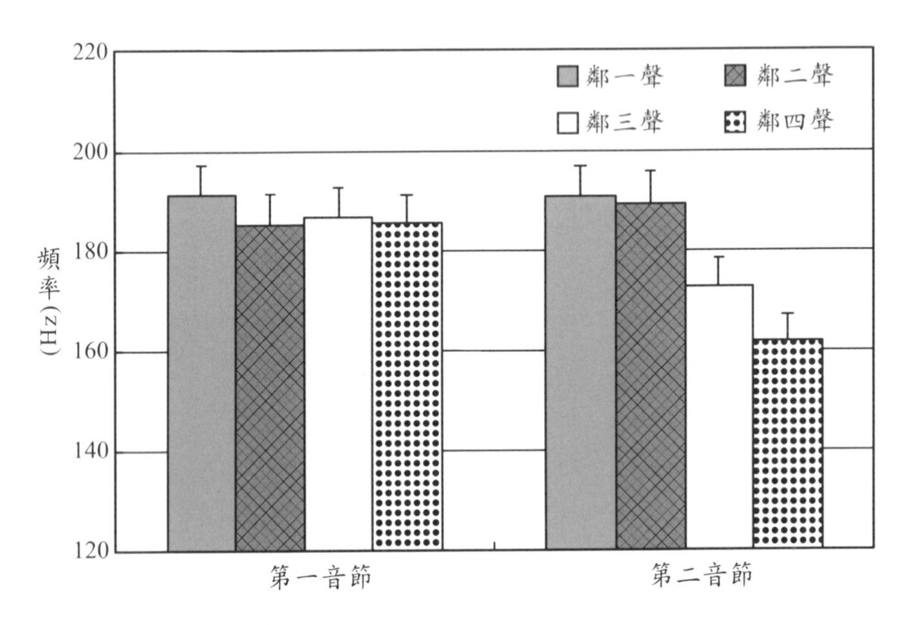

圖 12-7 在鄰近四種聲調與不同音節情況下的基頻起始值（Hz）。

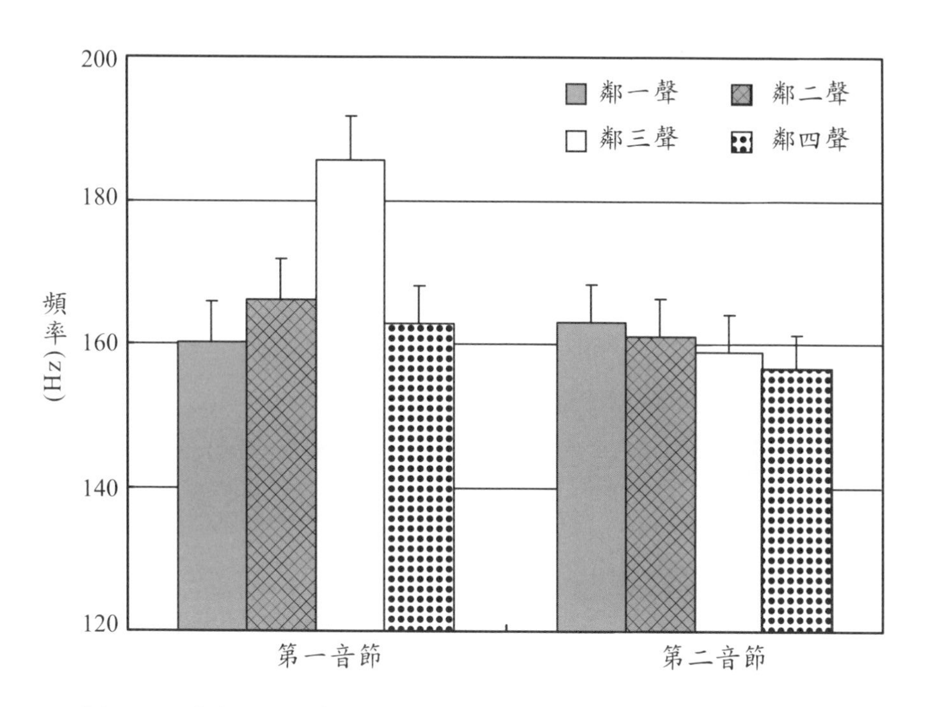

圖 12-8　在鄰近四種聲調與不同音節情況下的音節末尾值（Hz）。

音節聲調型顯著影響音節的末尾基頻值，比較第一與第二音節的鄰基頻效果，對於第一音節末尾基頻的影響較為明顯。可見鄰近聲調效果主要在於第一音節末位置，亦即第二音節的調型對其前第一音節的末尾基頻值有影響，此為預期性共構的影響。綜合以上鄰聲調對音節起始與末尾位置的比較，比較在第一音節末與第二音節初始位置出現鄰聲調效果，則以第二音節初的位置受到的影響較大，可見聲調共同構音的存留性共構效果是大於預期性的效果。總而言之，華語雙音節詞的音節聲調變化是同時受到前向與後向共同構音的影響，是屬於混合式的，但以前向性效果為主。

四、雙音節基頻走勢的衝突與和諧

將雙音節詞基頻的和諧度定義為第一音節末尾基頻與第二音節起始基頻的差距值多寡，若基頻差異值小，表示聲帶振動頻率在兩音節之間的變動性小，因此和諧度大，反之，基頻差異值大者表示聲帶振動頻率在兩音節之間所需調整的差距值大，因此和諧度小，衝突性大。鄭靜宜和張有馨（2003）計算四位說話者四十六個雙音節詞語的平均基頻值，並求取第一音節末尾的基頻與第二音節起始基頻的差異值，分析結果列於表 12-4。並將其基頻的差異絕對值，列於表 12-5。可以發現三聲的第一音節末尾基頻與後接一聲的起始基頻的差異值最大，達 57 Hz 之多，其次為第一音節為三聲後接四聲的雙音節詞語，基頻的差異值達 54 Hz 之多，其餘達 50Hz 以上的差異值，尚有四聲接四聲的情況。前後音節最無差異值的當屬前音節四聲接後音節二聲的情況；其次是前音節為四聲接後音節三聲，以及前音節一聲接後音節一聲的情況。

表 12-4 第一音節末尾與第二音節起始基頻的差異值（Hz）。

基頻差距（Hz）		第一音節音節尾				
	聲調	一聲	二聲	三聲	四聲	平均
第二音節首	一聲	3	−14	−57	−33	−25
	二聲	18	22	−26	0	4
	三聲	18	44	24	3	22
	四聲	−10	−39	−54	−52	−39
	平均	7	3	−28	−20	−10

表 12-5 第一音節末尾與第二音節起始基頻的差異絕對值（Hz）。

基頻差距（Hz）		第一音節音節尾				
	聲調	一聲	二聲	三聲	四聲	平均
第二音節首	一聲	7	16	57	33	28
	二聲	18	22	26	4	18
	三聲	18	47	32	8	26
	四聲	12	39	54	52	39
	平均	14	31	42	24	28

表 12-6　第一音節聲調與第二音節聲調間的和諧度。

		第一音節聲調			
	聲調	一聲	二聲	三聲	四聲
第二音節聲調	一聲	和諧型	和諧型	衝突型	衝突型
	二聲	和諧型	和諧型	和諧型	和諧型
	三聲	和諧型	衝突型	衝突型	和諧型
	四聲	和諧型	衝突型	衝突型	衝突型

若以差異平均值 28Hz 為分界點，可將這些聲調共構連接的型態分為兩類：和諧型與衝突型，經分析共有九種和諧型與七種衝突型，列出於表 12-6。十六種聲調的連結型態以和諧型居多，七種衝突型除了「二聲＋三聲」的型態外，皆為第二音節首基頻上升的情況，即衝突型的第二音節首基頻值較高。四種聲調中第一音節為一聲的皆為和諧型態，第一音節聲調為三聲的衝突型態最多，而第二音節聲調為二聲的皆為和諧型態，第二音節聲調為四聲的衝突型態最多。和諧型前後兩音節的基頻差距值較小。聲調的連結型態的「和諧」或是「衝突」可以作為一般父母為新生兒「命名」時的考慮，畢竟一生當中一個人的名字被周圍親人說的機率十分頻繁。「和諧型」的聲調組合可以讓說話者要說出該名字時，減少因音高變化造成喉部聲帶緊張度的劇烈變化，較不會說錯，具有這樣子聲調形式的名字應該是會較受歡迎吧！

第三節　語調的特性

句子的超音段特性主要包括語調、語速、強調、音段拉長等。語調的主要特性有音高漸降（pitch declination）、因句型音高變化移動（pitch movement）以及強調的音高變化。音段的拉長主要是語句中強調處的音段拖長和片語末尾的音節拉長現象，這些在下一章將會介紹。

語調（intonation）是在大的語言單位上的基頻變化，此大單位通常是指句子或片語，即可獨立表達完整意義的語言單位。語言中句型（如直述句、疑問句、驚嘆句）皆有固定的語調型態，例如疑問句通常在語句末尾基頻上升，直述句則末尾基頻下降。通常直述句的末尾基頻皆會較語句起始處的基頻為低，亦即語句的 *F0* 軌跡由起始音節最高，漸漸下降至發語語句之末尾音節。此即為音高漸降（declination）理論。基頻在直述句中有一種自然漸下降趨勢，基頻下降又稱 *F0* 傾斜（F0 tilt），*F0* 呈線性下降的傾斜趨勢，此乃跨語言性的現象（Kent & Read, 2002）。凡是位於一個直述性（非疑問）的發語（utterance）詞句的開始，*F0* 有一種重新設定（reset）的情形，隨著發語音節的增多，*F0* 值逐漸下降直到語句結束為止。因此，*F0* 的重新設定，即 *F0* 提升至預設值，是一個發語起始的線索，而語句末尾皆會比開頭的基頻為低。

華語的語調情況和英語語句類似，直述句的音高呈漸下降的趨勢，語句末尾處的基頻最低。當我們說疑問句時，基頻的變化較大。華語疑問句的語調走勢也大致如同英語疑問句的趨勢，不管是「開放式」問句和「封閉式」問句，皆和英語有類似的音高變化趨勢。疑問句大致分兩種，一種為封閉式問句，問句的答案為「是／否」（yes/no）；另一種為開放式問句，即「WH」式的問句，如問「是什麼」、「什麼時候」、「在哪裡」，或是「為什麼」等問句。開放式問句的語調趨勢和直述句相似，為漸降趨勢。封閉式問句，即「是否型」問句的語調則為上揚趨勢，語句末尾音高上升，例如一個媽媽常會問 3 歲的孩子說：「你要尿尿嗎？」或是「你吃飽了嗎？」等問句。此外，一些直述句子後的附加問句（tag question）的語調也是上揚趨勢，例如「這本書是你的，是嗎？」末尾的「是嗎？」基頻上升，不下降。

圖 12-9 呈現華語直述句和疑問句的基頻曲線，華語封閉式疑問句語句末尾語調亦有上升，但上升幅度似乎不若英語中的為大。華語的「封閉式」問句末尾常加有「嗎」、「呢」、「吧」等語尾助詞，而這些問句之末尾音高變化常只在疑問助詞部分的基頻稍微提高或保持不下墜而已，其他語句末尾部分的基頻則無上升狀。如圖 12-9 呈現華語直述句和疑問句的基頻

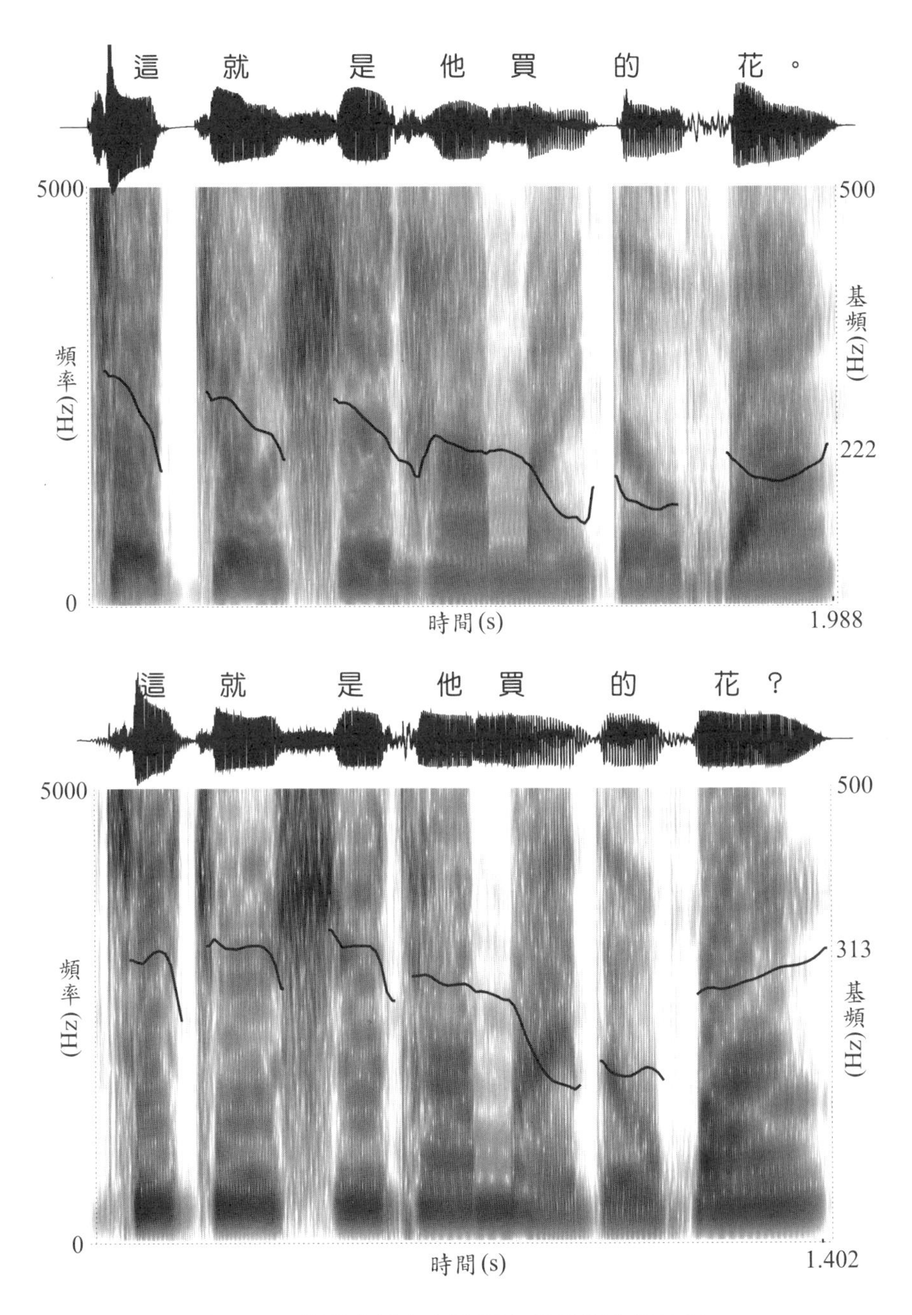

圖 12-9 華語直述句和疑問句的基頻曲線比較。

曲線，華語「是否型」疑問句語句末尾語調有上升，但華語語句末尾基頻升高的幅度和影響的語句範圍通常較英語問句來得小。有時可見華語封閉式疑問句末尾常只是音節時長的拉長而已，末尾音高持平，並沒有明顯上升。可見，華語整體語調對於語句中音節基頻的規範不若英語來得強，或許是因為還需要考慮到其他與基頻相關的因素，如聲調所致。

一、呼吸群理論

音高的下降輪廓（contour）究竟是以一個句子（文法上）為主，或以一次發語（utterance）或是和說話時的呼吸換氣有關呢？一個呼吸群（breath group）是指說話時兩次吸氣間所產生的話語群集。Lieberman（1967）提出語調的呼吸群理論（breath group of intonation），呼吸群是說話語流中的單位，呼吸群由一些詞、片語或句子所構成，指說話者在一口氣中所製造的言語群。在一個呼吸群開始時，聲門下壓開始上升，升到一個水準（例如 10 cm H_2O）後，會維持一段時間，為聲門下壓的高原期，說到末尾快沒有氣時，聲門下壓下降，至呼吸群結束。聲門下壓通常和基頻呈正比關係，語句末尾聲門下壓下降，基頻也隨之下降。然而，在說封閉式疑問句時，雖然呼吸群末尾的聲門下壓下降，但因為該種疑問句型的表達需要基頻上升，此時聲帶的緊張度就須增加，以應付基頻的上升。由此可知，聲門下壓與聲帶基頻的控制之間並非完全為相依關係，聲帶的緊張度會影響聲門下壓，而聲帶和其他呼吸、發聲機制可主動性地調整聲門通過的氣流量與調節聲帶本身的阻力（resistance）來改變基頻值，以因應語句表達所需。聲帶基頻的調整有其主動性和被動性成分，和聲門下壓之間呈現一種複雜的關係。

二、語調和聲調的交互作用

在聲調語言（tone language）中，基頻同時負有傳遞聲調（tone）和語調的消息。在缺乏上下文或語音脈絡（context）的情況下（如單音節詞），聲調負有重要的辨義功能，因為聲調不同將導致詞義不同。對於聲調語言中聲調和語調兩者的關係，趙元任曾提出好比是大波中附載著小波的關係。大波為整個語調的基頻形式，為整體的大趨勢，上面附載著小地區性的起伏是為聲調。聲調為小區域範圍內的音高變化，而語調為語句整體的音高變化。圖 12-10 呈現華語直述句的基頻曲線，可見到基頻同時會受到語句中音節的聲調和語調的影響。

在漢語中，語調會與聲調產生交互作用，語調是屬於整個句子的音高型態，是整體性的變化；而聲調是其中個別詞的調型，是區域性音高變化。因為語調與聲調同樣是由基頻的變化表現出來，而個別音節的聲調必須鑲進語調的音高輪廓（contour）之中，因此位於語句中音節的音高不可避免地須配合整體語調的型態，調整地區性的音高變化的幅度或方向，甚至可能出現一些妥協的現象。例如，當二聲出現在句尾時需要配合直述句音高下降的大趨勢，二聲的末尾就無法上揚過高；又當四聲出現在句尾時，需

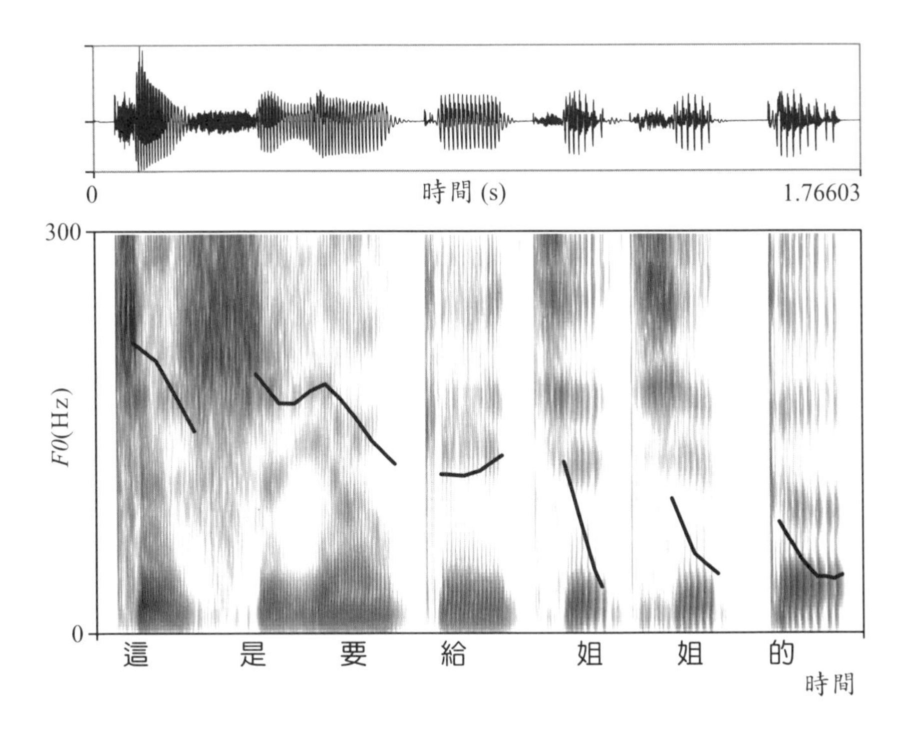

圖 12-10　華語直述句的基頻曲線。

要配合封閉式疑問句音高上揚的大趨勢時，四聲的末尾就無法下降過多。因此，語句中音節聲調的音高對比性將不若單獨發出時的為大，此音高的對比性減小，這是由於與其鄰近詞語音節基頻的共同構音造成，和之前所討論的雙音節聲調的共同構音關係類似。曹劍芬（2007）討論漢語的聲調和語調的關係，指出語流中聲調和語調同時並存，兩者的關係是音階疊加的代數和而不是調型疊加的代數和，聲調和語調兩者相互依存、彼此制約。聲調和語調之間的關係較極端的例子，是在歌唱時為了配合音樂的音階旋律，聲調的對比性犧牲更大。總之，因為受到整體語調形式以及其前後鄰近音節共同構音的影響，在句子語調的規範下，基頻的變化將不如在單音節中明顯。此外，語句中若有特殊的強調詞語，聲調和語調音高的型態也會有所變動。

除了語意區別的功用外，語調的抑揚頓挫還可用來表達不同的語氣，傳達情緒、感覺與意圖，以及強調語句中的重點。說者可依照需要強調或凸顯句子中的某些詞語，這些詞語稱為「關鍵詞」。關鍵詞的位置可依照說話者的用意而改變。受到強調的詞語之音高、音量與音長皆會改變，通常關鍵詞的基頻會較高，音量會相對較大，且時長會較長（因為說得較慢），在關鍵詞語之前有時會有停頓，這些線索無非是想引導聽者去注意到該關鍵詞，有充足的時間去準備接收它們，覺知其重要性，以達到傳輸意義的目的。

語調對語氣的傳達十分重要，可傳達如喜、怒、哀、樂、害怕、無聊、厭惡、懷疑等語氣。傳達負面情緒的語句通常音高會較低，而在情緒較激昂時說出的語句音高通常較高。音高的細微變化可透露出說話者的情緒狀態。有時字面上同一句語句，若用不同的語調語氣，可能傳達的是完全相反的意義。語調的表達與聽知覺辨識對人際溝通時的心理實質上扮演著十分重要的角色。一般人在人際溝通時，對於語調音高的聽辨力尚屬敏感，通常可由基頻的高低變化判斷其適當性，或甚至說者的內在心理狀態。而聽語溝通障礙者在此方面的能力則較弱，一些研究（Blonder et al.,1995; Gandour et al., 1995; Weintraub et al., 1981）發現，右腦損傷者通常在言語語調的表達和接收上有所缺陷，如說話時基頻變化範圍小、語調平板，而且在接收層次上，對於語調和強調訊息的判斷和理解有相當的困難。

參考文獻

翁秀民、楊正宏（1997）。國語四聲的能量與字音長度的探討。**技術學刊，12**（1），125-129。

盛華（1996）。Voice range profile of Taiwanese normal young adults: A preliminary study. **聽語會刊，12**，79-86。

鄭靜宜（2004）。語音單調化對國語詞彙、語句的辨識及語音清晰度之影響。**南師學報，38**，175-196。

鄭靜宜、張有馨（2003）。國語雙音節詞之基本頻率（*F0*）型態與共構特性。載於**中華民國音響學會第十六屆學術研討會論文集**（頁 75-80）。台北。

鄭靜宜（2003）。腦性麻痺說話者的國語聲調基本頻率（*F0*）型態與特性。**特殊教育與復健學報，11**，29-54。

鄭靜宜（2005）。不同言語速度、發語單位和發語位置對國語音段時長的影響。**南大學報，39**，161-185。

石峰、鄧丹（2006）。普通話與台灣國語的語音對比。載於**山高水長：丁邦新先生七秩壽慶論文集**（頁 371-393）。北京：商務印書館。

曹劍芬（2007）。**現代語音研究與探索**。北京：商務印書館。

Blonder, L. X., Pickering, J. E., Heath, R. L., Smith, C. D., & Butler, S. M. (1995). Prosodic characteristics of speech pre- and post-right hemisphere stroke. *Brain and Language*, *51*(2), 318-335.

Chao, Y. R. (1948). *Mandarin Primer*. Cambridge: Harvard University Press.

Gandour, J., Larsen J., Dechongkit, S., Ponglorpisit, S., & Khunadorn, F. (1995). Speech prosody in affective contexts in Thai patients with right hemisphere lesions. *Brain and Language*, *51* (3), 422-443.

Howie, J. I. (1976). On the domain of tone in Mandarin. *Phonetica*, *30*, 129-148.

Jeng, Jing-Yi (2000). *The Speech Intelligbility and Acoust Characteristics of Mandarin Speakers with Cerebral Palsy*. Unpublished Ph. D. Dissertation, University of Wisconsin-Mudison.

Katz, W. F., Beach, C. M., Jenouri, K., & Verma, S. (1996). Duration and fundamental frequency correlates of phrase boundaries in productions by children and adults. *Journal of Acoustical Society of America*, *99*, 3179-3191.

Ladefoged, P. (1963). Some physiological parameters in speech. *Language and Speech*, *6*, 109-119.

Laures, J., & Weismer, G. (1999). The effects of a flattened fundamental frequency on intelligibility at the sentence level. *Journal of Speech and Hearing Research*, *42*, 1148-1158.

Lehiste, I., & Peterson, G. E. (1961). Some basic considerations in the analysis of intonation. *Journal of Acoustical Society of America*, *33*, 419-425.

Lieberman, P. (1967). *Intonation, Perception and Language*. Boston: MIT Press.

Maddieson, I. (1974). A note on tone and consonants. *University of California Working Papers in Phonetics*, *27* (Sept), 17-28.

Orlikoff, R. F., & Kahane, J. C. (1996). Structure and function of the larynx. In Norman, J. Lass (Eds.), *Principles of Experimental Phonetics* (pp.112-184). St. Louis: Mosby.

Pike, K. (1948). *The Intonation of American English* (2nd ed.). Ann Arbor, MN: University of Michigan Press.

Titze, I. R. (1994). *Principles of Voice Production*. NJ: Prentice Hall.

Tseng, C-Y. (1990). An acoustic phonetic study on tones in Mandarin Chinese. In *Institute of History & Philology Academia Sinica, Special Publications No. 94*. Taipei, Taiwan.

Weintraub, S., Mesulam, M., & Kramer, L. (1981). Disturbances in prosody: A right-hemisphere contribution to language. *Arch Neurol.*, *38* (12), 742-744.

Xu, Y. (1997). Contextual tonal variations in Mandarin. *Journal of Phonetics*, *25*,

61-83.

Xu, Y. (1994). Production and perception of coarticulated tones. *Journal of Acoustical Society of America*, *94*(4), 2240-2252.

超音段的聲學特性——音段時長、言語速度和節律性

在本章中將討論言語速度和節律性的超音段節律特性。在第一節中探討音段時長以及言語速度，第二節中討論言語的節律特性。

第一節　音段時長的影響因素

影響音段時長的因素主要有音節的本有長度（intrinsic duration）、說話速度、整體言語節律的調整、發語單位音節數量、位於呼吸群的位置、語句上文法、語意強調或語法角色。例如語句中虛詞的時長通常比實詞的為短。位於呼吸群的終點位置音節長度較長，而呼吸群的組合常與語型有關。連續語句中音段時長拉長的變化可以提示句子或片語的界線，界線前拖長（pre-boundary lengthening）的現象或稱為片語末尾拖長效果（phase-final lengthening），是在片語或句末的最後一個重音節時長會拉長，顯示一個區段（片語或句子）的結束。此外，在片語間的短停頓也可提示句子或片語的界線。

一、音節本有長度

音節由子音和母音組成，音節的內在本有長度（intrinsic duration）和音節中的子音和母音時長息息相關。現在我們先將母音與子音分開來看。音節時長中母音通常佔一半以上的比例，因此母音對音節時長的影響較大，然而，各母音種類的時長差距通常不太大。在大多數世界語言中，通常母音長度並不構成語音對比，母音時長變化的彈性空間很大，較會隨語速而有長短的變化。然而，有些語言中母音長度是語音對比的特徵之一，例如韓語中有長母音與短母音對比，英語中有鬆元音（lax vowels）和緊元音（tense vowels）的對比。由於英語緊元音的構音位置較為極端，它們通常比鬆元音長。另外，一般低母音（如/a/）會比高母音（如/i/）稍長。音節中的母音通常會受到所在音境（鄰子音或音節結構）的影響，例如在英語中通常位於有聲子音後的母音比無聲子音後的母音相對較長。

華語的母音中以空韻母音的時長較短。華語雙母音的時長與單母音的時長相近似，結合韻較雙母音以及單母音的時長稍長，而聲隨韻母中的母音則明顯較短，此為音節結構的影響。鄭靜宜（2005）的研究發現，母音所處的音節結構對於其時長有相當大的影響力，例如聲隨韻母中的母音明顯較短，母音時長約只為一般CV音節中母音時長的一半而已。事實上，音節結構和母音的種類這兩因素互有關聯，無法獨立分離。因為音節結構對於母音種類會有所限制，例如 CVN 音節中的母音種類就只有/a/、/ə/兩種。表13-1列出各語速下的平均母音時長以及相對於中速的比值。由表13-1中可發現，零聲母母音（如 V）的時長較具聲母音節（CV）中的母音時長為長。而母音之中零聲母的母音時長最長，可能由於沒有聲母的關係，需要維持各音節時長的平等性或彌補聲母的缺席，因此零聲母音節的母音時長最長。

聲調對於華語母音時長的影響力亦不可忽略，表 13-1 中聲調為一聲的空韻母音在一般中速語速平均時長為 262 毫秒，聲調為二聲的平均時長 260 毫秒，聲調為三聲的母音平均時長為 269 毫秒，聲調為四聲的母音平均時長 271 毫秒。可知聲調會影響母音時長，而這些不同聲調的空韻母音時長都比一般母音時長為短。在中語速下聲調為一聲的一般母音（包括單母音、雙母音）平均時長為 302 毫秒，聲調為二聲的平均時長為 289 毫秒，聲調為三聲的母音平均時長為 292 毫秒，聲調為四聲的母音平均時長為 286 毫

表 13-1 各語速下的平均母音時長（ms）以及相對於中速的比值。

短文	最快	比值	稍快	比值	中速	稍慢	比值	最慢	比值	平均
CV 一聲	212	0.70	251	0.83	302	386	1.28	503	1.67	331
CV 二聲	210	0.73	244	0.84	289	355	1.23	473	1.64	314
CV 三聲	209	0.72	242	0.83	292	341	1.17	455	1.56	308
CV 四聲	211	0.74	247	0.86	286	348	1.22	437	1.53	306
CVV/V 一聲	225	0.71	265	0.84	316	397	1.26	504	1.59	341
CVV/V 二聲	245	0.73	285	0.85	335	406	1.21	520	1.55	358
CVV/V 三聲	231	0.70	264	0.80	329	383	1.16	476	1.45	337
CVV/V 四聲	239	0.77	277	0.89	310	367	1.18	461	1.49	331
CVN 一聲	124	0.75	141	0.85	166	206	1.24	298	1.80	187
CVN 二聲	122	0.75	138	0.85	162	206	1.27	291	1.80	184
CVN 三聲	133	0.73	152	0.83	183	205	1.12	270	1.48	189
CVN 四聲	126	0.75	143	0.86	167	195	1.17	266	1.59	179
空韻一聲	178	0.68	219	0.84	262	344	1.31	455	1.74	292
空韻二聲	166	0.64	210	0.81	260	327	1.26	449	1.73	282
空韻三聲	187	0.70	219	0.81	269	338	1.26	419	1.56	286
空韻四聲	189	0.70	219	0.81	271	325	1.20	413	1.52	283
零聲母一聲	253	0.72	293	0.83	351	429	1.22	557	1.59	377
零聲母二聲	260	0.74	300	0.86	349	416	1.19	531	1.52	371
零聲母三聲	241	0.75	269	0.84	322	383	1.19	490	1.52	341
零聲母四聲	220	0.75	257	0.88	292	344	1.18	459	1.57	314
輕聲	177	0.75	211	0.90	235	277	1.18	352	1.50	250
平均	198	0.72	231	0.84	274	332	1.21	432	1.60	293

秒，可知在中速和快語速時，四種聲調間時長的差異並不大；在快速語速下，各聲調的母音平均時長更是十分相近。然而在慢速語速下，尤其是最慢語速下，各聲調時長的次序性則較明顯，一聲最長，二聲次之，三聲又次之，而四聲最短，而其中第三、四聲間時長的差異很小，在稍慢語速下的情況也是類似，因此將第三、四聲歸為一類，而第一、二聲歸為一類。帶有輕聲的母音時長通常較短，且在各語速下皆明顯較短，平均時長只有 250 毫秒。例如華語中有許多帶有「子」音的詞彙，如「梯子」、「孩

子」、「起子」、「褲子」，這些詞彙中的「子」音時長皆較其前一個音節時長為短。

由於華語的母音加上聲調類別眾多須加以簡化，依據表 13-1 資料有關各母音時長的內在音長和延展特性的分析結果，可將母音以聲調、所在之音節結構以及是否為空韻等特性，分為十四類，以下依照各種母音的中等語速下的平均時長由小到大順序列出：聲隨韻母（CVN）之母音一二聲、聲隨韻母之母音三四聲、輕聲、空韻一二聲、空韻三四聲、CV 四聲、CV 三聲、零聲母四聲、CV 一二聲、複韻母（CVV/V）一聲、複韻母三四聲、零聲母三聲、複韻母二聲、零聲母一二聲。

總而言之，影響音節時長的因素，除了音節中的子音、母音以外，還有音節結構和一些超音段因素，如聲調、語調、重音和強調等因素。華語的音節時長會受到音調的影響，在聲調語言中，通常母音的長短受聲調的影響較大，音節時長也會受到聲調的影響。通常帶有四聲的音節最短，帶有三聲的音節最長，若把輕聲也納入考慮，輕聲音節則會是最短的音節。

子音通常因須在短暫時長內形成語音對比，加上構音動作的限制以及一些氣體動力的因素，使得音段長度的變化有限，例如塞音與塞擦音類的子音，因為需要構成語音對比如送氣／不送氣的區分，無法像其他語音在時長上較有彈性。子音依構音動作限制、清濁、構音方式（如塞音、摩擦音、流音、邊音），各有其音段時長的限制。有些子音可持續相當一段時間，例如摩擦音可長達 200 毫秒；有些則是瞬時信號，例如不送氣塞音（爆破音）通常只有 10 幾毫秒。圖 13-1 呈現五種語速下華語各類子音的音段時長。可見，子音時長受語音種類的影響很大，語音種類中時長最長的是摩擦音，再來依次是送氣塞擦音、不送氣塞擦音、送氣塞音，再來是鼻音、邊音和有聲摩擦音，此三類語音的時長類似，皆是較短的子音。子音語音中時長最短的則是不送氣塞音，通常時長只有 10 幾毫秒而已。

二、言語速度

言語速度（speaking rate）是指講話速度的快慢，與語句中的音段時長

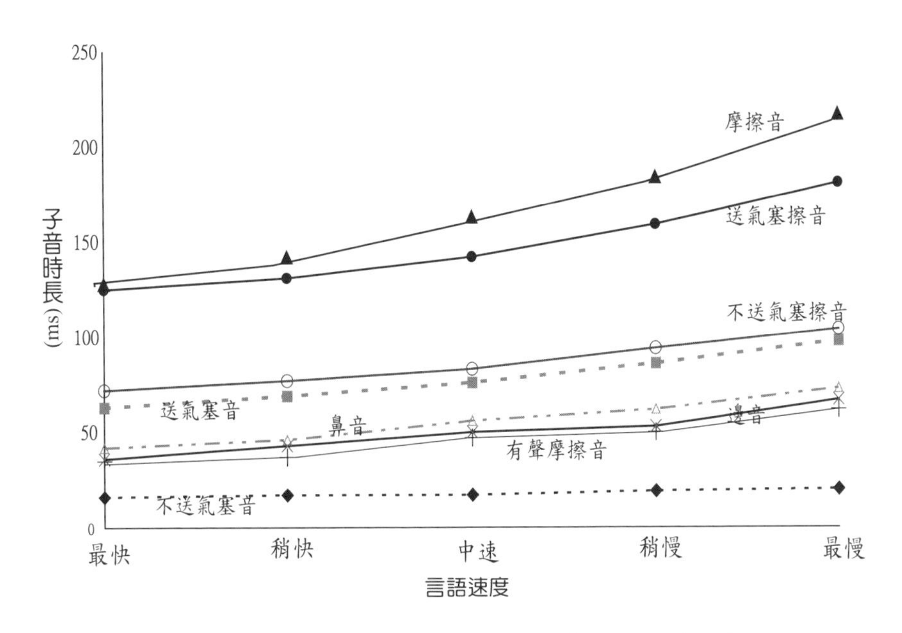

圖 13-1 五種語速下華語各類子音的音段時長（ms）。

（duration）有關。音段時長是指某音段的時間長短。語速愈快音段時長愈短。言語速度的計算單位為每分鐘產生的詞數（word / min,wpm）或每秒中產生的音節數目（syllable / second, sps）。英語說話者一般的速度變化範圍可由較慢的每分鐘產生 150 個詞至較快時每分鐘產生 250 個詞（word/ min），此相當於每秒鐘四至七個音節（Klatt, 1976）。Calvert 和 Silverman（1983）算出在閱讀（160 至 180wpm）的言語速度較對話（270wpm）時為慢。Walker（1988）分析六十位男性和六十位女性的言語速度，發現男、女性之間的語速差距不大，在誦讀文章時大約為 188 word / min；在對話時則稍慢，大約為 173 word / min，並分析構音時間（articulation time）比值，發現構音時間則約佔整體言語時間的比例為 70%。

構音時間是有說話動作且非停頓的時間，即是整體說話中有實際構音動作的時間。言語速度與構音速度（articulatory rate ）不盡相同，但兩者間通常存有正相關，當言語速度慢時，構音動作較慢；當言語速度快時，構音動作加快。構音速度的計算和語速的算法相似，不同之處在於總長度（分母）須減去音節之間的停頓時間，因此通常構音速度值會較言語速度值為高。兒童的言語速度通常較成人的為慢，而年紀愈小的兒童言語速度愈慢。Pindzola 等人（1989）發現，3 歲兒童在對話中的語速平均為 140 syllable/min，構音速度平均為 171 syllable/min；4 歲和 5 歲兒童的語速平均為 152 syllable/min，構音速度平均約為 183 syllable/min。

世界各語言的使用者慣用語速皆有不同，一般認為聲調語言由於需要在音節中傳達特定的聲調變化形式，音節時長不能過短，因此聲調語言的最短音節時長會受到限制。Pellegrino、Farinas 和 Rouas（2004）測量六種語言的說話速度，發現華語的說話速度和其他語言相較是稍慢的，華語一般正常語速下約每秒 3 個音節，而日語達 4.9 個音節，英語為 3.8 個音節，西班牙語為 4.2 個音節。Goldman-Eisler（1968）提出英語對話中，說話者的速度每秒為 4.4 至 4.9 音節。鄭靜宜（2005）的語速研究發現，華語音節時長在最快速時為 270 多毫秒，隨著語速變慢，音節時長漸次增加，至最慢速時增至 570 多毫秒。此外，就一種語言的使用者中，也有個體間和個體內的差異，個別說話者的慣常說話速度皆有所不同，說話者面對不同的溝通情境（對象、場合等），說話速度也會有所調整。

Crystal 和 House（1988）發現當音節的時長增加時（50 至 100 毫秒），音段長度的變異也愈大，暗示語速慢時計時的變異性愈大。Adams、Weismer 和 Kent（1993）使用 x-ray microbeam 系統研究發現，下唇與舌尖的運動在不同言語速度下呈現不同的速率／時間關係，在快速動作下，速率線型圖為系統的變化，只有單一個高點，但在慢速動作時，線型圖為不規則變化，有多個高點。他們認為，說話者在不同速度說話時會使用不同的動作控制策略（motor control strategies），在快速說話速度下，言語動作為一致性高的事先程序化完成的自動化動作執行，而在慢速說話速度下，言語動作變成為多個次動作的串接，執行時，受回饋機制的影響大。除此，也可使用聲學分析來推論構音的動作，如母音的共振峰分析，可了解構音速度的變化對共振峰型態的影響。例如 Berry 與 Weismer（2000）就發現在不同的言語速度下，母音的共振峰各有不同的走勢型態，慢速下共振峰走勢型態頻率變化的幅度大，而快速度下共振峰走勢頻率幅度縮小，這也反映著不同的言語動作控制策略在不同速度情況的轉變。使用聲學分析的方法，除了可了解構音速度的變化對共振峰型態的影響，也可測量發語詞的聲學信號中各音段時長的變化。

音節中的子音和母音，雖有其固有時長，是重要的音節時長影響因素，然而語速的影響其實也是不容小覷。語速快時，音段時長變短；相反地，語速慢時，音段時長變長。說話者說話時一個語句中有音節數量的多寡，也會對音節時長有影響，當一次發語時只說一個音節，此時音節會比一次說出多個音節時的時長為長。圖 13-2 呈現華語在五種語速和不同發語單位（音節數量）情況下的音節時長，在最快語速下，華語音節時長約有 250 毫秒，在最慢語速下，華語音節時長約可達 600 毫秒。音節中的母音時長在

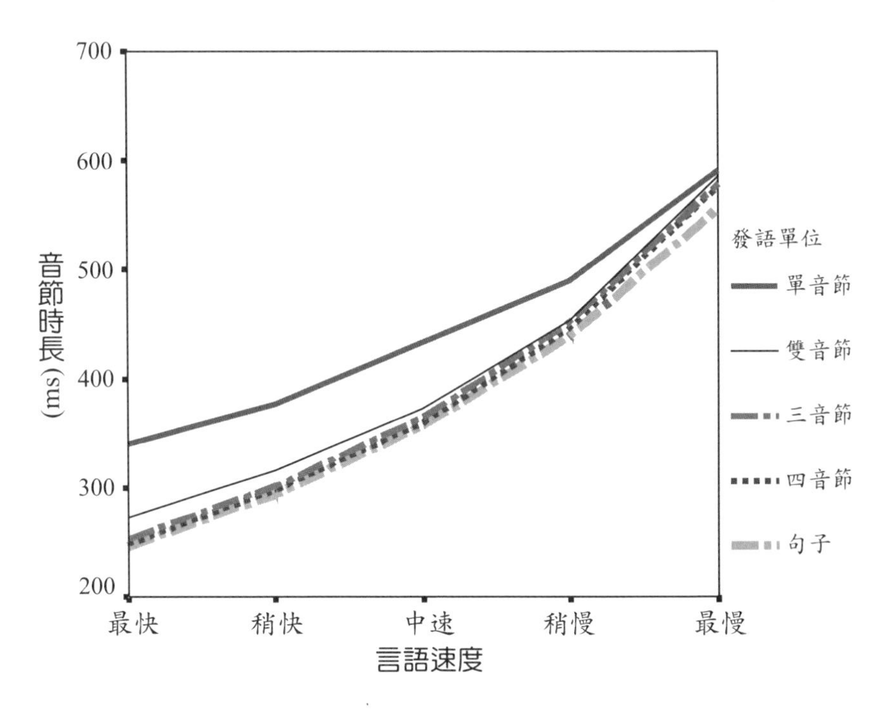

圖 13-2　華語在五種語速和不同發語單位情況下的音節時長（ms）。

最快語速下可能只有 100 多毫秒，但在慢語速下可能長達 500 多毫秒或更多。語速對音節中各音段或各類音節時長的影響，其實是非線性，且不均質的，例如在快語速下和慢語速下，音段時長的壓縮或延展比值的變化趨勢就大不相同，是非對稱性的。語速對於子音和母音的影響也不盡相同，語速對於母音的影響就比子音來得大。語速對於語音各種音段的影響也不相同，例如語速對不同類別的子音增長或縮減的比例是不同的（請見表 13-2）。

語速對於音節中子音和母音有非同質性的影響，通常語速對於母音的增長或縮減比例的幅度較大，對於音節中的子音的影響則相對較為有限。鄭靜宜（2005）的語速研究發現，平均子音時長在最快速下是在中速時的 82%；在稍快語速時，子音時長平均是在中速時的 89%；在稍慢時，子音時長平均是在中速時的 113%；在最慢語速，子音時長平均是在中速時的 130%。可見語速由最快到最慢，整體子音時長的變化比例範圍由 82%到 130%。和母音相較，這種範圍其實是較小的，母音時長變化的比例範圍可由 72%到 160%。事實上，可能因為有些子音類別的特徵是以時長來做區分對比的，例如有聲／無聲、送氣／不送氣或摩擦音／塞擦音對比，因此子音的時長會受限制，母音在時長的調整上相對較有彈性。有些時長很短的子音，如不送氣塞音（VOT），由於它們的時長很短，約 20 毫秒左右，不

表 13-2　五種語速下各類子音的時長（ms）以及相對於中速的時長比值。

	最快時長	相對比值	稍快時長	相對比值	中速時長	稍慢時長	相對比值	最慢時長	相對比值
不送氣塞音	16	0.94	17	1	17	19	1.12	20	1.18
送氣塞音	63	0.83	69	0.91	76	86	1.13	98	1.29
不送氣塞擦音	72	0.87	77	0.93	83	94	1.13	104	1.25
送氣塞擦音	125	0.88	131	0.92	142	159	1.12	181	1.27
非嘶擦摩擦音	90	0.74	102	0.84	121	134	1.11	167	1.38
嘶擦摩擦音	154	0.81	169	0.89	190	217	1.14	250	1.32
有聲子音	39	0.74	43	0.82	52	57	1.09	69	1.32

管在任何語速下皆如此，是不受語速影響的（請參見圖 13-1）。時長愈長的子音受語速的影響就會愈大，如無聲摩擦音是語音種類中音長最長的子音，受語速的影響最大（見圖 13-1）。送氣塞音的 VOT 雖會受語速的影響，但 VOT 時長的變化範圍有限，通常最長也很少超過 120 毫秒。鄭靜宜（2005）的語速研究，呈現各子音種類時長在五種語速下的變化情形，請見表 13-2，表中可見各類子音在不同語速下有不同的縮減或增長比率，表 13-2 中的「有聲子音」是指鼻音、邊音和有聲摩擦音。

和子音比較起來，母音時長隨著語速變慢而增加的趨勢較為明顯，即在最快速情況下，母音的時長最短，在最慢速的情況下，母音的時長最長。母音的時長受語速的影響遠較子音為大。鄭靜宜（2005）的語速研究發現，若以中等語速下的母音時長為標準，在最快速情況下，母音時長平均約為在中速情況下的 72%；在稍快語速下，母音時長平均約為在中速情況下的 83%；在稍慢語速下，母音時長平均約為在中速情況下的 123%；在最慢速情況下，母音時長平均約為在中速情況下的 160%。由最快速到最慢速，母音時長的變化範圍由 72%到 160%。可見和子音相比，母音的時長在各種語速下的變化均較子音為大，在快速下的縮短及在慢速下的拉長幅度均較子音的為大。尤其在慢速語速下，母音可以拖長較多。事實上，在慢速語速下，音節時長的增加主要是母音時長以及音節與音節之間的停頓時長。

在快語速時，以重音計時的英語，非重音音節的時長會被縮短較多，輕重音節之間時長的變異性較大。然而以音節計時的華語，各音節間時長的變異性，反而會隨著語速的加快而變小，而且隨著語速的變慢而增大。表 13-3 列出三十位說話者念短文中的音節，在五種語速下的平均音節時長和標準差，代表變異量的標準差在慢語速時較快語速時大了許多倍。在快語速下母音受到的影響較大，不僅在時長的縮短，甚至基頻、共振峰頻率也可能受到影響。通常在快語速下，基頻會稍提高。英語的母音在快語速下會有削弱（reduction）情形（Gay, 1978; Lindblom, 1963），母音聲學空間面積會減小，但對於非重音計時的語言，如華語，語速對於母音共振峰頻率的影響似乎較小。

表 13-3 短文中的音節在五種語速下的平均音節時長（ms）和標準差。

語速	音節時長	N	SD
最快	259	630	52
稍快	309	630	63
中速	377	630	85
稍慢	437	630	120
最慢	548	630	209
全部	386	3150	157

在較為非正式的日常生活言語中，在快語速下常有音節融合（syllable fusion）的現象。音節融合是指兩個音節融合成一個音節，例如「就這樣子」講快時變成「就醬子」。Wong（2004）發現，香港粵語在快語速時有明顯的音節融合現象，第二音節的子音被省略，音節間的界線變得不明顯，音節融合後母音和聲調都可能發生改變。華語音節融合的發生，較常見的是在詞語的二音節為無聲母音節時，二音節韻母和第一音節的聲母融合，而第一音節的韻母則受到省略，如「早安」變成「攢」。這種在語速超快時發生的打破音節邊界的融合現象，是音段時長正規化的一大挑戰，會是日後語音研究（如語音辨識、合成等）的一大課題。此外，音節的聲調也和語速有交互作用，在快速語速下，聲調間時長的差距通常不大，但是在慢速語速下，各聲調間的差距加大，尤其是在最慢速的情況下，第四聲和其他聲調間時長的差距加大。在慢語速下，各語音的時長特徵變得較為明顯。

三、發語單位的影響

在較大的發語單位或是連續性言語時，影響音段時長的因素，除了上述音節的內在本有長度、說話速度之外，還有發語語句的長短大小、重音、強調、位於句中的位置、語法、語意、語氣等因素。尤其音節時長可能會受發語語句中的音節數量影響，發語語句中音節數目愈多，音節時長也就愈短，尤其是當發語單位只有一個音節時，比起發語詞是多音節者，時長通常較長。而以雙音節為發語詞的音節時長，可能會比在三音節作為發語時的音節時長來得長。一次發語的音節數量愈多，各音節的時長就會愈短。

Lehiste（1972）即發現發語詞（utterance）音節數目效果，一個音節的時長會受語句中的音節數目影響，若語句中音節數目愈多，則音節時長愈短。Tseng（1993）亦發現，正常說台語的說話者在三種說話速度下，出現明顯的音節數目效果與尾語詞拉長效果，此效果也出現於華語中。在多音節詞或句子中音節的時長是否隨著詞語的音節數目增加，使得縮短程度加大呢？而其縮短的範圍限制性又是如何呢？

鄭靜宜（2005）的研究中亦考驗在五種固定的速度說話時，發語句（utterance）音節數目對其時長的影響，發現在各發語單位下，音節時長隨著語速增加而減少的趨勢極為類似，亦即語速由最快到最慢，音節時長由最短到最長，其中由稍慢到最慢時長的增加值最多（圖 13-2）。在以單音節為發語單位時，音節時長隨著語速變慢而增加的趨勢較緩，且只說出單音節時的時長會比在其他發語單位下的音節為長。而相同的音節，在短文中的音節時長會比位在較短的詞語或片語中的音節時長較短。簡言之，此研究由於有控制語速，去除語速的影響後，發語單位對於音節時長的影響其實較為有限，主要是對於單音節發語和較長句在慢語速發語時影響較大。

四、發語末尾音段拉長效果

許多英語研究（Lehiste, 1972; Oller, 1973; Bell-Berti, Regan, & Boyle, 1991）曾發現，位於發語句終點音節長度會較長，位於片語、詞語或是子句終點位置的音節皆被拉長，音節或詞語的組合與句型有關，認為發語末尾音段時長拉長可以提示句子或片語的界線，此稱為界線前拉長效果（pre-boundary lengthening）現象或是語尾拉長效果（utterance final lengthing effect），片語或句末的最後一個重音節會被拉長，以暗示一個語言單位區段（詞語、片語或句子）的結束。Tseng（1993）發現，正常說話者在三種說話速度下的台語音節時長出現明顯尾語詞拉長效果，例如風颱（台語）的

「颱」會比風「颱」天的「颱」時長較長。

在華語多音節詞或句子中，音節的時長會隨發語詞的長度而縮短，且會隨著詞語的音節數目增加，縮短程度也加大（鄭靜宜，2005）。此外，鄭靜宜（2005）也發現，華語語句的語尾拉長效果，且此效果與語速間有交互作用，在快語速和長發語詞單位時音節的長度拖長較多。華語相同的音節（或詞）位於發語詞不同的位置時，其時長是否有差異？鄭靜宜（2005）發現，位於發語末尾音節的時長較長，且三音節發語末尾和四音節發語的第三音節的音節時長之間的差距，比起二音節發語末尾和三音節發語的第二音節的音節時長之間的差距更大，可見發語單位愈大（句子愈長），末尾音節時長拉長愈多。此趨勢會受語速影響而出現不同的狀況，當語速愈快時，發語末尾和非發語末尾音節的時長差距愈大，然而在慢語速時，卻較不受是否為末尾的影響。圖 13-3 呈現末尾音節時長的拉長效果，在三音節以及快語速下較為明顯。

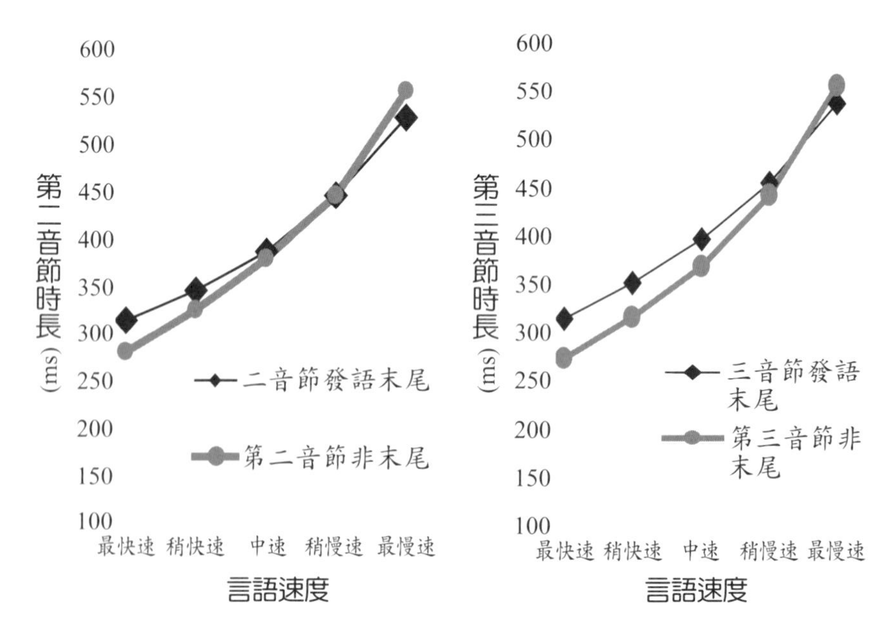

圖 13-3　末尾音節時長拉長效果。

五、重音、強調與清楚說話

重音（stress）為英語超音段特徵之一，同時涉及音量、時長與語調的變化。重音節母音的基頻和強度皆高於「非重音節」，重音節的時長大於非重音節。非重音節中的母音會被消弱為央母音，且在一語句中重音節會比輕音節聽起來較明顯、清楚有力。重音的位置與詞彙的構詞和語型（語法）有關。此外，英語詞彙的重音還可分為不同等級，如主重音（primary stress）、次重音（secondary stress）語句中的強弱音節交錯輪替出現一組組強弱音節的組合，組成所謂的音步（foot），為言語韻律的單位。

在一語句中，說話者可以自由變動某些音段時長（在某一範圍內），例如故意藉由拉長某音段的長度來強調某些訊息。強調（emphasis or accent）是對於語句中某些詞彙或片語語氣加重，這些詞彙或片語被強調時，通常這個詞或片語的 *F0* 會相對較高，且音段長度較長，音強也會較強。藉以凸顯該詞語音節。另外，通常在這個被強調的詞語之前也會有較長的間隔或停頓時間，如此可有隔絕邊界效果，凸顯出該被強調的詞語，可較容易為聽者所接收與辨識，並加深聽者印象的記憶效果。這些受到強調的詞語在構音上，通常也較一般未受到強調的詞語來得清晰。藉著輪流改變語句中受到強調的關鍵詞的所在，可以發現上述的強調效果，如音調、音量、音長的改變。

清楚說話（clear speech）通常是過度構音的結果。Picheny、Durlach 和 Braida（1986）比較聽障者說話，在正常對話模式與清楚強調模式語音清晰度的差異，清楚強調模式的語音清晰度增加了 17%，隨後並分析兩種模式下聲學信號的改變，發現在清楚強調模式下的語速明顯下降，塞音語音強度較大（增加 10dB），無聲塞音的 VOT 較長，而在普通正常對話模式下，母音較多央母音化的現象。另外，Bradlow、Torretta 和 Pisoni（1996）發現，說話比較清楚的人 *F0* 的範圍較廣，母音聲學面積較大，以及音段相對時長的對比性控制較佳。可見清楚說話模式不止是在構音、共鳴較佳，在聲源品質方面其實也較好，包括音高和音量有較大的變化或對比，可讓聽者較容易注意和接收。

六、停頓

在語句之中或是語句之間可能出現停頓或中斷（pause, break），通常停頓或中斷有其生理與語言語法的功能。停頓在生理功能為換氣呼吸，而在語言語法的功能為標明各片語、句子的界線所在。由於說話的語音形成是在呼氣階段完成，當氣息已盡時，說話者須再度吸氣，然後再吐氣發聲說話，此吸氣時間會造成自然的停頓。通常語句或子句間較長的停頓即為「呼吸群」的界線，此時為說話者換氣以及同時也可能是思緒推論、詞語提取、句型套用的短暫時間。停頓當然也可能會是說話者在言語中思考形成語句的延宕時間，我們說話時有時會因詞彙的搜尋時間過長，造成在語句中較長的停頓。此外，不同的說話形式也會影響停頓，在比較正式的演講或說話時，常有較為頻繁的停頓，數量不僅較多也較長，尤其常在一些關鍵片語或詞彙前有停頓，例如政治或公眾人物在正式公開的說話時，通常會使用較多的停頓，來使語速變慢，以確保訊息有充分的時間被傳送、理解。此外，說話者的情緒（如焦慮、沮喪、興奮等）也會影響到說話時的停頓數量和時長。

停頓時長和說話的語速有密切關係，語速愈慢停頓時間愈長，在快語速時，正常說話者語句中幾乎不會有停頓。在一般研究中，在普通言語速度下，音節間通常將超過 200 毫秒以上的靜默間隔視為「停頓」（Boomer, 1965; Horii, 1983; Nishio & Niimi, 2001），也有將超過 250 毫秒以上的靜默間隔視為「停頓」（Goldman-Eisler, 1968; Rosen et al., 2010）。停頓容易和塞音前的靜默相混淆，而因為一般塞音或塞擦音之前的靜默在普通語速下大都小於 200 毫秒，故可將大於 200 毫秒的靜默視為「停頓」。須考慮語速因素，尤其在慢語速時，停頓實和塞音前靜默混在一起無法區辨，例如在鄭靜宜（2005）的語速研究中，最慢速時音節間的靜默長達 300 多毫秒，此種說話速度是要求說者以每秒一個音節的速度說出句子來，說者拖長了整個音節（主要是母音）的時間，也拖長了音節間的間隔時長。圖 13-4 中

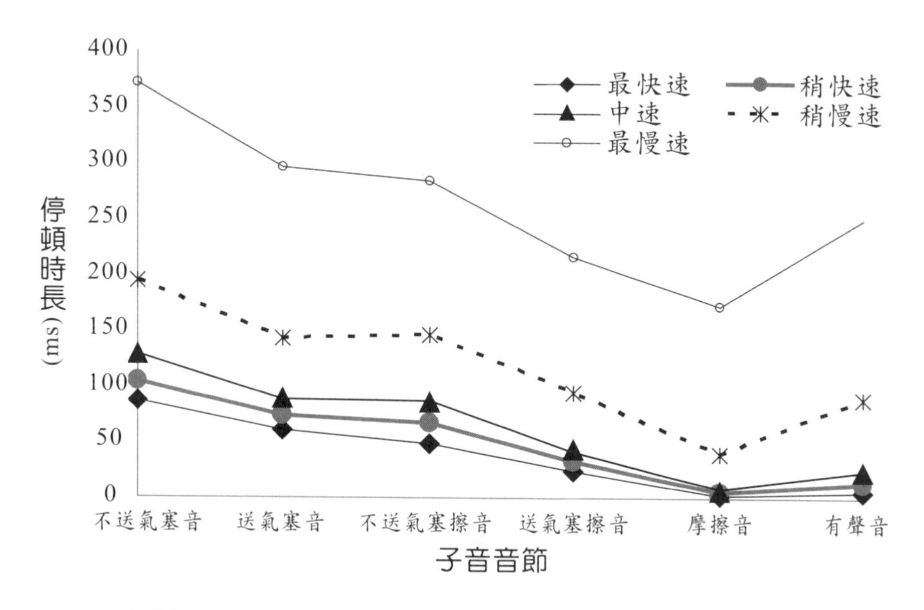

圖 13-4　五種語速下各類音節之前的停頓或靜默時長。

呈現五種語速下的停頓時長，中速語速的平均停頓時長皆在150毫秒以下。

考慮說話者整體的語速，可將停頓依據相對的長短分為三級，第一級為短停，可記為「｜」，通常出現於語句中的詞彙或片語之間，約150至250毫秒；第二級為中停，可記為「｜｜」，通常出現於一個句子中的子句之間或句子之間，約250至500毫秒；第三級為長停，可記為「｜｜｜」，通常出現於語句段落之間，500毫秒以上的停頓屬之，可能長達一、二秒。通常語句中短停出現的頻率會較長停為多。過多、過長的停頓會影響整體說話的流暢度，在臨床上常見口吃（stuttering）和運動言語異常的說話者，在說話時會出現較多且較長的停頓現象。

第二節 言語的節律特性

一、言語節律的現象

韻律是在音段層次中找出具有重複的規律性，且為貫穿整個言語流的規律性。韻律是在較大單位上的現象，而非只是著眼於單一音節中的現象。言語韻律是語音知覺的重要現象之一，不管是哪一種語言，言語之中皆存在一種韻律的感覺，即是具有知覺節奏的規則性，而每一種語言韻律的感覺也各有差異性。語音知覺理解過程中，言語韻律提供許多有關片語的界線、語法的線索，以及語音切割（segmentation）的線索，也提供我們一些有關說話時語句製造歷程的消息。在言語製造方面，MacNeilage 和 Davis（2000）認為，說話時下顎的反覆開合運動是說話韻律節奏的基礎，下顎一開一合的移動構成一個音節的動作，而說話動作的形式架構（frame）就是下顎連續一開一合的序列式動作組成，言語這種有韻律的動作起源可能來自於進食的咀嚼動作，當我們咀嚼食物時，下顎和舌頭皆會做著有規律的開合動作，這是言語動作韻律的根源。

連續言語的節律如同一節節的火車，一班火車之中有一節節的車廂，一班班的火車之間會有較長的停頓。每班火車掛有數量不等的車廂，而一班火車中的各節火車車廂大致是等長的。就如同說話時有長短不同的語句，各語句中有數量不等的等時單位，可能為音節或是音步。連續的言語中各語句或子句之間有著較長停頓是呼吸群的界線，此時是說話者換氣或整理思緒、提取詞語的停頓時間。

真正言語中的韻律現象或許是比線性組合的火車序列更為複雜，Zellner Keller（2002）曾提出韻律的階層性組織架構的想法，認為言語韻律是在時間上有包含一些層次性的組織架構，由低層次的音段到高層次的片語。調律結構中最高層次的韻律單位為調律群（prosodic phrase groups）。依據上一章所述的呼吸群概念，一個「調律群」或一個發語句（utterance）可採用基頻形狀輪廓（*F0* contour）的形式來定義。一個調律群之始會有基頻重設（*F0* reset）的動作，起始之後基頻會隨時間有漸降趨勢，到了調律群末尾基頻達最低（於直述句時）。一個調律群中則通常包含三到十二個不等的調律片語或調律詞。因此，調律群的範圍界定即可用基頻的重設動作來區隔，基頻可提供調律群界線的線索。

Tseng 等人（2005）研究華語連續語音中的調律（prosody）特性，結合語調和時長因素，提出一個解釋華語調律的架構模式，採用韻律單位分級，提出一個具有五層的階層性組織調律架構。由下而上包括有音節、調律詞（prosodic words）、調律片語（prosodic phrases）、呼吸群（breath group）和調律群（prosodic phrase groups）等五種層次。使用這些層次定義出語流中的單位和單位間的界線，其中呼吸群和調律群若相同可合併為一層。Tseng 等人（2005）使用兩位說話者的語料，一種為閱讀；另一種為新聞播報。前者語速較慢，後者語速較快。他們使用辨識語音程式自動切割的方式，得到音節和音節間停頓的時長，再使用人工的方式標示各調律單位的界線，而三位人工標示的調律單位界線的評分者間的一致性為 85%。資料的分析是採用線性逐步迴歸的方式，由音節層次開始往上，將無法解釋的殘餘誤差納到更高層次去。結果發現在音節（SYL）層次能解釋時長最大量的變異，但仍有接近 40%到 49%的殘餘誤差無法解釋。在調律詞（PW）層次發現詞首音節縮短和詞尾音節拖長的現象，且詞尾倒數第二音節愈短，詞尾音節拖愈長。在調律詞層次仍有接近 39%到 46%的殘餘誤差無法解釋。再往上到調律片語（PPh）層次，發現語尾音節拖長的現象，有接近 34%到 42%的殘餘誤差無法解釋。往上到最高層調律群（PG），發現調律群首的句子末尾有拖長的現象，但位於調律群末尾的句子之音節卻有縮短的現象。調律群層有接近 32%到 42%的殘餘誤差仍無法解釋。此模式對於快語速的（新聞播報）語料解釋力較強，對於慢語速的（閱讀）解釋力較弱。比較四個層次的影響力，雖然高於音節層次的因素有一定的影響力，但卻沒有很大，稍大的影響只在於調律片語（PPh）層次，但只有增加 4%到 5%的解釋力，其餘皆在 1%到 2%之間。此外，層次之間可能有一些複雜的交互作用因素尚無法被歸入。由此看來，音節的時長其實是影響音段時長的最重要因素，然而語音中各音節的時長卻都是不等長的，由上一節我們知道由子音母音構成的音節本有時長，也各自具有不同的音長特性，然而何以我們的聽知覺對於言語流卻有連續一拍拍等時的節奏韻律感呢？

二、等時性

語句中各個單位時間的分配均勻，有規律、節拍的感覺，和時長、停頓有關。在語句串流中有一些固定相同的時間間隔存在著。言語韻律中的等時性（isochrony）是假設在連續語音中有著等時長間隔的基本單位存在，等時性為言語節奏韻律感的來源。等時的單位可能隨著語言種類而不同，有些和重音有關；而有些和音節有關。英語、阿拉伯語被認為是以重音計時（stress-timed）的語言，而法語、西班牙語、義大利語則被認為是以音節計時（syllable-timed）的語言。英語是以重音計時的語言，說話者會試圖保持重音間音段長度的一致，稱為音步（feet）。華語的節律特性是以音節計時，也就是說話者會試圖保持每個音節的長度具有類似的時長。

Crystal（1990）定義「韻律」或「節律」（rhythm）是對於言語中存在的一些具有等時長的明顯單位（prominent unit）的感覺。這些韻律單位（rhythmic unit）的時長具有一致性，即具有等時性。以往有些研究者（Classe, 1939; Lehiste 1977; Pointon,1980; Roach, 1982; Wenk & Wioland, 1982; Dauer, 1983; Van Santen & Shih, 2000）曾試圖尋找英語中言語等時性的證據，結果卻沒有找到音節時長或是重音間時距等長的等時性證據，他們發現各單位間時長的差異性相當大，而時長間隔並不相等。Dauer（1983）發現，只要重音和重音之間的音節數目愈多，時距就愈長，因此重音和重音間的時長並不相等。Pointon（1980）發現，一向被認為是以音節計時的西班牙語，音節的時長隨著音節結構的不同而有相當大的變異性，認為西班牙語既不屬於以音節計時，也不屬於以重音計時，認為音節或重音間等時性其實在真實語音中並不存在。Wenk 和 Wioland（1982）也提出否定法語是以音節計時的結論，他們發現，法語音節的時長隨著音節的結構和強調（accented）與否，有相當大的差異性，但不像英語，沒有重音弱化現象，提出法語為所謂修整計時（trailer-timed）形式，其節律架構主要是由片語詞群所組成。這些研究者認為，語言節律的絕對等時性事實上是不存在於自然語言中。

節律上的等時性究竟是屬於語言製造時言語動作的特性，是語音訊號中存在的一種性質，抑或是聽知覺上的一種現象呢？由於言語等時性一直無法得到在聲學音段時長分析客觀證據的支持，於是有些研究者（如Lehiste 1977; Couper-Kuhlen, 1990, 1993）推論語言韻律的等時性是一種主觀的現象，受限於人類語音製造或是聽知覺上的限制。Lehiste（1977）提出等時性是來自人類聽知覺上的限制，認為人類聽知覺對時長敏感性並不大，即使是聲學上時長有相當的差異，但聽起來還是一樣，尤其是差異在 30 毫秒以下的刺激，因此即使在英語重音間的間隔時長因為音步的大小有相當大的差異，但聽起來仍然相似。Lehiste（1977）指出，以重音計時的英語之等時性只是一種知覺上的現象，重音間時長聽起來似乎相等，但其實並無物理上的基礎。然而，知覺上的現象應該是建立於一定的物理基礎之上，時長的相等或相近應該是指在程度上的差異較小。絕對等時性雖然不存在，但是相對的等時性卻是可能的。

Allen（1972）指出對英語而言，母音開始的剎那即為知覺計時記號的所在，英語聽者知覺到重音節起始母音間的間隔相近，而具有重音計時的韻律知覺。研究者（Morton et al., 1976; Fowler, 1979）發現，當具有規律的重複性語音，如啪、啪、啪、啪……連續說出時，在聽者的感覺中，語音發生的瞬間位置大致是位於音節中母音開始後約 10 幾毫秒的位置，這個在知覺上計時標示所在的位置被稱為是知覺中心（perceptual center），又稱為 P-center，和韻律知覺有關。 P-center 被認為是聽知覺韻律的中心。當製造的連續語音序列為簡單的一些音節時，如數數時，說出的一項項數字詞語的時間排列，通常各數字音節之間的停頓間距是不等的，然而若以知覺中心來算它們的間距時長卻是等時，可見簡單言語等時性的安排是按照知覺中心來排列的。

三、華語的言語等時性

華語一字一音節，相較於英語，音節的結構較為簡單。華語聽覺上音節的節律性較強，較沒有輕、重音的區別，因此華語P-center的位置應該會比英語研究中更為明確。長久以來，「音節計時」被認為是華語重要的韻律特性，把音節為計時的假設也是一種隱而不彰的共識，音節也被認為是華語的節律單位。然而，在語音製造方面和語音知覺上真正的計時單位到底為何呢？兩方面的單位又是否一致呢？假若是將等時性的單位認定為音節，或是任何和音節有關係的單位，計時的起點何在？是每一個音節的起點、或是母音起始點、又或是音節中的某個固定位置呢？音節若是華語的計時單位，那麼在聲學上音節是否具有等時性呢？事實上，以往的相關研究（鄭靜宜，2005）發現，語句中各個音節時長有相當大的差異。鄭靜宜（2005）測量語句中各個音節的時長後發現，在連續性的言語串流中各音節的時長並不相等，而音節的時長受許多因素的影響，如聲母、韻母種類、聲調、語尾等。例如，帶有摩擦音的音節顯著地比其他音節為長，而位於語句末尾音節也和英語一樣有拖長現象。可知，語句中音節間時長的差異性是相當大的。到底華語中韻律等時的基本單位為何？連串的言語流中是否一個音節的起始點就是計時單位的起點呢？

說話是屬於人類的動作行為之一，生物體的動作執行通常都有一定的變異性，不可能每次都一模一樣。即使是一樣的動作，在每一次做動作時，在時間和空間上也會有些微的變異性（variability）存在，然而變異總在一個範圍限制之內，因此對於變異性的大小範圍需要加以了解。比較音段時長的變異性，即是由此方向來思考言語等時性的問題，藉由變異性大小的比較，可以增加對言語節律的等時特性的了解。時長的成對變異指數（pairwise variability index, PVI）是計算語音中順序上相鄰單位的時長的差異（Low, Grabe, & Nolan, 2000），用以計算相鄰單位間時長的變異性，即是比較在同一語句中相鄰單位的等時性差異。若變異性指數愈小，代表該單位具有等時性。

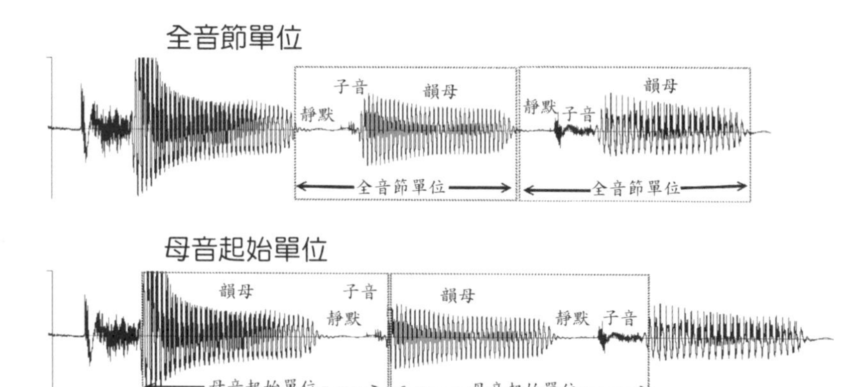

圖 13-5　全音節單位是由停頓或靜默＋子音＋韻母所組成，
母音起始單位是由韻母＋停頓或靜默＋子音所組成。

鄭靜宜（2005）提出華語三種可能的計時單位：純音節單位（子音加母音）、全音節單位（除音節外，還包括音節之前的靜默或空白）、以母音為起始的單位（見圖 13-5）。以母音為起始的單位是以音節中的母音的開始為起始點，到下一個音節中母音起點前為止的間隔，包括母音（或韻母）時長和後接的靜默或空白再加上後接音節的子音時長。此單位的假設是來自 P-center 的有關研究（Morton et al., 1976; Fowler 1979; Buxton,1983; de Jong, 1994）。鄭靜宜（2008）比較五種語速下說句子和片語時，兩種單位（全音節單位、母音起始單位）時長的成對變異指數的大小。結果在五種語速下，以韻母為起點的計時單位之時長成對變異指數顯著較小。以「知覺中心」為起始單位的成對變異指數（PVI）顯著小於以全音節為起始單位的PVI，亦即以「知覺中心」為起始單位相鄰單位之間時長的差異較小，即較具有等時性。不管是在片語、句子和短文中的趨勢皆十分類似。如圖 13-6 所示，分析二十一位正常說話者的言語音段資料，以兩種等時單位分析的 PVI 值比較，可見到所有的說話者以母音起始單位所算得的 PVI 皆是比全音節的 PVI 為小，以母音起始單位的等時性趨勢較強。言語速度愈慢，成對變異指數愈大，五種語速中在慢速語速的成對變異指數最大，相鄰單位

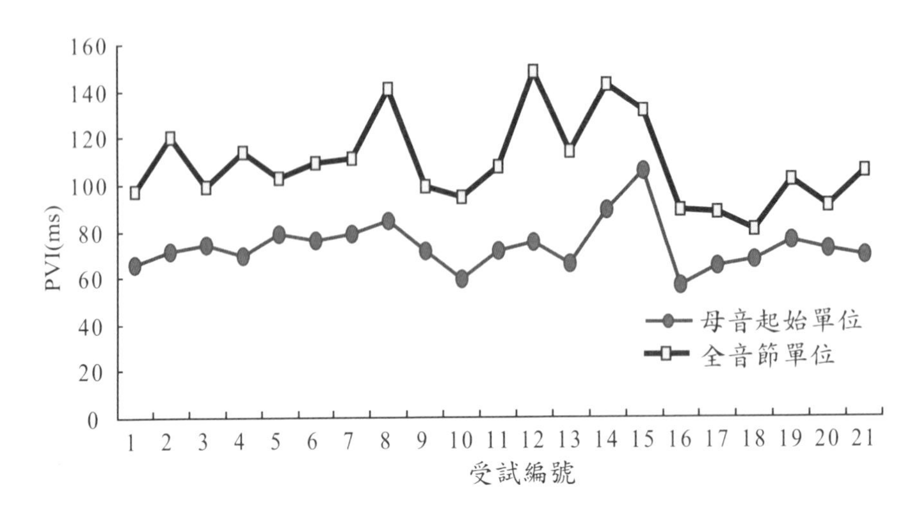

圖 13-6 各個說話者的言語以兩種等時單位分析的 PVI 值比較。

間變異最大，尤以最慢速時全音節 PVI 受語速的影響最大。也就是在慢語速下，若是以全音節為計時單位會很不等時。相對地，以母音起始單位的 PVI 在各語速下變化較小，顯示母音起始單位受語速的影響相對較小。母音起始單位的等時性較不受發語單位的影響，即在四音節、五音節、句子和短文中，以母音起始單位的 PVI 皆一致性的較小，皆較為等時，可支持言語計畫節律的基本單位與「知覺中心」有關。言語計畫計時的起點應該就在母音的開始起始位置，或韻母起始的位置，就在所謂的「知覺中心」附近。

事實上，「知覺中心」是以聽知覺角度去看語音中音節重心安置的位置，若就言語製造的角度而言，應稱為「語流單位計時中心」，即是構音時言語單位計時的起始點。說話者依據此點的位置來規畫或調節語句的速度或各音段時長的分配。由於母音皆為有聲音，母音的起始位置大致與一音節喉部聲帶的開始振動時間相吻合。對一個說話動作而言，喉部聲帶開始振動的時間處在每個語音計時單位中，應是具標記性的重要位置，甚至整個言語動作計畫的時序架構可能即是以此點為中心做規畫的。規畫每個言語製造動作時，由各音節中聲帶開始振動的時間點做運算，各音段時長的規畫以此加以延伸組織。再者，由整個音節的音量分布來看，母音起始點大半也是音節中音量最強的時刻點，也是聲門下壓（subglottal pressure）最強之處。再者，此點在語音聽知覺上也是子音和母音之間共振峰轉折的所在，通常是音強上響度最高的時刻點。

一個語音計時單位的組成包括語句中的子音、母音以及音節和音節之間的閉鎖（closure）或停頓期（pause）。閉鎖是發出塞音或是塞擦音之前的持阻動作期，又稱為靜默期（silence）。到底這些音節間的閉鎖或停頓時間應該歸屬於位於它之前的音節，或是它接續下來的音節呢？就構音的觀點，塞音或塞擦音之前的閉鎖靜默期是構音子的持阻期，理論上應該也是該子音的一部分，是屬於該音節的一部分。鄭靜宜（2005）發現，就相同構音位置的子音而言，送氣塞音或塞擦音前的閉鎖靜默期小於不送氣塞音或塞擦音的閉鎖期，平均不送氣塞音大約多了 40 毫秒左右。就構音的動作而言，因為送氣音爆破之後需要釋放大量的氣流，在閉鎖期時需要醞釀更多的口內壓，因而需要花費較長的時間，因此爆破之前的閉鎖期應該會較長，但事實上，送氣音之前的靜默期卻反而較短。推測原因可能是由於整體說話動作有維持單位等時性的需要，因為送氣音的 VOT 已經比不送氣音的 VOT 為長了，因此送氣音靜默期就需要相對較短。

一般而言，相較於子音，母音時長調整的彈性較大，常需要因應語境的不同而加以調整。若等時單位真的存在，在說話時為了保持單位時長的一致性，在母音時長上所做的調整會較多。華語知覺中心的位置若真位於母音起始的位置，為了調整對齊母音起始的時刻，使得語句中各個母音起始單位的間隔具有等時性，音節的時長將會受到其前後相鄰音節的影響而須加以調整，此時母音的時長就應有相應的變化。事實上，語句之中音節的「等時性」只是言語時長組織的「裸」架構，即最基本的低層次形式。語句在說出來之前，還需要再根據該語句的句型、語法、強調、末尾等因素，做相應的時長調整，才能符合高層次語言韻律的需求。而我們聽到的語句則已是經過各個層次修整過的節律型態，等時的特性已不再是如此的顯而易見了。

許多言語障礙者在言語節律的調整上常有不自然的缺陷，如重音過度無對比（excess and equal stress）、停頓過長（prolonged intervals）、語速亂變（variable rate）不規則等。有些節律失調的吶吃者（dysarthric speakers）對於最基本的言語等時性也無法維持，出現等時的困難（Liss et al., 2009），而有些吶吃者則可能勉強維持著言語等時性，卻無法根據語句的特性（如句型、語法、強調、末尾等因素）做更進一步的調整，出現如機械般無音高起伏、無大小聲變化或無輕重對比性的掃瞄式言語（scanning speech），言語中有音節過度等長的特性。節律失調的言語對於語音清晰度和自然度有相當大的影響，也影響言語的可接受度。

參考文獻

陳達德、蔡素娟與洪振耀（1998）。國語聲母音長之聲學基礎研究與臨床意義。**聽語會刊**，**13**，138-149。

鄭靜宜（2005）。不同言語速度、發語單位和發語位置對國語音段時長的影響。**南大學報**，**39**，161-185。

鄭靜宜（2008）。不同言語速度下國語節律的計時等時性。**中華心理學刊**，**50**(1)，471-448。

Adams, S. G., Weismer, G., & Kent, R. D. (1993). Speaking rate and speech movement velocity profiles. *Journal of Speech and Hearing Research*, *36*, 41-54.

Allen, G. D. (1972). The location of rhythmic stress beats in English: An experimental study. Parts I and II. *Language and Speech*, *15*, 72-100 and 179-195.

Bell-Berti, F., & Raphael, L. J. (1995). *Producing Speech: Comtemporary Issues*. New York: AIP Press.

Bell-Berti, F., Rogan, S., & Boyle M.(1991). Final lengthening: Speaking rate effects. *Journal of Acoustical Society of America, 90*(4), 2311.

Berry, J., & Weismer, G. (2000). Effects of speaking rate on vowel formant trajectories. *J. Acoust. Soc. Am.*, *108*, 2507.

Boomer, D. S. (1965). Hesitation and g rammatical encoding. *Language and Speech, 8*, 148-158.

Bradlow, A. R., Torretta, G. A., & Pisoni, D. B. (1996). Intelligibility of normal speech I: Global and fine-grained acoustic-phonetic talker characteristics. *Speech Communication*, *20*, 255-272.

Buxton, H. (1983). Temporal predictability in the perception of English speech. In Cutler, A., & Ladd, D. R. (Eds.), *Prosody: Models and Measurements* (pp. 111-121). Berlin: Springer-Verlag.

Calvert, D. R., & Silverman, S. R. (1983). *Speech and Deafness* (rev. ed.). Washington, DC: A. G. Bell Association for the Deaf.

Classe, A. (1939). *The Rhythm of English Prose*. Oxfore: Basil Blackwell.

Couper-Kuhlen, E. (1990). Discovering rhythm in conversational English: Perceptual and acoustic approaches to the analysis of isochrony. *KontRI Working Paper No. 13*. University of Konstance, Fachgruppe Sprachwissenschaft.

Couper-Kuhlen, E. (1993). *English Speech Rhythm: Form and Function in Everyday Verbal Interaction*. Amsterdam: Benjamins.

Crystal, D. (1990). *The Cambridge Encyclopedia of Language*. Cambridge: Cambridge University Press.

Crystal, T. H., & House, A. S. (1988). Segmental durations in connected-speech signals: Current results. *Journal of the Acoustical Society of America*, *83*, 1553-1573.

Dauer, R. M. (1983). Stress-timing and syllable-timing reanalyzed. *Journal of Phonetics, 11*, 51-62.

de Jong, K. J. (1994). The correlation of P-center adjustments with articulatory and acoustic events. *Perception & Psychophysics*, *56*, 447-460.

Fowler, C. A. (1979). "Perceptual centers" in speech production and perception. *Perception & Psychophysics*, *25*, 375-388.

Gay, T. (1978). Effect of speaking rate on vowel formant movements. *Journal of the Acoustical Society of America*, *63*, 223.

Goldman-Eisler, F. (1968). *Psycholinguistics: Experiments in Spontaneous Speech*. New York: Academic Press.

Horii, Y. (1983). An automatic analysis method of utterance and pause lengths and frequencyes. *Behavior Research Methods & Instrumentation*, *15*, 449-452.

Klatt. D. (1976). Linguistic uses of segmental duration in English: Acoustic and perceptual evidence. *Journal of the Acoustical Society of America*, *59*, 1208-1221.

Lehiste, I. (1972). The timing of utterances and linguistic boundaries. *Journal of the Acoustical Society of America*, *51*, 2018-2024.

Lehiste, I. (1977). Isochrony reconsidered. *Journal of Phonetics*, *5*, 253-263.

Lindblom, B. (1963). Spectrographic study of vowel reduction. *Journal of Acoustical Society of America*, *35*, 1773-1781.

Liss, J. M., White, L., Mattys, S. L., Lansford, K., L., Andrew J., Spitzer, S. M., & Caviness, J. N. (2009). Quantifying speech-rhythm abnormalities in the dysarthrias. *Journal of Speech Language & Hearing Research*, *52*, 1334-1352.

Low, E. L., Grabe, E., & Nolan, F. (2000). Quantitative characterizations of speech rhythm: 'Syllable-timing' in Singapore English. *Language and Speech*, *43* (4), 377-401.

MacNeilage, P. F., & Davis, B. L. (2000). On the origin of internal structure of word forms. *Science, 288*, 527-531.

Morton, J., Marcus, S., & Frankish, C. (1976). Perceptual centers. *Psychological Review*, *83*, 405-408.

Nishio, M., & Niimi, S. (2001). Speaking rate and its components in dysarthric speakers. *Clinical Linguistics & Phonetics*, *15*, 309-317.

Oller, D. K. (1973). The effect of position in utterance on speech segment duration in English. *Journal of the Acoustical Society of America*, *54*, 1235-1247.

Pellegrino, F., Farinas, J., & Rouas, J. L. (2004). Automatic estimation of speaking rate in multilingual spontaneous speech. In B. Bel, & Marlien, I. (Eds.), *International Conference on Speech Prosody, Nara, Japon* (pp. 517-520). ISCA Special Interest Group on Speech Prosody.

Picheny, M. A., Durlach, N. I., & Braida, L. D. (1986). Speaking clearly for the hard of hearing II. Acoustic characteristics of clear and conversational speech. *Journal of Speech and Hearing Research*, *29*, 434-446.

Pindzola, R. H., Jenkins, M. M., & Lokken, K. J. (1989). Speaking rates of young children. *Language, Speech, and Hearing Services in Schools*, *20*, 133-8.

Pointon, G. E. (1980). Is Spanish really syllable-timed? *Journal of Phonetics*, *8*, 293-304.

Port, R. F., Dalby, J., & O'Dell, M. (1986). Evidence for mora timing in Japanese. *Journal of the Acoustical Society of America*, *81*, 1574-1585.

Ramus, F., Nespor, M., & Mehler, J. (1999). Correlates of linguistic rhythm in the speech signal. *Cognition*, *73*, 265-292.

Roach, P. (1982). On the distinction between 'stress-timed' and 'syllable-timed' languages. In D. Crystal. (Ed.), *Linguistic Controversies* (pp.73-79). London, Edward Arnold.

Rosen, K., Murdoch, B., Folker, J., Vogel, A., Cahill, L., Delatycki, M., & Corben, L. (2010). Automatic method of pause measurement for normal and dysarthric speech. *Clinical Linguistics & Phonetics*, *24*(2), 141-154.

Tseng, C. H. (1993). *Timing Control in Aphasic Speech Production*. Technical report of National Science Council, R.O.C.

Tseng, Chiu-Yu, Pin, Shao-Huang, Lee, Yeh-lin, Wang, Hsin-Min, & Chen, Yong-Cheng (2005). Fluent speech prosody: Framework and modeling. *Speech Communication*, *46* (3-4), 284-309.

Van Santen, J. P. H., & Shih, C. L. (2000). Suprasegmental and segmental timing models in Mandarin Chinese and American English. *Journal of the Acoustical*

Society of America, 107 (2), 1012-1026.

Walker, V. G. (1988). Durational characteristics of young adults during speaking and reading tasks. *Folia Phoniatrica*, *40*, 11-18.

Wenk, B., & Wioland, F. (1982). Is French really syllable-timed? *Journal of Phonetics, 10*, 193-216.

Wong, W. Y. (2004). Syllable fusion and speech rate in HongKong Cantonese. In *Proceeding of Speech Prosody 2004* (pp.255-258). Nara, Japan.

Zellner Keller, B. (2002). Revisiting the Status of Speech Rhythm, In Bernard Bel, Isabelle Marlien (Eds.), *Proceedings of the Speech Prosody 2002 Conference* (pp.727-730). Aix-en-Provence: Laboratoire Parole et Langage.

嗓音音質的聲學分析

我們聽別人說話，除了分析語意內容之外，往往對講者本身的特質，也會感到興趣，特別是對於陌生的談話者，而聲學訊號本身多少可以透露說話者本身的特質，如性別、年齡、生長地區、教育水準等等。類別知覺（categorical perception）不僅止於語音類別的知覺，也在於人際知覺，我們往往將人分類，如年輕人、老人、小孩子、大陸人、外勞、菲傭、越南新娘、學生、僑生等，由說話腔調中，多少可以得到說話者的背景資料，人際知覺是屬於社會心理學層面，聽話者常在未知說話者身分的情況下，藉由其說話的信號做個人身分的推測。在一個有效率的溝通行為中，聽話者希望於有限的時間與聲學資料中得出最多的訊息，有效的傳達出正確訊息，以達到溝通、交流的目的。

第一節　對嗓音音質的知覺

對於個人語音的聲學特質研究，可使用聲學分析的方法來研究個人的嗓音，比較個人之間嗓音的差異，之後可將人的嗓音做分類，甚至可以發展電腦程式對人的嗓音進行個別化辨識和判斷。聲音指紋即是希望藉由聲學信號本身得到屬於個人聲學特質，達到個人性嗓音區辨的目的。你、我之間嗓音有何不同？平時我們是如何聽出是誰的聲音或不是誰的聲音？個人的嗓音特質主要是音高、音量、渾厚或是單薄，以及一些附帶的不良音質，如氣息聲、沙啞、粗嘎聲或鼻音等，甚至說話的速度與音量也有個人的特質。要如何評估個人不同嗓音的聲學特質呢？依量化的方式可分為知覺性的量表估計法與聲學參數的分析兩種。

一、量表估計法

使用量表估計法（scaling estimation）評量嗓音音質，常用的有等距點量表法（equal-appearing interval scale）、視覺類比量表（visual analog scale）與直接大小估計法（direct magnitude estimation）。等距點量表法常用七點量表。評判工作通常由有經驗者擔任，如語言治療師，將錄音樣本透過喇叭以合適舒服的音量隨機呈現，請評判者針對須要評量的向度（如整體的嗓音品質）逐一對呈現刺激做反應。等距點量表法為一種心理等距量表，評估者在事先設計好的量表尺度上，對刺激的嗓音向度（如音質）的優劣程度做評分。例如覺得音質很好就評為「1」，聽起來覺得非常不好，則評為「7」，其間有「2」、「3」、「4」、「5」、「6」的程度可以選用。等距點量表法在一般臨床上常被使用，是對嗓音音質評估快速又簡便的方法。視覺類比量表是於視覺上（如書面上）呈現一個尺度，有其具體的長度，類比於一個嗓音音質知覺向度，聽了刺激後標記於尺度上，標明此刺激的位置。臨床上，常用的嗓音 GRBAS 量表，為五向度的音質聽知覺量表，各代表整體程度（Grade）、嘶啞（Roughness）、氣息（Breathiness）、無力（Asthenia）、緊縮（Strain）等五種不良音質的聽知覺向度。GRBAS 量表通常使用四點量表：「0」代表正常，「1」代表嚴重度是屬於輕微異常（slight）；「2」代表中度（moderate）異常；「3」則代表嚴重（severe）異常。GRBAS 是一個簡單的主觀性音質聽知覺評估量表，但在臨床上常因評估過於主觀，而為人所詬病，此時若能輔以客觀的聲學分析資料，則較有說服力。

「直接大小估計法」（direct magnitude estimation）為另一種心理量表估計法，是比較兩個刺激量在某一知覺向度的差異，先對兩個刺激形成一種大小倍數關係的知覺，再依此倍數評分。聽者事先被告知有一個標準刺激量，之後再將其他後續聽到的刺激和此標準刺激相比，得到一個倍數比值的心理量（於某向度）。首先，由主試者事先指定某一刺激為標準量，之後要求受試者對隨後呈現刺激的某一性質向度（如沙啞程度），加以評估看看是該標準量多少倍或幾分之幾。例如若將標準刺激定為 100 分，其他的刺激都要跟這個標準刺激比較，如果覺得某個刺激和此標準刺激具有一樣的程度（就某一向度性質而言，如嘶啞），則評為 100 分。如果覺得比標準刺激強約兩倍，則為 200 分；若為 1.5 倍為 150 分；若為三倍則為 300 分；若為四倍則評為 400 分；若為五倍則評為 500 分……依此類推。如果該刺激比標準刺激的程度弱（不嘶啞），程度約好一倍，則評為標準量的二分之一倍為 50 分；若程度為四分之一倍，則為 25……依此類推。圖 14-1 呈現「直接大小估計法」的圖示。

二、不良嗓音音質的聽知覺特性

在臨床上，嗓音異常的患者通常具有不甚悅耳的音質，這些不良音質

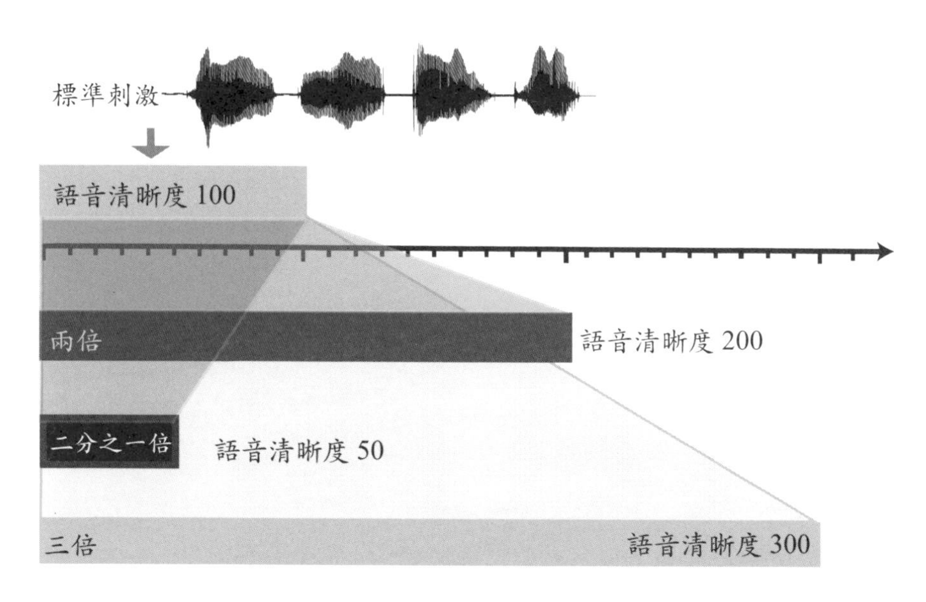

圖 14-1 「直接大小估計法」圖示。

包括有刺耳、粗澀聲、氣息聲、沙啞聲、低嘎聲、緊困之音。這些不良的嗓音音質有哪些聽知覺和聲學特徵呢？

- 氣息聲（breathy voice）：由於兩側聲帶在振動時並沒有完全向中閉緊，氣流由聲帶間的縫隙衝流而出，通過狹窄的聲帶間隙而形成紊流（turbulence），造成嗓音之中夾雜噪音的情形。氣息聲通常較微弱，容易和背景噪音混雜，須仔細聆聽以分辨之。氣息聲可能為持續性的，也可能為間歇性氣息聲，或間斷式的，即時有時無。圖 14-2 由一男性說話者發出正常 /a/ 和氣息聲 /a/ 的聲譜圖比較，在聲譜圖上明顯可見有較多量的噪音。
- 刺耳、粗澀聲（harsh voice, roughness）：聲音粗啞、乾澀，粗澀的音質來自聲帶不規則振動引起，發出時喉部相當用力，可能由於兩側聲帶過度向中拍擊或閉合而形成，聲帶振動週期中閉合期增長。

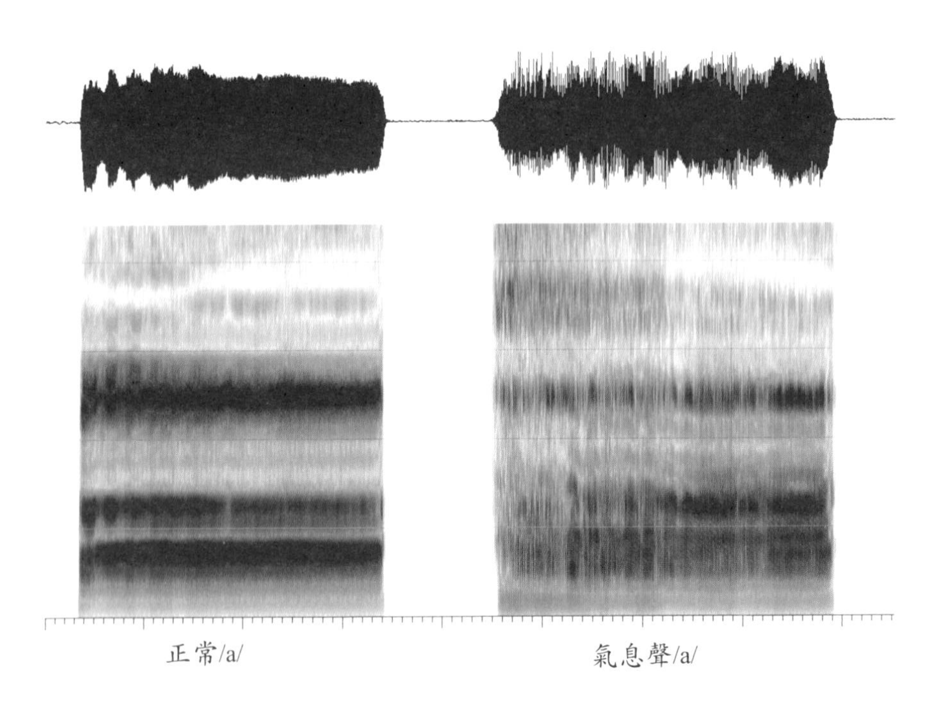

圖 14-2　由一男性說話者發出正常 /a/ 和氣息聲 /a/ 的聲譜圖比較。

通常音量較大，振動週期和振幅較不規則。圖 14-3 呈現一男性說話者具有明顯粗澀聲的聲譜圖，可見音量較強，語音週期信號強度不一，噪音信號量較多。

- 沙啞聲（hoarse voice, wet）：為刺耳粗澀聲和氣息聲的混合，通常於上呼吸道感染時出現，如感冒喉嚨發炎時聲音沙啞。濕的沙啞聲音，有黏液梗在喉頭的聲音。由於黏液的牽絆阻撓聲帶振動，聲帶呈現不規則的振動，頻率與振幅都很不整齊。此外，說話沙啞聲者於喉部常有異物感，常有清喉嚨的動作和聲音。圖 14-4 為女性說話者發出/a/具有明顯沙啞聲的聲譜圖。
- 嗓音緊困（strained-strangle-voice）：聲音聽起來很緊，說話者將氣流很用力的由狹窄的喉頭聲門間擠出。聲帶肌過度閉合，聲帶呈現高張力狀態。音高異常，通常有較高的音高。

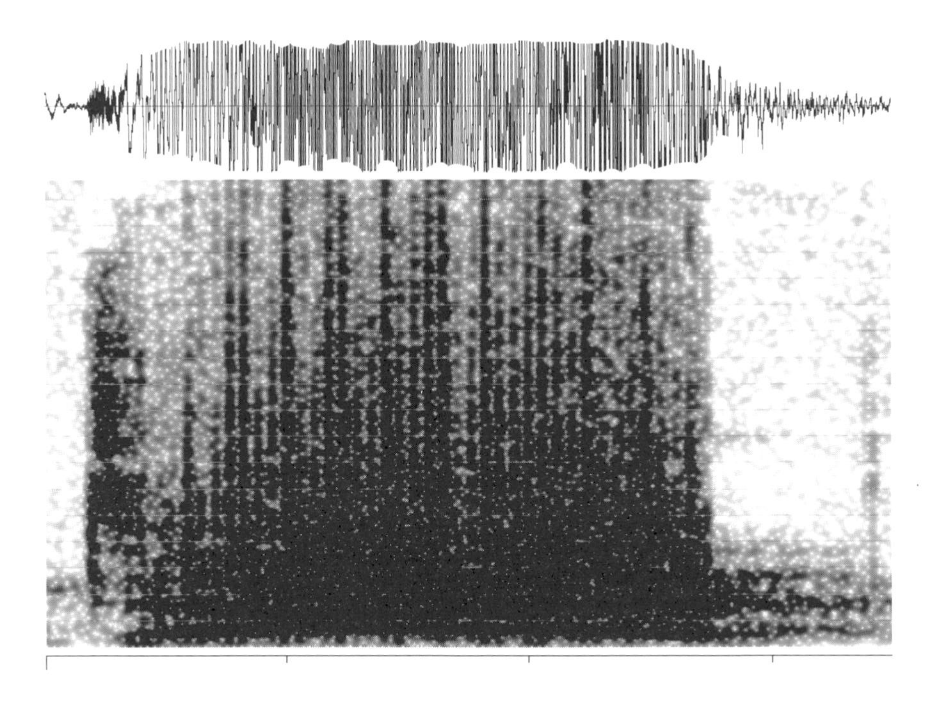

圖 14-3　由一男性說話者發出具有明顯粗澀聲的聲譜圖。

- 低嘎聲（creaky voice）：又稱煎爆聲（vocal fry）或是喉音化（glottalization）。聲帶以極低頻、氣流量極微弱的方式振動，聲帶通常為部分極小幅度振動，週期不甚規則。「煎爆聲」是取意自以小火煎煮時小聲油爆的聲音，有如聲帶上出現小空氣泡泡式的煎煮油爆。當我們使用最低頻的嗓音，兩側聲帶緊閉，只讓少量的氣流通過，振動聲帶邊緣，即會造成低嘎聲。低嘎聲亦可當作是一個音源，發出後可以通過不同形狀的上呼吸道共鳴腔，形成不同的母音，如/a, i, u/等音。圖 14-5 是一女性說話者發出「水」音之低嘎母音/eɪ/的聲波和聲譜圖。
- 悄聲（whispery voice）：如附耳說悄悄話時的聲音，又稱為耳語。

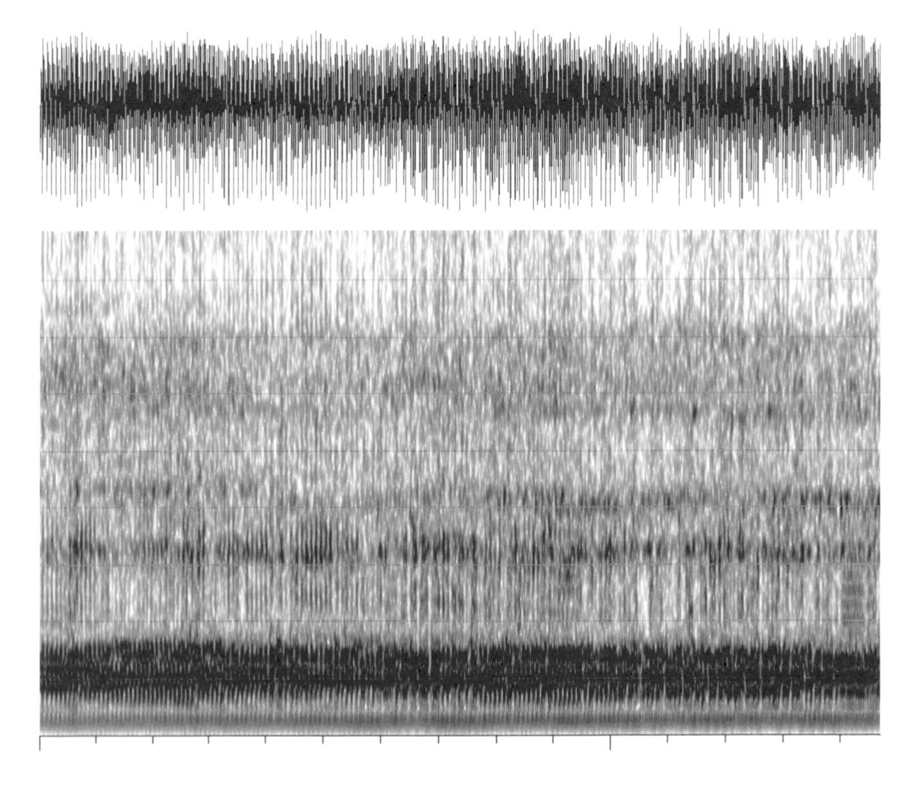

圖 14-4　由一女性說話者發出具有明顯沙啞聲/a/的聲譜圖。

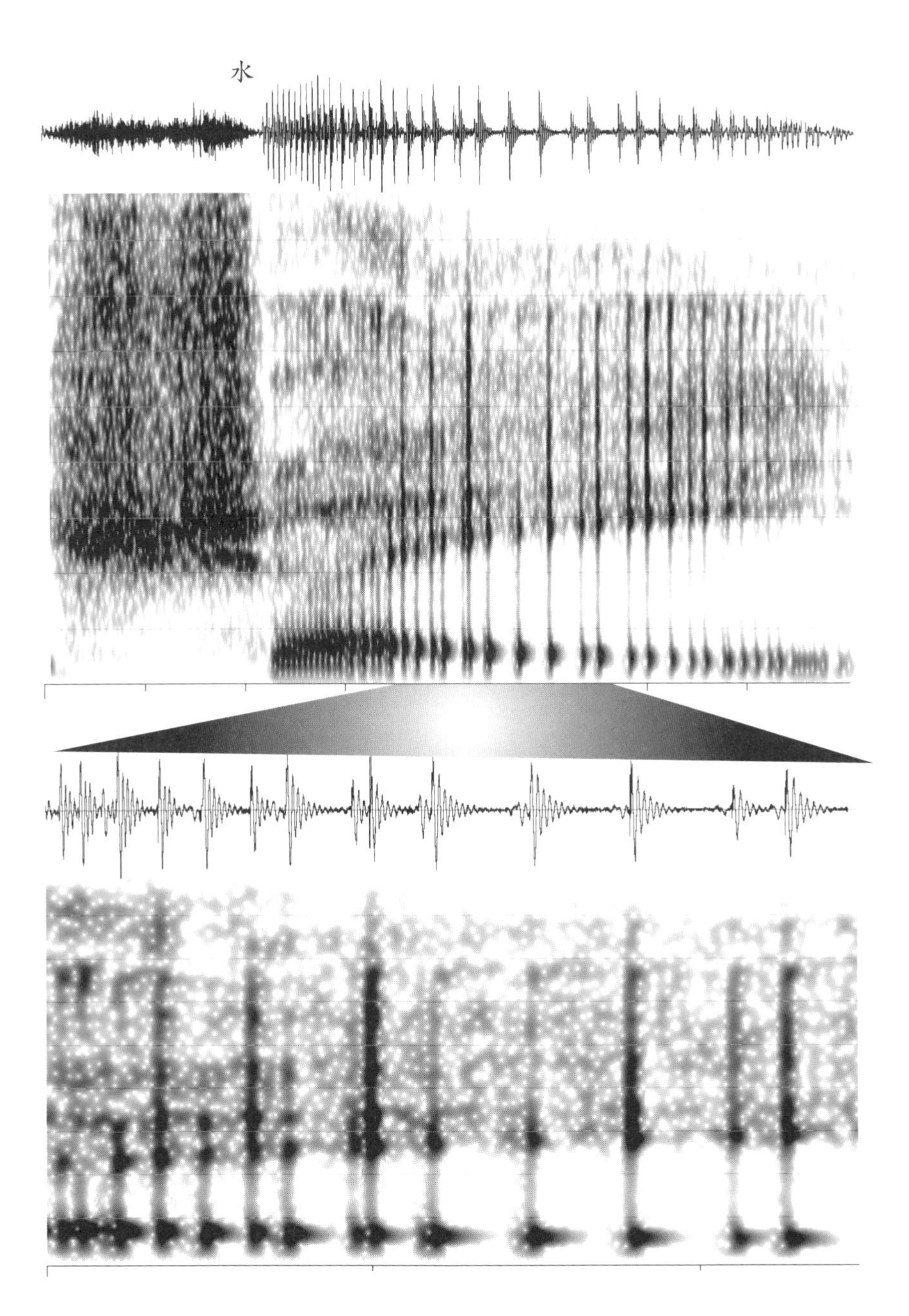

圖 14-5　女性說話者發出「水」音之低嘎聲母音 /eɪ/ 的聲波和聲譜圖。

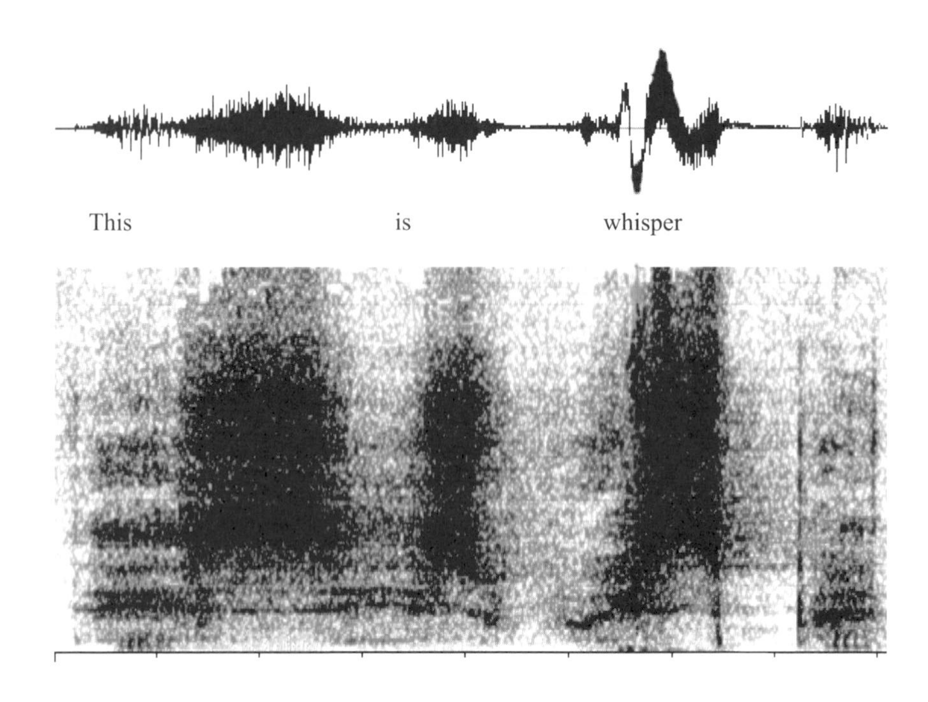

圖 14-6　一男性說話者以悄聲說話的聲波和聲譜圖。

發聲時兩側聲帶不閉合，維持張開，讓氣流通過中間聲門形成完全的氣息噪音。聲音皆為空氣通過時的摩擦氣息聲，無諧音成分。圖 14-6 呈現一男性說話者以悄聲說話的聲波和聲譜圖，可見聲譜圖中缺乏嗓音棒（voice bar），多數能量為高頻噪音。

• 聲音停頓（voice stoppage）：說話聲音突然停頓，好像不預期地突然遇到阻礙無法出聲。

三、量表法評估的優、缺點

量表法評估的優點是快速、直覺性。但聽者需要受過一定的訓練，才能對音質的向度有相當的認知，通常為受過訓練且十分有經驗的嗓音治療師（如從事一段相當長時間）才有如此的功力。量表法的評估始終受評判者主觀的影響而有信度與效度的問題。由於各評判者的標準可能不一，每個人評量的內在心理尺度不同，使得等距點量表法在使用上受到很大的限制。雖然每一個嗓音知覺評量向度皆有其定義，但定義稍過簡略，且每個人可能對於嗓音音質的認知、向度解讀可能不同，每一個評判者所持的標準皆不盡相同，甚至同一位評判者對同一份語音樣本在不同時間評量，可能會有不同的結果，測量信度因此受到挑戰。其次是評判聽者很難一次同時顧及多種的向度，且多數聽者傾向將嗓音音質視（聽）為一個整體感覺，無法分離出對不同嗓音向度判別。此外，對於最佳嗓音音質的定義，或因文化、地區或個人間審美的觀念不同，無法避免主觀成分的介入。因此，對音質做聲學的分析似乎是一種較客觀的評估方式。

第二節　嗓音特質的聲學分析

在臨床上，母音持續發聲（vowel sustain）是嗓音評估的要項，通常是請個案發出持續/a/ 或是 /e/的聲音，愈長愈好。錄音之後，再去分析這些持續/a/ 或是 /e/的嗓音音質，做聽知覺或聲學分析。也可使用個案的連續語音訊號（如朗讀或對話），將語音中有聲音的部分（母音）拿來做聲學變項分析。雖然嗓音聲學分析的重點大都是有關語音基頻波的分析，而基頻波的頻率是較低的，但錄音的取樣頻率卻不要設得太低，否則會影響分析的結果，最好要有 22.05kHz。而且錄音的設備和環境也要盡量做到減少噪音的污染和扭曲。使用一些聲學參數來分析個人的嗓音特質，屬於嗓音的量化分析，一般被認為是較具客觀性，對同一段語音不會因為所測量的人不同（知覺）而有分析結果的差異。

一、嗓音的聲學分析變項

嗓音的聲學分析是將語音有聲音的部分（通常是發出/a/ 或是 /e/的聲音）拿去做聲學變項分析，因其具有與語音基頻波有關的特性。最基本的嗓音的聲學變項為基本頻率（*F0*），性別和年齡因素為主要影響因素，男性基頻約在 90 至 160Hz之間，女性基頻約在 160 至 260Hz。一般聽者則傾向喜愛聽比平常稍低頻的聲音（Brown et al., 1991）。以下為兩個計算 *F0* 的相關參數。

Mean *F0*：$\Sigma_{i=1}^{n}$（$F0_i$）/N
***F0* standard deviation**：$\sqrt{1/N-1\Sigma_{i=1}(F0_i-F0\text{mean})}$

基本頻率的計算為最基本的嗓音參數，其次為音量數值，平均說話時音量約在 60 至 80dB 之間。正常人的最大音量通常可達 80、90dB。聲帶受損的病人通常音量較低，基頻較低，而且說話時聲音音高變化的範圍也變得較窄小。

接下來要介紹的音質聲學參數，皆是常用來作為音質的發聲穩定度（vocal stability）的指標，數值愈大，代表聲波嗓音品質愈差，這些參數通常和以上所介紹不良音質有關。主要的音質聲學參數共有下列七大項目。

1. 基特相關

基特相關（jitter related）又稱「頻基參數」，乃頻率擾動係數。為聲帶振動的週期規律性或基頻的規律性，通常被視為發聲穩定度（vocal stability）指標之一。此係數是比較兩相鄰週期時間的差異，亦即聲帶振動時相鄰週期的變異性。圖 14-7 中呈現一個週期變異性極大的波。若聲音音質很好，每個週期波形都很整齊，週期間的差異就少；反之若是振動週期不規則，忽快忽慢，波形不整齊，週期間的差異就大，基特值就大。正常聲音的基特值通常小於 0.1 毫秒，數值若過高，則和沙啞聲（hoarse voice）以及氣息聲（breathy voice）有高相關（Kent & Ball, 2000）。

Mean absolute jitter（平均絕對基特值）：$1/N-1\Sigma_{i=1}^{n-1}(|To_i-To_{i+1}|)$，乃最原始的基特數值。然而此數值變化範圍過大，會對週期的不整齊過於敏感，並且也容易受發聲者本身頻率值的影響。許多研究者（如 Lieberman, 1961）皆發現基特與基頻有相依關係，當說話者的頻率愈高，基特值即會愈高。因為頻率愈高，計算次數累積愈多，則週期變異數自然會有愈大的趨勢。後來又出現許多類似基特的參數算則，皆是為了克服平均絕對基特

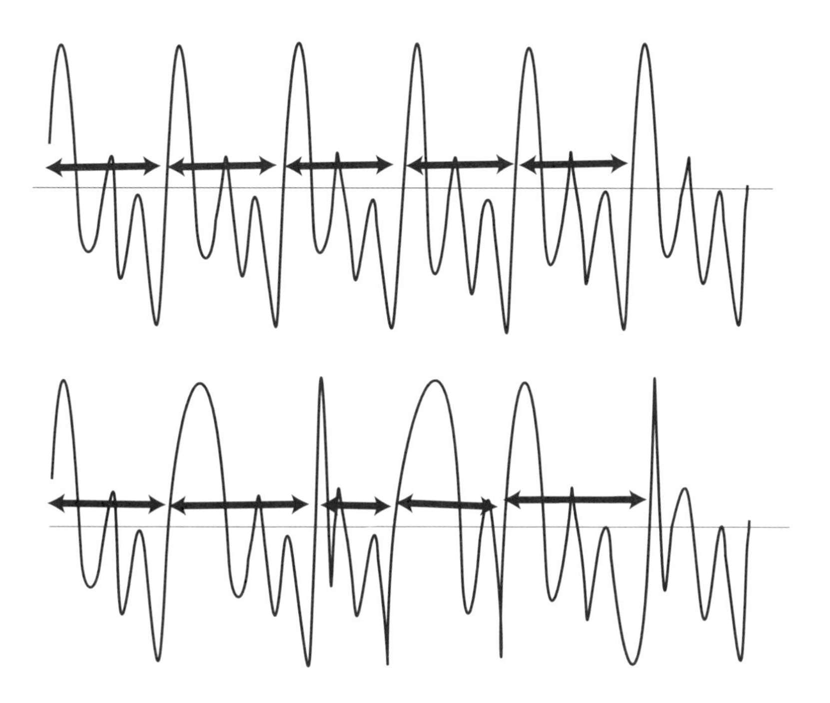

圖 14-7　兩個具有不同週期變異性聲波的比較。

值所產生的問題，如 RAP（relative average perturbation）與 PPQ（pitch period perturbation quotient），是計算較多週期之間的頻率擾動程度的變異程度，以減少基特值的敏感度。

Normalized jitter（正規化基特值）：$100 \times 1/N-1\ \Sigma_{i=1}^{n-1}(|F0_i - F0_{i+1}|/F0_i)$

Percent jitter r（基特百分比值）：$100 \times 1/N-1\ \Sigma_{i=1}^{n-1}(|To_i - To_{i+1}|)/\text{mean } To_i$

Relative average perturbation（RAP，相對平均擾動度）：$1/N-2\ \Sigma_{i=2}^{n-1}(|To_{i-1} + To_i + To_{i+1}|/3 - To_i)/\text{mean } To_i$，是計算語音中每連續三個週期的週期平均數和其中第二個週期的差異平均值，亦即連續三週期的週期變異量，可得到語音中週期的不規則性，此算法可降低原來基特對於週期的不規則性的過度敏感情況。

Period perturbation quotient（PPQ，週期擾動商數）：$1/\ N-4\ \Sigma_{i=1}^{n-4}$（$|1/5\ \Sigma_{r=0}^{4}To_{i+r}-To_{i+2}|$）/ mean To_i，是計算每五個連續週期的週期變異或不規則性，和 RAP 很相似，只是週期數目不同而已，一樣可降低基特值的敏感性。

2. 訊墨相關（shimmer related）

訊墨（shimmer）為振幅在各週期間的不一致性指數，屬於振幅擾動係數。振幅擾動係數在測量聲波中任兩相鄰週期之間振幅的不規則性，亦即聲帶振動時相鄰週期之振幅的變異程度。圖 14-8 中呈現一個相鄰週期的振

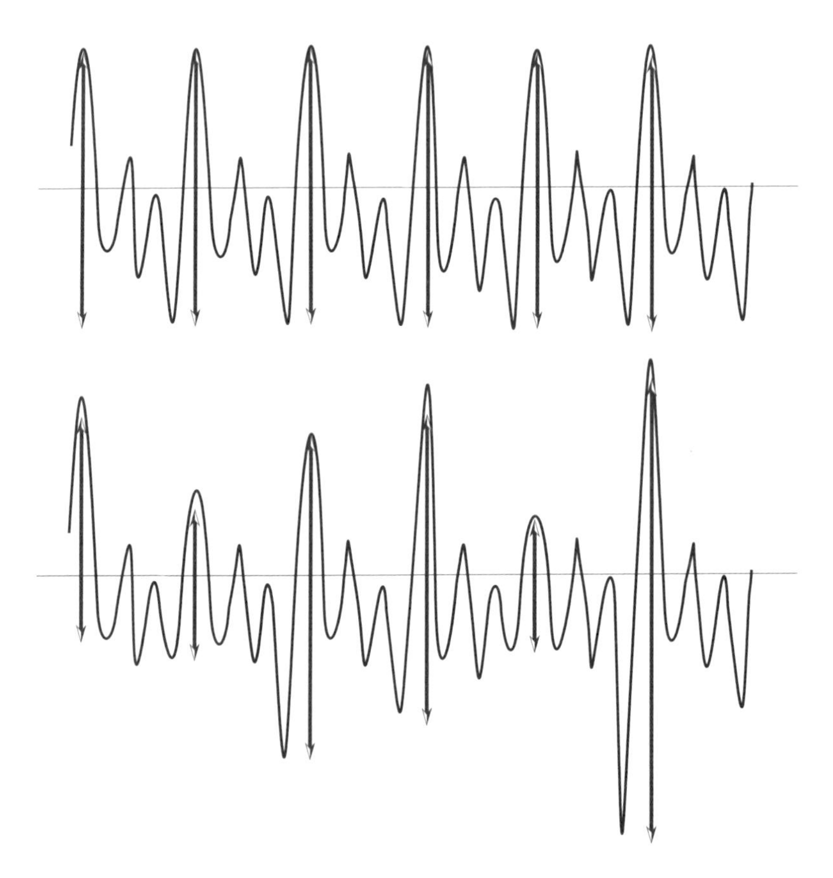

圖 14-8　兩個具有不同振幅變異性聲波的比較。

幅變異性極大的波。訊墨被視為發聲穩定度指標之一。正常聲音的訊墨小於 0.7dB，過高的訊墨與沙啞聲有關（Kent & Ball, 2000）。Blomgren 等人（1998）則提出低嘎聲（vocal fry）有較大的訊墨值。

Absolute shimmer（絕對訊墨）：$1/N-1\ \Sigma_{i=1}^{n-1}$（$|20\times\log Ao_{i+1}\ /-Ao_i|$），單位為 dB。

Absolute amplitude perterturbation（絕對振幅擾動）：$1/N-1\ \Sigma_{i=1}^{n-1}$（$|Ao_{i+1}\ /-Ao_i|$），單位為 dB 或是 volts。

Percent shimmer（訊墨百分比）：$100\times 1/N-1\ \Sigma_{i=1}^{n-1}$（$|Ao_i-Ao_{i+1}|$）/ mean Ao

Normalized amplitude perturbation（正規化振幅擾動）：$100\times 1/N-1\ \Sigma_{i=1}^{n-1}$（$|Ao_i-Ao_{i+1}|/\ Ao_i$）/ Ao_i

Normalized mean absolute period shimmer（正規化平均絕對訊墨）：$100\times 1/N-1\ \Sigma_{i=1}^{n-1}$（$|Ao_i-Ao_{i+1}|/\ Ao_i$）/ max（$Ao_i$），與沙啞聲與氣息聲相關係數達 0.92（Feijoo & Hernandez, 1990）。

APQ（**amplitude perturbation quotient**，振幅擾動商數）：與 PPQ 類似，計算十一個連續週期的振幅變異，或不規則性，可降低訊墨的敏感性。

3. 噪音諧波比

噪音諧波比（noise-to-harmonics ratio, NHR 或 HNR, harmonics-to-noise ratio）是中高頻非諧波能量（1500Hz 至 4500Hz）對諧波能量（70Hz 至 4500Hz）的比值。NHR愈高，代表頻譜中整體噪音比值愈高（包括一些基特、訊墨、紊流等），聲音愈不和諧。

4. 嗓音紊流指數

嗓音紊流指數（voice turbulence index, VTI）是「高頻非諧波」的能量對「諧波能量」的比值，在此「高頻非諧波」是指位於頻率 2800Hz 到 5800Hz之間的噪音能量，而諧波能量是指位於頻率 70Hz到 4500Hz之間的週期波能量（Kent & Ball, 2000）。VTI 數值愈高，代表頻譜紊流噪音量愈多。VTI 數值通常與氣息聲音質有高相關。

5. 嗓音破裂度（degree of voice breaks, DVB）

計算基頻無法追跡（tracted）區段的時長和整個音段時長的比值，為一時長比值的係數。

6. 類諧波振幅

在反頻譜分析（cepstral analysis）後的反頻譜之第一個最高峰的振幅大小，類似諧波振幅。類諧波振幅（rahmonic amplitude）愈大代表語音基頻的能量愈強。

7. 高頻頻譜傾斜（spectral tilt of high frequencies）

高頻諧波的平均強度對低頻諧波的平均強度比值。

二、聲學變項與嗓音音質知覺的關係

事實上，有關嗓音聲學性質的變項繁多，許多研究者將這些聲學分析變項與嗓音音質知覺向度做相關或迴歸分析，嘗試找到一組穩定、有效的嗓音音質的預測因子，有效地將一些不佳的嗓音音質做區辨與分類。例如 Pabon 和 Plomp（1988）曾使用合成方法系統操弄的一組聲學數值，並觀察嗓音音質的聽覺效果。他們發現沙啞聲（roughness）和基特有關。他們也指出氣息聲（breathiness）和高頻噪音音量有關，低頻對高頻比值（0-1.5kHz / 1.5-5 kHz band ratio）和嗓音的尖銳度（sharpness）有關，而共鳴（鼻音過重或不足）則和共振峰的弱化有關。

由於和嗓音音質相關的聲學參數通常不只一、兩個，應採用多元的方式處理這些眾多聲學參數變項，使用統計上的多變項方法，如多尺度分析（multidimensional scaling, MDS）方法。由於嗓音為多向度特質，絕非單一向度性質，也缺乏一對一的單向度特質變項對應。嗓音知覺是對動態的頻譜特性的知覺效果，亦即對語音信號其中的頻率、振幅以及噪音變化的整體心理感覺。多尺度分析的使用是比較兩個刺激的差異（心理距離），而非由一個知覺向度的評量去做感覺上的區辨（voice discrimination），因此可對嗓音音質做整體的評量。Kay公司針對此發展出Multidimensional voice profiles（MDVP）軟體，可將聲音音質做多向度的聲學參數分析，共有三十三個參數的輸出，圖 14-9 呈現 MDVP 程式分析/a/嗓音的輸出，左側為圖形化輸出，右側為聲學統計數據的輸出。在一般螢幕呈現時，圓形圖輸出中，若數值皆位於常模之內會以綠色呈現，代表嗓音音質優良；若數值超出常模則以紅色呈現，若紅色區域過多或過大則表示嗓音音質較差。

有關音質的分析還有其他常用的統計方法，如因素分析（factor analysis）、迴歸相關分析或是群聚分析，重點在分析嗓音因素變項和某些音質

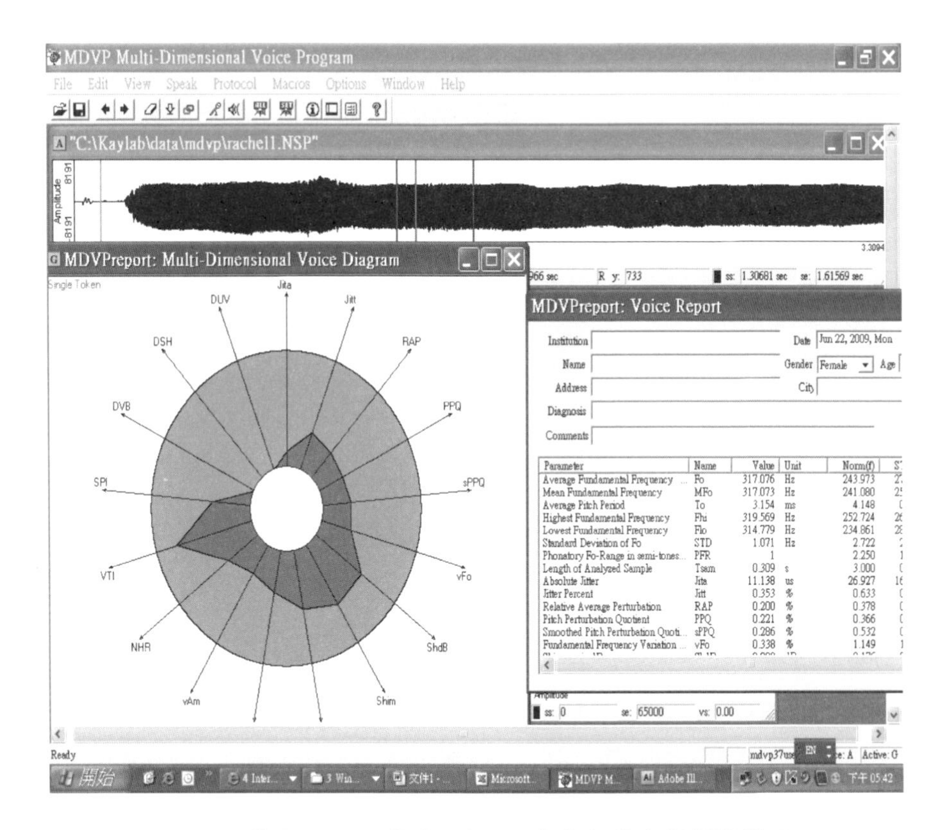

圖 14-9　使用 MDVP 程式分析/a/音音段的音質聲學變項。

之間的相關，並歸納出音質參數之間的主要成分或分類向度。此外，還使用類神經網絡（artificial neural network）模擬，輸入聲學參數變項作為某些音質或是病理嗓音特徵的分類模式，先做訓練之後，可得到最佳的分類模式參數。Wuyts等人（2000）分析三百八十七位嗓音異常和六十八位控制組的 MDVP 聲學變項和氣動學變項，並結合 GRBAS 量表知覺評估，使用迴歸分析發展出嗓音異常嚴重度指標（dysphonia severity index, DSI），列之如下：

DSI＝（0.13×MPT）＋（0.0053×*F0*-High）－（0.26×I-Low）－〔1.18×Jitter（%）〕＋12.4

DSI 指數主要包含四個參數：最長發聲時長（maximum phonation time, MPT）；*F0*-High 為說話時基頻最高值；I-Low 為說話時音強最低值，Jitter（%）為頻率擾動參數。計算得到的 DSI 範圍會介於 5 和−5 之間，而 5 分為正常，負分愈多則愈異常。Wuyts 等人（2000）發現 DSI 和主觀的嗓音障礙指數（voice handicap index）成高相關（$r=-0.79$）。

除了 MDVP 程式工具以外，目前許多聲學分析工具也陸續加入上述所談到的有關音質的聲學參數，例如 TF32（Milenkovic, 2004）、Praat（Boersma & Weenink, 2009）等，皆提供一些基本的嗓音音質測量的變項分析功能，十分簡便，可以多加利用。如TF32 有提供基頻測量、週期變異數、基特（jitter）、基特百分比（percent jitter）、訊墨百分比（shimmer percent）和SNR（信噪比）等幾個變項測量。目前Praat程式則提供更多種嗓音音質相關的參數分析，除了基頻測量、基頻標準差、週期、週期標準差以外，還包括基特、基特百分比、訊墨百分比、RAP、PPQ5、DDP、APQ3、APQ5 、APQ11、嗓音破裂度（degree of voice breaks, DVB）、噪音對諧音比值（noise-to-harmonics ratio, NHR）、諧音對噪音比值（harmonics-to-noise ratio, HNR）等變項測量。圖 14-10 呈現 Praat 程式分析一母音音段的音質聲學變項的輸出，右側為聲學變項統計數據的輸出。使用Praat程式分析這兩個女音和男音/a/的嗓音聲學參數，在 Praat 中此功能是放在 Pulses 功

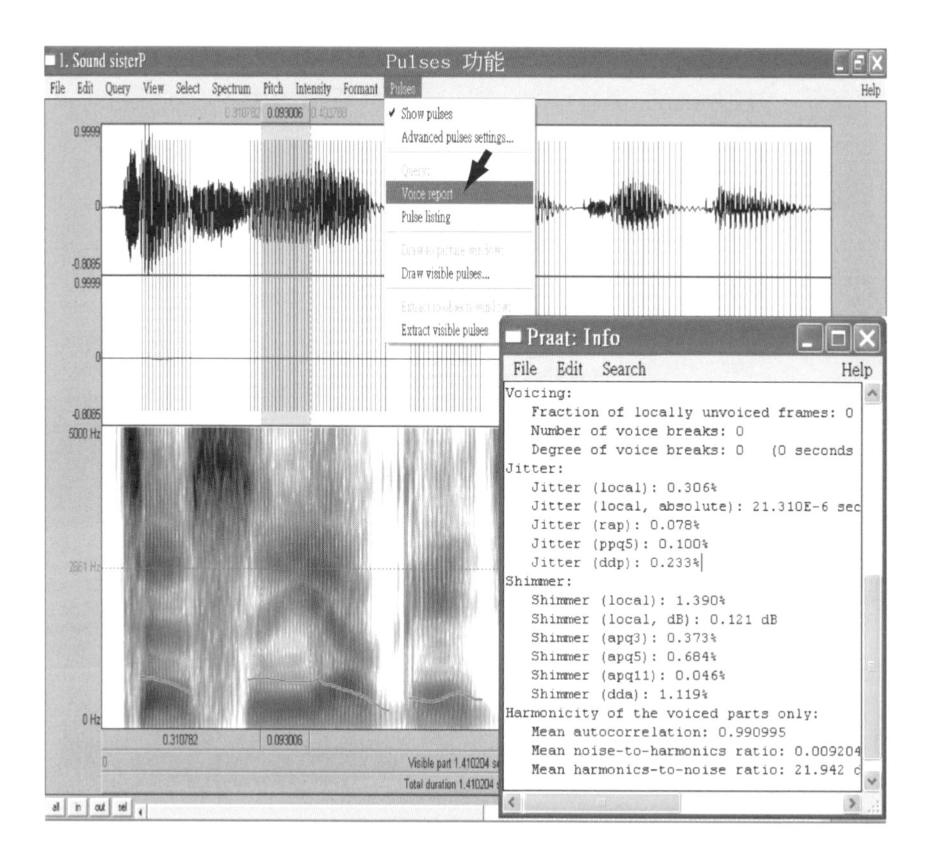

圖 14-10　使用 Praat 程式分析一母音音段的音質聲學變項。

能中的「嗓音報告」（voice report）中，須先執行「脈衝」（pulse）功能再反白標示（mark）一段欲測量的音段，再執行「嗓音報告」功能，即可得到該音段的一些嗓音參數數值。

目前雖有愈來愈多的聲學分析工具提供這些聲學擾動參數的功能，但是它們的信度、效度卻需要注意。用以上所介紹的三種工具所測得的數據也有不盡相同的問題，筆者幾度測試的結果發現，TF32 和 Praat 程式所測得的嗓音數值會較相近，差距較小，而 MDVP 所量得的數值則和其他兩個程式所測得數據有較大的差距。推測可能是所使用的算則不同而導致的差異，因此若要進行研究間的比較，就須注意所使用的程式工具為何，或只就單一種的工具去測量比較群體間或狀況間相對的差異性。由於嗓音參數非常敏感，往往易受取樣音段的位置和長短差異所影響，取樣分析時，各情況條件應盡量保持一致，如音量、取樣頻率、音段時長等因素。

若就個人之內的變異而言，往往嗓音的高低和音量大小也會對這些聲學參數產生波動，例如圖 14-11 中有兩個聲音，前一個聲音為一位女歌者發出/a/音的波形和聲譜圖，後一個聲音為一位男歌者發出/a/音的波形和聲譜圖，各在中段時長中提高音高。表 14-1 列出所測量到的幾個聲學參數。比較高、低音之間的差異，可發現在發出高音時頻率擾動參數（jitter percent、jitter PPQ）和振幅擾動參數（shimmer percent），比發出普通中低音時為小，而且發出高音時的「噪信比」通常會比發普通中低音時的為高，這是因為發高音時兩側聲帶會變得較為僵直，喉頭閉攏時中線前後端還可能留下一些縫隙，而產生一些氣息聲噪音，噪音量較大。

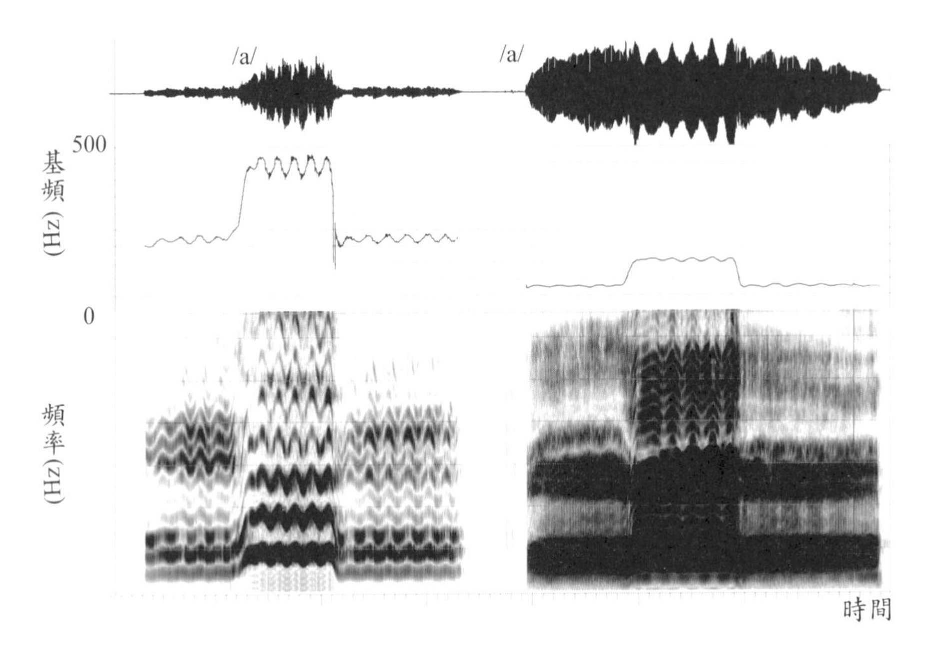

圖 14-11　一位女歌者（前）和男歌者（後）唱不同音高之/a/音的波形、基頻輪廓和聲譜圖。

表 14-1 女性歌者和男性歌者發出中音和高音/a/音的頻率擾動參數和振幅擾動參數。

	男歌者		女歌者	
	中音時	高音時	中音時	高音時
F0	159 Hz	324 Hz	436 Hz	879 Hz
Jitter percent	0.55%	0.22%	0.46%	0.41%
Jitter PPQ	0.17%	0.08%	0.24%	0.21%
Shimmer percent	2.65%	1.71%	10.00%	4.80%
SNR (dB)	15 dB	23 dB	16 dB	20 dB

總而言之，一套嗓音評估工具的基本條件是有一組穩定、有效的嗓音音質的預測因子組合。除了滿足基本信度與效度的要求外，常模的重要性也是不容忽視的。一個樣本數量足夠、有代表性的常模是聲學指標不可或缺的一部分。然而目前有關嗓音聲學指標的常模資料樣本人數皆不多，亟待未來相關研究的進一步發展。

參考文獻

Blomgren, M., Chen, Y., Ng, M. L., & Gilbert, H.(1998). Acoustic aerodynamic, physiologic, and perceptual properties of model and vocal fry registers. *Journal of Acoustical Society of America,103*(5), 2649-2658.

Boersma, P., & Weenink, D. (2009). *Praat - Doing Phonetics by Computer*. The Institute of Phonetic Sciences, University of Amsterdam, Netherland.

Brown, W. S., Jr. Morris, R., Hollien, H., & Howell, E., (1991). Speaking fundamental frequency characteristics as a function of age and professional singing. *Journal of Voice*, *5*, 310-315.

Feijoo, S., & Hernandez, C. (1990). Short-term stability measures for the evaluation of vocal quality. *Journal of Speech, Language & Hearing Research*, *33*, 324-334.

Hollien, H., Hollien, P.A., & DeJong, G. (1997). Effects of three parameters on speaking fundamental frequency. *Journal of the Acoustical Society of America, 102*, 2984-2992.

Kay Elemetrics (2000). *Multi-dimensional voice profiles (MDVP)* . N.J.: Lincoln Park.

Kent, R., & Ball, M. (2000). *Voice Quaility Measurement*. Singular Thomson Learning.

Klatt, D. H., & Klatt, L.C. (1990). Analysis, synthesis and the perception of voice quality variations among female and male talkers. *Journal of the Acoustical Society of America, 87*, 820-857.

Lieberman, P. (1961).Perturbation in vocal pitch. *Journal of the Acoustical Society of America, 35*, 344-353.

Milenkovic, P. (2004). *TF32* [computer Program]. Madison, WI: University of Wisconsin-Madison, Department of Electrical Engineering.

Pabon, P., & Plomp, R. (1988). Automatic phonetogram recording supplemented with acoustical voice-quality parameters. *Journal of Speech, Language & Hearing Research, 31*, 710-722.

Wuyts, F. L., Bodt, M. S. D., et al. (2000). The dysphonia severity index: An objective measure of vocal quality based on a multiparameter approach. *Journal of Speech, Language, and Hearing Research, 43*(3), 796-809.

語音聲學的臨床應用

由於語音聲學是一座介於語音產生與語音知覺之間的橋梁，藉由聲譜分析可將語音信號做視覺化的呈現，再和語音聽知覺加以比對，可容許將語音做更進一步的分析和量化。比起一般單純語音聽知覺的評估方式，語音聲學分析的優勢是較具有信、效度等客觀性的優點，因此，近來在臨床上的運用也漸漸增多。語音聲學分析運用於具有溝通障礙者的說話語音評估，尤其是語音清晰度不佳的說話者或具有構音方面異常的個案，藉由語音聲學分析，可以推論溝通障礙者說話動作的情況以及語音錯誤的原因，以作為評估或後續介入、處遇的基礎，尤其在目前講求臨床實證（evidence-based practice, EBP）的年代，語音聲學分析亦可成為提供介入成效的證據之一。

第一節　吶吃者的語音聲學分析

目前語音聲學分析最常使用於吶吃以及聽覺障礙說話者的語音分析上，然而要將語音聲學分析應用於臨床上必須有幾個先決條件，第一、必須有足夠且適當的語音聲學常模，也就是需要對於使用該語言的正常群體（如男性、女性、兒童等）的語音聲學特性有足夠的了解，因為溝通障礙者的語音信號需要與正常的語音資料相比較，才能知道其異常之處以及異常的程度。第二、注意各語言間語音的差異性，因為個案使用的語言與常模語言的語音特質可能有相當大的差異，但是由於目前對正常群體的研究，除了英語之外，其他語言的聲學研究數量尚少，有些甚至付之闕如，因此在不得已的情況下，須援用不同語言的聲學常模資料，此時須盡量選用語音特質相近的語音為常模，再者，需要考慮其語言之語音和目標語言語音之間的差異性（尤其是在構音、音韻上的差異），解釋時亦要十分留心才行。第三、必須對語音產生的過程有足夠的了解，尤其是對語音產生與語音聲學變項之間關係的了解，才能根據語音聲學資料，對語音產生過程做出有效及正確的推論。第四、必須對語音知覺的過程有足夠的了解，尤其是對語音知覺與語音聲學變項之間的關係，才能在推論上做語音知覺與語音聲學的匹配，具體了解說話者語音的缺陷與其原因。對一個語音聲學分析者而言，用「看的」常常是比用「聽的」來得具體一點，因此聲譜圖的呈現常是語音聽知覺的最佳佐證工具。

一、何謂吶吃？

吶吃（dysarthria）是在言語的運動控制上的障礙，由於中樞神經系統或周圍神經系統受損，造成在言語表達的基本運動過程中，言語機轉的肌肉控制受到干擾，產生了言語的含混不清、沙啞、單調或其他異常的說話特徵（如說話速度緩慢、遲疑、斷續等等）。由於是執行語言說話動作的神經肌肉失調造成的溝通障礙，是屬於運動言語障礙（motor speech disorders）的一種。吶吃者（dysarthric speaker）由於產生說話動作的運動神經機制出了問題，說話動作的執行不當，因而導致話語的清晰度下降。吶吃者說話動作的缺失，表現於說話動作的力道（strength）、幅度（range）、精確度（precision）、速度（speed）、動作穩定度（steadiness）與協調性（coordination）方面，皆可能異於一般說話者。由於運動言語神經在控制上的失調（太弱、太慢或無法協調），造成呼吸、發聲、共鳴、構音以及韻律節拍的問題，其中對構音的影響最大，幾乎所有的吶吃者皆有構音的問題，尤其是不精確子音造成的語音模糊幾乎是所有吶吃者的困擾。除了構音異常的問題外，吶吃者通常有較差的音質、鼻音過重、平板的音調、音量、音高異常、語速過慢以及節律失當等問題。運用語音聲學分析，可以顯示吶吃說話者在呼吸、發聲、共鳴、構音以及語速節律的缺陷，推論說話動作的異常，並可探究其語音聽知覺特徵或語音清晰度（intelligibility）下降的原因。

二、吶吃者的語音聲學分析

語音聲學的參數分析是先由電腦將數位化的語音依照算則（如傅立葉分析）計算分析，並將計算結果以視覺的方式呈現於電腦螢幕上，語音分析者可憑藉螢幕上的視覺影像以及同時的語音輸出，來完成對某一聲學參數的測量，每一種聲學參數的分析或測量也有其程序與標準，因此語音聲學分析比起聽知覺的評估方式，可說是較為具體、客觀，因為同時有視覺與聽覺的呈現，再者可以有多種分析的呈現方法，例如對於母音共振峰的測量，可以同時使用聲譜圖（spectrogram）以及由 FFT 以及 LPC 構成的頻譜（spectrum），甚至也可使用語音聲學分析程式提供的一些共振峰追蹤（formant tracking）的功能。多樣性的分析可以使分析者蒐集足夠的證據支持其測量的判斷，因此語音分析者可以說是一個主動的資料蒐集者，就如同一位偵探蒐集各種聲學證據，推論吶吃者說話時動作的異常以及語音清晰度下降的原因。然而語音聲學分析有時也會有主觀性的因素介入，因為以肉眼判斷為主的聲譜圖判讀有時也難免有測量的誤差存在，尤其吶吃者的言語聲譜圖常有夾帶一些雜訊，更增加判讀的困難。目前大部分的聽知覺研究中，尚無法找到簡單的一組聲學參數相對應，或是參照標準值，例如音聲特質，如嗓音嘶啞、氣息聲等向度，尚無法以單一聲學參數或指標加以量化，嗓音知覺向度在聲學的量化上，未來還需要有更多的研究證據支持才行。

若整體比較吶吃者和正常說話者的語音聲譜圖，除了整體時長較為拖長以及各種語音特性分布較為散亂之外，最大的不同應是高頻噪音信號的缺乏或甚至消失。在正常說話者的摩擦音或塞擦音語音聲譜圖上，皆可見到明顯高頻噪音信號，這些高頻噪音信號會出現於母音（有聲音）區段之間，呈現著高頻、低頻信號相間參雜出現的分布型態。但在吶吃者的語音聲譜圖上，常只見一段段的母音或有聲音段的信號，介在母音（有聲音）區段之間，卻無高頻噪音信號的出現。而正常說話者的這些高頻信號是來自口道緊縮程度較強的摩擦音、塞擦音和塞音。由於摩擦音與塞擦音的構音動作需要較精確的動作技巧，並且對動作的穩定度與協調性要求較高，而這些音常是吶吃者或構音異常者產出較為困難的語音類別。吶吃者常有摩擦音與擦塞音省略、替代或歪曲等現象。例如 Jeng（2000）發現，患有腦性麻痺（cerebral palsy, CP）的吶吃者音節中的噪音時長通常很短，甚至沒有明顯高頻噪音信號的存在。他們發出的摩擦音與擦塞音之間的噪音時長沒有顯著差異，而送氣塞擦音與不送氣塞擦音之間的噪音時長也沒有顯著差異。最大原因是CP吶吃者無法為摩擦音做出足夠的噪音時長，即摩擦的量不足所致，導致摩擦音與擦塞音之間以及送氣塞擦音與不送氣塞擦音之間失去對比性。推論其中可能的原因為構音時，下顎的過度下拉使舌頭無法趨近齒槽區域，導致無法形成足夠狹窄的通道讓氣流通過以產生紊流噪音。另外，也有可能是舌頭肌肉的力量太小、過於虛弱或是舌頭動作的持續穩定度不夠，無法產生讓氣流通過的狹窄通道。當然也有可能是呼吸支持的缺乏，由於呼吸肌肉太過虛弱，根本無法產生足以製造紊流的氣流量，如此發出摩擦音與塞擦音時，當然沒有高頻的噪音成分出現，因此聲譜圖上也找不到這些高頻信號的存在，圖 15-1 呈現兩位徐動型腦性麻痺者的言語聲譜圖，上圖為女性吶吃說話者，下圖為男性吶吃說話者。女性說話者子音部分的高頻信號極少，男性說話者子音部分的高頻信號則不夠強，而且在「把」和「書」音之間夾雜了一些雜訊，有些不自主的嗓音動作成分。

基本上，無論是時間或是頻率上的語音參數，吶吃者呈現的變異性皆大於正常的說話者，即得到的吶吃者的語音聲學變項數值通常具有較大的變異性，這些變異性的來源可能是個體間的差異，或是個體內的差異。不同類型的吶吃者也表現出不同的言語特性，於語音聲學相關參數也會有不同的分布。Darley、Aronson 與 Brown（1975）依據神經病理將吶吃分為六

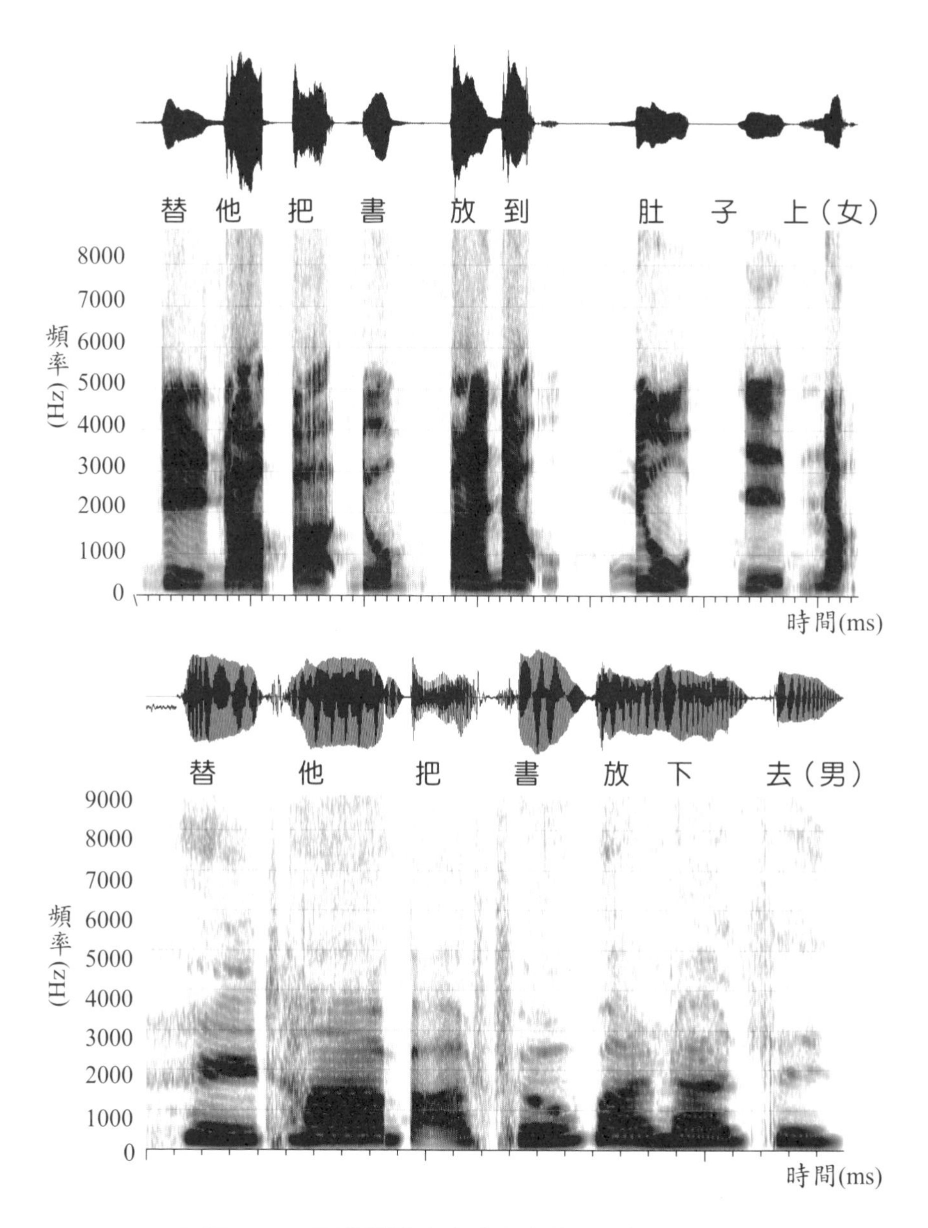

圖 15-1　兩位腦性麻痺吶吃者的言語聲譜圖。

種類型：鬆弛型（flaccid）、痙攣型（spastic）、運動失調型（ataxic）、動作不及型（hypokinetic）、動作過度型（hyperkinetic）與混合型（mixed），六種類型吶吃各有不同的言語聽知覺特徵。Jeng（2000）的研究針對患有腦性麻痺的吶吃者，比較不同腦性麻痺類型（痙攣型、徐動型、混合型）表現於言語聲學特徵上的差異，發現不同類型的腦性麻痺吶吃者在時間向度（time 或 temporal domain）和頻率向度（frequency domain）的聲學參數上，各自呈現出不同的分布樣貌，這些聲學參數和他們的特異性語音聽知覺特徵有十分密切的關係。

第二節　時間性的聲學分析

時間性（temporal）的聲學分析主要是測量音段的時長。常用的時間上語音聲學參數有下列幾種：嗓音起始時間（VOT）、母音音段時長、摩擦音與塞擦音的噪音時長，或是連續語音中節律上的停頓時長等。在測量這些時間性的聲學變項時，一般以寬頻聲譜圖呈現為佳，因為寬頻的時間解析度較佳。頻寬一般設定為 300 Hz，如果是分析小孩或女性，由於他們的基頻過高，分析的頻寬設定可加至 350Hz 或 400Hz，不過此時要注意到頻率解析度將變得很差，有時共振峰會區分不出來，若以此測量共振峰頻率時，須同時以波形或使用頻譜呈現來觀察判斷之。

吶吃者的說話速度通常較一般正常說話者為慢，因此吶吃者言語的母音音段通常較長，摩擦音段也理應相對較長，但此部分語音卻往往很短，因為他們常無法正確產生摩擦噪音之故。此外，吶吃者常由於言語動作啟動困難，在連續語音中的停頓時長也常較正常者的為長。對這些時間性聲學變項的測量需要注意的是，這些時間性聲學參數並無絕對性，只有一些合理範圍和相對比較的標準，因為這些變項皆會隨著說話速率而變動。而且值得注意的是，各部分音段時長不是隨著說話速度做同步性等比性的變化，例如母音音段時長與說話速度大致呈正相關的關係，而塞音 VOT 受說話速度的影響則較為有限。以下各節將陸續說明這些變項的特性。

一、嗓音起始時間

嗓音起始時間（voice onset time, VOT）是指發塞音時，口部氣流釋放時間與喉部聲帶開始振動的時間差距。無聲塞音的嗓音起始時間較有聲塞音（voiced stops）的嗓音起始時間為長。VOT在語音知覺上是區辨有聲塞音與無聲塞音非常有效的參數，而VOT作為華語塞音送氣的區辨亦為十分有效的參數。送氣塞音的嗓音起始時間（平均約70毫秒）遠大於不送氣塞音（平均約20毫秒）（Jeng, 2000）。若跨語言來看，塞音類別與VOT的界線並非絕對，區分有聲、無聲塞音的界線與塞音的類別隨各個語言不同而異，因此不同語言的使用者對於VOT時長會有不同的感知，VOT產生的行為動作也會有所差異。嗓音起始時間一般被視為涉及喉部發聲與口部動作精密的協調控制，稍有幾10毫秒的 VOT 差距，就可能在聽知覺上造成不同的效果，而要產生正確的 VOT，需要精確口部動作與喉部動作兩部分協調運作，而這卻是運動神經失調的吶吃者所難以達成的部分。

吶吃者由於動作神經肌肉系統的損害，常有上呼吸道系統（supraglottal system）與喉部系統（glottal system）兩者動作協調不良的情況。在構音上常有送氣塞音與非送氣塞音（或無聲塞音與有聲塞音）相混淆的情況（如/b/與/p/混淆或/d/與/t/混淆等），其中的主因為送氣塞音的VOT時長的分布異常。Jeng（2000）發現腦性麻痺的吶吃者送氣塞音的VOT較短，出現送氣塞音變成不送氣塞音的情形。圖15-2呈現三組腦性麻痺說話者和正常控制組的塞音VOT平均值和標準誤，可見四組之中以徐動組的送氣塞音平均VOT值最低，正常組的送氣塞音平均VOT值最高。導致如此的可能原因之一是在塞音的成阻與持阻階段，有些CP吶吃者被發現有前出聲（pre-voicing 或 prevocalization, PV）的情況（Farmer & Lencione, 1977; Jeng, 2000）。前出聲（PV）為聲帶在塞音爆破之前出現有規則並夾雜著不規則的振動，對送氣塞音的前出聲就會被聽成是不送氣塞音。圖15-3呈現一位腦性麻痺說話者的塞音前出聲的頻譜。儘管多數的吶吃者仍然呈現有送氣與非送氣的VOT對比，但常由於對比過小，聽者仍然會將他們發的送氣音

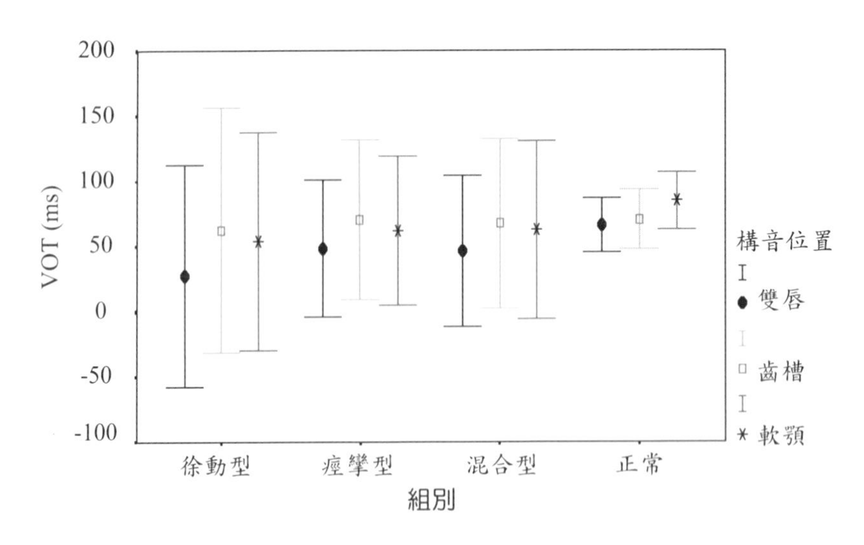

圖 15-2　三組腦性麻痺說話者和控制組塞音的平均 VOT 值，Error bar 為正負兩個標準誤。

聽成不送氣音。Jeng（2000）發現，CP 吶吃者語音中送氣音與不送氣音 VOT 的差距，與送氣與不送氣音的知覺混淆度（區辨性）有中高度的相關（r＝0.67），因此能否製造出足夠的送氣VOT的能力可作為吶吃者構音能力的指標之一。Liu、Tseng 和 Tsao（2000）測量二十位說華語的腦性麻痺青少年的語音聲學變項（如 VOT、母音共振峰、噪音時長、聲譜上塞音爆破的出現率）和語音清晰度。多元迴歸分析的結果顯示其中有三個聲學變項：*F2* 與 *F1* 的頻率差距、VOT、塞音爆破出現率，可以解釋 74.8%的語音清晰度變異分數，此三個聲學變項對於語音清晰度有良好的預測效果，可知 VOT 是子音區辨的重要線索，影響塞音的出聲或送氣類別的聽知覺。

二、摩擦音與塞擦音的噪音時長

摩擦音的產生是由於氣流通過狹窄的通道造成紊流或亂流（turbulences），此紊流噪音為高頻率噪音，並持續一段時間，因此摩擦音通常比塞音和塞擦音來得長。在正常說話者的語音聲譜圖（黑白）中，通常在高頻

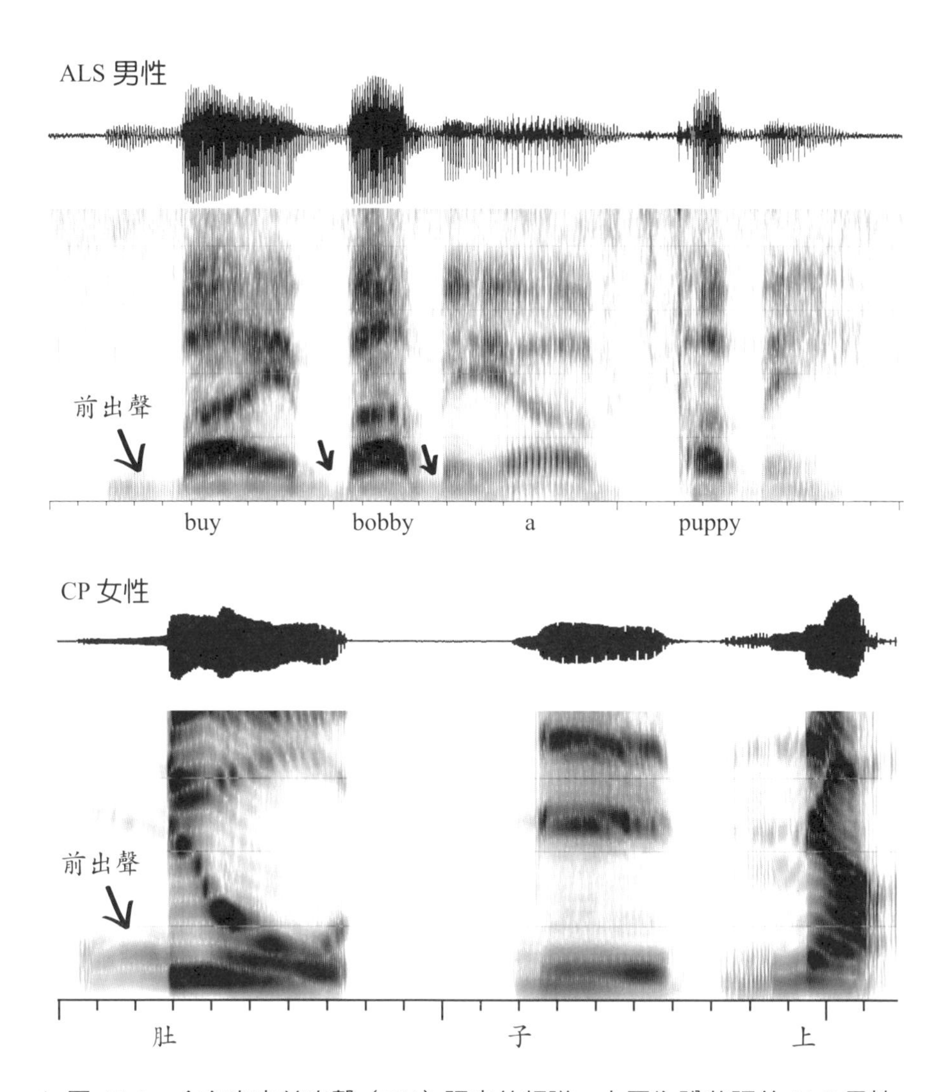

圖 15-3 含有塞音前出聲（PV）語音的頻譜，上圖為說英語的 ALS 男性發出的語音，下圖為說華語 CP 女性的語音。

區可見明顯的持續一段時間的黑色紋區，黑色紋區為典型的噪音聲學特徵。摩擦音的噪音頻率一般在 3000Hz 以上，依構音的部位而有差異，如/s/的構音位置比/ʃ/為前，/s/的噪音頻率就會比/ʃ/為高，約在 4000Hz 以上。上述這些高頻率噪音信號在嚴重吶吃者的聲譜圖上卻常是「消失的」或是

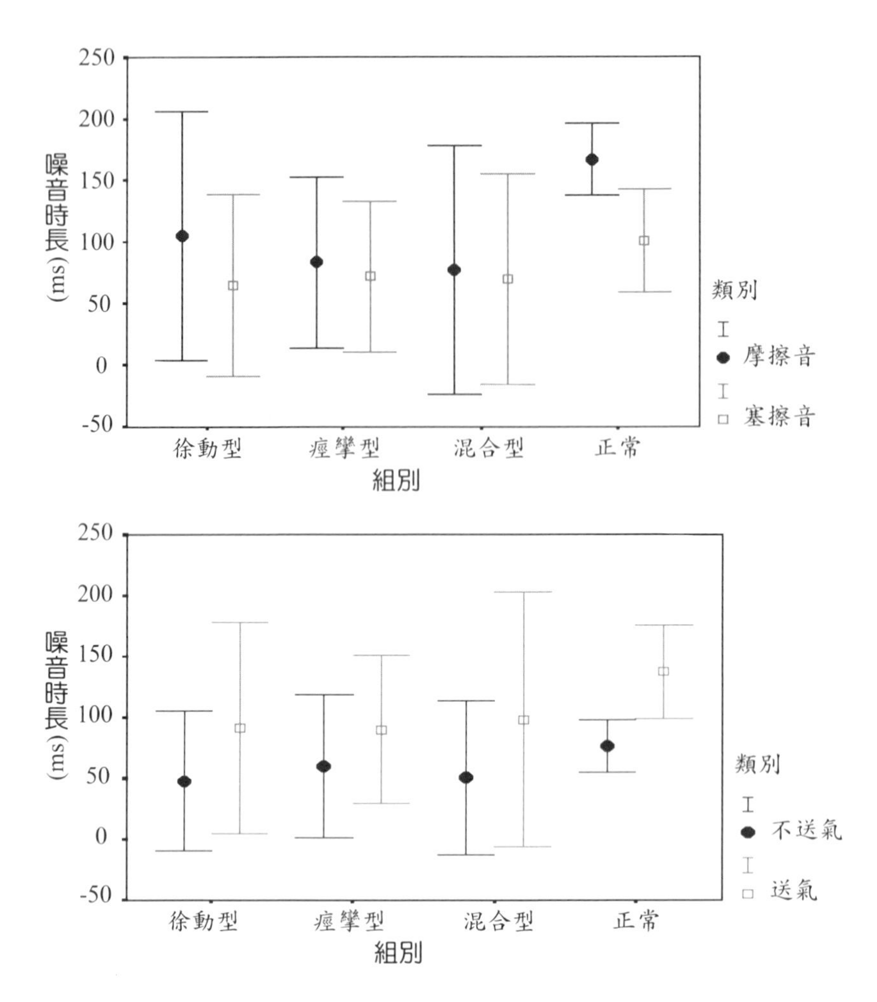

圖 15-4 三組腦性麻痺說話者和控制組摩擦音和塞擦音的平均噪音時長值，Error bar 為正負兩個標準誤。

過少的，高頻率噪音信號的音強常不如正常說話者，噪音音長也通常較短，Jeng（2000）發現腦性麻痺說話者的摩擦音噪音時長顯著不如正常控制組的長，尤其是痙攣型和混合型腦麻者有較短的摩擦音噪音時長（請見圖 15-4）。在塞擦音方面也有類似的情形，腦性麻痺說話者的塞擦音噪音時長也是顯著不如正常控制組的時長為長，尤其是在送氣塞擦音部分。正常控制組在平常語速下，華語摩擦音（ㄙ、ㄒ、ㄕ）的平均噪音時長約 167 毫秒，而送氣塞擦音（ㄘ、ㄔ、ㄑ）的平均噪音時長約 137 毫秒，而不送氣塞擦音（ㄗ、ㄓ、ㄐ）的平均噪音時長約 76 毫秒。對於這些音，腦性麻痺說話者的噪音時長皆較正常組來得短，組間的差異性在摩擦音相差較大，其次是送氣塞擦音，在不送氣塞擦音部分差距較小。

三、鼻音喃喃

吶吃說話者常有鼻音過重（hypernasality）的情況。鼻音過重常常是吶吃者說話語音清晰度下降的主因之一，例如肌萎縮側索硬化症（ALS）、中風者以及腦性麻痺患者說話常有鼻音過重的情形。另外，鼻音過重也是唇顎裂患者主要的語音問題。鼻音過重會導致鼻音與閉塞音混淆，如/b/與/m/音的混淆及/d/與/n/音的混淆，因為這兩群音具有相同的構音部位，所不同的只在於顎咽閥門的閉合與否。

一般鼻音的頻譜特性是有比較強的能量集中於低頻地帶，約 250Hz 到 300Hz 附近，與其周圍的語音迴異，是為鼻音喃喃（nasal murmur），位於音節末的鼻音喃喃較容易被省略，而位於音節首的鼻音喃喃通常較不會被省略。Jeng（2000）發現，在正常控制組中約有 20%的音節末鼻音喃喃被省略，但在徐動型腦麻組中則有 50%省略音節末的鼻音喃喃情形。可見吶吃者無法產生適當的音節末尾鼻音。事實上，許多吶吃者不是省略該有的鼻音喃喃，就是發出不適當的鼻音。鼻音的不適當通常表現於鼻音時長的控制上。Jeng（2000）比較正常與腦麻吶吃者的音節首鼻音喃喃時長，發現吶吃說話者的鼻音喃喃時長較長（見圖 15-5），鼻音佔整體音節的比值較大，其中以徐動型腦麻組的為最長，尤其說/m/音時鼻音喃喃最長。此外，吶吃說話者說話時鼻音過重也會影響母音的輸出，造成母音的鼻化，影響語音清晰度與自然度。吶吃者鼻化母音的特徵將於下一節討論。

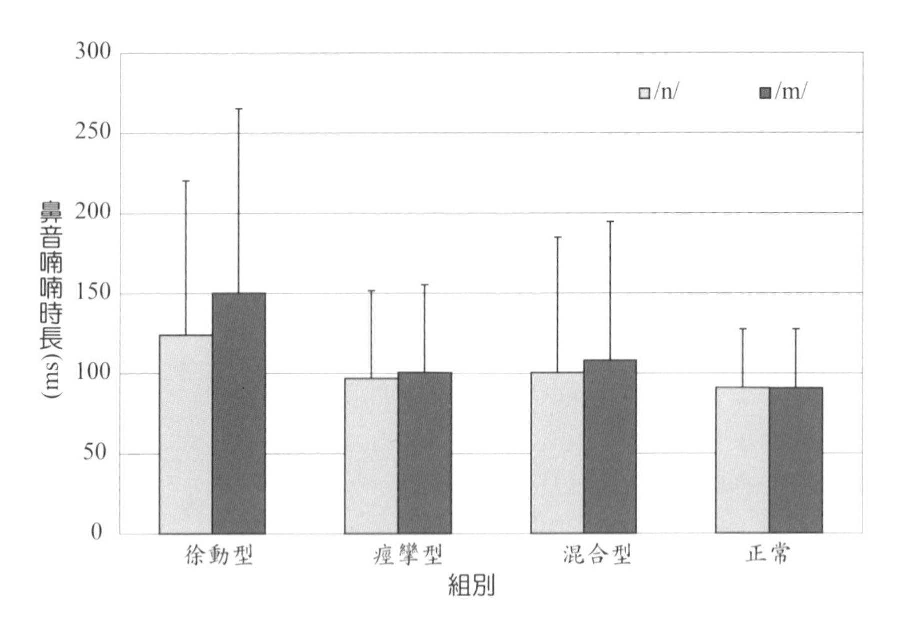

圖 15-5 三組腦性麻痺說話者和控制組鼻音的平均時長，Error bar 為正負兩個標準誤。

第三節 頻率與頻譜性的聲學分析

一、母音的第一與第二共振峰頻率

母音的區辨主要決定於第一與第二共振峰的頻率值。共振峰的頻率值主要決定於共振腔的型態，即共振腔的共鳴特性。語音的共振腔為上呼吸系統（包括口道與鼻腔道），而口道的共鳴特性與舌頭位置有關。於口道中舌頭的動作主要有上、下與前、後四個方向，說話時舌頭則較少往左右移動。母音的前後通常與第二共振峰有關，構音部位愈前，第二共振峰愈高，例如前母音/i, y, e/通常有較高的第二共振峰頻率值；而後母音則相反，其第二共振峰頻率值較低。母音的高低通常與第一共振峰有關，構音部位愈低，第一共振峰愈高，低母音如/a/，通常有較高的第一共振峰頻率值，而高母音如/u/、/i/，則有較低的第一共振峰頻率值。

吶吃者因為說話時舌頭的移動較不靈活，常有母音扭曲或替代的現象。許多吶吃說話者所發出的母音共振峰的頻率值，雖然通常維持著與正常說話者相同的型態，但卻有對比減少的趨勢，因此母音間的區辨性減少，嚴重時甚至造成有些母音聽起來如央元音（/ə/）。Ansel 和 Kent（1992）發現腦性麻痺患者母音的 *F1* 與 *F2* 皆在正常範圍內。但是 CP 的各個母音 *F1* 與 *F2* 值有較小的差距對比性（相較於正常說話者）。Jeng（2000）發現，腦性麻痺吶吃者的前母音的 *F2* 較低，而後母音的 *F2* 值較高，推論腦性麻痺者說話時的舌頭前後移動範圍較小；腦性麻痺吶吃者在低元音/a/的 *F1* 較低，顯示腦性麻痺者說話時發/a/音的舌位較高。Liu、Tseng 和 Tsao（2000）發現和正常說話者相較，腦性麻痺吶吃者的前後母音 *F2*－*F1* 的差距值較小，亦暗示著腦性麻痺者發母音時舌頭前後移動的範圍受到限制。且發現 *F2*－*F1* 的差距值和說話者的語音清晰度有最強的相關（r＝0.74, p< .001）。

二、*F2* 的走勢分析與 *F2* 斜率

語音聲譜圖上母音的 *F2* 的走勢（*F2* trajectory），也和舌位位置前後移動有著密切的關係。事實上，*F2* 的斜率（*F2* slope）是舌位移動功能的一個指標。吶吃者在說話時，舌頭前後運動的幅度常不及正常人，因此吶吃者 *F2* 的趨平走勢與 *F2* 的斜率縮小，是一個值得注意的聲學現象。一些研究（Kent et al., 1990; Mulligan et al., 1994; Weismer & Martin, 1992）顯示，患有ALS吶吃者母音（如/ai/）第二共振峰（*F2*）的走勢較平緩，且 *F2* 斜度參數小於正常人，推測ALS患者在說話時舌頭前後運動的效能不及正常人，並且發現 *F2* 斜度與語音清晰度有高正相關存在（大於.80 以上）。在一個針對 ALS 吶吃者的縱向追蹤研究（Kent et al., 1989）中，研究者發現，隨著病人 ALS 病況的嚴重，語音 *F2* 斜度愈來愈小，語音的清晰度也愈來愈差。

三、母音聲學空間面積

母音聲學空間面積（acoustic vowel space area）乃由幾個角落母音（corner vowels）的第一與第二共振峰頻率值計算而來，角落母音是指/a/、/i/、/u/、/y/等構音部位較極端的母音，同時也是共振峰頻率型態較為極端的母音。一般而言，吶吃者的母音聲學空間面積通常較緊縮，因為其舌位運動空間較侷限，舌頭動作幅度較小所致，導致各母音的共振峰頻率的對比差異變小（相對於正常人）。圖 15-6 呈現女性徐動型腦性麻痺說話者和正常控制組的母音聲學空間比較，位於上圖的腦性麻痺說話者的母音聲學空間明顯小於正常的說話者。吶吃者的母音聲學空間面積變小，可由母音聲學空間面積的形狀與緊縮的程度，推論吶吃者於母音構音時舌頭運動的情形。

研究者（Weismer et al., 2001; Turner et al., 1995; Weismer, 1997）發現，ALS吶吃者的母音聲學空間面積較小，這是因為所製造的角落母音之*F1*與*F2*的範圍過小所造成。母音聲學空間面積與語音清晰度有中高程度的正相關存在（r＝0.68）（Weismer et al., 2001）。可推知 ALS 吶吃者於母音構音時，舌位運動空間較侷促，舌頭動作較小且動作速度較慢。Jeng（2000）亦發現，腦性麻痺吶吃者的母音聲學空間面積較正常說話者為小，而正常男性說話者的母音聲學空間面積較正常女性說話者為小，母音聲學空間面積與語音清晰度有中高程度的正相關存在（r＝0.72），亦即聲學面積愈大者，語音清晰度有愈高的趨勢。

四、鼻化母音的第一共振峰振幅

與鼻音相鄰的母音一般會有鼻音化的情形，母音的鼻音化可用第一共振峰的振幅（A1）加以檢驗，鼻音化母音的第一共振峰振幅一般較微弱。Jeng（2000）發現與正常說話者相比較，腦性麻痺吶吃者的鼻化母音與非鼻化母音在A1 的對比較弱，尤其是徐動型的說話者，鼻化母音與非鼻化母音的A1 值幾乎相同。顯示吶吃者的母音皆有受到鼻化的趨勢，說話時有過度鼻化的問題。

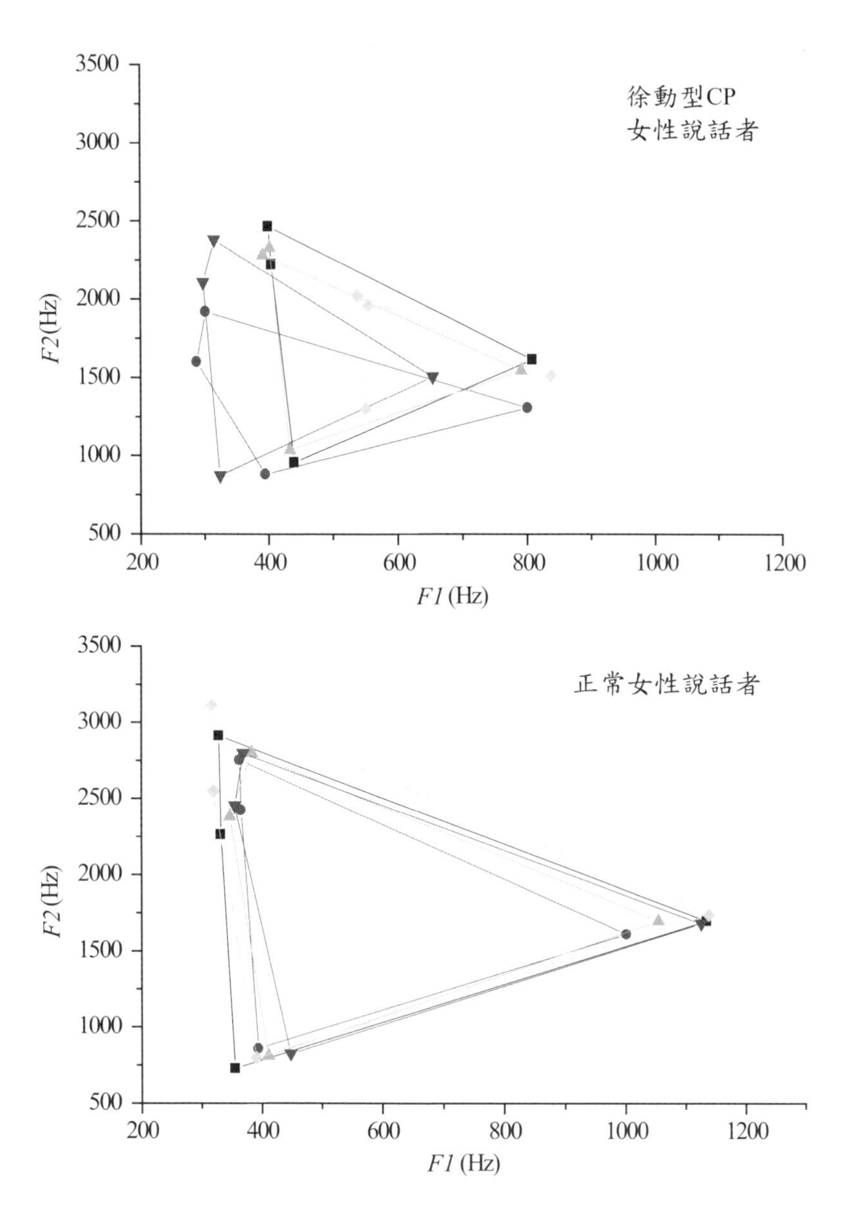

圖 15-6　徐動型腦性麻痺說話者和正常控制組的母音聲學空間比較。

五、噪音頻譜動差分析

噪音頻譜動差分析（moments analysis）乃是將噪音頻譜視為一種統計機率分配，可算得四個動差參數：平均數、標準差、偏態與峰度。噪音頻譜可切成等時間的縱剖面（如以 10 毫秒為單位），橫軸為頻率，縱軸為音能量的強度，再將此頻率反應圖形視為統計機率分布曲線，計算動差參數。可運用這些參數來分析摩擦音與塞擦音的動態噪音頻率特性，如華語捲舌音與非捲舌音在第一動差參數上的顯著差異效果。

頻譜動差已被運用在多種語音異常者的語音分析上，例如分析構音／音韻異常的兒童（Forrest, Weismer, Hodge, Dinnsen, & Elbert, 1990）、中耳炎構音異常兒童（Shriberg, Kent, Karlsson, McSweeny, Nadler, & Brown, 2003）、肌萎縮側索硬化症（ALS）者（Tjaden & Turner, 1997）的語音，或是區分雄性化與較不雄性化語音（Avery & Liss, 1996）。Forrest 等人（1990）使用動差分析四位音韻異常兒童的無聲塞音 /t, k/，發現語音對比和動差參數之間的對應關係，此外動差參數差異也顯現於語音矯正的成效上。Tjaden 和 Turner（1997）使用頻譜動差分析七位 ALS 患者的語音，並調查動差參數和子音構音準確度之間的關係，發現在第一動差參數值上正常說話者與 ALS 說話者有顯著差異，ALS 女性的 /s/ 第一動差參數值較低，但 /ʃ/ 的 M1 卻較正常者為高。而正常說話者與 ALS 說話者在 M1 的時間點上的走勢型態大致相同，因構音部位不同，ALS 說話者語音在 M1 上的差距較小，而線性迴歸分析結果顯示，M1 差距可以解釋 59%的子音準確度。Shriberg 等人（2003）測量患中耳炎言語遲緩兒童，發現他們的齒槽塞音和嘶擦噪音的 M1 較正常兒童為低，這與他們的構音後置化（顎音化）有關，並導致語音清晰度降低，認為動差分析參數可作為言語遲緩兒童之後置音化的診斷聲學指標，具有敏感偵測性，許多微細的聲學差異是一般人在聽知覺上無法察覺出的，但在聲學上卻能夠很容易地被辨認出來。

Jeng（2000）測量並分析華語摩擦音與塞擦音噪音段動差參數，發現三組腦性麻痺說話者的 M1 值皆較正常組為低，而 M2 值則較正常組為高。顯

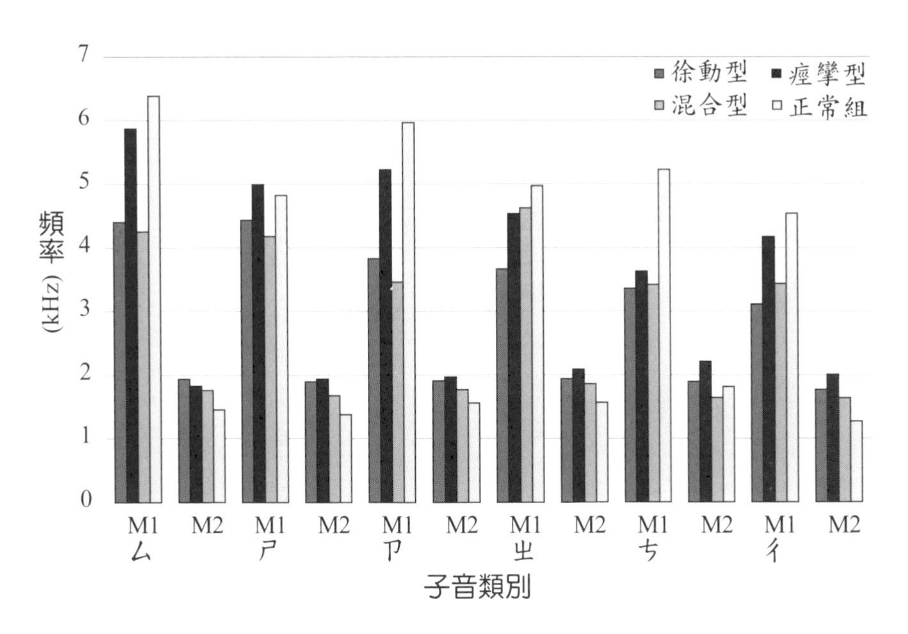

圖 15-7　三組女性腦性麻痺說話者的摩擦噪音之 M1、M2 值和正常組的比較。

示腦性麻痺說話者在摩擦噪音方面構音能力的缺陷，如舌位不夠往前或是前方口道壓縮姿勢不足，導致摩擦噪音頻譜重心較低，噪音能量分布較為分散。圖 15-7 呈現女性部分說話者的結果，可見到三組女性腦性麻痺說話者的摩擦噪音（/s/、/ʂ/、/ts/、/tʂ/、/tsʰ/、/tʂʰ/）之 M1、M2 平均值和正常組的值差異。

六、聲調與語調的分析

音調韻律（prosody）的問題幾乎是所有吶吃者皆有的問題，吶吃者通常說話速度過慢，言語聽起來較怪異、不自然，常出現語調單調（monopitch）、音量單調（monoloudness）或是重音一致（equal stress），無適當的輕重緩急、抑揚頓挫的調律型態。語調單調通常可由連續語音的音高分析中觀察到調型平坦，音高變化範圍較小，缺乏典型的音高變化輪廓。有關吶吃者的調律型態研究，Kent 與 Rosenbek（1982）曾對運動言語障礙者的聲學調律特性進行調查，包括有運動失調吶吃（ataxic dysarthrias）、帕金森氏症（Parkinson's disease）、言語失用症（apraxia of speech）以及右腦傷的個案。其中帕金森氏症患者與右腦傷者的語調基頻走勢型態呈現平板狀，音高缺乏高低起伏的對比，被稱之為融合（fused）型走勢。運動失調吶吃則呈現一種上升下降、上升下降的規律語調走勢，被稱之為掃晃（sweeping）型。言語失用症則主要呈現音段拖長，音節之間連接較為斷續、不連貫的情形。Doorn與Sheard（2001）分析三個說英語具痙攣成分的腦性麻痺說話者的基頻型態，發現他們在連續語句上基頻變化範圍較正常對照者略小（32%至 50% vs. 47%至 70%），而且腦性麻痺說話者的句子語調的基頻走勢型態，也偏離了如正常人的語調音高變化型態。這些吶吃者的語調型態不是出現異常，就是有語調單調化（monotone）的情形，語調單調化即是語句的基頻平板，缺乏高低起伏變化，這些語調上的問題對語音清晰度與自然度自會有其影響。Jeng、Weismer和Kent（2006）調查腦性麻痺說話者單音節語音中聲調的基頻走勢和其聲調清晰度的關係，發現對於七十八個華語單音節詞的聲調清晰度，正常控制組為 91%，而腦性麻痺說話者較低為 73%，深入分析這些說話者的基頻走勢發現，許多腦性麻痺說話者的語音基頻型態的變異是導致聲調知覺辨識不佳的主要原因。

聲調的不同主要在於聲音基本頻率（*F0*）型態的不同，華語有四種聲調：一聲、二聲、三聲與四聲。華語四個聲調各有其基本頻率（*F0*）的型態。由於聲帶神經病變，吶吃者可能無法產生隨心所欲的聲調變化，說華語時可能會有四個聲調混淆的現象或是語調異常等情形。這可由聲調基本頻率型態來檢驗。Jeng、Weismer和Kent（2006）發現，腦性麻痺說話者四種聲調的基頻型態變異性頗大，徐動組的四種聲調基頻型態最顯著的特徵是，不論是何種聲調，至音節末尾多以下降走勢結束（見圖 15-8），二聲的聲調走勢末尾本應上升才對，但在此組末尾卻是下降的，而一聲本應持平走勢，但其末尾卻也是呈下降的。三聲是低調需要下降，但此組說話者卻有略下降一點就上升，至末尾又下降的走勢，而三聲頻率下降的幅度極小，導致二、三聲的基頻走勢十分類似（如/ɕi3/與/ɕi4/），無法區分，幾

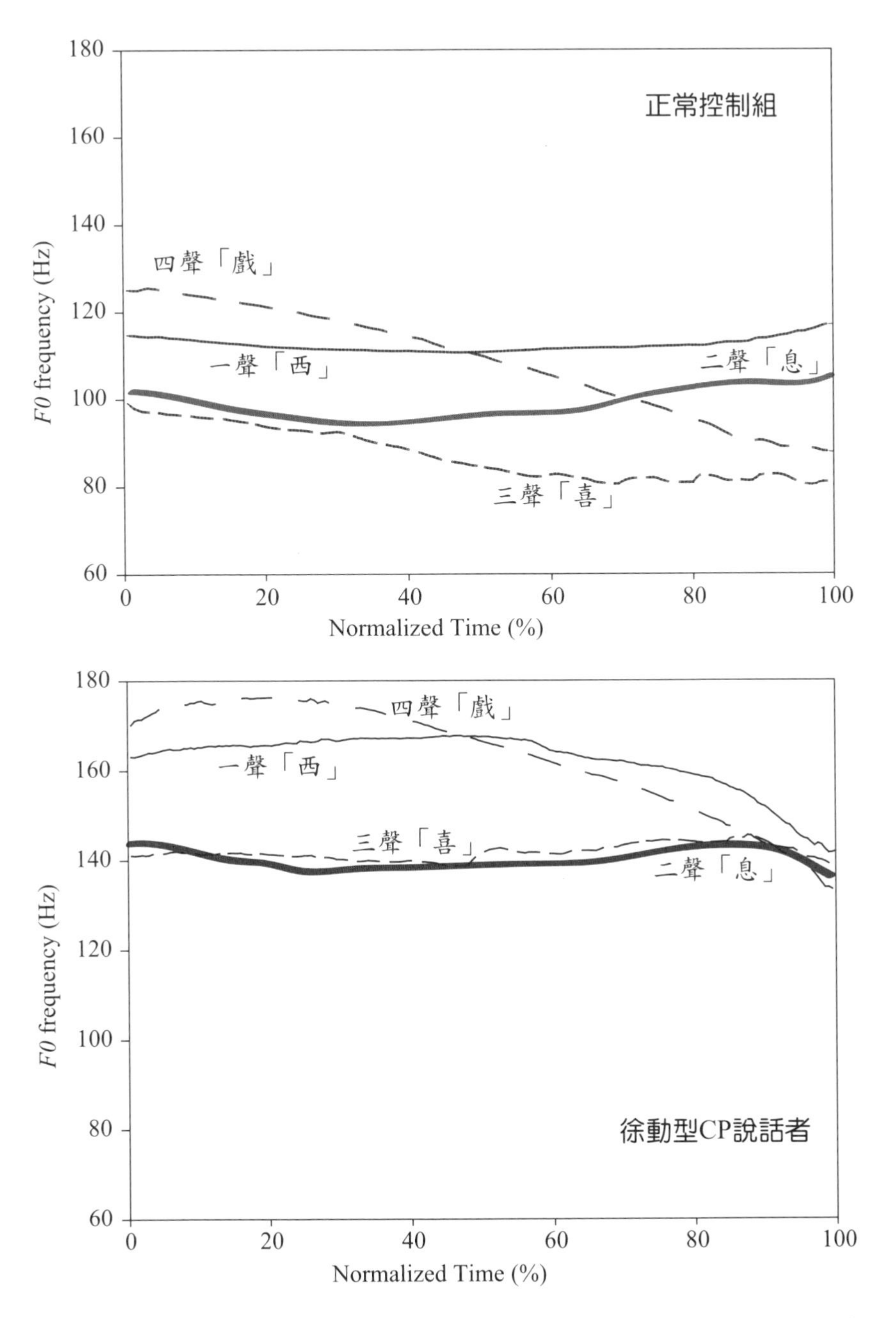

圖 15-8　西、息、喜、戲的四聲調的平均基頻走勢圖，下圖是徐動型 CP 說話者，上圖是正常控制組。

乎重疊在一起，而女性徐動組更出現三聲的走勢曲線位置高於二聲走勢曲線的錯誤情況（在/ɕi/音節，見圖 15-8）。徐動組的音節末尾下降走勢的特徵，推測可能與其說話時肺活量不足有關，徐動型腦性麻痺者說話片段破碎的情形較為嚴重，一句話常常斷為幾個片語費力說出。腦麻各組的音節時長皆比正常組的時長為長，可見腦麻說話者的說話速度明顯慢於正常組，這是由於運動神經機制的損傷導致肌肉的運作較為緩慢，各言語次系統（呼吸、發聲、構音、共鳴和調律調整）之間動作的協調性也較為不佳所致。與正常說話者比較，腦性麻痺說話者有最高的基頻值，四種聲調的基頻走勢型態區分性過小，走勢曲線相似度高，對比性小。除了第四聲較完整外，其餘三種聲調的基頻走勢型態皆有出現相互重疊、相似或走勢異常的情形，其中尤以二、三聲的基頻型態最為類似，而重疊的出現率也最高。三聲的走勢曲線出現的偏離最大，頻率過高，少有低降型態。

腦性麻痺說話者的聲調形式異常，有很大的部分是在三聲的基頻走勢異常，他們的三聲基頻無法維持低降走勢。而在正常情況下，三聲的基頻是須維持「低降」走勢，但腦麻說話者的平均基頻均卻較正常說話者為高，這可能也暗示著他們有著音高調整的缺陷，尤其對於低音方面，聲帶似乎無法維持持續的低頻振動，因此在三聲起始段的頻率就無法比其他聲調為低，且之後也無法再下降其基頻值來形成低降的走勢型態，有些甚至出現不降反升的錯誤型態。由於腦麻說話者聲帶在基頻的高低起伏變化上有所限制，尤其聲帶在低頻模態的變化範圍有限，造成三聲的基頻型態錯誤。鄭靜宜（2003）指出對腦性麻痺說話者而言，四種聲調中，第四聲問題最少，其次是一聲，而二、三聲最為困難，互相混淆的情況也最嚴重。腦麻說話者三、四聲基頻走勢的變化率較正常者為緩，走勢的變化率以痙攣組與混合型組最小。就整體而言，腦麻說話者基頻變化範圍並不小於正常者，但由於基頻走勢的變化率過小以及基頻走勢型態的偏異，造成腦麻說話者語音聲調上的異常。

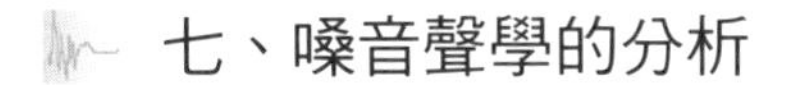

七、嗓音聲學的分析

吶吃者的嗓音音質通常不佳，嗓音呈現沙啞或氣息聲是很常見的情形。其實嗓音音質也是影響語音清晰度的一個因素。吶吃者的嗓音不佳，可歸因於運動神經無法適當地驅動喉部肌肉調整聲帶振動的型態，以產生適當的嗓音品質，其次是缺乏適當的呼吸支持，肺活量過小，無法維持一個穩定的聲門下壓，通常請他們持續發出母音時都無法持續很久，時長較短，音量較小，音量和基頻的變化範圍較小且無法保持穩定，變異性較大。這是由於吶吃者控制呼吸的神經與相關肌肉的運作不當所致。可使用一般的嗓音分析變項〔如上一章所提到的基特（jitter）、訊墨（shimmer）、噪音諧波比（NHR）等〕來分析吶吃者的嗓音。

在臨床上，傳統對於言語障礙者的言語多以聽知覺的評估為主，近年來隨著數位錄音工具和聲學分析工具的普及，愈來愈多的臨床工作者使用聲學分析輔佐聽知覺的判斷。對於言語障礙者的語音特性進行時間向度或是頻率、頻譜向度的各種聲學分析，呈現具體的數據資料，而這些聲學參數和他們特殊的語音聽知覺特徵皆有著十分密切的關係。語音聲學的分析不啻為臨床工作者一個重要的專業性評估工具，可為治療療效提供一個簡易而具體實證的資料。

參考文獻

鄭靜宜（2003）。腦性麻痺說話者的國語聲調基本頻率（*F0*）型態與特性。**特殊教育與復健學報**，**11**，29-54。

Ansel, B. M., & Kent, R. D. (1992). Acoustic-phonetic contrasts and intelligibility in the dysarthria associated with mixed cerebral palsy. *Journal of Speech and Hearing Research*, *35*, 296-308.

Avery, J. D., & Liss, J. M. (1996). Acoustic characteristics of less-masculine-sounding male speech. *Journal of the Acoustical Society of America*, *99*, 3738-3748.

Darley, F. L., Aronson, A. E., & Brown J. R. (1975). *Motor Speech Disorders*. Philadelphia: W.B. Saunders.

Doorn, J. V., & Sheard, C. (2001). Fundamental frequency patterns in cerebral palsied speech. *Clinical Linguistics & Phonetics, 15* (7), 585-601.

Farmer, A., & Lencione, R. (1977). An extraneous vocal behavior in cerebral palsied speakers. *British Journal of Disorders of Communication*, *12*, 109-118.

Forrest, K., Weismer, G., Elbert, M., & Dinnsen, D. A. (1994). Spectral analysis of target-appropriate /t/ and /k/ produced by phonologically disordered and normally articulating children. *Clinical Linguistics and Phonetics*, *8*, 267-281.

Forrest, K., Weismer, G., Hodge, M., Dinnsen, D. A., & Elbert, M. (1990). Statistical analysis of word-initial /k/ and /t/ produced by normal and phonologically disordered children. *Clinical Linguistics & Phonetics, 4*, 327-340.

Jeng, Jing-Yi, Weismer, G., & Kent, R. D. (2006). Production and perception of Mandarin tone in adults with cerebral palsy. *Journal of Clinical Linguistics and Phonetics*, *20*, 67-87.

Jeng, Jing-Yi. (2000). *The Speech Intelligibility and Acoustic Characteristics of Mandarin Speakers with Cerebral Palsy*. Unpublished Ph. D. Dissertation, University of Wisconsin-Madison.

Kent, R. D., & Rosenbek, J. C. (1982). Prosodic disturbance and neurological lesion. *Brain and Language*, *15*, 259-291.

Kent, R. D., Kent, J. F., Weismer, G., Martin, R. E., Sufit, R. L., Brooks, B. R., & Rosenbek, J. C. (1989). Relationships between speech intelligibility and the slope of second-formant transitions in dysarthric subjects. *Clinical Linguistics & Phonetics*, *3*(4), 347-358.

Kent, R. D., Kent, J. F., Weismer, G., Sufit, R., Rosenbek, J. C., Martin, R. E., & Brooks, B. R. (1990). Impairment of speech intelligibility in men with Amyotrophic Later Sclerosis. *Journal of Speech and Hearing Disorders*, *55*, 721-728.

Liu, H.-M., Tseng, C.-H., & Tsao, F.-M. (2000). Perceptual and acoustic analyses of speech intelligibility in Mandarin-speaking young adults with cerebral palsy. *Clinical Linguistics and Phonetics*, *14*(6), 447-464.

Mulligan, M., Carpenter, J., Riddel, J., Delaney, M. K., Badger, G., & Tandan, R. (1994). Intelligibility and the acoustic characteristics of speech in Amyotrophic Lateral Sclerosis (ALS). *Journal of Speech and Hearing Research*, *37*, 496-503.

Shriberg, L. D., Kent, R. D., Karlsson, H. B., McSweeny, J. L., Nadler, C. J., & Brown, R. L. (2003). A diagnostic marker for speech delay associated with otitis media with effusion: Backing of obstruents. *Clinical Linguistics & Phonetics*, *17*, 529-548.

Tjaden, K., & Turner, G. S. (1997). Spectral properties of fricatives in Amyotrophic Lateral Sclerosis. *Journal of Speech, Language, and Hearing Research*, *40*, 1358-1372.

Turner, G. S., Tjaden, K., & Weismer, G. (1995). The influence of speaking rate on vowel space and speech intelligibility for individuals with Amyotrophic Lateral Sclerosis. *Journal of Speech and Hearing Research*, *38*, 1001-1013.

Weismer, G., & Martin, R. E. (1992). Acoustic and perceptual approaches to the study of intelligibility. In Kent, R. D. (Ed.), *Intelligibility in Speech Disorders: Theory, Measurement and Management* (pp. 67-118). Amsterdam/ Philadelphia: John Benjamins.

Weismer, G. (1997). Motor speech disorders. In W. J. Hardcastle, & J. Laver. (Eds.), *The Handbook of Phonetic Sciences* (pp. 191-219). Oxford, England: Blackwell.

Weismer, G., Jeng, Jing-Yi, Laures, J., Kent, R. D., & Kent, J. F. (2001). The acoustic and intelligibility characteristics of sentence production in neurogenic speech disorders. *Folia Phoniatrica et Logopaedica*, *53*(1), 1-18.

Weismer, G., Laures, J., Jeng, Jing-Yi, Kent, R. D., & Kent, J. F. (2000). The effect of speaking rate manipulations on acoustic and perceptual aspects of the dysarthria in Amyotrophic Lateral Sclerosis. *Folia Phoniatrica et Logopaedica*, *52* (5), 201-219.

語音的合成

語音合成（speech synthesis）就是使用機器或程式等工具去產生新語音的技術，即是將一些信號的成分（或部分）加以創造或是組合成語音信號。語音合成是去產生新語音，然而同樣是產生語音，卻可用不同的方法或方式來達成。例如參數式的語音合成是輸入一些構成語音的重要參數，如基頻、各共振峰頻率、共振峰帶寬、時長、停頓等變項資料，將這些參數加以合成為一個聲音波形，可以播放出語音來。許多的語音知覺實驗即是操弄改變語音的參數，模擬真實語音，探討聽者在聽知覺辨識的差異，找出關鍵參數。文字轉語音的合成（text-to-speech, TTS）則是輸入文字之後，程式系統會將之轉成語音輸出。文字轉語音的合成系統是先設計好語音合成的程式，內含可能會使用到的所有語音的片段，即語音資料庫依據一些組合的規則和使用者的指令輸出語音。

通常廣義的語音合成包含語音再合成。語音再合成（speech resynthesis）是將原有真實的語音做一些聲學參數上的改變或是修改，例如可改變原本語音的音段時長（言語速度）、基頻、各共振峰頻率或共振峰帶寬等變項。很多程式提供此功能，如 Analysis-Synthesis Laboratory（ASL）（Model 5104, KAY）、Praat（Boersma & Weenink, 2009）、STRAIGHT（Speech transformation and representation using adaptive interpolation of weighted spectrum）（Kawahara et al., 1999）、Cspeech（Milenkovic, 1996）等。語音再合成可視為語音信號成分的再重組，即是將原本就是語

音的信號先分析成一些成分，再將這些成分做一些改變再組合回去，此時輸出的信號已不再是原來的信號，而是已改變一部分的性質，成為一個新的語音信號。

語音合成技術應用的層面相當廣泛，合成語音常運用在日常生活的各種機器或裝置中，如電梯、電話、提款機（ATM）、自動販賣機、觀光導覽、汽車導航、機器人等。在幫助嚴重溝通障礙族群方面，如擴大輔助溝通系統（AAC）中，語音合成輸出是很重要的一部分，可以代替他們發聲，滿足部分的溝通需求。在身心障礙者的輔具方面，如供盲人使用的文字念讀系統，合成語音技術也是重要的一部分。

第一節　語音合成的方法

語音合成的方法很多，常見的方式有共振峰合成（formant synthesis）、接節式的合成（concatenative synthesis）、規則式合成（synthesis by rule）、口道合成（vocal tract synthesis）等。

一、規則式合成

規則式合成（synthesis by rule）是使用規則來合成語音，是指將文字運用音韻組合規則轉變為語音，現在稱為由文字到語音的合成（synthesis from text to speech, TTS），將文字（英文字母）輸入，輸出為語音，為文字到語音的轉換，使用拼字到語音的對應規則（spelling to sounds correspondence rules），將個別字母變成聲音，再經律調規則（prosodic rules），合成有語調、有韻律變化的語音。典型英語的 TTS 合成程序第一步先將輸入的文字正規化（text normalization），再來需要斷詞（parsing），之後構詞型態分解（morphological docomposition），再之後的流程是字母到音的規則（letter to sound rules）→產生 *F0*→引用調律規則（prosody rules）→輸出語音。拼音文字（如英語）的 TTS 合成方式和非拼音文字的語言是不太相同的，這涉及不同語言有不同的詞彙構詞法、語法以及形音對應規則等。非拼音文字的文字中若無明顯的詞彙界線，詞彙斷詞將會是個難題。若為聲調語言，如華語，還須考慮到聲調和語調等因素，如變調、字詞強調等。

事實上，要使合成語音具有自然的語調是有其難度的，因為語調型態的個別差異頗大，隨著說者的語氣、語速、強調、溝通對象和所處的情境而變化，很難用一些簡單的規則就能描述模擬。況且男、女性別的語音規則也有差異，除了因*F0*範圍不同之故，性別在語調的表現上也有各自的特色。因此，調律規則很難用幾個簡單的參數去描述。規則式合成的缺點在於規則的設定通常很困難，因為真實語音信號的變數很多，而個別差異也大，故很少有「放諸四海皆準」的規則存在。事實上，語音韻律規則的描述或尋找本身就是一個很複雜的議題。

二、共振峰合成

共振峰合成（formant synthesis）運用聲源濾波理論（Fant, 1960），只需要提供聲源及共振峰的資料即可合成語音。目前提供共振峰合成的軟體工具有很多，如 DecTalk（Klatt, 1987a）、Multi-Talk、HLsyn（High Level Synthesis）（Sensimetrics Corporation, 1997）等，甚至許多已經網路化，直接在網頁中輸入共振峰相關資料即可在線上合成語音，有興趣的讀者不妨參考本章末尾所列的網址資料上網嘗試，或自行鍵入 speech synthesis、formant synthesis 等關鍵詞搜尋相關網頁。這些語音合成工具的使用，通常是在時間向度上某時間點上輸入一些共振峰值以及頻寬資料，同時還可能需要基頻軌跡（*F0* tracks）資料或時長等超音段訊息，即可合成並輸出語音。也有使用聲譜圖繪圖的方式輸入的，就是在一個時間—頻率的向度空間裡畫上共振峰軌跡（formant tracks），就可輸出語音。這些共振峰合成器適合合成個別的子音或母音音段，但若要合成音節，在子音和母音之間的串接處則會較難處理，即是由一個音過渡到另一個音的共同構音（cooarticulation）部分，如子音與母音的轉折帶，若轉接得不好，會使得音節變得較不自然。事實上，處理這些共同構音部分的技巧是了解該音節本身的共振峰特性，再來是只要參數下得愈多，語音就會愈自然，但是設定手續較為繁複，花費時間也愈多，甚至被稱為達到一種「藝術」（art）的境界。

HLsyn（High Level Synthesis）（ Sensimetrics Corporation, 1997）語音合成程式主要使用共振峰合成的方式，有十三個參數設定。這十三個參數中主要是有關共振峰值（*F1*、*F2*、*F3*、*F4*）的設定，另一方面，是有關口道形狀、氣體動力方面的設定，包括口道中五個緊縮區域的面積、口道體積的變化速率、聲門下壓、口道和聲帶的柔順度。最後，還有關於調律（prosody）的設定（如*F0*）。使用者須試著調整這些參數，經多次的嘗試錯誤，務使合成的語音聽起來自然、清楚。HLsyn 語音合成程式基本上仍是沿用先前 Klatt（1987a）的資料來做簡單的設定，之後再做進一步的調整。此工具適用於依循規則或理論去合成語音，或是操弄語音變項中的某些性質或特徵以測試知覺效果，可用於從事語音知覺研究時，檢驗實驗的一些理論或假設。

共振峰合成有時會和TTS結合起來運用，例如有些文字到語音（TTS）的合成器內部核心的語音合成方式，即是採用共振峰合成的方式，而非真人語音，例如"MITalk system"為文字到語音的合成器，可以分析文法與句型，處理英文重音與語調，使用的語音即來自共振峰合成。共振峰合成的優點是很有彈性和自由度，可由聲波的最基礎成分開始建構，語音可修改以符合各種需求，如彈性變化成男性或女性的語音。然而它的缺點是費時費工，需要如藝術家一樣修飾共振峰型態使之較自然，之後也很難描述共振峰型態究竟是使用哪些法則修飾而成，需要以聽覺自然度為原則，不斷地嘗試、修正。此外，另一個常有的缺點是語音聽起來較為死板、無生趣，較為冷漠，缺乏熱情。一般大眾聽者對合成語音的需求是語音清晰度之外，還要有「人性化」的感覺才行，畢竟大家都不太喜歡和冷冰冰的機器做溝通。

三、倒反濾波

合成語音的材料，需要原始的喉頭聲波。但是我們通常無法實際去觀察喉頭的波形（glottal waveform），因為由口部傳出的語音信號，實際上經過口道的共鳴轉換過濾以及唇的輻散（radiation）作用之後，原來喉頭的波形經過了多重的改變，如唇的輻散會影響頻譜斜度（spectral tilt）。頻譜斜度為頻譜曲線（使用 FFT 得到）中各諧波頂點的連線，若頻譜斜度很大，代表此信號在高頻的衰退（roll-off）較多。要如何才能得到喉頭聲源的頻譜信號呢？有一個辦法就是使用倒反濾波（inverse-filtering）的方法，將信號（口部氣流信號或是語音聲學信號）恢復成原來的喉頭波形或是喉頭氣流的體積速率（glottal volume velocity）信號。

Rothenberg（1973）發展出語音和語音氣流信號的倒反濾波方法，就是將口道濾波器的作用由相反的方向再操作回去，亦即把波朝其共振相反方向再去濾過一次，即把原來具有的共振峰當作是反共振峰來濾波，然後再用整合濾波器（integrator filter）將高頻部分強度增強，並加上反唇輻散的作用（高頻部分強度減弱）。在使用倒反濾波器時，須設定與調整信號的共振峰頻率與帶寬，但這部分通常較難掌握（尤其是共振峰的帶寬部分），因此實際操作時需要多試驗幾次，檢視輸出的波形，觀察當移除某些共振峰後有什麼效果，目標是得到較乾淨的喉頭波形信號。事實上，在操作時先用 LPC 分析找出語音的共振峰型態，再用得到的共振峰型態資料設定倒反過濾的參數，將之倒反過濾，通常需要幾次試誤和調整才能得到較滿意的結果，復原得到原始的喉頭波形。KAY CSL 相關系列有發展一套倒反濾波器的裝置，可以將聲波或是氣流的波形倒反濾波，以取得聲源波形或頻譜。對於一些較為複雜的語音（如鼻化母音），亦可使用倒反濾波的技術分解其頻譜，了解其基本的頻譜成分，如反共振峰、聲源頻譜等。對於語音信號倒反濾波的運作，通常對於音高較高或音量較小的訊號倒反濾波的效果較差。使用真實的語音來做倒反濾波取得說話者原始的喉頭聲波後，就可以使用此聲波當作是聲源，再去依照語音類別改變共振峰型態，運用共振峰合成的技術，即可形成各種類別的語音，而這些語音聽起來就如同該說話者所說出的語音一樣。

四、接節式合成

接節式合成（concatenative synthesis）是一種常見的語音再合成方法，不是去重新合成語音，而是將既有的語音片段做排列式的改變，串接成不同的語句。就像接龍一樣，又可稱「接龍式」合成。首先須先錄製個人的一些有限的基本語音單位，儲存起來，之後經由再合成改變或重建（reconstructing）的組合規則將它們接合起來，就可以產生無限多的語音組合，串接成句子。接節式合成最基本的問題是：應選擇何種語音基本單位才能合成最自然的語音？語音的基本單位可以是音素、音節、尾頭雙半音（diphone）、半音節（demi-syllable）、雙音節，或是為一個片語或是句子。

尾頭雙半音（diphone）是由一個音素的後一半開始到下一個相接音素的前一半為止的聲學片段，為兩個半音的組合，一音的尾半加上一音的頭半，有兩個音素成分，但兩個音都各自只有一半。尾頭雙半音代表的是一個音素至另一個音素的過渡地帶，主要是子音與母音的轉折帶。例如要合成一個「大」，音節中需要有三個尾頭雙半音單位，分別是「空白＋ㄉ音的前半」、「ㄉ音的後半＋ㄚ音的前半」、「ㄚ音的後半＋空白」。尾頭雙半音是許多 TTS 語音合成系統採用的單位，例如 ModelTalker synthesizer（A. I. Dupont Research Institute）即是使用尾頭雙半音的 TTS 合成器。

要組合一個語言所有的語音所需的尾頭雙半音數量到底是多少呢？此數字最多是該語言音素數量的平方；然而，由於每種語言中皆有音韻組合規則（phonotactic rules），通常會讓此數量減少許多。對於英語，Klatt 曾計算若是要將所有的字都組合起來，最少約需 1500 個尾頭雙半音。西班牙語約需要 800 個尾頭雙半音，德語則約需 2500 個尾頭雙半音。華語似乎是滿適合使用尾頭雙半音來做接節式的語音合成。由於華語有嚴格的音韻組合規則，其實需要的尾頭雙半音數量很少，即可合成華語所有的語音，但要合成自然的華語語音主要的困難點在於華語的超音段特徵：聲調、語調、斷詞停頓、斷句停頓，這些規則較為複雜，涉及的語言層面較廣。不管是何種語言，雙半音的語句合成皆須套用一些語言專有的調律規則，整體考處語句的超音段參數，才能讓語句聽起來較為自然而不呆板。

使用尾頭雙半音主要的優勢是可克服接節式合成語音不自然的缺點，讓語音聽起來較為自然。由於接節式合成的主要問題，在於缺乏相鄰音素間的共同構音（cooarticulation）。由於在普通自然情境下，語音中的音素之間有共同構音現象，亦即一個音素的特徵會受到其前後相接其他音素的影響而發生些許改變。而且共同構音影響的範圍可能不只限於相鄰音素，有時範圍還會擴大，使得連續幾個音素一起受到影響。如此一來，使用尾頭雙半音合成的連續語音還是可能出現共同構音不足的問題，因為尾頭雙半音合成只有考慮到相鄰音素之間的共構作用。此外，尾頭雙半音合成還可能出現兩個雙半音相接時，出現不自然的接縫問題，例如當兩個雙半音聲音的音量、基頻有落差，相接時就會出現明顯的接縫。因此，後來有研究者更提出一個以多音單位（multiphone unit）組合的解決辦法，將較大範圍的共同構音收錄進去。然而，將造成須儲存預錄的語音單位數量大幅增加，也將耗費較多的儲存資源。

半音節（demi-syllable）是音節的一半的聲學信號，有可能是一個子音加上母音的音節前半段，或是後半段母音，或是後半段母音加上後接子音，如"bat"可分為 /bæ/ 與 /æt/。比起尾頭雙半音，半音節涵蓋有較多的共同構音，但是還是會有不自然的接縫出現，造成母音中間有不連續的現象。要將所有的英語字組合起來，需要的半音節的數量比上一段所提到的尾頭雙半音（diphone）的數量稍少一點，Klatt 估計約 1000 個左右。

以上介紹了幾種語音合成常用的單位，究竟何種語音單位較適合用來作為語音合成的單位呢？自動化單元選擇（automatic unit selection）（Iwahashi & Sagisaka, 1995; Hunt & Black, 1996; Black & Campbell, 1995）是後來發展出的一項技術，是一種較彈性化的選用適當的語音合成單位的作法。是使用一些算則做運算處理，在語音合成時，可自動地選取記憶庫中已有最大樣本的單位，盡量減少單位間接續點的數量，來組合成較自然的語音。對於一些較常用的句型可以用填充法替換關鍵詞彙，句型的骨架是既定的板模。一些在使用時出現率高的語音可保有較自然的整句調律的型態。

五、口道合成

口道合成（vocal tract synthesis）是一種口道型態的模擬。是先由一些透視影像技術（如X-ray microbeam、MRI、EMMA）得到2D的口道型態，之後計算並建構出3D口道聲學模型，等到模型建立後，再發展出模擬口道動作的程式系統。口道合成系統允許設定一些口道的參數，如口道長短、口道中一些點的截切面之面積、緊縮點的位置與基頻等資料，經口道模擬程式的運作後可輸出語音，並可能同時具有模擬口道動作的動畫畫面。美國哈金斯（Haskins）語音實驗室發展的構音合成程式（Articulatory Synthesis Program, ASY）（Rubin & Goldstein, 1998），是根據說話時口道X光的矢狀面各點移動的資料，包括六個構音關鍵點位置的訊息，分別為舌體中心、舌尖、下顎、軟顎、嘴唇和舌骨。由這六點位置來設定口道的形狀，用以合成語音。此程式計算隨時間變化的軌跡組成的口道結構，根據這些動態參數，將這些發音器官軌跡輸入到聲道模式，然後計算所造成的全口道的形狀、面積的函數以及口道轉換函數，再配上聲源信號（模擬喉部發聲的音源），最後合成產生語音波形。遵循聲源濾波理論的原則，此程式可以合成產生靜態或動態的口道形狀。在動態合成時須控制各連續時間的口道位置，除了各點位置資料外，還需要計時和聲源的訊息，由於參數設定十分繁複，有時會使用內差法來填補中間未設定的資料，以簡化設定程序。

口道合成的缺點是口道型態的變數十分複雜，口道變化的模型建立研究也尚未成熟，且大多數只能觀察捕捉到口部較外側構音部位的活動，很難掌握到整體上呼吸道說話時的動態變化。而且大多數只停留於母音等較為靜態的語音型態，動態動作涉及的口道型態變化十分複雜，各構音器官的動作結果資料量將十分龐大，目前在動作的取樣和資料處理技術層面皆有待加強。因此，口道合成技術目前只能合成簡單的單音，無法合成較複雜的連續式語音，輸出的語音也較為呆板、不自然。然而這些研究可讓我們明白語音聲學和構音動作間的關係，對於語音錯誤的動作根源可有更進一步的了解。

第二節　語音合成的改進

語音合成的主要目的是讓機器（如電腦）自動去產生語音，而機器產生的語音除了要能讓人聽得懂以外，還要自然、有人性。通常合成語音最令人詬病之處就是產生呆板、生硬、冷漠的機器人聲音，缺乏彈性是最大的缺點。究竟要如何改善呢？歸納之後，大致有下列幾個方向可以去努力：

1. 語音合成的音源應盡量使用真人的聲音，如此會比較沒有如機器般生硬、冰冷的感覺，較可給聽者一種人性溫暖的感受。並且可以彈性地依照使用者個別的喜好做一些設定變更，投其所好。
2. 可以使用試誤法去改變一些參數的設定。Holmes（1961）曾成功地使用此法，他認為只要規則設定正確，自然的聲音是有可能做到的，進一步還可讓電腦自動地發展出語音合成的規則，記憶這些規則，並可應用這些規則來合成語音。
3. 在使用串接式共振峰合成器（cascade designed formant synthesizers）時，音源使用最好是真人聲者，但在平行式共振峰合成器（parallel designed formant synthesizers）則使用規則，以簡化合成的程序與節省運算、儲存資源。

目前語音合成技術可應用的領域很廣，通常可見於下列領域的應用：

1. 文字轉語音（text-to-speech, TTS）的轉換系統，如現在常見的電話語音、資訊導覽系統、自動播報系統等。
2. 為身心障礙者服務，如作為擴大輔助溝通系統（AAC），或是幫助盲人閱讀的報讀工具，這是語音合成發展的最初目的。在為盲人閱讀方面發現，通常盲者喜好較快的語音速度。
3. 在有關語音的知覺與產生方面的研究，可使用純化的合成語音（例如共振峰合成）從事實驗研究，去除一些信號中不必要的變數以及操弄一些於真實語音中無法隨心改變的變項，以證驗實驗假設。

目前在市面上已出現能重現自我嗓音特色的語音合成系統的產品，例如日本衝電氣工業株式會社（OKI）推出語氣、語調等特徵接近自然嗓音的語音合成系統，可發聲朗讀，能再現使用者自己的聲音，避免用無個性的機械合成音發聲，實現用具有本人講話氣氛、個性的「自己的聲音」進行交流溝通。常有喉癌者因病必須摘除聲帶，可在手術前收錄他原本語音的樣本，由這些語音樣本中提取出個人化的嗓音數據，再加入合成語音，以形成自己個人化的合成嗓音，供後續人際溝通時放音使用，模擬出很接近原來說話者的嗓音。可見，目前語音合成技術領域除了在語音清晰度上有提升外，同時還能體現個性化的語音技術，讓合成語音再現使用者本身自己的聲音，更符合人性化的需求。

語音合成技術的提升有賴於對語音知識的了解程度多寡。若對於語音的了解愈多、愈透澈，也就愈能將這些知識運用於語音合成之上，所合成的語音也就會愈清楚，愈接近真實、愈自然。然而不可諱言的，目前我們對於語音的了解還不夠，還不足以建構一個完美的語音合成系統。然而，由於有語音合成技術的需求，也無形地間接推進了語音研究的腳步，使得語音研究和語音合成之間有相輔相成的關係。目前的語音合成需努力的方向可歸納為下列幾項：

1. 改進語音清晰度，具有高度的語音清晰度為語音合成系統最基本的條件，不管是單音節或是連續語句的層次，皆須有一定程度的語音清晰度。尤其是在噪音之下還能有抗噪的清晰度。
2. 改進語音自然度（naturalness）。何謂語音自然度呢？所謂的具有「自然度」的語音，至少聲音音質須受大多數聽者喜愛，不會產生厭惡的反感。語調、聲調或重音能符合正常人說話的型態，且語速適中，可視需要加以調整，言語節奏具有整齊規律的特性。
3. 語音合成系統需要彈性化，能隨著語意、篇章調整合成單位的大小。
4. 增加語音音色的多樣化。能提供多種語音音色的選擇，包括各種年齡層的男性和女性。甚至可選擇具有不同的地區口音或腔調特色或者具某種情緒風格的語音。

5. 增加語音系統的可相容性，以便於應用在各種相關的機器或電腦程式之中。
6. 大多數語音合成的聲音為男性的聲音，女性合成語音方面的技術還須加強。因為女性的聲音基頻較高，諧波的間距（harmonics spacing）過大，共振峰落在兩個諧波中間的機率大，因此較無法掌握語音的共振特性，清晰度較為不佳。此外，女性音質通常比較具氣息聲（breathiness），聲源本身即帶有一些高頻的噪音成分，較難模擬。有些女性聲音還帶有些許的鼻音，呈現出較有「女人味」的柔媚聲音。

以下列出幾個有提供語音合成的工具或系統，有興趣者不妨到其網站尋找相關的參考資料，以下所列的網址有時會隨網站的更動而有變遷，這時不妨 google 一下即可找到：

1. Praat, http://www.fon.hum.uva.nl/praat/
2. The Snack Sound Toolkit, http://www.speech.kth.se/snack/
3. SFS/ESYNTH-Windows Tool for Harmonic Analysis & Synthesis, http://www.phon.ucl.ac.uk/resource/sfs/esynth.htm
4. VTDemo-Vocal Tract Acoustics Demonstrator，口道合成語音的展示，同時展示共振峰頻譜和口道各部分的參數，操作簡易。http://www.phon.ucl.ac.uk/resource/vtdemo/
5. The Festival Speech Synthesis System 為 TTS 合成系統，由英國的愛丁堡大學語音科技研究中心（The Centre for Speech Technology Research, The University of Edinburgh , England）所發展。http://www.cstr.ed.ac.uk/projects/festival/ 或 http://festvox.org/festival/downloads.html
6. STRAIGHT（Speech transformation and representation using adaptive interpolation of weighted spectrum）（Kawahara et al., 1999）, http://www.wakayama-u.ac.jp/~kawahara/STRAIGHTadv/index_e.html

7. ModelTalker Synthesizer TTS system，可將英文字轉換為語音，此系統中的聲音引擎（sound engines）使用一種基於尾頭半音（diphone）的音素，稱為雙音限制性連結（Biphone-Constrained Concatenation, BCC）。由 A. I. Dupont Research Institute, Tim Bunnel, University of Delaware負責研發，網址如下：http://www.asel.udel.edu/speech/ModelTalker.html
8. 貝爾實驗室中文語音合成系統（Bell Labs Mandarin Text-to-Speech Synthesis），http://www.bell-labs.com/project/tts/mandarin.html
9. SpeechLab Media Enterprise-Ingolf Franke, Gottillstrasse 34A, 564294 Trier, Germany.
10. Cooledit：此工具程式可編輯聲波（剪貼）或將聲波做一些特效（例如加入回聲效果）或改變（例如變慢或變快），現在已更名為Adobe Audition，網址如下：http://www.adobe.com/special/products/audition/syntrillium.html
11. eSpeak Text to Speech 是一個支持多語言文字轉語音的合成系統，也可變化不同語速和嗓音音質，網址如下：http://espeak.sourceforge.net
12. 中文文字轉語音合成系統：台灣工研院資通所前瞻技術中心研發，網址：http://atc.ccl.itri.org.tw/
13. 台灣本土語言互譯及語音合成系統：可以華語、台語和客語互相轉換，由國立台灣大學資訊工程學研究所自然語言處理實驗室發展，網址：http://nlg3.csie.ntu.edu.tw/systems/TWLLMT/

參考文獻

Black, A.W., & Campbell, N. (1995). Optimising selection of units from speech databases for concatenative synthesis. In *Proceedings of Eurospeech 1995*, 581-584. Madrid, Spain.

Boersma, P., & Weenink, D. (2009). *Praat - doing Phonetics by Computer*. The Institute of Phonetic Sciences, University of Amsterdam, Netherland.

Fant, G. (1960). *Acoustic Theory of Speech Production*. Hague: Mouton.

Holmes, J. (1961). Notes on synthesis work, Speech Transmission Laboratory Quarterly Progress and Status Report, *KTH 1/1961*, 10-12.

Hunt, A., & Black, A. (1996). Unit selection in a concatenative speech synthesis system using a large speech database. In *Proceedings of ICASSP 1996* (pp. 373-376). Atlanta, Georgia.

Iwahashi, N., & Sagisaka,Y. (1995). Speech segment network approach for optimal synthesis unit set. *Computer Speech and Language, 9*, 335-352.

Kawahara, H., Masuda-Katsuse, I., & de Cheveigné, A. (1999). Restructuring speech representations using a pitch-adaptive time frequency smoothing and an instantaneous-frequency-based *F0* extraction. *Speech Communication, 27* (3-4), 187-207.

Klatt, D. H., & Klatt, L.C. (1990). Analysis, synthesis and the perception of voice quality variations among female and male talkers. *Journal of the Acoustical Society of America*, *87*, 820-857.

Klatt, D. H. (1987a). How KLATTalk became DECtalk: An academic's experience in the business world. In *Official Proceedings of Speech Tech'87. Voice Input/ Output Applications Show and Conference* (pp. 293-294).

Klatt, D. H. (1987b). Review of text-to-speech conversion for English. *Journal of the Acoustical Society of America*, *82*, 737-793.

Milenkovic, P. (1996). Cspeech [Computer Program]. Madison, WI: University of Wisconsin-Madison.

Rothenberg, M. (1973). A new inverse-filtering technique for deriving the glottal air flow waveform during voicing. *Journal of the Acoustical Society of America*, *53*, 1632-1645.

Rubin, P., & Goldstein, L. (1998). *Articulatory Synthesis Program, ASY*. Haskins Laboratories. http://www.haskins.yale.edu/facilities/asy-demo.html

Sagisaka, Y. (1988). Speech synthesis by rule using an optimal selection of nonuniform synthesis units. In *Proceedings of ICASS* (pp. 679-682).

Sensimetrics Corporation (1997). *High-Level Parameter Speech Synthesis System (HLsyn)*. Massachusett.

由語音聲學推論語音的製造

語音產生—語音聲學—語音知覺此三個層面的關係，一直是語音科學家的興趣所在，如何由語音聲學的資料推論出語音產生的動作，探尋語音知覺的聲學線索，以及語音產生與語音知覺的關係。由聲學的輸出信號中，可推知聲源特性（vocal fold vibration）與上呼吸道系統（口道與鼻咽通道）的轉換功能，或是由已知的聲源特性與上呼吸道系統的轉換功能特性推論可能的聲學頻譜。這些皆是語音科學家們夜以繼日研究想達到的目標。

第一節　語音聲學理論模型

最早期有名的語音科學家 Fant（1960）所做的努力，就是想要知道語音產生與語音聲學之間的關係，他由矢狀切面（saggital）口道的 X 光圖，得到成人的口道形狀，算得每一段口道（共有三十八個橫切面）的口道面積函數（area function），想由口道面積函數估計求得口道的共鳴特性，導出口道的聲學資料，以此建立理論模式。他的目的是想建立語音產生與語音聲學之間的雙向關係，不僅想由語音產生參數推論語音聲學資料，也想由聲學資料再推論回口道的共鳴腔面積功能。在此，口道面積函數就是構音動作的姿態（gesture），Fant 用它們來推論口道的共鳴特性。其實，口道的共鳴特性就是共振峰型態，也就是口道的濾波特性。然而，這個理論模式最終卻只能成為一個位於語音科學下的假設架構，無法具體實現，因為畢竟構音動作的變異性極大，會受到音境脈絡、個別差異等種種變數的影響，這個理論模式實無法負載這些複雜度如幾何級數般增加的變數考量。

Stevens 和 House（1955）則是提出三參數理論希望簡化模型，只使用三個構音方面的參數來預測母音的頻譜，那就是舌位高度（tongue height, ro）、舌位前伸程度（tongue advance, do）和唇出口形狀（lips configuration, A/l），但也發現口道形狀與聲學參數之間並非一對一的簡單對應關係，因為不只一種口道形狀可產生出同一種共振峰型態。既然一共振峰型態可由不同的口道形狀達成，那麼由共振峰的聲學資料反推論回口道形狀就可能發生問題。當然在大部分的情況下，可使用最大機率的方法來推論最有可能的口道形狀，但是大家也開始漸漸了解語音產生與語音聲學之間的關係，絕對不是一種簡單的一對一線性關係，而是比它還要複雜好幾倍的關係。Stevens（1989）對於語音產生—語音聲學—語音知覺此三者的關係提出量子（quantal）理論。

語音的量子特性

Stevens（1989）提出語音的量子（quantal ）特性。所謂「量子」特性是指非線性（nonlinear）、非單調性（immonotonic）的關係，兩個變項的對應關係，是在一個區域中有種急遽如跳躍狀的轉變關係。他提出介於口道形狀的參數（vocal tract configurations）與聲學參數，以及介於聲學參數與聽知覺的反應之間，有一種量子轉變的關係。有時一些構音動作上的小改變會造成聲學參數很大的變化，又有時（在一段範圍中）一些構音動作的大改變，在信號聲學特性上的影響卻不大。在一段範圍內，聲學參數對於構音參數的改變較為敏感；然而在此段範圍以外，構音參數對聲學參數的影響就會變小。例如口道的壓縮點對母音共振峰值，若壓縮點的位置出現於幾個較關鍵的位置時（如節點或反節點的位置），對於共振峰值的改變是十分劇烈的。量子的特性即是參數在某個範圍時有急速的轉變，但在其他範圍時變化就較小，較為穩定。同樣的情況也發生於聲學參數與聽知覺的反應之間的關係。聽者的反應與聲學參數之間缺乏單調性的關係。

Stevens（1989）認為似乎有一閾限（threshold）範圍存在，若聲學參數超出此範圍，聽覺的反應則有顯著「質」的轉變。雖然口道的緊縮程度、喉頭的緊縮程度以及構音的部位可用來將語音分類，但構音、聲學以及聽知覺三者的關係卻是極複雜的量子關係。

第二節　由語音聲學推論語音產生

由語音聲學推論到語音產生過程，有哪些是有效的推論？若是今天只有呈現語音的聲譜圖或是相關的頻譜資料，我們可以做哪些有關構音或語音的推論呢？一般黑白聲譜圖呈現的是以時間為橫軸，頻率為縱軸，信號的強度呈現為黑白深淺階度的差異，當信號的強度較大時，聲譜圖上的信號相對地顏色就會較黑，若當信號的強度較小時，聲譜圖上的信號相對地顏色就會較灰白。在聲譜圖上若有出現共振峰形式的音段，則可推論此段製造有聲帶振動為音源，此音很可能為母音，也有可能為邊音或滑音等，或有聲帶振動的子音或半母音，若無共振峰型態為噪音或爆破信號，則為子音。

一、時間向度的線索

聲譜圖上時間向度的線索資訊，似乎比頻率向度的線索可做的推論更直接且容易，因為就聲學信號的時間向度而言，信號延續的時間和構音動作延續的時間是直接相應的，構音動作有多長，聲學信號就有多長。由聲學信號時長推論語音產生動作持續的時長是十分直接的。各音段的時長平均可用來推論構音動作的速度快慢與否。例如一個音節時長平均為 150 毫秒的句子，就會比音節時長平均為 300 毫秒的句子構音速度為快。音節時長的大小可以直接推論說話者的語速快慢。此外，相對時長的比較也可以提供母音類別的訊息，例如通常英語鬆母音（lax vowels）較緊母音（tense vowels）時長為短，因此若看到英語同一群語句中有兩個母音（如/i/、/ɪ/）的頻譜型態相近似，則時長較短的那個可能為緊母音。

音段間停頓間隔的長短是詞句斷句的重要線索，較長的停頓是句子間的間隔。一個發語句和另一個發語句之間會有稍長的停頓間隔（如 200 毫秒以上），停頓在頻譜上呈現通常為空白無信號或為持續的背景噪音信號。聲譜圖上的空白時段和說話者說話停頓動作是直接相應的，沒有產音動作就不會有動作產生的聲學信號。由聲波大輪廓入手，可以觀察聲譜圖上的波形群聚組織，推論出其中可能有幾句話或語句中片語的數量。

聲譜圖上連續的一些動態特徵可用來推論子音的構音方式，例如聲譜圖上若某區段突然出現一短暫潔白的區域，則可能代表著口道的閉鎖動作，可能為塞音前之靜默間隔（silence gap），若之後出現爆破（burst）沖直條狀的信號，又有少許的摩擦噪音段，則可以推論有「塞音」的存在，代表著口道一連串的閉鎖—爆破的塞音構音動作，此時口道形狀有著十分劇烈的變化。而爆破沖直條狀的信號到後接續的母音信號的時長差距，為噪音起始時間（voice onset time,VOT），則是塞音的有聲、無聲或是送氣、不送音對比的重要線索，可推論有關塞音動作的當下聲帶振動的情形。若塞音爆破信號出現時低頻部分出現有規律脈衝信號，表示塞音除阻動作之時，有聲帶同時在振動著，為「有聲塞音」；若沒出現規律脈衝信號，而是爆破之後至少 30、40 毫秒才出現低頻規律脈衝信號，表示開始有聲帶振動，而在塞音除阻動作時，聲帶並不振動，是為「無聲塞音」。若低頻規律脈衝信號出現更長的延宕，並有少許黑灰的噪音訊號出現，則表示聲帶振動的時間更慢，可推論爆破後還有送氣的動作，是為「送氣塞音」。至於若要進一步知道是什麼部位的塞音，就需要有頻率方面的線索。

「噪音時長」音段算是聲譜圖中最顯著的特徵，通常在黑白聲譜圖上會出現顏色深如黑色的音段是為噪音信號，此時可推論口道有較急遽被持續緊縮而有強烈氣流通過的情形。噪音的出現代表口道在產生語音時有狹窄的收縮型態，但並非完全阻塞。空氣被強迫通過口道中狹窄的通道，造成亂流（turbulence）。通道愈是狹窄，氣流愈是強勁，噪音信號強度就會愈強。通道的狹窄緊縮處可能是由舌頭和上顎、牙齒或唇等處形成，不同的緊縮位置會塑造不同頻率特徵的噪音頻譜。嘶擦噪音（sibilance noise）

是強烈氣流流出時撞擊到阻礙物而形成，氣流較強烈，深色噪音集中於某一頻率帶，英語的嘶擦摩擦音有/s/或/ʃ/。而噪音顏色較淡的，通常為非嘶擦噪音，如/f/或/h/具有較不強烈的氣流。通常摩擦音的噪音較長，而塞擦音的噪音相對較短，也就是時長較短的高頻摩擦噪音信號較有可能為塞擦音。另外，若此噪音信號之前出現有空白的短暫靜默期，或是一瞬間直直的沖直條信號，則為塞擦音的可能性又更大了。通常不送氣塞音的噪音時長最短，其次為送氣塞音，最長的則是摩擦音的噪音時長，最長可能達200 毫秒之多，足以和母音媲美。

二、頻率方面的線索

頻率方面的線索通常可用以推論構音時口道緊縮的形狀或是緊縮點位置的訊息。不同類別母音的製造乃舌頭位於開放口道中主要的緊縮位置的差異，造成一些母音的對比，如高低母音對比、前後母音對比。由第六章中我們知道，口道受緊縮位置的差異將造成共鳴頻率的改變。因此共振峰的頻率對母音而言是相當重要的線索，尤其是前兩個共振峰值可以推論所發母音的類別，或是發母音時舌頭位置相對的高低或是前後狀態。*F1* 與母音的舌位高低有關，*F1* 值與舌位高低成反比。當 *F1* 極高時，可推測母音的舌位很低，成開放的狀態，可能是個/a/音。 *F2* 或是 *F2* 減去 *F1* 的值與舌位前後有關，當 *F2* 極高或 *F2* 與 *F1* 差距極大時，可推測母音的舌位（緊縮位置）位於口部很前方，舌頭是前伸的狀態；反之，當 *F2* 極低或 *F2* 與 *F1* 差距極小時，可推測母音的舌位（緊縮位置）位於後面，舌頭是回縮的狀態，舌根上抬。若是所有的共振峰皆很低，包括 *F3*，則可能為圓唇母音。這些共振峰的頻率值的比較皆只由相對的角度來看，比較的基準則可由央元音的共振峰出發。央元音的共振峰或許可用以判斷說話者口道的長度。若較一般人為高，則可推論說話者可能具有較短的口道；若較一般人為低，則可推論說話者可能具有較長的口道或是嘟著唇說話。

對於子音而言，可藉由頻譜的頻率訊息來推論構音部位的消息。例如摩擦音的噪音訊號的頻譜能量分布情形，可以讓我們推論有關口道共鳴腔舌緊縮點的位置，通常共鳴腔舌緊縮點愈為前方，噪音能量集中愈在高頻處。此消息有助於摩擦音構音位置的推論。例如英語中/s/音的噪音頻率重心位置約在 4kHz，就比/ɕ/音（約在 2.5kHz）為高。塞音的爆破訊號頻譜能量分布型態也是可讓我們推論塞音構音位置的依據，/p/較集中於低頻，/k/較集中於中頻，/t/則較集中於高頻。然而由於塞音的爆破訊號通常時長較短，攜帶的訊息有限，尤其是有聲塞音，時長通常只有 20 毫秒。塞音的構音位置還可由共振峰轉折帶（transition）方向來推論。

在聲譜圖上，存在於子音和母音之間的*F2* 共振峰轉折帶方向，可以告訴我們音節之內子音、母音之間構音位置的轉換或改變的方向。一般而言，子音構音位置愈為前方，*F2* 的「定位點」（locus）就愈低，例如雙唇音的 *F2* 定位點就比齒槽音的來得低、齒槽音的*F2* 定位點就比軟顎音的來得低。一般成人男性的齒槽音頻譜共振峰「定位點」約在 1800Hz，共振峰轉折帶的方向以此頻譜集中區為出發點，往其後接母音的*F2* 方向而去。後接母音的語音種類若是前母音（如/i/），因為母音本身有較高的 *F2*，則 *F2* 共振峰轉折帶往上的趨勢的機率較大。後接母音的語音種類若是後母音（如/u/），因為母音本身有較低的 *F2*，則 *F2* 共振峰轉折帶往下趨勢的機率較大。

在聲譜圖上的低頻帶區若是出現有較強的低頻共振峰，而高頻部分信號是相對微弱，幾乎沒有什麼訊號，要有特別加強或是將動態範圍擴大，才看得到微弱的共振峰型態，則可推論此音段可能為鼻音喃喃（nasal murmur）。可推論製造此音時，軟顎並無上抬動作而是保持下降狀態，因此顎咽閥門為開放的，口道呈現分支狀態，氣流被引入口腔後部死腔中困住，無法輻散而出，而造成能量的削弱。若此音段的共振峰結構仍顯而易見，並出現強的低頻共振峰，則可能為鼻化母音。

對於英語或其他有捲舌流音/r/的語言，流音/r/有顯著的共振峰結構，若在連續語音的聲譜圖中出現某一音段有特別低的第三共振峰出現（如*F3* 低於 2000Hz），則可能暗示有/r/音捲舌的動作。邊音/l/的頻譜和高前母音相類似，有顯著的共振峰結構，但共振峰的強度相對較其他母音微弱，音段時長也相對較短。由聲譜圖上整體連接的音強變化可以看出質地上的不同之處來推論。

對於聲學信號中基頻變化的推論則較為直接，使用基頻聲學分析語音，語音有聲音的部分皆會有基頻值，可推論一正常的說話者在有基頻值的音段時兩側聲帶閉攏，氣管的氣流通過聲帶而振動，是為聲源。基頻值高代表聲帶較緊，推論有環甲肌（CT muscle）的收縮參與，讓聲帶變緊。通常是位於疑問語句的末尾之處或是華語的二聲調語音，也可能是歌唱的較高音之處，需要有基頻的上升變化。若無基頻值，為非週期波，則聲源就不是來自聲帶振動，可能位於口道之內緊縮之處，此音在正常的說話者則會是屬於無聲子音。若是有基頻值且頻譜上亦可見高頻噪音，則可推論為有聲子音。

三、強度或振幅方面

聲譜圖上信號的強弱和音量成正比，信號強代表該音段音量大，信號弱代表該音段音量小。聲譜圖上相對性的音量大小可提供一些語音辨別的線索。例如同為高頻噪音，若聲譜圖上出現相對較強的噪音可能是嘶擦性噪音，而相對較弱的噪音可能是非嘶擦性噪音。而有共振峰音段但音量較普通母音弱，則可能為邊音或流音。鼻音具有較強的低頻共振峰，高頻部分能量相當微弱，在聲譜圖上不難辨識出來。

第三節　聲學推論的限制性

聲學信號的資訊目前只能對構音動作做大致的相對性推論，由個體內的資料做一些相對性的推論，如構音位置是相對地前方或是後方。較無法做絕對性的推論，例如說話時唇突出幾公釐或是構音時張嘴直徑幾公分等。對於一些次級構音（secondary articulation）的動作或是連帶的一些細緻構音動作，也是較無法推論的。例如很難由摩擦音的聲學信號，來推論摩擦音的構音動作口道緊縮的程度，或是其他附帶的一些動作如捲舌、圓唇的狀況。其實這些因素之間對於聲學信號會有交互作用存在，一起影響著信號的頻率特性。還記得 Stevens 和 House（1955）所提出的三參數理論（three parameters theory）吧？此理論說明緊縮點的位置、緊縮的管徑和唇開口的情況，皆會影響母音的共振峰頻率。

若就頻譜特徵來推論子音的構音情況，構音方式的推論正確性較高，如推論該音段是屬於塞音、摩擦音或是鼻音。但若是進一步推論子音的構音位置，如是屬於雙唇音、齒槽音、硬顎音、軟顎音等，推論的正確性則會較低。這是因為子音的構音方式的差異較涉及時間上不同的構音動作事件，在以時間為橫軸的聲譜圖上較容易被識別，而構音位置的差異則涉及到頻譜中頻率的差異性，頻率的差異往往又涉及發語者口道形狀與動作的差異性，構音位置的差異造成頻率值的差異為相對的而非絕對，由頻率特徵來推論構音位置需要有一正規化的程序，無法直接推斷，而目前正規化部分的研究也尚未明朗化，因此這部分的推論困難較大，而且對於說話者個別差異性的推論也需要再深入研究。例如分析一組發相同語音的聲學資料，可以讓我們推論說話者的聲帶物理性質、口道物理特性或是構音動作的特點。目前的研究尚在努力中，我們還無法有效地做出這些推論。

語音類別中對於一些性質介於母音和子音的語音，在聲譜圖上區分較為困難，如流音（liquid）、滑音（glide）皆為有聲音，頻譜具有共振峰結構，容易和母音相混淆。此類音的推論辨識需要考慮到整體的說話速度和音節音韻結構等因素，對於此類音，若獨立出來單由頻譜特徵來推論，實有困難。例如滑音或是介音，它們的頻譜其實和相對應的母音是很相似的，如/w/和/u/、/j/和/i/，其不同在於相對的音段時長，因此需要和語句中其他母音時長相較才能做出推論。

此外，對於鼻音方面的推論也一直存在著困難。特別是鼻音的構音部位較難由頻譜特徵來推論，因為它們除了第一共振峰外，其餘的共振峰信號皆很微弱，很難觀察。對於它們的反共振峰頻率與帶寬亦難加以推測。此問題也出現於鼻化母音或其他鼻化音方面，在聲學上目前尚無一較有效的「鼻音化」量化指標。

構音基本上為一種口道動作，由發語者的口道中各個構音子的協調運動產生。發語者口道形狀的個別差異性極大，且口道中各個部位的切面面積亦有差異，絕非為一根整齊的 17.5 公分的管子，咽腔室和口腔、舌頭形狀皆為不規則狀，況且還有形狀更為不規則的鼻腔通道、鼻竇共鳴腔等。由聲學資料去推論語音產生方面的情況，若要知道推論的有效性或是正確與否，需要有實際的相關資料加以驗證，以估計誤差值。如何取得實際的口道形狀相關資料呢？研究上使用較多的是 X 光攝影，然而由於 X 光攝影為 2D 平面的資料，要去推論立體的口道形狀還須加以轉換模擬，並非那麼直接。目前使用的立體 3D 攝影的影像技術，如 MRI、立體超音波等，對這些腔室形狀的完整掌握，也還未令人滿意，且不甚普及。如此靜態的共鳴腔形狀推論都很困難，更何況是由各個構音子動作組合的動態口道變化。因為影像的攝影往往只侷限於幾個靜態的時間切面，對於捕捉快速的連續構音動作有其限制，況且這種隨著時間不斷變化的口道形狀，要如何去和語音聲學資料相謀合（fit）呢？應該要用時間上的哪一點位置來代表發出該音的口道形狀？或是需要將所有的時間點上的資料皆考慮進去，去找出聲學中相應的那組資料，再求兩者間的關係？以上這些皆是需要再三斟酌的問題。

兩個人使用同樣的笛子，卻吹出不同曲風味道的小調來。兩個人口道形狀即使一模一樣，但因使用者動作上的差異也會導致聲學信號的差異，因此聲學信號和口道形狀的關係並非一對一的對應關係。尤其有口道的等化運動（motor equivalence）的存在，口道的等化運動是：即使用不同的口道動作卻可造成相近似的聲學信號或相同的語音知覺。例如我們說話時口中含著食物或一些物體，也可以讓我們清楚地說出要講的話。聲學訊息、語音動作和語音知覺三者的關係絕非簡單的一對一線性關係，Stevens（1989）提出三者的關係為量子式（quantal）的非線性跳躍關係，可知三者之間關係的複雜性。

由以上說明可知，對於正常人的語音聲學推論即已困難重重了，而對於口道生理解剖上有缺陷或是神經肌肉異常者，這種推論更顯困難，因此分析言語障礙者的言語特徵再去推論他們的說話動作異常更是困難。其實在初步對他們聲學信號的聲學分析就會有困難存在，因為他們的語音特徵不是那麼顯而易見，聲學信號的對比性不強，音段之間界線模糊，不如正常者清楚，而且中高頻部分常會因為「鼻音化」，變得更加弱化而模糊難辨，因此他們的語音聲譜圖通常失去典型性，每個音都甚為類似，區分性不大。尤其是他們的聲源訊號通常不好，因為他們一般也有著嚴重的嗓音問題，不佳的聲源信號經過口道共鳴腔的濾波修飾，通常會使得信號更為不佳，而欲運用這些資料來推論他們的構音動作缺陷，事實上會產生一些難以歸因的問題，因此推論須謹慎為宜。

請大家思考一下未來需要進行哪些研究以改進上述這些推論，好讓我們知道更多、推論更有力，或可藉由哪些較先進的儀器或設備的使用，來增加我們對這些問題的探索，讓我們能更徹底更明確地知道語音聲學和語音製造之間的關係。最有說服力的語音知覺理論還有待大家的努力。

參考文獻

Fant, G. (1960). *Acoustic Theory of Speech Production*.The Hague: Mouton.

Stevens, K. N. (1989). On the quantal nature of speech. *Journal of Phonetics*, *17*, 3-46.

Stevens, K. N., & House, A.S. (1955). Development of a quantitative description of vowel articulation. *Journal of the Acoustical Society of America*, *27*, 484-493.

當語音知覺遇到語音聲學

語音知覺是指當語音聲學刺激進入聽覺系統之後，首先由周邊聽覺機制分析聲學信號的一些基本屬性，如頻率、振幅等，再由中樞聽覺理解機制將之轉換或詮釋為語言的意義。人類語音知覺的目標是尋求聲學信號所代表的意義，可能為一個詞彙、片語或句子，之後或許可再做後續符合當時溝通情境的解釋或推論。語音的意義是建立於語音信號中對聲學特徵的對比區辨上，也就是要聽得懂一個語言的語音意義，必先具備該語言的語音聲學特徵辨識的基本能力才行。例如在華語中「爸」音和「怕」音的意義的區分，建立於嗓音起始時間（VOT）差異的區辨上。到底人是如何將外界的物理聲學信號轉換為具有意義的語言表徵呢？這是研究語音知覺最需要回答的問題。語音知覺的過程可大致簡單地分為兩個階段，第一階段是對於語音信號的聲學處理，是屬於低層次的處理；第二階段涉及詞彙的觸接（lexical access）和提取，是屬於較高層次的處理。由於第二階段較屬於心理語言學方面，非本書所要討論的範疇，本章將重點放在語音聲學信號處理方面。

語音聲學為語音產生與語音知覺的橋梁，語音聲學的資料除了可用以推論語音產生的過程和構音子或結構的動作外，語音聲學與語音知覺的關係也是十分密切。由一些語音知覺現象當中尋找有效的聲學線索，使得這些抽象的語音知覺現象有個落實的座標軸。語音知覺的研究者常使用語音聲學的資料建立理論模式（model），再以此理論模式找出重要的關鍵變項，這些重要的關鍵變項常常是聲學變項，之後再簡化聲學變項，並根據這些變項的原則去做語音合成，產生一些較單純類似語音信號的聲學刺激，再來找受試者進行語音聽覺實驗，由聽覺實驗的結果，尋找聲學變項之間以及知覺現象與聲學變項之間的關係，然而這些變項之間關係的釐清卻不是容易的事。語音知覺為心理的現象之一，事實上知覺和外界物理信號的特徵之間，並沒有一對一的對應關係。一種語音知覺現象常可由聲學中多種線索共同或互補式的達成，這就是語音聲學線索常有贅餘性（redundancy）。語音是在時間向度上有頻率、強度變化的信號，在時間向度上由於共同構音之故，相鄰音和音之間的特徵會互相滲透參雜，而沒有明確的界線。在時間和頻率向度上，說話者之間和說話者之內也都有不小的變異性存在，每個語音也都沒有一個絕對的聲學參數值存在，只能用「相對的」概念來做比較，或有一個大致的範圍和平均數（或中位數），以上這些都是語音知覺的研究者需要面對的問題。現在我們來看看，過去的語音科學家如何面對這些複雜的語音知覺現象，以及提出哪些理論來解決這些「剪不斷、理還亂」的語音知覺問題。

第一節　幾個重要的語音知覺難題

一、聲學—語音之間缺乏不變性

大腦如何處理語音聲學信號，做了哪些轉換，如何由連續的語音之中萃取出有用的語言資料，忽略哪些無用的資料，資料的贅餘性有多高，如何將聲學訊號還原成聽者原來要表達的意思。由連續到離散取樣的速率有多快等。語音信號與語音音韻並非簡單的一對一對應關係，而是一種複雜的多對一以及一對多的關係，許多不同的語音信號可能產生單一個語音音韻知覺，同一語音信號在不同的情況下，也可能產生多種的語音音韻知覺。總之，多變的語音信號似乎缺乏聲學—語音之間的不變性（acoustic-phonetic invariance）。

Pisoni（1985）提出自從聲譜圖發明之後的三十年，語音知覺的研究仍然無法成功的找出每一個語音的有效聲學線索，或聲學特性可以對應我們語音知覺的單位。到底原因何在？困難在哪裡？一段語音信號除了本身的語音訊息外，往往也攜帶其鄰近語音單位的訊息，此即為共同構音效果（co-articulation effect），同時語音單位在不同的脈絡情境下（如說話速度、文法結構、說話者不同），語音信號常呈現不同的面貌。共同發音是由於各構音子會依照動作進行的順序調整各自的動作，如移動的幅度、位置、速度等，說話者會考慮其鄰近語音的構音動作而調整構音。也由於共同構音的關係會使許多聲學線索（參數）變得較不明顯，尤其在連續快速說話的時候，共同構音程度比慢速為大，構音動作會有不及（undershoot）的現象。例如在快語速下，母音會較不清楚，變得較近似央母音。但另一方面，由於語音資料本身存在著高度的資料重複性（redundancy），可以解決語音信號模糊的問題。因此有高度共同構音的語音在情境或上下文脈絡之下，仍舊會容易地被辨識出來，但是在此時聲學與知覺的關係卻變得很模糊，因為這時的語音辨識是由上而下的推論歷程所主導。

二、語音切割的問題

詞語觸接（lexical access）是個體能辨認出該外界刺激所攜帶的語意，個體能接觸到語意而不只是刺激的物理性質而已。語音辨識過程中在詞語觸接之前，是否有語音切割（segmentation）的程序存在？將連續的語音信號切割成塊狀的（chunks）單位，再來做模板的比對？若有，則語音知覺的基本單位或是表徵為何？若無，則連續的語音是如何轉換成語言意義的？

對於連續言語，單由頻譜或聲波波形上的呈現，其實很難去決定一個音素、音節或是詞的界線，因為「共同構音」會模糊語言單位之間的界線，因此無法直接將聲波的波形（或頻譜）拿去和個別的語言單位做比對或對應。然而，語言心理歷程研究中卻都肯定此一機制的存在。語音辨識歷程中，連續的語音聲波信號須和語言的單位之間有直接的對應關係，因此對於連續的語音聲波信號進行切割是個合理的推測。在許多有關語音變遷的歷史中，系統性的語音變化規則和音韻歷程，皆暗示有語音切割成音段的存在（Pisoni, 1985）。許多人相信語音是如同 Hockett（1955）提出的雞蛋比喻，認為一個個的語音單位原本照順序排列，但由於受到口道的扭曲影響，變得部分重疊在一起。而連結一起的語音需要將它們轉換回來，把它們一一分開來，成為原本一個個分開的單位，以便提取觸得相對應的詞彙意義。這些語音的內在表徵可能為音素、音節、詞語、片語或句子。曾經被提出認為是語音知覺的單位有語音聲學特徵（Stevens, 1998; Marslen-Wilson, 1987）、音素（Foss & Blank, 1980; McClelland & Elman, 1986）、脈絡敏感的同位音（context-sensitive allophones）（Wickelgren, 1969）、音節（Mehler et al., 1981）、詞彙（Morton, 1979）或甚至是構音姿勢（articulatory gestures）（Liberman & Mattingly, 1985），而推論出這些單位的存在，是來自語音知覺研究或是對於說話的語誤分析、觀察。

三、直接比對理論

Klatt（1979, 1989）提出直接比對理論（directly mapping models），是直接將隨時間改變的頻譜與板模比對，不需要事先將連續語音做單位性的切割，因此就無語音切割的問題存在。個體直接將外來的刺激音處理分析為頻譜，再來和已經儲存在腦中有語意的頻譜板模相比對，若是達到一個程度的吻合時，該刺激即具有該板模所具有的語意。此理論很直接、易懂，然而研究者對於板模的性質卻無進一步說明，且板模的大小（或單位）與數量將是個重要的議題。頻譜板模具備了哪些特性，具有特徵性的抽象表徵或是實際語音的頻譜？由於說話者不同、語速不一等因素，即使是相同語詞，言語信號中的差異仍舊十分大，語音知覺中可能需要先經過正規化程序，才能與板模比對、匹配，再轉換成抽象的語音單位。語音聲學訊號需要轉換為與語音相應的意義單位，如音素、音節、詞彙或詞素等。

有些研究者認為可能根本不存在有語音的基本單位，隨著聽覺作業的要求或脈絡情境的不同，聽者會使用不同層次的單位（Pisoni & Luce, 1987），將刺激音和相應的語音單位去做匹配媒合，這種匹配媒合的程序應該是發生於多層次的處理之中，例如音素、音節、詞或者句子，不僅限於在單層之中。語音的基本單位會隨著上下文脈絡或情境做動態式的調整，畢竟言語知覺是一個動態性的過程。尤其是在快速持續的講話時，信號的變異是如此快速，在時間軸上每個語音段是不可能容易地被分離、切開的。這些信號的辨識也許需要取決於更長的音段表徵，以便做後續型態的辨識。因此，言語知覺其實是沒有固定的單位；而單位的大小或許是依據語音感知任務的需求、信號的複雜化或者對信號熟悉度而做動態性的變更。

對於一個連結論者（connectionist）而言，物體知覺現象乃是處理單元之間特殊的互相連結激發（activation）的型態，對一個音素的知覺，是一組單位的激發活動，而非單一單元。然而，處理單元可以有其層次性，如特徵、音素、詞等層次。其實這也是一種型態的切割（segmentation），但是「切割」為自然激發處理的結果，而非一單獨的設定機制或主動的動作。

四、說話者正規化的問題

對於一語言的使用者而言，無論說話者的年齡（老、少）、性別（男、女）、熟悉程度（認識與否），正常聽者通常都能無困難地聽懂他們的話語。事實上，由於每個說話者聲帶及口道長短形狀皆有個別差異，每一個說話者的基頻與共振峰頻率皆不同，但是卻都能產生聽起來為同一語音類別的語音。這就是聽者在聽的過程中，針對不同說話者的語音進行說話者正規化（talker normalization）的校正程序。也就是當聽者辨認一語言單位時，其實有考慮到說者的發聲、口道特徵，因為這些皆會造成聲學信號波形的變異性。聽者在做語音知覺處理時，考慮到說話者本身的聲源口道特性，依照說者的口道形狀或聲帶長度將信號做校正調整，以便進行後續的比對，例如和既存的語音範模（prototype）做比對。這些語音正規化的程序皆是為了對其製造的聲學信號做意義的辨識。

Nearey（1989）認為在語音正規化中有四種訊息很重要，它們是：(1)語音的靜止性質（static properties），如母音的共振峰與基頻；(2)語音的動態性質，如頻譜的變化、子音脈絡效果；(3)存於母音之中各共振峰之間或與基頻之間的關係；(4)說者之各母音之間的頻率關係。聽者可依據這些消息，做語音的正規化轉換，而這四種因素依照情境會有不同的比重調整。而這些說者的相關訊息可被記憶、儲存於聽者的腦海之中，而正規化的運作可視為一種板模比對的過程。比對的過程可以是一種平行式的交互作用，提取出相關的訊息或規則，而不是有固定單一的抽象表徵。

有關說者的語音正規化的理論，主要有兩學派，一為脈絡調整理論（contextual tuning theories），另一為結構估計理論（structure estimation theories）。脈絡調整理論屬於外在理論（extrinsic theories），是一種強調動態性的理論；而結構估計理論屬於內在理論（intrinsic theories）。脈絡調整理論認為聽者會取樣一部分該說話者的語音作為校正，或是學習說話者的口道特性的依據，憑藉這些知識去做該說者語音的正規化後，再解釋語音信號的意義（Gerstman, 1968; Lieberman, 1973），因此，該說話者整個母音系統中共振峰頻率的關係都會事先被評估處理。結構估計理論則認為，每一個語音樣本本身皆會被自我正規化（self-normailzing），來自語句本身的聲學訊息就足以得到說話者的發聲口道特性，並用以辨認出的語音訊息。Syrdal 和 Gopal（1986）的聽覺表徵理論（auditory representation theory）即是支持結構估計理論，Strange（1989）、Rakerd 和 Verbrugge（1987）等人提出動態性結構理論，他們強調語音中存在著隨時間變異的說者獨特之語音特質，這些可提供聽者十分豐富的訊息，如共振峰結構為語音正規化的依據，用以辨識語音音段。

在實際的一些語音知覺實驗中，常發現聽者聆聽混合不同說話者的情境下，語音辨識錯誤率會高於在單一說話者時的情況（blocked speaker condition）（Strange, et al., 1976; Assman, et al., 1982）。Nusbaum 和 Morin（1992）發現在說話者混合的情況下，聽者語音辨識的反應時間會增加，推論可能因正規化的程序較為複雜導致反應時間的加長。Nusbaum 和 Morin（1992）並發現當說話者突然改變時，聽者需要額外的心理計算時間與注意力，語音辨識變得比較慢。在說話者混合的情況下，受試聽者還能辨認出語音類別來，顯示聽者可能在不同情況有不同策略。他們推論在單一說者的情況下，以一種較快的脈絡調適方法（a fast contextual tuning mechanism）；在多個說者的情況下，以一種較慢的結構估計方法（structure estimation mechanism），此時心智運作較複雜，認知負荷會較重。

綜上所論，可知聽語者在適應不同說話者的語音所需的語音正規化程序，的確不是一個簡單的轉換過程。語音的辨識若還包含來自不同地區、擁有不同腔調的說話者，語音正規化程序又更加複雜。有些人擅長辨識具有各種外來腔調的語音，他們其實是經驗十分豐富的語音知覺專家。

五、時間正規化的問題

我們的語音知覺是相對較為穩定的，很少受到言語速度和重音型態的影響。然而事實上，在快速連續言語中或是非重音時，母音會有弱化的情形，而且各音段長度通常也會隨之減少。音段長度會受到許多因素的影響，例如言語速度、重音、相鄰音段特徵、位於句法界線所在。這些變異性會使得有固定音段長度的語音辨識中的板模理論變得不可行，而且改變重音形式時，基頻輪廓（*F0* contour）和母音的共振峰也會隨著改變。母音構音動作不足（vowel undershoot）常發生在非重音的音節或快速說話的情境。儘管有以上這些變異或阻礙存在，大多數聽者卻都還是聽得清楚且應付自如，這種現象暗示著在語音知覺過程中「時間正規化」（time normalization）程序的存在，時間的正規化是指：隨著語速和重音變化的音段時長和頻率會被校正，或是整合入有關語音的類別的訊息之中，使得語音知覺較不受這些因素的干擾。

語音聽知覺的時間正規化（time normalization）是去除言語特徵中語速的影響，使得不管說話的速度是有多快或是多慢，對於音段的語言性知覺皆是一樣的，不會隨之改變。詞語觸接之前，信號的表徵似乎會經過一個校正的機制（rectifying mechanism），信號經過正規化時間的架構處理後，以便進行後續的表徵比對工作。另一方面，信號中時長的訊息也同時傳播有用的詞彙消息，例如嗓音起始時間（voice onset time, VOT）即是一個區分無聲或有聲（送氣或是不送氣）塞音的重要線索，但嗓音起始時間也會隨著言語速度而改變。因此，在以嗓音起始時間作為區分語音類別時，還需要考量到言語速度，而聽者到底是如何處理這些會因言語速度而隨時變動的語音聲學線索呢？這些答案其實目前我們還不是很清楚。

第二節　母音的語音知覺研究

因為母音為有聲音，相對於子音強度通常較強，母音的聲學特性相較於子音也呈較穩定的狀態（static state）。通常第一共振峰與第二共振峰頻率或是兩共振峰的距離（再加上時長）對英語母音類別的知覺而言，其實已足夠。除此，介於母音與子音的轉折帶也傳遞了母音類別的消息。

簡單的目標理論（simple target models）認為母音目標，即母音範型（canonical forms）為腦中儲存的一種無脈絡音韻表徵。母音目標的表徵形式可能為聲學的、構音的或是聽知覺的，此範型即是我們知覺時用以比對的板模。然而，因為說話者的變異性以及脈絡的變異性（context variability），例如重音、言語速度、音境和共構策略的存在，使腦中範型的可能性減弱。著名的板模比對理論由Klatt（1979, 1986）提出，認為儲存於腦中的語音知覺原型乃是頻譜板模。語音辨識過程乃是直接字彙觸接（lexical access）這些頻譜板模，並無其他中介的音韻單位存在。這些個別的頻譜板模之間有密集的詞彙網絡（network of dipthone power spectra）連結，它們連結的方式是依照語言中相關詞彙可能順序做組織、排列。在語音辨識時可立即合成可能聽到的詞彙之頻譜板模，然後再去和外界實際聽到的語音頻譜相比對，比對吻合的程度決定辨識出的語音為何。過程中不需要將信號切割（segmentation）成語音的音韻單位。然而，此理論最大的限制是無法處理正規化的問題，因為外界語音頻譜若沒有先經過正規化程序，很難直接和詞彙網絡中既存的頻譜做比對，因為之前提過的語者和語速的變異特性需要先處理才行。

後來又出現了兩類修正的理論，一為精緻化的目標理論（elaborated target models），另一為動態設定理論（dynamic specification models）（Strange, 1989）。精緻化的目標理論主要在解釋說話者的變異性，即有關說話者的正規化問題。在知覺空間中每個母音有一個目標區，此目標區即是母音的表徵，知覺空間是以共振峰頻率比例為座標，聽者會試圖切割這個知覺空間，使之符合母音類別與個別不同的說話者之間聲學頻率的變異性。於是有許多有關共振峰頻率或其他聲學資料的轉換算則被提出來，由 Syrdal 和 Gopal（1986）發展出來的母音理論即為一例。此種理論的弱點在於難以得到心理真實性的證明，儘管表面上看起來理論的算則有著令人滿意的語音類別區分效果，但是很難證明我們的語音知覺是否真的是按照這些複雜的算則在進行著。

動態設定理論（dynamic specification models）（Strange, 1989）強調共振峰走勢型態對母音知覺的重要性。很多研究發現有子音一起共同構音的母音，它們的知覺辨識率較高，亦即在 CVC 音節中的母音，比起那些單獨存在的母音（isolated vowels）有較高的知覺辨識率。那是因為母音聲學的參數會循著構音姿態的變化而有同時性改變，而隨著時間改變的聲學參數對於母音辨識扮演著重要的角色，聽覺機制對於動態變化的資訊較為敏感，在日常連續語流中辨識母音的重要線索，是隨著時間而改變的動態性資料，而非靜止的範型資料。

幾個重要的母音辨識研究

有關母音的辨識，過去曾有許多研究者嘗試著操弄母音的一些聲學特徵，如共振峰值，想找出影響母音辨識的有效線索。在早期 Cooper 等人（1952）即在哈斯金實驗室（Haskins lab）中，使用「型態回播語音合成器」（Pattern Play back synthesizer），發現只有 *F1* 與 *F2* 的訊息便已足夠完成對於母音類別的辨識，並發現單由 *F1* 與 *F2* 平均值組成的單一共振峰，即可對「後母音」提供足夠的辨識線索。可見，第一和第二共振峰對母音辨識的重要性。

Lindblom 和 Studdert-Kennedy（1967）則提出母音轉折帶（transition）對母音知覺辨識的重要性，他們發現母音類別的決定不只在於共振峰型態，也在於與其鄰近語音產生的轉折帶方向以及轉折帶的變化率。母音轉折帶可對母音類別提供足夠的辨識線索。Strange、Jenkins 和 Johnson（1983）的聽覺實驗發現，包含母音前和後的轉折帶線索為動態的頻譜資料，即可提供足夠的母音辨識線索，即使在母音的核心部分強度被消弱成無聲的情況下，甚至連母音時長線索也被取消的情況下，普通的聽者還是可以經由轉折帶的消息成功地進行母音的辨識。

Ladefoged 和 Broadbent（1957）提出母音可傳遞的三種訊息，包括：(1)語言上的消息：傳達訊息內容的辨識，母音的辨識並不依靠絕對的共振峰頻率，而是母音之內以及母音之間的共振峰頻率的關係；(2)社會語言學（social-linguistic）上的消息：母音傳達說話者的社會背景，如腔調等；(3)個人性消息：母音中包含個人獨特的嗓音，有助於說話者的識別。

Syrdal 和 Gopal（1986）依據心理聲學與知覺提出一個母音辨識的量化理論模式——聽覺表徵理論模式（auditory representation model），為一個母音正規化的理論（vowel normalization model）。他們將共振峰頻率轉換成關鍵頻帶量尺（critical band scale），即巴克量尺（bark scale，在第一章中有提過）。關鍵頻帶量尺是由心理聲學實驗發展來的，它是根據周邊聽覺系統對於聲音的反應，周邊聽覺系統是由一系列的內在帶通濾波器所組成，而排列相鄰之濾波器的帶通頻率會互有部分重疊。內在帶通濾波器的帶寬就是關鍵頻帶（critical band），Zwicker（1961）將人類聽知覺的尺度軸分成二十四個關鍵頻帶，帶寬單位為「巴克」（bark），認為在初期聽覺階段，周邊聽覺系統將信號頻率轉成巴克量尺，在高層的語音階段，依據前三共振峰的巴克值的差距辨識和區分不同的母音。Syrdal 和 Gopal（1986）指出 $F1-F0$ 數值向度代表母音的高度，高母音的 $F1-F0$ 值會在 3 巴克以內，而低母音則會在 3 巴克以上；$F3-F2$ 代表母音的前後，前母音 $F3-F2$ 在 3 巴克以內，後母音則在 3 巴克以外。而 3 巴克頻率為母音分類的重要界線。對於說話者差異性的正規化而言，Syrdal 和 Gopal（1986）的模擬發現，聽者有相當高的母音辨識正確率，認為此種轉換會降低說話者間的變異性，有助於母音的正規化。

第三節　幾個語音知覺的現象

一、類別知覺

類別知覺（categorical perception）是語音知覺處理獨特的現象，又稱為範疇感知。類別知覺是指個體對於外界事物的知覺做分類式的處理，將個別的一個個刺激轉化成它所應歸屬的類別來處理，例如我們對於顏色的知覺，對於桃紅或是鮮紅都歸類於紅色。類別知覺即是將外界傳入的刺激先做分類式的處理，如此可加快處理的效率，因為可套用之前處理該類刺激的既存程序，可迅速地運用系統已有的先備知識做處理。類別性知覺是以功能和經驗做導向的，因應知覺任務的需要以及處理的經驗累積，能知覺的類別則愈趨細緻化，專家的類別知覺通常較為敏銳，例如畫家對於顏色的知覺類別或是音樂家對於音高或節律的知覺，和一般人就會有所差異。

人類對於語音的處理是趨向類別式的處理，傾向一聽到語音，即將語音訊號先轉換為各語言所分類的語音類別（可能是音素或音節）來處理，例如/a/ 類、/p/類或是 /s/ 類，會忽略個別中語音一些每次因構音差異而來的細緻特徵，亦即較無法感受到同類音之間的細微差異。例如光用聽的很難去區分嘴巴張大的/a/和嘴巴較小發的/a/音的不同，因為聽起來都像是/a/。就像是我們一般人視覺上較無法區別稍偏桃紅和稍偏鮮紅和正紅之間的差異，但是稍偏桃紅和橙色之間就有很明顯的區別。

Liberman、Harris、Hoffman 和 Griffin（1957）在哈斯金語音實驗室中使用了十四個合成的語音，這些語音的 *F1* 和 *F2* 轉折帶各有著不同的方向和起點。聽者辨識和區別作業結果的曲線顯示出明顯的三類別塞音（/b, d, g/）知覺。對於這十四個漸進變化的刺激，聽者無法聽到刺激的連續性改變，而是聽到知覺類別的跳躍性類別改變。在一個語音類別之中，聽者無法區分出兩個刺激間的不同，只能區分出兩個位於跨邊界的音素間的不同。圖 18-1 呈現使用類別感知實驗（辨認實驗和區辨實驗）的典型結果曲線，若現有兩類刺激（A 類 vs. B 類），在十二種的漸進變化的刺激項中，編號較低的屬於 A 類，辨識為 A 的比率極高，到了編號 5 之後陡降，之後編號愈大的刺激受試者回答屬於 A 類的比例愈低，而這些刺激回答為 B 類的比例卻是愈高。而編號刺激 6 正好為處於 A、B 兩類之間的模糊刺激。此刺激的區辨功能曲線正確性卻最高，此刺激和其他刺激最不相同，最容易區辨出來，反之在同一類別內的刺激由於相異度只有一點點，最難做區辨。同一類別內的刺激難以區辨，若是跨類別的比較則很容易區分，這是因為類別相異之故。由此可證明該分類的存在。

類別性知覺可以讓語音知覺恆定，處理訊號時，個體會忽略掉刺激物理上的一些小變異，通常這些小變異無關乎處理的目的，亦即容許類別之內有一些物理性的小變異，只以大的類別來處理，而且通常類別數量是有限的，因此類別性的處理有助於訊息的濃縮精簡，處理速度也會較有效率。

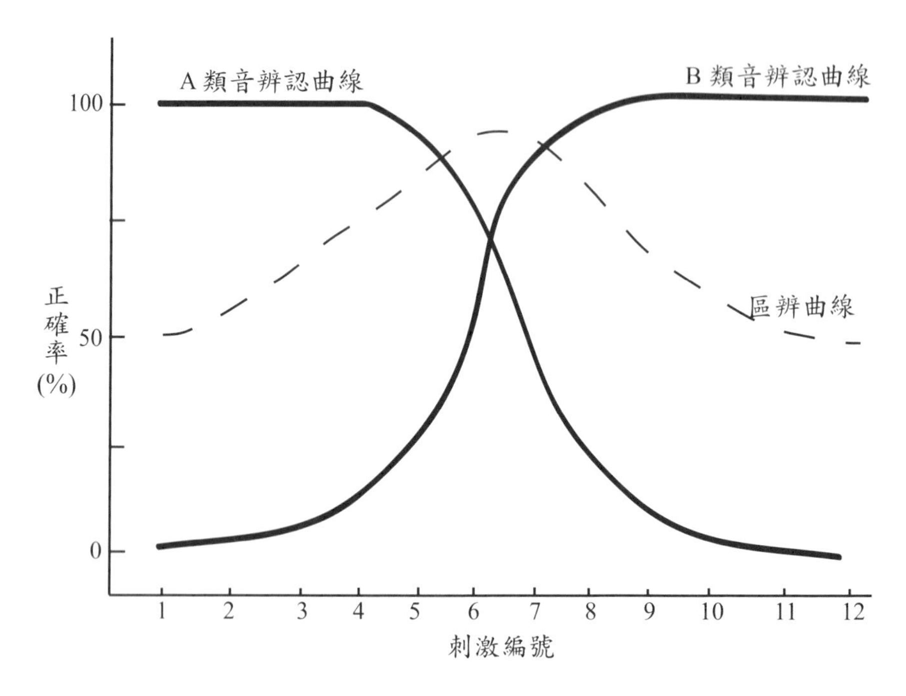

圖 18-1　典型類別感知實驗（辨認實驗和區辨實驗）的結果曲線。

Studdert-Kennedy（1976）也指出對於VOT的知覺為類別性的，並認為子音的知覺傾向較為類別性，而認為母音的知覺較子音的為連續性。Lisker 和 Abramson（1970）研究跨語言性的VOT有關的類別知覺，比較西班牙語、泰語和英語，發現這三個語言在三個構音部位塞音的 VOT 有些差異性存在，發現各語言的聽者對於有聲、無聲或是前出聲的塞音類別知覺判斷受母語的影響，在 VOT 的向度上各有不同的集中分布型態。Kuhl 和 Miller（1978）曾使用栗鼠（chinchilla）辨識合成語音具有不同VOT的刺激，發現類似人類語音類別知覺的結果，因此，認為語音的類別知覺不是人類獨有的現象，而是普遍聽覺系統處理語音的方式。

語音的類別性處理，將各語音對比分成某些特徵對立的幾群語音，如送氣音和不送氣音兩類語音對比，在VOT向度上各呈群聚式的分布，類別間可劃出一條界線隔開兩類語音。然而這些類別間界線的位置卻絕非固定的，它們會受到語速（Summerfield, 1981）或其他相關線索之間的互補的影響，甚至會受到高層次如詞義（如有意義或無意義）（Ganong, 1980; Borsky, Shapiro, & Tuller, 2000）的影響。

Miller和Nicely（1955）研究英語子音音素之間的知覺混淆，使用不同的放音音量和頻率濾波實驗後發現，語音中的一些特徵如有聲與否、鼻音、摩擦音、塞擦音等語音特徵，在聽覺區辨上各有其不同的混淆度，其中聽者對於「有聲與否」的特徵在辨識上最容易，在各種不同放音音量和頻率濾波條件下是相對地最不會被混淆，其次是對鼻音、摩擦音等構音方式的區分較不會被混淆，最容易混淆的則是構音位置的區辨，例如齒槽、上顎或軟顎間的對比。他們推論可能由於構音位置在聲學上涉及信號的頻率，需要較為精細的信號分析和正規化轉換才能加以辨識，尤其是構音位置的聲學特徵容易受到高頻頻率濾波的影響。語音的有聲無聲對比區辨是最不容易混淆的知覺特徵，同時也是世界語言中使用最普遍的語音區分的類別特徵。

二、知覺的整合與線索互為消長的關係

我們對於語音的知覺似乎不是靠單一或固定的某幾個線索，而是靠整體線索的整合（integration）判斷，線索和線索之間會有互動關係，即互為消長關係。Repp 等人（1978）操弄了區分摩擦音與塞擦音的兩個線索，包括塞擦音之前的無聲音段以及摩擦音的噪音時長。他們發現將無聲音段拉長或是噪音時長變短，會使「摩擦音」被聽成「塞擦音」，而且這兩個線索有互為消長（cues trading off）的關係。也就是當噪音時長愈短時，所需的無聲音段也就愈長，才能讓聽者的知覺轉向為「塞擦音」，反之當噪音時長愈長時，所需的無聲音段也就愈短，才能讓聽者的知覺轉向為「摩擦音」。聽者處理語音刺激時，會融合多個有關線索綜合評估來做出一個最佳的語音判斷。他們認為此現象源於構音動作的意圖，而非聽覺上的限制，而且發現此現象在語音和非語音刺激情況時會有所差異，認為此現象為語音知覺的特專性（specific）處理提供支持的證據。

三、音素恢復

在句子中有些聲音事實上是不存在的，卻仍然被聽者覺知到，此即為音素恢復（phonemic restorations）現象。Warren（1970）發現語音聽覺回復的現象，把一些無關的咳嗽聲或噪音等放入連串的語音聲中，例如一個句子中，讓它們掩蓋部分的語音，他發現聽者會自動將被掩蓋的音素恢復，並且不會發現這些無關音的存在，此現象稱為音素恢復。若是將語音中部分音取消變成無聲時，此時聽者卻很容易就會察覺到缺音的所在。若是掩蓋的噪音愈像是原來的語音時，此現象就愈容易發生，因為摩擦音或是塞音本身和噪音就極為相似。

語言中的贅餘性（redundancy of language）可以用來解釋這個現象。在日常生活中，語音訊息有大部分本是多餘的，通常聽者只要覺察辨識出一小部分，就可以得到語句全部的訊息。當某些音被掩蓋時，由上而下的詞彙語意訊息可用以解碼，恢復被掩蓋的音素，促進語音知覺的歷程，建構

出原本訊息應有的模樣。因此，聽者對於那些無關的干擾聲通常聽而不聞，早已不復記憶。知覺過程中有著十分強大的訊息篩選功能，擷取訊息中最精要的關鍵語意部分，其餘的皆早已加以捨棄或丟失遺忘了。

四、跨模態知覺線索的整合——McGurk 效果

語音知覺也會受視覺線索的影響。當我們聆聽別人講話時，語音知覺是會受到視覺影響的。語音判斷的線索不只侷限於聽覺方面，視覺的線索也會被採用，語音知覺是聽覺與視覺模態線索整合的結果，會發生所謂「跨模態知覺線索的整合」（cross modal cue integration）。McGurk 和 MacDonald（1976）提出聽覺與視覺模態的融合現象，他們發現播放聽覺訊號 /ba ba.../，但同時播放視覺訊號 'ga ga...'，結果受試者會說他們聽到了 /da da.../ 的聲音。此現象又被稱為 McGurk 錯覺。McGurk 錯覺可用以作為支持動作理論的證據以及語音感知系統的特專化，因為在此情況中，聽覺和視覺模態同時對語音知覺系統提供有關言語動作姿勢的線索，而知覺的決定是將兩者線索（雙唇、軟顎）加以整合（或是平均）而得到構音位置為齒槽塞音的知覺。然而 Massaro 和 Cohen（1983）提出反駁，認為這只是受知覺偏移（perceptual bias）所影響。例如聲源的定位常會受到視覺線索的誤導。Massaro 和 Cohen（1983）認為模糊邏輯模型便可解釋這種語音錯覺現象，不需要假設任何特專性的語音機制。Easton 和 Basala（1982）亦發現，此現象只有當刺激為非詞時才會出現，若為真詞時，此現象即會消失，由上而下的知識會校正另一模態的不正常偏移，因此當刺激為真詞時，不會出現此效果。

五、雙重知覺

雙重知覺（duplex perception）現象第一次由 Rand（1974）提出，後又被 Liberman 和 Mann（Liberman, 1982; Mann & Liberman, 1983）加以研究。雙重知覺現象的產生是聽者兩耳同時接收不同的刺激造成，即雙耳分聽（dichotic listening）程序。他們讓聽者的一耳播放一個只具有 *F3* 轉折帶的聽刺

激，此轉折帶刺激單獨聽起來像是一個鳥叫聲（chirp），而另一耳則播放由三個共振峰所組成的單音節，但信號中獨少了 *F3* 的轉折帶。將兩訊號同時分別播放入聽者的左、右兩耳朵時，聽者表示會出現雙重知覺，他們表示同時會聽到一個完整音節的聲音和一個非語音的如鳥叫聲（chirp），即同時會聽到一個語音和一個非語音的聲音。研究者認為此現象的產生原因，是大腦同時有語音和非語音的模組在處理耳朵輸入的聽覺刺激，此雙耳分聽的刺激同時啟動了語音和非語音的模組，因此，聽者會同時出現語音和非語音的聽知覺。雙重知覺現象支持語音知覺是一種特殊化的知覺（specialization of speech perception）的假設，認為語音知覺和一般非語音聽知覺是不同的。對於此研究的多數質疑是由另一耳傳入的三個共振峰所組成的單音節，該音雖然缺少一個 *F3* 轉折帶，但或許已足夠引起聽者的語音知覺。

六、對正弦波語音的知覺

Remez 等人（1981）先使用 LPC 來分析語音後，得到語音的共振峰值資料，再用正弦波來取代前三個共振峰並合成語音。這些共振峰有著原來語音中相同的頻率和振幅。這些正弦波語音（sine-wave speech）在經過合成轉換後的語音，聽起來和自然語音有著極大的不同，合成聲波中失去了原本的一些頻譜中細緻的變化和諧波結構。這些正弦波語音聽起來像是非語音，也可以聽起來像語音。Remez 等人（1981）發現，當受試聽者沒有被告知聽到的聲音是語音時，他們覺得聽到的像是鳥叫聲或是音樂聲，但是如果請他們寫下聽到的說話聲音，卻可將這些聲音聽成是有意義的語音，而且受試者回答的語音內容答案接近正確，可說是語音清晰度相當高。即使正弦波語音聽起來十分不自然，但聽者卻都可正確地注音。而且刺激一旦被聽者聽成語音後，在知覺上就難以回復成之前聽成非語音的狀況，具有不可逆性。這也表示著這些人造聲學信號中具有足以讓聽者成功辨識語言的訊息存在。圖 18-2 呈現正弦波語音的聲譜圖。這些研究說明了聽者可賦予語音意義的自主性，非語音刺激可以被聽者做語音語意的解釋，就如

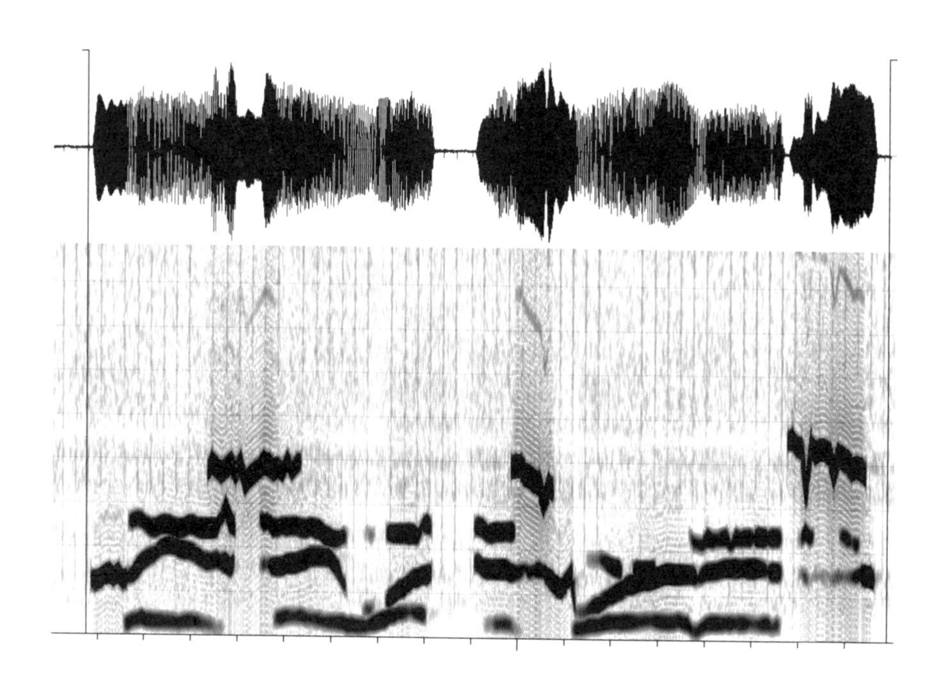

圖 18-2　正弦波語音的聲譜圖。

同抽象畫一樣，我們可以用聯想把看似無意義的圖形做一些具象意義的解釋，一旦處理過的刺激訊息會在腦中留下記憶痕跡，在一時之間無法去除，當有需再次處理該刺激時，就會使用舊有的方式做處理，具不可逆性。

七、子音和母音知覺的比較

大體而言，就跨語言地比較各語言的語音，通常母音的性質較為均質（homogeneous），而子音的變化性較大，且類別較多同時差異性較大。因為母音的聲學性質不脫共振峰值的變化，構音的方式不外是舌位的前後高低以及圓展唇程度的變化，而子音類別變異性卻十分大，有不同的構音位置、構音方式，甚至氣流的方向和源頭均可有不同的變化。另一方面，若比較在說話者之間聲學參數數值的變化範圍，母音的變化卻較子音為大，母音聲學特性之個別差異較大，這是因為個人口道形狀差異性大，共鳴特性不同所致，且即使為同一母音，各語言使用者的構音舌位放置位置的習慣不同，也會導致聲學上的差異。

Pisoni（1973）比較子音和母音的知覺性質，認為母音的知覺性質是連續的，子音知覺性質是類別的，而語音知覺以兩種不同的模態處理。他在聽覺短期記憶實驗中，操弄刺激的延遲時間研究區分兩類刺激的過程，發現同一類別內母音的區辨較子音為佳，因為在短期記憶中的母音保留著較多的聲學資訊。認為在短期記憶中子音和母音所保留的聲學訊息量是不同的。然而，他的結論卻有著過度推論的問題，他的實驗只有使用塞音和母音比較，事實上兩者音長是有差異的，塞音通常很短，而母音較長許多，塞音的頻譜較呈動態，而母音則較為靜態，而事實上，摩擦音的頻譜較呈靜態，因此，只有使用塞音研究的結論，並不能推論至所有的子音。

八、嬰兒語音知覺的發展

一些跨語言的嬰兒語音知覺研究（Eimas et al.,1971; Werker & Tees, 2002）顯示，小於 1 歲的嬰兒可以區辨非母語的語音對比，但 1 歲之後只能區辨母語的語音對比，且對於母語語音的敏銳度增加。研究者（Werker & Tees, 2002）推論知覺空間的重組開始於約 1 歲大時，這是早期母語語言經驗造成嬰兒的知覺調整（tuning）。幼兒在與人的互動中有各種語音刺激輸入，為了因應語意分辨的需要，對各種刺激加以分化或類化，在語音特徵向度上的類別界線做切割，造成知覺空間的重組與建構，使之能有效地處理其母語的語音特徵。語音經驗可促進語音類別的形成，嬰兒語音類別並非固定，而是呈動態改變的。Werker 和 Tees（2002）指出語音對比區辨的習得和語音知覺的重組關係密切。Kuhl（1991, 1992）指出嬰兒的語音知覺受典型性的影響，這是由於在心理聲學空間（psychoacoustic space）中語音類別範型的知覺磁吸效果，即使是六個月大的嬰兒也會出現此效果，而且只對母語語音才有此現象，顯現語言經驗對於語音聽知覺的影響。兒童在這個語音學習發展的過程中，需要先在知覺空間中建立各語音類別領域，並完成語音類別範型的固化記憶，建立供之後輸入刺激比對的基礎。雖然嬰兒已經可區辨一些語音，但語音知覺的發展，和語音產生一樣，也是須歷經數年的過程。Bernthal 和 Bankson（2004）即指出，兒童對於有些較難的語音對比區辨，會遲至 3 歲或年紀更大之後才學會。

第四節　幾個重要的語音知覺理論

一、動作理論

Liberman 等人（1967）以及 Liberman 和 Mattingly（1985）提出所謂的「動作理論」（motor theory），認為言語知覺歷程與言語的產生動作有關。語音知覺和製造兩者的處理機制是使用同一套表徵，機制的運作是一體的兩面，處理方向相反，語音知覺為輸入的處理，語音製造為輸出的處理。言語知覺處理的過程涉及言語的製造，語音知覺的目標在於取得說話者想表達的語音動作姿勢（intended phonetic gestures），此代表腦中想表達語言型態的構音動作指令，是語音信號中所謂「不變的因子」（invariance）。在聽知覺的歷程中，最終目標是辨識說話者語音音素的動作表徵，或是說話者想做的音素動作型態。說話時，語音音素的動作在腦中為一些不變的動作指令，說話動作執行時造成口道的變化。言語知覺與言語產生有密切關係，可能擁有共同的內在表徵，去知覺言語就是去知覺音素的構音動作姿勢（articulatory gestures），說話的構音動作即是語音知覺的單位。由於在實際上說話者的說話動作會有一些個體內和個體間差異，聽者實難恢復這些不同的高度具變異性的資訊。此理論後來發展為「修正的動作理論」（revised motor theory）（Liberman & Mattingly, 1985），強調語音知覺的目標是去知覺說話者意圖想做的動作姿勢（intended gestures），而非說話者原來說的實際說話動作。說話者意圖想做的動作是一組構音子的行為，與語音產生相關的口道動作，知覺歷程是聽者嘗試去回復（推論）說者想做的音素構音動作。而此種歷程是相當直接與簡單的，因為大腦中有特殊的語言專門處理模組（language specific module），是一種內建的自動化處理（innate and operates automatically）機制專門處理此類訊息，無法為意識所覺知。此論強調語音知覺有特殊的處理模態，和非語音的知覺處理是不同。

動作理論是由語言製造的角度來看語音的知覺，語音知覺的目標乃在回復說話者的構音動作（意圖性的），再根據此構音動作的訊息轉換為語音的表徵（如音素、音節或是詞語），然後這些語音的表徵再轉換為語意。此理論的主要優點是解釋力很強，用此理論可以解釋許多已發現的語音知覺現象，如雙重知覺現象、線索消長現象、McGurk 效果等，亦可以解決許多有關聲學信號變異的問題，放棄了在語音聲學信號特徵中尋找不變性。語音知覺的不變性就存在於構音的動作姿勢中，此為十分直觀的想法。但此理論的限制主要是在說話者「意圖的動作姿勢」無法做明確界定。何謂意圖性的動作姿勢？此概念過於抽象，因為它涉及說話者主觀的意志和意圖。若是已知說話者言語意涵的意圖，即已達溝通時語音知覺的目的，何必再多此一舉去推論其意圖性的說話動作呢？再者，此理論的提倡者也未對「意圖的動作姿勢」深入加以說明其特性，或是進一步解釋知覺處理程序如何運作或轉換。目前尚缺乏實證的研究可直接證明動作理論的真實性，有些研究者（如 Kuhl & Miller, 1978; Ramus et al., 2000; Dent et al., 1997）訓練非人類聽者，如栗鼠、鳥類、猿猴等，做語音的類別區辨，發現牠們的表現也呈現類似人類受試者的反應曲線。他們認為語音類別知覺為純聽覺機制運作的產物，而非屬於人類專屬的語言專門處理模組的產物。而這些動物知覺語音的過程，應該不涉及試圖回復人類說話者意圖的構音動作姿勢，畢竟牠們並不具有如人類的發聲構音機制。

二、Klatt 的詞彙頻譜觸接理論

Klatt（1979）的詞彙頻譜觸接理論（lexical access from spectra, LAFS）是由樹狀的音素詞彙所組成，詞彙語音以頻譜板模方式儲存，由一個個頻譜板模組織成的詞彙網絡系統。LAFS 理論中的板模是指詞彙的語音頻譜，LAFS 有相同起始音素的詞彙，並有相同的節點與分枝，直到音素表徵不同為止。LAFS 模式使用語言學的音韻理論來推論詞的語音型態，而音韻規則與共同構音是事先就在板模上編輯好的（precompiled），是既定的語音頻

譜範模。一個詞彙語音可以在此網絡中由頻譜被直接觸接，而不需要先被轉成音素表徵，再轉成語意。這是一個事先編輯好的聲學詞彙網絡系統，是由許多的「尾頭雙半音」（diphone）頻譜組成的網路系統（dipthone power spectra）。而這些頻譜是具有脈絡敏感性質的單元。尾頭雙半音是由一個音素的一半開始到下一個相接音素的一半為止的聲學片段，有兩個音素成分，但兩個音都只有一半。

語音辨識的策略是比較輸入語音的頻譜與網絡中的頻譜板模，將兩者拿來相比對，目標是找出網絡中與之最相符的板模，板模所在的徑路就是此音的最佳語音注音（optimal phonetic transcription）。此論是極端的由下往上（bottom-up）的辨識歷程，此辨識歷程是被動的比對網絡中事先編好（pre-compiled network）的頻譜板模。此理論目前可在具人工智慧的類神經網絡系統中實現，此種系統可完成初步的語音辨識工作。

LAFS理論有一些限制，第一個是音素的角色定位不明。為了避免需要涉及抽象的單位如音素，Klatt 使用雙音狀（diphone-like）的單位，再將其事先編輯在一個網絡之中，然而此系統需要依賴一個假設，就是詞彙是由一個個如同音素的音段線性組合而成，而這種順序結構事實上已編入雙音狀網絡之中，亦即實際上在此理論中音素仍舊扮演著重要角色，雖然此理論避免去處理此部分。第二個是目前沒有實際證據支持人類的語音處理機制是以這項方式運作。第三點是此理論無法解決正規化的問題，如說者或是時間的正規化。而每個人語音的板模可能存在極大的差異性，男性和女性語音的板模間就有極大的不同。如此就須存在著大量的雙音狀板模，這對於儲存和比對板模就可能會耗費相當大的記憶資源和時間，尤其是此理論堅持使用由左到右的比對程序，而不使用由上至下或是捷思式的解決方式（heuristic solutions），使得辨識所需的時間較長。

三、軌跡連結理論

McClelland 和 Elman（1986）提出軌跡連結理論（TRACE 模式，trace model），是一種多層次表徵的網絡系統，層次間含有豐富的前送（feeding forward）和回饋（feedback）的連接。處理單元稱為節點（nodes），節點之間皆各自連接，成為綿密的網絡，是為網絡連結理論（connection model）。簡單的TRACE模式有三層架構（見圖18-3），分為特徵、音素與詞等三層。整個網絡系統稱為 TRACE 的原因，是信號激發後留下的軌跡型態，是三層中各個節點的交互激發影響處理的結果。當訊息由低階至高階處理時，各節點蒐集（接受）足夠的激發訊息，若是訊息累積超過一個閾限，就會激發，並送信號給它的目標單元處理，此時節點間相連性有加權（weighted）作用。某一些節點的激發表示特別的語音表徵出現於信號中，如某種特徵、音素或詞。而節點可以看作是這些單位的偵測子，專門偵測語音中的一些顯著特徵。

網絡中節點間的相連性十分重要，所有層次間的相連是激發性的（excitatory），而層次內各節點的相連則為抑制性的，如此可減少來自同層節點之間的競爭，遇到模稜兩可的狀況較容易解決。同時，高層的預期性可以偏移改變（bias）低層的處理，以提升處理的效率。特徵層與音素層的連接決定於各特徵偵測音素層的活動。音素的節點可以隨著脈絡敏銳地調整

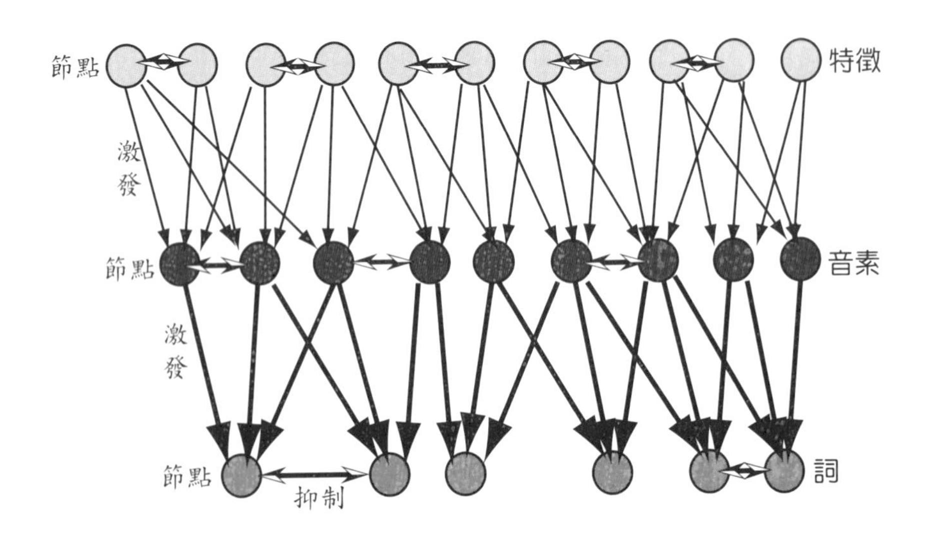

圖 18-3 簡單的 TRACE 模式圖示。

（context sensitively turning）。上下層間激發活動的方向是雙向的，因此可以同時有由上往下（top-down process）或是由下往上的歷程。上層（詞）的活動會對下層有所影響。所有單元的處理是一種平行式激發處理，而非序列式的處理。言語知覺的知識是位於節點之間相互連接的強度（加權）上，而學習可以改變節點之間相連接的加權情況，節點間的連接可被加強或抑制。學習後的產物——記憶則是網絡中留下的激發或抑制的軌跡型態。TRACE 模式的優點可簡單地歸納為下列五點：

1. 此網絡模式可以解釋和模擬許多為人熟知的語音知覺現象，例如類別知覺、線索的互為消長關係、消失音素回復等。此理論的解釋力頗佳，幾乎所有的知覺現象皆可用此理論解釋。
2. 此理論保有高度的彈性，將語音知覺的變異性視為訊息的豐富資源，所有聽覺刺激的有關資訊皆可被保留於激發的網絡之中，而處理的層次和性質端視作業的要求決定，並非一成不變的程序。
3. 由於網絡模式處理語音的方式為特徵偵測，並不需要對於言語流去做切割，因此不需要去回應那些有關語音切割的議題。事實上，他們也沒有提出語音切割的表徵單位，認為知覺的單位沒有必要去定義，也不需要去尋找語音知覺中所謂的不變線索（invariance cues）。
4. 此理論很成功地利用高層次回饋的訊息，在類別感知、詞彙效果和音韻組合規則中回饋均扮演著重要的消息，此理論同時包含了「由上而下」以及「由下而上」的交互作用。
5. 此理論可和近代神經科學的發現相呼應，神經系統為一個個各別的神經元所組成的網絡系統。語音知覺處理也是由聽覺機制中一層層的神經網絡所完成。TRACE 模式所提出的連結網絡的特性很類似於神經系統運作處理的方式，由一群神經元組成特徵偵測子，由下而上地激發各層次的單元（如音素、詞彙），激發留下的軌跡（trace）即是辨識該刺激的形式，個體以此形式來做刺激辨識根據。此模式似具有心理真實性存在。

然而，TRACE 模式並非全能，TRACE 模式的限制亦可簡單地歸納為以下兩點：

1. TRACE 模式中輸入性質和特徵的定義具有爭議性。此理論提出八向度的特徵偵測，而模式中的節點可以代表任何可能的輸入向度，節點也沒有必要一定是為一個語音特徵、音素或是詞彙。知覺處理的單位可能為音節或是任何可能的單位。這些有關理論模式中較為詳細的細節處皆未有定論，而且有關這些細節目前也未有生理實驗證據的支持，例如網絡中層次的數量、興奮或抑制性連結的設定、相關語音機制的連結等。
2. 對於一些已發現的語音現象尚缺乏合理的解釋，例如如何處理說者的變異性、言語速度、重音調整等語音正規化的問題，而且對於詞頻效果也缺乏預測的機制。例如如何去對非詞（nonword）進行辨識、如何解釋個別差異的存在等。

四、聽覺加強理論

語音製造的目的是為了向聽者傳達訊息，語音知覺的目的是獲取語音中的意義，語音的傳達需要愈清楚愈好，愈沒有混淆或干擾愈好，語音知覺的處理機制是在加強語音的辨識效果。一些研究者純粹以聽覺的角度出發來解釋語音知覺的現象，如 Diehl 等人（1991）即對於語音的知覺現象提出了「聽覺加強理論」（auditory enhancement theory）。和動作理論相反，對於語音知覺，他們的想法是以聽覺的效果來考量，為了達到聽者語音聽知覺良好的區辨，說話者語音的產生動作反而是需要去調整與之配合。說話者為了達到聽覺上最大的對比需要去調整構音的動作，他們提出了許多語音現象作為支持聽覺加強理論的證據（Diehl, et al., 1991, Kluender, 1994）。例如他們分析世界上許多語言的母音系統，包括母音的種類量和母音的聲學性質。他們發現世界語言所使用的母音系統遵循一個法則，即是善用人類聽覺系統接收信號的特性，盡量利用人類聽覺的接收能力，讓音和音之間的區分對比程度能達到最大。在極端角落母音（如 /a/、/i/、

/u/）的 $F1$、$F2$ 所圍成的母音空間中，各語言會依據母音的種類數量，將其餘的母音（/a/、/i/、/u/以外）均勻地散布安排於此 $F1$、$F2$ 組成的母音空間。在此母音空間中每個母音各有各的領域範圍，所佔的空間均勻地散布。各母音分布的區域盡量平分，使各個音和音之間相隔的距離能達最遠，如此使得聲學和聽覺上達到最大的區分性，以避免混淆。他們指出何以世界上的母音中「後母音」大都皆為圓唇音的原因，因為圓唇動作會降低共振峰值，使得 $F2$ 下降，而前母音則大都不圓唇，如此會使得前、後母音的對比性在共振峰值（尤其是 $F2$）上增加差距，以提高聽覺的辨識度，避免知覺混淆的產生。

此外，他們認為女性由於口道較短，母音的共振峰較高，使得音和音之間的區分性可以增加，正好補償了女性語音，因較大的諧音間距離（因 $F0$ 較高）造成頻譜共振峰峰頂的低解析情況的缺點，因此女性的母音清晰度還能維持住。他們還提出在英語中發現有聲雙唇塞音前的閉鎖期較無聲塞音的為短的原因，可增加語音類別間的區辨度，而有聲雙唇塞音之前的閉鎖期有可能包含聲帶振動的低頻能量，也成為幫助語音區辨的線索。對於無聲塞音，聽者需要比較長的閉鎖期，才能辨識出其中是否有聲帶振動的低頻能量。

聽覺加強理論顧及人類聽覺接收能力的限制，認為語音的製造須考慮聽知覺的因素，達到增加最大的聽覺對比性，提升聽知覺處理的有效性以避免語音混淆現象的產生。然而，若是要對語音知覺性質有更深入的了解，則需要多研究人類的聽覺特性，以及各種語言如何運用此特性設計自己的語音音韻系統。此外，還有一些以聽覺角度來看語音知覺的研究者，例如，有一些研究者（如 Pisoni、Massaro）即認為語音知覺就如同「非語音」知覺，並無所謂的特殊性，語音知覺和非語音知覺之間存在的共同性大於相異性。語音類別的知覺是靠一些語音特徵的偵測子做統整的評估後判斷的結果。

Massaro（1987, 1989）提出的模糊邏輯知覺理論（fazzy logical model of perception, FLMP）就認為，知覺機制將語音中多種聲學線索整合為語音特徵，經過特徵的評估程序確定該特徵的存在。評估的機制是以模糊邏輯的原則，評估特徵存在的確定性；然後進入範型比對的運作。外界刺激的特徵和記憶中的範型相比對。最後則為型態的分類運作，依據一些邏輯規則來決定該語音的語音種類。模糊邏輯知覺理論使用數學模糊理論的原理，將語音知覺處理以數學公式表示。事實上，聽覺性的理論和視知覺的理論也有相當多的類似之處，皆是靠感覺神經機制的處理將外界物理事件轉換為類別性的內在心理表徵。待未來有更多的研究，讓對我們對聽覺神經機制處理了解愈多，這些以聽覺為取向的理論就能更加落實解釋各種語音知覺的現象。

五、語音範型理論

視覺辨識中有所謂的範型理論（prototype theory），語音知覺中也有類似的理論，是為語音範型理論（speech prototype model）。此理論來自於語音辨識屬於類別性知覺的概念。每個類別中存在著許多個別的成員（members），其中有一些成員具有典型的樣子，是為類別中的典範，代表類別中最完好的成員。類別中各個成員的良好程度（goodness）會影響訊息的解譯、保存與提取。

Kuhl（1992）提出「知覺磁吸理論」（perceptual magnet theory），是近來語音知覺理論中影響深遠的重要理論，此論基於語音知覺的類別化，提出每個語音知覺類別以範型為中心點，而其他成員則圍繞於範型四周。範型是最佳的成員，位於同心圓的圓心位置，有如磁鐵的吸力，對於和它愈類似的成員吸力愈強。類別中典型性的內在結構有如磁場一樣，具有同心圓的結構，最圓心之處是為範型，其餘成員則依照其「良好程度」（goodness）的差異坐落於外圈中。語音類別性知覺具有往中心的知覺磁吸效果，每個語音知覺類別以範型為中心，類別中各成員依照其典型性各坐落於同心圓外圍的位置，距離圓心愈近的成員愈近完美。範型如同磁鐵一般吸引住類別中其他的成員，把它們都往中心拉近，使得聽者無法區分在同一類別內的不同成員，認為它們皆屬於同一（類）的語音，而感受不出它們之間細微的差異。此理論有效地解釋語音知覺的類別化感知的現象。每個語音類別中心都各有一個範型，範型的磁吸效果是類別中強而有力的下錨點（powerful anchor point），促進類別中的成員往中心凝結（cohesiveness）與類聚的趨勢。類別中的範型和其成員分布有其內在結構，在各類別的組織上扮演著重要的角色。類別性知覺的建立過程中，個體需要在有意義的互動中接收足夠的語音刺激資料，統整並建構類別知覺的疆界領域（territory）和範型特徵，各類別中的範型特徵的完備程度會影響外來刺激的比對、記憶保存與提取，因為它們是提供比對的基準，而各語音類別中的範型，甚至可說是該類別的語音表徵。

此理論有效地解釋語音知覺的類別化感知的現象。知覺類別為在以範型為中心點往外的同心圓遞降組織，成員則圍繞於範型四周，範型是最佳的成員，位於同心圓的圓心位置，有如磁鐵的吸力，對於和它愈類似的成員吸力愈強。成員之間的知覺距離可用心理物理的距離（psychophysical distance）來估算。根據此論，我們可以想像在廣大知覺空間中有許多的音素類別小王國，各類別中的範型如同國王一樣統治著他的成員。這些語音知覺空間是由多元維度的物理聲學特徵所建構而成，而這些維度的性質不脫離語音信號的三要素：頻率、時間和強度。若以信號中成分的強度為主要的依變項，可簡單地分為時間性和頻率性的向度，此亦是聲譜圖的概念。依據語音種類的特性各有不同的特徵向度，時間性和頻率性的特徵向度對於不同類別的語音各有不同的權重分配，例如對於母音而言，頻率向度如第一、第二共振峰值（*F1*、*F2*）是重要的特徵向度，而時長變項對於母音類別的區分相對地就不是很重要。對於子音而言，時長因素對於子音類別的區分就是極為重要的向度，對於子音語音的一些重要對比特徵，如送氣與否、構音方式（摩擦音vs.塞擦音）、時長變項，如VOT、噪音時長都可提供相當重要的知覺線索。

Kuhl（1991, 1992）指出嬰兒的語音知覺受典型性的影響，典型（範型）有知覺磁吸效果，即使於六個月大的嬰兒也出現此效果，而且只有對母語的語音才有此現象，顯現語言經驗對於語音聽知覺的影響。對於非母語語音，聽者通常無法判斷非母語語音的完美性，也無知覺磁吸效果。在使用動物，如猴子的語音實驗中，並無顯現知覺範型的磁吸效果，因此推論此效果並非源自於普遍的聽覺機制，此效果應該是來自於較高層次的知覺處理。

有關這個理論的限制方面，此理論對於解釋整個語音知覺歷程並不完整，尤其是對於語音輸入、輸出歷程的解釋較為粗糙，也缺乏對於一些重要語音知覺現象和議題的推論，如高層次由上而下的促進效果。再來是對於知覺磁吸效果的深層運作機制並沒有加以深入說明，並沒有提出聽覺神經機制運作的生理證據支持。此外，Kuhl（1992）提出聽者對於非母語的母音刺激無法判斷「良好程度」（goodness），但事實上，在區辨作業中，不論是成人或是嬰兒，對於非典型性刺激的正確率皆是很高的。Kuhl 的理論和實驗都只有使用母音，然而，母音與子音的性質其實是不同的。就類別性知覺而言，一般認為母音的知覺較為連續，而子音的類別性知覺較強（Pisoni, 1973）。就知覺的磁吸效果而言，子音不若母音強，因為子音的類別性感知較強。對於子音的類別使用區辨性作業，聽者對於子音特徵的漸變並不敏感，聽者常無法在類別之內區分出典型性或是非典型性刺激的不同。而母音的知覺空間是由 *F1-F2* 軸向所構成，較為同質性，不像子音類別間分類的向度性質差異頗大，而且為多向度的方式，如 VOT、共振峰轉折、瞬時爆破、噪音、靜默時長等，而且這些特徵線索之間還有交互作用或互補關係，根據狀況互為消長或是具贅餘性。因此只根據一些參數來解釋子音知覺是不夠的。再者，知覺典型性的基本單位究竟是什麼？Kuhl 對於語音知覺範型的基本單位並沒有提出假設，但事實上這樣的表徵單位卻是需要的，既然對於表徵的類別需要由「完好符合」（goodness of fit）程度來判斷，而 Kuhl 的實驗刺激大都是以使用母音為主，我們或許可推論基本單位可能為音素或是音節等較小的辨識單位。

Kuhl（2008）提出擴充版的母語磁吸理論（native language magnet model, expanded, NLM-e），以神經投入（neural commitment）來解釋母語語音知覺的學習與發展。他們發現 1 歲大的嬰兒語音感知能出現雙向式的改變，不只對於非母語語音知覺能力下降，母語語音感知能力大幅改善，顯示母語經驗的快速影響，暴露於母語語音刺激的環境以及嬰兒主導（infant-directed, ID）的溝通言語有助於這個改變的過程，嬰兒在社會互動中學習這些語音，語言學習過程中語音知覺和語音產生交互影響，嬰兒早期的語音知覺能力能預測日後的語言發展。對於七個半月大的嬰兒，若有較好的母語語音分辨能力，可以預測他們日後語言發展的速度較快，但若他們仍具有較好的非母語區辨，則日後他們的語言發展其實會較差，因為他們語音學習的神經迴路尚未投入（uncommitted neural circuitry）之故。

結論

通常在日常生活中我們聽語音的目的無非是了解說話者的言語意涵。語音知覺的目的就是以聽知覺機制去辨識語音意義，而辨識語音意義的歷程往往還可分為好幾個階段，包括對語音的聽覺處理、語音類別的辨識以及語意的理解，而每個階段都是相當複雜的運作歷程。本章中提到了許多語音知覺理論，大多數是在討論語音類別的辨識歷程，或是只針對語音知覺歷程中某一部分提出解釋，目前很少有理論能完整地解釋由語音的物理聲學刺激一直到語意理解的整個語音知覺過程。對於人類語音知覺的了解愈多，就愈能將這些知識應用於機器的語音辨識的技術上，讓電腦或機器也聽得懂人話，我們的生活就愈能增加便利性了。而以上所提到的這些語音知覺理論中，到底哪一個理論，是最好或是最接近真實的呢？似乎每個理論皆有其優勢之處和侷限之處。一個有價值的語音知覺理論，最好能符合下列幾個條件：

1. 能解釋目前提出的語音聲學與知覺現象之間的關係，能提供語音聲學線索，解釋語音聽覺現象。
2. 可以解釋以往舊有研究中發現的語音知覺現象。
3. 最好能解釋未來可能發現的語音聲學與知覺現象。
4. 能提供未來研究者一個有意義的研究方向。

你可以用這四個條件一一檢視前述的幾個語音知覺理論，你認為到底哪一個才是最好的呢？或許「最好的理論」尚未出現，那麼「最好的理論」就等著各位有志者的努力了。

參考文獻

Assman, P. F., Nearey, T. M., & Hogan, J. T. (1982). Vowel identification: Orthographic, perceptual, and acoustics aspects. *Journal of the Acoustical Society of America, 71*, 975-989.

Bernthal, J. E., & Bankson, N. W. (2004). *Articulation and Phonological Disorders*. MA: Boston, Allyn and Bacon.

Borsky, S., Shapiro, L. P., & Tuller, B. (2000). The temporal unfolding of local acoustic information and sentence context. *Journal of Psycholinguistic Research, 29*, 155-168.

Cooper, F. S., Delattre, P. C., Liberman, A. M., Borst, J. M., & Gerstman, L. J. (1952). Some experiments on the perception of synthetic speech sounds. *Journal of the Acoustical Society of America, 24*, 597-606.

Dent, M. L., Brittan-Powell, E. F., Robert, J. Dooling, R. J., & Pierce, A. J. (1997). Perception of synthetic /ba/--/wa/ speech continuum by budgerigars (Melopsittacus undulatus). *Journal of Acoustical the Society of America, 102*, 1891.

Diehl, R. L., Kluender, K. R., & Walsh, M. A. (1990). Some auditory bases of speech perception and production. In Ainsworth, W. A. (Ed.), *Advances in Speech, Hearing, and Language Processing*. London: JAI Press.

Diehl, R. L., Kluender, K. R., Walsh, M. A., & Parker, E. M. (1991). Auditory enhancement in speech perception and phonology. In Hoffman, R., & Palermo, D. (Eds.), *Cognition and the Symbolic Processes: Applied and Ecological Perspectives*. Lawrence Erlbaum Associates, Publishers.

Easton, R. D., & Basala, M. (1982). Perceptual dominance during lipreading *Perception & Psychophysics, 32*, 562-570.

Eimas, P. D., Siqueland, E. R., Jusczyk, P. W., & Vigorito, J. (1971). Speech perception in infants. *Science, 171* (968), 303-306.

Foss, D. J., & Blank, M. A. (1980). Identifying the speech codes. *Cognitive Psychology*, *12*, 1-31.

Ganong, W. F. (1980). Phonetic categorization in auditory word perception. *Journal of Experimental Psychology: Human Perception and Performance*, *6*(1), 110-125.

Gerstman, L. J. (1968). Classification of self-normalized vowels. *IEEE Trans, on Audio and Electroacoustics, AU-16*(l), 78-80.

Hockett, C. (1955). *A Manual of Phonology*. Waverly Press, Baltimore.

Klatt, D. (1979). Speech perception: A model of acoustic phonetic analysis and lexical access. *Journal of Phonetics*, *7*, 279-312.

Klatt, D. (1989). Review of selected models of speech perception. In Marslen-Wilson, W. D. (Ed.), *Lexical Representation and Process* (pp.169-226). Cambridge, Mass: MIT Press.

Klatt, D. H. (1979). Speech perception: A model of acoustic-phonetic analysis and lexical access. *Journal of Phonetics*, *7*, 279-312.

Klatt, D. H. (1986). The problem of variability in speech recognition and in models of speech perception. In J. S. Perkell and D. H. Klatt (Eds.), *Invariance and Variability in Speech Processing* (pp. 300-319). Erlbaum, Hillsdale, NJ.

Kluender, K. R. (1994). Speech perception as a tractable problem in cognitive science. In Gernsbacher, M. A. (Ed.), *Handbook of Psycholinguistics* (pp. 173-217). San Diego, CA. :Academic Press.

Kuhl, P. (2008). Phonetic learning as a pathway to language: New data and native language magnet theory expanded (NLM-e). *Philosophical Transactions of the Royal Society*, *363*, 979-1000.

Kuhl, P. K., & Miller, J. D. (1978). Speech perception by the chinchilla: Identification functions for synthetic VOT stimuli. *Journal of Acoustical the Society of*

America, *63*, 905-917.

Kuhl, P. K. (1991). Human adults and human infants show a "perceptual magnet effect" for the prototypes of speech categories, monkeys do not. *Perception & Psychophysics*, *50*, 93-107.

Kuhl, P. K. (1992). Infants' perception and representation of speech: Development of a new theory. In *ICSLP-1992* (pp. 449-456). Alberta, Canada.

Kuhl, P. K., Williams, K. A., Lacerda, F., Stevens, K. N., & Lindblom, B. (1992). Linguistic experience alters phonetic perception in infants by 6 months of age. *Science*, *255*, 606-608.

Ladefoged, P., & Broadbend, D. E. (1957). Information conveyed by vowels. *Journal of the Acoustical Society of America, 29*, 98-104.

Liberman, A. M., & Mattingly, I. G. (1985). The motor theory of speech perception revised. *Cognition*, *21*, 1-36.

Liberman, A. M. (1982). On finding that speech is special. *American Psychologist, 37*, 301-323.

Liberman, A. M., Cooper, F. S., Shankweiler, D. P., & Studdert-Kennedy, M. (1967). Perception of speech code. *Psychological Review*, *74*, 431-461.

Liberman, A., Harris, K., Hoffman, H., & Griffith, B. (1957). The discrimination of speech sounds within and across phonemic boundaries. *Journal of Experimental Psychology, 54*, 358-368.

Lieberman, P. (1973). On the evolution of language: A unified view. *Cognition, 2* (1), 59-94.

Lindblom, B. E. F., & Studdert-Kennedy, M. (1967). On the role of formant transitions on vowel recognition. *Journal of the Acoustical Society of America, 42*, 830-843.

Lisker, L., & Abramson, A. S. (1970). The voicing dimension: Some experiments in comparative phonetics. In *Proceedings of the Sixth International Congress of Phonetic Sciences Prague, 1967* (pp. 563-567). Prague: Academia.

Mann, V. A., & Liberman, A. M. (1983). Some differences between phonetic and auditory modes of perception. *Cognition, 14*, 211-235.

Marslen-Wilson, W. (1987). Functional parallelism in spoken word-recognition. *Cognition, 25*, 71-102.

Massaro, D. W., & Cohen, M. M. (1983). Evaluation and integration of visual and auditory information in speech perception. *Journal of Experimental Psychology: Human Perception and Performance, 9*, 753-771.

Massaro, D. W. (1987). *Speech Perception by Ear and Eye: A Paradigm for Psychological Inquiry*. Hillsdale, NJ: Erlbaum.

Massaro, D. W. (1989). Testing between the TRACE model and the Fuzzy Logical Model of speech perception. *Cognitive Psychology, 21*, 398-421.

Massaro, D. W. (1994). The fussy logical model for speech perception: A framework for research and theory. In Tohkura, Y., Vatikiotis- Bateson, E., & Sagisaka, Y. (Eds.), *Speech Perception, Production, and Linguistic Structure* (pp. 79-82) Ohmsha: IOS Press.

McClelland, J. L., & Elman, J. (1986). The TRACE model of speech perception. *Cognitive Psychology, 18*, 1-86.

McGurk, H., & MacDonald, J. (1976). Hearing lips and seeing voices. *Nature, 264*, 746-748.

Mehler, J., Dommergues, J. Y., Frauenfelder, U., & Segui, J. (1981). The syllable's role in speech segmentation. *Journal of Verbal Learning and Verbal Behavior, 20*, 298-305.

Miller, G. A., & Nicely, P. E. (1955). An analysis of perceptual confusions among some English consonants. *Journal of the Acoustical Society of America, 27*, 338-352.

Morton, J. (1979). Word recognition. In Morton, J., & Marshall, J. C. (Eds.), *Psycholinguistics 2: Structures and Processes* (pp.107-156). Cambridge, MA: M. I.T. Press.

Nearey, T. M. (1989). Static, dynamic, and relational properties in vowel perception. *Journal of the Acoustical Society of America, 85*, 2088-2113.

Nusbaum, H. C., & Morin, T. M. (1992). Paying attention to differences among talkers. In Tohkura, Y., Sagisaka, Y., & Vatikiotis-Bateson, E. (Eds.), S*peech Perception, Production, and Linguistic Structur*e (pp. 113-134). Tokyo: Ohmasha Publishing.

Pisoni, D. B., & Luce, P. A. (1987). Acoustic-phonetic representations in word recognition. *Cognition*, *25*(1-2), 21-52.

Pisoni, D. B. (1973). Auditory and phonetic memory codes in the discrimination of consonants and vowels. *Journal of the Acoustical Society of America*, *74*, 695-705.

Pisoni, D. B. (1985). Speech perception: Some new directions in research and theory. *Journal of the Acoustical Society of America*, *78*(1), 381-388.

Rakerd, B., & Verbrugge, R. R. (1987). Evidence that the dynamic information in vowels is talker-independent in form. *Memory and Language*, *26*, 558-582.

Ramus, F., Hauser, M. D., Miller, C., Morris, D., & Mehler, J. (2000). Language discrimination by human newborns and by Cotton-Top Tamarin Monkeys. *Science, 288* (5464), 349-351.

Rand, T. C. (1974). Dichotic release from masking for speech. *Journal of the Acoustical Society of America*, *55*, 678-680.

Remez, R. E., Rubin, P. E., Pisoni, D. B., & Carrell. T. D. (1981). Speech perception without traditional speech cues. *Science*, *212*, 947-950.

Repp, B. H., Liberman, A. M., Eccardt, J., & Pesetsky, D. (1978). Perceptual integration of acoustic cues for stop, fricative, and affricate manner. *Journal of Experimental Psychology: Human Perception and Performance, 4*(4), 621-637.

Stevens, K. N. (1998). *Acoustic Phonetics*. Cambridge, MA: MIT Press.

Strange, W. (1989). Evolving theories of vowel perception. *Journal of the Acoustical Society of America*, *85*, 2081-2087.

Strange, W., Jenkins, J. J., & Johnson, T. L. (1983). Dynamic specification of co-articulated vowels. *Journal of the Acoustical Society of America, 74*, 695-705.

Strange, W., Verbrugge, R., Shankweiler, D., & Edman, T. (1976). Consonant environment specifies vowel identity. *Journal of Acoustical Society of America, 60*, 213-224.

Studdert-Kennedy, M. (1976). Speech perception. In Lass, N. (Ed.), *Contemporary Issues in Experimental Phonetics* (pp. 234-295). New York: Academic Press.

Summerfield, A. Q. (1981). On articulatory rate and perceptual constancy in phonetic perception. *Journal of Experimental Psychology: Human Perception and Performance, 7*, 1074-1095.

Syrdal, A. K., & Gopal, H. S. (1986). A perceptual model of vowel recognition based on the auditory representation of American English vowels. *Journal of the Acoustical Society of America, 79*(4), 1086-1100.

Warren, R. M. (1970). Perceptual restoration of missing speech sounds. *Science, 167*, 392-393.

Werker, J. F., & Tees, R. C. (2002). Cross-language speech perception: Evidence for perceptual reorganization during the first year of life. *Infant Behavior and Development, 25*(1), 121-133.

Wickelgren, W. A. (1969). Auditory or articulatory coding in verbal short-term memory. *Psychological Review, 76*, 232-235.

Zwicker, E. (1961). Subdivision of audible frequency range into critical bands. *Journal of the Acoustical Society of America, 33*, 248.

附錄 1 華語子音表

依照構音方式與構音部位排列：(a) IPA format，(b)注音符號。

(a) IPA format

	Bilabial 雙唇音		Labiodental 唇齒音	Alveolar 齒槽音		Retroflex 捲舌音		Palatal 硬顎音		Velar 軟顎音	
Stop 塞音	p^h	p		t^h	t					k^h	k
Fricative 摩擦音			f	s		ʂ	ʐ	ɕ		x	
Affricate 塞擦音				ts^h	ts	tʂ^h	tʂ	tɕ^h	tɕ		
Lateral 邊音				l							
Nasal 鼻音	m			n							

(b) 注音符號

	Bilabial		Labiodental	Alveolar		Retroflex		Palatal		Velar	
Stop	ㄆ	ㄅ		ㄊ	ㄉ					ㄎ	ㄍ
Fricative			ㄈ	ㄙ		ㄕ	ㄖ	ㄒ		ㄏ	
Affricate				ㄘ	ㄗ	ㄔ	ㄓ	ㄑ	ㄐ		
Lateral				ㄌ							
Nasal	ㄇ			ㄋ							

台語子音表

IPA format 依照構音方式與構音部位排列。

	Bilabial 雙唇音			Alveolar 齒槽音		Palatal 硬顎音		Velar 軟顎音		
Stop 塞音	p^h（邊）	p（北）	b（肉）	t^h（塔）	t（大）			k^h（腳）	k（加）	g（牛）
Fricative 摩擦音				s（時）				h（夏）		
Affricate 塞擦音				ts^h（出）	ts（貞）	$tɕ^h$（七）	ʝ（字）			
Lateral 邊音				l（熱）						
Nasal 鼻音	m（罵）			n（耐）				ŋ（雅）		

音階（musical note）、半音（semitone）和頻率（Hz）的對應表

ST	音階	Hz
19	G0	24.5
20	G0#	26
21	A0	27.5
22	A0#	28.3
23	B0	30.7
24	C1	32.7
25	C1#	34.6
26	D1	36.7
27	D1#	38.9
28	E1	41.4
29	F1	43.7
30	F1#	46.3
31	G1	49
32	G1#	51.9
33	A1	55
34	A1#	58.3
35	B1	61.8
36	C2	63.4
37	C2#	69.3
39	D2#	77.7
38	D2	73.4
40	E2	82.4
41	F2	87.3

ST	音階	Hz
42	F2#	92.5
43	G2	98
44	G2#	103.8
45	A2	110
46	A2#	116.5
47	B2	123.5
48	C3	130.8
49	C3#	138.6
50	D3	146.8
51	D3#	155.6
52	E3	164.8
53	F3	174.6
54	F3#	185
55	G3	196
56	G3#	207.7
57	A3	220
58	A3#	233.1
59	B3	246.9
60	C4	261.6
61	C4#	277.2
62	D4	293.7
63	D4#	311.1
64	E4	329.6

ST	音階	Hz	ST	音階	Hz
65	F4	349.2	78	F5#	740
66	F4#	370	79	G5	784
67	G4	392	80	G5#	830.6
68	G4#	415.3	81	A5	880
69	A4	440	82	A5#	932.3
70	A4#	466	83	B5	987.8
71	B4	493.9	84	C6	1046.5
72	C5	523.3	85	C6#	1108.7
73	C5#	554.4	86	D6	1174.7
75	D5#	622.3	88	E6	1318.5
74	D5	587.3	87	D6#	1244.5
76	E5	659.3	89	F6	1396.9
77	F5	698.5	90	F6#	1480

註：表中的ST數值主要運用於計算兩個音之間的Semitone差距，該數值乃根據常用的樂器數位介面MIDI NOTE的編號對應，此ST數值是根據參照頻率8.1757 Hz計算而得，例如：中央DO(C4)在MIDI NOTE的編號為60，頻率為261.6 Hz。

音階（musical note）、半音（semitone）和頻率（Hz）的對應表

國家圖書館出版品預行編目（CIP）資料

語音聲學——說話聲音的科學／鄭靜宜著.--初版.--
臺北市：心理, 2011.03
面；　公分.--（溝通障礙系列；65022）

ISBN 978-986-191-406-0（平裝）

1.語音學　2.聲韻學

801.3　　　　99024674

溝通障礙系列 65022

語音聲學——說話聲音的科學

作　　者：鄭靜宜
執行編輯：李　晶
總 編 輯：林敬堯
發 行 人：洪有義
出 版 者：心理出版社股份有限公司
地　　址：231026 新北市新店區光明街 288 號 7 樓
電　　話：(02) 29150566
傳　　真：(02) 29152928
郵撥帳號：19293172 心理出版社股份有限公司
網　　址：https://www.psy.com.tw
電子信箱：psychoco@ms15.hinet.net
排 版 者：龍虎電腦排版股份有限公司
印 刷 者：竹陞印刷企業有限公司
初版一刷：2011 年 3 月
初版六刷：2024 年 6 月
I S B N：978-986-191-406-0
定　　價：新台幣 500 元